Robert Ludlum

Der Borowski-Betrug

Roman

Erschienen bei Hestia

Aus dem Amerikanischen übertragen
von Heinz Nagel
Redaktion: Christian Thiermann und Bärbel Lang

Titel der Originalausgabe
»The Bourne Identity«

Für Glynis
in Liebe und tiefer Verehrung

3. Auflage 1982

Printed in Germany

ISBN 3-7770-0210-0
Umschlaggestaltung: Atelier 14, München
Gesamtherstellung: Mohndruck Graphische Betriebe GmbH, Gütersloh

Vorwort

THE NEW YORK TIMES
Freitag, 11. Juli 1975 - Titelseite

VERBINDUNG ZWISCHEN DIPLOMATEN
UND FLÜCHTIGEM TERRORISTEN CARLOS

Paris, 10. Juli — Frankreich hat heute drei hochrangige kubanische Diplomaten des Landes verwiesen. Unterrichtete Kreise sehen eine Verbindung zwischen dieser Maßnahme und der weltweiten Suche nach einem Mann namens Carlos, den man für die zentrale Figur innerhalb einer internationalen Terrororganisation hält.

Der Verdächtige, dessen richtiger Name vermutlich Iljitsch Ramirez Sanchez lautet, wird im Zusammenhang mit der Ermordung von zwei französischen Abwehragenten und einem libanesischen Informanten in einer Wohnung im Quartier Latin am 27. Juni gesucht.

Die drei Morde haben die hiesige Polizei und Scotland Yard in London vermutlich auf die Spur eines internationalen Terroristennetzes geführt. Bei der Fahndung nach Carlos entdeckten französische und britische Polizisten größere Waffenlager, die darauf schließen lassen, daß Carlos mit Terroristen in Westdeutschland zusammenarbeitet und die zahlreichen Terroranschläge in ganz Europa auf koordinierte Absprachen zurückzuführen sind. Seit seiner Flucht soll Carlos in London und Beirut gesichtet worden sein . . .

ASSOCIATED PRESS
Montag, 7. Juli 1975 - Agenturmeldung

ZIELFAHNDUNG NACH MEUCHELMÖRDER

London (AP) - Waffen und Mädchen, Handgranaten und Maßanzüge, eine dicke Brieftasche, Flugtickets zu Traumzielen und Luxuswohnungen in einem halben Dutzend Hauptstädten der Welt — so lebt ein professioneller Killer des Düsenzeitalters, der von den internationalen Polizeibehörden gesucht wird.

Die Fahndung begann, nachdem der Mann in Paris vor seiner Wohnungstür zwei französische Abwehragenten und einen libanesischen Informanten erschossen hatte. Inzwischen sind in zwei Hauptstädten vier Frauen verhaftet worden, denen man eine Beteiligung an

Verbrechen nachsagt, die mit ihm in Verbindung stehen. Der Mörder selbst ist verschwunden und nach Ansicht der französischen Polizei im Libanon untergetaucht.

In den vergangenen Tagen haben ihn Londoner Bekannte der Presse als gutaussehend, höflich, gebildet, wohlhabend und modisch gekleidet geschildert.

Aber zu seinen Komplizen zählen Männer und Frauen, die hemmungslos von der Waffe Gebrauch machen. Er soll gemeinsam mit der Roten Armee Japans, der El Fath der westdeutschen Baader-Meinhof-Bande, der Quebec-Befreiungsfront, der Türkischen Volksbefreiungsfront, den Separatisten in Frankreich und Spanien und dem provisorischen Flügel der Irisch-Republikanischen Armee operieren.

Wenn der Gesuchte sich auf Reisen begab — nach Paris, Den Haag, West-Berlin — explodierten Bomben, fielen Schüsse und wurden Menschen entführt.

Die Pariser Polizei hatte die große Chance, ihn zu fassen, als ein libanesischer Terrorist beim Verhör weich wurde und zwei Abwehrbeamte am 27. Juni zum Unterschlupf des Mörders führte. Doch der war schneller: Er erschoß alle drei und entkam. Die Polizei fand in seiner Wohnung Waffen und Notizbücher mit »Todeslisten« prominenter Persönlichkeiten.

Gestern schrieb der Londoner *Observer,* die Polizei fahnde nach dem Sohn eines kommunistischen Anwalts aus Venezuela, um ihn in Verbindung mit dem dreifachen Mord zu verhören. Scotland Yard erklärte: »Wir dementieren den Bericht nicht«, fügte aber hinzu, daß gegen ihn keine Anklage vorläge und er nur zur Beantwortung von Fragen gebraucht werde.

Der *Observer* identifizierte den Betreffenden als Iljitsch Ramirez Sanchez aus Caracas. Dieser Name, so hieß es in dem Artikel, stehe in einem der vier Pässe, die die Polizei bei der Durchsuchung der Pariser Wohnung gefunden hatte.

Die Zeitung berichtete ferner, daß Iljitsch nach Wladimir Iljitsch Lenin, dem Gründer des Sowjetstaates, benannt sei, in Moskau die Schule besucht habe und Russisch perfekt beherrsche.

In Caracas erklärte ein Sprecher der Venezolanischen Kommunistischen Partei, Iljitsch sei der Sohn eines siebzigjährigen marxistischen Rechtsanwalts, der 800 Kilometer westlich von Caracas wohne, betonte aber gleichzeitig: »Weder Vater noch Sohn sind Mitglied unserer Partei.« Er erklärte den Reportern, er wisse nicht, wo Iljitsch sich augenblicklich aufhalte.

Buch I

1.

Wie ein schwerfälliges Tier, das sich verzweifelt aus einem tiefen Sumpf zu befreien versucht, schlingerte der Trawler in den feindlichen Wellen der finsteren, tobenden See. Die Brecher türmten sich zu gigantischen Höhen auf und krachten mit der vollen Wucht ihrer Wassermassen gegen den Rumpf; weiße Gischt, die der Nachthimmel erhellte, ging in Kaskaden unter der Wut des nächtlichen Windes über das Deck nieder. Überall waren Laute seelenlosen Schmerzes zu hören: Holz, das sich gegen Holz bäumte, Taue, die sich verdrehten, bis zum Zerreißen angespannt. Das Tier lag im Todeskampf.

Da übertönten zwei Explosionen die Laute der See und des Windes und des Schmerzes, den das Schiff empfand. Sie drangen aus der schwach erleuchteten Kabine. Ein Mann stürzte aus der Tür, klammerte sich mit einer Hand an die Reling und hielt sich mit der anderen den Bauch.

Ein zweiter Mann folgte ihm. Er stützte sich an der Kabinentür ab, bevor er seine Pistole hob und erneut feuerte. Und dann noch einmal.

Der Mann an der Reling riß beide Hände an den Kopf, als die vierte Kugel ihn nach hinten warf. Der Bug des Trawlers tauchte plötzlich in das Tal zwischen zwei mächtigen Wogen und hob den Verwundeten hoch; der drehte sich nach links, außerstande, die Hände vom Kopf wegzunehmen. Wieder bäumte sich das Boot auf, so daß Bug und Mittschiff fast gänzlich aus dem Wasser ragten und die Gestalt in der Tür in die Kabine zurückfiel. Ein fünfter Schuß peitschte. Der Verwundete schrie auf. Seine Arme schlugen jetzt wild um sich, die Augen von Blut und Gischt geblendet. Seine Hände griffen ins Leere. Da war nichts, was er greifen konnte. Die Beine knickten ein, als sein Körper nach vorne taumelte. Das Boot stampfte wild leewärts, und der Mann, dessen Schädel aufgerissen war, wurde über die Reling geschleudert, hinab in den Wahnsinn der Finsternis unter ihm.

Er spürte, wie das wilde, kalte Wasser ihn umhüllte, ihn in die Tiefe sog, ihn herumwirbelte und wieder nach oben trieb. Ein einziger Atemzug, und erneut zog es ihn in die Fluten.

Plötzlich spürte er eine Hitze, eine feuchte Hitze an seiner Schläfe, die stärker war als das eisige Wasser, das fortfuhr, ihn zu verschlingen. Ein Feuer brannte, wo kein Feuer brennen durfte; und ein eisiges Pulsieren strömte durch seinen Leib, seine Beine, seine Brust, seltsam von der kalten See gewärmt, die ihn umgab. Er konnte verfolgen, wie sein eigener Körper sich drehte, sich verkrampfte, wie Arme und Füße sich verzweifelt aus dem Strudel befreien wollten. Er konnte fühlen und denken, Panik und Kampf wahrnehmen — und doch war da Frieden in ihm. Es war die Ruhe des unbeteiligten Betrachters, der, losgelöst von den Ereignissen, zwar von ihnen weiß, aber nicht von ihnen betroffen ist.

Dann durchfuhr ihn eine andere Art von Panik, wallte auf durch die Hitze und das Eis, verdrängte die Distanz. Er konnte sich nicht einfach dem Frieden hingeben! Noch nicht! Jeden Augenblick würde es geschehen; er war nicht sicher, was es war, aber es würde geschehen. Wie wild kämpfte er gegen die tonnenschweren Wasserwände über ihm an, und in seiner Brust brannte es. Schließlich brach er durch die Wasseroberfläche, ruderte wild mit Armen und Beinen, um sich auf der schwarzen Woge zu halten. Steig höher! Höher!

Eine mächtige Welle half ihm; er trieb auf ihrem Kamm, umgeben von Schaum und Finsternis. Nichts. Umdrehen! Umdrehen!

Da geschah es. Die Explosion war gewaltig; er konnte sie durch das Krachen der Wellen und das Brüllen des Windes hören, und irgendwie war der Anblick und das, was an sein Ohr drang, seine Tür zum Frieden. Der Himmel leuchtete auf wie ein feuriges Diadem, und in der aufstiebenden Feuerkrone wurden Gegenstände aller Formen und Größen durch das Licht in die äußere Welt der Schatten geschleudert.

Er hatte gewonnen! Was auch immer es war, er hatte gewonnen.

Plötzlich stürzte er wieder in die Tiefe, in den Abgrund. Er spürte, wie die Wellen über seinen Schultern zusammenschlugen und die glühende Hitze an seinen Schläfen kühlten.

Seine Brust schmerzte. Etwas hatte ihn getroffen: der Schlag, der plötzliche Aufprall. Es war wieder geschehen! *Laßt mich allein! Gebt mir Frieden!*

Und er schlug erneut um sich, trat zu . . . bis er ihn spürte, den dicken, öligen Gegenstand, der sich nur mit den Bewegungen der See bewegte. Er konnte nicht sagen, was das für ein Gegenstand war, aber er war da, und er konnte ihn fühlen, ihn festhalten. *Ihn festhalten! Er wird dich in den Frieden führen . . . in das Schweigen der Finsternis . . . .*

Die Strahlen der frühen Morgensonne durchbrachen im Osten den dunstigen Schleier am Himmel und ließen die ruhigen Wasser des

Mittelmeers glitzern. Der Kapitän des kleinen Fischerboots saß mit blutunterlaufenen Augen am Heck, die Hände rissig von den Tauen. Er rauchte eine Gauloise und war froh, daß die See so ruhig war. Er sah zu dem offenen Steuerhäuschen hinüber; sein jüngerer Bruder schob den Gashebel vor, um die Fahrt zu beschleunigen, während der einzige andere Angehörige seiner Crew ein paar Meter von ihm entfernt ein Netz prüfte. Sie lachten über irgend etwas, und das war gut so; denn letzte Nacht hatten sie wahrhaftig nichts zu lachen gehabt. Wo war der Sturm bloß hergekommen? Die Wetterberichte aus Marseille hatten ihn nicht angekündigt; sonst wären sie im Schutz der Küste geblieben. Er wollte bis Tagesanbruch die Fischgründe achtzig Kilometer südlich von La Seyne-sur-Mer erreichen, aber nicht um den Preis kostspieliger Reparaturen, und welche Reparaturen waren heutzutage nicht kostspielig?

Auch nicht um den Preis seines Lebens, und während der vergangenen Nacht hatte es Augenblicke gegeben, wo solche Befürchtungen durchaus gerechtfertigt waren.

»Du bist müde, nicht wahr?« rief sein Bruder und grinste ihm zu. »Geh jetzt schlafen. Laß mich weitermachen.«

»Okay«, antwortete der Bruder und warf die Zigarette über Bord. »Ein wenig Schlaf schadet bestimmt nicht.«

Es war gut, einen Bruder am Steuer zu wissen. Am besten sollte immer einer aus der Familie das Schiff lenken; der paßt wirklich auf. Selbst ein Bruder, der die gewandte Sprache eines Gebildeten sprach, im Gegensatz zu seinen eigenen grobschlächtigen Worten. Verrückt! Ein Jahr auf der Universität — und schon wollte sein Bruder eine Gesellschaft gründen. Mit einem einzigen Boot, das vor vielen Jahren bereits bessere Tage gesehen hatte. Verrückt. Was hatten ihm denn seine gescheiten Bücher letzte Nacht genützt, als seine *Compagnie* beinahe gekentert wäre?

Er schloß die Augen und kühlte seine Hände in den Wasserpfützen auf Deck. Das Salz der See würde gut für die Verbrennungen sein, die er sich zugezogen hatte, als er Geräte festzurrte, die im Sturm nicht an ihrem Platz bleiben wollten.

»Schau! Dort drüben!« Sein Bruder wollte ihm offenbar mit seinen scharfen Augen den Schlaf neiden.

»Was ist denn?« schrie er.

»Dort treibt ein Mann im Wasser! Er hält sich an etwas fest. An einer Planke oder etwas Ähnlichem.«

Der Skipper nahm das Steuer und lenkte das Boot rechts neben die Gestalt im Wasser und drosselte die Motoren, um die Kielwelle zu verringern. Der Mann sah aus, als würde ihn die geringste Erschütterung von dem Stück Holz rutschen lassen, an das er sich klammerte.

Seine Hände waren weiß. Wie Klauen hatten sich seine Finger um die Planke gelegt; aber aus seinem übrigen Körper war alle Energie gewichen, wie bei einem Ertrunkenen, wie bei jemandem, der von dieser Welt bereits Abschied genommen hat.

»Macht eine Schlinge in die Taue!« schrie der Skipper seinem Bruder und dem Matrosen zu. »Legt sie um seine Beine. Ganz vorsichtig! Jetzt zieht sie hoch bis zu seinen Hüften. Vorsichtig! hab' ich gesagt.«

»Seine Hände lassen die Planke nicht los!«

»Ihr müßt sie öffnen! Vielleicht ist das die Totenstarre.«

»Nein. Er lebt noch, wie mir scheint. Seine Lippen bewegen sich, doch es kommt kein Ton heraus. Seine Augen auch; aber ich bezweifle, daß er uns sieht.«

»Die Hände sind frei!«

»Hebt ihn hoch. Packt seine Schultern und zieht ihn herüber. Vorsichtig!«

»Mutter Gottes, seht nur seinen Kopf!« schrie der Matrose. »Er ist aufgeplatzt.«

»Er muß im Sturm gegen die Planke geschlagen sein«, sagte der Bruder.

»Nein«, widersprach der Skipper und starrte die Wunde an. »Das ist ein sauberer Schnitt, wie von einer Rasierklinge. Eine Kugel hat ihn getroffen; man hat auf ihn geschossen.«

»Das kannst du nicht sicher sagen.«

»Er hat noch mehr Schußwunden«, fügte der Skipper hinzu, dessen Augen den Körper absuchten. »Wir fahren zur Ile de Port Noir; das ist die nächste Insel. Dort gibt es einen Arzt.«

»Den Engländer?«

»Er wird ihn versorgen.«

»Wenn er kann«, sagte der Bruder des Skippers, »falls er nicht besoffen ist. Mit den Tieren seiner Patienten hat er jedenfalls mehr Erfolg als mit Kranken.«

»Das macht nichts. Bis wir da sind, ist der hier ohnehin eine Leiche. Sollte er zufällig doch überleben, stelle ich ihm das zusätzliche Benzin und den Fang, der uns entgeht, in Rechnung. Hol den Sanitätskasten; wir verbinden ihm den Kopf, auch wenn es nichts nützt.«

»Schau!« rief der Matrose. »Seine Augen!«

»Was ist mit ihnen?« fragte der Bruder.

»Gerade noch waren sie grau — grau wie Stahlkabel. Jetzt sind sie blau!«

»Die Sonne ist heller geworden«, sagte der Skipper und zuckte die Schultern. »Oder du hast dich getäuscht. Aber das ist egal, im Grab gibt's ohnehin keine Farben.«

Das gleichmäßige Tuckern der Fischerboote mischte sich in das unablässige Kreischen der Möwen; gemeinsam bildeten sie die typischen Geräusche an der Küste. Es war später Nachmittag, die Sonne stand wie ein Feuerball im Westen, die Luft war still, feucht und heiß. Über den Piers am Hafen verlief eine Straße mit Kopfsteinpflaster, an ein paar heruntergekommenen weißen Häusern vorbei, zwischen denen Unkraut aus ausgetrockneter Erde in die Höhe schoß. Das hölzerne Gitterwerk der Veranden war beschädigt und die zerbröckelnden Stuckdecken wurden von hastig eingefügten Stützen getragen. Die Villen hatten vor ein paar Jahrzehnten bessere Tage gesehen, damals, als die Bewohner irrtümlich glaubten, Ile de Port Noir könnte ein weiteres Eldorado des Mittelmeeres werden. Doch das wurde es nie.

Von allen Häusern führten schmale Wege zur Straße, aber der Pfad des letzten Hauses in der Reihe wurde offensichtlich häufiger begangen als die anderen. Dort lebte ein Engländer, der vor acht Jahren nach Port Noir gekommen war, unter Umständen, die niemand begriff oder begreifen wollte; er war Arzt, und das Dorf brauchte einen, Nadel und Skalpell waren ebenso Werkzeuge, die dem Lebensunterhalt dienten, wie Instrumente, an denen man sich verletzen konnte. Wenn *le docteur* seinen guten Tag hatte, waren seine Nähte gar nicht übel. Wenn allerdings der Gestank von Wein oder Whisky zu penetrant war, ging man als Patient eben ein Risiko ein.

Aber besser er als gar kein Arzt.

Heute jedoch hatte noch niemand den Pfad benutzt. Es war Sonntag, und jeder wußte, daß der Doktor sich jeden Samstagabend im Dorf betrank und die Nacht dann mit irgendeiner Hure verbrachte. Natürlich war auch bekannt, daß sich an den letzten paar Samstagen die Gewohnheit des Arztes geändert hatte; er hatte sich nicht mehr im Dorf blicken lassen. Aber so groß war die Änderung nicht; Flaschen mit Scotch wurden regelmäßig in sein Haus geschickt. Er blieb einfach daheim; das tat er, seit das Fischerboot aus La Ciotat den unbekannten Mann gebracht hatte, der dem Tod näher gewesen war als dem Leben.

Dr. Geoffrey Washburn erwachte und zuckte zusammen, das Kinn gegen das Schlüsselbein gedrückt, so daß ihm der eigene Mundgeruch in die Nase strömte; das war nicht angenehm. Er rieb sich die Augen, orientierte sich und blickte zur offenen Schlafzimmertür. Hatte ihn wieder ein zusammenhangloser Monolog seines Patienten aus dem Schlaf gerissen? Nein, nebenan war Stille. Selbst die Möwen draußen waren ruhig. Es war der heilige Tag von Ile de Port Noir. Heute würden keine Fischerboote in den Hafen tuckern und die Vögel mit ihrem Fang locken.

Washburn sah auf das leere Glas und die halbleere Flasche Whisky auf dem Tisch neben seinem Sessel. Man merkte den Fortschritt. An einem normalen Sonntag würde sie jetzt längst ausgetrunken sein und der Scotch den Schmerz der vergangenen Nacht ertränkt haben. Er lächelte und dachte an seine ältere Schwester in Coventry, die den Scotch mit ihrer monatlichen Zuwendung möglich machte. Bess war ein gutes Mädchen, und sie hätte ihm weiß Gott viel mehr schicken können, aber trotzdem war er ihr dankbar für die Unterstützung. Und eines Tages würde sie aufhören, ihm Geld zu überweisen, und dann würde er mit dem billigsten Wein seine Erinnerung betäuben, bis überhaupt kein Schmerz mehr da war.

Er hatte sich schon lange mit diesem Leben abgefunden . . . bis ein paar Fischer, die sich nicht zu erkennen geben wollten, vor drei Wochen und fünf Tagen den halbtoten Fremden an seine Tür geschleppt hatten. Aus ihrer Sicht war das reine Barmherzigkeit, sie hatten mit dem Mann nichts weiter zu tun. Gott würde verstehen, warum der Mann angeschossen worden war.

Der Doktor stemmte seinen hageren Körper aus dem Sessel und trat schwankend ans Fenster, von wo aus er den Hafen überblicken konnte. Er zog die Gardinen zu, um das helle Sonnenlicht auszusperren, und spähte zwischen den Falten des Vorhangs hinaus, um zu sehen, was sich weiter unten auf der Straße tat, insbesondere, woher das Klappern kam. Es war ein Pferdewagen, eine Fischerfamilie auf Sonntagsausfahrt. Wo, zum Teufel, konnte man so etwas sonst noch erleben? Und dann erinnerte er sich an die Kutschen und die gestriegelten Wallache, die sich in den Sommermonaten mit Touristen durch den Londoner Regent Park bewegten; er mußte bei dem Vergleich laut lachen. Aber sein Lachen dauerte nur kurz, denn es wurde rasch von einem Gedanken verdrängt, der ihm noch vor drei Wochen undenkbar gewesen wäre. Er hatte alle Hoffnung aufgegeben, England je wiederzusehen. Doch jetzt war es bereits durchaus möglich, daß sich das ändern würde — durch den Fremden.

Wenn seine Prognose nicht falsch war, konnte es jeden Tag geschehen, jede Stunde, jede Minute. Die Wunden an den Beinen und auf der Brust waren tief und wären möglicherweise sogar tödlich gewesen, wenn die Kugeln nicht da geblieben wären, wo sie sich eingenistet hatten, vom salzigen Meerwasser gesäubert. Sie herauszuholen war bei weitem nicht so gefährlich, wie es hätte sein können, denn das Gewebe drum herum war aufgeweicht und ohne Infekt. Das eigentliche Problem war die Kopfwunde; nicht nur, weil die Kugel in den Schädel gedrungen war, sondern weil sie allem Anschein nach den Thalamus und das Ammonshorn des Gehirns verletzt hatte. Wäre das Projektil auch nur wenige Millimeter weiter links oder rechts eingedrungen, hätte das den sofortigen Tod bedeutet. So aber waren alle wichtigen Lebensfunktionen unversehrt geblieben. Washburn hatte seine Entscheidung getroffen. Er blieb sechsunddreißig Stunden trocken, aß so viel Stärke und trank so viel Wasser, wie nur menschenmöglich war. Dann wagte er sich an den heikelsten Eingriff, den er seit seiner Entlassung aus dem Macleans Hospital in London durchgeführt hatte. Millimeter für Millimeter wusch er mit einem Pinsel die Gewebepartien aus, spannte dann die Haut und nähte sie über der Kopfwunde zusammen. Dabei war er sich bewußt, daß der geringste Fehler, sei es nun mit dem Pinsel, der Nadel oder der Klammer, den Tod des Patienten verursachen würde.

Er hatte aus den verschiedensten Gründen nicht gewollt, daß dieser Unbekannte starb, besonders aus einem nicht.

Als nach dem Eingriff die Lebenszeichen konstant blieben, widmete sich Dr. Geoffrey Washburn wieder seiner chemischen und psychischen Lebensstütze, dem Alkohol. Er hatte sich vollaufen lassen und soff auch weiterhin, hatte aber vor dem absoluten Blackout haltgemacht. Er wußte die ganze Zeit genau, wo er war und was er tat. Das war ganz entschieden ein Fortschritt.

Jeden Tag, jede Stunde, konnten die Augen des Fremden wieder klar werden und verständliche Worte über seine Lippen kommen.

Jeden Augenblick vielleicht.

Die Worte kamen zuerst. Sie schwebten in der Luft, als die frühe Morgenbrise, die von der See hereinwehte, das Zimmer abkühlte.

»Wer ist da? Wer ist in diesem Zimmer?«

Washburn setzte sich auf, schwang die Beine lautlos über den Bettrand und erhob sich langsam. Es war jetzt wichtig, den Patienten nicht zu erschrecken, kein plötzliches Geräusch zu erzeugen oder eine Bewegung, die den Patienten verängstigen könnte. Die nächsten paar Minuten würden ebenso delikat sein wie vorher der chirurgische Eingriff. Der Arzt in ihm war auf diesen Augenblick vorbereitet.

»Ein Freund«, sagte er mit weicher Stimme.

»Freund?«

»Sie sprechen englisch. Das hatte ich angenommen. Amerikaner oder Kanadier, hatte ich vermutet. Die Technik Ihrer Zahnversorgung kommt nicht aus England oder Paris. Wie fühlen Sie sich?«

»Ich weiß nicht genau.«

»Das wird eine Weile dauern. Müssen Sie Ihren Darm erleichtern?«

»Was?«

»Ich habe gefragt, ob Sie kacken müssen, alter Junge. Dafür ist die Schüssel neben Ihnen. Die weiße, links von Ihnen. Wenn wir es rechtzeitig schaffen, natürlich.«

»Tut mir leid.«

»Nicht nötig. Eine ganz normale Funktion. Ich bin Arzt, *Ihr* Arzt. Ich heiße Geoffrey Washburn. Und Sie?«

»Was?«

»Ich habe Sie gefragt, wie Sie heißen.«

Der Fremde bewegte den Kopf und starrte die weiße Wand an, auf der sich Strahlen des Morgenlichts abzeichneten. Dann wandte er sich wieder um, und seine blauen Augen blickten den Arzt an. »Ich weiß nicht.«

»Oh, mein Gott!«

»Ich habe es Ihnen immer wieder gesagt. Es dauert eine Weile. Je mehr Sie dagegen ankämpfen, desto schwerer machen Sie es sich, desto schlimmer wird es.«

»Sie sind betrunken.«

»Ja, im allgemeinen schon. Aber das tut hier nichts zur Sache. Nur wenn Sie mir zuhören, kann ich Ihnen Ratschläge geben.«

»Ich habe zugehört.«

»Nein, das tun Sie nicht; Sie wenden sich ab. Sie liegen in Ihrem Kokon da und kapseln sich ab.«

»Also, ich höre.«

»Während Ihres langen Komas redeten Sie in drei verschiedenen Sprachen: in englisch, französisch und in irgendeiner gottverdammten Singsangsprache, die ich für orientalisch halte. Das bedeutet, daß Sie in verschiedenen Teilen der Welt zu Hause sind. Welche Sprache fällt Ihnen am leichtesten?«

»Offensichtlich Englisch.«

»Darauf haben wir uns ja geeinigt. Und welche ist demnach die schwierigste für Sie?«

»Ich weiß nicht.«

»Ihre Augen sind rund, nicht oval. Ich würde also sagen, die orientalische Sprache.«

»Offensichtlich.«

»Warum sprechen Sie sie dann? Versuchen Sie jetzt einmal bei folgenden Worten zu assoziieren. Ich werde sie phonetisch aussprechen: *Ma-kwa, Tam-kwan, Kee-sah.* Sagen Sie das erste, was Ihnen in den Sinn kommt.«

»Nichts.«

»Eine gute Show.«

»Was, zum Teufel, wollen Sie?«

»Irgend etwas.«

»Sie sind betrunken.«

»Das hatten wir bereits festgestellt. Das bin ich immer. Ich hab' Ihnen auch Ihr verdammtes Leben gerettet. Betrunken oder nicht — ich *bin* Arzt. Früher war ich sogar ein sehr guter.«

»Was ist passiert?«

»Der Patient befragt den Arzt?«

»Warum nicht?«

Washburn hielt inne, überlegte und blickte zum Fenster hinaus aufs Meer. »Man hat mich beschuldigt«, sagte er schließlich, »ich hätte zwei Patienten auf dem Operationstisch getötet, weil ich betrunken war. Mit einem hätte ich durchkommen können. Nicht mit zweien. Die schließen sehr schnell von einem Fall auf den anderen. Gott sei ihnen gnädig. Geben Sie einem Mann wie mir nie ein Messer.«

»Mußte das sein?«

»Was?«

»Die Flasche.«

»Ja, verdammt«, sagte Washburn leise und wandte sich vom Fenster ab. »So war es und so ist es. Und der Patient ist nicht befugt, über den Arzt ein Urteil abzugeben.«

»Verzeihung.«

»Sie haben auch eine penetrante Art, sich zu entschuldigen. In Wirklichkeit ist das nur überdrehter Protest und keineswegs natürlich. Ich glaube keinen Augenblick, daß Sie der Typ sind, der sich für irgend etwas entschuldigt.«

»Dann wissen Sie mehr, als ich weiß.«

»Über Sie, ja. Eine ganze Menge sogar. Und nur sehr wenig davon reimt sich zusammen.«

Der Mann im Stuhl rutschte nach vorn. Sein offenes Hemd löste sich, und man konnte die Bandagen auf der Brust sehen. Er faltete die Hände, und die Venen an seinen schlanken, muskulösen Armen traten hervor. »Meinen Sie Dinge, über die wir noch nicht gesprochen haben?«

»Ja.«

»Dinge, die ich sagte, als ich im Koma lag?«

»Nein, eigentlich nicht. Den größten Teil von dem Quatsch haben wir schon erörtert: die verschiedenen Sprachen, Ihre geographischen Kenntnisse — Städte, die ich nicht kenne; von manchen habe ich kaum je gehört —, Ihre fixe Idee, keine Namen zu nennen; Namen, die Sie sagen möchten, aber dann doch nicht aussprechen; Ihre Neigung zur Konfrontation: Angriff, Rückzug, Flucht — alles ziemlich gewalttätig, darf ich vielleicht hinzufügen. Ich habe Ihnen die Arme häufig festgeschnallt, um die Wunden zu schützen. Aber all das haben wir ja beredet. Es gibt da andere Dinge.«

»Welche anderen Dinge? Warum haben Sie nichts davon erwähnt?«

»Weil sie physischer Natur sind. Die äußere Schale sozusagen. Ich war nicht sicher, ob Sie schon soweit waren, sich das anzuhören. Ich habe auch jetzt noch Zweifel.«

Der Mann lehnte sich im Stuhl zurück. Die dunklen Augenbrauen unter dem dunkelbraunen Haar schoben sich in der Mitte zusammen. »Jetzt ist das Urteil des Arztes nicht gefragt. Ich bin bereit. Wovon sprechen Sie?«

»Wollen wir mit diesem ziemlich akzeptabel aussehenden Kopf anfangen, den Sie haben? Insbesondere Ihrem Gesicht?«

»Was ist damit?«

»Es ist nicht das Gesicht, mit dem Sie auf die Welt gekommen sind.«

»Was soll das heißen?«

»Gesichtschirurgische Operationen hinterlassen immer Spuren. Man hat Sie verändert, alter Junge.«

»Verändert?«

»Sie haben ein ausgeprägtes Kinn; ich würde sagen, daß es einmal gespalten war. Man hat das Grübchen entfernt. Ihr linker oberer Backenknochen — Ihre Backenknochen sind auch ausgeprägt, wahrscheinlich slawischen Ursprungs — hat winzige Spuren einer chirurgischen Narbe. Vermutlich hat man dort einen Leberfleck entfernt. Ihre Nase war früher einmal länger als heute. Und dann hat man sie schlanker gemacht und Ihre scharfen Gesichtszüge weicher. So hat man Ihren Ausdruck völlig verändert. Verstehen Sie, was ich sage?«

»Nein.«

»Sie sind ein einigermaßen attraktiver Mann, aber Ihr Gesicht wird durch die Kategorie, in die es fällt, mehr hervorgehoben als durch seine Eigenarten selbst.«

»Kategorie?«

»Ja. Sie sind der Prototyp des weißen Angelsachsen, den die Leute jeden Tag beim Cricket oder auf dem Tennisplatz beobachten können. Diese Gesichter lassen sich kaum voneinander unterscheiden, nicht wahr? Die Zähne sind gerade, die Ohren liegen flach am Kopf an. Nichts ist aus dem Gleichgewicht, alles ist am richtigen Platz, und die Züge sind ein wenig weich.«

»Weich?«

»Nun, ›verwöhnt‹ wäre vielleicht ein besseres Wort. Jedenfalls verraten sie Selbstbewußtsein, sogar Arroganz. Wer so aussieht, ist gewohnt, daß alles so läuft, wie er es wünscht.«

»Ich glaube, ich weiß immer noch nicht, worauf Sie hinauswollen.«

»Dann wollen wir es anders herum versuchen. Wenn Sie Ihr Haar färben, verändern Sie damit das Gesicht. Eine Brille oder ein Bart bewirkt das gleiche. Ich schätze, daß Sie Mitte bis Ende Dreißig sind, aber Sie könnten auch zehn Jahre älter oder fünf jünger sein.«

Washburn hielt inne und beobachtete die Reaktionen des Mannes, so als überlegte er, ob er fortfahren solle oder nicht. »Und weil wir gerade von der Brille sprechen, erinnern Sie sich an die Übungen, die Proben, die wir vor einer Woche machten?«

»Natürlich.«

»Ihre Sehkraft ist völlig normal, sie brauchen keine Brille.«

»Das hatte ich auch nicht angenommen.«

»Warum geben dann Ihre Netzhaut und Ihre Lider Hinweise darauf, daß Sie längere Zeit Kontaktlinsen getragen haben?«

»Keine Ahnung. Mir leuchtet das nicht ein.«

»Darf ich eine mögliche Erklärung vorschlagen?«

»Ich würde sie gerne hören.«

»Vielleicht auch nicht.« Der Arzt ging zum Fenster und blickte hinaus. »Bestimmte Kontaktlinsen sind so beschaffen, daß sie die Augenfarbe verändern. Und gewisse Arten von Augen eignen sich besser als andere dafür: gewöhnlich solche von grauer oder bläulicher Farbe. Die Ihren liegen dazwischen. Einmal sind sie braun-grau, ein anderes Mal wirken sie blau-grau. Die Natur hat Sie in dieser Hinsicht begünstigt; es war weder möglich noch notwendig, eine Änderung vorzunehmen.«

»Wofür notwendig?«

»Um Ihr Aussehen zu verändern. Sehr professionell, würde ich sagen. Visum, Paß, Führerschein — alles beliebig austauschbar. Haar: braun, blond, brünett. Augen — an denen kann man nichts ändern — grün, grau, blau. Ziemlich weitreichende Möglichkeiten, finden Sie nicht auch? Und alles innerhalb jener erkennbaren Kategorie, in der die Gesichter sich so häufig wiederholen.«

Der Mann erhob sich mit einiger Mühe aus dem Stuhl, er mußte sich dazu mit den Armen auf die Stuhllehne stützen und hielt beim Aufstehen den Atem an. »Es ist auch möglich, daß Sie sich da etwas einbilden. Sie könnten sich irren.«

»Die Spuren sind da, die Narben. Das reicht als Beweis.«

»Von Ihnen so gedeutet, und zwar mit ziemlich viel Zynismus. Angenommen, ich hätte einen Unfall gehabt und wäre zusammengeflickt worden — das würde es auch erklären.«

»Nicht die Art der Behandlung, die Sie hinter sich haben. Dazu braucht man weder das Haar zu färben, noch Leberflecken oder Grübchen im Kinn zu entfernen.«

»Das *wissen* Sie doch nicht«, sagte der Mann ärgerlich. »Es gibt verschiedene Arten von Unfällen, verschiedene Behandlungsmethoden. Sie waren nicht dabei, Sie können das nicht mit Sicherheit behaupten.«

»Gut! Werden Sie ruhig wütend auf mich. Sie tun das ohnehin nicht oft genug. Und während Sie wütend sind, *denken* Sie. Was *waren* Sie? Was *sind* Sie?«

»Handelsvertreter . . . Leitender Angestellter einer internationalen Firma, der sich auf den Fernen Osten spezialisiert hatte. Das könnte es sein. Oder Lehrer . . . Sprachen. Irgendwo an einer Universität. Das ist auch möglich.«

»Schön. Wählen Sie. Jetzt!«

»Ich . . . das kann ich nicht.« Die Augen des Mannes wirkten etwas hilflos.

»Weil Sie es selbst nicht glauben.«

Der Mann schüttelte den Kopf. »Nein. Glauben Sie es?«

»Auch nicht«, sagte Washburn. »Aus einem ganz bestimmten Grund. Diese Berufe sind in der Regel an einen festen Standort gebunden. Sie aber haben den Körper eines Mannes, den man physischem Streß ausgesetzt hat. Oh, ich meine nicht einen trainierten Athleten oder so etwas; das sind Sie nicht. Aber Ihre Arme und Hände sind Anstrengung gewöhnt und recht kräftig. Unter anderen Gegebenheiten würde ich Sie für einen Arbeiter halten, der schwere Gegenstände zu tragen hat, oder für einen Fischer, der Tag für Tag Netze einzieht. Aber Ihre Bildung und Ihr Intellekt schließen das mit Sicherheit aus.«

»Warum denke ich, daß Sie auf etwas anderes hinauswollen?«

»Weil wir unter gewissem Druck eng miteinander gearbeitet haben, und das seit einigen Wochen. Sie haben meine Methode erkannt.«

»Dann habe ich also recht?«

»Ja. Ich mußte sehen, wie Sie das, was ich Ihnen gerade gesagt habe, aufnehmen würden: die chirurgische Behandlung, das Haar, die Kontaktlinsen.«

»Und habe ich Ihren Test bestanden?«

»Mit einem Gleichmut, der einen wahnsinnig machen kann. Die Zeit ist jetzt da; es hat keinen Sinn, es länger hinauszuschieben. Offen gestanden fehlt mir dazu auch die Geduld. Kommen Sie mit.« Washburn ging voraus durchs Wohnzimmer, zu der Türe an der hinteren Wand, die in seinen Praxisraum führte. Dort holte er aus einer

Ecke einen uralten Projektor heraus, dessen Objektivfassung verrostet und zerbeult war. »Ich habe mir den Apparat mit den Lebensmitteln aus Marseille bringen lassen«, sagte er, während er das Gerät auf den kleinen Tisch stellte und es anschloß. »Nicht gerade der beste Apparat, aber seinen Zweck erfüllt er. Ziehen Sie bitte die Vorhänge zu.«

Der Mann ohne Namen und ohne Gedächtnis trat ans Fenster und zog die Gardinen zu. Jetzt war es dunkel im Raum. Washburn knipste die Lampe des Projektors an; an der weißen Wand erschien ein helles Quadrat. Dann schob er ein kleines Stück Zelluloid hinter die Linse.

Plötzlich tauchten in dem beleuchteten Quadrat Buchstaben auf.

GEMEINSCHAFTSBANK
BAHNHOFSTRASSE ZÜRICH.
NULL-SIEBEN-SIEBZEHN-ZWÖLF-NULL-
VIERZEHN-SECHSUNDZWANZIG-NULL.

»Was ist das?« fragte der namenlose Mann.

»Sehen Sie es sich genau an. *Denken* Sie.«

»Das ist irgendein Bankkonto.«

»Genau. Der gedruckte Briefkopf und die Adresse — das ist die Bank; die handgeschriebenen Ziffern stehen hier anstelle eines Namens, aber da sie ausgeschrieben sind, stellen sie die Unterschrift des Kontobesitzers dar. Die übliche Vorgehensweise.«

»Woher haben Sie das?«

»Von Ihnen. Das ist ein sehr kleines Negativ. Es war unter der Haut über Ihrer rechten Hüfte eingesetzt — chirurgisch implantiert. Die Nummern sind in Ihrer Handschrift geschrieben; das ist Ihre Unterschrift. Damit können Sie einen Safe in Zürich öffnen.«

2.

Sie wählten den Namen Jean-Pierre. Er war so geläufig in Port Noir wie jeder andere.

Und dann wurden Bücher aus Marseille ins Haus geschickt, sechs an der Zahl, die sich in der Größe unterschieden. Vier waren in englischer Sprache, zwei in französischer. Es handelte sich um medizinische Fachbücher, die sich mit Kopf- und Hirnverletzungen befaßten und mit Querschnitten durch das menschliche Gehirn illustriert waren. Hunderte von unbekannten Fachausdrücken mußten aufgenommen und in ihrer Bedeutung verstanden werden.

Die Bände enthielten auch psychologische Studien von emotionellen Streßsituationen, die zu Hysterie und zum Verlust der Sprechfähigkeit führen, Zustände, die auch partiellen oder völligen Gedächtnisschwund zur Folge haben können, medizinisch *Amnesie* genannt.

»Es gibt keine Regeln«, sagte der dunkelhaarige Mann und rieb sich die Augen in dem zu schwachen Licht der Tischlampe. »Das ist wie ein geometrisches Puzzle; Amnesie kann in einer Vielzahl von Kombinationen entstehen, mit physischen oder psychischen Reaktionen — oder ein klein wenig von beidem. Sie tritt permanent oder temporär in Erscheinung. Wie gesagt, man kann keine festen Regeln aufstellen.«

»Richtig!« sagte Washburn und nippte an seinem Whisky. »Ich glaube, wir kommen der Sache jetzt langsam näher. So wie *ich* denke, daß sie sich abgespielt hat.«

»Nämlich wie?« fragte der Mann interessiert.

»Sie sagten es gerade selbst: ›ein klein wenig von beidem‹. Nur sollte die Formulierung ›ein klein wenig‹ besser in ›massiv‹ geändert werden. Durch massive Schocks.«

»Massive Schocks?«

»In physischer *und* psychischer Hinsicht. Die Schocks hatten einen direkten Zusammenhang, waren ineinander verwoben — zwei Erlebnisketten oder Stimuli, die zusammenschmolzen.«

»Wieviel haben Sie getrunken?«

»Weniger als Sie glauben; unbedeutend.« Der Arzt griff nach einem Block. »Das hier ist Ihre Geschichte — Ihre neue Geschichte —, angefangen mit dem Tag, an dem man Sie hierher gebracht hat. Lassen Sie mich zusammenfassen: Die physischen Wunden lassen erkennen, daß die Situation, in der Sie sich befanden, mit größtem Streß für Sie verbunden war. Die Hysterie, die sich dann entwickelte, wurde dadurch verursacht, daß Sie mindestens neun Stunden im Wasser trieben, was natürlich die psychische Belastung verstärkte. Die Finsternis, die heftigen Bewegungen, wobei die Lungen kaum genug Luft bekamen — all dies hat die Hysterie gefördert. Was ihr vorausging, mußte aus der Erinnerung gelöscht werden, damit Sie mit dem Trauma fertig werden und überleben konnten. Sind Sie in der Lage, mir zu folgen?«

»Ich glaube schon. Der Kopf hat sich geschützt.«

»Nicht der Kopf, das Bewußtsein! Die Unterscheidung ist wichtig. Wir kommen später auf den Kopf zurück, aber nennen wir ihn lieber ›das Gehirn‹.«

Washburn blätterte in seinen Papieren. »Ich habe hier ein paar hundert Beobachtungen festgehalten, unter anderem die üblichen medizinischen Anmerkungen — Medikamente, Dosis, Zeitpunkt, Reaktion —, aber im wesentlichen befassen sich diese Aufzeichnungen mit *Ihnen*, dem Menschen selbst. Hier sind die Worte notiert, die Sie benutzen; die Worte, auf die Sie reagieren; die Sätze, die Sie gebrauchen, sowohl im Schlaf, als auch während Sie im Koma lagen. Selbst die Art und Weise, wie Sie gehen, wie Sie sprechen, wie Sie Ihren Körper anspannen, wenn Sie erschreckt werden oder etwas sehen, das Sie interessiert, habe ich beschrieben. Sie scheinen ein einziger Widerspruch zu sein. Unter der Oberfläche brodelt etwas Gewalttätiges, das Sie meistens unter Kontrolle haben, sich aber nicht zur Ruhe bringen läßt. Und dann ist da eine Nachdenklichkeit, die schmerzhaft für Sie zu sein scheint, und doch geben Sie dem Ärger, den jener Schmerz provozieren muß, nur selten freien Lauf.«

»Sie provozieren ihn jetzt«, sagte der Mann. »Wir sind die Worte und Sätze immer wieder durchgegangen.«

»Und wir werden damit fortfahren«, unterbrach ihn Washburn, »solange wir Fortschritte dabei erzielen.«

»Mir war nicht bewußt, daß irgendwelche Fortschritte zu verzeichnen sind.«

»Nicht in bezug auf Ihre Identität oder Ihren Beruf. Aber wir sind im Begriff herauszufinden, was für Sie am bequemsten ist, womit Sie am besten zurecht kommen. Das ist fast etwas beängstigend.«

»In welcher Hinsicht?«

»Lassen Sie mich ein Beispiel nennen.« Der Arzt legte den Block weg und erhob sich. Er trat an einen Schrank, öffnete eine Schublade und entnahm ihr eine große Automaticpistole. Der Mann ohne Erinnerung erstarrte in seinem Stuhl; Washburn bemerkte die Reaktion.

»Ich habe sie noch nie benutzt und bin nicht einmal sicher, ob ich dazu imstande wäre, aber immerhin lebe ich hier am Wasser.« Er lächelte und warf die Waffe dem Mann plötzlich und ohne Vorwarnung zu. Er fing sie geschickt in der Luft auf, ohne einen Moment gezögert zu haben. »Zerlegen Sie sie; so nennt man das doch, glaube ich.«

»Was?«

»Zerlegen sollen Sie das Ding. *Jetzt.*«

Der Mann sah die Pistole prüfend an. Und dann huschten seine Hände und Finger lautlos und fachmännisch über die Waffe. In weniger als dreißig Sekunden war sie in ihre Bestandteile zerlegt. Er blickte auf.

»Verstehen Sie, was ich meine?« sagte Washburn. »Zu Ihren Fertigkeiten gehört eine ungewöhnliche Kenntnis von Feuerwaffen.«

»Durchs Militär?« fragte der Mann mit eindringlicher Stimme.

»Höchst unwahrscheinlich«, erwiderte der Arzt. »Als Sie zum ersten Mal aus dem Koma erwachten, erwähnte ich Ihre Zähne. Ich kann Ihnen versichern, daß Ihre Zahnreparaturen nicht von Militärärzten vorgenommen wurden. Und dann natürlich die chirurgische Behandlung; die schließt praktisch jede Beziehung zum Militär mit größter Wahrscheinlichkeit aus.«

»Was dann?«

»Wir wollen uns jetzt nicht damit beschäftigen; kümmern wir uns lieber um das, was geschehen ist. Wir waren mit dem Bewußtsein befaßt, erinnern Sie sich? Mit dem Streß, der Hysterie. Drücke ich mich klar genug aus?«

»Weiter.«

»In dem Maße, wie der Schock nachläßt, tut das auch der psychische Druck, bis kein fundamentales Bedürfnis mehr besteht, die Psyche zu schützen. Und während dieses Prozesses werden Ihnen Ihre Fertigkeiten und Talente wieder zurückfließen. Sie werden sich an gewisse Verhaltensmuster erinnern; es kann sein, daß Sie sie auf ganz natürlichem Wege erleben und instinktiv reagieren. Aber es gibt da eine Lücke, und alles, was auf diesen Seiten hier steht, bestätigt mir, daß diese Lücke nie mehr zu schließen sein wird.« Washburn hielt inne und ging zu seinem Stuhl zurück.

»Weiter!« flüsterte der Mann.

Der Arzt sah seinem Patienten fest in die Augen. »Kommen wir zurück zum Kopf, den wir mit dem Etikett ›Gehirn‹ versehen haben. Das *physische* Gehirn besitzt Millionen und Abermillionen von Zellen. Sie haben die Fachbücher gelesen. Der geringste Eingriff kann dramatische Folgen mit sich bringen. Und das ist Ihnen widerfahren. Der Schaden war *physischer* Natur. Es ist gerade so, als wären Blöcke neu angeordnet worden, als wäre die *physische* Struktur verändert worden.« Wieder hielt Washburn inne.

»Und?« drängte der Mann.

»Der geringer werdende psychische Druck wird zulassen — läßt bereits zu —, daß Ihnen Ihre Fertigkeiten und Talente zurückgegeben werden. Aber ich glaube nicht, daß Sie jemals imstande sein werden, sie mit irgend etwas in Ihrer Vergangenheit in Verbindung zu bringen.«

»Warum nicht?«

»Weil die Zellen im Gehirn, die jene Erinnerungen ermöglichen, verändert worden sind. Sie sind jetzt in dem Maße neu angeordnet, daß sie nicht mehr so funktionieren können, wie sie das einmal taten. Sie sind praktisch zerstört worden.«

Der Mann saß wie gelähmt da. »Die Antwort liegt in Zürich«, sagte er.

»Noch nicht. Sie sind noch nicht soweit. Noch sind Sie nicht stark genug.«

»Das werde ich aber sein.«

»Ja, das werden Sie.«

Die Wochen verstrichen; die Wortübungen dauerten an, die Zahl der beschriebenen Seiten auf dem Block des Arztes wurde immer größer, und schließlich kehrten die Kräfte des Mannes zurück. Es war an einem Morgen der neunzehnten Woche, der Tag war freundlich, und das Mittelmeer lag ruhig da und glänzte. Der Mann war die letzte Stunde, so wie er sich das angewöhnt hatte, am Wasser entlanggelaufen und dann die Hügel hinauf. Er hatte die Strecke inzwischen auf über zwölf Meilen pro Tag ausgedehnt, sein Tempo täglich gesteigert und immer seltener Ruhepausen eingelegt. Jetzt saß er auf dem Stuhl am Schlafzimmerfenster und atmete schwer. Schweiß tränkte sein Unterhemd. Er war durch die Hintertür hereingekommen und durch den finsteren Gang, der am Wohnzimmer vorbeiführte, ins Schlafzimmer gelangt. Es war einfach bequemer so; das Wohnzimmer diente Washburn als Wartezimmer, und da saßen noch ein paar Patienten, die versorgt werden mußten. Sie wirkten verstört und dachten wohl darüber nach, wie der Zustand von *le docteur* an diesem Morgen sein mochte. Tatsächlich war es nicht so schlimm. Geoffrey Washburn trank zwar immer noch wie ein wilder Kosak, aber in diesen Tagen hatte er sich immerhin einigermaßen unter Kontrolle. Es war, als hätte sich in den Tiefen seines eigenen zerstörerischen Fatalismus ein Rest an Hoffnung gefunden. Und der Mann ohne Gedächtnis begriff: jene Hoffnung hing mit einer Bank in der Züricher

Bahnhofstraße zusammen. Warum erinnerte er sich eigentlich so leicht an diese Straße?

Die Schlafzimmertür öffnete sich, und der Arzt platzte herein, sein weißer Kittel mit Blut beschmiert.

»Ich hab' es geschafft!« sagte er grinsend, und in seinen Worten klang Triumph. »Ich sollte eine Agentur für Arbeitsvermittlung aufmachen und von den Provisionen leben. Das wäre ein regelmäßigeres Einkommen.«

»Wovon reden Sie eigentlich?«

»Wir waren uns doch einig; es ist genau das, was Sie brauchen. Sie *müssen* nach außen hin in Erscheinung treten, und seit zwei Minuten ist Monsieur Jean-Pierre Namenlos gegen Bezahlung angestellt! Zumindest auf eine Woche.«

»Wie haben Sie das fertiggebracht? Ich dachte, es gäbe keine freien Stellen.«

»Als ich gerade eben Lamouches infiziertes Bein behandelte, erklärte ich ihm, daß mein Vorrat an lokalen Betäubungsmitteln verdammt gering sei. Wir feilschten; Sie waren das Handelsobjekt.«

»Eine Woche?«

»Wenn Sie gut sind, behält er Sie vielleicht.« Washburn hielt inne. »Obwohl das eigentlich gar nicht so schrecklich wichtig ist, oder?«

»Ich bezweifle, ob überhaupt irgend etwas davon wichtig ist. Vor einem Monat vielleicht, aber jetzt nicht mehr. Ich habe Ihnen ja gesagt, daß ich bereit bin, von hier wegzugehen. Ich hätte gedacht, daß Sie das auch wollen. Ich habe eine Verabredung in Zürich.«

»Und ich würde es vorziehen, wenn Sie bei dieser Verabredung so fit wären wie nur irgend möglich. Meine Interessen sind höchst egoistisch. Ich kann nicht zulassen, daß Sie einen Rückfall erleiden.«

»Ich bin bereit.«

»Oberflächlich vielleicht. Aber glauben Sie mir, es ist für Sie lebenswichtig, daß Sie längere Zeit auf dem Wasser verbringen, auch nachts. Nicht unter komfortablen Umständen wie ein Passagier, sondern harten Bedingungen ausgesetzt — je härter, desto besser.«

»Wieder ein Test?«

»Jeder Test, den ich in Port Noir arrangieren kann, ist mir recht. Wenn ich hier einen Sturm und einen kleinen Schiffbruch heraufbeschwören könnte, würde ich das für Sie tun. Andererseits ist Lamouche selbst so etwas wie ein Sturm; er ist ein schwieriger Mann. Sobald die Schwellung an seinem Bein zurückgegangen ist, wird er über Ihre Anwesenheit verärgert sein. Andere werden auch so reagieren. Sie müssen für jemanden einspringen.«

»Danke für Ihre Bemühung.«

»Gern geschehen. Wir kombinieren hier zwei Streß-Situationen.

Wenigstens ein oder zwei Nächte auf dem Wasser, wenn Lamouche seinen Zeitplan einhält — das ist die feindliche Umgebung, die zu Ihrer Hysterie beigetragen hat —, und schließlich werden Sie der Ablehnung und dem Argwohn Ihrer Umgebung ausgesetzt sein — symbolisch für die ursprüngliche Streß-Situation.«

»Noch einmal vielen Dank. Angenommen, die beschließen, mich über Bord zu werfen?«

»Oh, dazu wird es nicht kommen«, sagte Washburn und runzelte die Stirn.

»Ich bin froh, daß Sie so zuversichtlich sind. Ich wünschte, ich wäre es auch.«

»Das können Sie sein. Sie genießen den Schutz meiner Anwesenheit. Ich bin zwar weder Christiaan Barnard noch Michael De Bakey, aber diese Leute brauchen mich; die riskieren nicht, mich zu verlieren.«

»Sie wollen doch hier weg, denke ich, und ich bin Ihr Reisepaß.«

»Auf eine Art und Weise, die niemand durchschaut, mein lieber Patient. Los jetzt! Lamouche möchte, daß Sie zum Hafen hinuntergehen, damit Sie sich mit seinen Geräten vertraut machen können. Sie beginnen morgen früh um vier Uhr. Denken Sie immer daran, wie nützlich eine Woche auf See sein wird. Betrachten Sie es als Kreuzfahrt.«

Eine Kreuzfahrt wie diese hatte es noch nie gegeben. Der Skipper des schmutzigen, öldurchtränkten Fischerboots war die übellaunige Kopie eines unbedeutenden Captain Bligh; die Mannschaft ein Quartett von Tunichtguten — ohne Zweifel die einzigen Männer in ganz Port Noir, die bereit waren, Claude Lamouche zu ertragen. Eigentlich gehörte noch ein fünftes Mitglied zur Mannschaft, der Bruder des zweiten Mannes an Bord. Diese Tatsache wurde dem Mann, den man Jean-Pierre nannte, binnen weniger Minuten nach Verlassen des Hafens um vier Uhr morgens klargemacht.

»Du nimmst meinem Bruder die Arbeit weg!« fauchte der Fischer ärgerlich, während er an seiner Zigarette paffte, die unbeweglich in seinem Mundwinkel hing.

»Es ist ja nur für eine Woche«, entgegnete Jean-Pierre. Es wäre leichter gewesen — viel leichter — anzubieten, den jetzt arbeitslos gewordenen Bruder mit Washburns monatlichem Taschengeld zu entschädigen, aber der Arzt und sein Patient waren übereingekommen, solche Kompromisse zu unterlassen.

»Hoffentlich kannst du wenigstens mit den Netzen umgehen.«

Er verstand nichts davon.

In den nächsten 72 Stunden gab es Augenblicke, in denen der Mann namens Jean-Pierre dachte, er müsse doch auf die letzte Alternative zurückgreifen und sich mit Geld Ruhe verschaffen. Unablässig hackte man auf ihm herum, selbst während der Nacht — besonders dann. Als er an Deck auf der schmutzigen Matratze lag, hatte er das Gefühl, als wären Augen auf ihn gerichtet, die nur darauf warteten, daß er einschlief.

»Du! Übernimm die Wache! Der Maat ist krank. Du mußt ihn vertreten.«

»Steh auf! Philippe schreibt seine Memoiren. Er darf nicht gestört werden.«

»Aufstehen! Du hast heute nachmittag ein Netz zerrissen. Wir zahlen nicht für deine Dummheit. Darüber sind wir uns einig. Flicke es jetzt.«

Die Netze: Wenn für eine Seite zwei Männer benötigt wurden, so nahmen seine zwei Arme die Stelle von vier ein. Wenn er neben einem Mann arbeitete, dann ließ der die Last plötzlich los, und das ganze Gewicht ruhte auf ihm. Oder jemand stieß ihn mit der Schulter so an, daß er gegen die Schiffswand prallte und beinahe über Bord gefallen wäre.

Und Lamouche: ein hinkender Wahnsinniger, der jede Seemeile an der Zahl der Fische maß, die er verloren hatte. Seine Stimme klang wie ein schnarrendes Nebelhorn. Er sprach nie jemanden an, ohne irgendeinen obszönen Ausdruck vor den Namen zu setzen, eine Angewohnheit, die den Patienten in zunehmendem Maße wütender machte. Aber Lamouche rührte Washburns Patienten nicht an; er schickte dem Arzt nur auf seine Weise seine Botschaft: *Tu mir das nie wieder an. Nicht, wenn es um mein Boot und meinen Fang geht.* Lamouche wollte bei Sonnenuntergang des dritten Tages zurück in Port Noir sein. Nach dem Ausladen der Fische sollte die Mannschaft bis vier Uhr am nächsten Morgen Zeit bekommen, um auszuschlafen, herumzuhuren, sich zu betrinken oder mit etwas Glück die drei Beschäftigungen gleichzeitig auszuüben. Als sie Land sichteten, geschah es. Die Netze wurden vom Netzmann und seinem ersten Helfer mittschiffs eingezogen und zusammengefaltet. Das unwillkommene Mannschaftsmitglied, das sie »Jean-Pierre Sangsue« (»Blutsauger«) beschimpften, scheuerte das Deck mit einem langstieligen Schrubber. Die zwei übrigen Crewmitglieder schwappten Eimer mit Seewasser vor den Schrubber, wobei sie häufiger den Blutsauger als die Deckplanken trafen.

Ein voller Eimer wurde hoch geworfen und blendete Washburns Patienten einen Augenblick lang, so daß er das Gleichgewicht verlor. Der schwere Schrubber mit den metallähnlichen Borsten rutschte ihm aus der Hand und traf mit seinen scharfen Borsten den Schenkel des knienden Netzmannes.

»Verdammte Scheiße!«

»Tut mir leid«, sagte der Übeltäter und wischte sich das Wasser aus den Augen.

»Der Teufel soll dich holen!« schrie der andere.

»Ich habe gesagt, daß es mir leid tut«, erwiderte der Mann namens Jean-Pierre. »Sag deinen Freunden, sie sollen das Deck naß machen, nicht mich.«

Der Netzmann stand auf, packte den Schrubberstiel und hielt ihn wie ein Bajonett vor sich. »Willst du spielen, Blutsauger?«

»Komm, gib her.«

»Mit Vergnügen, Blutsauger. Hier!« Der Netzmann stieß mit dem Schrubber zu, so daß die Borsten über Brust und Bauch des Patienten fuhren und sein Hemd durchdrangen.

Ob es nun die Berührung mit den Narben war, die seine Wunden bedeckten, oder die Wut nach drei Tagen Quälerei, würde der Mann nie erfahren. Er wußte nur, daß er reagieren mußte. Und seine Reaktion erschreckte ihn mehr, als er sich hätte vorstellen können.

Er packte den Schrubberstiel mit der rechten Hand und trieb ihn dem Mann in den Leib. In dem Augenblick, da der andere nach vorne taumelte, trat er mit dem linken Fuß zu und traf den Mann an der Kehle.

»Tao!« Der gutturale Laut kam unwillkürlich über seine Lippen; er wußte nicht, was es bedeutete.

Und ehe er begriff, war er herumgewirbelt, und jetzt schoß sein rechter Fuß vor und bohrte sich in die linke Niere des Seemanns.

»Che-sah!« keuchte er.

Sein Gegner fuhr zurück und warf sich, von Schmerz und Wut getrieben, nach vorne, die Hände wie Klauen ausgestreckt. »Du Schwein!«

Der Patient duckte sich; seine rechte Hand packte den anderen am linken Unterarm und riß ihn herunter. Dann schoß er in die Höhe und drückte dabei den Arm seines Opfers nach oben und drehte ihn herum. Als er ihn losließ, jagte er ihm den Absatz ins Kreuz. Der Franzose brach über dem Netz zusammen, sein Kopf prallte gegen die Reling.

»Mee-sah!« Wieder wußte er nicht, was sein halblauter Schrei bedeutete.

Ein Matrose umklammerte von hinten seinen Hals, worauf der Patient seinen rechten Ellbogen in den Leib seines Angreifers rammte. Jean-Pierre beugte sich vor, packte den Ellbogen rechts von seiner Kehle und duckte sich. Der Angreifer wurde in die Höhe gehoben;

seine Beine strampelten in der Luft, als er über das Deck geschleudert wurde. Schließlich blieb sein Kopf neben den Zahnrädern einer Winde liegen.

Jetzt waren die zwei übriggebliebenen Männer über ihm. Fäuste trommelten auf ihn ein. Der Patient griff nach dem Handgelenk eines Mannes, bog es nach unten und drehte es mit einer ruckartigen Bewegung nach links. Der Mann schrie auf — das Handgelenk war gebrochen.

Washburns Patient verschränkte die Finger beider Hände ineinander, schwang die Arme wie einen Vorschlaghammer in die Höhe und traf den Matrosen mit dem gebrochenen Handgelenk am Kinn. Der Mann wurde nach hinten geschleudert und brach auf dem Deck zusammen.

»*Kwa-sah!*« Das Flüstern hallte in den Ohren des Patienten nach.

Der vierte Mann schlich sich nach rückwärts davon.

Es war vorbei. Drei Angehörige von Lamouches Mannschaft waren besinnungslos, schwer für das bestraft, was sie getan hatten. Es war zweifelhaft, daß auch nur einer von ihnen um vier Uhr früh imstande sein würde, ans Dock zu kommen.

Als Lamouche jetzt sprach, klang gleichermaßen Erstaunen und Verachtung in seinen Worten. »Ich weiß nicht, woher Sie kommen, aber Sie werden dieses Boot verlassen.«

Der Mann ohne Gedächtnis begriff die ungewollte Ironie in den Worten des Kapitäns. *Ich weiß auch nicht, woher ich komme.*

»Sie können nicht länger hier bleiben«, sagte Geoffrey Washburn, als er in das abgedunkelte Schlafzimmer trat. »Ich hatte ehrlich geglaubt, ich könnte verhindern, daß Sie ernsthaft angegriffen werden. Aber jetzt, wo Sie den Schaden angerichtet haben, bin ich nicht mehr in der Lage, Sie zu schützen.«

»Man hat mich provoziert.«

»In dem Maße? Ein Mann hat ein gebrochenes Handgelenk und Platzwunden am Hals und im Gesicht, die ich nähen muß. Ein anderer hat Platzwunden am Kopf, dazu eine schwere Gehirnerschütterung und eine Nierenverletzung, deren Ausmaß ich noch nicht kenne. Ganz zu schweigen von einem Tritt in den Unterleib, von dem die Hoden angeschwollen sind! Ich glaube, man nennt das Overkill.«

»Wenn es anders gelaufen wäre, dann wäre es nur ein ›Kill‹ gewesen und ich ein toter Mann.« Der Patient hielt inne, fuhr aber fort, ehe der Arzt das Wort ergreifen konnte. »Ich glaube, wir sollten miteinander reden. Es sind einige Dinge geschehen; mir sind andere Worte in den Sinn gekommen. Darüber sollten wir sprechen.«

»Das sollten wir, aber das können wir jetzt nicht. Es ist keine Zeit. Sie müssen sofort gehen. Ich habe Vorbereitungen getroffen.«

»Gleich?«

»Ja. Ich habe denen gesagt, daß Sie ins Dorf gegangen sind, wahrscheinlich um sich zu betrinken. Die Familien werden Sie jetzt suchen — jeder Bruder, Vetter und Schwager. Sie werden Messer mitbringen und Bootshaken, vielleicht auch Pistolen. Und wenn sie Sie nicht finden, werden sie hierher zurückkommen. Die werden nicht eher ruhen, bis sie Sie aufgespürt haben.«

»Wegen eines Kampfes, den ich nicht angefangen habe?«

»Weil Sie drei Männer verletzt haben, die zusammen wenigstens einen Monat Lohn verlieren werden. Und dann noch aus einem anderen Grund, der viel wichtiger ist.«

»Und welcher ist das?«

»Die Demütigung. Ein Fremder hat sich nicht nur einem, sondern gleich drei hochgeachteten Fischern von Port Noir überlegen gezeigt.«

»Hochgeachteten?«

»Was ihre körperliche Kraft anbetrifft. Lamouches Mannschaft gilt als die schlagkräftigste im ganzen Dorf.«

»Das ist lächerlich.«

»Für die nicht. Das ist ihr Ehrgefühl . . . Jetzt beeilen Sie sich! Packen Sie Ihre Sachen. Ein Boot aus Marseille liegt im Hafen; der Kapitän hat sich bereit erklärt, Sie mitzunehmen und Sie eine halbe Meile nördlich von La Ciotat abzusetzen.«

Der Mann ohne Gedächtnis hielt den Atem an. »Dann ist es Zeit«, sagte er leise.

»Allerdings«, erwiderte Washburn. »Ich ahne, was Sie jetzt verspüren: Ein Gefühl der Hilflosigkeit, ein Gefühl, im Meer zu treiben, ohne Ruder, das Sie auf Kurs bringt. Ich war Ihr Ruder, und ich werde nicht bei Ihnen sein; daran kann ich nichts ändern. Aber glauben Sie mir, wenn ich Ihnen sage, daß Sie *nicht* hilflos sind. Sie *werden* Ihren Weg finden.«

»Nach Zürich«, fügte der Patient hinzu.

»Nach Zürich«, pflichtete der Arzt ihm bei. »Hier, ich habe Ihnen in diesem Öltuch ein paar Dinge eingewickelt. Schnallen Sie es sich um die Hüfte.«

»Was ist da drin?«

»Sämtliches Geld, das ich habe; etwa zweitausend Franc. Es ist nicht viel, aber immerhin können Sie damit was anfangen. Und mein Paß, falls er Ihnen nützt. Wir haben etwa das gleiche Alter. Er ist bereits vor acht Jahren ausgestellt worden. Lassen Sie ihn von niemandem genau ansehen. Es ist nur ein offizielles Papier.«

»Und was werden Sie tun?«

»Falls ich nichts mehr von Ihnen hören sollte, werde ich ihn schon nicht mehr brauchen.«

»Sie sind ein anständiger Mann.«

»Ich glaube, das sind Sie auch . . . so wie ich Sie kennengelernt habe, aber ich habe Sie natürlich vorher nicht gekannt. Für jenen Mann kann ich mich also nicht verbürgen. Ich wünschte, ich könnte das, aber es geht einfach nicht.«

Der Mann lehnte an der Reling und verfolgte, wie die Lichter von Ile de Port Noir in der Ferne verblaßten. Das Fischerboot steuerte in die Dunkelheit hinein, so wie er vor fast fünf Monaten in die Finsternis gestürzt war . . . und jetzt in eine neue Finsternis fiel.

3.

An der Küste Frankreichs waren keine Lichter zu sehen. Der fahle Schein des sterbenden Mondes beleuchtete das felsige Ufer nur in seinen Umrissen. Sie waren zweihundert Meter vom Land entfernt, und das Boot tanzte leicht in der schwachen Strömung der Bucht. Der Kapitän deutete über die Reling.

»Dort, zwischen den beiden Felsvorsprüngen, ist ein kleiner Uferstreifen. Nicht sehr breit. Sie erreichen ihn, wenn Sie rechts hinüberschwimmen. Wir können nur noch ein Stückchen weiter landeinwärts treiben, nicht mehr. In ein, zwei Minuten haben wir die Stelle erreicht.«

»Sie tun mehr, als ich erwarten durfte. Dafür danke ich Ihnen.«

»Nicht nötig. Ich bezahle meine Schulden.«

»Und dazu diene ich Ihnen?«

»Ja. Der Arzt in Port Noir hat nach diesem wahnsinnigen Sturm vor fünf Monaten drei von meiner Mannschaft zusammengeflickt. Sie waren nicht der einzige, den man damals hereingebracht hat, wissen Sie.«

»Sie kennen mich?«

»Sie lagen kalkweiß auf dem Tisch, aber ich kenne Sie nicht und will Sie auch nicht kennen. Ich hatte damals kein Geld, keinen Fang; der Arzt meinte, ich könnte bezahlen, wenn die Umstände besser wären. Mit Ihnen begleiche ich nur meine Schulden.«

»Ich brauche Papiere«, sagte der Mann, der eine Chance auf Hilfe witterte, »eine Änderung in einem Paß.«

»Warum erzählen Sie das mir?« fragte der Kapitän. »Ich habe versprochen, nördlich von La Ciotat ein Paket abzuladen. Nicht mehr.«

»Das hätten Sie nicht gesagt, wenn Sie nicht auch zu anderen Dingen imstande wären.«

»Ich werde Sie *nicht* nach Marseille bringen. Das Risiko, von einem Streifenboot erwischt zu werden, werde ich nicht eingehen. Die Sûreté hat überall im Hafen ihre Leute; die Rauschgiftfahnder sind wie die Wilden. Entweder besticht man sie, oder man verbringt zwanzig Jahre in einer Zelle.«

»Das bedeutet, daß ich in Marseille Papiere bekommen kann. Und Sie können mir helfen.«

»Das habe ich nicht gesagt.«

»Doch, das haben Sie. Ich brauche Hilfe, und die finde ich an einem Ort, an den Sie mich nicht bringen wollen — aber es gibt dort jemanden, der helfen kann. Das haben Sie angedeutet.«

»Was?«

»Daß Sie in Marseille mit mir reden würden, wenn ich ohne Sie dorthin komme. Nennen Sie mir den Ort.«

Der Kapitän des Fischerboots studierte das Gesicht des Patienten; die Entscheidung fiel ihm nicht leicht, aber er traf sie. »Es gibt ein Café an der Rue Sarrasin, südlich des alten Hafens: ›Le Bouc de Mer‹. Ich werde heute abend zwischen neun und elf dort sein. Sie werden Geld benötigen. Einen Teil der geforderten Summe wird man im voraus verlangen.«

»Wieviel?«

»Das liegt bei Ihnen und dem Mann, mit dem Sie verhandeln.«

»Ich brauche einen Anhaltspunkt.«

»Es ist billiger, wenn Sie einen Paß haben, den man fälschen kann; andernfalls muß man einen stehlen.«

»Ich sagte Ihnen, daß ich einen habe.«

Der Kapitän zuckte die Achseln. »Fünfzehnhundert, zweitausend Franc.«

Der Patient dachte an das in Öltuch gewickelte Päckchen, das er bei sich trug. In Marseille wurde er womöglich von der Polizei aufgegriffen, dafür hatte er aber auch die Chance, einen geänderten Paß zu bekommen, mit dem er nach Zürich reisen konnte. »Wird gemacht«, sagte er, ohne zu wissen, weshalb es so zuversichtlich klang. »Heute abend also.«

Der Kapitän spähte zu dem schwach beleuchteten Küstenstreifen hinüber. »So, weiter können wir jetzt nicht mehr ans Ufer treiben. Sie sind jetzt auf sich gestellt. Vergessen Sie nicht: Sollten wir uns nicht in Marseille treffen, sind wir uns niemals begegnet, klar? Und aus meiner Mannschaft hat Sie auch keiner gesehen.«

»Ich werde dort sein. ›Le Bouc de Mer‹, Rue Sarrasin, südlich vom alten Hafen.«

»In Gottes Hand«, sagte der Skipper und gab dem Matrosen am Steuer ein Zeichen. Die Maschinen unter den Bootsplanken heulten kurz auf. »Übrigens, die Kunden im ›Le Bouc‹ sind den Pariser Dialekt nicht gewöhnt. Ich würde an Ihrer Stelle daran denken.«

»Danke für den Rat«, sagte der Patient, als er die Beine über die Bordwand schwang und sich ins Wasser hinabließ. Er hielt den Beutel in die Höhe und strampelte mit den Beinen, um nicht abzusinken. »Bis heute abend«, fügte er mit lauterer Stimme hinzu und blickte an dem schwarzen Rumpf des Fischerboots hinauf.

Aber da war niemand mehr; der Kapitän hatte die Reling verlassen. Nur das Klatschen der Wellen gegen das Holz und das gedämpfte Brummen der Motoren waren zu hören.

Sie sind jetzt auf sich gestellt.

Er schauderte und drehte sich in dem kalten Wasser herum. Er nahm Kurs auf das Ufer, auf eine Gruppe von Felsen zu. Wenn der Kapitän ihn richtig beraten hatte, würde die Strömung ihn zu dem noch unsichtbaren Uferstreifen tragen.

Das tat sie; er spürte, wie der Sog seine nackten Füße in den Sand zog, was die letzten dreißig Meter nicht gerade erleichterte. Aber der Segeltuchsack war relativ trocken geblieben.

Minuten später saß er auf einer Düne, die mit wildem Gras bewachsen war; die langen Halme beugten sich in der Brise, und das erste Licht der Morgendämmerung drang in den Nachthimmel ein. In einer Stunde würde die Sonne aufgehen; dann mußte er weiter.

Er öffnete den Sack und entnahm ihm ein Paar Stiefel und Socken sowie eine zusammengerollte Hose und ein grobgewebtes Baumwollhemd. Irgendwann in seiner Vergangenheit hatte er gelernt, wie man platzsparend packte; der Sack enthielt viel mehr, als man vermutete. Woher hatte er diese Fertigkeit? Die Fragen hörten nie auf.

Er erhob sich, zog die Shorts aus, die Washburn ihm gegeben hatte, und legte sie zum Trocknen aus; er durfte hier nichts liegenlassen. Dann schlüpfte er aus seinem Unterhemd und breitete es ebenfalls aus.

Nackt auf der Düne stehend, empfand er ein seltsames Glücksgefühl, in das sich ein hohler Schmerz in der Magengrube mischte. Dieser Schmerz war Angst, das wußte er. Und den Grund für sein Glücksgefühl begriff er auch:

Er hatte seine erste Prüfung bestanden. Er hatte einem Instinkt vertraut, der ihm genau gesagt hatte, wie er sich verhalten mußte. Vor einer Stunde hatte er kein unmittelbares Ziel gehabt, nur den Drang verspürt, nach Zürich zu gelangen. Gleichzeitig aber war ihm auch klar, daß er dazu Grenzen überqueren und prüfende Blicke über sich ergehen lassen mußte. Der acht Jahre alte Paß war so offensichtlich nicht der seine, daß sogar der dümmste Zollbeamte das feststellen würde. Und selbst wenn es ihm gelang, damit die Schweiz zu betreten, irgendwann wollte er sie auch wieder verlassen; und bei jedem Schritt wuchs die Gefahr, daß man ihn entdeckte und verhaftete. Das durfte er nicht zulassen. Jetzt nicht, solange er nicht mehr wußte. Die Antworten auf die vielen Fragen lagen in Zürich. An sie zu gelangen, war nur möglich, wenn er sich frei bewegen konnte.

Und jetzt hatte er den Kapitän eines Fischerbootes dazu veranlaßt, ihm dabei zu helfen.

Sie sind nicht hilflos. Sie werden schon einen Weg finden.

Ehe der Tag vorüber war, würde er dafür gesorgt haben, daß Washburns Paß von einem Profi geändert wurde. Das war der erste konkrete Schritt, aber zuvor war da noch das Geldproblem zu lösen. Die zweitausend Franc, die der Arzt ihm gegeben hatte, reichten nicht; vielleicht würden sie nicht einmal genügen, um damit den Paß fälschen zu lassen. Was nützte ihm aber ein brauchbarer Paß, wenn er die finanziellen Mittel zum Reisen nicht besaß? Er mußte sich also Geld beschaffen. Nur wie?

Er schüttelte die Kleider aus, die er dem Sack entnommen hatte, zog sie an und stieg in die Stiefel. Dann legte er sich auf den Sand und starrte zum Himmel empor, der immer heller wurde.

Er schlenderte durch die engen, gepflasterten Straßen von La Ciotat, ging in Läden und redete mit den Verkäufern. Es war ein seltsames Gefühl, wieder unter Menschen zu sein, nicht mehr ein körperliches Wrack, das man aus dem Meer gefischt hatte. Er erinnerte sich an den Rat, den der Kapitän ihm gegeben hatte, und vermied den Pariser Dialekt. So war er ein nicht besonders auffälliger Fremder, der zufällig durch die Stadt kam.

Geld!

Es gab ein Viertel in La Ciotat, wo offenbar eine etwas wohlhabendere Kundschaft einkaufte. Die Geschäfte waren sauberer, die Waren teurer und die Fische frischer; das Fleisch sah abgehangen aus und das Gemüse glänzte; darunter viele exotische Sorten, die aus Nordafrika und dem Mittleren Osten importiert waren. Ein wenig wirkte die Gegend wie ein Stück Paris oder Nizza, das man an den Rand einer Küstenstadt verpflanzt hatte. Ein kleines Café, zu dessen Eingang ein schmaler gepflasterter Weg führte, war zu beiden Seiten von gepflegten Rasenflächen umsäumt.

Geld!

Er betrat einen Fleischerladen und bemerkte, daß der Besitzer ihn unfreundlich musterte, so als wäre er nicht willkommen. Der Mann bediente gerade ein Ehepaar in mittleren Jahren, die ihrer Sprache und ihrem Auftreten nach Hausangestellte eines Landsitzes außerhalb der Stadt waren.

»Das Kalbfleisch letzte Woche war kaum zu genießen«, sagte die Frau. »Ich will diesmal besseres Fleisch haben, sonst muß ich in Zukunft in Marseille bestellen.«

»Und neulich«, fügte der Mann hinzu, »äußerte der Marquis mir gegenüber, daß die Lammkoteletts viel zu dünn waren. Ich wiederhole: drei Zentimeter.«

Der Schlachter seufzte und zuckte die Achseln. Höflich murmelte er eine Entschuldigung und versprach zugleich, sich heute mehr Mühe zu geben. Die Frau wandte sich ihrem Begleiter zu, wobei ihre Stimme keine Spur weniger befehlsgewohnt klang als bei ihrem Dialog mit dem Fleischer.

»Warte auf die Pakete und leg sie in den Wagen. Ich gehe inzwischen zum Lebensmittelhändler, wir treffen uns dort.«

»Natürlich, meine Liebe.«

Die Frau ging hinaus, wie eine Taube, die neue Körner suchte, auf denen sie herumpicken konnte. Kaum hatte sie die Tür hinter sich geschlossen, als der Mann sich dem Ladenbesitzer zuwandte, wobei sich sein Verhalten völlig änderte. Die Arroganz war wie weggewischt, und er grinste.

»Der übliche Tag für dich, nicht wahr, Marcel?« sagte er und holte ein Päckchen Zigaretten aus der Tasche.

»Es geht. Waren die Koteletts wirklich zu dünn?«

»Mein Gott, nein. Wann hat *der* das schon unterscheiden können? Aber sie fühlt sich wohler, wenn ich mich beklage, das weißt du ja.«

»Wo ist der Marquis, dieser Mistkerl, jetzt?«

»Betrunken nebenan; er wartet auf die Hure aus Toulon. Ich hole ihn heute nachmittag wieder ab und schmuggle ihn an der Marquise vorbei in den Stall. Er benutzt Jean-Pierres Zimmer über der Küche, wie dir bekannt ist.«

»Ich habe es gehört.«

Als Washburns Patient den Namen Jean-Pierre hörte, wandte er sich von dem Schaukasten mit Geflügel ab. Das war ein automatischer Reflex, aber die Bewegung erinnerte den Fleischer an seine Anwesenheit.

»Was ist? Was wollen Sie?«

Das war der Augenblick, den gutturalen Akzent abzulegen. »Freunde in Nizza haben Sie mir empfohlen«, sagte der Patient im Pariser Französisch.

»Oh?« Der Ladenbesitzer schien seine Haltung sofort zu ändern. Unter seiner Kundschaft, besonders unter den jüngeren Leuten, gab es welche, die es vorzogen, sich nicht statusgemäß zu kleiden. Heutzutage galt das gewöhnliche Baskenhemd sogar als modisch. »Sind Sie neu hier, mein Herr?«

»Mein Boot wird gerade repariert; wir schaffen es heute nachmittag nicht mehr bis Marseille.«

»Kann ich etwas für Sie tun?«

Der Patient lachte. »Für meinen Koch vielleicht; ich möchte ihm aber nichts vorschreiben. Er kommt später vorbei. Ich habe schon einigen Einfluß auf ihn.«

Der Fleischer und sein Freund lachten. »Das kann ich mir denken, mein Herr«, sagte der Ladenbesitzer.

»Ich brauche ein Dutzend Enten und . . . achtzehn Chateaubriands.«

»Wird erledigt.«

»Gut. Ich werde den großen Meister der Kombüse direkt zu Ihnen schicken.« Der Patient wandte sich dem Mann in mittleren Jahren zu. »Übrigens, ich habe unwillkürlich mit zugehört . . . Nein, bitte, seien Sie unbesorgt. Der Marquis ist doch nicht etwa dieser Esel d'Ambois, oder? Ich glaube, jemand hat erwähnt, daß er hier lebt.«

»Oh, nein, mein Herr«, erwiderte der Angestellte. »Ich kenne den Marquis d'Ambois nicht. Ich meinte den Marquis de Chamford. Ein sehr feiner Herr, aber er hat Probleme: eine schwierige Ehe, mein Herr — eine sehr schwierige; das ist allgemein bekannt.«

»Chamford? Ja, ich glaube, wir sind uns schon begegnet. Ziemlich klein, nicht wahr?«

»Nein, Sir. Eigentlich sogar recht groß. Etwa Ihre Größe, würde ich sagen.«

»Wirklich?«

Mit den verschiedenen Eingängen und Innentreppen des zweistöckigen Cafés machte der Patient sich schnell vertraut — als Lebensmittellieferant aus Roquevaire, der seine neue Tour noch nicht richtig kannte. Es gab zwei Treppen, die ins Obergeschoß führten, eine von der Küche aus, die andere gleich hinter dem Eingang von dem kleinen Vorraum; das war die Treppe, die von den Gästen benutzt wurde, die zur Toilette in der obersten Etage wollten. Diese Treppe konnte man durch ein Fenster von außen beobachten, und der Patient war sicher, daß er, wenn er nur lange genug wartete, zwei Leute beim Gang nach oben sehen würde. Sie würden ohne Zweifel getrennt hinaufgehen, und zwar keiner von beiden zur Toilette, sondern zu einem Schlafzimmer über der Küche. Der Patient fragte sich, welches der teuren Autos, die auf der stillen Straße parkten, dem Marquis de Chamford gehörte. Aber welches auch immer es sein mochte, der Bedienstete in dem Fleischerladen brauchte sich keine Sorgen zu machen; sein Brotgeber würde es bestimmt nicht steuern.

Geld!

Dic Frau traf kurz vor cin Uhr cin. Es war cinc vom Wind zcrzauste Blondine, deren großen Brüste die blaue Seide der Bluse spannten. Sie hatte lange, gebräunte Beine und einen eleganten Gang. Ihre

Schuhe hatten hohe Absätze. Unter dem eng anliegenden weißen Rock zeichneten sich ihre Schenkel und Hüften deutlich ab. Chamford mochte Probleme haben, aber jedenfalls hatte er Geschmack.

Zwanzig Minuten später konnte der Patient den weißen Rock durch das Fenster sehen; das Mädchen ging nach oben. Kaum sechzig Sekunden danach füllte eine andere Gestalt den Fensterrahmen aus; sie trug dunkle Hosen und einen Blazer und tappte vorsichtig die Treppe hinauf. Er zählte die Minuten; hoffentlich besaß der Marquis de Chamford eine Uhr.

Seinen Seesack so unauffällig wie möglich an den Gurten tragend, betrat der Patient über den gepflasterten Weg das Restaurant. Drinnen bog er im Vorraum nach links, schob sich an einem älteren Mann vorbei, der mit ihm die Treppe hinaufging, erreichte das Obergeschoß und bog wieder nach links. Er lief einen langen Korridor hinunter, der zum hinteren Teil des Gebäudes führte, der über der Küche lag, passierte die Waschräume und stieß schließlich am Ende des schmalen Flurs eine geschlossene Tür auf. Dort blieb er reglos stehen, den Rücken gegen die Wand gedrückt. Er drehte den Kopf und wartete darauf, bis der ältere Mann die Toilette erreicht hatte und die Tür öffnete, während er sich den Reißverschluß an der Hose aufzog.

Der Patient nahm seinen Seesack und legte ihn — instinktiv, ohne darüber nachzudenken — gegen die Türfüllung. Er hielt ihn mit ausgestreckten Armen fest und schmetterte mit einer einzigen schnellen Bewegung die linke Schulter dagegen. Die Tür sprang auf. Niemand unten im Restaurant konnte etwas gehört haben.

»O Gott, wer ist da?«

»Ruhe!«

Der Marquis de Chamford löste sich von dem nackten Körper der blonden Frau und taumelte über den Bettrand auf den Boden. Er wirkte wie ein Bild aus einer Operette: Immer noch trug er sein gestärktes Hemd, eine gutsitzende Krawatte und seidene, bis zum Knie reichende schwarze Socken; aber das war alles. Die Frau griff nach der Decke und bemühte sich, dem Augenblick die Peinlichkeit zu nehmen.

Der Patient erteilte rasch seine Befehle: »Keinen Laut! Wenn Sie genau tun, was ich sage, passiert niemandem etwas.«

»Meine Frau hat Sie angestellt!« schrie Chamford mit lallender Stimme und wirrem Blick. »Ich bezahle Ihnen mehr.«

»Das fängt gut an«, antwortete Dr. Washburns Patient. »Ziehen Sie Ihr Hemd und die Krawatte aus. Die Socken auch.« Da sah er das glänzende Goldband am Handgelenk des Marquis. »Und die Uhr.«

Ein paar Minuten später war die Verwandlung perfekt. Die Kleider des Marquis paßten zwar nicht nach Maß, aber niemand würde leugnen können, daß es sich um erstklassiges Tuch und einen hervorragenden Schnitt handelte. Die Uhr war im übrigen eine Girard Perregaux, und Chamfords Brieftasche enthielt über dreizehntausend Franc. Auch die Wagenschlüssel waren eindrucksvoll: Sie hatten Anhänger aus Sterling-Silber, die sein Monogramm trugen.

»Um Himmels willen, geben Sie mir meine Kleider!« sagte der Marquis, bei dem die Lächerlichkeit seiner Situation langsam den Alkoholdunst hatte durchdringen können.

»Tut mir leid, aber das kann ich nicht«, erwiderte der Eindringling und sammelte seine eigenen Kleider und die der Blondine auf.

»Aber meine können Sie doch nicht nehmen!« schrie sie.

»Ich hab' Ihnen gesagt, daß Sie ruhig sein sollen.«

»Schon gut, schon gut«, fuhr sie fort, »aber Sie können nicht . . .«

»Doch, ich kann.« Der Patient sah sich im Zimmer um; auf einem niedrigen Tisch am Fenster stand ein Telefon. Er ging darauf zu und riß das Kabel aus der Wand. »Jetzt wird Sie niemand stören«, sagte er und griff nach seinem Sack.

»Damit kommen Sie nicht durch, das wissen Sie doch«, herrschte Chamford ihn an. »Die Polizei wird Sie finden!«

»Die Polizei?« fragte er. »Glauben Sie wirklich, daß Sie die Polizei rufen sollten? Dann wird ein ausführlicher Bericht geschrieben, und Sie werden alle Einzelheiten schildern müssen. Ich bin nicht so sicher, daß das eine besonders gute Idee ist. Sie wären wohl besser dran, wenn Sie auf den Burschen warteten, der Sie heute nachmittag abholen soll. Ich hörte, daß er Sie an der Marquise vorbei in den Stall schmuggeln will. Wenn man alles bedenkt, finde ich, wäre dies das beste für Sie. Ich bin überzeugt, daß Ihnen eine gute Geschichte für das einfällt, was Ihnen passiert ist. Ich werde Ihnen nicht widersprechen.«

Der unbekannte Dieb verließ das Zimmer und schloß die beschädigte Tür hinter sich.

Sie sind nicht hilflos. Sie werden schon einen Weg finden.

Bis jetzt hatte er es geschafft, und das machte ihm fast ein wenig angst. Was hatte Washburn gesagt? Daß seine Fertigkeiten und Talente zurückkehren würden . . . *aber ich glaube nicht, daß Sie jemals imstande sein werden, sie mit irgend etwas in Ihrer Vergangenheit in Verbindung zu bringen.*

Was für eine Art von Vergangenheit war es, in der er sich die Fertigkeiten angeeignet hatte, die er in den letzten vierundzwanzig Stunden an den Tag gelegt hatte? Wo hatte er gelernt, seinen Gegner mit gezielten Fußtritten zum Krüppel zu schlagen? Woher kannte er genau die Körperstellen, die seine Hiebe treffen mußten? Wer hatte ihm beigebracht, wie man mit Leuten auf der anderen Seite des Gesetzes umging und sie dazu provozierte, etwas Illegales zu tun? Wie kam es; daß er so schnell auf bloße Andeutungen reagieren konnte und doch zweifelsfrei überzeugt war, daß seine Instinkte richtig waren? Woher hatte er das Gespür, in einem beiläufigen Gespräch, das er zufällig in einem Fleischerladen mit anhörte, die Chance zur Erpressung zu wittern? Aber noch viel bedeutender war vermutlich die einfache Entscheidung, das Verbrechen durchzuführen. Mein Gott, wie *konnte* er nur?

Je mehr Sie dagegen ankämpfen, desto mehr quälen Sie sich, desto schlimmer wird es sein.

Als er im Jaguar des Marquis de Chamford saß, konzentrierte er sich auf den Verkehr und das mahagonigetäfelte Armaturenbrett vor sich. Die Instrumentenanordnung war ihm nicht vertraut; in seiner Vergangenheit war er also offenbar nicht in solchen Wagen gefahren. Wahrscheinlich sagte ihm das etwas.

In weniger als einer Stunde überquerte er eine Brücke über einem breiten Kanal und wußte, daß er Marseille erreicht hatte. Kleine rechteckige Häuser, die wie Bausteine die Straßen vom Wasser heraufsäumten; schmale Gassen und überall Mauern — die Randbezirke des alten Hafens. Er kannte das alles und kannte es doch nicht. In der Ferne zeichnete sich auf einem der umliegenden Hügel die Silhouette einer Kathedrale ab, auf dem Dach konnte man ganz deutlich eine Statue der Jungfrau Maria erkennen. Notre-Dame-de-la-Garde — der Name drängte sich ihm auf; er hatte die Kirche schon einmal gesehen — und doch wiederum nicht.

Herrgott! *Hör auf!*

Binnen weniger Minuten befand er sich im pulsierenden Stadtzentrum und fuhr über die überfüllte Canebière mit ihren teuren Geschäften. Die Strahlen der Nachmittagssonne spiegelten sich zu beiden Seiten im eingefärbten Glas der Schaufenster. Er bog nach links auf den Hafen zu, vorbei an Lagerhäusern und kleinen Fabriken und umzäunten Freiflächen, auf denen Autos parkten, die für den Transport nach Norden in die Verkaufsräume von Saint-Etienne, Lyon und Paris bestimmt waren. Und für Bestimmungsorte auf der anderen Seite des Mittelmeers.

Instinkt. Du mußt deinem Instinkt folgen. Er durfte nichts außer acht lassen. All seine Fähigkeiten hatten einen unmittelbaren Nutzen; ein Stein war wertvoll, wenn man ihn werfen konnte, ein Fahrzeug, wenn jemand es kaufen wollte. Vor einem Platz, wo sowohl neue als auch gebrauchte Luxuslimousinen aufgereiht waren, parkte er am Randstein und stieg aus. Auf der anderen Seite des Zauns stand eine kleine Garage, Mechaniker in Overalls liefen mit Werkzeugen herum. Er schlenderte über das Gelände, bis er einen Mann in einem Nadelstreifenanzug entdeckte, bei dem ihm sein Instinkt sagte, daß er der richtige Verhandlungspartner war.

Es dauerte weniger als zehn Minuten, und seine Erklärungen beschränkten sich auf das Notwendigste, dann war das Verschwinden des Jaguar nach Nordafrika durch Abfeilen der Motornummer garantiert und die mit Silbermonogramm versehenen Autoschlüssel wechselten für sechstausend Franc die Besitzer, was etwa einem Fünftel des Wertes von Chamfords Auto entsprach.

Daraufhin ließ sich Dr. Washburns Patient mit einem Taxi zu einem Pfandleiher bringen, der nicht zu viele Fragen stellte. Eine halbe Stunde später zierte die goldene Girard Perregaux nicht länger sein Handgelenk; er hatte sie gegen eine Seiko-Uhr und achthundert Franc eingetauscht. Alles hatte seinen Wert in Beziehung zu seinem praktischen Nutzen: Der Chronograph war stoßfest.

Die nächste Station war ein mittelgroßes Warenhaus an der Canebière. Er wählte Kleider von der Stange, bezahlte sie und ließ einen schlecht sitzenden dunklen Blazer und Hosen in der Kabine zurück.

Im Erdgeschoß kaufte er sich einen weichen Lederkoffer und etwas Unterwäsche, die er gemeinsam mit dem Seesack im Koffer verstaute. Der Patient sah auf seine neue Uhr; es war beinahe fünf Uhr, Zeit, sich ein komfortables Hotel zu suchen. Er hatte ein paar Tage nicht geschlafen und brauchte Ruhe vor seiner Verabredung in der Rue Sarrasin, in einem Café, das sich ›Le Bouc de Mer‹ nannte. Dort würden die Arrangements für eine wichtigere Verabredung in Zürich getroffen werden.

Er lag auf dem Bett und starrte zur Decke; der Lichtschein der Straßenlampen ließ unregelmäßige Reflexe über die weißen Wände tanzen. Die Nacht hatte sich schnell über Marseille gesenkt, und mit ihr hatte den Patienten ein Gefühl der Freiheit erfaßt. Es war, als hätte die Dunkelheit den grellen Schein des Tageslichts verschluckt, das ihm zu viel Eindrücke zu schnell offenbart hatte. Er war dabei, wieder etwas Neues über sich zu lernen: Er fühlte sich nachts sicherer. Wie eine halb verhungerte Katze konnte er in der Finsternis besser auf Raubzug gehen. Und doch regte sich in ihm ein Widerstand, und er spürte ihn auch. Während der Monate in Ile de Port Noir hatte er sich nach dem Sonnenlicht gesehnt, jeden Morgen darauf gewartet und sich nichts sehnlicher gewünscht, als daß die Finsternis sich löse. Dinge widerfuhren ihm. Er war dabei, sich zu ändern.

Dinge *waren* ihm widerfahren. Ereignisse, die die Vorstellung, des Nachts erfolgreiche Streifzüge machen zu können, Lügen straften. Vor zwölf Stunden hatte er sich noch auf einem Fischerboot im Mittelmeer befunden, hatte ein Ziel vor Augen und zweitausend Franc in einem Päckchen an der Hüfte gehabt. Zweitausend Franc — das war nach dem augenblicklichen Wechselkurs etwas weniger als fünfhundert amerikanische Dollar. Jetzt verfügte er über akzeptable Kleidung, hatte sich in einem teuren Hotel eingemietet und besaß knapp über dreiundzwanzigtausend Franc, die er in einer Louis-Vuitton-Brieftasche aus dem Besitz des Marquis de Chamford aufbewahrte. Dreiundzwanzigtausend Franc . . . beinahe sechstausend amerikanische Dollar!

Woher kam er, daß er zu solchen Dingen imstande war?

Hör auf!

Die Häuser in der Rue Sarrasin waren so alt, daß sie in einer anderen Stadt vielleicht unter Denkmalschutz gestanden hätten. Die breite Gasse verband Straßen, die erst Jahrhunderte später entstanden sind. Aber dies war typisch für Marseille; Architektonik berührte sich hier mit mittelalterlichen Bauwerken, und beide arrangierten sich nur auf höchst unbequeme Weise mit der Neuzeit.

Die Rue Sarrasin war insgesamt höchstens sechzig Meter lang und schien mit der Zeit zwischen den Steinmauern der Gebäude erstarrt zu sein. Keine Straßenlaternen erhellten das gespenstische Dunkel, wenn die Nebel vom Hafen heraufwallten — der ideale Ort für Männer, die keinen Wert darauf legten, daß man sie beobachtete oder ihre Gespräche belauschte.

Das einzige Licht und die einzigen Geräusche drangen aus dem ›Le Bouc de Mer‹. Das Café lag ziemlich genau in der Mitte der breiten Gasse; im 19. Jahrhundert waren in dem Haus Büros untergebracht. Später hatte man mehrere Zwischenwände niedergerissen, um eine große Bar und Platz für Tische zu schaffen, die zum Teil in Nischen standen, um den Gästen, die das wünschten, einen ungestörten Aufenthalt zu bieten. Das war das Äquivalent des Hafenviertels für jene Privaträume in Restaurants an der Canebière, und ihrem Status entsprechend gab es Vorhänge, aber keine Türen.

Der Patient bahnte sich einen Weg zwischen den überfüllten Tischen hindurch, wobei er sich entschuldigte, wenn er Fischer und betrunkene Soldaten beiseite schieben mußte oder grell geschminkte Huren, die nach Kundschaft Ausschau hielten. Er spähte in etliche

Nischen, bis er schließlich den Kapitän des Fischerboots fand. Ein weiterer Mann saß bei ihm am Tisch. Er war hager und bleichgesichtig, und seine eng nebeneinander liegenden Augen musterten ihn wie die eines neugierigen Frettchens.

»Setzen Sie sich«, sagte der Skipper mürrisch. »Ich hatte Sie früher erwartet.«

»Sie sagten, zwischen neun und elf. Jetzt ist es Viertel vor elf.«

»Wenn Sie es so lange hinziehen, können Sie auch den Whisky bezahlen.«

»Gerne. Bestellen Sie etwas Anständiges, wenn die hier so was haben.«

Der bleichgesichtige Mann lächelte. Die Dinge werden sich richtig entwickeln, dachte der Patient.

Das taten sie auch. Der Paß gehörte ausgerechnet zu der Sorte, die am allerschwierigsten zu fälschen war, aber wenn man sich große Mühe gab, über die richtigen Hilfsmittel verfügte und ein Meister seines Faches war, würde es gehen.

»Wieviel?«

»Nun, die Sache ist mit viel Arbeit verbunden, die dazu verdammt knifflig sein wird. Das kostet natürlich sein Geld. Also zweitausendfünfhundert Franc.«

»Wann kann ich ihn haben?«

»Nicht vor drei oder vier Tagen. Bei der Frist muß ich den Künstler mächtig unter Druck setzen; er wird wütend sein.«

»Wenn ich ihn schon morgen bekomme, zahle ich tausend Franc mehr.«

»Um zehn Uhr früh«, sagte der hagere Mann schnell. »Dann wird er mich eben beschimpfen, das nehme ich in Kauf.«

»Und den Tausender mehr«, unterbrach ihn der Kapitän mit mürrischer Miene. »Was haben Sie aus Port Noir mitgenommen? Diamanten?«

»Talent«, antwortete der Patient.

»Ich brauche ein Foto«, sagte der Mann im Nadelstreifenanzug.

»Ich hab' mir eines machen lassen«, erwiderte der Patient und holte ein kleines rechteckiges Foto aus der Hemdtasche.

»Guter Anzug«, sagte der Kapitän und schob die Aufnahme dem bleichgesichtigen Mann hin.

»Gut geschnitten«, ergänzte der Patient.

Man vereinbarte den Ort für das Zusammentreffen am nächsten Morgen. Die Getränke wurden bezahlt und dem Kapitän fünfhundert Franc unter dem Tisch hingeschoben. Die Konferenz war beendet; der ›Kunde‹ verließ die Nische und drängte sich durch den überfüllten, lärmenden, mit Rauch gefüllten Raum zum Ausgang.

Es geschah so schnell, so plötzlich, so völlig unerwartet, daß keine Zeit zum Denken war. Nur zum Reagieren.

Zwei Augen starrten ihn an, schienen förmlich aus ihren Höhlen zu treten, weiteten sich ungläubig, am Rande der Hysterie.

»Nein! O mein Gott, nein! Das *kann nicht sein!*« Der Mann wirbelte herum. Der Patient trat einen Schritt vor und packte ihn an der Schulter.

»Augenblick!«

Der Mann schob mit gespreiztem Daumen und Zeigefinger die Hand des Patienten weg. »*Sie!* Sie sind *tot!* Sie können unmöglich überlebt haben!«

»Habe ich aber. Was *wissen* Sie?«

Das Gesicht war jetzt verzerrt, wuterfüllt, die Augen zusammengekniffen, der Mund offen, er sog die Luft ein und zeigte dabei seine gelben Zähne, die wie die eines Tieres wirkten. Plötzlich zog der Mann ein Klappmesser hervor. Das Schnappen der Klinge hallte laut durch den herrschenden Lärm. Der Arm schoß vor. Die Klinge war wie eine Verlängerung der Hand, die das Heft des Messers umklammert hielt, und beide schossen auf den Körper des Patienten zu. »Das wird Ihr Ende sein!« raunte der Mann ihm zu.

Der rechte Arm des Patienten fuhr herum wie ein Pendel, das alle Gegenstände, die ihm im Wege sind, beiseite fegte. Blitzschnell drehte er sich auf dem Absatz herum, sein linker Fuß schoß in die Höhe, und seine Ferse bohrte sich dem Angreifer in den Unterleib.

»*Che-sah*«*!* Das Echo in seinen Ohren war betäubend.

Der Mann taumelte zurück, prallte gegen drei Gäste, und das Messer entglitt seiner Hand. Man sah die Waffe; Rufe ertönten, Menschen liefen zusammen, Fäuste und Hände trennten die Kämpfenden.

»Hinaus!«

»Streitet euch woanders!«

»Wir wollen hier keine Polizei, ihr betrunkenen Schweine!«

Der Patient sah sich umringt; er verfolgte, wie der Mann, der ihn angegriffen hatte, sich seinen Weg durch die Menge bahnte, wobei er sich den Bauch hielt. Die schwere Eingangstür öffnete sich, und der Mann rannte in die Finsternis der Rue Sarrasin hinaus.

Jemand, der geglaubt hatte, ja gewünscht hatte, er wäre tot, wußte nun, daß er am Leben war.

4.

Die Touristenklasse der Air-France-Maschine nach Zürich war völlig ausgebucht, und die Turbulenzen, die das Flugzeug durchschüttelten, machten die schmalen Sitze noch unbequemer. Ein Baby schrie in den Armen seiner Mutter, andere Kinder jammerten und verschluckten Schreie der Angst, während ihre Eltern sie zu beruhigen versuchten, obwohl ihnen selbst der Schreck in den Gliedern saß. Die meisten übrigen Passagiere verhielten sich gefaßt; einige tranken ihren Whisky schneller, als sie es offenbar gewohnt waren. Eine noch kleinere Zahl zwang sich zu gespielter Heiterkeit, was ihre Unsicherheit eher betonte, als sie verbarg. Niemand vermag den Gefühlen der Angst zu entkommen. Wenn der Mensch 8000 Meter über der Erde in eine Röhre aus Aluminium eingesperrt ist, reagiert er besonders anfällig. Ein heulender Sturz in die Tiefe ist für jeden das Ende. Welche Gedanken würden einem in einem solchen Augenblick wohl durch den Kopf gehen? Wie würde man sich verhalten?

Der Patient versuchte das herauszufinden; es war wichtig für ihn. Er saß am Fenster, die Augen auf die Tragfläche der Maschine gerichtet, und beobachtete, wie der breite Flügel unter dem brutalen Aufprall der Winde vibrierte und sich bog. Die Luftströmungen wirbelten ineinander und prügelten die von Menschenhand gefertigte Röhre. Sie schienen seine Insassen warnen zu wollen, daß ihre Maschine unberechenbaren Gewalten der Natur nicht gewachsen war. Ein paar Gramm Druck über die Toleranzen hinaus — und die Tragflächen würden aus ihrer Verankerung gerissen, von den Winden zerfetzt werden. Wenn eine Reihe von Nieten sich löste, würde es eine Explosion geben, würde der heulende Sturz in die Tiefe folgen.

Wie würde er reagieren? Würde, abgesehen von der unkontrollierbaren Angst vor dem Tode, da noch etwas sein? Das war es, worauf er sich konzentrieren mußte; das war die *Projektion*, auf die Washburn ihn in Port Noir immer wieder hingewiesen hatte. Er erinnerte sich jetzt der Worte, die der Arzt gesprochen hatte:

»Immer, wenn Sie eine Streßsituation beobachten — und Zeit dazu haben — bemühen Sie sich so gut Sie können, sich in den Zustand zu versetzen. Und dann lassen Sie zu, daß Ihr Bewußtsein sich mit Worten und Bildern füllt. Vielleicht finden Sie darin Hinweise.«

Der Patient fuhr fort, durchs Fenster hinauszustarren, und strengte sich bewußt an, zu seinem Unterbewußtsein vorzustoßen. Er fixierte die Augen auf die Naturgewalt auf der anderen Seite des Glases und ließ seinen Assoziationen freien Lauf — langsam drängten Worte und Bilder in sein Bewußtsein.

Da war wieder die Finsternis und das Rauschen des Windes, ohrenbetäubend, andauernd, an Lautstärke zunehmend, bis er glaubte, sein Kopf müsse zerplatzen. Sein Kopf . . . Die Winde peitschten seine linke Gesichtshälfte, brannten auf der Haut, zwangen ihn, die linke Schulter zu heben, um sich zu schützen. Er hatte den Arm hochgehoben, die behandschuhten Finger seiner linken Hand hatten sich an einer Metallkante festgeklammert, seine rechte hielt einen . . . einen Riemen; er hielt sich an einem Riemen fest, wartete auf etwas. Ein Signal . . . ein blitzendes Licht oder ein Klopfen auf die Schulter oder beides. Das Signal! Er sprang. In die Finsternis, in den Abgrund. Sein Körper überschlug sich, taumelte, wurde in den Nachthimmel hinausgeschleudert. Er . . . mit dem Fallschirm abgesprungen!

»Fühlen Sie sich nicht gut?«

Sein wahnsinniger Traum wurde unterbrochen; der nervöse Passagier neben ihm hatte ihn am linken Arm berührt — dem Arm, den er in die Höhe hielt, die Finger gespreizt, als wehrten sie einen Angriff ab. Sein rechter Unterarm lag über seiner Brust und preßte sich gegen seine Jacke, seine rechte Hand hielt das Revers gepackt, knüllte den Stoff zusammen. Und auf seiner Stirn standen dicke Schweißtropfen; es war geschehen. Das *andere* war kurz — in seinem Wahnsinn — aufgetaucht und hatte sich verdichtet.

»Pardon«, sagte er und ließ die Arme sinken. »Ich hatte einen schlechten Traum.«

Das Wetter klarte auf, der Flug der Caravelle wurde ruhiger. Das Lächeln in den gehetzten Gesichtern der Stewardessen wurde wieder natürlich.

Der Patient schloß die Augen. Die Bilder und Geräusche, die sich in seiner Phantasie so klar abgezeichnet hatten, verzehrten ihn. Er hatte sich aus einem Flugzeug gestürzt . . . nachts . . . Er *war* mit dem Fallschirm abgesprungen.

Wo? Warum?

Hören Sie auf, sich ans Kreuz zu schlagen!

Er griff, wenn auch zu keinem anderen Zweck, als seine Gedanken von dem Wahnsinn loszureißen, in die Brusttasche, holte den gefälschten Paß heraus und schlug ihn auf. Wie nicht anders zu erwarten, war der Name *Washburn* beibehalten worden; er war nicht ungewöhnlich, und sein Besitzer hatte erklärt, daß er nicht gesucht würde. Das *Geoffrey R.* freilich war in *George P.* geändert worden, so fachmännisch, daß man bei bloßem Augenschein die Fälschung nicht erkennen konnte. Auch das Foto war mit aller Sorgfalt eingeklebt worden.

Die Registriernummer war natürlich vollständig geändert. Das bot die Gewähr, daß sie nicht im Computer einer Grenzpolizei Alarm auslösen würde. Man zahlte ebensoviel für diese Garantie wie für die handwerkliche Kunst; denn sie erforderte Beziehungen zu Interpol und den Einwanderungsbehörden.

Überall an den Grenzen Europas wurden Zollbeamte regelmäßig dafür bestochen; sie machten nur selten Fehler. Wenn das doch einmal passierte, war es durchaus nicht ungewöhnlich, daß der Betreffende ein Auge oder einen Arm verlor — so arbeiteten die Makler für falsche Papiere.

George P. Washburn — er fühlte sich mit dem Namen nicht unwohl; George P. war ein anderer als *Geoffrey R.,* als der Mann, der unter dem Zwang stand, dauernd auf der Flucht vor seiner Identität zu sein. Das war das letzte, was der Patient sich wünschte; alles drängte ihn danach zu erfahren, wer er war.

Aber wollte er das wirklich wissen?

Gleichgültig. Die Antwort lag in Zürich.

»Meine Damen und Herren, wir landen in wenigen Minuten in Zürich.«

Er kannte den Namen des Hotels: ›Carillon du Lac‹. Er hatte es dem Taxifahrer ohne nachzudenken genannt. Hatte er ihn irgendwo gelesen? War dieses Hotel vielleicht im ›Willkommen in Zürich‹-Prospekt verzeichnet, der in der Sitztasche im Flugzeug gesteckt hatte?

Nein. Die Hotelhalle mit ihrer dunklen, polierten Holztäfelung war ihm vertraut. Irgendwie. Ebenso die dicken Glasfenster, die einen Ausblick über den Zürichsee boten. Er war schon einmal hier gewesen. Irgendwann hatte er schon einmal vor dem Tresen mit der Marmorabdeckung gestanden — aber das lag lange zurück.

Die Worte des Angestellten am Empfang wirkten wie eine Explosion auf ihn.

»Schön, Sie wiederzusehen, Sir. Ist eine ganze Weile her, daß Sie das letzte Mal hier waren.«

Ja? Wie lange? Warum sprechen Sie mich nicht mit Namen an? Um Gottes willen! Ich kenne Sie nicht! Ich kenne mich nicht! Helft mir doch! Bitte, helft mir!

»Ja, das denke ich auch«, sagte er. »Tun Sie mir einen Gefallen? Ich habe mir die Hand verstaucht; das Schreiben fällt mir schwer.

Könnten Sie für mich das Anmeldeformular ausfüllen? Dann versuche ich, es zu unterschreiben!« Der Patient hielt den Atem an. Wenn der höfliche Mann hinter dem Tresen ihn jetzt aufforderte, seinen Namen zu wiederholen oder fragte, wie er geschrieben würde?

»Natürlich.« Der Angestellte drehte das Formular herum und schrieb. »Sollen wir einen Arzt rufen?«

»Später vielleicht. Nicht jetzt.« Sekunden später hielt ihm der Mann das ausgefüllte Formular zur Unterschrift hin.

Mr. J. Borowski. New York, N.Y., U.S.A.

Er starrte gebannt auf den Namen, von den Buchstaben förmlich hypnotisiert. Er hatte einen Namen, wenigstens den Teil eines Namens. Und ein Land und eine Stadt als Wohnsitz.

J. Borowski — Was hatte die Abkürzung J. zu bedeuten? *John? James? Joseph?*

»Ist etwas nicht in Ordnung, Herr Borowski?« fragte der Angestellte.

»Nicht in Ordnung? Nein, schon gut.« Er griff nach dem Kugelschreiber. Ob man von ihm erwartete, daß er einen Vornamen hinschrieb? Nein: er würde wiederholen, was der Angestellte in Blockbuchstaben eingetragen hatte.

Mr. J. Borowski.

Er schrieb den Namen, so natürlich er konnte, ließ dabei seinen Assoziationen freien Lauf und war darauf bedacht, daß alle Bilder und Gedanken, die vielleicht ausgelöst wurden, ins Bewußtsein drangen. Aber nichts rührte sich. Er unterzeichnete mit einem Namen, der ihm fremd war. Er empfand nichts.

»Einen Augenblick lang war ich beunruhigt, mein Herr«, sagte der Angestellte. »Ich dachte schon, ich hätte vielleicht einen Fehler gemacht. Es war viel zu tun, diese Woche, besonders heute. Aber dann war ich mir ganz sicher.«

Und wenn er sich nun geirrt hatte? Mr. J. Borowski aus New York City wollte über diese Möglichkeit gar nicht erst nachdenken. »Es ist mir nie in den Sinn gekommen, an Ihrem Gedächtnis zu zweifeln . . . Herr Stössel«, erwiderte der Patient und blickte auf das Namensschild links von der Theke. Der Mann hinter dem Tresen war der stellvertretende Empfangschef des ›Carillon du Lac‹.

»Sie sind sehr freundlich.« Der Mann beugte sich vor. »Ich nehme an, Sie möchten, daß Ihr Aufenthalt hier bei uns wie üblich geregelt wird?«

»Einiges könnte sich geändert haben«, sagte J. Borowski. »Wie hatten Sie das früher notiert?«

»Wenn jemand anruft oder sich hier nach Ihnen erkundigt, wird ihm gesagt, daß Sie nicht im Hotel sind, und anschließend sind Sie sofort zu informieren. Die einzige Ausnahme ist Ihre Firma in New York. Die *Treadstone Seventy-One Corporation,* wenn ich mich richtig erinnere.«

Wieder ein Name! Einer, den er mit einem Überseegespräch leicht überprüfen konnte. Fragmentarische Umrisse begannen sich abzuzeichnen. Das Hochgefühl kehrte wieder zurück.

»Ja, das ist gut so. Sie sind hier wirklich sehr tüchtig.«

»Das ist Zürich«, erwiderte der höfliche Mann und zuckte die Achseln. »Sie sind immer außergewöhnlich großzügig gewesen, Herr Borowski. Page — hierher bitte!«

Als der Patient dem Pagen in die Liftkabine folgte, wurden ihm einige Dinge klarer. Er hatte einen Namen und begriff auch, warum dieser Name dem stellvertretenden Empfangschef des ›Carillon du Lac‹ so schnell eingefallen war. Er hatte ein Land und eine Stadt und eine Firma, die ihn beschäftigte — die ihn zumindest beschäftigt hatte. Und jedesmal, wenn er nach Zürich kam, wurden gewisse Vorsichtsmaßregeln getroffen, um ihn vor unerwarteten oder unerwünschten Besuchern zu schützen. Aber warum nur? Man schützte sich entweder gründlich oder versuchte gar nicht erst, sich zu schützen. Welchen echten Vorteil bot denn eine Maßnahme, die derart leicht zu umgehen war? Sie kam ihm so sinnlos vor, wie die Geste eines kleinen Kindes, das sich die Hände vor die Augen hält und ruft: »Wo bin ich? Versucht mich zu finden. Ich zähle laut bis zehn.«

Das war geradezu dilettantisch, und wenn er in den letzten 48 Stunden etwas über sich selbst gelernt hatte, dann die Tatsache, daß er ein Profi war. Nur auf welchem Gebiet, wußte er nicht.

Die Stimme der Frau der Vermittlung in New York erstarb immer wieder, aber ihre Auskunft war unmißverständlich und definitiv.

»Eine solche Firma ist hier nicht eingetragen, Sir. Ich habe die letzten Telefonbücher und auch die Geheimnummern überprüft. Es gibt keine ›*Treadstone Corporation*‹.«

»Vielleicht hat man den Eintrag gelöscht, um . . . «

»Wir haben keine Firma oder Gesellschaft mit diesem Namen, Sir. Ich wiederhole, wenn Sie mir einen Zusatznamen oder die Branche nennen, in der dieses Unternehmen tätig ist, könnte ich Ihnen vielleicht weiterhelfen.«

»Bedaure, nichts dergleichen. *Treadstone Seventy-One,* New York City — mehr ist mir nicht bekannt.«

»Das ist ein seltsamer Name, Sir. Ich bin sicher, wenn es eine solche Eintragung gäbe, hätte ich sie leicht gefunden. Es tut mir wirklich leid.«

»Vielen Dank für Ihre Mühe«, sagte J. Borowski und legte den Hörer auf die Gabel. Es war sinnlos, weiterzubohren; der Name war irgendein Code. Die Worte verschafften Zugang zu einem Hotelgast, der sich sonst verleugnen ließ. Und jeder konnte diese Worte benutzen, gleichgültig, von wo aus er anrief; deshalb war es durchaus möglich, daß die Ortsangabe New York völlig bedeutungslos war.

Der Patient ging zu dem Sekretär, auf den er die Louis-Vuitton-Brieftasche und die Seiko-Uhr gelegt hatte. Er steckte die Geldbörse ein und streifte sich die Armbanduhr über; dann sah er in den Spiegel und sagte mit leiser Stimme: »Du bist J. Borowski, Bürger der Vereinigten Staaten, Bewohner von New York City, und es ist durchaus möglich, daß die Zahlen ›Null - Sieben - Siebzehn - Zwölf - Null - Vierzehn - Sechsundzwanzig - Null‹ das Wichtigste in deinem Leben sind.«

Die Sonne schien hell, und ihre Strahlen wurden vom Laub der Bäume entlang der eleganten Bahnhofstraße gefiltert. Sie spiegelten sich in den Schaufenstern der Geschäfte und warfen breite Schattenflächen, wo die mächtigen Paläste der Banken standen. Es war eine Straße, in der Solidität und Sicherheit, Arroganz und ein Hauch von Frivolität gemeinsam das Fluidum prägten. Und Dr. Washburns Patient durchlief sie nicht das erste Mal.

Er schlenderte zum Bürkliplatz, von wo aus man den Zürichsee mit seinen Landungsstegen und den herrlichen Parks, deren Blütenpracht alle Sinne gefangennahm, überblicken konnte. Er vermochte sich die Anlagen vor seinem geistigen Auge gut vorzustellen; Bilder tauchten auf. Aber keine Gedanken, keine Erinnerungen.

Er kehrte zur Bahnhofstraße zurück und wußte instinktiv, daß die Gemeinschaftsbank ein ganz in der Nähe liegendes Gebäude aus Steinen in gebrochenem Weiß war; sie lag auf der gegenüberliegenden Straßenseite. Er war bereits an ihr vorbeigegangen; das hatte er absichtlich getan. Er trat auf die schweren Glastüren zu, zog sie auf und schritt auf braunem Marmorboden durch das Foyer. Das war nicht das erste Mal, aber das Bild war nicht so kräftig wie andere. Er hatte das unangenehme Gefühl, daß er die Gemeinschaftsbank meiden mußte.

Aber jetzt wollte er nicht mehr zurück.

»Bonjour, Monsieur. Was wünschen Sie?« Der Mann, der die Frage gestellt hatte, trug einen Cutaway. Daß er französisch sprach, lag an der Kleidung seines Klienten; selbst die subalternen Gnome von Zürich hatten dafür einen Blick.

»Ich habe über persönliche und vertrauliche Geschäfte zu sprechen«, erwiderte J. Borowski auf Englisch und staunte leicht über die Worte, die ihm so natürlich über die Lippen kamen. Daß er englisch redete, hatte zwei Gründe: Einmal wollte er den Gesichtsausdruck des Gnoms beobachten, wenn dieser seinen Fehler bemerkte, zum anderen wollte er vermeiden, daß ihm irgendein Wort während der nächsten Stunde falsch ausgelegt werden könnte.

»Entschuldigen Sie, Sir«, sagte der Mann in englischer Sprache und zog die Augenbrauen etwas zusammen, während er den Mantel des Besuchers musterte. »Der Lift ist links, man wird Ihnen behilflich sein.«

›Man‹ war ein Mann in mittleren Jahren mit kurzgestutztem Haar und einer Schildpattbrille; sein Ausdruck wirkte undurchdringlich, die Augen fixierten Borowski starr und wißbegierig. »Haben Sie denn im Augenblick persönliche und vertrauliche Geschäfte mit uns, Sir?« fragte er und wiederholte damit die Worte des Besuchers.

»Ja.«

»Ihre Unterschrift, bitte«, sagte der Bankangestellte und hielt ihm ein bedrucktes Blatt mit zwei gepunkteten Zeilen in der Mitte hin.

Der Kunde begriff; ein Name war nicht nötig. *Die handgeschriebenen Ziffern gelten anstelle eines Namens . . . sie stellen die Unterschrift des Kontobesitzers dar.*

Der Patient entspannte seine Hand, um frei schreiben zu können, und schrieb die Ziffern hin. Er reichte dem Angestellten das Blatt, worauf dieser sich nach einem prüfenden Blick erhob und auf eine Reihe schmaler Türen mit Milchglasscheiben wies. »Wenn Sie bitte im vierten Zimmer warten wollen; es wird gleich jemand zu Ihnen kommen.«

»Das vierte Zimmer?«

»Die vierte Tür von links. Sie schließt automatisch.«

»Ist das notwendig?«

Der Angestellte sah ihn verblüfft an. »Das entspricht Ihrem eigenen Wunsch, Sir«, sagte er mit einem leichten Unterton der Überraschung. »Es handelt sich um ein Drei-Null-Konto. Bei unserem Institut ist es üblich, daß die Besitzer solcher Konten vorher anrufen, damit sie durch den Sondereingang hereingelassen werden.«

»Das weiß ich«, log Washburns Patient mit einer Leichtigkeit, die er nicht spürte. »Ich habe es nur eilig.«

»Ich werde das überprüfen lassen, Sir.«

»Überprüfen?« Mr. J. Borowski aus New York City konnte nicht umhin, leichte Unruhe zu empfinden.

»Ihre Unterschrift, Sir.« Der Mann schob sich die Brille zurecht; damit kaschierte er den Schritt, den er auf seinen Schreibtisch zutat. Seine Hand war nur wenige Zoll von einer Konsole entfernt. »Ich schlage vor, daß Sie in Zimmer vier warten, Sir.« Das war keine Bitte, sondern ein Befehl.

»Warum nicht? Sagen Sie denen nur, daß sie sich beeilen sollen, ja?« Der Patient ging auf die vierte Tür zu, öffnete sie und trat ein. Die Türe schloß sich automatisch; man konnte das Klicken des Schlosses hören. J. Borowski sah die Milchglasscheibe an; es war keine gewöhnliche Glasscheibe, denn unter der Oberfläche war deutlich ein Netz dünner Drähte zu erkennen. Ohne Zweifel würde ein Alarm ausgelöst werden, wenn man die Scheibe einschlug; er befand sich in einer Zelle und wartete darauf, gerufen zu werden.

Das kleine Zimmer war vertäfelt und geschmackvoll möbliert mit zwei Ledersesseln und einem kleinen Sofa, das zu beiden Seiten von antiken Tischchen eingerahmt war. Auf der anderen Schmalseite des Raumes war eine zweite Tür eingelassen, die in verblüffendem Kontrast zur Einrichtung des Zimmers stand; sie war aus grauem Stahl. Auf den Tischchen lagen Magazine und Zeitungen in drei verschiedenen Sprachen. Der Patient setzte sich und griff nach der Pariser Ausgabe der *Herald Tribune*. Er las einen Artikel, ohne den Inhalt in sich aufzunehmen. Man würde ihn jetzt jeden Augenblick rufen. In Gedanken war er voll und ganz damit beschäftigt, welcher Schritt als nächster zu ergreifen war.

Schließlich öffnete sich die Stahltür und ein hochgewachsener schlanker Mann mit scharfgeschnittenen Zügen und sorgfältig gepflegtem grauem Haar trat ein. Er hatte das Gesicht eines Adligen, und man sah ihm an, daß er bereit war, einem Gleichgestellten zu dienen, der seine Erfahrung benötigte. Er streckte ihm die Hand hin.

»Freut mich sehr, Ihre Bekanntschaft zu machen.« Sein Englisch hatte einen kaum merkbaren Schweizer Akzent und klang sehr gepflegt. »Entschuldigen Sie die Verzögerung. Eigentlich war das sogar sehr spaßig.«

»In welcher Hinsicht?«

»Ich fürchte, Sie haben Herrn Koenig ziemlich erschreckt. Es passiert nicht oft, daß ein Drei-Null-Konto unangekündigt eintrifft. Er ist da ziemlich unbeweglich, müssen Sie wissen. Ungewöhnliches bringt ihn rasch aus der Fassung. Mir hingegen ist so etwas angenehm. Übrigens, heiße Walther Apfel.« Der Bankbeamte deutete auf die Stahltür. »Treten Sie ein.« Der Raum dahinter war eine V-förmige Verlängerung der Zelle. Dunkle Wandvertäfelung, schweres, bequemes Mobiliar und ein breiter Schreibtisch vor einem noch breiteren Fenster mit Blick auf die Bahnhofstraße.

»Es tut mir leid, wenn ich Ihren Kollegen erschreckt habe,« sagte J. Borowski. »Ich habe nur sehr wenig Zeit.«

»Ja, das hat er mir mitgeteilt,« erwiderte Apfel und schloß die

Stahltür hinter sich. Dann ging er um den Schreibtisch herum und deutete mit einer Kopfbewegung auf den Ledersessel davor. »Setzen Sie sich doch, bitte. Nur noch ein oder zwei Formalitäten, dann können wir zur Sache kommen.«

Die beiden Männer setzten sich. Der Bankbeamte griff nach einer Mappe, lehnte sich über den Schreibtisch und reichte sie dem Kunden.

Als der Patient sie aufschlug, sah er wieder ein Blatt Papier, aber statt zwei gepunkteter Zeilen waren es diesmal zehn. Sie fingen unter dem gedruckten Firmennamen an und führten fast bis zum unteren Ende des Blattes. »Ihre Unterschrift bitte. Fünf genügen.«

»Ich verstehe nicht. Das habe ich doch gerade gemacht.«

»Ja, die Prüfung hat die Echtheit auch bestätigt.«

»Warum dann noch einmal?«

»Man kann eine Unterschrift so gut einüben, daß sie akzeptabel ist. Aber einige Wiederholungen führen unweigerlich zu Fehlern, wenn sie nicht authentisch ist. Ein graphologisches Gutachten entdeckt das sofort; aber ich bin ganz sicher, daß das Sie nicht betrifft.« Apfel lächelte und reichte seinem Besucher einen Kugelschreiber. »Ich hätte darauf verzichtet, um es ganz offen zu sagen, aber Koenig besteht darauf.«

»Er ist ein vorsichtiger Mann«, sagte der Patient, griff nach dem Kugelschreiber und fing an zu schreiben. Er hatte gerade mit der vierten Zeilenreihe begonnen, als der Bankier ihn bremste.

»Das genügt; mehr wäre wirklich Zeitvergeudung.« Apfel streckte die Hand nach der Mappe aus. »Die Prüfung hat mir gezeigt, daß Sie nicht einmal ein Grenzfall sind. Sofort nach Übergabe dieses Blattes wird die Kontoakte geliefert.« Er schob das Blatt in den Schlitz eines kleinen Kästchens auf der rechten Seite seines Schreibtisches und drückte einen Knopf; ein greller Lichtstrahl flammte kurz auf. »Damit wird die Unterschrift direkt an das Prüfgerät weitergeleitet«, fuhr der Bankier fort. »Offen gestanden ist das alles etwas albern. Niemand, der über unsere Vorsichtsmaßregeln informiert ist, würde sich auf die zusätzlichen Unterschriften einlassen, wenn er ein Betrüger wäre.«

»Warum nicht? Wenn er schon so weit gegangen ist, warum sollte er dann nicht auch dieses Risiko in Kauf nehmen.«

»Es gibt nur einen Eingang für dieses Büro und dementsprechend auch nur einen Ausgang. Ich bin sicher, Sie haben gehört, wie das Schloß im Warteraum eingerastet ist.«

»Ich habe auch das Drahtgitter im Türglas gesehen«, fügte der Patient hinzu.

»Dann verstehen Sie. Ein Betrüger würde in der Falle sitzen.«

»Und wenn er eine Waffe hätte?«

»Sie haben keine.«

»Niemand hat mich durchsucht.«

»Das hat der Lift getan. Aus vier unterschiedlichen Winkeln. Wenn Sie bewaffnet gewesen wären, wäre die Kabine zwischen dem Erdgeschoß und dem ersten Stock zum Stillstand gekommen.«

»Sie sind alle sehr vorsichtig.«

»Wir versuchen, unserer Kundschaft zu dienen.« Das Telefon klingelte. Apfel nahm den Hörer ab. »Ja? . . . Bitte treten Sie ein.« Der Bankier sah seinen Klienten an. »Ihre Kontoakte ist hier.«

»Das ist aber schnell gegangen.«

»Herr Koenig hat seine Unterschrift schon vor einigen Minuten geleistet; er wartete nur auf die Freigabe.« Apfel zog eine Schublade auf und entnahm ihr einen Schlüsselring. »Ich bin sicher, daß er enttäuscht ist. Er war überzeugt, daß irgend etwas nicht stimmte.«

Die Stahltür öffnete sich, und Koenig trat ein. Er trug einen schwarzen Behälter aus Metall, den er neben ein Tablett mit einer Flasche Perrier und zwei Gläsern auf den Tisch stellte.

»Haben Sie einen angenehmen Aufenthalt in Zürich?« fragte der Bankier, um das Schweigen zu durchbrechen.

»Ja, sehr. Ich habe ein Hotelzimmer mit Blick auf den See. Eine wunderschöne Aussicht und das Hotel liegt ruhig.«

»Ausgezeichnet«, sagte Apfel und schenkte seinem Klienten ein Glas Perrier ein. Herr Koenig ging; die Türe wurde geschlossen und der Bankier wandte sich wieder den Geschäften zu.

»Ihr Konto, Sir«, sagte er und wählte einen Schlüssel von dem Ring. »Darf ich den Kasten aufschließen, oder würden Sie das lieber selbst tun?«

»Nur zu. Öffnen Sie.«

Der Bankier sah auf. »Ich sagte, aufsperren, nicht öffnen. Dazu bin ich nicht berechtigt, und ich möchte auch die Verantwortung dafür nicht tragen.«

»Warum nicht?«

»Falls Ihr Name darin verzeichnet ist, steht es mir nicht zu, ihn zu kennen.«

»Und wenn ich nur eine geschäftliche Transaktion wünschte? Eine Geldüberweisung an jemand anderen?«

»Dann würde das mit Ihrer Nummerunterschrift auf einem Auszahlungsformular geschehen.«

»Was ist, wenn ich einen Betrag auf ein anderes Bankkonto von mir außerhalb der Schweiz transferieren will?«

»Dazu wäre ein Name erforderlich. Unter solchen Umständen würde ich eine Identität benötigen.«

»Öffnen Sie.«

Das tat der Bankbeamte. Dr. Washburns Patient hielt den Atem an; er empfand einen stechenden Schmerz in der Magengrube. Apfel entnahm der Kassette einen Stapel Kontoauszüge, die von einer überdimensionalen Büroklammer zusammengehalten wurden. Während sein Blick zur rechten Seite auf der obersten Spalte wanderte, blieb seine Miene beinahe unverändert. Seine Unterlippe streckte sich leicht, seine Mundwinkel verzogen sich; er beugte sich vor und reichte die Papiere ihrem Besitzer.

Unter dem Briefkopf der Gemeinschaftsbank standen in Schreibmaschinenschrift Worte in englischer Sprache:

Konto: Null - Sieben - Siebzehn - Zwölf - Null - Vierzehn - Sechsundzwanzig - Null
Art des Kontos: nur den Anweisungen des Kontoinhabers und den gesetzlichen Bestimmungen unterworfen
Kontozugang: siehe beiliegenden versiegelten Umschlag
Augenblickliches Guthaben: 7.500.000 Franc

Der Patient atmete langsam aus und starrte die Zahlen an. Worauf auch immer er sich vorbereitet zu haben glaubte, damit hätte er nicht im Traum gerechnet. Es war ebenso beängstigend wie alles andere, was er in den letzten fünf Monaten erlebt hatte. Grob gerechnet waren das über fünf Millionen US-Dollar!

Wie? Warum?

Er spürte, daß seine Hand zu zittern anfing, bekam sie aber wieder unter Kontrolle und durchblätterte die Kontoauszüge. Die gebuchten Summen waren ungewöhnlich hoch, kein Betrag lag unter 300.000 Franken. Die Einzahlungen waren in Abständen von fünf bis acht Wochen eingetragen, die erste vor knapp zwei Jahren. Schließlich erreichte er das unterste Kontoblatt, das erste. Darauf war eine Überweisung von einer Bank in Singapur gutgeschrieben. Es handelte sich zugleich um die größte Einzeleinzahlung: 2.700.000 malaysische Dollar; das waren umgerechnet 5.175.000 Schweizer Franken.

Unter dem Kontoauszug lag ein schwarz umrandeter Umschlag. Er trug die Aufschrift:

Identität: Eigentümerlegitimation
Zugang: registrierter Bevollmächtigter der Treadstone Seventy-One Corporation; Überbringer liefert schriftliche Instruktionen des Besitzers; vorbehaltlich einer Beglaubigung

»Ich würde das gerne überprüfen«, sagte der Klient.

»Es gehört Ihnen«, erwiderte Apfel. »Ich kann Ihnen versichern, daß niemand das Kouvert geöffnet hat.«

Der Patient nahm den Umschlag und drehte ihn herum. Das Siegel der Gemeinschaftsbank war auf der Rückseite angebracht. Es war unbeschädigt. Er riß den Umschlag auf, entnahm ihm die Karte und las:

Besitzer: Jason Charles Borowski
Adresse: Nicht angegeben
Staatsbürgerschaft: USA

Jason Charles Borowski.

Jason.

Das J stand für Jason! Sein Name war *Jason Borowski.* Das *Borowski* hatte nichts weiter bedeutet, aber die Worte Jason *und* Borowski verzahnten sich auf rätselhafte Weise ineinander. Er konnte es akzeptieren: er war Jason Charles Borowski, Amerikaner. Und doch spürte er, wie es in seiner Brust pochte; das Vibrieren in seinen Ohren war betäubend, der Schmerz in der Magengegend noch heftiger. Was war das? Warum hatte er das Gefühl, wieder in die Finsternis zu stürzen, wieder ins schwarze Wasser zu sinken?

»Stimmt etwas nicht?« fragte Walther Apfel.

Stimmt etwas nicht, Herr Borowski?

»Nein. Alles in Ordnung. Mein Name ist Borowski. Jason Borowski.«

Schrie er? Flüsterte er? Er konnte es nicht sagen.

»Eine Ehre, Ihre Bekanntschaft zu machen, Mr. Borowski. Ihre Identität wird vertraulich bleiben. Sie haben das Wort eines Bevollmächtigten der Gemeinschaftsbank.«

»Danke. Jetzt muß ich, fürchte ich, einen großen Teil dieses Geldes überweisen und brauche dazu Ihre Hilfe.«

»Gerne. Ich freue mich, Ihnen mit Rat und Tat zur Seite stehen zu können.«

Borowski griff nach dem Glas Perrier.

Die Stahltür von Apfels Büro schloß sich; binnen weniger Sekunden würde der Patient die geschmackvoll eingerichtete Zelle, die das Vorzimmer war, verlassen, in die Empfangshalle hinaustreten und zu den Lifts hinübergehen. Binnen Minuten würde er wieder auf der Bahnhofstraße stehen, mit einem Namen, einem riesigen Batzen Geld, immer noch ein wenig ängstlich und verwirrt sein.

Er hatte es getan. Dr. Geoffrey Washburn hatte eine Summe erhalten, die weit über den Wert des Lebens hinausging, das er gerettet hatte. Eine Telexüberweisung in Höhe von 1.500.000 Schweizer

Franken war an eine Bank in Marseille adressiert worden, zugunsten eines Kennwort-Kontos. Und schließlich würde das Geld in die Hände des Arztes von Ile de Port Noir gelangen, ohne daß Washburns Name auch nur ein einziges Mal benutzt wurde. Washburn brauchte nur nach Marseille zu reisen, das Kennwort zu nennen, und das Guthaben würde ihm gehören. Borowski lächelte und versuchte sich Washburns Gesichtsausdruck auszumalen, wenn ihm das Kontoblatt übergeben wurde. Der exzentrische Alkoholiker wäre schon mit zehn- oder fünfzehntausend Pfund überglücklich gewesen; nun erhielt er fast eine Million Dollar. Das würde entweder seine Heilung oder seine Vernichtung garantieren; aber das war seine Entscheidung, sein Problem.

Eine zweite Überweisung in Höhe von 4.500.000 Franc wurde an eine Bank in Paris an der Rue Madeleine vorgenommen und dort für Jason C. Borowski gutgeschrieben. Der Betrag würde von dem Kurier der Gemeinschaftsbank, der zweimal die Woche nach Frankreich reiste, überbracht werden, dazu mehrere Unterschriftsproben des Kunden. Herr Koenig hatte seinen Vorgesetzten und dem Klienten versichert, daß die Papiere in drei Tagen in Paris sein würden.

Die letzte Transaktion war vergleichsweise bescheiden. Apfel ließ einhunderttausend Franc in großen Scheinen in sein Büro bringen. Der Auszahlungsbeleg wurde mit der Nummernunterschrift des Kontobesitzers quittiert.

Auf dem Konto bei der Gemeinschaftsbank blieben 1.400.000 Schweizer Franken, keineswegs eine geringe Summe.

Der ganze Vorgang hatte eine Stunde und zwanzig Minuten in Anspruch genommen, und die ansonsten reibungslose Prozedur war nur von einem Mißklang beeinträchtigt worden, den Koenig verursacht hatte. Er hatte Apfel angerufen, war eingelassen worden und hatte seinem Vorgesetzten einen kleinen, schwarz geränderten Umschlag gebracht.

»*Une fiche*«, hatte er in französischer Sprache gesagt.

Der Bankier hatte den Umschlag geöffnet, ihm eine Karte entnommen, den Inhalt studiert und beides Koenig mit dem Kommentar zurückgegeben: »Wird vorschriftsmäßig erledigt.«

Daraufhin war Koenig hinausgegangen.

»Betraf das mich?« hatte Borowski gefragt.

»Nur wenn so große Beträge freigegeben werden. Vorschrift unseres Hauses.« Der Bankier hatte beruhigend gelächelt.

Das Schloß klickte. Borowski öffnete die Tür mit der Milchglasscheibe und trat in Herrn Koenigs persönliches Reich hinaus. Zwei weitere Männer waren eingetroffen; sie saßen auf gegenüberstehenden Sesseln in der Empfangshalle. Da sie sich nicht in separaten Zellen hinter Milchglasfenstern befanden, vermutete Borowski, daß keiner der beiden Männer ein Drei-Null-Konto besaß. Er fragte sich, ob sie wohl Namen geschrieben oder Nummernreihen angegeben hatten, hörte aber auf, darüber nachzudenken, als er den Lift erreichte und den Knopf drückte.

Aus dem Augenwinkel bemerkte er eine Bewegung. Koenig hatte den Kopf etwas zur Seite gelegt und beiden Männern zugenickt. Sie erhoben sich, als die Lifttür sich öffnete. Borowski drehte sich herum; der Mann zur Rechten hatte ein kleines Sprechfunkgerät aus der Manteltasche genommen und murmelte kurze Sätze in das eingebaute Mikrophon.

Der Mann zur Linken hielt die rechte Hand unter dem Stoff seines Trenchcoats verborgen. Als er sie herauszog, hatte sie eine schwarze Automaticpistole umklammert, auf deren Lauf ein durchlöcherter Zylinder gesteckt war: ein Schalldämpfer.

Die beiden Männer gingen auf Borowski zu, als er sich rückwärts in den Lift schob.

Der Wahnsinn begann.

5.

Der Mann mit dem tragbaren Sprechfunkgerät befand sich bereits in der Kabine, als sich sein bewaffneter Begleiter mit den Schultern zwischen die sich schließenden Lifttüren zwängte, wobei die Waffe auf Borowskis Kopf zielte. Jason duckte sich nach rechts und schleuderte ohne Vorwarnung den linken Fuß vom Boden hoch, drehte sich gleichzeitig blitzschnell, so daß sein Absatz gegen die Hand des Schützen prallte. Die Pistole schoß in die Höhe und der Mann fiel zurück in den Flur. Zwei gedämpfte Schüsse fielen, bevor sich die Lifttüren zusammenschoben. Die Kugeln bohrten sich in das dicke Holz der Kabinendecke. Borowski vollendete seine Kreiselbewegung und trieb dem zweiten Mann die Schulter in den Leib. Er quetschte den Mann brutal gegen die Wand. Das Funkgerät flog polternd zu Boden. Worte drangen aus dem Lautsprechergitter: »Henri? Was ist passiert?«

Plötzlich kam Jason das Bild eines anderen Franzosen in den Sinn: Ein Mann am Rande der Hysterie, die Augen vor Entsetzen geweitet, ein verhinderter Killer, der vor weniger als vierundzwanzig Stunden aus dem ›Le Bouc de Mer‹ hinausgerannt war, in die Dunkelheit der Rue Sarrasin. Jener Mann hatte keine Zeit vergeudet, seine Nachricht nach Zürich zu schicken: Der von ihnen Totgeglaubte lebte! Und wie er lebte. *Tötet ihn!*

Borowski packte den Franzosen und drückte den linken Arm gegen die Kehle des Mannes, während seine rechte Hand an dessen linkem Ohr zerrte. »Wie viele?« fragte er auf Französisch. »Wie viele sind dort unten? Wo sind sie?«

»Schau doch nach, du Schwein!«

Die Liftkabine befand sich auf halbem Weg zur Empfangshalle im Erdgeschoß.

Jason drückte das Gesicht des Mannes nach unten, riß ihm dabei fast das Ohr ab und schmetterte seinen Kopf gegen die Wand. Der Franzose schrie auf und sank zu Boden. Borowski rammte ihm das Knie gegen die Brust; er konnte das Halfter fühlen. Er riß den Mantel auf, griff hinein und holte einen kurzläufigen Revolver heraus. Der Besitz der Waffe gab ihm das Gefühl der Sicherheit. Kurz überlegte er: *Koenig.* Er würde sich erinnern; soweit es Herrn Koenig betraf, gab es für ihn keine Amnesie. Er rammte dem Franzosen den Lauf der Waffe in den offenen Mund.

»Raus damit, oder ich blase dir den Schädel weg!« Der Mann stieß ein halberstícktes Geräusch aus; Borowski zog die Waffe zurück und richtete den Lauf auf die Wange.

»Zwei. Einer bei den Lifts, einer draußen auf dem Bürgersteig beim Wagen.«

»Was für ein Auto?«

»Peugeot.«

Die Liftkabine verlangsamte jetzt ihre Fahrt.

»Farbe?«

»Braun.«

»Der Mann in der Halle, was trägt er?«

»Ich weiß nicht . . . «

Jason hieb dem Mann den Revolver gegen die Schläfe. »Sie sollten sich erinnern!«

»Einen schwarzen Mantel.«

Die Liftkabine kam zum Stillstand. Borowski zog den Franzosen in die Höhe; die Türen öffneten sich. Zur Linken trat ein Mann in einem dunklen Regenmantel nach vorne auf sie zu, der eine seltsame, goldgeränderte Brille trug. Die Augen hinter den Brillengläsern begriffen; dem Franzosen tropfte Blut von der Wange. Er hob die unsichtbare Hand, die die Tasche seines Regenmantels verbarg, und eine Automaticpistole mit Schalldämpfer richtete sich auf Borowski.

Jason stieß den Franzosen vor sich her durch die Tür. Drei schnelle, spuckende Laute waren zu hören; der Franzose schrie, die Arme erhoben. Dann krümmte sich sein Rücken und er fiel auf den Marmorboden. Eine Frau schrie, und dann riefen ein paar Männerstimmen: »Hilfe« — »Polizei!«

Borowski wußte, daß er den Revolver, den er dem Franzosen abgenommen hatte, nicht benutzen konnte. Er besaß keinen Schalldämpfer; ein Schuß würde ihn verraten. Er schob die Waffe in die Manteltasche, trat seitlich an der schreienden Frau vorbei und packte den Uniformierten, der die Liftanlage überwachte, an der Schulter. Er riß den verwirrten Mann herum und stieß ihn gegen den Killer in dem dunklen Regenmantel.

Die Panik in der Halle nahm zu, während Jason auf die Glastüren des Eingangsportals zu rannte. Der Empfangschef, der ihn vor eineinhalb Stunden begrüßt hatte, schrie in ein Wandtelefon. Er hatte einen uniformierten Wächter neben sich. Der Mann hatte die Waffe gezogen und verbarrikadierte den Ausgang, die Augen wie gebannt auf ihn gerichtet. Plötzlich war es ein Problem, hier rauszukommen. Borowski wich den Augen des Wachmanns aus und rief dem

Empfangschef zu: »Der Mann mit der goldgeränderten Brille, der ist es! Ich habe es gesehen.«

»Was? Wer sind Sie?«

»Ich bin ein Freund von Walther Apfel. Hören Sie mir zu! Der Mann mit der goldgeränderten Brille im schwarzen Regenmantel. Dort drüben?«

Die Erwähnung eines Vorgesetzten wirkte Wunder.

»Herr Apfel!« Der Mann vom Empfang wandte sich dem Uniformierten zu. »Los, der Mann mit der Brille, einer goldgeränderten Brille!«

»Jawohl!« Der Wachmann rannte los.

Jason lief auf die Glastüre zu. Er öffnete den rechten Flügel, sah sich um und zögerte; denn er wußte nicht, ob der Mann, der draußen neben einem braunen Peugeot wartete, ihn erkennen und eine Kugel auf ihn abfeuern würde.

Der Wachposten war an einem Mann im schwarzen Regenmantel vorbeigerannt, der langsamer ging als die von Panik erfüllten Gestalten rings um ihn und keine Brille trug. Kurz vor dem Ausgang beschleunigte er sein Tempo und strebte auf Borowski zu.

Das zunehmende Chaos auf dem Bürgersteig war Jasons Schutz. Irgend jemand hatte Alarm geschlagen; mit heulenden Sirenen rasten die Polizeiautos die Bahnhofstraße herauf. Er ging ein paar Meter nach rechts, von Fußgängern flankiert, und rannte plötzlich los, zwängte sich in eine neugierige Menschenmenge, suchte in einer Ladennische Schutz, von wo aus er die Wagen am Straßenrand beobachtete. Er sah den Peugeot, sah den Mann, der neben dem Peugeot stand, die rechte Hand in der Manteltasche. In weniger als fünfzehn Sekunden hatte der Mann im schwarzen Regenmantel den Fahrer des Wagens erreicht. Die beiden besprachen sich schnell und suchten dann die Bahnhofstraße ab.

Borowski begriff ihre Verwirrung. Er war ohne jede Panik aus dem Eingangsportal der Gemeinschaftsbank gekommen und in der Menge untergetaucht. Er war auf alle Fälle darauf vorbereitet gewesen, zu rennen, aber er war dann doch *nicht* gerannt, einfach aus Angst, sonst den Verdacht auf sich zu lenken. So hatte der Fahrer des Peugeot die Verbindung nicht herstellen können. Er hatte die Zielperson nicht erkannt, die man in Marseille identifiziert und zur Exekution freigegeben hatte.

Der erste Polizeiwagen hielt vor der Bank, als der Mann mit der goldgeränderten Brille gerade den Mantel auszog und ihn durch das offene Fenster des Peugeot schob. Er nickte dem Fahrer zu, der sich hinter das Lenkrad setzte und den Motor anließ. Und dann tat der Mann etwas, womit Jason am allerwenigsten gerechnet hatte. Er eilte auf die Glastüren der Bank zu und schloß sich den Polizeibeamten an, die hineinrannten.

Borowski verfolgte, wie der Peugeot vom Randstein wegschoß und die Bahnhofstraße hinunterjagte. Menschentrauben umlagerten das gläserne Eingangsportal der Bank. Schaulustige streckten die Hälse und spähten hinein. Ein Polizeibeamter kam heraus und winkte die Neugierigen zurück. Jetzt jagte ein Krankenwagen um die Ecke, die Sirene heulte, warnte alle, Platz zu machen; der Fahrer stoppte sein Fahrzeug an der Stelle, wo der Peugeot geparkt hatte. Jason konnte nicht länger zusehen. Er mußte zurück zum ›Carillon du Lac‹, seine Sachen packen und schleunigst aus der Schweiz verschwinden. Sein Ziel hieß Paris.

Weshalb Paris? Warum hatte er darauf bestanden, daß das Geld ausgerechnet nach Paris überwiesen wurde? Die Idee war ihm erst in den Sinn gekommen, als er in Apfels Büro saß, von den gigantischen Summen wie benommen. Sie hatten alles weit überstiegen, was er sich ausgemalt hatte. Es war so viel, daß er nur instinktiv reagieren konnte. Und sein Instinkt hatte ihn nach Paris gewiesen, so als ob das irgendwie lebenswichtig wäre. Aber weshalb?

Doch darüber nachzugrübeln war jetzt nicht die Zeit. Er sah, wie zwei Sanitäter mit einer Bahre aus der Bank kamen. Eine reglose Gestalt lag darauf. Man hatte ihr den Kopf bedeckt; das bedeutete, daß es sich um einen Toten handelte. Borowski begriff sehr wohl, daß er, wenn er nicht gewisse Fertigkeiten besessen hätte, der tote Mann auf der Bahre gewesen wäre.

Er sah ein leeres Taxi an der Straßenecke und rannte darauf zu. Er mußte Zürich sofort verlassen; eine Nachricht war aus Marseille eingegangen, aber der tote Mann lebte. Jason Borowski lebte! Tötet ihn! Tötet Jason Borowski!

Um Himmels willen, *warum?*

Er hoffte, den stellvertretenden Empfangschef des ›Carillon du Lac‹ hinter dem Tresen vorzufinden, aber er war nicht da. Dann fiel ihm ein, daß eine kurze schriftliche Nachricht an den Mann — wie hieß er doch? Stössel? Ja, Stössel — ausreichen würde. Eine Erklärung für seine plötzliche Abreise war nicht mehr erforderlich, und fünfhundert Franken würden spielend für ein paar Stunden ausreichen — und für die Gefälligkeit, die er von Herrn Stössel erbitten würde.

In seinem Zimmer warf er sein Rasierzeug in den Koffer, überprüfte die Pistole, die er dem Franzosen abgenommen hatte, schob sie wieder in die Manteltasche und setzte sich an den Sekretär, um die Notiz für Herrn Stössel zu schreiben. Er fügte einen Satz hinzu, der ihm leicht aus der Feder floß — fast zu leicht: »Ich werde mich vielleicht mit Ihnen bezüglich der Post in Verbindung setzen, die man mir wahrscheinlich ins Hotel geschickt hat. Ich hoffe, es ist Ihnen möglich, darauf zu achten und die Briefe für mich in Empfang zu nehmen.«

Sollte irgendeine Mitteilung von der geheimnisvollen *Treadstone Seventy-One* kommen, wollte er davon erfahren. Bei einem Schweizer Hotel konnte er sicher sein, daß das Personal zuverlässig war.

Er legte eine Fünfhundert-Franken-Note mit der Notiz in den Umschlag und klebte ihn zu. Dann nahm er seinen Koffer, verließ das Zimmer und ging den Korridor hinunter auf die Fahrstühle zu. Es waren vier an der Zahl; er drückte einen Knopf und blickte sich um. Niemand war zu sehen; eine Glocke ertönte, und das rote Licht über dem dritten Liftschacht leuchtete auf. Die beiden Metalltüren schoben sich zur Seite. Zwei Männer standen neben einer Frau mit kastanienbraunem Haar; sie unterbrachen ihre Unterhaltung, nickten Borowski zu und machten Platz, als sie den Koffer bemerkten. Als die Türen sich schlossen, setzten sie ihr Gespräch fort. Sie sprachen französisch, schnell und mit weichem Akzent. Die Frau sah zwischen den beiden Männern hin und her, lächelte und blickte dann wieder nachdenklich. »Sie reisen also morgen nach der Schlußsitzung ab?« fragte der Mann zur Linken.

»Ich weiß noch nicht. Ich warte auf Bescheid aus Ottawa«, erwiderte die Frau. »Ich habe Verwandte in Lyon, die ich gerne besuchen würde.«

»Der Exekutivausschuß findet unmöglich zehn Leute, die bereit sind, das Schlußergebnis dieser gottverdammten Konferenz in einem Tag zu formulieren«, sagte der Mann zur Rechten. »Wir werden alle noch eine Woche hier sein.«

»Brüssel wird nicht damit einverstanden sein«, sagte der erste und grinste. »Das Hotel ist zu teuer.«

»Dann ziehen Sie doch in ein anderes«, sagte der zweite und kniff ein Auge zu. »Wir warten ja schon die ganze Zeit darauf, daß Sie das tun, oder?«

»Sie sind verrückt«, sagte die Frau. »Sie sind beide verrückt — das ist *mein* Schlußergebnis.«

»Sie sind das nicht, Marie«, warf der erste ein. »Verrückt, meine ich. Ihr Vortrag gestern war brillant.«

»Das war er keineswegs«, sagte sie. »Das war reine Routine und furchtbar langweilig.«

»Nein, nein!« wandte der zweite ein. »Er war erstklassig; das muß er gewesen sein; denn ich habe kein Wort verstanden. Aber dafür habe ich andere Talente.«

»Verrückt . . .«

Die Liftkabine kam zum Stillstand; jetzt redete wieder der erste Mann. »Setzen wir uns doch in die letzte Reihe. Wir kommen ohnehin zu spät, und Bertinelli spricht. Ich glaube nicht, daß er uns was Neues erzählen wird. Seine Theorie von erzwungenen zyklischen Fluktuationen ist längst überholt.«

»Seit Cäsar«, meinte die Frau mit dem kastanienfarbenen Haar und lachte. Sie hielt inne und fügte hinzu: »Wenn nicht schon seit den Punischen Kriegen.«

»Also in die letzte Reihe«, sagte der zweite Mann und bot der Frau den Arm. »Da können wir ungestört schlafen. Er hat einen Diaprojektor; es wird dunkel sein.«

»Nein, gehen Sie nur voraus. Ich komme in eine paar Minuten nach. Ich muß erst ein paar Telegramme absenden, und zur Telefonvermittlung habe ich kein Vertrauen, daß die sie richtig durchgibt.«

Die Türen öffneten sich, und die drei verließen die Liftkabine. Die beiden Männer durchquerten gemeinsam die Hotelhalle, während die Frau auf den Empfangstresen zustrebte. Borowski folgte ihr und las geistesabwesend die Ankündigungen auf einer Hinweistafel, die ein paar Meter von ihm entfernt auf einem kleinen Sockel stand.

Willkommen:
Mitglieder der sechsten Weltwirtschaftskonferenz
Sitzungskalender:
13.00 Uhr: The Hon. James Frazier, M.P., Großbritannien
Saal 12
18.00 Uhr: Dr. Eugenio Bertinelli, Universität Mailand, Italien
Saal 7
21.00 Uhr: Abschiedsessen des Vorsitzenden; Grüner Salon

»Zimmer 507. Die Vermittlung hat gesagt, für mich wäre ein Telegramm angekommen.«

Die Frau mit dem kastanienfarbenen Haar, die jetzt neben ihm am Tresen stand, sprach englisch. Sie hatte gesagt, sie erwarte Nachricht aus Ottawa: eine Kanadierin also.

Der Angestellte sah im Fach nach und brachte das Telegramm. »Doktor St. Jacques?« fragte er und hielt ihr den Umschlag hin.

»Ja, vielen Dank.«

Die Frau drehte sich um und riß das Couvert auf, während der Angestellte auf Borowski zuging. »Bitte, Sir?«

»Ich möchte das für Herrn Stössel hinterlegen.« Er legte den Umschlag mit dem Geld und der Notiz auf den Tresen.

»Herr Stössel wird erst morgen früh um sechs Uhr zurückkommen, Sir. Kann ich Ihnen behilflich sein?«

»Nein, danke. Sorgen Sie nur dafür, daß er es bekommt. Es ist nichts Dringendes«, fügte er hinzu, »aber ich benötige Antwort. Ich werde mich morgen telefonisch an ihn wenden.«

»Selbstverständlich, Sir.«

Borowski griff nach seinem Koffer und trat durch eine breite Glastür, die zu einer kreisförmigen Auffahrt führte. Unter den Tiefstrahlern des Vordaches warteten einige Taxis. Die Sonne war untergegangen; es war Nacht in Zürich.

Er blieb stehen und hielt den Atem an. Eine Art Lähmung hatte ihn befallen. Seine Augen wollten nicht wahrhaben, was er draußen sah. Ein brauner Peugeot hielt vor dem ersten Taxi an. Die Beifahrertür öffnete sich, und ein Mann entstieg dem Wagen — ein Killer in einem schwarzen Regenmantel mit einer dünnen, goldgeränderten Brille. Kurz darauf stieg eine weitere Gestalt aus dem Auto; aber das war nicht der Fahrer, der an der Bahnhofstraße gestanden und ihn nicht erkannt hatte. Statt dessen war es ein anderer Killer mit einem anderen Regenmantel, in dessen weiten Taschen man Waffen gut verbergen konnte. Es war derselbe Kerl, der in der Empfangshalle im ersten Stock der Gemeinschaftsbank gesessen hatte und eine Pistole mit Schalldämpfer gezogen hatte.

Wie hatten sie ihn gefunden? . . . Dann erinnerte er sich, und ihm wurde übel. Eine beiläufige Bemerkung von ihm hatte ihnen den Hinweis auf sein Hotel geliefert.

»Haben Sie einen angenehmen Aufenthalt in Zürich?« hatte Walther Apfel gefragt, während sie darauf warteten, daß sie wieder alleine im Zimmer waren.

»Ja, sehr. Ich habe ein Zimmer mit Blick auf den See. Die Aussicht ist wunderschön. Das Hotel liegt sehr ruhig.«

Koenig! Koenig war dabei, wie er das sagte. Die Hotels am See, zumal die, die von Leuten mit Drei-Null-Konten frequentiert wurden, waren schnell genannt und abzuzählen. ›Carillon du Lac‹, ›Baur au Lac‹, ›Eden au Lac‹. Ihre Namen fielen ihm rasch ein. Doch woher kannte er sie? Wie leicht war es also für seine Verfolger gewesen, ihn aufzustöbern!

Zu spät! Der zweite Mann hatte ihn nach einem suchenden Blick durch die Glastür entdeckt. Worte wurden über die Motorhaube des Peugeot gewechselt, Hände tauchten in übergroße Tasche, griffen nach unsichtbaren Waffen. Die beiden Männer strebten auf den Eingang zu, trennten sich im letzten Augenblick und postierten sich links und rechts vom Eingang. Die Flanken waren gesichert, er saß in der Falle.

Glaubten sie, sie konnten in eine überfüllte Hotelhalle eindringen und einfach einen Menschen töten?

Natürlich! Die vielen Menschen und der Lärm waren ihr Schutz.

Zwei, drei gedämpfte Schüsse, aus kurzer Distanz abgefeuert, würden ebenso wirksam sein wie ein Überfall auf einem überfüllten öffentlichen Platz bei hellichtem Tag; und in dem anschließenden Chaos würde die Flucht spielend leicht gelingen.

Empörung mischte sich in seine Gedanken. Wie konnten sie es wagen? Was brachte sie auf die Idee, daß er nicht davonrennen, Schutz suchen, nach der Polizei schreien würde? Und dann war die Antwort ebenso klar und niederschmetternd. Die Killer wußten mit Sicherheit den Grund, der ihn davon abhielt. Er konnte nicht zur Polizei gehen. Jason Borowski mußte sämtliche Behörden meiden . . . Warum? Suchten sie *ihn?*

Herrgott, warum?

Die beiden gegenüberliegenden Türen wurden von zwei ausgestreckten Händen aufgestoßen, die anderen blieben verborgen, umklammerten Waffen. Borowski drehte sich um; da waren Aufzüge, Gänge, Korridore. Es mußte ein Dutzend Wege geben, die aus dem Hotel herausführten.

Aber womöglich kannten die Killer, die sich jetzt durch die Menge drängten, die örtlichen Verhältnisse besser als er. Vielleicht hatte das ›Carillon du Lac‹ nur zwei oder drei Ausgänge, die leicht von draußen bewacht werden konnten.

Ein einzelner Mann war ein auffälliges Ziel. Aber wenn er nicht allein wäre? Wenn jemand bei ihm wäre, der ihm als Deckung und Tarnung zugleich dienen konnte? Entschlossene Killer vermieden es, die falsche Person zu töten, nicht aus Mitgefühl, sondern weil die Gefahr bestand, daß das eigentliche Opfer entkam, wenn nach den tödlichen Schüssen eine Panik ausbrach.

Er spürte den Revolver in der Tasche, aber die Tatsache, daß er bewaffnet war, beruhigte ihn keineswegs. Ebenso wie in der Bank würde er sich verraten, wenn er sie benutzte, ja, sie nur zeigte. Aber sie war da. Er ging auf die Mitte der Hotelhalle zu und bog dann nach rechts, wo mehr Leute standen. Es war die frühe Abendstunde während einer internationalen Konferenz. Tausend Pläne für den Abend und die Nacht wurden geschmiedet, werbende Blicke wanderten zwischen hochrangigen Gästen und Kurtisanen hin und her. Gruppen bildeten sich.

Vor einer Wand hinter einem Marmortresen war ein Angestellter damit beschäftigt, gelbe Blätter mit einem Bleistift zu markieren, den er wie einen Pinsel hielt. *Telegramme.* Vor dem Tresen standen zwei Leute, ein beleibter älterer Mann und eine Frau in einem dunkelroten Seidenkleid. Ihr langes Haar war kastanienbraun. Es war die Frau aus dem Fahrstuhl, die sich vorhin nach dem Telegramm erkundigt hatte, das für sie bereitlag.

Borowski sah sich um. Die Killer arbeiteten sich langsam auf ihn zu, der eine rechts, der andere links, in einer Zangenbewegung. Solange sie ihn im Blick behielten, konnten sie ihn zwingen fortzurennen — ziellos, ohne zu wissen, ob der Fluchtweg, den er einschlug, in eine Sackgasse führte. Und dann würden gedämpfte Schüsse fallen, und ihre Manteltaschen würden vom Pulver geschwärzt werden.

Ihn im Auge behalten? Die letzte Reihe also . . . Da können wir ungestört schlafen. Er benutzt einen Diaprojektor; es wird dunkel sein.

Jason drehte sich wieder um und blickte zu der Frau mit dem kastanienfarbenen Haar hinüber. Sie hatte jetzt ihr Telegramm aufgegeben, nahm ihre Brille mit den getönten Gläsern ab und steckte sie in die Handtasche. Sie war höchstens drei Meter von ihm entfernt.

Bertinelli spricht. Ich glaube nicht, daß er was Neues zu sagen hat.

Borowski nahm den Koffer in die linke Hand, ging schnell auf die Frau an dem Marmortresen zu und tippte sie am Ellbogen an, ganz leicht, um sie nicht zu erschrecken. »Doktor?«

»Wie bitte?«

»Sie *sind* doch Doktor? . . . « Er ließ sie los, gab sich den Anschein der Verwirrung.

»St. Jacques«, sagte sie und sprach das St. französisch aus.

»Sie sind der Mann aus dem Lift, oui?«

»Mir war nicht klar, daß Sie es sind«, sagte er. »Sie wissen sicherlich, wo dieser Bertinelli spricht.«

»Das steht auf der Hinweistafel. Suite sieben.«

»Ich fürchte, ich weiß nicht, wo das ist. Würde es Ihnen etwas ausmachen, es mir zu zeigen? Ich habe mich verspätet, und ich muß mir Notizen über seine Rede machen.«

»Über Bertinelli? Warum? Arbeiten Sie für eine marxistische Zeitung?«

»Für eine neutrale Gruppe«, sagte Jason und fragte sich, woher die Sätze wohl kommen mochten. »Ich bin für eine Anzahl Leute tätig. Die sind nicht der Ansicht, daß er es wert ist, erwähnt zu werden.«

»Wahrscheinlich nicht, aber man sollte ihn sich anhören. In dem, was er sagt, sind ein paar brutale Wahrheiten.«

»Also muß ich ihn finden. Vielleicht können Sie ihn mir zeigen.«

»Ich fürchte, das geht nicht. Ich zeige Ihnen den Saal, aber dann muß ich ein Telefonat führen.« Sie klappte ihre Handtasche zu.

»Bitte. Schnell!«

»Was?« Sie sah ihn unfreundlich an.

»Tut mir leid, aber ich habe es eilig.« Er blickte nach rechts; die beiden Männer waren höchstens noch sechs Meter entfernt.

»Sie sind ziemlich unhöflich«, sagte Dr. St. Jacques kühl.

»*Bitte!*« Er unterdrückte seine Regung, sie einfach vor sich her zu stoßen, weg von der Falle, die im Begriffe war, zuzuschnappen.

»Diese Richtung.« Sie ging durch die Halle auf einen breiten Korridor zu, wo weniger Menschen standen. Bald erreichten sie einen mit Samt ausgeschlagenen Gang, den zu beiden Seiten rote Türen säumten. Leuchttafeln wiesen auf die Konferenzräume eins und zwei hin. Am Ende des Flurs war eine Doppeltür, und eine goldene Schrift zur Rechten verkündete, daß es sich um den Eingang zum Saal sieben handelte.

»Da wären wir«, sagte Marie St. Jacques. »Seien Sie vorsichtig, wenn Sie hineingehen. Drinnen ist es dunkel. Bertinelli hält seinen Vortrag mit Dias.«

»Wie im Kino«, meinte Borowski und sah sich um. Am anderen Ende des Korridors tauchte der Mann mit der goldgeränderten Brille auf, dicht gefolgt von seinem Begleiter.

»Gibt es hier einen Ausgang? Eine weitere Tür?« fragte Borowski hastig.

»Ich habe keine Ahnung. Jetzt muß ich wirklich telefonieren. Viel Spaß beim Professor.« Sie wandte sich ab.

Er stellte den Koffer ab und ergriff ihren Arm. Sie funkelte ihn zornig an. »Nehmen Sie die Hand weg, bitte.«

»Ich will Sie nicht erschrecken, aber ich habe keine Wahl.« Er sprach ganz leise. Die Killer gingen jetzt langsamer, gleich würde sich die Falle schließen.

»Sie müssen mitkommen.«

»Machen Sie sich nicht lächerlich!«

Er verstärkte den Griff um ihren Arm und schob sie vor sich her. Dann zog er die Pistole aus der Tasche und hielt sie so, daß ihr Körper sie vor den Männern verbarg. »Ich will das nicht benutzen. Ich will Ihnen nicht weh tun, aber wenn ich muß, tue ich es.«

»Mein Gott . . .«

»Seien Sie still! Wenn Sie tun, was ich sage, wird Ihnen nichts passieren. Ich muß aus diesem Hotel heraus, und Sie werden mir dabei helfen. Sobald ich draußen bin, lasse ich Sie frei. Aber vorher nicht. Kommen Sie. Wir gehen da hinein.«

»Sie können nicht . . .«

»Doch, ich kann.« Er drückte ihr den Lauf der Pistole in den Leib. Sie war so verängstigt, daß sie keinen Laut hervorbrachte, sich in das Unvermeidliche schickte. »Gehen wir.«

Er trat an ihre linke Seite, wobei er immer noch ihren Arm festhielt, die Pistole in der Hand, wenige Zentimeter von ihrer Brust entfernt. Ihre Augen starrten wie gebannt auf die Waffe, ihr Mund stand offen, ihr Atem ging unregelmäßig, Borowski öffnete die Saaltür und schob sie vor sich hinein. Er hörte, wie draußen im Flur jemand ein einzelnes Wort schrie.

»*Schnell!*«

Sie befanden sich jetzt in völliger Dunkelheit, aber das dauerte nur kurze Zeit. Ein weißer Lichtstrahl schoß durch den Raum über die Stuhlreihen, beleuchtete die Köpfe der Zuhörer. Auf die Leinwand, die die ganze Bühne einnahm, wurde eine Grafik projiziert; die einzelnen Balken waren numeriert. Eine dicke schwarze Linie bewegte sich von links oben auf einem zackigen Weg über die einzelnen Balken hinweg nach rechts. Eine Männerstimme mit einem ausgeprägten Akzent war zu hören, verstärkt von einem Lautsprecher.

»Sie werden feststellen, daß in den Jahren Siebzig und Einundsiebzig die wirtschaftliche Rezession viel weniger ausgeprägt war. Das nächste Bild bitte.« Der Projektor schien einen Defekt zu haben; diesmal zuckte kein Lichtbalken durch den Raum.

»Bild zwölf, bitte!«

Jason dirigierte die Frau hinter die letzte Stuhlreihe. Er versuchte, die Größe des Vortragsraumes abzuschätzen und hielt nach einem roten Licht Ausschau, das den Fluchtweg markieren würde. Da sah er es. Ein schwaches rötliches Glühen in der Ferne, auf der Bühne hinter der Leinwand. Er mußte den Ausgang erreichen. Mit ihr.

»Marie — hierher!« Das Flüstern kam von links, von einem Stuhl in der letzten Reihe.

»Nein, Chérie. Bleib bei mir.«-Das war die Stimme eines Mannes, der unmittelbar vor Marie St. Jacques stand. Er hatte sich von der Wand gelöst und hielt sie auf. »Man hat uns getrennt. Es gibt keine Stühle mehr.«

Borowski drückte der Frau die Waffe in den Rücken, eine Botschaft, die nicht mißzuverstehen war. Sie flüsterte, ohne zu atmen, und Jason war froh, daß man ihr Gesicht nicht deutlich erkennen konnte. »Bitte, lassen Sie uns vorbei«, sagte sie in französischer Sprache. »Bitte!«

»Was ist? Ist er Ihr Telegramm, meine Liebe?«

»Ein alter Freund«, raunte Borowski.

Ein Ruf übertönte das immer lauter werdende Zischen aus der Zuhörerschaft. »Darf ich endlich Bild zwölf haben. *Per favore!*«

»Wir müssen jemanden am Ende der Reihe sehen«, fuhr Jason fort und sah sich um. Der rechte Türflügel des Eingangs öffnete sich; inmitten eines von Schatten bedeckten Gesichts reflektierte eine goldgeränderte Brille das schwache Licht des Korridors. Borowski schob die Frau an ihrem verwirrten Freund vorbei und flüsterte eine Entschuldigung.

»Pardon, aber wir haben es eilig.«

»Schlechte Manieren haben Sie auch!«

»Ja, ich weiß.«

»Bild zwölf! *Ma che infamia!*«

Der Lichtstrahl schoß aus dem Projektor; er vibrierte unter der nervösen Hand des Vorführers. Eine weitere Grafik erschien auf der Leinwand, als Jason und die Frau die andere Wand erreichten, dort, wo der schmale Gang nach unten zur Bühne führte. Er drückte sie in die Ecke und preßte sich ganz dicht an sie.

»Ich schreie!« flüsterte sie.

»Dann schieße ich«, war seine Antwort. Er spähte um die Gestalten herum, die an der Wand lehnten; die Killer waren jetzt beide im Saal, kniffen die Augen zusammen, drehten die Köpfe wie erschreckte Nagetiere und versuchten, ihr Opfer zwischen all den Gesichtern zu entdecken.

Die Stimme des Redners klang jetzt scharf und eindringlich.

»Für die Skeptiker, zu denen ich heute abend hier spreche — und das sind die meisten von Ihnen — habe ich hier statistische Beweise! In der Substanz sind sie mit hundert anderen Analysen, die ich vorbereitet habe, identisch. Man soll den Markt denen überlassen, die sich in ihm auskennen. Kleinere Exzesse wird es immer geben. Sie sind nur ein geringer Preis für den allgemeinen Wohlstand.«

Einige klatschten. Bertinelli deutete mit seinem langen Zeigestab auf die Leinwand, hob das Offensichtliche hervor — das für ihn Offensichtliche. Jason lehnte sich wieder zurück; die goldgeränderte Brille glänzte im gleißenden Schein des Projektors. Der Killer mit der Brille berührte den Arm seines Begleiters, deutete mit einer Kopfbewegung nach links und befahl seinem Untergebenen, die Suche auf der linken Saalseite fortzusetzen; er würde die rechte übernehmen. Das vergoldete Brillengestell blitzte auf, als er sich seitlich an den stehenden Zuhörern vorbeischob und jedes Gesicht studierte. In wenigen Sekunden würde er die Ecke erreichen, *sie* erreichen. Ihm blieb nur noch, den Killer mit einem Schuß aufzuhalten: Wenn aber jemand in der Reihe vor ihm sich bewegte oder die Frau, die er gegen die Wand gedrückt hatte, in Panik geriet und ihn anstieß, so daß die Kugel den Killer verfehlte, dann steckte er in der Falle. Und selbst wenn er den Mann traf, lauerte noch ein Killer auf der anderen Saalseite, ohne Zweifel ein geübter Schütze.

»Bild dreizehn, bitte.«

Das war der Augenblick.

Das Licht verlosch. Borowski zerrte die Frau von der Wand weg, drehte sie herum und flüsterte ihr zu: »Wenn Sie einen Laut von sich geben, töte ich Sie!«

»Ich glaube Ihnen«, erwiderte sie erschreckt. »Sie sind wahnsinnig!«

»Los!« Er drängte sie den schmalen Gang hinunter, der zu der zwölf Meter entfernten Bühne führte. Das Licht des Projektors leuchtete wieder auf. Er packte die Frau am Hals, drückte sie auf die Knie und kauerte sich neben ihr nieder. Die Reihe der Sitzenden verbarg sie vor den Verfolgern. Er stieß sie an; das war sein Signal für sie, sich weiterzubewegen, zu kriechen . . . Langsam, geduckt. Sie begriff; sie rutschte zitternd auf Knien weiter.

»Die daraus zu ziehenden Schlüsse sind eindeutig«, rief Bertinelli. »Das Gewinnmotiv läßt sich nicht von den Produktivitätsanreizen trennen, aber die Rollen können nie gleich sein. Schon Sokrates hat erkannt, daß die Ungleichheit der Werte ein unumstößliches Faktum ist. Gold ist eben nicht Messing oder Eisen. Wer unter Ihnen könnte das leugnen? Bild vierzehn, bitte!«

Wieder Dunkelheit. Jetzt!

Er riß die Frau in die Höhe, stieß sie nach vorn auf die Bühne zu. Sie waren noch einen Meter vom Rand entfernt.

»Was ist los, bitte? Bild vierzehn!«

Das Diagerät klemmte erneut. Wieder herrschte Dunkelheit. Und dort auf der Bühne vor ihnen leuchtete rot die Schrift NOTAUSGANG. Jason umklammerte den Arm der Frau. »Auf die Bühne hinauf und zum Ausgang! Ich bin dicht hinter Ihnen; wenn Sie stehenbleiben oder schreien, schieße ich.«

»Um Gottes willen, lassen Sie mich los!«

»Noch nicht. Los!«

Das blendende Licht des Projektors flammte auf, überflutete die Leinwand und die Bühne. Aus dem Saal ertönten überraschte und spöttische Rufe, als die beiden Gestalten sichtbar wurden, und über alles erhob sich die Stimme des verärgerten Bertinelli.

Und dann waren noch andere Geräusche zu hören — das dumpfe Krachen von schallgedämpften Waffen. Holz splitterte. Jason drückte die Frau hinunter und sprang mit einem Satz auf den schützenden Schatten des Seitenflügels zu, zog sie hinter sich her.

»Da ist er! Da oben!«

»Schnell! Der Projektor!«

Ein Schrei hallte aus dem Mittelgang, als das Licht des Projektors nach rechts schoß und den Rand der Bühne erfaßte — aber nicht ganz. Der Kegel wurde von den Brettern teilweise abgedeckt, die den Seitengang verdeckten. Am hinteren Ende der Bühne war der Notausgang: eine hohe, breite Türe aus Metall mit einer Stange davor.

Glas splitterte; die rote Leuchttafel erlosch. Die Kugel eines Meisterschützen hatte sie getroffen.

In dem Vortragssaal war der Teufel los. Borowski packte die Frau an der Bluse und zerrte sie an den Brettern vorbei auf die Tür zu. Einen Augenblick lang leistete sie Widerstand; er ohrfeigte sie und zog sie neben sich, bis die Stange über ihren Köpfen war.

Kugeln klatschten rechts von ihnen gegen die Wand; die Killer rannten die Gänge herunter, um besser zielen zu können. Binnen Sekunden würden sie sie eingeholt haben, und dann würden andere Kugeln — eine einzige vielleicht nur — ihr Ziel finden. Sie hatten noch genügend Patronen, das wußte er. Er hatte keine Ahnung, wie es kam, daß er das wußte, aber er *wußte es.* Er konnte sich nach dem Geräusch die Waffen vorstellen, ihre Magazine und wieviel Schuß sie hatten.

Er löste die Stange und schlug mit dem Arm die Klinke nach unten. Die Türe flog auf und er warf sich hinaus, zerrte die um sich schlagende Frau mit sich.

»Hören Sie auf!« schrie sie. »Ich komme nicht weiter mit! Sie sind verrückt! Das waren Schüsse!«

Jason stieß die Metalltür mit dem Fuß zu.

»Stehen Sie auf!«

»Nein!«

Er schlug ihr mit dem Handrücken ins Gesicht. »Tut mir leid, aber Sie kommen mit. Sobald wir draußen sind, haben Sie mein Wort, daß ich Sie gehen lasse.«

Die Türe! Er mußte die Tür blockieren! Im Halbdunkel entdeckte er Ziegelsteine. Mit der linken Hand hielt er Marie St. Jacques fest, mit der rechten türmte er hastig Stein auf Stein. Sein Ziel war es, die Türklinke zu blockieren. Wenn man sie von der Saalseite aus nicht niederdrücken konnte, war die Tür nicht zu öffnen.

Er hatte Glück; der oberste Stein paßte genau unter die Klinke.

Plötzlich wirbelte die Frau herum und versuchte sich seinem Griff zu entwinden; er glitt mit der Hand an ihrem Arm herunter, packte ihr Handgelenk und bog es nach innen. Sie schrie, Tränen standen in ihren Augen, ihre Lippen zitterten. Er zog sie neben sich und fing zu rennen an, schlug die Richtung ein, von der er glaubte, daß sie zum hinteren Ende des ›Carillon du Lac‹ führte. Dort würde er die Frau vielleicht brauchen; ein paar Sekunden nur, in denen ein Paar das Hotel verließ, kein einzelner Mann, der auffällig davonlief.

Ein lautes Krachen ertönte, dann noch einmal; die Killer versuchten, die Bühnentüre zu öffnen, aber die Steine hielten und das Metall war nicht zu durchbrechen.

Die Frau versuchte erneut, sich loszureißen. Sie war am Rande der Hysterie. Er hatte keine andere Wahl; er packte ihren Ellbogen und drückte mit dem Daumen, so hart er nur konnte, gegen die Innenseite. Sie stöhnte auf, der Schmerz durchfuhr sie ganz plötzlich und war unerträglich. Schluchzend ließ sie sich von ihm mitreißen.

Schließlich erreichten sie eine Betontreppe, die zu einer Metalltür hinunterführte. Dahinter war der rückwärtige Parkplatz des ›Carillon du Lac‹. Er war fast da, wo er sein wollte. Jetzt kam es nur darauf an, daß sie sich unauffällig verhielten.

»Hören Sie mir zu«, sagte er zu der vor Angst erstarrten Frau. »Wollen Sie, daß ich Sie frei lasse?«

»O Gott, ja! Bitte!«

»Dann tun Sie genau, was ich Ihnen sage. Wir werden jetzt diese Stufen hinuntergehen und zur Tür hinaustreten — wie zwei völlig normale Leute am Ende eines ganz gewöhnlichen Arbeitstages. Sie hängen sich bei mir ein, und wir werden draußen leise miteinander sprechen. Wir werden beide lachen, so als redeten wir über komische Dinge, die während des Tages passiert sind. Haben Sie das verstanden?«

»In den letzten fünfzehn Minuten ist überhaupt nichts Komisches geschehen«, antwortete sie mit kaum hörbarer monotoner Stimme.

»Dann stellen Sie sich eben was Lustiges vor. Also, reißen Sie sich jetzt zusammen.«

»Ich glaube, mein Handgelenk ist gebrochen.«

»Nein, bestimmt nicht.«

»Mein linker Arm, meine Schulter — ich kann sie nicht bewegen.«

»Ich habe nur auf einen Nerv gedrückt; das geht in ein paar Minuten vorbei. Alles ist in Ordnung. Kommen Sie. Denken Sie daran: Wenn ich die Tür öffne, sehen Sie mich an und lächeln.«

Sie schob die verletzte Hand unter seinen Arm, und sie stiegen die kurze Treppe zur Tür hinunter. Er öffnete sie, und sie traten hinaus. Seine Hand in der Manteltasche hielt die Pistole des Franzosen umklammert, während seine Augen die Laderampe suchten. Über der Tür brannte eine einzelne Glühbirne hinter einem Schutzgitter. Ihr Licht beleuchtete die Betonstufen zur Linken, die aufs Pflaster hinunterführten. Als sie die Treppen hinuntergingen, war ihr Gesicht dem seinen zugewandt, ihre verängstigten Züge von dem fahlen Lichtschein erhellt. Ihre vollen Lippen hatten sich zu einem starren Lächeln über den weißen Zähnen gespannt; ihre großen Augen waren zwei dunkle Höhlen und spiegelten elementare Angst. Die von Tränen benetzten Wangen waren blaß, mit roten Flecken, wo seine Hand sie getroffen hatte. Er betrachtete eine Maske, eingerahmt von dunkelrotem, schulterlangem Haar, in dem die Nachtbrise spielte — das einzig Lebende der Maske.

Ein ersticktes Lachen kam aus ihrer Kehle, die Adern an ihrem langen Hals traten wie Stränge hervor. Sie war kurz vor dem Zusammenbruch, aber daran durfte er jetzt nicht denken. Er mußte sich auf die Umgebung konzentrieren, auf jede geringste Bewegung. Es war offensichtlich, daß dieser dunkle, unbeleuchtete Parkplatz von den Angestellten des ›Carillon du Lac‹ benutzt wurde; es war fast halb sieben, die Nachtschicht hatte ihren Dienst bereits angetreten. Alles war still. Die aufgereihten Fahrzeuge wirkten wie riesige Insekten, die ins Nichts starrten. Da, ein kratzendes Geräusch! Metall, das auf Metall scharrte. Es kam von rechts, aus einem der Wagen. Er drehte den Kopf etwas zur Seite, als reagierte er auf eine witzige Bemerkung seiner Begleiterin. Dabei ließ er seinen Blick über die Fenster der Autos gleiten. Nichts.

War da etwas? Es war kaum sichtbar . . . ein winziger grüner Kreis, ein schwaches Glühen von grünem Licht. Es bewegte sich . . . während sie sich bewegten.

Grün. Klein . . . *Licht?* Plötzlich drängte sich ihm aus irgendeiner vergessenen Vergangenheit das Bild eines Fadenkreuzes auf. Seine Augen blickten in zwei dünne gekreuzte Linien! *Fadenkreuz!* Ein Teleskop . . . das Infrarotteleskop eines Karabiners!

Wie waren die Killer auf sie aufmerksam geworden? Darauf gab es eine ganze Anzahl von Antworten. Das tragbare Funkgerät in der Gemeinschaftsbank; vielleicht war jetzt auch eines im Einsatz. Er trug einen Mantel; seine Geisel nur ein dünnes Seidenkleid, und die Nacht war kühl. Keine Frau würde so ins Freie gehen.

Er beugte sich nach links, duckte sich und stieß Marie St. Jacques seine Schulter in den Leib. Sie taumelte zur Treppe zurück. Das gedämpfte Knacken wiederholte sich in immer wilderem Stakkato. Steine und Asphalt explodierten rings um sie. Er warf sich in Deckung. Hinter einem Mauervorsprung zog er die Pistole aus der Manteltasche. Er stützte das rechte Handgelenk mit der linken Hand und zielte mit der Waffe auf das Autofenster, hinter dem jemand einen Karabiner auf ihn richtete. Er feuerte drei Schüsse ab. Das alles geschah in Sekundenschnelle.

Aus der finsteren Silhouette der parkenden Limousine drang ein Schrei; er ging in ein Jammern, dann in ein Stöhnen über, bis er schließlich verstummte. Borowski lag reglos da, wartete, lauschte, beobachtete und war bereit, wieder zu schießen. Stille. Als er sich erheben wollte, konnte er sich kaum bewegen. Der Schmerz breitete sich in seiner Brust aus, das Pochen war jetzt so heftig, daß er sich nach vorne beugen mußte. Er versuchte klar zu sehen, den Schmerz abzuschütteln. Er hatte sich beim Hinwerfen seine linke Schulter verletzt, Sehnen und Muskeln überdehnt, die noch nicht ganz geheilt waren. Aber er mußte aufstehen, den Wagen des Killers erreichen, den Mann herausziehen und mit dem Auto entkommen.

Er blickte zu Marie St. Jacques hinüber. Sie arbeitete sich langsam in die Höhe, kniete und stützte sich an der Außenwand des Hotels ab. Im nächsten Augenblick würde sie stehen und weglaufen.

Er durfte sie nicht fortlassen! Sie würde schreiend ins ›Carillon du Lac‹ rennen; Männer würden kommen: einige, um ihn festzunehmen, andere, um ihn zu töten. Er mußte sie aufhalten!

Er rollte sich auf sie zu, bis er nur noch einen Meter von ihr entfernt war. Dann hob er die Waffe und zielte auf ihren Kopf.

»Helfen Sie mir hoch«, sagte er und hörte, wie nervös seine Stimme klang.

»Was?«

»Sie sollen mir auf die Beine helfen.«

»Sie haben gesagt, ich könnte gehen. Ihr Wort haben Sie mir gegeben!«

»Das muß ich zurücknehmen.«

»Nein, bitte!«

»Diese Waffe zielt genau auf Ihr Gesicht. Sie kommen jetzt her oder ich schieße.«

Er zog den Toten aus dem Wagen und befahl ihr, sich hinter das Steuer zu setzen. Dann öffnete er die hintere Tür und kroch auf die Sitzbank, so daß man ihn von draußen nicht sehen konnte.

»Los!« sagte er, »fahren Sie, wohin ich sage.«

6.

Immer wenn Sie selbst in einer Streßsituation sind — vorausgesetzt natürlich, Sie haben Zeit dazu —, verhalten Sie sich genauso, wie Sie reagieren würden, wenn Sie sich in eine Situation hineinversetzen, die Sie als Beobachter erleben. Lassen Sie Ihren Assoziationen freien Lauf, geben Sie den Gedanken und Bildern, die ins Bewußtsein drängen, so viel Raum wie möglich. Versuchen Sie nicht, irgendeine geistige Disziplin auszuüben. Konzentrieren Sie sich auf alles und nichts. Vielleicht kommen Ihnen dann Erkenntnisse über gewisse Dinge, zu denen Sie bislang keinen Zugang haben.

Borowski dachte an Washburns Worte, als er sich auf die Sitzbank zwängte und versuchte, seinen Körper wieder unter Kontrolle zu bringen. Er massierte seine Brust und die geprellten Muskeln. Der Schmerz war noch da, aber nicht mehr so stechend wie zuvor.

Jason hatte der Frau gesagt, sie solle langsam die Bellerive-Straße entlangfahren; es war dunkel, und er brauchte Zeit zum Nachdenken.

»Die Leute werden mich suchen«, rief sie aus.

»Mich auch«, erwiderte er.

»Sie haben mich gegen meinen Willen entführt. Sie haben mich wiederholt geschlagen.« Sie sprach jetzt mit weicherer Stimme, gefaßter. »Das ist Entführung, Körperverletzung . . . Sie sind jetzt aus dem Hotel heraus; Sie haben erreicht, was Sie wollten. Wenn Sie mich gehen lassen, sage ich nichts. Das verspreche ich Ihnen.«

»Sie geben mir Ihr Wort?«

»Ja.«

»Sie wissen, ich habe meines zurückgenommen. Das könnten Sie auch.«

»Sie sind anders. *Ich* tue das nicht. Niemand versucht, mich zu töten! O Gott! *Bitte!*«

»Fahren Sie weiter.«

Eines war ihm klar: Die Killer hatten gesehen, wie er seinen Koffer hatte fallen lassen. Sein Gepäck würde ihnen verraten, daß er im Begriff war, die Schweiz zu verlassen. Der Flughafen und der Bahnhof würden beobachtet werden. Und das Verschwinden des Wagen, in dem er saß, würde eine Suchaktion auslösen. Er mußte also das Auto loswerden und ein anderes finden. Aber er war nicht mittellos. Er trug 100.000 Schweizer Franken und mehr als 16.000 französische Franc bei sich. Das war mehr als genug, um unerkannt nach Paris zu gelangen.

Warum Paris? Es war, als hätte die Stadt geradezu eine magnetische Anziehung auf ihn.

Sie sind nicht hilflos. Sie werden sich zurechtfinden ... Folgen Sie Ihren Instinkten, besonnen natürlich.

Nach Paris.

»Waren Sie vorher schon einmal in Zürich?« fragte er seine Geisel.

»Nein.«

»Sie belügen mich doch nicht etwa, oder?«

»Warum sollte ich das? Bitte, lassen Sie mich anhalten! Lassen Sie mich gehen.«

»Seit wann sind Sie hier?«

»Seit einer Woche.«

»Dann haben Sie Zeit gehabt, sich die Sehenswürdigkeiten der Stadt anzusehen.«

»Ich habe kaum das Hotel verlassen. Dazu war keine Zeit.«

»Der Tagungsplan, den ich auf der Tafel sah, schien mir nicht gedrängt zu sein. Nur zwei Vorträge für den ganzen Tag.«

»Das waren Gastredner. Der größte Teil unserer Arbeit erfolgte in kleinen Konferenzen, bei denen zehn bis fünfzehn Leute aus verschiedenen Ländern debattierten.«

»Sie sind aus Kanada?«

»Ich arbeite für das Schatzministerium der kanadischen Regierung, in der Finanzverwaltung.«

»Ihr ›Doktor‹ hat also nichts mit Medizin zu tun.«

»Nein, ich habe Volkswirtschaft studiert.«

»Ich bin beeindruckt.«

Plötzlich fügte sie mit eindringlicher Stimme hinzu: »Meine Vorgesetzten erwarten, daß ich mit ihnen Verbindung aufnehme, heute abend. Wenn sie nicht von mir hören, werden sie beunruhigt sein. Sie werden Nachforschungen anstellen und die Züricher Polizei verständigen.«

»Ich verstehe«, sagte er. »Darüber muß man nachdenken, nicht wahr?« Borowski fiel plötzlich auf, daß die Frau während des Schocks, den sie erlitten hatte, und all der Gewalttätigkeiten der letzten halben Stunde nie die Tasche losgelassen hatte. Er lehnte sich vor und zuckte zusammen, als der Schmerz in seiner Brust sich plötzlich wieder regte.

»Geben Sie mir Ihre Tasche.«

»Was?« Sie nahm die Hand vom Steuer und griff nach ihr.

Aber er war schneller. Seine Finger umkrallten bereits das Leder.

»Fahren Sie nur weiter, Doktor«, sagte er, nahm die Tasche vom Sitz und lehnte sich wieder zurück.

»Sie haben kein Recht . . .« Sie hielt inne, als ihr bewußt wurde, wie überflüssig ihre Bemerkung war.

»Das weiß ich«, erwiderte er und knipste die Leselampe des Wagens an, öffnete die Tasche und hielt sie so, daß man den Inhalt sehen konnte. Wie es ihrer adretten Besitzerin entsprach, war sie sehr gut aufgeräumt. Paß, Brieftasche, Geldbörse, Schlüssel und ein paar Zettel steckten in den Seitentaschen. Er suchte eine spezielle Nachricht; sie befand sich in einem gelben Umschlag, den ihr der Angestellte im ›Carillon du Lac‹ gegeben hatte. Schließlich fand er das Couvert, öffnete es und zog das zusammengefaltete Papier heraus. Es war ein Telegramm aus Ottawa.

TAGESBERICHTE ERSTKLASSIG! URLAUB GENEHMIGT. HOLE DICH MITTWOCH, DEN 26. AM FLUGHAFEN AB. KABLE FLUGNUMMER! IN LYON UNTER KEINEN UMSTÄNDEN MISS BELLE NEUNIERE VERPASSEN. KÜCHE HERVORRAGEND! ALLES LIEBE, PETER.

Als Jason das Telegramm in die Handtasche zurücklegte, fiel ihm ein kleines Zündholzbriefchen in glänzendem Weiß auf. Er nahm das Briefchen und las die Anschrift: ›Kronenhalle‹. Ein Restaurant . . . Irgend etwas irritierte ihn; aber er wußte nicht, was es war. Er behielt die Streichhölzer, klappte die Tasche zu, beugte sich vor und ließ sie auf den Beifahrersitz fallen. »Das ist alles, was ich sehen wollte«, sagte er, lehnte sich wieder zurück und starrte die Streichhölzer an. »Ich glaube mich zu erinnern, daß Sie etwas über ›Nachrichten aus Ottawa‹ sagten. Die haben Sie bekommen; bis zum sechsundzwanzigsten ist es noch über eine Woche.«

»Bitte . . .«

Das war ein Hilferuf; er begriff sehr wohl, konnte aber nicht reagieren. Er brauchte diese Frau in der nächsten Stunde, so wie ein Lahmer eine Krücke braucht, oder richtiger: wie jemand, der nicht steuern konnte, einen Fahrer benötigt.

»Drehen Sie um«, befahl er. »Fahren Sie zurück zum ›Carillon‹.«

»Zum . . . Hotel?«

»Ja«, sagte er und blickte dabei die Streichhölzer an, drehte sie im Licht der Leselampe in den Fingern hin und her. »Wir brauchen einen anderen Wagen.«

»Wir? Nein, das können Sie nicht! Ich weigere mich . . .« Sie hielt inne, ehe sie den Satz zu Ende gesprochen hatte. Ihr war offensichtlich ein anderer Gedanke gekommen; sie war plötzlich stumm, bog links in eine Seitenstraße ein und fuhr dann auf die Seefeld-Straße.

Schon waren sie in Gegenrichtung. Plötzlich drückte die Frau das Gaspedal so abrupt nieder, daß das Fahrzeug einen Satz machte und die Reifen durchdrehten. Sofort nahm sie den Fuß vom Gaspedal, packte das Steuer fester und versuchte, sich wieder in den Griff zu bekommen.

Borowski blickte von den Streichhölzern auf und sah auf ihren Hinterkopf. Das lange dunkelrote Haar glänzte im Licht. Er zog die Pistole aus der Tasche und lehnte sich wieder nach vorn. Er hob die Waffe, schob die Hand über ihre Schulter und drehte den Lauf herum, so daß die Mündung auf ihre Wange wies.

»Hören Sie genau zu! Sie werden jetzt genau das tun, was ich Ihnen sage. Sie werden dicht neben mir sein, und diese Waffe wird in meiner Tasche stecken. Sie wird auf Ihren Bauch gerichtet sein, so wie sie im Augenblick auf Ihren Kopf zielt. Wie Sie wohl inzwischen bemerkt haben, geht es um mein Leben, und ich werde nicht zögern abzudrücken. Ich möchte, daß Sie das kapieren.«

»Ich habe verstanden.« Ihre Antwort war nur ein Flüstern. Sie atmete durch halb geöffnete Lippen, so verängstigt war sie. Jason zog die Pistole zurück; er war zufrieden und angewidert.

Lassen Sie Ihren Gedanken freien Lauf . . . Die Streichhölzer. Was war nur mit ihnen? Aber es waren nicht die Streichhölzer, es war das Restaurant — nicht die ›Kronenhalle‹, sondern irgendein anderes. Schwere Balken, Kerzenlicht, schwarze . . . Dreiecke draußen. Weißer Stein und schwarze Dreiecke. Drei? . . . Drei schwarze Dreiecke.

Jemand war dort . . . in einem Restaurant mit drei Dreiecken vor dem Eingang. Das Bild war so klar, so deutlich . . . so beunruhigend. Warum nur? Gab es überhaupt einen solchen Ort?

Die Lichter des ›Carillon du Lac‹ tauchten einige hundert Meter vor ihnen auf. Er hatte sich seine nächsten Schritte noch nicht genau überlegt, ging aber davon aus, daß seine Verfolger nicht mehr auf dem Hotelgelände waren. Aber er kannte nur zwei der Killer; falls andere zurückgeblieben waren, würde er sie nicht erkennen.

Der Hauptparkplatz lag hinter der kreisförmigen Auffahrt, an der linken Seite des Hotels. »Langsamer«, befahl Jason. »Biegen Sie nach links ein.«

»Das ist eine Ausfahrt«, protestierte die Frau, und ihre Stimme klang nervös. »Wir fahren in die falsche Richtung.«

»Es kommt niemand heraus. Weiter!«

Die Szene vor dem überdachten Eingang des Hotels erklärte, weshalb niemand auf sie achtete. Dort standen hintereinander vier Polizeifahrzeuge mit kreisenden Blaulichtern. Jason sah uniformierte Polizeibeamte und neben ihnen betrackte Hotelangestellte inmitten der aufgeregten Hotelgäste.

Marie St. Jacques fuhr quer über den Parkplatz an den Tiefstrahlern vorbei auf einen freien Platz. Sie schaltete den Motor ab und saß regungslos da, den Blick nach vorne gerichtet.

»Seien Sie sehr vorsichtig«, sagte Borowski und kurbelte seine Scheibe herunter, »und bewegen Sie sich langsam. Öffnen Sie Ihre Tür und steigen Sie aus. Dann helfen Sie mir, herauszukommen. Denken Sie daran, daß das Fenster geöffnet ist und ich die Pistole in der Hand halte. Sie sind nur einen Meter von mir entfernt. Sollte ich schießen müssen, werde ich Sie bestimmt nicht verfehlen.«

Völlig verschreckt tat sie, wie er befohlen hatte. Jason stützte sich auf den Fensterrahmen und zog sich hinaus. Er verlagerte sein Gewicht von einem Fuß auf den anderen; langsam konnte er sich wieder fortbewegen — nur hinkend zwar, aber immerhin ein Fortschritt.

»Was werden Sie tun?« fragte die Frau, als hätte sie Angst davor, seine Antwort zu hören.

»Warten. Über kurz oder lang wird jemand sein Auto hier abstellen.«

»Und wenn ein Wagen kommt, wie werden Sie ihn stehlen?« Sie hielt inne und beantwortete sich dann die Frage selbst. »Oh, mein Gott, Sie werden den Fahrer töten!«

Er packte ihren Arm. Ihr kalkweißes Gesicht war nur wenige Zoll von dem seinen entfernt. Er mußte sie durch Furcht unter Kontrolle halten, aber die Furcht durfte nicht in Hysterie umschlagen. »Wenn mir nichts anderes übrigbleibt, werde ich das tun, aber ich glaube nicht, daß es notwendig sein wird. Die Fahrzeuge werden von Hoteldienern hierher gebracht. Die Schlüssel läßt man gewöhnlich stecken oder legt sie unter die Sitze. Das ist einfacher.«

Da erleuchteten zwei Autoscheinwerfer den Parkplatz; ein kleines Coupé näherte sich ihnen, beschleunigte dabei scharf — typisch für einen Pagen. Der Zweisitzer schoß direkt auf sie zu und erschreckte Borowski. Sie waren von den Lichtstrahlen erfaßt worden; man hatte sie gesehen.

Eine Reservierung für den Speisesaal . . . Ein Restaurant. Jason traf seine Entscheidung; er würde den Augenblick nutzen.

Ein junger Mann stieg aus dem Wagen und legte die Schlüssel unter den Sitz. Als er an ihnen vorbeilief, nickte er ihnen zu. Borowski sprach ihn in französischer Sprache an.

»He, junger Mann! Vielleicht können Sie uns behilflich sein.«

»Monsieur?« Der Page kam zögernd auf sie zu. Offenbar dachte er an die Ereignisse im Hotel.

»Ich fühle mich nicht besonders gut, hab' zu viel von Ihrem ausgezeichneten ›Schweizer Wein‹ getrunken?«

»Das passiert, Monsieur.« Der junge Mann lächelte, er war erleichtert.

»Meine Frau meinte, es wäre gut, etwas frische Luft zu schnappen, ehe wir in die Stadt zurückfahren.«

»Eine gute Idee.«

»Spielen die da drinnen immer noch verrückt? Ich dachte schon, der Polizeibeamte würde uns überhaupt nicht mehr hinauslassen, bis er sah, daß mir vielleicht übel werden würde . . . und ich seine Uniform . . .«

»Verrückt! Sie sind überall . . . Man hat uns gesagt, wir sollten nicht darüber sprechen.«

»Natürlich. Aber wir haben ein Problem. Ein Bekannter ist heute nachmittag mit dem Flugzeug angekommen, und wir wollten uns in einem Restaurant treffen. Nun habe ich leider den Namen vergessen. Ich war schon einmal dort, aber ich kann mich nicht erinnern, wo es ist und wie es heißt. Ich erinnere mich nur, daß drei seltsame Gebilde davor waren . . . irgendein Muster, denke ich. Dreiecke vielleicht.«

»Das sind die *›Drei Alpenhäuser‹*. Das Lokal liegt in der Nähe der Falkenstraße.«

»Ja, natürlich, das ist es! Wie war bloß noch der Weg dahin?«

»Biegen Sie bei der Hotelausfahrt nach links ab. Nach der Brücke dann wieder links auf den Uto-Quai. Etwa 300 Meter geradeaus, links geht dann die Falkenstraße ab. An der nächsten Seitenstraße finden Sie ein Hinweisschild. Sie können das Restaurant also nicht verfehlen.«

»Vielen Dank. Sind Sie in ein paar Stunden noch hier, wenn wir zurückkommen?«

»Ich habe bis zwei Uhr morgens Dienst, Monsieur.«

»Gut. Ich werde mich nach Ihnen umsehen und meinen Dank etwas konkreter ausdrücken.«

»Vielen Dank, Monsieur. Kann ich Ihnen Ihren Wagen holen?«

»Sie haben schon genug getan. Ich muß noch ein paar Schritte zu Fuß gehen.« Der Page machte eine Verbeugung und ging zum Hotel zurück. Jason führte Marie St. Jacques zu dem Coupé. »Schnell! Die Schlüssel sind unter dem Sitz.«

»Wenn sie uns aufhalten, was tun Sie dann? Der junge Mann wird das Auto hinausfahren sehen; er wird wissen, daß Sie ihn gestohlen haben.«

»Wir warten, bis er sich wieder unter die Menge gemischt hat.«

»Und wenn er uns doch bemerkt?«

»Dann hoffe ich, daß Sie eine flotte Fahrerin sind«, entgegnete Borowski und zeigte auf die Tür. »Steigen Sie ein.« Der Page beschleunigte plötzlich seine Schritte, bevor er um die Ecke bog. Jason zog die Waffe aus der Tasche und hinkte schnell um die Motorhaube des Coupés herum, stützte sich darauf, während er die Pistole auf die

Windschutzscheibe gerichtet hielt. Er öffnete die Beifahrertür und stieg ein. »Verdammt, ich habe gesagt, Sie sollen die Schlüssel hervorholen!«

»Schon gut . . . ich kann nicht denken.«

»Dann geben Sie sich Mühe!«

»O Gott! . . .« Sie griff unter den Sitz, tastete auf dem Boden herum, bis sie das kleine Lederetui fand.

»Lassen Sie den Motor an, aber warten Sie, bis ich sage, daß Sie losfahren sollen.« Er sah sich um, ob irgendwo Scheinwerfer von der Einfahrt in den Parkplatz hereinleuchteten; das wäre eine Erklärung dafür gewesen, warum der Page plötzlich zu laufen begonnen hatte, nämlich um einen Wagen zu parken. Aber da war nichts; es mußte also einen anderen Grund gegeben haben. Zwei unbekannte Leute auf dem Parkplatz . . .

»Fahren Sie jetzt, schnell. Ich will hier weg.«

Sie legte den Rückwärtsgang ein, und Sekunden später näherten sie sich der Ausfahrt zum General-Guisan-Quai.

»Langsam!« befahl er. Ein Taxi bog vor ihnen in die Einfahrt.

Borowski hielt den Atem an und blickte durch das gegenüberliegende Fenster auf den Eingang des ›Carillon du Lac‹ ; die Szene unter dem Vordach erklärte, weshalb der Page sich plötzlich beeilt hatte. Zwischen der Polizei und einer Gruppe von Hotelgästen war es zu einer Auseinandersetzung gekommen. Eine Schlange hatte sich gebildet, die Namen der Leute, die das Hotel verließen, wurden notiert, was natürlich zu Verzögerungen führte, die nicht jedem paßten.

»Weiter«, sagte Jason und zuckte wieder zusammen, als erneut ein stechender Schmerz durch seine Brust schoß.

Es war ein eigenartiges Gefühl, gespenstisch und unheimlich. Die drei Dreiecke waren so, wie er sie sich ausgemalt hatte: dickes dunkles Holz im Halbrelief vor weißem Stein. Drei gleichgroße Dreiecke: abstrakte Nachbildungen von Chaletdächern in einem Tal, das so tief mit Schnee bedeckt war, daß die unteren Geschosse verdeckt waren. Über den drei Spitzen war der Name des Restaurants in gotischen Buchstaben zu lesen: *›Drei Alpenhäuser‹*. Unter der Grundlinie des mittleren Dreiecks war der Eingang. Die Doppeltüren bildeten gemeinsam den Bogen einer Kathedrale. Anstelle von Türklinken waren massive eiserne Ringe angebracht.

Die umliegenden Gebäude zu beiden Seiten der Gasse waren restaurierte Bauten aus längst vergangenen Zeiten. Alte Gaslampen verbreiteten schummriges Licht. Man konnte sich prunkvolle Kaleschen vorstellen, die hier von Pferden übers Pflaster gezogen wurden, die Kutscher eingehüllt in Schals, mit Zylindern auf dem Kopf. Gaslampen. Eine Straße, angefüllt mit Bildern und Geräuschen vergessener Erinnerungen, dachte der Mann, der keine Erinnerung besaß, die er vergessen konnte.

Und doch hatte er eine besessen, deutlich und beunruhigend. Drei dunkle Dreiecke, schwere Balken und Kerzenlicht . . . Er hatte recht gehabt; es war eine Erinnerung an Zürich. Aber in einem anderen Leben.

»Wir sind da«, sagte die Frau.

»Ich weiß.«

»Sagen Sie mir, was ich tun soll.«

»An der nächsten Ecke biegen Sie nach links. Fahren Sie um den Block herum und dann noch einmal hier durch.«

»Warum?«

»Wenn ich das wüßte . . .«

»Was?«

»Weil ich es gesagt habe.« *Jemand war dort . . . in jenem Restaurant. Warum kamen jetzt keine anderen Bilder? Ein anderes Bild. Ein Gesicht.*

Sie fuhren noch zweimal an dem Restaurant vorbei. Zwei Paare und eine Gruppe von vier Leuten gingen hinein; ein einzelner Mann kam heraus und lief in Richtung Falkenstraße. Den Autos nach zu schließen, die am Randstein parkten, war das Lokal gut besetzt. In den nächsten zwei Stunden würden noch mehr Gäste kommen, da man in Zürich das Abendessen etwas später einzunehmen pflegte. Es hatte keinen Sinn, länger zu warten; Borowski fiel nichts mehr ein. Er konnte nur dasitzen und das Restaurant beobachten und hoffen, daß irgend etwas passierte. Ein Streichholzbriefchen hatte ein Bild der Wirklichkeit in ihm hervorgerufen. Und in jener Wirklichkeit gab es eine Wahrheit, die er aufspüren mußte.

»Fahren Sie rechts ran, vor den letzten Wagen. Wir gehen zu Fuß zurück.«

Die Frau gehorchte ohne Widerrede. Jason sah sie prüfend an; ihre Reaktion war zu gehorsam, paßte nicht zu ihrem Verhalten vorher. Er begriff. Jetzt mußte eine Lektion erteilt werden. Unabhängig von dem, was im ›Drei Alpenhäuser‹ geschehen würde, brauchte er sie noch ein letztes Mal. Sie mußte ihn aus Zürich hinausfahren.

Der Wagen kam zum Stillstand, die Reifen rieben sich am Randstein. Sie schaltete den Motor ab und begann die Schlüssel aus dem Zündschloß zu ziehen. Ihre Bewegungen waren langsan, zu langsam. Er griff hinüber und hielt ihr Handgelenk, sie starrte ihn an, ohne zu atmen. Er schob die Finger über ihre Hand, bis er das Schlüsseletui spürte.

»Die nehme ich«, sagte er.

»Natürlich«, erwiderte sie.

»Jetzt steigen Sie aus und stellen sich neben die Motorhaube«, fuhr er fort. »Machen Sie keine Dummheiten!«

»Warum sollte ich? Sie würden mich töten.«

»Gut.« Betont ungeschickt bemühte er sich, seine Tür zu öffnen, wobei er ihr den Hinterkopf zuwandte.

Das Rascheln von Stoff kam plötzlich und noch plötzlicher der Luftzug; ihre Tür flog auf, die Frau stieß sich vom Sitz ab und schwang ihre Beine nach draußen. Aber Borowski war bereit. Er fuhr herum. Sein linker Arm war wie eine gespannte Feder, die plötzlich freigegeben wird, seine Hand wie eine Klaue. Die Finger krallten sich in den Seidenstoff ihres Kleides zwischen den Schulterblättern und zerrten sie auf den Sitz zurück. Im nächsten Moment packte er sie am Haar und zog ihr den Kopf nach hinten, bis ihr Hals gespannt war.

»Ich tue es nicht wieder!« rief sie. Tränen traten ihr in die Augen. »Ich schwöre es!«

Er beugte sich über sie hinweg und zog die Türe zu. Dann musterte er sie scharf und versuchte, etwas in sich selbst zu verstehen. Vor dreißig Minuten hatte er in einem anderen Wagen so etwas wie Übelkeit empfunden, als er den Lauf seiner Pistole gegen ihre Wange gepreßt und gedroht hatte, sie zu erschießen, wenn sie seine Anweisungen nicht befolgen würde. Diesmal empfand er diesen Ekel nicht mehr. Sie war zum Feind geworden, eine Bedrohung für ihn. Er konnte sie umbringen, wenn er mußte, sie ohne Gefühl töten, weil es praktisch war.

»Sagen Sie etwas!« flüsterte er.

Ihr Körper spannte sich plötzlich krampfhaft, ihre Brüste drückten gegen den dunklen Seidenstoff, hoben und senkten sich. Als sie wieder sprach, war ihre Stimme monoton. »Ich habe gesagt, daß ich es nicht mehr tun werde, und ich werde mein Wort halten.«

»Sie werden es wieder probieren,« erwiderte er leise. »Es wird der Augenblick kommen, wo Sie glauben, Sie könnten es schaffen, und dann werden Sie es riskieren. Glauben Sie mir, wenn ich Ihnen versichere, daß Sie es nicht schaffen. Beim nächsten Mal werde ich Sie töten müssen. Das will ich nicht. Es gibt keinen Anlaß dafür. Es sei denn, Sie werden mir gefährlich. Und wenn Sie wegrennen, bevor ich sie gehen lasse, ist das äußerst bedrohlich für mich. Deshalb kann ich so etwas nicht dulden.«

Er hatte die Wahrheit gesprochen, so wie er die Wahrheit begriff. Die Einfachheit seiner Entscheidung erstaunte ihn ebenso wie die Entscheidung selbst. Töten war eine praktische Sache, sonst nichts.

»Sie sagten, Sie werden mich freilassen«, sagte sie. »Wann?«
»Sobald ich in Sicherheit bin«, antwortete er. »Wenn das, was Sie sagen oder tun, mir nichts mehr anhaben kann.«
»Und wann wird das sein?«
»Etwa in einer Stunde. Wenn wir Zürich verlassen haben und ich nach anderswo unterwegs bin.«
»Warum sollte ich Ihnen glauben?«
»Es ist mir gleichgültig, ob Sie mir vertrauen oder nicht.« Er ließ sie los. »Reißen Sie sich zusammen. Trocknen Sie sich die Augen, und kämmen Sie sich das Haar. Wir gehen jetzt ins Lokal.«
»Was ist dort drinnen?«
»Ich wollte, ich wüßte das«, sagte er und blickte durch das hintere Fenster auf den Eingang des Restaurants.
»Das haben Sie schon einmal gesagt.«
Er sah ihre großen braunen Augen, die ihn voll Angst und Verwirrung anblickten. »Ich weiß. Beeilen Sie sich.«

Dicke Balken führten unter der Decke entlang. Überall waren Tische und Stühle aus schwerem Holz, tiefe Nischen, und Kerzen verbreiteten gedämpftes Licht. Ein Akkordeonspieler schlenderte durch das Lokal und entlockte seinem Instrument alpenländische Volksweisen.
Er hatte den großen Saal schon einmal gesehen, die Balken und das Kerzenlicht waren irgendwo in sein Bewußtsein eingeprägt, ebenso wie die Geräusche. Er war in einem anderen Leben schon einmal hier gewesen. Sie standen in dem engen Foyer vor dem Pult des Saalkellners. Der befrackte Mann begrüßte sie.
»Haben Sie reserviert, mein Herr?«
»Leider nicht. Aber man hat Sie uns sehr empfohlen. Ich hoffe, Sie haben noch Platz für uns. Eine Nische, wenn es geht.«
»Ganz bestimmt, Sir. Wenn Sie mir bitte folgen wollen.«
Sie wurden zu einer Nische geführt. Auf dem Tisch stand eine flackernde Kerze. Borowskis mühsames Hinken und die Tatsache, daß er sich auf die Frau stützte, ließen dem Oberkellner den nächsten passenden Ort geeignet erscheinen. Jason nickte Marie St. Jacques zu; sie setzte sich, und er schob sich ihr gegenüber in die Nische.
»Rutschen Sie zur Wand«, sagte er, nachdem der Angestellte gegangen war. »Denken Sie daran, ich habe die Pistole in der Tasche und brauche bloß den Fuß zu heben, dann sitzen Sie in der Falle.«
»Ich habe gesagt, daß ich es nicht versuchen werde.«
»Hoffentlich stimmt das. Bestellen Sie sich etwas zu trinken; zum Essen ist keine Zeit.«

»Ich könnte ohnehin nichts runterkriegen.« Ihre Hände zitterten sichtbar. »Warum ist keine Zeit? Worauf warten Sie?«

»Ich weiß nicht.«

»Warum sagen Sie die ganze Zeit ›Ich weiß nicht? Ich wünschte, ich wüßte es.‹ Warum sind Sie hierher gekommen?«

»Weil ich hier schon einmal war.«

»Das ist keine Antwort!«

»Ich habe keinen Anlaß, Ihnen Antwort zu geben.«

Ein Kellner trat an den Tisch. Die Frau bat um Wein; Borowski bestellte sich einen Scotch, er brauchte etwas Kräftiges. Er sah sich im Restaurant um und versuchte, sich auf *alles und nichts* zu konzentrieren. Aber da war nur nichts. Keine Bilder, keine Gedanken, die sich in sein Bewußtsein drängten. Nichts!

Und dann sah er das Gesicht auf der anderen Seite des Raums. Es war ein breites Gesicht über einem massigen Körper, der sich neben einer geschlossenen Tür in eine Nische gezwängt hatte. Der fettleibige Mann blieb im Schatten seines Beobachtungspunktes, als wäre sein unbeleuchteter Platz ein Zufluchtsort für ihn. Seine Augen hingen an Jason fest, und in seinem starren Blick mischten sich Furcht und Ungläubigkeit. Borowski kannte das Gesicht nicht, aber das Gesicht kannte ihn. Der Mann führte die Finger zu den Lippen und wischte sich die Mundwinkel, dann wanderten seine Augen, schienen jeden Gast an jedem Tisch abzutasten. Erst darauf erhob er sich und nahm einen ihm offenbar schmerzhaften Weg durch den Saal auf Borowskis Nische zu.

»Ein Mann kommt auf uns zu«, sagte Jason über die Kerzenflamme hinweg, »ein dicker Mann, und er hat Angst. Gleichgültig, was er sagt, bleiben Sie stumm. Und schauen Sie ihn nicht an; heben Sie die Hand, stützen Sie den Kopf auf den Ellbogen. Sehen Sie die Wand an, nicht ihn.«

Die Frau runzelte die Stirn und hob die rechte Hand ans Kinn, ihre Finger zitterten. Ihre Lippen formten eine Frage, aber es kamen keine Worte. Jason antwortete ihr trotzdem.

»Zu Ihrem eigenen Nutzen«, sagte er. »Es bringt nichts, wenn er Sie identifizieren kann.«

Der fette Mann schob sich um den Nischenrand herum. Borowski blies die Kerze aus, so daß ziemliche Dunkelheit herrschte. Der Mann starrte ihn an und sagte dann mit leiser, bebender Stimme:

»Du lieber Gott! Warum sind Sie hierher gekommen? Was habe ich verbrochen, daß Sie mir das antun?«

»Das Essen hier schmeckt mir, wie Sie wissen.«

»Haben Sie denn gar kein Gefühl? Ich habe eine Familie, eine Frau und Kinder. Ich habe nur getan, was man von mir verlangt hat.

Ich habe Ihnen den Umschlag gegeben; ich habe nicht hineingesehen. Ich weiß nichts.«

»Aber man hat Sie bezahlt, nicht wahr?« fragte Jason instinktiv.

»Ja, aber ich habe nichts gesagt. Wir sind uns nie begegnet, ich habe Sie nie beschrieben; mit niemandem habe ich gesprochen.«

»Warum haben Sie dann Angst? Ich bin nur ein ganz gewöhnlicher Gast, der sich sein Abendessen bestellen will.«

»Ich bitte Sie, gehen Sie.«

»Jetzt bin ich verärgert. Sie sollten mir besser sagen, warum.«

Der dickleibige Mann fuhr mit der Hand übers Gesicht und wischte sich den Schweiß aus den Mundwinkeln. Er drehte den Kopf halb herum, blickte zum Ausgang und wandte sich dann wieder Borowski zu. »Vielleicht haben andere geredet, vielleicht wissen andere, wer Sie sind. Ich habe schon genügend Ärger mit der Polizei gehabt. Die kommen bestimmt direkt zu mir.«

Da verlor die Frau die Kontrolle über sich; sie sah Jason an und die Worte entkamen ihr: »Die Polizei . . . Das war Polizei!«

Borowski funkelte sie an und wandte sich wieder dem nervösen dicken Mann zu. »Wollen Sie sagen, daß die Polizei Ihrer Frau und Ihren Kindern etwas zuleide tun würde?«

»Nicht sie selbst, wie Sie wohl wissen. Aber ihr Interesse würde andere zu mir führen, zu meiner Familie. Wie viele gibt es denn, die Sie suchen, mein Herr? Und was müssen Sie tun? Sie brauchen keine Antwort von mir; die machen vor nichts halt. Der Tod einer Frau oder eines Kindes ist für die belanglos. Bitte, ich schwöre es bei meinem Leben, ich habe nichts gesagt. Gehen Sie!«

»Sie übertreiben.« Jason führte sein Glas an die Lippen, er wollte, daß der Dicke verschwand.

»In Christi Namen, tun Sie das nicht!« Der Mann beugte sich vor und klammerte sich an den Tischrand. »Sie wollen einen Beweis meines Schweigens? Den will ich Ihnen liefern. In der Unterwelt hat sich herumgesprochen, daß jeder, der irgend etwas weiß, eine Nummer anrufen soll, die die Züricher Polizei eingerichtet hat. Jeder Hinweis soll streng vertraulich behandelt werden, darauf kann man sich verlassen. Die Belohnung ist großzügig. Die Polizeibehörden in einigen Ländern und Interpol stehen dahinter.« Der Komplize richtete sich auf, wischte sich wieder den Mund. »Ein Mann wie ich könnte Nutzen aus einer besseren Beziehung zur Polizei ziehen. Und doch habe ich nichts unternommen.«

»Hat sonst jemand gepfiffen? Sagen Sie die Wahrheit; ich merke es, wenn Sie lügen.«

»Ich kenne nur Chernak. Er ist der einzige, mit dem ich je gesprochen habe, der zugibt, daß er Sie einmal gesehen hat, aber das wissen

Sie ja. Der Umschlag ist über ihn zu mir gelangt. Er würde nie etwas verraten.«

»Wo ist Chernak jetzt?«

»Wo er immer ist. In seiner Wohnung in der Löwenstraße.«

»Ich bin nie dort gewesen. Welche Hausnummer?«

»Sie sind nie ...?« Der Dicke hielt inne, die Lippen zusammengepreßt, die Augen starr auf ihn gerichtet. »Prüfen Sie mich?«

»Beantworten Sie meine Frage.«

»Nummer siebenunddreißig. Das wissen Sie genausogut wie ich.«

»Dann prüfe ich Sie eben. Wer hat Chernak den Umschlag gegeben?«

Der Mann stand reglos da. »Keine Ahnung. Ich würde so etwas nie fragen.«

»Sie waren nicht einmal neugierig?«

»Natürlich nicht. Eine Ziege betritt niemals freiwillig die Höhle des Wolfes.«

»Ziegen haben einen sicheren Gang, einen scharfen Geruchssinn.«

»Und Zicklein sind vorsichtig, mein Herr. Weil der Wolf schneller ist und viel aggressiver. Es würde nur eine einzige Jagd geben — und die wäre für die Ziege die letzte.«

»Was war in dem Umschlag?«

»Ich sagte Ihnen doch, daß ich ihn nicht geöffnet habe.«

»Aber Sie wissen, was in ihm war.«

»Geld, vermute ich.«

»Sie *vermuten*?«

»Also gut. Geld, viel Geld. Wenn es da einen Fehlbetrag gab, hat das nichts mit mir zu tun. Und jetzt — ich flehe Sie an — gehen Sie!«

»Eine letzte Frage. Wofür war das Geld?«

Der fettleibige Mann starrte auf Borowski hinunter, sein Atem ging jetzt hörbar, Schweiß glänzte auf seinem Kinn. »Sie quälen mich, mein Herr, aber ich werde mich nicht von Ihnen abwenden. Nennen Sie es den Mut einer unbedeutenden Ziege, die überlebt hat. Ich lese jeden Tag die Zeitungen. In drei verschiedenen Sprachen. Vor sechs Monaten ist ein Mann getötet worden. Über seinen Tod hat jede dieser Zeitungen auf der Titelseite berichtet.«

7.

Sie fuhren um den Block herum, kamen auf die Falkenstraße und fuhren über die Theater-Straße auf den Limmat-Quai. Die Löwenstraße lag auf der anderen Flußseite. Ein Paar, das gerade im Begriff gewesen war, das ›Drei Alpenhäuser‹ zu betreten, hatte ihnen erklärt, sie sollten am besten über die Bahnhof-Brücke fahren und vom Bahnhof-Platz in die Löwenstraße einbiegen.

Marie St. Jacques war stumm und hatte das Lenkrad umklammert, wie sie ihre Handtasche während des Wahnsinns im ›Carillon‹ festgehalten hatte, als wäre sie ihre Verbindung zu allem, was normal und vernünftig war. Borowski blickte zu ihr hinüber und begriff.

... ein Mann ist getötet worden, und jede dieser Zeitungen hat seinen Tod auf der Titelseite gemeldet.

Jason Borowski war bezahlt worden, um zu töten, und die Polizei hatte Geldsummen ausgesetzt, um Informanten aus der Unterwelt zur Mitarbeit zu bewegen und ihn auf diese Weise leichter dingfest machen zu können. Und wiederum das bedeutete, daß andere Männer getötet worden waren ...

Wie viele gibt es denn, die nach Ihnen Ausschau halten, mein Herr? ... Die schrecken vor nichts zurück. Der Tod einer Frau oder eines Kindes ist für die belanglos.

Die zwei Türme des Großmünsters stachen in den nächtlichen Himmel; die Scheinwerfer, die sie beleuchteten, erzeugten gespenstische Schatten. Jason starrte den alten Bau an; ebenso wie so vieles andere erkannte er ihn wieder. Er hatte ihn schon früher gesehen, und doch sah er ihn jetzt das erste Mal.

Ich kenne nur Chernak ... Der Umschlag ist über ihn zu mir gekommen ... Löwenstraße. Nummer 37. Das wissen Sie ebensogut wie ich.

Sie fuhren über die Brücke, die Frau versuchte, sich auf den richtigen Weg zu konzentrieren. Es herrschte noch lebhafter Verkehr. Die roten und grünen Ampelsignale verwirrten Borowski. Er versuchte, sich auf nichts und auf alles zu konzentrieren. Immer deutlicher zeichneten sich die Umrisse der Wahrheit ab. Was er nach und nach erfuhr, verblüffte ihn jedesmal mehr.

»Halt! Die Dame da! Sie fahren ohne Licht, und Sie haben links geblinkt. Das ist eine Einbahnstraße.«

Jason blickte auf, sein Magen verkrampfte sich. Ein Streifenwagen stand neben ihnen, und ein Polizist rief durch das heruntergelassene Fenster. Alles war plötzlich klar . . . erschreckend klar. Die Frau hatte das Polizeiauto im Rückspiegel gesehen und daraufhin die Scheinwerfer ausgeschaltet und den Richtungsweiser nach links betätigt, und das an einer Kreuzung, an der Richtungspfeile deutlich anzeigten, daß nur Geradeausfahren und Rechtsabbiegen zulässig waren. Ganz klar: Die Frau wollte auf sich aufmerksam machen und womöglich mit dem Streifenwagen einen Zusammenstoß inszenieren.

Borowski schaltete die Scheinwerfer ein und schob mit einer Hand den Hebel des Richtungsanzeigers zurück. Mit der anderen packte er ihren Arm, genau an der Stelle, wo er sie schon einmal höchst unsanft berührt hatte.

»Ich bringe Sie um, Doktor!« sagte er leise und rief dann durch das Fenster dem Polizeibeamten zu: »Entschuldigen Sie, wir sind ein wenig durcheinander. Touristen!«

Der Polizeibeamte war höchstens einen halben Meter von Marie St. Jacques entfernt. Seine Augen musterten sie, ihre stumme Reaktion schien ihn zu verwirren.

Die Ampel wechselte auf Grün. »Fahren Sie langsam weiter. Keine Dummheiten«, sagte Jason. Er winkte dem Polizeibeamten durch das Fenster zu. »Tut mir leid!« schrie er. Der Polizist zuckte die Achseln und wandte sich einem Kollegen zu, um das unterbrochene Gespräch fortzusetzen.

»Ich war durcheinander«, sagte die Frau, und ihre weiche Stimme zitterte. »Hier ist so viel Verkehr . . . O Gott, Sie haben mir den Arm gebrochen! . . . Sie Bastard!«

Borowski ließ sie los. Ihr Ärger beunruhigte ihn; ihre Angst war ihm lieber gewesen. »Sie erwarten doch nicht etwa, daß ich das glaube, oder?«

»Das mit meinem Arm?«

»Daß Sie durcheinander waren.«

»Sie sagten, wir würden bald nach links abbiegen; das war alles, woran ich dachte.«

»Passen Sie das nächste Mal auf den Verkehr auf.« Er rutschte von ihr weg, wandte aber den Blick nicht von ihrem Gesicht.

»Sie sind ein Tier«, flüsterte sie und schloß dabei für einen Moment die Augen. Als sie sie wieder öffnete, waren sie voller Angst.

Sie erreichten die Löwenstraße, eine Hauptverkehrsstraße, die sehr gut ausgeleuchtet war. Ein Geschäftshaus reihte sich an das andere. Fast nicht vorstellbar, daß hier auch noch Menschen wohnen sollten. Jason verfolgte die Hausnummern und versuchte, Bilder aus seiner Vergangenheit zurückzuholen. Er mußte ja schon einmal hier gewesen sein. Der Dicke in den *›Drei Alpenhäusern‹* hatte es deutlich zu erkennen gegeben. Doch so sehr er sich auch das Gehirn zermarterte, keine Einzelheit kam zurück. Wie sah Chernak aus? In welcher Beziehung hatten sie beide zueinander gestanden?

Da tauchte vor seinem geistigen Auge eine andere Häuserzeile auf. Verschmutzte, verkommen wirkende Gebäude. Gebrochene Treppenstufen, verrostete Geländer, zerschlissene Vorhänge hinter ungeputzten Fenstern. »Brauerstraße«, sagte er zu sich selbst und konzentrierte sich sofort auf das Bild, das seine Erinnerung ihm zeigte. Er konnte eine Tür sehen, deren Farbe ein verblaßtes Rot war, so dunkel wie das rote Seidenkleid, das die Frau neben ihm trug. »Eine Pension in der Brauerstraße.«

»Was?« Marie St. Jacques war erschrocken. Seine Worte hatten sie beunruhigt; sie hatte sie offenbar auf sich bezogen und hatte Angst.

»Nichts.« Er löste seinen Blick von ihrem Kleid und sah zum Fenster hinaus. »Da ist Nummer siebenunddreißig«, sagte er und wies auf ein ganz in der Nähe stehendes Haus. »Halten Sie an.«

Er stieg als erster aus und befahl ihr, über den Sitz zu rutschen und ihm auf seiner Seite zu folgen. Er erprobte seine Beine und nahm ihr die Schlüssel weg.

»Sie können wieder laufen«, sagte sie. »Dann können Sie auch Auto fahren.«

»Ja, wahrscheinlich.«

»Dann lassen Sie mich endlich gehen! Ich habe alles getan, was Sie wollten.«

»Und noch einiges mehr«, fügte er hinzu.

»Ich werde nichts sagen, begreifen Sie das denn nicht? Sie sind der letzte Mensch auf der Welt, den ich je wiedersehen möchte . . . oder mit dem ich noch einmal irgend etwas zu tun haben möchte. Ich renne bestimmt nicht zur Polizei. Ich habe Todesängste . . . Das ist Ihr Schutz, verstehen Sie denn nicht? *Bitte*, lassen Sie mich frei.«

»Das kann ich nicht.«

»Sie glauben mir nicht.«

»Das hat nichts zu sagen. Ich brauche Sie.«

»Warum noch?«

»Aus einem banalen Grund: Ich habe keinen Führerschein. Ohne Führerschein kann man keinen Wagen mieten. Ich brauche aber unbedingt ein anderes Fahrzeug.«

»Sie haben doch *dieses* Auto.«

»Das kann ich vielleicht noch eine Stunde benutzen. Der Besitzer wird aus dem ›Carillon du Lac‹ kommen und ihn haben wollen. Die Beschreibung wird an alle Streifenwagen weitergeleitet werden.«

Sie sah ihn an, ihre Augen weiteten sich vor Todesangst. »Ich will nicht mit Ihnen dort hinaufgehen. Ich habe gehört, was dieser Mann im Restaurant gesagt hat. Wenn ich noch mehr erfahre, werden sie mich töten.«

»Was Sie gehört haben, sagt mir genausowenig wie Ihnen. Vielleicht noch weniger. Kommen Sie.« Er nahm ihren Arm und ging auf den Hauseingang zu.

Sie starrte ihn an. In ihrem Blick mischten sich Furcht und Bestürzung.

Unter einem der Briefkastenschlitze stand der Name M. Chernak, darunter war ein Klingelknopf. Doch statt ihn zu drücken, betätigte er die vier Knöpfe daneben. Ein Stimmengewirr hallte ihm aus dem kleinen Lautsprecher entgegen, mehrere fragten ihn auf Schweizerdeutsch, wer da wäre. Aber jemand sagte nichts, sondern löste nur den Summer aus, der das Schloß frei gab. Jason öffnete die Tür und schob Marie St. Jacques vor sich hinein. Er preßte sie gegen die Wand und wartete. Von unten konnte man hören, wie oben Türen geöffnet wurden, Schritte, die auf die Treppe zugingen.

»Wer ist da?«

»Johann?«

»Wo bist du denn?«

Schweigen. Dann verärgerte Stimmen, Schritte, Türen, die sich schlossen.

M. Chernak wohnte im ersten Stock, Wohnung 2 C. Borowski nahm den Arm der Frau, hinkte mit ihr zur Treppe und fing an hinaufzusteigen. Sie hatte natürlich recht. Es wäre viel besser, wenn er alleine wäre, aber er konnte nichts daran ändern; er brauchte sie.

In den Wochen, die er in Port Noir verbracht hatte, hatte er Straßenkarten studiert. Luzern war höchstens eine Stunde entfernt, Bern nicht mehr als eineinhalb. Er konnte in eine der beiden Städte fahren und sie unterwegs in irgendeinem verlassenen Ort absetzen und dann verschwinden. Es war einfach eine Frage der Zeit; er hatte genügend Geld, um sich hundert Verbindungen zu kaufen. Er brauchte nur jemanden, der ihn aus Zürich herausbrachte, und das war sie.

Aber ehe er Zürich verließ, mußte er mehr wissen; er mußte mit einem Mann sprechen, der . . .

M. Chernak. Der Name stand rechts von der Türklingel. Er trat neben die Tür und zog die Frau zu sich.

»Sprechen Sie Deutsch?« fragte Jason.

»Nein.«

»Lügen Sie nicht.«

»Ich lüge nicht.«

Borowski überlegte und sah sich in dem Gang um. Dann befahl er:

»Klingeln Sie. Wenn die Tür aufgemacht wird und jemand von drinnen fragt, was Sie wollen, sagen Sie, Sie hätten eine dringende Nachricht — von einem Freund im ›Drei Alpenhäuser‹.«

»Wenn er — oder sie — sagt, ich soll sie unter der Tür durchschieben?«

Jason sah sie an. »Sehr gut.«

»Ich will einfach keine Gewalttätigkeit mehr. Ich will nichts *wissen* oder *sehen*. Ich will einfach . . .«

»Ich weiß«, unterbrach er. »Damit wären wir wieder bei Cäsars Steuern und den Punischen Kriegen. Sollte er — oder sie — etwas dergleichen sagen, dann erklären Sie mit ein paar Worten, daß es sich um eine mündliche Nachricht handelt und nur dem Mann übermittelt werden darf, den man Ihnen beschrieben hat.«

»Und falls er die Beschreibung hören will?« fragte Marie St. Jacques eisig. Ihr analytisches Denkvermögen hatte einen Augenblick lang die Furcht in den Hintergrund gedrängt.

»Sie haben einen klaren Verstand, Doktor«, sagte er.

»Ich habe Angst; das wissen Sie. Was soll ich tun?«

»Dann sagen Sie ihm, zum Teufel mit denen, soll doch jemand anders die Nachricht überbringen, und gehen weg.«

Sie trat an die Tür und klingelte. Von drinnen war ein seltsames Geräusch zu hören. Ein Kratzen, das immer lauter wurde. Plötzlich verstummte es, und man konnte eine tiefe Stimme durch das Holz hören.

»Ja?«

»Ich spreche leider nicht Deutsch.«

»Reden Sie englisch weiter. Was ist? Wer sind Sie?«

»Ich habe eine dringende Nachricht von einem Freund im ›Drei Alpenhäuser‹.«

»Schieben Sie sie unter der Tür durch.«

»Das geht nicht. Sie ist nicht aufgeschrieben. Ich muß sie persönlich dem Mann übermitteln, den man mir beschrieben hat.«

»Nun, das sollte nicht schwierig sein«, sagte die Stimme. Das Schloß klickte, und die Tür wurde geöffnet.

Borowski löste sich von der Wand und trat vor den Eingang.

»Sie sind wahnsinnig!« schrie ein Mann mit zwei Stummeln statt Beinen, der in einem Rollstuhl saß. »Hinaus! Verschwinden Sie hier!«

»Ich bin es müde, das zu hören«, sagte Jason, zog die Frau hinein und schloß die Tür hinter sich.

Es bedurfte keines besonderen Nachdrucks, um Marie St. Jacques davon zu überzeugen, daß es besser war, sich in einem kleinen, noch abgedunkelten Schlafzimmer aufzuhalten, während sie redeten. Der beinlose Chernak war der Panik nahe, sein verwüstetes Gesicht war kalkweiß, und das ungekämmte graue Haar klebte ihm an Hals und Stirn.

»Was wollen Sie von mir?« fragte er. »Sie haben geschworen, daß die letzte Transaktion die allerletzte sein würde. Ich kann nicht mehr tun, ich kann das Risiko nicht eingehen. Boten sind hier gewesen. Gleichgültig, wie vorsichtig die auch waren, wie weit von den Quellen entfernt — sie kennen meine Anschrift. Wenn jemand eine Adresse in der falschen Umgebung hinterläßt, bin ich ein toter Mann!«

»Für die Risiken sind Sie gut bezahlt worden«, sagte Borowski, der vor dem Rollstuhl stand und sich fragte, ob es ein Wort oder einen Satz gab, der bei Chernak einen Redefluß auslösen würde. Dann erinnerte er sich an den Umschlag. *Wenn da eine Diskrepanz war, hatte das nichts mit mir zu tun.* Ein übergewichtiger Mann im ›Drei Alpenhäuser‹.

»Nicht wenn ich die Größe des Risikos bedenke.« Chernak schüttelte den Kopf; seine Brust hob und senkte sich; die Beinstummel, die über den Stuhlrand hingen, rutschten hin und her, die Bewegung wirkte seltsam obszön. »Ehe Sie in mein Leben traten, mein Herr, war ich zufrieden, denn ich war unbedeutend — ein ehemaliger Soldat, der sich nach Zürich durchgeschlagen hat — ein wertloser Krüppel, sah man von gewissen Fakten ab, die er sich angeeignet hatte und den ehemalige Kameraden kärglich dafür bezahlten, damit diese Fakten niemand erfuhr. Es war ein anständiges Leben, nicht üppig, aber ich hatte mein Auskommen. Dann fanden Sie mich . . .«

»Ich bin gerührt«, unterbrach ihn Jason. »Was ist mit dem Umschlag, den Sie unserem gemeinsamen Freund im ›Drei Alpenhäuser‹ überreicht haben. Wer hat ihn Ihnen gegeben?«

»Ein Bote. Wer sonst?«

»Woher kam der Brief?«

»Woher soll *ich* das wissen? Er wurde mir in einer Schachtel zugesandt, wie die anderen. Ich habe die Schachtel ausgepackt und den Inhalt weitergeschickt. *Sie* wünschten es so. Sie sagten, Sie könnten nicht mehr hierher kommen.«

»Aber Sie haben das Couvert geöffnet.«

»Niemals!«

»Angenommen, ich würde sagen, daß Geld gefehlt hat.«

»Dann ist es nicht bezahlt worden; es war nicht in dem Umschlag.« Die Stimme des beinlosen Mannes wurde lauter. »Aber das glaube ich Ihnen nicht. Wenn das so gewesen wäre, hätten Sie den Auftrag nicht angenommen. Aber Sie haben den Auftrag akzeptiert. Warum sind Sie also hier?«

Weil ich es wissen muß. Weil ich sonst den Verstand verliere. Ich sehe und höre Dinge, die ich nicht begreife. Ich bin ein erfahrener, ausgebildeter . . . geistiger Krüppel! Helfen Sie mir!

Borowski entfernte sich von dem Rollstuhl; er ging, ohne ein besonderes Ziel zu haben, auf einen Bücherschrank zu, auf dem ein paar Fotos standen. Sie erklärten die Vergangenheit des Mannes, der hinter ihm saß. Auf ihnen waren deutsche Soldaten zu sehen, einige mit Schäferhunden, vor Baracken und Zäunen . . . und vor einem hohen Gittertor. Kein Zweifel. Die Fotos stammten aus einem der großen deutschen Vernichtungslager.

Auschwitz . . . Dachau . . .? Und auf zwei Aufnahmen war deutlich Chernak zu erkennen.

Der Mann hinter ihm bewegte sich. Jason drehte sich herum; der beinlose Chernak hatte die Hand in dem Segeltuchbeutel, der an seinem Stuhl hing; seine Augen brannten, sein verwüstetes Gesicht war verzerrt. Die Hand schnellte hervor und hielt einen kurzläufigen Revolver, und ehe Borowski die eigene Waffe ziehen konnte, feuerte Chernak. Die Schüsse kamen schnell hintereinander. Ein stechender Schmerz durchzuckte seine linke Schulter, dann seinen Kopf. Er warf sich zu Boden, rollte über den Teppich und stieß eine schwere Stehlampe um, so daß sie auf den Krüppel fiel. Dann machte er einen Satz nach vorne und schmetterte die rechte Schulter gegen Chernaks Rücken. Der beinlose Mann wurde aus dem Stuhl geschleudert. Im selben Moment griff Jason in die Tasche, um den Revolver herauszuholen.

»Die werden für Ihre Leiche zahlen!« schrie der Krüppel, während er sich auf dem Boden wand und versuchte, seine Waffe auf Borowski zu richten. »Sie bringen mich nicht in den Sarg! Sie nicht! Carlos wird bezahlen! Bei Gott, er wird bezahlen!«

Jason sprang nach links und feuerte. Chernaks Kopf zuckte nach hinten, Blut schoß aus seinem Hals. Er war tot!

Da drang ein langgezogener Schrei aus dem Schlafzimmer. Der schrille Ton verriet Angst und Ekel. Der Schrei der Frau — seine Geisel! Er konnte nicht klar sehen. Seine Schläfen pochten.

Er weigerte sich, den Schmerz wahrzunehmen und eilte hinaus in den kleinen Korridor. Die Tür zum Badezimmer stand offen. Als er den Spiegelschrank sah, rannte er hinein und riß die Spiegeltür mit solcher Gewalt auf, daß sie aus den Scharnieren sprang, auf den Boden krachte und zersplitterte. In den Regalen lagen Mullbinden und Heftpflaster. Er raffte alles zusammen. Da fielen *Schüsse*; Schüsse bedeuteten Alarm. Er mußte hier weg, seine Geisel nehmen und verschwinden! Das Schlafzimmer — wo war es?

Er folgte dem Schrei, erreichte die Tür und trat sie auf. Die Frau — wie, zum Teufel, hieß sie? — drückte sich gegen die Wand, Tränen strömten ihr über das Gesicht. Ihr Mund stand offen. Er rannte hinein, packte sie am Handgelenk und zerrte sie heraus.

»Mein Gott, Sie haben ihn getötet!« schrie sie. »Einen alten Mann ohne . . .«

»Mund halten!« Er zog sie zur Korridortür, öffnete diese und schob die Frau in den Treppenflur hinaus. Er konnte verschwommene Gestalten am Geländer stehen sehen. Sie begannen zu rennen, er hörte, wie Türen zugeknallt wurden, wie Leute schrien. Er nahm den Arm der Frau mit der linken Hand; der Schmerz schoß ihm in die Schulter. Er stieß sie zur Treppe und zwang sie, mit ihm hinunterzugehen. Dabei stützte er sich auf sie, und die ganze Zeit hielt er mit der rechten Hand die Waffe.

Sie erreichten den Hauseingang. Dort ließ er sie kurz los, spähte auf die Straße hinaus, lauschte nach Polizeisirenen. »Kommen Sie!« sagte er und drängte sie auf die Straße. Als er in die Tasche griff, um die Autoschlüssel hervorzuholen, zuckte er zusammen. »Steigen Sie ein!«

Im Wagen rollte er die Mullbinde aus und drückte sie sich gegen den Kopf, um die Blutung zu stillen. Es handelte sich nur um einen Streifschuß; die Tatsache, daß sein Kopf getroffen war, hatte ihn in Panik versetzt, aber die Kugel war nicht in den Schädel eingedrungen. Die Agonie von Port Noir würde ihn nicht wieder befallen.

»Verdammt, lassen Sie den Wagen an! Weg hier!«

»Wohin?« Die Frau schrie nicht, sie war ganz ruhig, erstaunlich ruhig. Sie sah ihn an . . . Sah sie ihn wirklich an?

Er fühlte sich benommen, spürte, wie sein Blick sich verschleierte. »Brauerstraße . . .« Er hörte das Wort, als er es aussprach, war aber nicht sicher, daß das seine Stimme war. Aber er konnte sich die Tür ausmalen. Verblaßte, dunkelrote Farbe . . . zersprungenes Glas . . . verrostetes Eisen. »Brauerstraße«, wiederholte er.

Was stimmte nicht? Warum konnte er den Motor nicht hören? Warum stand der Wagen und bewegte sich nicht. Hörte sie ihn vielleicht nicht?

Seine Augen waren geschlossen; er schlug sie auf. Die Pistole! Sie lag auf seinem Schoß, er hatte sie hingelegt, um den Verband gegen seine Kopfwunde zu pressen. Sie schlug danach! Die Waffe fiel zu Boden. Als er sich bückte, stieß sie seinen Kopf gegen die Windschutzscheibe. Ihre Tür öffnete sich, sie sprang auf die Straße hinaus und begann zu rennen. Sie lief weg! Seine Geisel, seine Garantie für eine erfolgreiche Flucht aus Zürich hastete die Löwenstraße hinauf.

Er konnte nicht im Auto bleiben. Der Wagen war eine stählerne

Falle. Er steckte die Waffe mit der Rolle Heftpflaster in die Tasche und hielt die Binde mit der linken Hand umklammert, bereit, sie sofort gegen die Schläfe zu pressen, wenn wieder Blut aus der Wunde quoll. Er stieg aus und hinkte so schnell er konnte davon. Spätestens vorne am Bahnhof würde er ein Taxi finden. Brauerstraße.

Marie St. Jacques rannte die breite Straße entlang und winkte mit beiden Armen den vorbeifahrenden Autos zu. Sie drehte sich um, hob die Hände, um auf sich aufmerksam zu machen; aber statt anzuhalten, beschleunigten die Wagen ihre Fahrt und schossen an ihr vorbei. Die Fahrer erkannten, daß hier etwas passiert war und wollten sich Schwierigkeiten ersparen.

Die beiden Männer in einem blauen Peugeot freilich nahmen sofort Notiz von ihr. Die Scheinwerfer hatten sie ausgeschaltet, seitdem sie die Frau auf der gegenüberliegenden Straßenseite gesehen hatten. Der Fahrer sagte auf Schwyzerdütsch zu seinem Begleiter: »Das könnte sie sein. Dieser Chernak wohnt ein Stückchen weiter unten.«

»Halt an und laß sie näher kommen. Sie soll ein rotes Seidenkleid . . . das ist sie!«

»Wir wollen uns vergewissern, ehe wir die anderen verständigen.«

Beide Männer stiegen aus dem Wagen. Sie trugen konservative Straßenanzüge. Ihre Gesichter wirkten freundlich, aber ernst, geschäftsmäßig. Die erschreckte Frau kam auf sie zu; sie traten schnell in die Straßenmitte. Der Fahrer rief:

»Was ist passiert, Fräulein?«

»Helfen Sie mir!« rief sie. »Ich . . . ich spreche nicht Deutsch. Rufen Sie die Polizei!«

Der Begleiter des Fahrers wirkte ganz ruhig, von seiner tiefen Stimme ging Autorität aus. »Wir gehören zur Polizei«, sagte er in englischer Sprache, »zur Zürcher Sicherheitspolizei. Wir waren nicht sicher, Miss. Sie *sind* doch die Frau aus dem ›Carillon du Lac‹?«

»*Ja*!« schrie sie. »Er ließ mich nicht gehen! Er schlug mich immer wieder, bedrohte mich ständig mit seiner Pistole! Es war einfach schrecklich!«

»Wo ist er jetzt?«

»Er ist verwundet. Er ist angeschossen worden. Ich bin weggerannt Er war im Wagen, als ich weglief.« Sie deutete die Löwenstraße hinunter. »Dort drüben, in der Mitte des Häuserblocks, denke ich. Es ist ein graues Coupé. Er ist bewaffnet.«

»Wir auch, Miss«, sagte der Fahrer. »Kommen Sie, steigen Sie hinten ein. Dort sind Sie in Sicherheit; wir werden sehr vorsichtig sein. Schnell jetzt.«

Mit ausgeschalteten Scheinwerfern rollten sie auf das graue Coupé zu. In ihm saß niemand. Aber da standen Leute auf dem Bürgersteig, die aufgeregt miteinander redeten, auch vor dem Eingang zu Nr. 37. Der Beifahrer wandte sich an die verängstigte Frau, die sich hinten auf der Sitzbank in die Ecke gedrückt hatte.

»Dies ist die Wohnung eines Mannes namens Chernak. Hat er ihn erwähnt? Hat er gesagt, daß er zu ihm wolle?«

»Er war bei ihm, er hat mich gezwungen, ihn zu begleiten. Er hat ihn getötet! Er hat diesen verkrüppelten alten Mann umgebracht!«

»Der Sender — schnell!« sagte der Mann zu dem Fahrer und schnappte sich das Mikrophon vom Armaturenbrett. Der Wagen schoß nach vorn, die Frau hielt sich am Vordersitz fest.

»Was machen Sie?«

»Wir müssen den Mörder finden«, sagte der Fahrer. »Sie sagten ja, daß er verwundet worden ist; vielleicht ist er noch in der Nähe. Wir warten natürlich, um sicherzustellen, daß die Kollegen von der Mordkommission auch eintreffen; aber wir haben andere Aufgaben.« Der Peugeot verlangsamte seine Fahrt und rollte einige hundert Meter von Löwenstraße Nr. 37 entfernt an den Bürgersteig.

Der Begleiter hatte inzwischen in das Mikrophon gesprochen, während der Fahrer der Frau ihren Auftrag erklärt hatte. Aus dem Lautsprecher war ein Knacken zu hören, dann die Worte: »Wir sind in zwanzig Minuten da. Wartet.«

»Unser Vorgesetzter wird gleich hier sein«, sagte der Begleiter. »Er möchte mit Ihnen sprechen.«

Marie St. Jacques lehnte sich zurück, schloß die Augen und atmete tief aus. »O Gott, wenn ich nur einen Drink bekommen könnte!«

Der Fahrer lachte und nickte seinem Begleiter zu. Der holte eine kleine Flasche aus dem Handschuhkasten und hielt sie der Frau hin. »Wir können Ihnen kein Glas bieten, Miss, aber Brandy haben wir. Nur für Notfälle natürlich. Ich glaube, dies ist jetzt ein solcher Notfall. Bitte, wenn wir Sie einladen dürfen.«

»Sie sind beide sehr nett. Sie können sich gar nicht vorstellen, wie dankbar ich Ihnen bin. Wenn Sie je nach Kanada kommen sollten, koche ich Ihnen das beste französische Essen, das Sie in der ganzen Provinz Ontario kriegen.«

»Vielen Dank, Miss«, sagte der Fahrer.

Borowski prüfte den Verband an seiner Schulter und kniff die Augen zusammen, um sich an das schwache Licht in dem verwahrlosten Raum zu gewöhnen. Mit seiner Vorstellung von der Brauerstraße hatte er recht gehabt, in allen Einzelheiten. Die Tür mit der verblaßten roten Farbe gab es tatsächlich. Auch das Bild von den zersprungenen Fensterscheiben und dem verrosteten Geländer war zutreffend gewesen. Man hatte ihm keine Fragen gestellt, als er das Zimmer mietete, und dies trotz der Tatsache, daß er offensichtlich verletzt war. Aber als Borowski den Pensionsinhaber bezahlt hatte, hatte der gemeint: »Für eine etwas größere Summe ließe sich ein Arzt finden, der den Mund hält.«

»Ich sage Ihnen Bescheid«, hatte Jason zurückhaltend geantwortet.

Die Wunde war nicht besonders schlimm; der Verband würde halten, bis er einen Arzt fand, der etwas verläßlicher war als einer, der in der Brauerstraße praktizierte.

Führt eine Streßsituation zu Verletzungen, sollten Sie sich bewußt sein, daß der Schaden ebenso psychischer wie physischer Natur sein kann. Gehen Sie keine Risiken ein, aber wenn Zeit ist, geben Sie sich die Chance, sich den Umständen anzupassen. Geraten Sie nicht in Panik . . .

Er war in Panik geraten. Obwohl die Verletzungen an seiner Schulter und seiner Schläfe Schmerzen bereiteten, war keine ernsthaft genug, um ihn völlig außer Gefecht zu setzen. Er konnte sich nur nicht so schnell bewegen, wie er sich das vielleicht wünschte.

Wenn er ausgeruht war, würde es noch besser gehen. Er hatte jetzt niemanden mehr, der ihn aus Zürich herausbringen würde; jetzt mußte er lange vor Tagesanbruch aufstehen und einen anderen Weg finden. Der Hauswirt im Erdgeschoß tat für Geld alles.

Er ließ sich auf das durchgelegene Bett sinken und starrte die nackte Glühbirne an der Decke an. Er versuchte, die Worte nicht zu hören, die in seinem Kopf hämmerten. Aber sie waren stärker, füllten seine Ohren wie das Dröhnen einer Kesselpauke.

Ein Mann ist getötet worden . . .

Aber Sie haben den Auftrag angenommen . . .

Er drehte sich zur Wand, schloß die Augen, verdrängte die Worte. Dann kamen andere. Als er sich aufsetzte, war er schweißgebadet.

Die zahlen für Ihre Leiche! . . . Carlos wird bezahlen! Bei Gott, er wird bezahlen.

Carlos!

Eine große Limousine rollte vor das Coupé und parkte am Bürgersteig. Vor dem Haus Löwenstraße 37 waren die Streifenwagen vor einer Viertelstunde eingetroffen; zehn Minuten später war die Ambulanz vorgefahren. Menschen aus den umliegenden Wohnungen und vorbeikommende Passanten drängten sich auf dem Bürgersteig, aber die Aufregung hatte sich inzwischen etwas gelegt. Ein Mann war ermordet worden, nachts, in einer Wohnung der Löwenstraße. Sie hatten Angst; denn das Verbrechen, das sich in ihrer Nachbarschaft ereignet hatte, konnte ebensogut ihnen widerfahren.

»Unser Vorgesetzter ist jetzt da, Miss. Dürfen wir Sie bitte zu ihm bringen?« Der Begleiter stieg aus dem Wagen und hielt Marie St. Jacques die Türe auf.

»Natürlich.« Sie trat hinaus und spürte die Hand des Mannes auf ihrem Arm; sie war viel weicher als der harte Griff des Tieres, das ihr einen Pistolenlauf gegen die Wange gehalten hatte. Sie schauderte bei der Erinnerung.

Sie näherten sich der Limousine von hinten, und sie stieg ein. Als sie sich im Sitz zurücklehnte, blickte sie den Mann an, der neben ihr saß. Sie stöhnte, war plötzlich wie gelähmt, konnte nicht atmen. Der Mann neben ihr erweckte Erinnerungen an Schreckliches.

Das Licht der Straßenlampen spiegelte sich im dünnen Goldrand seiner Brille.

»Sie . . . Sie waren in dem Hotel! Sie waren einer von ihnen!«

Der Mann nickte müde; seine Erschöpfung war offensichtlich. »Richtig. Wir gehören zu einer Sonderabteilung der Züricher Polizei. Und ehe wir weitersprechen, muß ich Ihnen erklären, daß Sie während der Ereignisse im ›Carillon du Lac‹ zu keiner Zeit in Gefahr waren, von uns verletzt zu werden. Wir sind ausgebildete Scharfschützen; es ist kein Schuß abgefeuert worden, der Sie hätte treffen können. Einige Male haben wir nicht geschossen, weil Sie zu nahe bei dem Mann waren, auf den wir zielten.«

Ihr Schock schwächte sich ab. Die Ruhe, die von dem Mann ausging, griff auf sie über. »Vielen Dank dafür.«

»Das ist eine Fertigkeit, die wir besitzen«, sagte der Beamte. »Wie man mir berichtet hat, haben Sie ihn zuletzt auf dem Vordersitz des Coupés hinter uns gesehen.«

»Ja. Er war verwundet.«

»Wie ernsthaft?«

»Genug, um verwirrt zu sein. Er hielt sich einen Verband an den Kopf, und an seiner Schulter war Blut — auf seiner Jacke, meine ich. Wer ist er?«

»Namen sind ohne Bedeutung; er hat viele. Aber wie Sie gesehen haben, ist er ein Mörder, ein brutaler Mörder, und wir müssen ihn finden, ehe er wieder jemanden umbringt. Wir sind schon seit einigen Jahren hinter ihm her — nicht nur wir, sondern Polizeibehörden vieler Länder. Wir haben jetzt eine Chance, wie sie bisher noch keiner hatte. Wir wissen, daß er in Zürich ist, und wir wissen, daß er verwundet ist. Er wird sicher nicht in dieser Gegend bleiben, aber wie weit kann er mit seiner Verwundung schon kommen? Hat er eigentlich irgendwann erwähnt, auf welchem Wege er die Stadt verlassen will?«

»Er wollte einen Wagen mieten. Auf meinen Namen, vermute ich. Er hat keinen Führerschein.«

»Da hat er gelogen. Er reist mit einer Vielfalt von falschen Papieren. Sie waren für ihn eine entbehrliche Geisel. So, und jetzt erzählen Sie mir alles, was er zu Ihnen gesagt hat, von Anfang an. Wohin Sie gefahren sind, wen er traf, alles, was Ihnen einfällt. Jede Kleinigkeit könnte wichtig sein.«

»Da ist ein Restaurant, ›Drei Alpenhäuser‹, und ein fetter Mann, der schreckliche Angst hatte . . .« Marie St. Jacques berichtete alles, woran sie sich erinnern konnte. Von Zeit zu Zeit unterbrach sie der Polizeibeamte und fragte nach näheren Details. Hin und wieder nahm er die goldgeränderte Brille ab, wischte geistesabwesend über die Gläser, oder spielte nervös mit dem Gestell, als könne er damit seine Gereiztheit unter Kontrolle bringen. Das Verhör dauerte fast eine halbe Stunde, dann traf der Beamte plötzlich entschlossen seine Entscheidung.

»›Drei Alpenhäuser‹. Schnell!« sagte er zu seinem Fahrer. Er wandte sich wieder zu Marie St. Jacques. »Wir werden diesen Mann mit seinen eigenen Worten konfrontieren. Er hat absichtlich so zusammenhanglos geredet. Er weiß viel mehr, als er vor Ihnen gesagt hat.«

»Zusammenhanglos . . .« Sie sprach das Wort ganz leise. *Zusammenhanglos!* Woran wurde sie dadurch erinnert?

»Was?«

»Eine Pension in der Brauerstraße — das hat er wörtlich gesagt. Und ehe ich aus dem Wagen sprang, sagte er noch einmal ›Brauerstraße‹.«

Der Fahrer mischte sich ein. »Ich kenne die Straße. Sie ist in der Nähe des Güterbahnhofs. Keine gute Adresse.«

»Ich verstehe nicht«, sagte Marie St. Jacques, weil der Mann deutsch gesprochen hatte.

»Das ist ein heruntergekommenes Viertel«, erwiderte der Beamte, »ein Zufluchtsort für weniger Wohlhabende . . . und andere. *Los*!« befahl er.

Sie brausten davon.

8.

Plötzlich hörte Borowski einen Knall vor seinem Zimmer. In seinen Ohren klang es wie ein Peitschenschlag; ein kurzes Echo folgte, das sich in der Ferne verlor. Borowski schlug die Augen auf.

Die Holztreppe in dem schmutzigen Gang vor seinem Zimmer — jemand war die Stufen heraufgegangen und war stehengeblieben, als ihm der Lärm bewußt wurde, den sein Gewicht auf den ausgetretenen Bohlen verursachte. Ein normaler Logiergast in der Pension an der Steppdeckstraße hätte sich keine solchen Gedanken gemacht.

Da knackte es wieder. Jetzt war das Geräusch näher. Jason sprang vom Bett und ergriff die Pistole, die am Kopfende lag. Mit einem Satz war er an der Wand neben der Türe. Er duckte sich, hörte die Schritte — ein Mann. Jetzt schien ihm der Lärm nichts mehr auszumachen, er wollte nur noch sein Ziel erreichen.

Die Tür flog auf; Borowski schleuderte sie zurück und warf sich mit seinem ganzen Gewicht gegen das Holz. Der Eindringling war zwischen Tür und Wandnische eingeklemmt. Blitzschnell zog Jason die Tür zurück und jagte dem Eindringling die rechte Fußspitze in den Hals. Der Kerl sank röchelnd zu Boden. Jason packte mit der linken Hand das blonde Haar des Mannes und zerrte ihn ins Zimmer. Die Hand des Mannes wurde schlaff, die Waffe entglitt ihm, ein langläufiger Revolver mit aufgeschraubtem Schalldämpfer.

Jason schloß die Tür und lauschte ins Treppenhaus hinaus. Nichts war zu hören. Er blickte auf den bewußtlosen Fremden hinunter. Ein Dieb? Ein Mörder? Was war er?

Polizei? Hatte der Geschäftsführer der Pension beschlossen, das ungeschriebene Gesetz der Brauerstraße zu übertreten, um sich eine Belohnung einzuhandeln? Borowski drehte den Eindringling auf den Rücken und holte seine Brieftasche hervor. Ein angeborener Instinkt ließ ihn das Geld herausnehmen, obwohl er wußte, daß dies eigentlich lächerlich war; schließlich hatte er ein kleines Vermögen bei sich. Er sah sich die verschiedenen Kreditkarten und den Führerschein an und lächelte. Aber dann verschwand sein Lächeln. Was er da gerade festgestellt hatte, war keineswegs komisch: Auf den Kreditkarten standen verschiedene Namen, und der auf dem Führerschein war wieder ein anderer. Der bewußtlose Mann war ganz sicher kein Polizeibeamter, sondern ein professioneller Killer, der gekommen war, um einen verwundeten Mann in der Brauerstraße zu töten. Jemand hatte ihn dafür bezahlt. Wer? Wer konnte wissen, daß er hier war?

Die Frau? Hatte er die Brauerstraße erwähnt, als er die Reihe der Geschäftshäuser gesehen und nach Nummer 37 Ausschau gehalten hatte? Nein, sie konnte es nicht sein; vielleicht hatte er etwas gesagt, aber sie würde die Bemerkung nicht verstanden haben. Und wenn doch, dann wäre jetzt die Pension von Polizei umstellt.

Plötzlich drängte sich Borowski das Bild eines großen, fettleibigen Mannes auf, der schwitzend über einen Tisch gebeugt dastand. Dieser Mann hatte sich den Schweiß von den wulstigen Lippen gewischt und vom Mut einer unbedeutenden Ziege gesprochen — einer Ziege, die überlebt hatte. War dies ein Beispiel, mit welcher Methode er für sein Überleben sorgte? Hatte er von der Brauerstraße gewußt? Kannte er die Gewohnheiten des Bewohners, dessen Anblick ihn erschreckte? War er etwa in der schmutzigen Pension gewesen, um dort einen Umschlag abzugeben?

Jason preßte die Hand gegen seine Stirn und schloß die Augen. *Warum kann ich mich nicht erinnern? Wann wird sich der Nebel endlich lösen? Wird er das überhaupt je tun?*

Sie dürfen sich nicht selbst ans Kreuz nageln . . .

Borowski schlug die Augen auf und musterte den blonden Mann. Einen Augenblick lang hätte er am liebsten laut aufgelacht; da lieferte man ihm sein Ausreisevisum aus Zürich, und statt das zu begreifen, vergeudete er Zeit damit, sich selbst zu quälen. Er steckte sich die Brieftasche ein, hob die Waffe auf und schob sie sich in den Gürtel. Dann zerrte er die reglose Gestalt zum Bett hinüber.

Wenige Augenblicke später war der Mann am Bettpfosten festgebunden und mit einem Lakenfetzen geknebelt. So würde er für eine ganze Weile liegenbleiben, und in wenigen Stunden würde Jason Zürich verlassen haben — dafür hatte er einem schwitzenden, fettleibigen Mann zu danken.

Er hatte in seinen Kleidern geschlafen. Außer seinem Mantel gab es nichts mitzunehmen. Er zog ihn an und verlegte versuchsweise sein Gewicht auf das andere Bein — etwas spät, überlegte er. In der Hitze der letzten paar Minuten hatte er den Schmerz nicht bemerkt; aber er war noch vorhanden. Aber wenigstens konnte er sich hinkend fortbewegen. Die Schulter war in viel schlechterem Zustand. Von ihr ging eine langsame Lähmung aus, er mußte einen Arzt aufsuchen. Sein Kopf . . . an seinen Kopf dachte er lieber gar nicht.

Er trat in den schwach beleuchteten Korridor hinaus und zog die Tür hinter sich zu. Für einen Moment stand er regungslos und lauschte. Aus dem Stockwerk über ihm war ein Lachen zu hören; er drückte den Rücken gegen die Wand, die Waffe schußbereit. Das Lachen verstummte.

Er hinkte zur Treppe, hielt sich am Geländer fest und begann hinunterzuhumpeln. Er befand sich in der zweiten Etage des dreistöckigen Gebäudes, hatte darauf bestanden, ein Zimmer möglichst weit oben zu erhalten, weil ihm instinktiv der Begriff *Übersicht* in den Sinn gekommen war. *Warum? Was bedeutete das, wo er sich doch nur ein schmutziges Zimmer für eine einzige Nacht gemietet hatte? Suche nach Schutz?*

Hör auf!

Er erreichte den Treppenabsatz im ersten Stock, und bei jedem Schritt den er tat, war das Ächzen der hölzernen Stufen zu hören. Wenn der Hausmeister jetzt unten herauskam, um seine Neugierde zu befriedrigen, würde das für einige Stunden das letzte sein, was er befriedigte.

Da vernahm er ein Geräusch, ein Kratzen, als würde ein weicher Stoff kurz über eine rauhe Fläche gestrichen. Stoff auf Holz. Jemand hielt sich in dem kurzen Flurstück der Etage unter ihm verborgen. Ohne den Rhythmus seiner Schritte zu verändern, spähte er um sich. In der rechten Wand waren drei Türen eingelassen, genauso wie im Stockwerk darüber. Hinter einer dieser Türen . . .

Er trat einen Schritt näher. Der erste Raum war leer. Die letzte Tür konnte es auch nicht sein, denn ein Wandvorsprung bildete dort so etwas wie eine Sackgasse. Die zweite mußte es sein. Aus ihr konnte jemand herausrennen, nach links oder rechts, oder ein argloses Opfer anspringen, es über das Geländer schleudern, hinunter in die Tiefe.

Borowski schob sich nach rechts, nahm seine Waffe in die linke Hand und griff in den Gürtel, in den er den Revolver mit dem Schalldämpfer gesteckt hatte. Einen halben Meter von dem Eingang entfernt streckte er seinen Arm, der die Automaticpistole hielt, und preßte sich in die Nische.

»*Was ist . . .?*« Ein Arm tauchte auf. Jason feuerte einmal, zerschmetterte die Hand. »*Ah!*« Die Gestalt taumelte nach vorn, außerstande, die eigene Waffe abzufeuern. Borowski schoß erneut, diesmal traf er den Mann am Schenkel, worauf der auf dem Boden zusammenbrach, sich wand und jammerte. Jason trat einen Schritt vor und kniete nieder. Er drückte dem Mann das Knie in die Brust und hielt ihm die Pistole an den Kopf.

»Ist noch jemand unten?«

»Nein«, sagte der Mann und zuckte vor Schmerz zusammen. »Wir sind nur zwei. Man hat uns bezahlt.«

»Wer?«

»Das wissen Sie selbst.«

»Ein Mann namens Carlos?«

»Das beantworte ich nicht. Lieber töten Sie mich.«

»Woher wußten Sie, daß ich hier bin?«

»Von Chernak.«

»Er ist tot.«

»Jetzt schon. Nicht gestern. Wir erhielten Nachricht, daß Sie leben. Daraufhin haben wir jeden überprüft . . . überall. Chernak wußte es.«

Borowski setzte alles auf eine Karte. »Sie lügen!« Er stieß dem Mann den Lauf seiner Waffe gegen den Hals. »Ich habe Chernak nie etwas von der Brauerstraße gesagt.«

Wieder zuckte der Mann zusammen, sein Hals krümmte sich. »Das mußten Sie vielleicht gar nicht. Das Nazischwein hatte überall seine Informanten. Warum nicht auch in der Brauerstraße? Er konnte Sie beschreiben. Wer konnte das sonst noch?«

»Ein Mann im ›Drei Alpenhäuser‹.«

»Wir haben nie von einem solchen Mann gehört.«

»Wer ist *wir?*«

Der Mann schluckte, die Lippen vor Schmerz verzerrt. »Geschäftsleute . . . nur Geschäftsleute.«

»Und Ihr Geschäft ist das Töten.«

»Sie sind ein seltsamer Mann. Aber nein, so ist es nicht. Sie sollten irgendwo hingebracht werden. Ich sollte Sie nicht umbringen.«

»Wohin?«

»Das sollten wir über Autofunk erfahren.«

»Großartig!« sagte Jason ausdruckslos. »Sie sind ja richtig hilfsbereit. Wo steht Ihr Wagen?«

»Vor dem Eingang.«

»Die Schlüssel.« Er würde ihn durch das Funkgerät identifizieren.

Der Mann versuchte Widerstand zu leisten; er drückte Borowskis Knie weg und fing an, sich zur Wand zu wälzen. »Nein!«

»Sie haben keine Wahl.« Jason schmetterte ihm den Pistolenkolben an den Kopf.

Der Mann brach zusammen.

Borowski fand die Schlüssel — es waren drei in einem ledernen Etui —, nahm dem Mann die Waffe weg und steckte sie sich in die Tasche. Sie war kleiner als die, die er in der Hand hielt, und hatte keinen Schalldämpfer, was die Behauptung bestätigte, daß er verschleppt, nicht getötet werden sollte. Der blonde Mann im Obergeschoß hatte als Vorhut gearbeitet und brauchte daher eine schallgedämpfte Waffe, um — falls nötig — die Zielperson zu verwunden. Aber ein ungedämpfter Schuß hätte zu Komplikationen geführt. Der

Schweizer im ersten Stock sollte dem anderen Hilfe leisten, und seine Waffe als sichtbare Drohung eingesetzt werden.

Warum befand er sich dann aber im ersten Stock? Warum war er seinem Kollegen nicht gefolgt? Irgend etwas war hier seltsam, aber jetzt war einfach nicht die Zeit, über irgendwelche Taktiken nachzudenken. Draußen auf der Straße stand ein Auto, und er besaß die Schlüssel dafür.

Er durfte nichts außer acht lassen. Die dritte Waffe.

Er erhob sich unter Schmerzen und griff nach dem Revolver, den er dem Franzosen in dem Lift der Gemeinschaftsbank abgenommen hatte. Er zog sein linkes Hosenbein hoch und schob ihn in den elastischen Strumpf. Dort war die Waffe sicher.

Er hielt inne, um Atem zu schöpfen. Dann ging er zur Treppe, wobei ihm sehr wohl bewußt war, daß der Schmerz an seiner linken Schulter plötzlich viel ausgeprägter war und die Lähmung sich schnell ausbreitete. Hoffentlich würde er fahren können.

Als er die fünfte Stufe erreichte, blieb er plötzlich stehen und lauschte. Da war nichts; der Verwundete mochte sich ungeschickt verhalten haben, aber er hatte die Wahrheit gesprochen. Jason eilte die Treppe hinunter. Er würde — irgendwie — Zürich verlassen und — irgendwo — einen Arzt finden.

Er hatte keine Schwierigkeiten, den Wagen zu entdecken. Die große, sehr gepflegte Limousine unterschied sich deutlich von den anderen schäbigen Fahrzeugen, und er konnte auch deutlich den mit dem Kofferraumdeckel verschraubten Antennensockel erkennen. Er trat an die Fahrerseite und fuhr mit der Hand unter den Kotflügel — da war keine Alarmanlage.

Er schloß die Tür auf, bereit, jeden Augenblick davonzurennen. Vielleicht war die Alarmanlage unter der Motorhaube installiert; aber das war nicht der Fall. Er stieg ein, setzte sich hinter das Steuer und rückte sich den Sitz zurecht, bis er so bequem wie möglich saß. Zum Glück war das Auto mit automatischem Getriebe ausgestattet. Die große Waffe, die in seinem Gürtel steckte, behinderte ihn. Er legte sie neben sich auf den Sitz und steckte den Schlüssel, mit dem er die Tür geöffnet hatte, ins Zündschloß. Er paßte nicht, ebensowenig der zweite. Schließlich probierte er den dritten Schlüssel aus. Aber der ließ sich gar nicht erst ins Schloß schieben. Noch einmal versuchte er es mit dem zweiten. Wieder vergeblich. Keiner der Schlüssel wollte passen. Oder waren die Befehle, die von seinem Gehirn zu den Fingern wanderten, unklar? Er wurde nervös. Verdammt noch mal! Er mußte es noch einmal versuchen.

Links von ihm flammte ein kräftiger Scheinwerfer auf, leuchtete ihm in die Augen und blendete ihn. Er griff nach der Waffe, aber jetzt schoß ein zweites Lichtbündel von rechts herüber. Die Tür wurde aufgerissen, und eine schwere Taschenlampe krachte auf seine Hand herunter, während eine zweite die Waffe vom Sitz an sich nahm.

»Aussteigen!« Jemand preßte ihm den Lauf einer Waffe gegen seinen Hals.

Er stieg aus, und in seinen Augen flimmerten tausend weiße Punkte. Als er langsam wieder sehen konnte, erkannte er als erstes die Umrisse von zwei Kreisen — goldenen Kreisen. Es war die Brille des Killers, der ihn schon die ganze Nacht jagte.

Der Mann sagte: »Die Physik lehrt, daß jede Aktion eine gleiche und eine entgegengerichtete Reaktion zur Folge hat. Das Verhalten gewisser Männer unter gewissen Umständen ist in ähnlicher Weise vorhersagbar. Für einen Typen wie Sie baut man so etwas wie Spießruten auf, und jeder unserer Leute bekommt eingeprägt, was er im Falle eines Versagens zu sagen hat. Arbeitet er erfolgreich, hat es Sie erwischt. Und sollte er scheitern, werden Sie in die Irre geführt und wiegen sich in einem falschen Gefühl von Sicherheit.«

»Das ist ein sehr hohes Risiko für Ihre Leute«, sagte Jason.

»Sie werden gut bezahlt. Und dann ist da noch etwas: Der rätselhafte Borowski tötet nicht willkürlich. Nicht aus Mitgefühl natürlich, sondern aus einem ganz praktischen Grunde. Menschen merken es sich, wenn man sie verschont, so infiltriert er die Armeen seiner Feinde. Das erinnert an subtile Guerillataktiken, die auf einem unübersichtlichen Schlachtfeld eingesetzt werden. Ich muß Sie bewundern.«

»Sie sind ein Arschloch!« Etwas anderes konnte Jason dazu nicht sagen. »Aber Ihre beiden Männer leben, wenn es das ist, was Sie wissen wollen.«

Eine weitere Gestalt tauchte auf. Sie wurde von einem kleinen, breit gebauten Mann aus den Schatten des Gebäudes geführt. Es war Marie St. Jacques.

»Das ist er«, sagte sie leise, ohne den Blick von ihm zu wenden.

»O mein Gott!« Borowski schüttelte ungläubig den Kopf.

»Wie haben Sie das fertiggebracht, Doktor?« fragte er sie und hob dabei die Stimme. »Hat jemand mein Zimmer im ›Carillon‹ beobachtet? Oder war der Lift präpariert, die anderen abgeschaltet? Sie erstaunen mich. Und ich dachte, Sie wollten mit einem Polizeiwagen kollidieren.«

»Das war gar nicht nötig«, erwiderte sie. »Das hier ist die Polizei.«

Jason sah den Killer an, der vor ihm stand; der Mann schob sich die goldgeränderte Brille zurecht. »Ich bewundere Sie«, sagte er.

»Zu Ihrer Festnahme hat nicht viel Talent gehört«, antwortete der Killer. »Die Bedingungen waren ideal — und Sie haben sie geliefert.«

»Was geschieht jetzt? Der Mann drinnen hat gesagt, man würde mich an einen anderen Ort bringen, nicht töten.«

»Sie vergessen etwas. Er hatte Auftrag, genau das zu sagen.« Der Schweizer hielt inne. »So sehen Sie also. Viele von uns haben sich darüber in den letzten zwei, drei Jahren den Kopf zerbrochen. All die Spekulationen! Und so viele Widersprüche! Er ist sehr groß, wissen Sie; nein, eher von mittlerer Statur. Er ist blond; nein, er hat dunkles, fast schwarzes Haar. Seine Augen sind hellblau; nein, sie sind eindeutig braun. Seine Züge sind scharf; nein, eigentlich hat er ein ganz normales Gesicht, es fällt einem in einer Menge gar nicht auf. Aber gewöhnlich war nichts. Alles war außergewöhnlich.«

Man hat Ihre Züge weicher gemacht und so Ihre ursprüngliche Ausstrahlung beseitigt. Wenn Sie Ihr Haar anders schneiden lassen, bekommt Ihr Gesicht einen ganz anderen Charakter . . . Es gibt bestimmte Kontaktlinsen, mit denen Sie Ihre Augenfarbe ändern können . . . Und wenn Sie dann noch eine Brille tragen, haben Sie sich total verwandelt . . .

Da war der Plan wieder. Alles paßte. Nicht auf alles hatte er eine Antwort bekommen, aber immerhin hatte er mehr von der Wahrheit erfahren, als er hören wollte.

»Ich würde das gerne hinter mich bringen«, sagte Marie St. Jacques und trat vor. »Ich unterschreibe, was Sie mir vorlegen, in Ihrem Büro, vermute ich. Aber dann muß ich wirklich ins Hotel zurück. Ich brauche Ihnen wohl nicht zu sagen, was ich am letzten Abend alles durchgemacht habe.«

Der Schweizer sah sie durch seine goldgeränderte Brille an. Der breitschultrige kleine Mann, der sie zu ihnen geführt hatte, griff nach ihrem Arm. Sie starrte beide Männer an und dann die Hand, die sie hielt.

Schließlich Borowski. Ihr Atem stockte, plötzlich drängte sich ihr eine schreckliche Erkenntnis auf.
Ihre Augen weiteten sich.

»Lassen Sie sie gehen«, sagte Jason. »Sie befindet sich schon auf dem Rückweg nach Kanada. Sie werden sie nie wiedersehen.«

»Seien Sie doch vernünftig, Borowski. Sie hat *uns* gesehen. Wir zwei sind Profis; es gibt Regeln.« Der Mann schob seine Waffe unter Jasons Kinn und fuhr mit seiner linken Hand über die Kleider seines Opfers. Sofort spürte er die Waffe in Jasons Tasche und nahm sie heraus. »Hab' ich mir doch gedacht«, sagte er und wandte sich seinem Begleiter zu. »Nimm sie im anderen Wagen mit. Zum Strandbad.«

Borowski erstarrte. Marie St. Jacques sollte getötet werden, und anschließend würde man ihre Leiche wohl in den See werfen.

»Augenblick!« als Jason vortrat, bohrte sich die Waffe in seinen

Nacken. »Sie sind dumm!« fuhr er fort. »Sie arbeitet für die kanadische Regierung. Die werden ganz Zürich auf den Kopf stellen.«

»Was kümmert Sie das? Sie werden nicht mehr dasein.«

»Weil es Verschwendung ist!« rief Borowski. »Wir sind Profis, vergessen Sie das nicht.«

»Sie langweilen mich.« Der Killer drehte sich zu dem breitschultrigen Mann herum. »Geh! Schnell! *Mythen-Quai!*«

»Schreien Sie, so laut Sie können!« rief Jason. »Los! Und hören Sie nicht auf!«

Sie versuchte es, aber ein lähmender Schlag gegen ihren Hals ließ sie jäh verstummen. Sie fiel aufs Pflaster, und ihr künftiger Henker zerrte sie auf einen kleinen, unauffälligen schwarzen Wagen zu.

»Das war dumm von Ihnen«, sagte der Killer und blickte Borowski durch seine goldgeränderte Brille an. »Sie beschleunigen nur das Unvermeidliche. Andererseits wird es jetzt einfacher sein. Ich kann einen Mann freistellen, der sich um unsere Verwundeten kümmert. Alles ist so militärisch, nicht wahr? In der Tat ein einziges Schlachtfeld.« Er wandte sich zu dem Mann mit der Taschenlampe. »Gib Johann das Signal; er soll hineingehen. Wir kommen dann nachher und holen sie ab.«

Die Taschenlampe wurde zweimal an- und ausgeknipst. Ein vierter Mann, der die Tür des kleinen Wagens für die zum Tode verurteilte Frau geöffnet hatte, nickte. Marie St. Jacques wurde auf den Rücksitz geworfen, dann knallte die Tür ins Schloß. Der Mann namens Johann ging auf die Betonstufen zu und nickte dem Henker zu.

Jason spürte, wie Übelkeit in ihm aufstieg, als der Motor der kleinen Limousine aufheulte und sie in die Brauerstraße hineinschoß. Im nächsten Augenblick war die verchromte Stoßstange von den Schatten der Straße verschluckt. Im Inneren jenes Wagens saß eine Frau, die er sein ganzes Leben noch nicht gesehen hatte . . . bis vor drei Stunden. Und er hatte sie getötet. »Sie haben genug Soldaten«, sagte er.

»Wenn es hundert Männer gäbe, denen ich vertrauen könnte, würde ich sie gerne bezahlen. Wie gesagt, Ihr Ruf geht Ihnen voraus.«

»Angenommen, *ich* würde Sie bezahlen. Sie waren auf der Bank; Sie wissen, daß ich Geld zur Verfügung habe.«

»Wahrscheinlich Millionen, aber ich würde keinen Franc davon anrühren.«

»Warum? Haben Sie Angst?«

»Richtig. Reichtum ist etwas Relatives — er hängt von der Zeit ab, die einem zur Verfügung steht, um ihn zu genießen. Ich hätte keine fünf Minuten übrig.« Der Killer wandte sich seinem Untergebenen zu. »Setz ihn hinein. Zieh ihn aus. Ich möchte Fotos, die ihn nackt zeigen — ehe er uns verläßt, und nachher. Du wirst eine Menge Geld bei ihm finden: Ich möchte, daß er es in der Hand hält. Ich fahre.« Er sah wieder Borowski an. »Carlos bekommt den ersten Abzug. Und ich habe keinen Zweifel, daß ich die anderen Abzüge recht gut verkaufen kann. Die Illustrierten zahlen Wahnsinnspreise.«

»Warum sollte Carlos Ihnen glauben oder irgend jemand sonst? Sie haben es ja selbst gesagt: Niemand weiß, wie ich aussehe.«

»Zwei Züricher Bankiers werden Sie als einen gewissen Jason Borowski identifizieren, als eben den Jason Borowski, der den äußerst strengen Vorschriften entsprach, die die Schweizer Gesetze für die Herausgabe eines Nummernkontos vorgesehen haben. Das wird genügen.« Er wandte sich an den Mann mit der Waffe. »Schnell! Ich muß einige Telegramme absenden. Schulden eintreiben.«

Ein kräftiger Arm schlang sich um Borowskis Hals und drückte seine Kehle zu. Der Lauf einer Pistole bohrte sich in seinen Rücken. Ein fast unerträglicher Schmerz breitete sich in seiner Brust aus, als man ihn ins Innere des Wagens zerrte. Der Mann, der ihn festhielt, war ein Fachmann auf seinem Gebiet; selbst ohne seine Verletzungen wäre es Jason nicht gelungen, sich aus der Umklammerung zu befreien. Aber dem bebrillten Anführer der Aktion genügte das rabiate Vorgehen des Mannes noch nicht. Er setzte sich hinter das Steuer und erteilte einen weiteren Befehl.

»Brech ihm die Finger«, sagte er.

Einen Augenblick lang drohte der Arm des anderen, Jason zu ersticken, als der Knauf der Waffe mehrere Male auf seine Hand niedersauste. Borowski hatte instinktiv die linke Hand über die rechte gehalten und sie geschützt. Als das Blut aus dem oberen Handrücken schoß, krümmte er die Finger, so daß es zwischen ihnen durchfloß und auch die untere besudelte. Als der Griff sich für einen Moment lockerte, schrie er:

»Meine Hände! Sie sind gebrochen!«

»Gut so.«

Aber sie waren nicht gebrochen; die Linke war so beschädigt, daß sie nicht zu gebrauchen war; nicht aber die Rechte. Er bewegte die Finger; seine Hand war intakt.

Der Wagen raste die Brauerstraße in südlicher Richtung hinunter und bog in eine Seitenstraße. Jason sackte stöhnend in seinem Sitz zusammen. Der Mann mit der Waffe zerrte an seinen Kleidern und riß ihm das Hemd auf. Binnen weniger Sekunden würde sein Oberkörper entblößt sein. Man würde ihm den Paß, die Papiere, die Kreditkarten und das Geld wegnehmen, das nicht ihm gehörte. Alle Dinge, die für seine Flucht aus Zürich notwendig waren, würden ihm abgenommen werden. Jetzt war seine letzte Chance zu handeln.

»*Mein Bein!* Mein verdammtes Bein!« schrie er und beugte sich nach vorn, während seine rechte Hand in der Dunkelheit fieberhaft nach der Pistole am Hosenbein tastete. Jetzt spürte er sie.

»Nein!« brüllte der Killer auf dem Vordersitz. »Paß auf ihn auf!« Er ahnte die Gefahr instinktiv.

Aber es war schon zu spät. Borowski hielt die Pistole auf den Boden gerichtet. Als der kräftige Soldat ihn zurückstieß, fiel er zurück, und die Waffe, die jetzt an seiner Hüfte lag, wies direkt auf die Brust des Angreifers.

Er feuerte zweimal; der Mann bäumte sich nach hinten. Wieder schoß Jason — er zielte genau — und sein Schuß durchbohrte das Herz des Mannes. Er sackte auf dem Sitz zusammen. »Fallen lassen!« schrie Borowski, schwang die Pistole über den abgerundeten Rand des Vordersitzes und preßte den Lauf gegen den Schädel des Fahrers.

Der Atem des Mannes ging unregelmäßig; er ließ die Waffe fallen. »Wir werden reden«, sagte er und hielt das Steuer fest umklammert. »Wir sind beide Profis.« Der schwere Wagen schoß nach vorn, wurde schneller, als der Fahrer kräftiger auf den Gashebel drückte.

»Langsamer!«

»Ihre Antwort?« Der Wagen fuhr mit hohem Tempo. Vor ihnen zuckten die Lichter des nächtlichen Verkehrs; sie verließen das Viertel, in dem die Brauerstraße lag und rollten auf die belebtere Innenstadt zu. »Sie wollen aus Zürich heraus; ich kann Sie hinausschaffen. Ohne mich gelingt Ihnen das nicht. Ich brauche bloß das Steuer herumzureißen und den Wagen gegen eine Mauer zu fahren. Ich habe überhaupt nichts zu verlieren, Herr Borowski. Überall vor uns ist Polizei. Ich glaube nicht, daß Sie mit der zu tun haben wollen.«

»Gut, wir werden reden«, log Jason. Jetzt kam alles auf den richtigen Zeitpunkt an. Und den würde er schon nicht versäumen.

»Bremsen Sie«, sagte Borowski.

»Lassen Sie Ihre Kanone auf den Sitz neben mir fallen.«

Jason ließ die Waffe los. Sie fiel direkt auf die des Killers.

Der Fahrer nahm den Fuß vom Gaspedal und trat auf die Bremse. Erst drückte er sie ganz langsam nieder und dann mehrere Male ruckartig, so daß der schwere Wagen vor und zurück schwankte. Borowski begriff, was sein Rivale vorhatte.

Die Tachometernadel senkte sich nach links: dreißig Stundenkilometer, achtzehn, neun. Sie waren fast zum Stillstand gekommen; das war der Augenblick, auf den er gelauert hatte.

Jason packte den Mann am Hals, hob die blutige linke Hand und verschmierte ihm die Augen. Er ließ die Kehle des Killers los, und seine rechte Hand griff blitzschnell nach den Waffen, die auf dem Sitz lagen. Borowski bekam einen Kolben zu fassen, stieß die Hand des Killers weg; der Mann schrie, er konnte nichts sehen, die Waffe nicht erreichen. Jason warf sich über den Mann, drückte ihn gegen die Tür und faßte das Lenkrad mit seiner blutigen Rechten. Dann blickte er durch die Windschutzscheibe und riß das Steuer nach rechts, um den Wagen in einen Haufen Abfall auf dem Pflaster rollen zu lassen.

Der Kerl unter ihm bäumte sich auf. Borowski hielt die Pistole in der Hand, seine Finger suchten den Abzug. Sekunden später drückte er ab.

Der Mann, der ihn hatte töten wollen, wurde plötzlich schlaff; er hatte ein dunkelrotes Loch in der Stirn.

Auf der Straße kamen Menschen angerannt. Jason zog die Leiche über den Sitz, kletterte nach vorne und setzte sich hinter das Steuer. Er legte den Rückwärtsgang ein, worauf sich der Wagen aus dem Abfallhaufen löste und wieder auf die Straße rollte. Bereits im Wegfahren kurbelte er sein Fenster herunter und rief den Passanten zu, die sich näherten: »Tut mir leid! Alles in Ordnung! Nur ein wenig zu viel getrunken.« Borowski atmete tief durch und versuchte, das Zittern unter Kontrolle zu bringen, das seinen ganzen Körper erfaßt hatte. Wenigstens wußte er ungefähr, wo er war — eine alte Erinnerung —, und was noch wichtiger war, er hatte ein ziemlich genaues Bild davon, wo sich am Mythen-Quai das Strandbad befand.

Schnell! Mythen-Quai!

Marie St. Jacques sollte in dem zu dieser Zeit verlassenen Strandbad getötet und ihre Leiche anschließend in den See geworfen werden. Niemand würde etwas bemerken. Es gäbe keine Zeugen. Der kleine, breitschultrige Mann bräuchte mit Marie St. Jacques nur in eine der vielen Kabinen zu gehen. Wer könnte dann die Hinrichtung beobachten? Vielleicht hatte er seine Pistole inzwischen schon abgefeuert oder ein Messer ins Opfer gebohrt. Was auch geschehen war, Jason wollte es unbedingt herausfinden. Wer auch immer er sein mochte, er konnte von hier nicht einfach verschwinden, ohne zu wissen, was mit der Frau geschah. Aber erst einmal mußte er die zwei Toten im Wagen loswerden. An der nächsten Kreuzung bog er in eine dunkle menschenleere Gasse.

Er hatte weniger als zwei Minuten gebraucht, um die Leichen aus dem Auto zu zerren. Er sah sie noch einmal an, als er um die Motorhaube herum zur Tür hinkte. Fast obszön wirkte es, wie die beiden eng aneinander geschmiegt an einer schmutzigen Steinmauer lehnten.

9.

Er erreichte eine Kreuzung, die Verkehrsampel stand auf Rot. Im Osten konnte er Lichter sehen, die in sanftem Bogen zum Nachthimmel anstiegen — eine Brücke. Die Limmat! Die Ampel schaltete auf Grün, und er fuhr kreischend an.

Er war wieder am Bürkli-Platz; der General-Guisan-Quai schloß sich unmittelbar an. Die breite ausgebaute Straße zog sich am Ufer entlang. Borowski kam gut voran. Die Züricher schliefen noch; es waren kaum Autos auf der Straße. Schnell erreichte er den Mythen-Quai — und dann sah er bald auch im Dunkel das große Strandbad liegen. So bevölkert und überfüllt es an sonnigen, warmen Sommertagen war — jetzt wirkte es in seiner Verlassenheit fast trostlos. Oder gefährlich? Vorsichtig fuhr Borowski an dem Gelände vorbei, die Taschenlampe, die er dem Mann mit der goldgeränderten Brille weggenommen hatte, in der linken Hand und damit die Seitenränder ableuchtend. Zu seiner Rechten erblickte er Tennisplätze.

Doch er konnte nichts Verdächtiges bemerken. Aber er hatte es bestimmt gehört: *Nimm sie in dem Wagen mit. Zum Strandbad.* Kurz nach der Tennisanlage wendete Borowski und fuhr noch langsamer zurück, jeden Zentimeter links und rechts in den starken Strahl der Taschenlampe tauchend. Da — in einem links abgehenden kleinen Seitenweg sah er die Chromteile eines geparkten Wagens aufleuchten. Dieses Modell hätte er unter Tausenden sofort wiedererkannt.

Er fuhr noch etwa zwanzig Meter und ließ dann den Wagen ausrollen. Sofort schaltete er die Taschenlampe aus und ließ sie auf den Sitz fallen. Der Schmerz in seiner zerschlagenen linken Hand verschmolz plötzlich mit der Agonie in seiner Schulter und seinem Arm; er mußte allen Schmerz aus seinem Bewußtsein verdrängen, die Blutung, so gut er konnte, zum Stillstand bringen. Er griff unter sein Jackett und zerriß sein ohnehin zerfetztes Hemd noch weiter. Schließlich zog er einen Streifen Stoff heraus, den er sich um die linke Hand wickelte und anschließend mit Zähnen und Fingern verknotete. Jetzt war er bereit.

Er nahm die Waffe, die ihm den Tod hätte bringen sollen, und überprüfte das Magazin: Es war geladen. Er wartete, bis zwei Autos an ihm vorbeigefahren waren. Dann schaltete er die Scheinwerfer aus.

Borowski stieg lautlos aus dem Wagen, die Pistole in der rechten Hand, die Taschenlampe etwas ungeschickt in den blutigen Fingern seiner linken, und schlich auf den Seitenweg zu, in dem er den Wagen entdeckt hatte.

Nur der Wind, der vom See her wehte, war im Moment zu hören — und plötzlich ein Schrei, voller Angst ausgestoßen. Ein hartes Klatschen folgte, dann noch einmal. Und nach einer kurzen Pause drang erneut ein schriller Schrei an sein Ohr, der nach wenigen Sekunden abrupt abbrach.

Er humpelte schneller. Zuallererst sah er das schimmernde Metall der verchromten Stoßstange, die im nächtlichen Licht glänzte. Jetzt vernahm er deutlich vier Schläge, die schnell hintereinander ausgeteilt wurden; Fleisch prallte auf Fleisch. Halb erstickte Schreckensschreie kamen aus dem Innern des Wagens. Dann verstummten sie, und statt dessen war ein Stöhnen zu hören.

Jason duckte sich und schob sich um den Kofferraum herum auf das rechte Hinterfenster zu.

Langsam erhob er sich und schrie plötzlich laut los, während er die Taschenlampe einschaltete.

»Eine Bewegung — und Sie sind tot!«

Was er im Wageninneren sah, erfüllte ihn mit Ekel und Wut: Marie St. Jacques' Kleider waren zerrissen; Hände klammerten sich wie Klauen an ihrem halbnackten Körper fest, kneteten ihre Brüste, zwängten ihr die Beine auseinander. Der Penis des Killers stach aus dem Stoff seiner Hose hervor.

»Raus, du Schweinehund!«

Glas zersplitterte; der Mann, der Marie St. Jacques vergewaltigte, hatte erkannt, daß Borowski die Pistole nicht abfeuern konnte, weil er Gefahr lief, dabei die Frau zu töten. Der Kerl löste sich von ihr und trat mit dem Schuhabsatz gegen das Seitenfenster des kleinen Wagens. Die Scheibe zersplitterte, Glasscherben flogen heraus, einige davon Jason ins Gesicht. Er schloß die Augen und hinkte rückwärts.

Die Tür wurde aufgerissen, ein greller Lichtblitz begleitete den Knall. Ein heißer, brennender Schmerz breitete sich in Borowskis rechter Körperhälfte aus. Der Stoff seines Jacketts wurde zerfetzt, Blut durchtränkte sein zerrissenes Hemd. Als er undeutlich eine Gestalt sah, die über den Boden robbte, betätigte er den Abzug. Er feuerte erneut, und die Kugel sprengte den Boden auf. Der Killer war hinter das Auto gekrochen und davongerannt, in das Dunkel einer Parkanlage hinein.

Jason wußte, daß er nicht da bleiben konnte, wo er war; das hätte sein sicheres Todesurteil bedeutet. Sein Bein hinter sich herschleppend, humpelte er zur offenen Wagentür.

»Bleiben Sie drin!« herrschte er Marie St. Jacques an; die Frau hatte in ihrer Panik versucht, aus dem Fahrzeug zu gelangen. »Verdammt! Zurück!«

Ein Schuß; die Kugel bohrte sich in den Kotflügel. Offensichtlich war der Verbrecher zurückgekommen und kauerte nun im Schutz der Bäume. Borowski feuerte zweimal in der Richtung, in der er den Killer vermutete. Danach blieb es still. Jason hatte also nicht getroffen — war sein Gegner überhaupt noch da?

Borowski versuchte, sich langsam aufzurichten. Die Schmerzen, die ihm das bereitete, ließen ihn einen Augenblick unvorsichtig werden. Zwei Schüsse hallten aus der Dunkelheit, eine Kugel prallte von der Fenstereinfassung des Wagens ab. Stahl bohrte sich in seinen Hals; Blut spritzte.

Borowski hatte die Waffe über die Motorhaube gerichtet. Er war hilflos, die Kräfte verließen ihn.

Ein letzter Schuß ertönte, dann hörte Borowski, wie der Mann weglief, konnte ihm aber nicht folgen; der bohrende Schmerz hatte ihn endgültig außer Gefecht gesetzt. Er ließ sich resignierend auf den Boden sinken und war nun bereit aufzugeben.

Was auch immer er sein mochte, es sollte sein.

Die Frau kroch aus dem Wagen. Sie starrte Jason an, und in ihrem Blick mischten sich Unglauben, Furcht und Verwirrung.

»Gehen Sie«, flüsterte er und hoffte, daß sie ihn verstehen konnte. »Dort hinten ist ein Wagen, die Schlüssel stecken. Verschwinden Sie hier. Vielleicht holt er andere, ich weiß nicht.«

»Sie sind meinetwegen gekommen«, sagte sie.

»Hauen Sie ab! Nehmen Sie das Auto, Doktor. Wenn jemand versucht, Sie aufzuhalten, überfahren Sie ihn. Sie müssen zur Polizei ... zu der echten, wo man Uniformen trägt. Sie Närrin.« Seine Kehle brannte, sein Magen war eisig kalt. Feuer und Eis — das war nicht das erste Mal, daß er sie gleichzeitig fühlte. Wo war es nur gewesen?

»Meinetwegen sind Sie zurückgekommen und haben ... mir das Leben gerettet«, fuhr sie mit der gleichen hohlen Stimme fort, und die Worte, die sie sprach, schwebten in der Luft.

»Sie irren sich.« Ein Reflex, ein Instinkt aus vergessenen Erinnerungen hat mich gesteuert. Sie sehen, ich weiß die Worte ... mir ist inzwischen alles egal. Diese Schmerzen, o mein Gott, diese verdammten Schmerzen!

»Sie waren frei. Sie hätten Ihre Flucht fortsetzen können, aber Sie sind umgekehrt — meinetwegen.«

Er hörte ihre Stimme durch Nebelschwaden des Schmerzes. Sie kniete neben ihm, berührte sein Gesicht, seinen Kopf. *Hören Sie auf! Fassen Sie meinen Kopf nicht an! Lassen Sie mich alleine.*

»Warum haben Sie das getan?« Das war ihre Stimme. Sie stellte ihm eine Frage. Begriff sie nicht? Er konnte ihr nicht antworten.

Was machte sie? Sie hatte ein Stück Stoff abgerissen und schlang es um seinen Hals ... und jetzt noch eines, diesmal größer, ein Stück von ihrem Kleid. Sie hatte seinen Gürtel gelockert und schob das weiche Tuch auf die glühend heiße Haut an seiner rechten Hüfte.

»Das waren nicht *Sie.*« Er fand wieder Worte und gebrauchte sie schnell. Er wollte den Frieden der Dunkelheit — so wie er ihn schon einmal gewollt hatte, aber er konnte sich nicht erinnern, wann.

»Dieser Mann ... er hatte mich gesehen. Er konnte mich identifizieren. *Ihn* wollte ich. Und jetzt verschwinden Sie!«

»Das hätten ein halbes Dutzend andere auch gekonnt«, erwiderte sie, und ihre Stimme klang verändert. »Ich glaube Ihnen nicht.«

»Glauben Sie mir!«

Sie stand jetzt über ihm. Dann war sie plötzlich nicht mehr da. Sie war verschwunden. Sie hatte ihn verlassen. Der Friede würde nun schnell kommen; die dunklen, tosenden Wellen würden ihn verschlingen und den Schmerz wegspülen, und ihn schließlich alles vergessen lassen.

Motorengeräusch durchdrang die Stille. Er wollte den Lärm nicht hören, denn er störte seine sehnsüchtigen Phantasien. Dann legte sich eine Hand auf seinen Arm. Dann noch eine. Jemand zog ihn sachte in die Höhe.

»Kommen Sie«, sagte die Stimme, »helfen Sie mir.«

»Lassen Sie mich los!« schrie er. Das war ein Befehl; aber man gehorchte ihm nicht. Das ärgerte ihn. Schließlich waren Befehle dazu da, daß man sie befolgte. Aber nicht immer; irgend etwas sagte ihm das. Da war wieder der Wind, ein Wind an einem anderen Ort, hoch am Nachthimmel. Ein Signal ertönte, ein Licht flammte auf, und er schreckte zusammen.

»Schon gut. Alles in Ordnung«, sagte die Stimme, die nicht auf seine Befehle hören wollte. »Heben Sie den Fuß. Heben Sie ihn ...! So ist es gut. Jetzt haben Sie's geschafft. Und jetzt in den Wagen. Lehnen Sie sich zurück ... ganz langsam. Fein so.«

Er fiel ... fiel in einen pechschwarzen Himmel. Und als der Fall aufhörte, herrschte völlige Stille; er konnte seinen eigenen Atem hören. Und Schritte. Und das Geräusch einer sich schließenden Tür, gefolgt von einem rollenden, mahlenden Geräusch unter ihm, vor ihm, irgendwo.

Als plötzlich ein Lufthauch sein brennendes Gesicht kühlte, verlor er das Gleichgewicht und stürzte wieder, wurde erneut aufgefangen, von einem Körper, der sich gegen ihn stemmte.

Ferne Stimmen drangen an sein Ohr. Langsam zeichneten sich

Umrisse ab, das Licht einer Tischlampe erhellte sie. Er befand sich in einem großen Raum und lag zugedeckt auf einem schmalen Bett. In dem Zimmer waren zwei Leute: ein Mann in einem Mantel und eine Frau . . . Sie trug eine weiße Bluse und einen dunkelroten Rock. Rot war auch ihr Haar . . .

Marie St. Jacques! Sie stand an der Tür und sprach mit einem Mann, der in der linken Hand eine lederne Tasche hielt. Sie sprachen französisch miteinander.

»In erster Linie braucht er Ruhe«, sagte der Mann. »Falls Sie mich nicht erreichen können, soll jemand anders die Fäden ziehen. In einer Woche kann man sie entfernen, denke ich.«

»Vielen Dank, Doktor.«

»Ich danke Ihnen. Sie sind sehr großzügig gewesen. Ich gehe jetzt. Vielleicht höre ich von Ihnen, vielleicht auch nicht.«

Als der Arzt die Tür hinter sich geschlossen hatte, schob die Frau einen Riegel vor. Sie drehte sich um und sah, daß Borowski sie musterte. Langsam trat sie an sein Bett.

»Können Sie mich hören?« fragte sie.

Er nickte.

»Sie sind verletzt, ziemlich schlimm sogar. Aber wenn Sie sich ruhig verhalten, brauchen Sie nicht in ein Krankenhaus zu gehen. Der Mann, der gerade gegangen ist, war der Arzt. Ich habe ihn mit dem Geld bezahlt, das ich bei Ihnen gefunden habe; wesentlich mehr als vielleicht üblich ist, aber man hat mir gesagt, daß man ihm vertrauen kann. Das war übrigens Ihre Idee. Während wir hierher fuhren, redeten Sie immer wieder davon, daß Sie einen Arzt finden müßten, einen, dessen Stillschweigen man sich erkaufen könne. Sie hatten recht, es war nicht schwer.«

»Wo sind wir?« fragte er mit matter Stimme.

»In einem Dorf namens Lenzburg, etwa dreißig Kilometer von Zürich entfernt. Der Arzt ist aus Wohlen, das ist eine Stadt in der Nähe. Er wird in einer Woche wiederkommen, wenn Sie dann noch da sind.«

»Wie?« Er versuchte, sich aufzurichten, aber seine Kräfte reichten dazu nicht aus.

»Ich will Ihnen sagen, was geschehen ist; das beantwortet vielleicht Ihre Fragen.« Sie stand reglos da und blickte auf ihn hinunter. Ihre Stimme war kontrolliert, als sie fortfuhr. »Eine Bestie hat mich vergewaltigt. Sie hatte Anweisung, mich zu töten. Ich durfte nicht am Leben bleiben. In der Brauerstraße hatten Sie versucht, die Kerle aufzuhalten, und als Ihnen das nicht gelang, riefen Sie mir zu, ich solle schreien, immer wieder schreien. Damit haben Sie riskiert, in diesem Augenblick selbst getötet zu werden. Später kamen Sie irgendwie frei; ich weiß nicht, wie, aber ich weiß, daß Sie dabei sehr schwer verletzt wurden — und dann haben Sie mich gesucht.«

»Ihn«, unterbrach sie Jason, »*ihn* wollte ich.«

»Das haben Sie mir bereits gesagt, aber ich glaube Ihnen nicht. Nicht etwa, weil Sie ein schlechter Lügner sind, sondern weil die Tatsachen dagegen sprechen. Zum Beispiel könnte Sie auch der Besitzer des ›Drei Alpenhäuser‹ identifizieren. Dies sind die Fakten. Nein, Sie sind gekommen, um mich zu finden, und haben mir das Leben gerettet.«

»Weiter«, sagte er, und seine Stimme begann langsam kräftiger zu werden. »Was geschah dann?«

»Ich traf eine Entscheidung, die schwierigste, die ich in meinem ganzen Leben zu fällen hatte. Ich glaube, zu solch einer Entscheidung ist man nur fähig, wenn man beinahe gewaltsam sein Leben *verloren* hat und jemand anderer dieses Leben gerettet hat. Ich entschied mich, Ihnen zu helfen.«

»Warum sind Sie nicht zur Polizei gegangen?«

»Das hätte ich beinahe getan, und ich bin nicht sicher, ob ich Ihnen erklären kann, warum ich es nicht tat. Vielleicht weil man mich vergewaltigt hatte, ich weiß es nicht. Ich bin ehrlich zu Ihnen. Man hat mir immer gesagt, es sei das Schrecklichste, was einer Frau zustoßen kann. Jetzt glaube ich es. Und ich habe die Wut, den Ekel in Ihrer Stimme gehört, als Sie ihn anschrien. Ich werde diesen Augenblick nie mehr vergessen, solange ich lebe.«

»Die Polizei?« wiederholte er.

»Dieser Mann im ›Drei Alpenhäuser‹ hat gesagt, daß die Polizei Sie sucht.« Sie hielt inne. »Ich konnte Sie nicht an die Polizei ausliefern. Nicht nach dem, was Sie für mich getan haben.«

»Obwohl Sie wissen, was ich bin?« fragte er.

»Ich weiß nur, was ich gehört habe, und das paßt nicht zu dem verletzten Mann, der meinetwegen zurückkam und sein Leben aufs Spiel setzte, um mich zu retten.«

»Das ist nicht sehr klug.«

»Das ist das einzige, was ich bin, Mr. Borowski. Ich nehme an, Borowski ist richtig. So hat er Sie genannt. *Sehr* klug.«

»Ich habe Sie geschlagen. Ich habe gedroht, Sie zu töten.«

»Wenn ich Sie gewesen wäre und man versucht hätte, mich zu töten, hätte ich wahrscheinlich genauso gehandelt — wenn ich dazu imstande gewesen wäre.«

»Also sind Sie aus Zürich herausgefahren?«

»Nicht gleich. Erst mußte ich ruhig werden, mir die nächsten Schritte überlegen. Ich bin sehr methodisch.«

»Langsam merke ich das.«

»Ich war ein Wrack, völlig durcheinander. Ich brauchte neue Kleider, eine Haarbürste, Make-up. Aus einer Telefonzelle am Fluß rief ich jemanden im Hotel an . . . «

»Den Franzosen? Den Belgier?« unterbrach Jason.

»Nein. Die waren bei dem Bertinelli-Vortrag gewesen. Wenn sie mich auf der Bühne mit Ihnen erkannt hatten, hatten sie vermutlich der Polizei meinen Namen genannt. Nein, ich rief eine Frau an, die unserer Delegation angehörte; sie haßt Bertinelli und war in ihrem Zimmer. Wir haben ein paar Jahre zusammen gearbeitet und sind befreundet. Ich habe ihr gesagt, falls sie irgend etwas über mich gehört haben sollte, es fehlte mir nichts. Und falls sich jemand nach mir erkundigte, sollte sie sagen, ich hätte den Bertinelli-Vortrag vorzeitig verlassen und sei den Abend über bei einem Freund. Womöglich bleibe ich über Nacht.«

»Methodisch«, sagte Borowski.

»Ja.« Marie lächelte leicht. »Ich bat sie, auf mein Zimmer zu gehen — wir sind nur zwei Türen voneinander entfernt, und das Zimmermädchen weiß, daß wir befreundet sind, und wenn niemand dort wäre, Kleider und Make-up in meinen Koffer zu packen und wieder in ihr Zimmer zurückzukehren. Ich würde in fünf Minuten noch einmal anrufen.«

»Sie hat das einfach akzeptiert?«

»Ich sagte Ihnen doch, wir sind befreundet.« Marie hielt erneut inne. »Wahrscheinlich dachte sie, ich hätte die Wahrheit gesagt.«

»Weiter.«

»Als ich wieder anrief, hatte sie meine Sachen gepackt bei sich.«

»Was bedeutet, daß die beiden anderen Delegierten der Polizei Ihren Namen nicht genannt haben; sonst hätte man Ihr Zimmer beobachtet.«

»Ich weiß nicht, ob sie das inzwischen getan haben. Wenn ja, hat man meine Freundin sicher verhört. Dann hat sie bestimmt gesagt, was ich ihr aufgetragen habe.«

»Sie war im ›Carillon‹, und Sie waren unten am Fluß? Wie bekamen Sie Ihre Sachen?«

»Das war ganz einfach, nur ein wenig seltsam vielleicht. Sie sprach mit dem Zimmermädchen und sagte ihr, ich ginge einem Mann im Hotel aus dem Wege und hätte mich mit einem anderen draußen getroffen. Nun würde ich meinen Koffer brauchen, und ob sie vielleicht wüßte, wie man ihn zu mir bringen könnte. Zu einem Wagen . . . unten am Fluß. Ein Dienstbote hat ihn mir gebracht.«

»War er nicht überrascht darüber, wie Sie aussahen?«

»Er hatte nicht viel Gelegenheit, etwas zu sehen. Bevor er erschien, hatte ich den Kofferraum geöffnet und eine Zehnfrankennote auf das Reserverad gelegt. Ich blieb im Wagen und sagte ihm, er solle den Koffer hinten hineinlegen.«

»Sie sind nicht methodisch, Sie sind bemerkenswert!«

»Methodisch genügt.«

»Wie fanden Sie den Arzt?«

»Hier. Durch den *Concierge,* oder wie man das in der Schweiz nennt. Ich hatte Sie ja, so gut ich konnte, verbunden und die Blutung gestillt. Ich verstehe ein wenig von Erster Hilfe. Da ich Sie teilweise entkleiden mußte, fand ich das Geld. Und dann begriff ich, was Sie meinten, als Sie sagten, ich solle einen Arzt finden, der für Geld schweigt. Sie haben viele Tausende von Dollars bei sich. Ich kenne die Wechselkurse.«

»Das ist nur der Anfang.«

»Was?«

»Schon gut.« Wieder versuchte er, sich zu erheben; es war zu schwierig. »Haben Sie keine Angst vor mir? Angst vor dem, was Sie getan haben?«

»Natürlich habe ich Angst. Aber ich weiß auch, was Sie für mich getan haben.«

»Sie sind vertrauensvoller, als ich das unter den gegebenen Umständen wäre.«

»Dann kennen Sie vielleicht die Umstände nicht. Sie sind noch sehr schwach, und ich habe die Pistole. Außerdem haben Sie keine Kleider.«

»Keine?«

»Nicht einmal eine Unterhose. Ich habe alles weggeworfen. Sie würden ziemlich komisch aussehen, wenn Sie mit einem Geldgurt aus Plastik bekleidet über die Straße liefen.«

Borowski lachte trotz seiner Schmerzen und mußte an La Ciotat und den Marquis de Chamford denken. »Methodisch«, sagte er.

»Sehr.«

»Und was passiert jetzt?«

»Ich habe den Namen des Arztes aufgeschrieben und eine Wochenmiete für das Zimmer bezahlt. Der *Concierge* bringt Ihnen heute mittag ein warmes Essen. Ich bleibe bis zum späten Vormittag hier. Es ist fast sechs Uhr, es sollte bald hell werden. Dann fahre ich ins Hotel zurück, hole mir meine restlichen Sachen und meine Flugtickets und werde mir große Mühe geben, Sie nicht zu erwähnen.«

»Und wenn Sie das nicht können? Wenn man Sie im Vortragssaal erkannt hat?«

»Dann werde ich es ableugnen. Es war finster. Das ganze Hotel war in Panik.«

»Jetzt sind Sie *nicht* methodisch. Zumindest nicht so methodisch, wie das die Züricher Polizei wäre. Ich weiß einen besseren Weg. Rufen Sie Ihre Freundin an und sagen Sie, sie soll Ihre restlichen Kleider einpacken und Ihre Rechnung bezahlen. Nehmen Sie sich von mir soviel Geld Sie wollen und fliegen Sie mit der nächsten Maschine zurück nach Kanada. Aus der Entfernung lügt es sich besser.«

Sie sah ihn eine Weile schweigend an und nickte dann. »Das klingt sehr verlockend.«

»Das ist sehr logisch.«

Sie ließ ihren Blick nicht von ihm, und ihre Augen verrieten, wie die Spannung in ihr wuchs. Schließlich wandte sie sich ab, trat ans Fenster und schaute hinaus auf die ersten Strahlen der Morgensonne. Er beobachtete, wie sich ihr Gesicht im bleichen, rosafarbenen Schein der Morgendämmerung immer mehr versteinerte. Er kannte den tieferen Grund: Sie hatte getan, was sie geglaubt hatte, tun zu müssen, weil er sie vor Schrecklichem bewahrt hatte. Aber etwas in ihr hatte gegen diesen Entschluß rebelliert. Ihr Kopf fuhr zu ihm herum, und ihre Augen funkelten.

»Wer *sind* Sie?«

»Sie haben gehört, was die gesagt haben.«

»Ich weiß, was ich gesehen habe, was ich *spüre!*«

»Versuchen Sie nicht, Ihr Verhalten zu rechtfertigen. Sie haben es einfach getan, das ist alles. Lassen Sie es sein.«

Lassen Sie es sein! O Gott, hätten Sie mich nur in Ruhe gelassen! Dann wäre Frieden gewesen. Aber jetzt haben Sie mir einen Teil meines Lebens zurückgegeben, und ich muß erneut kämpfen, mich wieder der Welt stellen.

Plötzlich stand sie am Fußende des Bettes, die Waffe in der Hand. Sie richtete sie auf ihn, und ihre Stimme zitterte. »Soll ich es also ungeschehen machen? Soll ich die Polizei anrufen, damit sie kommen und Sie holen?«

»Vor ein paar Stunden hätte ich gesagt: Nur zu, tun Sie es. Jetzt bringe ich es nicht mehr über mich.«

»Wer sind Sie dann?«

»Man sagt, mein Name wäre Borowski, Jason Charles Borowski.«

»Was soll das heißen? ›Man sagt‹?«

Er starrte die Pistole an, den dunklen Kreis ihrer Mündung. Ihm blieb nichts als die Wahrheit — so wie er die Wahrheit kannte.

»Was das bedeutet?« wiederholte er. »Sie wissen fast genausoviel wie ich, Doktor.«

»Was?«

»Sie sollen es hören. Vielleicht fühlen Sie sich dann besser — oder schlimmer. Aber meinetwegen, ich weiß ohnehin nicht, was ich Ihnen sonst sagen sollte.«

Sie ließ die Waffe sinken.

»Mein Leben begann vor fünf Monaten auf einer kleinen Insel im Mittelmeer, die Ile de Port Noir heißt . . .«

Die aufgehende Sonne hatte die Höhe der Baumwipfel vor dem Haus erklommen. Ihre Strahlen wurden von den windzerzausten Ästen gefiltert, drangen durch die Fenster und besprenkelten die Wände mit unregelmäßigen Lichtflecken. Borowski lag erschöpft auf dem Kissen. Er hatte seine Erzählung beendet.

Marie saß auf der anderen Seite des Zimmers in einem Ledersessel, Zigaretten und Pistole auf einem Tischchen zu ihrer Linken. Sie hatte sich kaum bewegt, sein Gesicht nicht aus den Augen gelassen; selbst wenn sie rauchte, behielt sie den Blick auf ihn gerichtet.

»Zwei Sätze haben Sie auffallend häufig gesprochen«, sagte sie mit weicher Stimme und ließ dann lange Pausen zwischen den Worten: » ›Ich weiß nicht‹ . . . ›Ich wollte, ich wüßte das‹ . Und als Sie längere Zeit etwas Imaginäres anstarrten, habe ich gefragt: Was ist denn? Was tun Sie jetzt? Und dann haben Sie es wieder gesagt: ›Ich wollte, ich wüßte es.‹ Mein Gott, was Sie durchgemacht haben . . . Was Sie jetzt noch durchmachen.«

»Nach all dem, was ich Ihnen angetan habe, wie können Sie da überhaupt an das denken, was mir widerfahren ist?«

»Wundern Sie sich nur«, sagte sie geistesabwesend und runzelte die Stirn. Nach einer Weile fuhr sie fort: »Auf der Löwenstraße, ehe wir zu Chernaks Wohnung hinaufgingen, habe ich Sie gebeten, mich nicht zu zwingen mitzukommen. Ich war überzeugt, daß Sie mich töten würden, wenn ich noch mehr erfahre. Und da haben Sie etwas sehr Seltsames gesagt: ›Was Sie gehört haben, gibt für mich ebensowenig Sinn ab wie für Sie. Vielleicht noch weniger . . .‹ Da dachte ich, Sie wären verrückt.«

»Was ich habe, ist auch eine Art der Verrücktheit. Eine geistig gesunde Person kann sich erinnern — ich nicht.«

»Warum haben Sie mir nicht erzählt, daß Chernak versucht hat, Sie zu töten?«

»Dafür war keine Zeit. Außerdem hielt ich es nicht für wichtig.«

»Das war es in diesem Augenblick für Sie auch nicht. Für mich aber schon.«

»Warum?«

»Weil ich mich an der unsinnigen Hoffnung festklammerte, daß Sie nur auf jemanden schießen würden, der bereits versucht hatte, Sie zu töten.«

»Aber das hat er doch. Ich bin verwundet worden.«

»Ich kannte die Reihenfolge nicht; das hatten Sie mir nicht gesagt.«

»Das verstehe ich nicht.«

Marie zündete sich eine Zigarette an. »Das ist schwer zu erklären. In der ganzen Zeit, in der Sie mich als Geisel festhielten, selbst als Sie mich schlugen und mich gewaltsam mitzerrten und mir die Pistole an den Kopf hielten — weiß Gott, ich hatte Angst —, dachte ich immer, ich sähe etwas in Ihren Augen. Nennen Sie es Widerwillen; mir fällt nichts Besseres ein.«

»Das reicht schon. Worauf wollen Sie hinaus?«

»Ich weiß nicht genau. Vielleicht bezieht es sich auf etwas, was Sie in der Nische im ›Drei Alpenhäuser‹ sagten. Als der dicke Mann zu uns herüberkam, gaben Sie mir den Rat, ich solle mich an die Wand lehnen und mein Gesicht beschirmen. ›Zu Ihrem Nutzen‹, sagten Sie. ›Er braucht Sie nicht unbedingt wiederzuerkennen‹.«

»Das brauchte er auch nicht.«

» ›Zu Ihren Nutzen‹ — so denkt kein skrupelloser Mörder. Ich glaube, an dieser Vorstellung hielt ich mich fest — vielleicht um den Verstand zu behalten — und an dem Ausdruck Ihrer Augen.«

»Ich begreife immer noch nicht.«

»Der Mann mit der goldgeränderten Brille, der mich überzeugt hat, daß er Polizist wäre, sagte, Sie wären ein brutaler Mörder, den man fassen müsse, ehe er wieder mordete. Wenn Chernak nicht gewesen wäre, hätte ich ihm kein Wort geglaubt. Die Polizei, die ich bisher gekannt hatte, verhält sich nicht so; sie hätte sicher nicht so hemmungslos herumgeballert. Und Sie waren ein Mann, der um sein Leben rannte, der immer noch um sein Leben rennt — aber Sie sind kein Mörder.«

Borowski hob die Hand, »Entschuldigen Sie, das kommt mir wie ein Urteil vor, das auf falscher Dankbarkeit basiert. Sie sagen, Sie würden sich an Fakten halten — dann schauen Sie sich sie auch an. Ich wiederhole: Sie haben gehört, was die gesagt haben — unabhängig von dem, was Sie glauben, gefühlt oder gesehen zu haben. Man hat Umschläge mit Geld gefüllt und sie mir ausgehändigt, damit ich gewisse Pflichten erfülle. Ich würde sagen, daß diese Pflichten ziemlich klar waren und ich sie angenommen habe. Ich hatte ein Nummernkonto bei der Gemeinschaftsbank, auf dem etwa fünf Millionen Dollar gutgeschrieben waren. Woher habe ich sie? Woher bekommt ein Mann wie ich — mit meinen Talenten — so viel Geld?« Jason starrte zur Decke. Jetzt kam der Schmerz wieder und gleichzeitig das Gefühl der Nutzlosigkeit. »Das sind die Fakten, Doktor St. Jacques. Es ist Zeit, daß Sie gehen.«

Marie erhob sich aus ihrem Stuhl und drückte die Zigarette aus.

Dann nahm sie die Pistole und trat an das Bett. »Sie sind sehr darauf erpicht, sich selbst zu verurteilen, nicht wahr?«

»Ich respektiere Fakten.«

»Wenn das stimmt, was Sie sagen, habe *ich* auch eine Verpflichtung. Als gesetzestreues Mitglied unserer Gesellschaft muß ich die Züricher Polizei anrufen und ihr sagen, wo Sie sind.«

Borowski sah sie an. »Ich dachte . . .«

»Warum nicht?« unterbrach sie ihn. »Sie sind ein verurteilter Mann, der es hinter sich bringen will, nicht wahr? Sie sprechen mit solcher Endgültigkeit und, verzeihen Sie mir, mit einer hübschen Portion Selbstmitleid, mit der Sie wahrscheinlich an meine — wie haben Sie das genannt? — falsche Dankbarkeit appellieren wollen. Nun, ich glaube, Sie sollten besser begreifen, daß ich nicht dumm bin. Wenn ich nur einen Augenblick überzeugt wäre, Sie wären ein abgefeimter Killer, dann wäre ich nicht hier und Sie auch nicht. Tatsachen, die nicht belegt werden können, sind keine Tatsachen. Sie aber haben keine Fakten genannt, sondern Sie haben *Schlüsse* gezogen, die auf Aussagen von Männern beruhen, von denen Sie wissen, daß sie nichts taugen.«

»Und ein ominöses Bankkonto mit fünf Millionen Dollar. Vergessen Sie das nicht.«

»Wie könnte ich? Geld ist schließlich mein Beruf. Vielleicht läßt sich dieses Konto nicht auf für Sie angenehme Art erklären, aber immerhin ist mit dem Konto eine Vorschrift verbunden, die es einigermaßen legitim erscheinen läßt. Jedermann, der sich als Direktor einer Firma ausweisen kann, die Soundso Seventy-One heißt, hat das Recht, Einsicht zu nehmen und Geld abzuheben. Das läßt noch lange nicht auf einen gedungenen Mörder schließen.«

»Erst muß die Firma genannt werden; sie ist aber nirgendwo verzeichnet.«

»In einem Telefonbuch? Sie sind naiv. Kommen wir nun schnell zum Ausgangspunkt. Soll ich wirklich die Polizei anrufen?«

»Sie kennen meine Antwort. Ich kann Sie nicht hindern, aber ich will nicht, daß Sie das tun.«

Marie senkte die Waffe. »Keine Angst, ich habe es mir längst anders überlegt: Aus dem gleichen Grund, aus dem Sie es nicht wollen. Ich glaube Ihren Worten nämlich ebensowenig wie Sie.«

»Und wenn Sie unrecht haben?«

»Dann mache ich einen schrecklichen Fehler.«

»Danke. Wo ist das Geld?«

»Auf der Kommode. In Ihrem Paß und in Ihrer Brieftasche. Dort liegt auch der Zettel mit dem Namen des Arztes und die Quittung für das Zimmer.«

»Kann ich bitte den Paß haben? Da hatte ich die Schweizer Banknoten reingelegt.«

»Ich weiß.« Marie holte den Paß. »Ich habe dem *Concierge* dreihundert Franken für das Zimmer und zweihundert für die Adresse des Arztes gegeben. Der Arzt hat vierhundertfünfzig Franken verlangt, und ich habe dann noch hundertfünfzig daraufgelegt. Insgesamt habe ich elfhundert Franken ausgegeben.«

»Sie brauchen nicht abzurechnen«, sagte er.

»Sie sollten es aber wissen. Was werden Sie tun?«

»Ihnen Geld geben, damit Sie nach Kanada zurückfliegen können.«

»Ich meine, nachher.«

»Sehen, wie ich mich fühle. Vielleicht bezahle ich den *Concierge* dafür, daß er mir Kleider kauft. Ich komme schon zurecht.« Er holte ein paar große Scheine heraus und hielt sie ihr hin.

»Das sind mehr als fünfzigtausend Franken. Sie haben meinetwegen eine Menge durchgemacht.«

Marie St. Jacques sah das Geld an, dann die Pistole, die sie in der linken Hand hielt. »Ich will Ihr Geld nicht«, sagte sie und legte die Waffe auf das Tischchen neben dem Bett.

»Was soll das heißen?«

Sie wandte sich ab und ging zu dem Sessel zurück, drehte sich um und sah ihn an, während sie sich setzte.

»Daß ich Ihnen helfen will.«

»Jetzt warten Sie . . .«

»Bitte«, unterbrach sie ihn. »Bitte, stellen Sie mir keine Fragen. Sagen Sie eine Weile gar nichts.«

Buch II

10.

Keiner von beiden wußte, wann es geschehen war. Anfänglich hatte jeder noch seine Zweifel, ob er seinen Gefühlen trauen sollte. Es gab keine Konflikte, die zu überwinden, keine Barrieren, die zu übersteigen waren. Stumme Blicke und Gesten genügten oft, um sich zu verständigen.

Im Zimmer des Dorfgasthofes wurde Borowski von Marie ebenso intensiv gepflegt und betreut, wie das im Krankenhaus der Fall gewesen wäre. Untertags kümmerte sie sich um verschiedene praktische Dinge wie Kleider, Mahlzeiten, Landkarten und Zeitungen. Den gestohlenen Wagen hatte sie zu dem 15 Kilometer entfernten Städtchen Reinach gefahren, wo sie ihn einfach abgestellt hatte, und war dann mit einem Taxi nach Lenzburg zurückgefahren. Wenn sie nicht bei ihm war, konzentrierte Borowski sich darauf, auszuruhen und wieder zu Kräften zu kommen. Irgend etwas in seiner vergessenen Vergangenheit lehrte ihn, daß seine Genesung von seiner Disziplin abhing. Es war nicht das erste Mal, daß er sich in einer solchen Lage befand . . . schon vor Port Noir hatte er Ähnliches erlebt.

Wenn sie zusammen waren, redeten sie miteinander, zuerst verlegen. Zwei Fremde, die das Schicksal zusammengeworfen hatte, tasteten sich vorsichtig ab. Zu Anfang kreiste das Gespräch fast immer um die schrecklichen Ereignisse, die sie gemeinsam erlebt hatten.

Doch allmählich erfuhr Jason mehr über die Frau, die sein Leben gerettet hatte. Er wollte nicht, daß sie ebensoviel über ihn wußte wie er selbst, er aber nichts über sie. Woher stammte sie? Warum gab eine attraktive Frau mit dunkelrotem Haar und einer Haut, die ganz offensichtlich häufig Wind und Wetter ausgesetzt gewesen war, vor, Doktor der Wirtschaftskunde zu sein?

»Weil sie das Leben auf der Farm leid war«, erwiderte Marie.

»Ohne Spaß? Sind Sie wirklich auf einer Farm groß geworden?«

»Nun, man muß wohl eher von einer kleinen Ranch sprechen; klein im Vergleich mit den wirklich großen Farmen in Alberta.«

»Ihr Vater war also Rancher?«

Marie lachte. »Nein, eigentlich war er Buchhalter. Erst nach dem Krieg ist er Rancher geworden. Er war Pilot in der Royal Canadian Air Force. Wahrscheinlich kam ihm die Arbeit eines Buchhalters ein wenig langweilig vor, nachdem er so viel Himmel gesehen hatte.«

»Zu dem Schritt gehört aber ganz schön viel Mumm.«

»Mehr als Sie ahnen. Zuerst hat er fremdes Vieh auf Land, das ihm nicht gehörte, verkauft, ehe er die Ranch erwarb.«

»Ich glaube, ich könnte ihn mögen.«

»Das würden Sie auch.«

Sie hatte mit ihren Eltern und zwei Brüdern bis zu ihrem achtzehnten Lebensjahr in Calgary gelebt und war dann auf die McGill-Universität in Montreal gegangen. Dort hatte sich ihr Leben in eine Richtung entwickelt, wie sie es nie vorher geplant hatte. Sie, die vorher lieber hoch zu Roß über die Felder galoppierte, und an Schule und Paukerei keinerlei Interesse hatte, entdeckte plötzlich, wie aufregend es sein konnte, seinen Verstand zu gebrauchen.

»Früher hatte ich die Bücher als meine natürlichen Feinde angesehen, und plötzlich befand ich mich an einem Ort, umgeben von Leuten, die von ihnen besessen waren, und hatte selber mächtigen Spaß. Die ganze Zeit wurde geredet, Tag und Nacht, in den Seminaren, in überfüllten Lokalen beim Bier. Ich glaube, das viele Reden war es, das mich anzog. Klingt das einleuchtend für Sie?«

»Ich kann mich nicht an meine Studienzeit erinnern, aber ich kann es verstehen«, sagte Borowski. »Mir fällt das College nicht ein, aber ich bin ziemlich sicher, daß ich eines besucht habe.« Er lächelte. »Gespräche beim Bier hinterlassen ziemlich starke Eindrücke.«

Sie erwiderte sein Lächeln. »Was den Bierkonsum anbelangte, konnte ich gleich mit beeindruckenden Leistungen aufwarten. Ein junges Mädchen aus Calgary, das mit zwei älteren Brüdern aufgewachsen und dauernd mit ihnen im Wettbewerb gelegen hatte, vertrug mehr Bier als viele Jungs auf der Universität von Montreal.«

»Man muß Ihnen das übelgenommen haben.«

»Nein, man hat mich nur beneidet.«

Marie St. Jacques war fasziniert von der neuen Welt. Bald reiste sie nur noch selten zu ihren Eltern. Anfänglich galt ihr Interesse der Geschichte, bis sie erkannte, daß historische Prozesse meist von wirtschaftlichen Kräften gesteuert werden. Sie sattelte um auf Volkswirtschaft, und nach fünfjährigem Studium absolvierte sie ihr Examen mit so hervorragenden Noten, daß sie ein Stipendium der kanadischen Regierung nach Oxford erhielt.

»Das war ein Tag, kann ich Ihnen sagen. Ich dachte, meinen Vater würde der Schlag treffen. Ob Sie es glauben oder nicht, er überließ sein wertvolles Vieh meinen Brüdern, um nach Osten zu fliegen und mir das Ganze auszureden.«

»Warum? Er war doch Buchhalter; und Sie wollten Ihren Doktor in Volkswirtschaft machen.«

»Machen Sie ja nicht *den* Fehler«, rief Marie aus. »Buchhalter und Volkswirtschaftler sind von Natur aus verfeindet. Die einen sehen die Bäume, die anderen den Wald. Und die Schlüsse, die sie aus ihren Beobachtungen ziehen, sind in der Regel grundverschieden. Außerdem ist mein Vater nicht einfach Kanadier, er ist Frankokanadier. Ich glaube, er sah in mir eine Verräterin an Versailles. Als ich ihm dann erklärte, daß das Stipendium mich dazu verpflichte, mindestens drei Jahre für die Regierung zu arbeiten, besänftigte ihn das ein wenig. Er meinte, ich könne ›der Sache von innen heraus besser dienen‹. *Vive Québec libre! Vive la France!*«

Sie lachten beide.

Die dreijährige Verpflichtung für Ottawa wurde immer wieder verlängert: jedesmal, wenn sie sich mit dem Gedanken trug zu kündigen, wurde sie um eine Rangstufe befördert, bis sie schließlich ein großes Büro und eine Anzahl Mitarbeiter hatte.

»Macht korrumpiert natürlich« — sie lächelte —, »und niemand weiß das besser als eine hohe Beamtin, die von Banken und Firmen um Rat gefragt wird. Aber ich glaube, Napoleon hat das besser ausgedrückt: ›Man stelle mir genügend Orden zur Verfügung — und ich gewinne jeden Krieg.‹ Also blieb ich. Meine Arbeit macht mir ungeheuren Spaß, weil ich von der Sache was verstehe.«

Jason beobachtete sie, während sie sprach. Unter ihrer kühlen, kontrolliert wirkenden Fassade war da etwas Überschwengliches, Kindliches an ihr. Sie konnte sich schnell begeistern, zügelte aber ihren Enthusiasmus immer dann, wenn sie das Gefühl hatte, zu überschwenglich zu werden. Wahrscheinlich tut sie nie etwas, ohne mit Leib und Seele dabei zu sein, dachte er. »Ich bin sicher, daß Sie beruflich erfolgreich sind; aber das läßt Ihnen nicht viel Zeit für andere Dinge, oder?«

»Was für andere Dinge?«

»Oh, das übliche. Einen Mann, die Kinder, ein Haus mit Garten.«

»Vielleicht kommt das eines Tages noch; ich schließe es nicht aus.«

»Aber bis jetzt hat es sich noch nicht ergeben.«

»Nein. Einige Male war ich nahe davor, aber bis zur Heirat kam es nie.«

»Wer ist Peter?«

Das Lächeln verschwand. »Das hätte ich beinahe vergessen. Sie haben das Telegramm gelesen.«

»Es tut mir leid.«

»Das braucht es nicht. Das haben wir doch hinter uns . . . Peter? Ich bete ihn an. Wir haben fast zwei Jahre zusammengelebt, aber es hat nicht funktioniert.«

»Offenbar nimmt er Ihnen das nicht übel.«

»Das würde ich ihm auch nicht raten!« sie lachte wieder. »Er ist Abteilungsdirektor und hofft, bald ins Kabinett berufen zu werden. Wenn er nicht brav ist, erzähle ich dem Schatzministerium etwas, was er nicht weiß, und dann ist er wieder ein kleines Licht.«

»Er schrieb, er würde Sie irgendwann in den nächsten Tagen am Flughafen abholen. Sie sollten ihm besser telegrafieren.«

»Ja, ich weiß.«

Über ihre Abreise hatten sie bewußt nicht gesprochen, als wollten sie sich glauben machen, daß die Trennung in weiter Ferne läge. Marie hatte gesagt, sie wolle ihm helfen; er hatte akzeptiert, in der Annahme, sie würde von falscher Dankbarkeit dazu getrieben, ein oder zwei Tage bei ihm zu bleiben. Mehr erwartete er nicht. Alles andere war undenkbar.

Je länger sie miteinander sprachen oder sich schweigend anblickten, desto wohler begannen sie sich zu fühlen. Gelegentlich verspürten sie das Verlangen, den anderen zu berühren, und sie begriffen beide und zogen sich zurück. Alles andere war undenkbar.

Und so redeten sie immer wieder über die Ereignisse der Vergangenheit, die voller Brutalität und Schrecken gewesen waren und Marie St. Jacques aus ihrer heilen, geordneten Welt gerissen hatten. Das war zugleich aber auch eine Herausforderung für ihren ordnenden, analytischen Geist, der danach drängte, die Rätsel dieses Mannes, der sein Gedächtnis verloren hatte, zu ergründen. Ihr Suchen und Tasten wurde immer unnachgiebiger, ebenso eindringlich, wie Geoffrey Washburn auf der Ile de Port Noir seinen Patienten befragt hatte. Sie hatte jedoch nicht die Geduld des Arztes; denn sie hatte dafür keine Zeit; das wußte sie, und das trieb sie an den Rand der Hysterie.

»Wenn Sie die Zeitungen lesen, was fällt Ihnen dann auf?«

»Das Durcheinander, das Chaos. Aber das scheint überall das gleiche zu sein.«

»Seien Sie ernst. Was ist Ihnen vertraut?«

»Fast alles, aber ich kann Ihnen nicht sagen, weshalb.«

»Nennen Sie ein Beispiel.«

»Heute morgen habe ich eine Meldung über amerikanische Waffenlieferungen an Griechenland gelesen und von der anschließenden Debatte in den Vereinten Nationen; die Sowjets legten Protest ein. Ich verstehe, was das bedeutet, die machtpolitische Auseinandersetzung im Mittelmeer, die Folgen der Ereignisse im Mittleren Osten.«

»Noch ein Beispiel.«

»In einem anderen Artikel wurde davon berichtet, daß die Bonner Regierung in Ost-Berlin Protest eingelegt hat, weil die DDR den Interzonenverkehr behindert hat. Ostblock — westliche Allianz: ich begriff erneut.«

»Sie verstehen die politischen Zusammenhänge, nicht wahr?«

»Oder ich bin ganz einfach über die gegenwärtige Weltlage gut informiert. Ich glaube nicht, daß ich jemals Diplomat war. Das hohe Guthaben auf der Gemeinschaftsbank schließt eigentlich eine Beamtentätigkeit aus.«

»Das ist allerdings richtig. Immerhin sind Sie politisch auf dem laufenden. Wie ist es mit den Landkarten, die ich Ihnen auf Ihren Wunsch hin besorgt habe? Was kommt Ihnen in den Sinn, wenn Sie sie sich anschauen?«

»In manchen Fällen lösen Namen von Hotels oder Straßen Bilder aus, so wie in Zürich. Manchmal tauchen auch Gesichter auf, aber nie Namen. Die Gesichter haben keine Namen.«

»Sie sind weit gereist.«

»Ja, ich denke schon.«

»Ich *weiß*, daß Sie viel gereist sind.«

»Also gut, dann bin ich eben gereist.«

»Wie sind Sie gereist? Mit dem Flugzeug oder per Auto? Genauer: Haben Sie Taxis benutzt, oder sind Sie selbst gefahren?«

»Beides, denke ich. Warum fragen Sie danach?«

»Nun, Flugzeuge würden bedeuten, daß Sie größere Entfernungen zurückgelegt haben. Hat man Sie abgeholt? Gibt es Gesichter auf Flughäfen oder in Hotels?«

»Straßen«, antwortete er unwillkürlich.

»Warum Straßen?«

»Ich weiß nicht. Gesichter sind mir in den Straßen begegnet . . . und an ruhigen Orten, finsteren Orten.«

»Waren das Restaurants oder Cafés?«

»Ja. Und Zimmer.«

»Hotelzimmer?«

»Ja.«

»Nicht Büros von irgendwelchen Firmen?«

»Manchmal. Aber eigentlich nur selten.«

»Also gut. Leute sind Ihnen begegnet. Männer? Frauen?«

»Hauptsächlich Männer. Einige Frauen.«

»Worüber haben Sie geredet?«

»Keine Ahnung.«

»Versuchen Sie, sich zu erinnern.«

»Das kann ich nicht. Da sind keine Stimmen, keine Worte.«

»Sie trafen sich mit Leuten; das bedeutet, daß Sie Verabredungen hatten. Wer hat die Termine für diese Treffen festgelegt? Jemand mußte das doch tun.«

»Telegramme. Telefongespräche.«

»Von wem? Von wo?«

»Ich weiß es nicht. Sie erreichten mich einfach.«

»In Hotels?«

»Ja. Meistens, denke ich.«

»Sie erzählten mir, der Empfangschef im ›Carillon‹ hätte gesagt, Sie *hätten* Mitteilungen erhalten.«

»Dann wurden sie mir also ins Hotel geschickt.«

»Was verbinden Sie mit Seventy-One?«

»Treadstone.«

»Treadstone — das ist Ihre Firma, nicht wahr?«

»Das Wort hat keine weitere Bedeutung. Ich konnte den Namen nirgendwo finden.«

»Konzentrieren Sie sich!«

»Tue ich ja. Er stand nicht im Telefonbuch. Ich habe in New York angerufen.«

»Sie halten den Namen für ungewöhnlich. Das ist er nicht.«

»Warum nicht?«

»Es könnte eine Abteilung sein oder eine Tochtergesellschaft, eine Firma, die man nur gegründet hat, um Einkäufe für eine Muttergesellschaft zu tätigen, deren Name den Preis in die Höhe treiben würde. So etwas geschieht jeden Tag.«

»Wen wollen Sie eigentlich überzeugen?«

»Sie. Es ist durchaus möglich, daß Sie der Beauftragte amerikanischer Geschäftsleute sind. Alles deutet darauf hin: die bereitgestellten Mittel, die vertrauliche Behandlung, die Ermächtigung durch einen Firmenbeauftragten, zu der es nie kam. Diese Fakten und Ihr offensichtliches Gespür für politische Veränderungen deuten darauf hin, daß Sie mit hoher Wahrscheinlichkeit für einen Großaktionär oder Gesellschafter der Mutterfirma gearbeitet haben.«

»Sie reden schrecklich schnell.«

»Ich habe nichts gesagt, was nicht logisch ist.«

»Ihre Theorie kann nicht ganz stimmen.«

»Warum nicht?«

»Auf dem Konto sind keinerlei Entnahmen verbucht, nur Zugänge. Ich habe demnach nichts gekauft, sondern verkauft.«

»Das wissen Sie nicht; Sie können sich nicht erinnern. Man kann auch mit Termingeldern zahlen.«

»Ich weiß nicht einmal, was das bedeutet.«

»Ein Finanzexperte, der sich im Steuerrecht auskennt, würde das wohl wissen. Und wo ist der andere Widerspruch?«

»Man versucht jemanden nicht zu töten, nur weil er etwas zu einem billigeren Preis einkauft.«

»Das passiert, wenn der Betreffende einen folgenschweren Fehler gemacht hat. Was ich Ihnen zu erklären versuche, ist, daß Sie nicht sein können, was Sie nicht sind!«

»Sie sind sich aber Ihrer Sache verdammt sicher.«

»Allerdings. Ich habe drei Tage mit Ihnen verbracht. Sie haben mir viel erzählt, und ich habe Ihnen aufmerksam zugehört. Ein schrecklicher Fehler ist begangen worden. Oder es handelt sich um irgendeine Verschwörung.«

»Was für eine Verschwörung? Und gegen wen oder was?«

»Das ist es, was Sie herausfinden müssen.«

»Danke.«

»Sagen Sie mir, was kommt Ihnen in den Sinn, wenn Sie an Geld denken?«

Hören Sie auf! Tun Sie das nicht! Verstehen Sie denn nicht? Wenn ich an Geld denke, denke ich an Töten.

»Ich weiß nicht«, sagte er. »Ich bin müde, und möchte jetzt schlafen. Schicken Sie morgen Ihr Telegramm ab. Schreiben Sie Peter, daß Sie zurückkommen.«

Es war nach Mitternacht, am Anfang des vierten Tages, und der Schlaf wollte sich immer noch nicht einstellen. Borowski starrte zur Decke, auf das dunkle, glasierte Holz, das das Licht der Tischlampe auf der anderen Seite des Zimmers reflektierte. Das Licht blieb nachts eingeschaltet; Marie ließ es einfach brennen, ohne ihm weiter zu erklären, warum sie das tat.

Am Morgen würde sie nicht mehr dasein, und seine eigenen Pläne würden Gestalt annehmen müssen. Er würde noch ein paar Tage in dem Gasthof bleiben, den Arzt in Wohlen anrufen, damit er ihm die Fäden entfernte. Anschließend wollte er nach Paris. Das Geld war dort und auch noch etwas anderes; das wußte er, fühlte er. Eine endgültige Antwort auf seine Fragen würde er nur dort finden. Paris wartete auf ihn.

Sie sind nicht hilflos. Sie werden Ihren Weg finden.

Was würde er finden? Einen Mann namens Carlos? Wer war Carlos, und welche Beziehung hatte er zu Jason Borowski?

Er hörte, wie auf der Couch an der Wand Stoff raschelte. Er blickte hinüber und stellte überrascht fest, daß Marie nicht schlief. Vielmehr starrte sie ihn an.

»Sie haben unrecht«, sagte sie.

»Worin?«

»Mit dem, was Sie denken.«

»Sie wissen nicht, was ich denke.«

»Doch, das weiß ich. Ich habe diesen Blick in Ihren Augen gemerkt, wenn Sie Dinge sehen, bei denen Sie nicht sicher sind, ob sie überhaupt existieren und Angst haben, daß sie existieren könnten.«

»Sie waren doch da«, erwiderte er. »Ich habe sie gesehen. Wie erklären Sie sich sonst die Ereignisse in der Brauerstraße oder im ›Drei Alpenhäuser‹?«

»Dann finden Sie heraus, warum das alles passierte. Sie können nicht sein, was Sie nicht sind, Jason. Finden Sie es heraus.«

»In Paris«, sagte er.

»Ja, in Paris.« Marie erhob sich von der Couch. Sie trug ein gelbes Nachthemd mit Perlmuttknöpfen am Hals; es floß weich an ihrem Körper herunter, als sie barfuß auf sein Bett zuging. Als sie neben ihm stand, hob sie beide Hände und begann das Nachthemd aufzuknöpfen. Sie ließ es herunterfallen und setzte sich auf das Bett. Langsam beugte sie sich zu ihm herab, tastete nach seinem Gesicht, umschloß es mit beiden Händen, hielt ihn fast zärtlich fest, und ihre Augen suchten die seinen und ließen sie nicht mehr los. »Danke für mein Leben«, flüsterte sie.

»Danke für meines«, antwortete er und empfand dasselbe Verlangen wie sie. Er fragte sich, ob auch sie hinter ihrer Leidenschaft einen Schmerz verspürte. Er erinnerte sich an keine Frau, und vielleicht bedeutete sie deshalb alles für ihn, alles und mehr, viel mehr. Sie vertrieb die Finsternis für ihn. Sie ließ den Schmerz aufhören.

Für den Rest der Nacht gab sie ihm eine Erinnerung, weil auch sie sich nach Zärtlichkeit gesehnt hatte. Diese Stunde gehörte nur ihnen. Das war alles, was er wollte — dabei brauchte er sie mehr denn je.

Er griff nach ihrer Brust und zog ihren Kopf zu sich herunter. Das Feuchte ihrer Lippen erregte ihn, wischte alle Zweifel weg.

Sie hob die Decke und kam zu ihm.

Sie lag in seinen Armen, den Kopf auf seiner Brust, immer darauf bedacht, die Wunde an seiner Schulter nicht zu berühren. Sie glitt vorsichtig zurück, stützte sich auf ihre Ellbogen. Er sah sie an; ihre Augen verschmolzen ineinander, und beide lächelten. Sie hob die linke Hand und legte den Zeigefinger auf seine Lippen.

»Ich habe dir etwas zu sagen«, sprach sie mit leiser Stimme, »und ich möchte nicht, daß du mich unterbrichst. Ich schicke das Telegramm an Peter nicht ab. Noch nicht.«

»Einen Augenblick.« Er nahm ihre Hand von seinem Gesicht.

»Sei ruhig. Ich habe gesagt: ›noch nicht‹. Das heißt nicht, daß ich es nie abschicken werde, aber eine Weile werde ich damit noch warten. Ich bleibe bei dir. Ich werde mit dir nach Paris reisen.«

Er zwang sich, die Worte zu sprechen. »Und wenn ich nicht will, daß du das tust?«

Sie beugte sich vor, und ihre Lippen strichen über seine Wange. »Das glaube ich nicht.«

»Ich wäre an deiner Stelle nicht so sicher.«

»Aber du bist nicht ich. Ich bin ich, und ich weiß, wie du mich festgehalten hast und versucht hast, so viele Dinge zu sagen, die du nicht sagen konntest. Ich kann nicht erklären, was geschehen ist. Oh, wahrscheinlich gibt es da irgendwo eine psychologische Theorie, was geschieht, wenn zwei einigermaßen intelligente Leute gemeinsam in die Hölle gestürzt werden und wieder herauskriechen . . . gemeinsam. Vielleicht ist das wirklich alles. Aber im Augenblick ist da das Gefühl, bei dir bleiben zu müssen, und ich kann nicht davor weglaufen. Ich kann nicht vor dir weglaufen, weil du mich brauchst, weil du mir mein Leben zurückgegeben hast.«

»Was bringt dich auf den Gedanken, daß ich dich brauche?«

»Ich kann dir bei Dingen behilflich sein, die du nicht allein bewältigen kannst. Ich habe die letzten zwei Stunden über nichts anderes nachgedacht.« Sie richtete sich noch höher auf. »Irgendwie hast du mit einer Menge Geld zu tun, trotzdem glaube ich nicht, daß du Soll und Haben unterscheiden kannst. Vielleicht konntest du das früher einmal. Aber ich kann es. Und da ist noch etwas: Ich habe einen hohen Posten bei der kanadischen Regierung und habe daher Zugang zu geheimen Akten. Die internationale Finanzwelt hat sich in Kanada auf für uns unerfreuliche Weise eingenistet. Wir haben jetzt unsere eigenen Abwehrmaßnahmen ergriffen. Ich war eigentlich in Zürich, um herauszubekommen, wer sich mit wem zu gemeinsamen Aktionen verbündet, nicht um über abstrakte Theorien zu diskutieren.«

»Und die Tatsache, daß du Zugang zu wichtigen Akten hast, kann mir helfen?«

»Ja, ich glaube schon. Und der diplomatische Schutz durch unsere Botschaft ist vielleicht sogar das Wichtigste. Aber ich gebe dir mein Wort, daß ich das Telegramm beim ersten Anzeichen von Gewalt absende und verschwinde. Abgesehen von meinen eigenen Ängsten, will ich dir unter diesen Umständen keine Last sein.«

»Auf das erste Anzeichen hin«, wiederholte Borowski und musterte sie. »Und wann und wo das ist, entscheide ich?«

»Wenn du magst. Meine Erfahrung in diesen Dingen ist beschränkt. Ich werde mich nicht mit dir streiten.«

Er ließ ihre Augen nicht los. Schließlich sagte er: »Warum tust du das? Du hast doch gerade selbst gesagt, daß wir zwei einigermaßen intelligente Leute sind, die der Hölle entkommen sind. Das ist wohl alles.«

Sie saß da, ohne sich zu bewegen. »Ich habe noch etwas gesagt; vielleicht hast du das vergessen. Vor vier Tagen hat mir ein Mann das Leben gerettet und dabei riskiert, selber getötet zu werden. Ich glaube an diesen Mann — mehr als er an sich selbst, denke ich.«

»Einverstanden«, sagte er und griff nach ihr. »Ich sollte es nicht sein, aber ich bin es. Ich brauche diesen Glauben an mich.«

»Jetzt darfst du mich unterbrechen«, sagte sie und kam zu ihm. »Liebe mich, es gibt auch Dinge, die ich brauche.«

Drei weitere Tage und Nächte verstrichen, erfüllt von wärmender Liebe und erregender Zärtlichkeit. Sie lebten mit der Intensität zweier Menschen, die wußten, daß sie schon bald nicht mehr so ausgiebig Zeit füreinander haben würden.

Der Rauch ihrer Zigaretten kräuselte sich über dem Tisch, vermischte sich mit dem Dampf des heißen, bitteren Kaffees. Der *Concierge,* ein munterer Schweizer, dessen Augen mehr registrierten, als seine Lippen von sich geben würden, war vor einigen Minuten gegangen, nachdem er das *petit déjeuner* und die Züricher Zeitungen in Englisch und Französisch gebracht hatte. Jason und Marie saßen einander gegenüber; beide hatten die Nachrichten überflogen.

»Steht in deiner etwas?« fragte Borowski.

»Chernak ist vorgestern begraben worden. Die Polizei hat immer noch keine konkrete Spur. ›Ermittlungen dauern an‹, heißt es hier.«

»Hier wird davon etwas ausführlicher berichtet«, sagte Jason und schob sich die Zeitung unbeholfen mit der bandagierten linken Hand zurecht.

»Was macht die Hand denn?« fragte Marie und betrachtete sie.

»Besser. Ich kann die Finger jetzt schon ein bißchen bewegen.«

»Ich weiß.«

»Du hast eine schmutzige Phantasie.« Er legte die Zeitung zusammen. »Hier schreiben sie, daß Patronenhülsen und die Blutspuren untersucht werden.« Borowski blickte auf. »Dann werden da noch Kleiderreste erwähnt.«

»Ist das ein Problem?«

»Für mich nicht. Ich habe meine Sachen in Marseille von der Stange gekauft. Wie steht es mit deinem Kleid? Hast du es anfertigen lassen oder im Laden gekauft?«

»Jetzt machst du mich verlegen. Alle meine Kleider werden von einer Frau in Ottawa geschneidert.«

»Dann kann man also den Hersteller und den Ort nicht feststellen.«

»Ich wüßte nicht, wie. Die Seide stammt von einem Ballen, den ein Beamter unserer Abteilung aus Hongkong einmal mitgebracht hat.«

»Hast du in den Geschäften im Hotel irgend etwas gekauft, das du vielleicht an dir hattest? Ein Halstuch vielleicht?«

»Nein. Ich mache selten solche Einkäufe.«

»Gut. Und man hat deiner Freundin keine Fragen gestellt, als sie auszog?«

»Nicht an der Rezeption, das habe ich dir bereits gesagt. Nur die zwei Männer, die du mit mir im Lift gesehen hast, haben sie angesprochen.«

»Die Männer von der französischen und der belgischen Delegation?«

»Ja. Alles lief bestens.«

»Wir wollen lieber noch einmal überlegen.«

»Da gibt es nichts zu überlegen. Paul — das war der aus Brüssel — hat nichts gesehen. Er wurde von seinem Stuhl zu Boden gestoßen und blieb dort liegen. Claude — er versuchte uns aufzuhalten, erinnerst du dich? — dachte zuerst, ich wäre das auf der Bühne im Scheinwerferlicht gewesen; aber ehe er zur Polizei gehen konnte, hatte er sich in dem Gedränge verletzt und wurde zu einem Arzt gebracht.«

»Und bis er etwas hätte sagen können«, unterbrach Jason sie, »war er nicht mehr sicher.«

»Ja. Aber ich habe so das Gefühl, daß er erkannt hat, weshalb ich bei der Konferenz zugegen war; meine Anwesenheit konnte ihn eigentlich nicht täuschen. Und wenn das so war, so hat ihn das sicherlich in seiner Entscheidung bestärkt, sich herauszuhalten.«

Borowski griff nach seiner Tasse.

»Laß mich das noch einmal wiederholen«, sagte er. »Du warst in Zürich, um . . .«

»Nun ja, eher Andeutungen solcher Bündnisse. Niemand wird sich hinstellen und offen eingestehen, daß es potente Finanzkreise in seinem Land gibt, die sich den Zugang zu den kanadischen Rohstoffen oder irgendwelchen anderen Märkten erkaufen wollen. Aber man sieht, wer mit wem in der Bar sitzt, wer mit wem zu Abend ißt. Manchmal hilft einem auch der pure Zufall, wenn zum Beispiel ein Delegierter aus, sagen wir, Rom — von dem man weiß, daß der Fiat-Chef Agnelli ihn bezahlt — auf einen zukommt und fragt, wie ernst es Ottawa mit seinen Deklarationsgesetzen nimmt.«

»Ich glaube, das verstehe ich noch nicht ganz.«

»Du solltest das eigentlich. Dein eigenes Land ist in diesem Punkt sehr empfindlich. Wer besetzt was? Wie viele amerikanische Banken werden von OPEC-Geldern kontrolliert? Wie groß ist der Anteil der Industrie, der sich im Besitz europäischer und japanischer Konsortien befindet? In Kanada sind Hunderttausende von Hektar Land mit Kapital erworben worden, das aus England, Italien und Frankreich abgezogen worden ist. Darüber machen wir uns große Sorgen.«

»Tun wir das?«

Marie lachte. »Natürlich. Nichts macht einen Menschen patriotischer als die Vorstellung, daß sein Land sich im Besitze von Ausländern befindet. Er kann sich nach einiger Zeit daran gewöhnen, einen Krieg verloren zu haben — das bedeutet nur, daß der Feind stärker war —, aber die eigene Wirtschaft zu verlieren, bedeutet, daß der Feind klüger war.«

»Du hast viel über diese Dinge nachgedacht, nicht wahr?«

Einen kurzen Augenblick lang blickten Maries Augen ernst, und dann antwortete sie mit fester Stimme: »Ja, das habe ich. Ich glaube, diese Dinge sind wichtig.«

»Hast du in Zürich etwas erfahren können?«

»Nichts Aufregendes«, sagte sie. »Geld kursiert überall. Mächtige Finanzgruppen suchen ständig nach neuen Anlagemöglichkeiten.«

»In dem Telegramm von Peter stand, deine Tagesberichte wären ausgezeichnet. Was meinte er damit?«

»Ich habe in Zürich gewisse Personen kennengelernt, von denen ich annehme, daß sie Kanadier als Strohmänner benutzen, um kanadischen Besitz aufzukaufen. Ich versuche nicht, dir etwas vorzuenthalten, ich glaube nur, daß die Namen dir nichts sagen werden.«

»Ich versuche nicht, mich in etwas einzumischen, was mich nichts angeht«, entgegnete Jason, »aber ich glaube, du siehst in mir ebenfalls einen Mann, der womöglich in seiner Vergangenheit einen einflußreichen Posten irgendwo in der Wirtschaft gehabt hat.«

»Ich schließe das nicht aus. Du könntest für ein Unternehmen gearbeitet haben, das alle möglichen illegalen Kaufmöglichkeiten sucht. Ich könnte das unauffällig überprüfen lassen, aber ich möchte das telefonisch veranlassen, nicht per Telegramm.«

»Jetzt werde ich neugierig. Was meinst du genau?«

»Sollte es in irgendeinem multinationalen Konzern eine Gesellschaft mit dem Namen Treadstone Seventy-One geben, werde ich Mittel und Wege finden, um herauszubekommen, um welche Firma es sich handelt. Ich möchte Peter von einer öffentlichen Telefonzelle in Paris anrufen. Ich werde ihm sagen, daß ich in Zürich auf den Namen Treadstone Seventy-One gestoßen bin, und ihn bitten, eine vertrauliche Untersuchung durchzuführen.«

»Und wenn er etwas findet?«

»Wenn tatsächlich eine Firma Treadstone Seventy-One existiert, wird er Näheres über sie erfahren.«

»Dann nehme ich mit den ›autorisierten Direktoren‹ Verbindung auf.«

»Sehr vorsichtig«, fügte Marie hinzu. »Über Mittelsmänner. Über mich, wenn du willst.«

»Warum nicht direkt?«

»Sie — wer auch immer das sein mag — haben fast sechs Monate lang nicht versucht, dich zu erreichen.«

»Das weißt du noch nicht; ich ebensowenig.«

»Die Bank weiß es. Millionen von Dollar liegen unangetastet auf dem Konto, ohne daß jemand sich darum kümmert, und niemand hat sich die Mühe gemacht, die Gründe dafür herauszufinden. Das ist es, was ich nicht verstehen kann. Es ist gerade so, als hätte man dich aufgegeben. Dort ist vielleicht der Fehler begangen worden.«

Borowski lehnte sich im Sessel zurück. Als er auf seine bandagierte linke Hand blickte, fiel ihm die Waffe ein, die ein paarmal hintereinander in einem dahinrasenden Wagen in der Brauerstraße auf die Hand niedergesaust war.

»Vielleicht denken die Direktoren von Treadstone«, überlegte Marie weiter, »daß du sie in illegale Transaktionen hineingezogen hast — mit kriminellen Elementen —, die sie Millionen mehr kosten können und womöglich die Enteignung ganzer Firmen zur Folge haben. Oder sie vermuten, daß du dich einem internationalen Verbrechersyndikat angeschlossen hast, vielleicht ohne es zu wissen. Alles ist möglich. Das würde erklären, warum sie so lange nicht an die Bank herangetreten sind. Sie möchten nicht zu Mitschuldigen gemacht werden.«

»Ich stehe also — egal, was dein Freund Peter in Erfahrung bringt — immer noch am Anfang. Tatsache ist, daß man mich töten will und ich weiß nicht, weshalb. Andere könnten sie daran hindern, aber das werden sie nicht tun. Der Mann im ›Drei Alpenhäuser‹ hat gesagt, Interpol würde nach mir fahnden. Sollte man mich fassen und vor Gericht stellen, wäre ich schuldig im Sinne der Anklage, obwohl ich nicht weiß, wessen ich schuldig bin. Daß ich mich nicht erinnern kann, taugt als Verteidigung nicht viel.«

»Ich weigere mich, mir so etwas vorzustellen, und das mußt du auch.«

»Danke.«

»Ich meine das ernst, Jason. Hör auf!«

Hör auf — wie oft sage ich mir das? Du bist meine Liebe, die einzige Frau, die ich je gekannt habe, und du glaubst an mich. Warum kann ich nicht an mich glauben?

Borowski erhob sich und trat mehrere Male mit den Beinen auf. Langsam gewann er seine alte Beweglichkeit zurück, seine Wunden waren weniger schwer, als seine Phantasie ihm eingeredet hatte. Er war für heute abend mit dem Arzt in Wohlen verabredet, der ihm die

Fäden ziehen sollte. Morgen würde einfach alles anders sein.

»Paris«, sagte Jason, »die Antwort liegt in Paris. Ich weiß nur nicht, wo ich anfangen soll. Es ist verrückt. Ich warte auf ein Bild, ein Wort, das mir sagt, wohin ich gehen soll.«

»Warum willst du nicht warten, bis ich von Peter gehört habe? Wir können morgen in Paris sein. Von dort werde ich ihn anrufen.«

»Weil es nichts ändern würde, verstehst du nicht? Gleichgültig, worauf er auch stößt, das, was ich wissen muß, wird nicht dabei sein. Ich muß wissen, warum gewisse Männer mich töten wollen, warum jemand namens Carlos . . . wie war das doch . . . ein Vermögen für meine Leiche bezahlen will.«

Weiter kam er nicht, das Krachen auf dem Tisch unterbrach ihn. Marie hatte die Tasse fallen lassen und starrte ihn mit bleichem Gesicht an. »Was hast du gerade gesagt?«

»Was? Ich sagte, daß ich wissen muß . . .«

»Du hast gerade den Namen Carlos genannt.«

»Das stimmt.«

»In all den Stunden, die wir geredet haben, in all den Tagen, die wir jetzt zusammen sind, hast du ihn nie erwähnt.«

Borowski sah sie an, versuchte sich zu erinnern. Es stimmte; er hatte ihr alles gesagt, das ihm in den Sinn gekommen war, aber aus irgendeinem Grund hatte er Carlos nicht erwähnt, so als hätte er den Namen verdrängt.

»Ja, da hast du wahrscheinlich recht«, sagte er. »Du scheinst zu wissen, wer Carlos ist.«

»Machst du Witze?«

»Keineswegs. Also, wer ist Carlos?«

»Mein Gott — du weißt es wirklich nicht!« rief sie aus und schaute ihm prüfend in die Augen.

»Wer ist Carlos?«

»Ein Mörder! Ein Mann, der seit zwanzig Jahren von der Polizei gejagt wird. Man nimmt an, daß er an die sechzig Politiker und Militärs getötet hat. Niemand weiß genau, wie er aussieht . . . Man vermutet, daß er von Paris aus agiert.«

Borowski spürte, wie ihn ein kalter Schauer durchlief.

Der Schwiegersohn des *Concierge* hatte sie nach Wohlen gefahren. Auf der Rückfahrt saßen Jason und Marie hinten im Auto. Die dunkle Landschaft zog schnell an den Fenstern vorbei. Der Arzt hatte ihm die Fäden gezogen und an ihrer Stelle weiche Bandagen angebracht, die er mit Heftpflaster befestigt hatte.

»Fahr zurück nach Kanada«, sagte Jason leise.

»Das werde ich auch, in ein paar Tagen. Erst möchte ich Paris sehen.«

»Ich will dich nicht in Paris haben. Ich rufe dich in Ottawa an. Du kannst selbst nach Treadstone suchen und mir die Information telefonisch durchgeben.«

»Ich dachte, du hättest gesagt, das änderte nichts. Du müßtest das *Warum* erfahren; das *Wer* sei bedeutungslos, solange du nicht die Hintergründe begreifst!«

»Ich brauche nur einen einzigen Mann aufzuspüren, und ich werde ihn finden.«

»Aber du weißt nicht, wo du beginnen sollst. Du wartest auf ein Bild, einen Satz, der dir den entscheidenden Hinweis gibt. Vielleicht sind sie gar nicht dort.«

»Etwas wird da sein.«

»Etwas *ist* da, aber du siehst es nicht. Ich schon. Deshalb brauchst du mich. Ich weiß, wie wir vorzugehen haben — du nicht.«

Borowski sah sie an. »Ich glaube, du solltest dich deutlicher ausdrücken.«

»Die Banken. Treadstones Verbindungen sind bei den Banken zu suchen, aber nicht so, wie du vielleicht denkst.«

In der Dorfkirche von Arpajon, zehn Meilen südlich von Paris, ging ein gebeugter alter Mann in einem zerschlissenen Mantel, die schwarze Baskenmütze in seiner Rechten, den Mittelgang hinunter. Die Glocken hallten durch das Mittelschiff. In Höhe der fünften Stuhlreihe blieb der Mann stehen und wartete, bis sie verstummten. Das war sein Signal. Während des Glockengeläutes hatte sich ein junger Mann, der so skrupellos war, wie ein Mensch nur sein konnte, in dem kleinen Gotteshaus umgesehen und jeden gemustert, den er drinnen oder draußen erspähen konnte. Hätte der Mann bei irgend jemandem Gefahr gewittert, hätte er sofort kurzen Prozeß gemacht und den Betreffenden umgelegt. Das war Carlos' Art, und nur Leute, die selbst verfolgt wurden, deren Leben keinen Pfifferling mehr wert war, arbeiteten als seine Helfershelfer.

Carlos vermied jegliches Risiko. Wenn man in seinen Diensten — oder von seiner Hand — starb, bestand der einzige Trost darin, daß dann ein nicht unerheblicher Geldbetrag seinen Weg zu trauernden Witwen und ihren Kindern finden würde — gewiß eine sehr eigenwillige Art, Mitleid zu zeigen.

Der Alte umklammerte seine Baskenmütze und lief weiter an den Stuhlreihen entlang, zu den Beichtstühlen an der linken Wand. Er ging zum fünften, schob den Vorhang auseinander und trat ein. Hinter dem hölzernen Trenngitter brannte eine einzelne Kerze. Er setzte sich auf die kleine Bank, und als sich seine Augen an die Dunkelheit gewöhnt hatten, erkannte er den Mann in der Mönchskutte, der die Kapuze tief in sein Gesicht gezogen hatte. Der Bote versuchte sich nicht auszumalen, wie jener Mann aussah; es war besser so . . .

»Angelus Domini«, sagte er.

»Angelus Domini, Kind Gottes«, flüsterte die kapuzenbedeckte Silhouette. »Sind deine Tage angenehm?«

»Sie neigen sich dem Ende zu«, erwiderte der alte Mann und hatte damit das Codewort genannt, »aber ich bin versorgt.«

»Gut. Es ist wichtig, wenn man in Ihrem Alter ein Gefühl der Sicherheit hat«, sagte Carlos. »Nun zur Sache. Haben Sie die Informationen aus Zürich bekommen?«

»Die Eule ist tot; zwei andere auch, vielleicht sogar ein Dritter. Einem anderen ist die Hand schwer verletzt worden; er kann nicht arbeiten. Cain ist verschwunden. Man vermutet, daß die Frau bei ihm ist.«

»Eine seltsame Wendung der Ereignisse«, sagte Carlos.

»Ich habe noch mehr Neuigkeiten: Man hat von dem, der die Anweisung hatte, die Frau zu töten, nichts mehr gehört. Er sollte sie zum Mythen-Quai bringen; niemand weiß, was dort geschehen ist.«

»Es ist möglich, daß sie nie eine Geisel war, sondern der Köder für eine Falle, die hinter Cain selbst zugeschnappt ist. Darüber will ich nachdenken. Hier sind meine weiteren Instruktionen. Sind Sie bereit?«

Der alte Mann griff in die Tasche und holte einen Bleistiftstummel und einen Fetzen Papier heraus. »Ja.«

»Rufen Sie Zürich an. Ich möchte, daß morgen ein Mann nach Paris kommt, der Cain gesehen hat und ihn wiedererkennt. Außerdem soll ›Zürich‹ sich bei Koenig in der Gemeinschaftsbank melden und ihm sagen, daß er das Tonband nach New York schicken soll, an das Postfach im Village Station.«

»Bitte etwas langsamer«, unterbrach der alte Bote, »meine Hand schreibt nicht mehr so schnell wie früher.«

»Verzeihen Sie«, flüsterte Carlos. »Ich war in Gedanken und daher unhöflich. Entschuldigen Sie.«

»Keine Ursache. Bitte weiter.«

»Schließlich soll unser Team sich Zimmer in der Nähe der Bank an der Rue Madeleine nehmen. Diesmal wird die Bank Cains Untergang sein.«

11.

Borowski beobachtete aus einiger Entfernung, wie Marie im Berner Bahnhof auf die Bahnsteige zuging. Es war fünf Uhr nachmittags. Zu dieser Zeit herrschte in dem Bahnhofsgelände mit seinen Geschäften und Restaurants ein unübersehbares Gedränge. Menschen eilten an Borowski vorbei, ohne von ihm Notiz zu nehmen. Damit hatte er gerechnet. Und er hatte aufgepaßt. Niemand war ihnen von Lenzburg hierher gefolgt. Getrennt hatten sie den Bahnhof betreten.

Marie blickte noch einmal kurz zurück, bevor sie um die Ecke bog; nur für sie bemerkbar nickte er ihr ein letztes Mal zu, ein glückliches Lächeln spielte dabei um seinen Mund. In zwei Stunden etwa würde sie von Zürich aus nach Paris fliegen.

Nachdem Marie seinem Blickfeld entschwunden war, wartete er noch einige Minuten. Er wollte sicher sein, daß niemand ihr folgte. Dann begab er sich gemächlich zum Schalter und löste eine Fahrkarte nach Frankfurt. Von dort aus wollte er eine Maschine in die französische Hauptstadt nehmen.

Er würde Marie später in dem Café treffen, an das sie sich aus ihrer Oxford-Zeit erinnerte. Es nannte sich ›Au Coin de Cluny‹ und lag am Boulevard Saint-Michel, einige Häuserblocks von der Sorbonne entfernt. Falls es das Café nicht mehr geben sollte, würde Jason sie gegen neun am Eingang zum Cluny-Museum finden.

Borowski würde sich verspäten, er würde in der Nähe sein, aber zu spät kommen. Die Sorbonne verfügte über eine der umfangreichsten Bibliotheken von ganz Europa, und irgendwo in dieser Bibliothek waren alte Zeitungen archiviert. Die Universitätsbibliothek war auch in den Abendstunden geöffnet. Sobald er nach Paris kam, wollte er sie aufsuchen. Es gab etwas, was er in Erfahrung bringen mußte.

Ich lese jeden Tag die Zeitungen. In drei Sprachen. Vor sechs Monaten ist ein Mann getötet worden; jede der drei Zeitungen meldete seinen Tod auf dem Titelblatt. Das hatte ein dicklicher Mann in Zürich gesagt.

Er gab seinen Koffer in der Garderobe der Bibliothek ab und ging ins Obergeschoß, wo sich der große Lesesaal befand. Nach längerem Suchen fand er die Regale, in denen die Zeitungen aufbewahrt wurden. Die Ausgaben reichten genau ein Jahr zurück.

Er konzentrierte sich auf die Nummern, die vor mehr als einem halben Jahr erschienen waren. Von diesem Zeitpunkt an verfolgte er sie zehn Wochen zurück. Er setzte sich an den nächsten freien Tisch und durchblätterte jede Zeitung von Anfang bis Ende.

Der Dollar war gefallen, der Goldpreis gestiegen; Streiks hatten die Wirtschaft einiger Länder fast zum Erliegen gebracht. Aber in dieser Zeitspanne war kein Mann ermordet worden, der Schlagzeilen verdient hätte. Nirgendwo fand er eine Meldung dieser Art.

Jason setzte seine Suche fort und nahm sich auch die noch älteren Ausgaben vor. Wieder nichts. Schließlich holte er sich die Zeitungen, die vor vier und fünf Monaten gedruckt worden waren. Aber erneut war die Mühe umsonst. Hatte ein schwitzender, fetter Mann in Zürich gelogen? War alles eine Lüge? Erlebte er einen Alptraum, der verschwinden würde, sobald . . .

Sein Blick fiel auf die Titelseite der letzten Nummer.

BOTSCHAFTER LELAND IN MARSEILLE ERMORDET!

Die riesigen Blockbuchstaben der Schlagzeile sprangen ihm förmlich ins Gesicht, taten seinen Augen weh. Das war kein eingebildeter Schmerz, sondern ein scharfes Stechen, das durch seine Augenhöhlen in seinen Kopf drang. Sein Atem stockte, seine Augen hafteten unverwandt an dem Wort LELAND. Er kannte diesen Namen, er konnte sich das Gesicht des Mannes genau vorstellen: Buschige Brauen unter einer hohen Stirn, eine kräftige Nase zwischen hohen Backenknochen und über auffallend schmalen Lippen ein säuberlich gestutzter grauer Schnurrbart. Er kannte das Gesicht, kannte den Mann, der durch einen einzigen Schuß getötet worden war. Der Schütze hatte ihn aus einem Fenster irgendwo im Hafengebiet abgefeuert. Botschafter Howard Leland war um fünf Uhr nachmittags an einem Pier in Marseille entlanggegangen, als ihn die Kugel traf.

Borowski brauchte den zweiten Absatz gar nicht zu lesen, um zu wissen, daß Howard Leland Admiral der US-Marine gewesen war, ehe er zum Chef der Marineabwehr und schließlich zum Militärattaché in Paris ernannt wurde. Er brauchte den Artikel nicht weiter zu lesen, um die Hintergründe des Mordes zu erfahren — er kannte sie bereits. Lelands wichtigste Funktion in Paris war es, der französischen Regierung die Genehmigung umfangreicher Waffenverkäufe auszureden — insbesondere die Lieferung ganzer Geschwader von Mirage-Düsenjägern, die für Afrika und den Mittleren Osten bestimmt waren. Er hatte in erstaunlichem Maße Erfolg gehabt, damit aber gleichzeitig den Zorn der Abnehmer erregt. Man vermutete, daß der Täter in ihrem Auftrag gehandelt hatte. Der Mord an Leland sollte zugleich als Warnung für andere dienen.

Und der Mann, der ihn getötet hatte, hatte ohne Zweifel für seine Dienste eine stattliche Geldsumme kassiert, weit weg vom Schauplatz des Verbrechens, und alle Spuren waren beseitigt worden. In Zürich hatte ein Bote einen Mann ohne Beine aufgesucht: ein zweiter hatte einen fettleibigen Mann in einem überfüllten Restaurant alarmiert.

Zürich.

Marseille.

Jason schloß die Augen, der Schmerz war jetzt unerträglich. Er war vor fünf Monaten aus dem Meer gefischt worden, und man vermutete, daß er sich in Marseille eingeschifft hatte. Und wenn es Marseille war, hatte er mit einem gemieteten Boot die Flucht ergriffen. Alles paßte zu gut, jedes einzelne Stück des Gedankenpuzzles paßte zum nächsten. Wie konnte er all die Dinge wissen, wenn er nicht der Mörder von Howard Leland war?

Er schlug die Augen auf, der Schmerz hinderte ihn am Denken, aber nicht völlig. Eine Entscheidung war so klar wie nur irgend etwas: Es würde in Paris kein Zusammentreffen mit Marie St. Jacques geben.

Vielleicht würde er ihr eines Tages einen Brief schreiben und die Dinge aussprechen, die er jetzt nicht sagen konnte. Erst mußte er Distanz zwischen ihnen schaffen, sie durfte nicht mit einem bezahlten Killer in Verbindung gebracht werden. Sie hatte unrecht gehabt, seine schlimmsten Ängste hatten sich bestätigt.

Die Titelseite mit der schrecklichen Schlagzeile, die so viel in ihm ausgelöst, so viele Dinge bestätigt hatte, trug das Datum *Donnerstag, 26. August.* An diesen Tag würde er sich erinnern können, solange er lebte.

Donnerstag, 26. August . . .

Etwas stimmte nicht. Was war es? Der Tag? Donnerstag bedeutete ihm nichts. Der 26. August? . . . Der Sechsundzwanzigste? Das konnte nicht stimmen. Wie oft hatte Washburn, der ausführlich Tagebuch über seinen Patienten geführt hatte, jede einzelne Tatsache wiederholt, jeden Satz, den Jason geäußert hatte.

Man hat Sie am vierundzwanzigsten August, einem Dienstagmorgen, zu meiner Tür gebracht; es war genau acht Uhr zwanzig. Ihr Zustand war . . .

Dienstag, 24. August.

24. August.

Er war also am 26. August nicht in Marseille gewesen! Er konnte kein Gewehr aus einem Fenster im Hafenviertel abgefeuert haben. Er hatte Howard Leland nicht getötet!

Vor sechs Monaten ist ein Mann getötet worden . . . Aber es waren nicht sechs Monate; das konnte nur ungefähr richtig sein. An jenem Tage hatte er halb tot im Haus eines Alkoholikers auf der Ile de Port Noir gelegen.

Die Nebel lichteten sich, der Schmerz wich zurück. Ein Hochgefühl erfüllte ihn; er hatte eine konkrete, nachweisbare Lüge gefunden! Und wenn es eine gab, würden da auch noch andere sein! Borowski sah auf die Uhr; es war Viertel nach neun. Marie hatte bestimmt inzwischen das Café verlassen und wartete jetzt vor dem Eingang des Cluny-Museums auf ihn.

Er verließ eilig die Bibliothek und lief den Boulevard Saint-Michel hinunter. Bei jedem Schritt wurde er schneller. Er hatte das Gefühl zu wissen, wie es war, wenn man zum Tode verurteilt war und begnadigt wurde. Für eine Weile hatte er die von Gewalt erfüllte Finsternis hinter sich gelassen, befand sich jenseits der grollenden Wogen. Plötzlich hatte er den Wunsch, seine Euphorie mit ihr zu teilen. Er mußte zu ihr, sie an sich drücken und ihr sagen, daß Hoffnung war.

Er sah Marie auf den Stufen stehen, die Arme auf der Brust verschränkt, um sich gegen den eisigen Wind zu schützen, der vom Boulevard herüberfegte. Zuerst bemerkte sie ihn nicht, ihre Augen suchten die von Bäumen gesäumte Straße ab. Sie war unruhig, besorgt um ihn.

Da entdeckte sie ihn. Ihr Gesicht begann zu leuchten, plötzlich war es von Leben erfüllt. Sie rannte auf ihn zu, als er die Treppen hinaufeilte. Sie umarmten sich und einen Augenblick lang schwiegen beide und spürten die Wärme des anderen.

»Ich habe gewartet und gewartet«, hauchte sie schließlich. »Ich hatte solche Angst, solche Sorge um dich. Ist etwas passiert? Ist bei dir alles in Ordnung?«

»Mir geht es gut, so wohl habe ich mich lange nicht mehr gefühlt.«

»Was?«

Er hielt sie an den Schultern fest. »Vor sechs Monaten ist ein Mann getötet worden . . . Erinnerst du dich?«

Ihr Blick verfinsterte sich. »Ja, ich erinnere mich.«

»Ich habe ihn nicht getötet«, sagte Borowski. »Ich kann ihn nicht getötet haben.«

Sie fanden ein kleines Hotel etwas abseits von dem lärmerfüllten Boulevard Montparnasse. Die Zimmer sahen heruntergekommen aus, aber trotzdem war ein Hauch von Eleganz geblieben, der dem Hotel ein Flair von Zeitlosigkeit verlieh.

Jason schloß die Tür und nickte dem weißhaarigen Pagen zu, dessen anfängliche Gleichgültigkeit sich nach Erhalt einer Zwanzigfrancnote in Nachsicht verwandelt hatte.

»Er hält dich für einen Geistlichen, der von der Vorfreude auf eine sündige Nacht erfüllt ist«, sagte Marie. »Ich hoffe, es ist dir aufgefallen, daß ich gleich zum Bett gegangen bin.«

»Er heißt Hervé und wird sehr um unsere Bedürfnisse besorgt sein.« Er ging auf sie zu und nahm sie in die Arme. »Danke für mein Leben«, sagte er.

»Jederzeit, mein Freund.« Sie hielt sein Gesicht mit beiden Händen fest. »Aber laß mich nicht wieder so lange warten. Ich bin fast verrückt geworden; ich habe ständig denken müssen, daß dich jemand erkannt hatte . . . daß etwas Schreckliches passiert war.«

»Du vergißt, daß niemand weiß, wie ich aussehe.«

»Verlaß dich nicht darauf; das ist nicht wahr. In der Brauerstraße waren vier Männer, diesen Bastard am Guisan-Quai eingeschlossen. Sie leben, Jason. Sie erkennen dich bestimmt wieder.«

»Sie sahen einen dunkelhaarigen Mann, der hinkte und der am Kopf und am Hals verbunden war. Nur zwei waren in meiner Nähe: der Mann im Obergeschoß und dieses Schwein im Park. Der erste wird Zürich eine Weile nicht verlassen; er kann nicht gehen, und von seiner Hand ist nicht mehr viel übrig. Der zweite war von einer Taschenlampe geblendet.«

Sie ließ ihn los und runzelte die Stirn. »Du kannst trotzdem nicht sicher sein.«

Wenn Sie Ihr Haar ändern . . . dann verändert sich auch Ihr Gesicht.

»Ich wiederhole, sie haben einen dunkelhaarigen Mann in Erinnerung. Ich werde mir die Haare färben lassen, ganz einfach. Morgen werde ich zu einem Friseur gehen.«

Sie studierte sein Gesicht. »Ich versuche mir vorzustellen, wie du mit blonden Haaren aussehen wirst.«

»Anders. Nicht viel, aber es wird reichen.«

»Vielleicht hast du recht.« Sie küßte ihn auf die Wange. »Jetzt sag mir, was geschehen ist. Was hast du von diesem . . . Vorfall vor sechs Monaten erfahren?«

»Es war nicht vor sechs Monaten, und deshalb kann ich ihn nicht getötet haben.« Er erzählte ihr alles, abgesehen von den kurzen paar Augenblicken, in denen er geglaubt hätte, es wäre besser, sie nie wiederzusehen.

»Wenn du dich nicht so deutlich an das Datum hättest erinnern können, wärst du nicht zu mir gekommen, nicht wahr?«

Er schüttelte den Kopf. »Wahrscheinlich nicht.«

»Ich wußte es. Ich habe es gefühlt. Eine Minute lang, während ich vom Café zum Museum ging, konnte ich kaum atmen. Es war so, als erstickte ich.«

Sie saß auf dem Bett, er in dem Sessel daneben. Er griff nach ihrer Hand. »Ich bin immer noch nicht sicher, ob es richtig ist, daß wir wieder zusammen sind. Ich habe jenen Mann gekannt, ich habe sein Gesicht gesehen. Zwei Tage bevor er erschossen wurde, war ich in Marseille!«

»Aber du hast ihn nicht umgebracht.«

»Warum war ich dann dort? Warum glauben Leute, daß ich ihn getötet habe? Herrgott, das ist verrückt!« Er sprang auf, und in seinen Augen stand wieder der Schmerz. »Aber jetzt habe ich etwas vergessen: Ich bin ja nicht normal, oder? Ich habe Jahre, ein Leben vergessen.«

Marie sprach ganz sachlich, ohne Mitgefühl in der Stimme. »Die Antworten werden schon kommen. Du mußt Geduld haben. Schließlich wirst du sie dir selbst geben können.«

»Das ist vielleicht gar nicht möglich. Washburn sagte, es sei, wie wenn man Bausteine neu anordnet.« Jason ging ans Fenster und blickte auf die Lichter von Montparnasse hinunter. »Die Bilder sind nicht dieselben; sie werden es nie wieder sein. Irgendwo dort draußen sind Leute, die ich kenne, die mich kennen. Ein paar tausend Meilen entfernt sind andere Leute, die mir wichtig sind . . . o Gott, vielleicht eine Frau und Kinder; ich weiß es nicht. Ich drehe mich im Wind, werde hin und her geschleudert und kann nicht auf den Boden gelangen. Jedesmal, wenn ich es versuche, werde ich wieder in die Höhe gerissen.«

»In den Himmel?« fragte Marie.

»Ja.«

»Du bist aus einem Flugzeug gesprungen«, sagte sie, und es klang wie eine Feststellung.

Borowski drehte sich um. »Das habe ich dir nie gesagt.«

»Du hast neulich im Schlaf gesprochen. Du hast geschwitzt, dein Gesicht war gerötet.«

»Warum hast du nichts gesagt?«

»Ich habe dich gefragt, ob du ein Pilot wärst oder ob das Fliegen dich stört, besonders nachts.«

»Ich wußte nicht, wovon du geredet hattest. Warum hast du nicht weiter gefragt?«

»Davor hatte ich Angst. Du warst dicht vor einem hysterischen Anfall. Ich kann dir dabei helfen, daß du dich an weitere Einzelheiten erinnerst, aber mit deinem Unterbewußtsein setze ich mich besser nicht auseinander. Ich glaube, nur ein Arzt sollte dies versuchen.«

»Ein Arzt? Ich war fast sechs Monate mit einem zusammen.«

»Nach dem, was du über ihn erzählt hast, glaube ich, daß wir noch eine andere Ansicht brauchen.«

»Ich nicht!« erwiderte er, von seinem eigenen Ärger verwirrt.

»Warum nicht?« Marie erhob sich vom Bett. »Du brauchst Hilfe, mein Liebster. Ein Psychiater könnte . . .«

»Nein!« Er schrie es hinaus, ohne es zu wollen, wütend auf sich selbst. »Das tu ich nicht. Das kann ich nicht.«

»Bitte sag mir, warum«, fuhr sie ruhig fort. Sie stand jetzt direkt vor ihm.

»Ich . . . ich . . . kann das nicht.«

»Sag mir nur, warum, sonst nichts.«

Borowski starrte sie an, dann drehte er sich um und blickte wieder zum Fenster hinaus.

»Weil ich Angst habe. Jemand hat gelogen, und ich war dafür dankbarer, als ich dir sagen kann. Aber nimm einmal an, sonst seien da keine Lügen mehr, der Rest sei wahr. Was tue ich dann?«

»Willst du damit ausdrücken, daß du die Wahrheit gar nicht erfahren willst?«

»Nicht so.« Er hatte die Augen immer noch auf die Lichter in der Tiefe gerichtet. »Versuche, mich zu verstehen«, sagte er. »Ich muß bestimmte Dinge wissen, um eine Entscheidung treffen zu können . . . aber vielleicht nicht alles. Ich muß zu mir selbst sagen können, daß das, was einmal war, nicht länger ist, und die Möglichkeit besteht, daß es *niemals* war, weil ich keine Erinnerung daran besitze. Woran ein Mensch sich nicht erinnern kann, das existiert auch nicht für ihn.« Er wandte sich ihr wieder zu. »Was ich dir klarzumachen versuche, ist, daß es so vielleicht besser ist.«

»Du willst Hinweise, aber keinen Beweis; ist das richtig?«

»Ich suche Pfeile, die in die eine oder die andere Richtung weisen und mir sagen, ob ich fliehen soll oder nicht.«

»*Dir* sagen. Was ist mit *uns?*«

»Das wird schon mit den Pfeilen kommen. Das weißt du doch.«

»Dann laß sie uns finden«, erwiderte sie.

»Sei vorsichtig. Vielleicht kannst du mit dem, was dort draußen uns erwartet, nicht leben. Ich meine das ernst.«

»Ich kann mit dir leben. Das meine ich ebenso ernst.« Sie berührte sein Gesicht. »Komm jetzt, in Ontario ist es noch nicht einmal fünf Uhr nachmittags. Ich werde Peter noch in seinem Büro erreichen. Er soll gleich mit der Treadstone-Suche beginnen . . . und uns den Namen von jemandem in der Botschaft geben, der uns helfen wird.«

»Wirst du Peter sagen, daß du in Paris bist?«

»Er wird es ohnehin von der Vermittlung erfahren. Aber keine Sorge, ich werde alles ganz unauffällig machen. Ich bin auf ein paar Tage nach Paris gekommen, weil meine Verwandten in Lyon einfach zu langweilig sind. Das wird er akzeptieren.«

»Meinst du, er kennt jemanden hier in der Botschaft?«

»Peter sorgt dafür, daß er überall seine Beziehungen hat. Das ist eine seiner nützlicheren, aber weniger attraktiven Eigenschaften.«

»Wir werden ja sehen.« Borowski holte ihre Mäntel. »Ich glaube, nach deinem Anruf können wir beide ein warmes Essen und einen Schluck zu trinken gebrauchen.«

»Laß uns vorher an der Bank in der Rue Madeleine vorbeigehen. Ich möchte sehen, ob dort gleich in der Nähe eine Telefonzelle ist.«

Sie fanden eine. Sie befand sich auf der anderen Straßenseite, schräg gegenüber vom Eingang der Bank.

Der hochgewachsene, blonde Mann mit der Schildpattbrille, der in der Nachmittagssonne auf der Rue Madeleine stand, blickte auf seine Armbanduhr. Auf den Bürgersteigen herrschte dichtes Gedränge, der Autoverkehr war chaotisch, wie immer in Paris zu dieser Tageszeit. Er trat in die Telefonzelle und löste den Knoten in der Schnur, an der der Hörer frei heruntergehangen hatte. Das war ein freundliches Signal für den nächsten Benutzer, daß der Apparat außer Betrieb sei; das verringerte die Chance, daß die Zelle besetzt sein würde. Die kleine List hatte funktioniert.

Er schaute wieder auf die Uhr; die Zeit lief. Marie war in der Bank. Sie würde ihn in den nächsten paar Minuten in der Zelle anrufen. Er holte ein paar Münzen aus der Tasche, legte sie vor sich auf das Telefonbuch und blickte zur Bank auf der anderen Straßenseite hinüber. Eine Wolke dämpfte das Sonnenlicht, und er konnte sein Spiegelbild in der Glaswand sehen. Der Anblick befriedigte ihn, und er erinnerte sich an die verdutzte Reaktion eines Friseurs in Montparnasse, der ihn in eine von einem Vorhang abgeschirmte Nische komplimentiert hatte, um dort Jasons Haar zu blondieren. Die Wolke zog vorbei, die Sonne schien wieder, als das Telefon klingelte.

»Bist du's?« fragte Marie St. Jacques.

»Ja, ich bin's«, sagte Borowski.

»Paß auf, daß du den Namen und die genaue Adresse des Büros bekommst. Und rede mit starkem Akzent. Du mußt ein paar Worte falsch aussprechen, damit er merkt, daß du Amerikaner bist. Sag ihm, daß du die Telefone in Paris nicht gewöhnt bist. Und dann mußt du alles in der richtigen Reihenfolge tun, wie ich dir gesagt habe. Ich rufe dich in genau fünf Minuten wieder an.«

»Zeit läuft.«

»Zeit läuft . . . Viel Glück.«

»Danke.« Jason drückte den Hebel herunter und wählte die Nummer, die er sich gemerkt hatte.

»La Banque de Valois. *Bonjour.*«

»Ich habe kürzlich eine beträchtliche Geldsumme aus der Schweiz per Kurier an Ihre Bank überwiesen«, begann Borowski. »Nun möchte ich wissen, ob der der Betrag eingegangen ist.«

»Ich verbinde Sie mit unserer Außenhandelsabteilung, Monsieur. Einen Augenblick.«

Ein Klicken, dann eine andere Frauenstimme. »Außenhandel.«

Jason wiederholte sein Anliegen.

»Darf ich Sie um Ihren Namen bitten?«

»Ich würde gerne mit einem Mitglied Ihrer Geschäftsleitung sprechen, ehe ich meinen Namen nenne.«

Ein paar Augenblicke war es still. »Wie Sie wünschen, Monsieur. Ich verbinde Sie mit dem Büro von Direktor d'Amacourt.« Die Sekretärin des Direktors war weniger entgegenkommend. »Ich beziehe mich auf eine Überweisung aus Zürich von der Gemeinschaftsbank. Es geht um eine siebenstellige Summe. Monsieur d'Amacourt, wenn ich bitten darf, ich habe sehr wenig Zeit.«

Sein forsches Auftreten hatte Erfolg. Ein etwas verwirrter Direktor kam ans Telefon. »Kann ich Ihnen behilflich sein?«

»Sind Sie d'Amacourt?« fragte Jason.

»Ich bin Antoine d'Amacourt. Darf ich fragen, mit wem ich spreche?«

»Gut! Man hätte mir in Zürich Ihren Namen geben sollen. Das nächste Mal werde ich dafür sorgen, daß das geschieht«, sagte er mit betont amerikanischem Akzent.

»Wie bitte? Wäre es Ihnen angenehmer, wenn wir englisch sprechen, Monsieur?«

»Ja«, erwiderte Jason und fuhr dann in Englisch fort: »Ich habe mit diesem verdammten Telefon schon genügend Schwierigkeiten.« Er schaute auf die Uhr; er hatte weniger als zwei Minuten zur Verfügung. »Mein Name ist Borowski, Jason Borowski. Vor acht Tagen habe ich viereinhalb Millionen Franc von der Gemeinschaftsbank in Zürich überwiesen. Man hat mir versichert, daß die Transaktion vertraulich abgewickelt würde.«

»Alle Transaktionen sind vertraulich, Sir.«

»Schön. Was ich wissen möchte, ist, ob alles glattgegangen ist.«

»Ich sollte Ihnen vielleicht erklären«, fuhr der Bankdirektor fort, »daß diese vertrauliche Behandlung auch die Bestätigung solcher Transaktionen gegenüber unbekannten Anrufern umfaßt.«

Mit diesem Augenblick hatte Jason gerechnet.

»Das hoffe ich. Aber wie ich schon Ihrer Sekretärin sagte, habe ich es wirklich sehr eilig. In ein paar Stunden verlasse ich Paris. Es ist sehr dringend.«

»Dann empfehle ich, daß Sie zur Bank kommen.«

»Das hatte ich ohnehin vor«, sagte Borowski, den es befriedigte, daß das Gespräch genau die Richtung nahm, die Marie vorhergesehen hatte. »Ich wollte nur, daß alles bereit ist, wenn ich komme. Wo ist Ihr Büro?«

»Im Flur im Erdgeschoß, Monsieur. Ganz hinten, hinter der Flügeltür. Eine Empfangssekretärin sitzt dort.«

»Und ich werde nur mit Ihnen zu tun haben?«

»Wenn Sie es wünschen, obwohl jeder andere leitende . . .«

»Hören Sie, Mister«, rief der Amerikaner aus, »wir reden hier von über vier Millionen Franc!«

»Also, nur mit mir, Monsieur Borowski.«

»Fein.« Jason legte die Finger auf die Gabel. Er hatte noch fünfzehn Sekunden Zeit. »Hören Sie, es ist jetzt vierzehn Uhr und fünfunddreißig Minuten . . . Hallo? Hallo?«

»Ich bin hier, Monsieur.«

»Verdammtes Telefon! Hören Sie mich? Hallo? Hallo?«

»Monsieur, bitte, wenn Sie mir Ihre Telefonnummer geben würden . . .«

»Ich kann Sie nicht verstehen!« *Vier Sekunden, drei Sekunden, zwei Sekunden.* »Warten Sie eine Minute, ich rufe Sie zurück.« Er drückte die Gabel herunter, so daß die Verbindung unterbrochen wurde. Drei weitere Sekunden verstrichen, dann klingelte das Telefon. Er nahm den Hörer ab. »Er heißt d'Amacourt, sein Büro ist im Erdgeschoß hinter der Flügeltüre.«

»Verstanden«, sagte Marie und legte auf.

Borowski wählte erneut die Nummer der Bank.

»Ich sprach mit Monsieur d'Amacourt, als ich unterbrochen wurde.«

»Pardon, Monsieur.«

»Monsieur Borowski?«

»D'Amacourt?«

»Ja. Es tut mir schrecklich leid, daß Sie solche Schwierigkeiten mit dem Telefon haben.«

»Jetzt funktioniert es ja wieder. Es ist kurz nach halb drei. Ich bin bis drei Uhr bei Ihnen.«

»Ich freue mich darauf, dann Ihre Bekanntschaft zu machen, Monsieur.«

Jason verknotete die Telefonschnur wieder und ließ den Hörer frei herunterhängen, bevor er die Zelle verließ und schnell in den Schatten einer Markise vor einem Geschäft trat. Er drehte sich um und wartete, die Augen auf die Bank auf der anderen Straßenseite gerichtet. Eine andere Bank in der Züricher Bahnhofstraße fiel ihm ein, und er erinnerte sich an den Klang von Sirenen. Die nächsten zwanzig Minuten würden ihm sagen, ob Marie recht hatte oder nicht. Wenn ihre Vermutung richtig war, würde es in der Rue Madeleine keine Sirenen geben.

Die schlanke Frau mit dem breitkrempigen Hut, der die eine Gesichtshälfte teilweise verdeckte, legte den Hörer des öffentlichen Telefons an der rechten Seite des Bankeingangs auf die Gabel. Sie öffnete ihre Handtasche, entnahm ihr eine Puderdose, klappte sie auf und überprüfte scheinbar ihr Make-up, drehte den kleinen Spiegel zuerst nach links, dann nach rechts. Zufrieden klappte sie die Dose wieder zu, schob sie in die Handtasche und ging an den Kassenschaltern vorbei zum hinteren Ende des Erdgeschosses. An einem Tresen in der Mitte blieb sie stehen, nahm einen Kugelschreiber, der an einer Kette hing, und begann, ziellos Zahlen auf einem Überweisungsformular zu schreiben. Weniger als vier Meter von ihr entfernt war eine kleine Tür in einer niedrigen hölzernen Balustrade eingelassen, welche quer durch die ganze Schalterhalle lief. Dahinter standen die Schreibtische der Sekretärinnen. Die rückwärtige Wand hatte fünf Türen. Marie las den Namen, der in goldenen Lettern auf der mittleren Tür stand.

M.A.R. D'AMACOURT
DIRECTEUR
COMPTES À L'ÉTRANGER ET DE DEVISES

Jetzt mußte sie in Erfahrung bringen, wie Monsieur A. R. d'Amacourt aussah; er würde der Mann sein, den Jason erreichen und mit dem er reden konnte, aber nicht in der Bank.

Plötzlich rannte eine Sekretärin mit ihrem Stenoblock in d'Amacourts Büro, kam dreißig Sekunden später wieder zum Vorschein und griff sofort zum Telefon. Sie wählte drei Zahlen — ein internes Gespräch — und wiederholte leise das, was sie sich notiert hatte.

Zwei Minuten vergingen; die Türe von d'Amacourts Büro öffnete sich, und der Direktor persönlich trat heraus. Er war ein Mann in mittleren Jahren. Sein lichter werdendes schwarzes Haar hatte er so gekämmt, daß die kahlen Stellen verdeckt wurden; seine Augen waren von dicken Tränensäcken umgeben und ließen erkennen, daß er viele Stunden in der Gesellschaft guten Weines verbracht hatte. Aber dieselben Augen waren auch kalt und unruhig. Sie gehörten einem Mann, der seine Umgebung voller Mißtrauen beobachtet. In bellendem Ton stellte er seiner Sekretärin eine Frage; die drehte sich im Stuhl herum und gab sich redlich Mühe, ihre Fassung zu bewahren.

D'Amacourt ging in sein Büro zurück, ohne die Tür zu schließen.

Eine weitere Minute verstrich; nervös blickte die Sekretärin immer wieder nach rechts, wartete offensichtlich ungeduldig auf etwas.

Da leuchtete an der linken Wand ein grünes Licht über zwei Holzpaneelen auf; ein Lift war in Betrieb. Sekunden später öffnete sich die Tür, und ein älterer, elegant gekleideter Mann kam heraus, der ein schwarzes Etui trug, das nicht viel größer als seine Hand war. Marie starrte es an und empfand gleichzeitig Befriedigung und Furcht; sie hatte richtig vermutet. Das schwarze Etui war aus einer Registratur in einem bewachten Raum geholt worden.

Die Sekretärin erhob sich aus ihrem Stuhl, begrüßte den würdigen Herrn und führte ihn in d'Amacourts Büro. Gleich darauf kam sie wieder heraus und schloß die Tür hinter sich.

Marie sah auf die Uhr, die Augen auf dem Sekundenzeiger. Sie wollte noch ein einziges Beweisstück haben. Dazu mußte es ihr gelingen, durch die niedrige Tür in der Balustrade zu gelangen und einen Blick auf den Schreibtisch der Sekretärin zu werfen.

Sie ging an der Empfangssekretärin vorbei, die gerade telefonierte, lächelte ihr zu und sagte nur »d'Amacourt«. Entschlossen beugte sie sich vor, öffnete die Tür und trat schnell ein.

»*Pardon, Madame* . . .« Die Empfangssekretärin hielt die Hand über die Sprechmuschel und redete schnell auf französisch auf die Kundin ein. »Kann ich Ihnen behilflich sein?«

»Ich möchte zu Monsieur d'Amacourt. Ich habe mich leider verspätet. Ich gehe gleich zu seiner Sekretärin«, erwiderte sie und lief weiter.

»Bitte, Madame«, rief die Empfangsdame, »ich muß Sie melden . . .«

Das Summen der elektrischen Schreibmaschinen und die gedämpften Gespräche übertönten ihre Worte. Marie trat auf die Sekretärin des Direktors zu, die ebenso verwirrt wie die Empfangsdame aufblickte.

»Ja? Kann ich Ihnen behilflich sein?«

»Monsieur d'Amarcourt, bitte.«

»Er hat leider gerade eine Besprechung, Madame. Sind Sie mit ihm verabredet?«

»Natürlich«, sagte Marie und klappte ihre Handtasche auf.

Die Sekretärin blickte auf den Terminkalender, der vor ihr auf dem Schreibtisch lag. »Für diese Uhrzeit habe ich niemanden eingetragen. Das muß ein Irrtum sein.«

»Oh, richtig!« rief die verwirrte Kundin der Valois-Bank aus. »Ich habe mich im Tag geirrt. Erst morgen ist ja die Verabredung. Es tut mir schrecklich leid!«

Sie machte kehrt und ging schnell wieder zurück in den Korridor.

Sie hatte gesehen, was sie sehen wollte. Auf d'Amacourts Telefon leuchtete ein einziger Knopf; ohne sich von seiner Sekretärin verbinden zu lassen, hatte er direkt eine auswärtige Nummer angewählt. Das Konto, das Jason Borowski gehörte, war mit ganz speziellen, vertraulichen Instruktionen versehen, die dem Kontoinhaber nicht mitgeteilt werden durften.

Im Schatten der Markise sah Borowski auf die Uhr; es war zehn vor drei. Marie würde jetzt wieder vor dem Münzapparat im Foyer der Bank warten. Die nächsten paar Minuten würden ihnen die Antwort liefern; vielleicht kannte sie sie bereits.

Von seinem Platz aus hatte er den Eingang der Bank im Blick. Er holte ein Päckchen Zigaretten heraus, zündete sich eine an und schaute erneut auf die Uhr: Acht Minuten vor drei.

Und dann sah er sie, die drei gutgekleideten Männer, die schnell die Rue Madeleine heraufkamen und dabei miteinander sprachen, die Augen aber geradewegs nach vorn gerichtet. Sie überholten die langsameren Fußgänger vor ihnen, entschuldigten sich mit einer Höflichkeit, die eigentlich nicht nach Paris paßte. Jason konzentrierte sich auf den Mann in der Mitte. Das war *er.* Ein Mann namens Johann.

Sagen Sie Johann, daß er hineingehen soll. Wir kommen dann zurück. Ein hochgewachsener, hagerer Mann mit einer goldgeränderten Brille hatte diese Worte in der Brauerstraße gesprochen. *Johann* — sie hatten ihn aus Zürich hierher geschickt; er hatte Jason Borowski gesehen und könnte ihn wiedererkennen. Daraus schloß er, daß es keine Fotografien von ihm gab.

Die drei Männer erreichten den Eingang der Bank. Johann und der Mann zu seiner Rechten gingen hinein; der dritte Mann blieb draußen stehen. Borowski eilte zu der Telefonzelle zurück; er würde vier Minuten warten und dann Antoine d'Amacourt ein letztes Mal anrufen.

»La Banque de Valois. Bonjour.«

Zehn Sekunden später war d' Amacourt am Apparat. Seine Stimme klang gequält. »Sind Sie es, Monsieur Borowski? Ich dachte, Sie hätten gesagt, Sie wären zu meinem Büro unterwegs.«

»Ich habe meine Pläne geändert, tut mir leid. Ich muß Sie morgen anrufen.« Jason beobachtete durch die Glastür, wie ein Wagen vor der Bank hielt. Der dritte Mann, der sich neben dem Eingang postiert hatte, nickte dem Fahrer zu.

». . . ich tun kann?« D'Amacourt hatte eine Frage gestellt.

»Wie bitte?«

»Ich habe gefragt, ob ich Ihnen irgendwie behilflich sein kann?« Ich habe Ihr Konto; alles ist hier für Sie bereit.«

Sicher ist es das, dachte Borowski.

»Hören Sie, ich muß heute nachmittag nach London fliegen, morgen bin ich wieder zurück. Dann werde ich Sie sofort aufsuchen.«

»Nach London, Monsieur?«

»Ich rufe Sie morgen an. Ich muß rasch ein Taxi nach Orly finden.«

Er legte auf und beobachtete den Eingang der Bank. Weniger als eine Minute später kamen Johann und sein Begleiter herausgerannt; sie sprachen mit dem dritten Mann, dann stiegen alle drei in die wartende Limousine. Ihr Ziel war klar: Flughafen Orly. Jason merkte sich die Nummer auf dem Zulassungsschild und wählte dann sein nächstes Gespräch. Wenn der Telefonautomat in der Bank nicht benutzt wurde, würde Marie sofort beim ersten Klingeln abnehmen.

Das tat sie auch.

»Ja?«

»Hast du etwas gesehen?«

»Eine ganze Menge. D'Amacourt ist dein Mann.«

12.

Sie gingen im Laden herum, von einem Tresen zum anderen. Marie blieb in der Nähe des breiten Schaufensters und behielt den Eingang der Bank auf der anderen Seite der Rue Madeleine im Auge.

»Ich habe zwei Halstücher für dich ausgesucht«, sagte Borowski.

»Das solltest du nicht. Die Preise sind viel zu hoch.«

»Es ist fast vier Uhr. Wenn er bis jetzt noch nicht herausgekommen ist, dann verläßt er die Bank bestimmt nicht vor Büroschluß.«

»Wahrscheinlich nicht. Wenn er vorzeitig hätte weggehen wollen, um sich mit irgend jemandem zu treffen, hätte er das inzwischen getan.«

»Du kannst es mir glauben, seine Freunde sind jetzt in Orly und rennen von einer London-Maschine zur anderen. Sie können unmöglich feststellen, mit welcher ich fliege, weil sie nicht wissen, welchen Namen ich verwende.«

»Sie werden sich darauf verlassen, daß der Mann aus Zürich dich erkennt.«

»Aber der sucht nach einem dunkelhaarigen, hinkenden Mann.«

Marie packte Jason am Arm und sah zu der Bank hinüber. »Da ist er! Der in dem Mantel mit dem Samtkragen ist d'Amacourt.«

»Der gerade an seinen Ärmeln zieht?«

»Ja.«

»Ich habe ihn. Wir sehen uns später im Hotel.«

»Sei vorsichtig! Sehr vorsichtig!«

Jason verließ den Laden und eilte dem Bankdirektor hinterher. D'Amacourt war in eine Seitenstraße gebogen und schlenderte gemächlich dahin; das war kein Mann, der es eilig hatte, sich mit jemandem zu treffen. Er wirkte eher wie ein promenierender Pfau.

Als er ein Café mit dunklen Fenstern passierte, dessen schwere hölzerne Eingangstür mit massiven Messingbeschlägen geziert war, lief Borowski auf gleicher Höhe mit ihm und sprach ihn auf französisch an, wobei er seinen amerikanischen Akzent besonders betonte.

»Bonjour, Monsieur. Sie heißen d'Amacourt, nicht wahr?«

Der Bankier blieb stehen. Seine kalten Augen bekamen einen verschreckten Ausdruck. Der Pfau schrumpfte noch weiter in seinen maßgeschneiderten Mantel. »Borowski?« flüsterte er.

»Ihre Freunde sind jetzt bestimmt sehr verwirrt. Ich stelle mir vor, wie sie am Flughafen vergeblich nach mir Ausschau halten und sich fragen, ob Sie ihnen vielleicht eine falsche Information gegeben haben — womöglich absichtlich.«

»Was?« Seine verängstigten Augen traten aus ihren Höhlen.

»Ich glaube, wir sollten miteinander reden«, sagte Jason und hielt d'Amacourt am Arm fest.

»Ich weiß absolut nichts! Ich habe nur die Vorschriften befolgt, die mit dem Konto verbunden waren.«

»Wohl doch nicht. Als ich das erstemal mit Ihnen sprach, erklärten Sie mir, über ein Konto dieser Art dürften Sie telefonisch keine Auskunft geben. Aber zwanzig Minuten später sagten Sie, alles läge für mich bereit. Also kommen Sie, gehen wir in das Café hier.«

Sie setzten sich in eine Nische, abgeschirmt von den Blicken der übrigen Gäste.

»Trinken Sie einen Schluck«, sagte Jason. »Sie werden es brauchen können.«

»Sie werden anmaßend«, erwiderte der Bankier kühl. »Ich nehme einen Whisky.«

»Ich auch.«

Als der Kellner mit den Getränken kam, nutzte d'Amacourt die kurze Pause, um ein Päckchen Zigaretten unter seinem eng anliegenden Mantel hervorzuholen. Borowski riß ein Streichholz an und hielt es dem Bankier dicht vor das Gesicht.

»*Merci.*« D'Amacourt inhalierte, legte die Zigarette weg und kippte den Whisky zur Hälfte hinunter. »Ich bin nicht der Mann, mit dem Sie sprechen sollten«, sagte er.

»Und wer wäre das Ihrer Ansicht nach?«

»Einer der Eigentümer der Bank vielleicht. Ich weiß es nicht. Aber ganz sicher nicht ich.«

»Erklären Sie das.«

»Es sind Arrangements getroffen worden. Eine Privatbank ist viel flexibler als ein öffentliches Institut mit Aktionären.«

»Wieso?«

»Weil sie größeren Spielraum hat, wenn es um die Wünsche gewisser Klienten geht. Außerdem wird eine Privatbank weniger kontrolliert als eine Gesellschaft, die an der Börse notiert ist. Die Gemeinschaftsbank in Zürich ist auch ein Privatinstitut.«

»Die Forderungen wurden von der Gemeinschaftsbank gestellt?«

»Forderungen . . . Bitten . . . ja.«

»Wer sind die Eigentümer der Valois?«

»Wer? Ein Konsortium. Zehn oder zwölf Männer und ihre Familien.«

»Dann sind Sie ja doch der Richtige, oder nicht? Ich meine, es wäre ein wenig albern, wenn ich in ganz Paris herumlaufen würde, um sie ausfindig zu machen.«

»Ich bin nur ein Angestellter.« D'Amacourt leerte sein Glas, drückte die halb verrauchte Zigarette aus und zog mit leicht zitternden Fingern die nächste aus der Schachtel.

»Und welcher Art sind diese Arrangements, die Sie vorhin angedeutet haben?«

»Ich könnte meine Stellung verlieren, Monsieur!«

»Sie könnten Ihr Leben verlieren«, erwiderte Jason, den es beunruhigte, daß ihm diese Worte so leicht über die Lippen kamen.

»Ich bin nicht so einflußreich, wie Sie denken.«

»Und nicht so unwissend, wie Sie mir einreden wollen«, fügte Borowski hinzu, dessen Augen den Bankier auf der anderen Tischseite nicht losließen. »Typen wie Sie gibt es überall, d'Amacourt. Man merkt das an Ihren Kleidern, an der Art und Weise, wie Sie Ihr Haar tragen, selbst an Ihrem Gang. Sie stolzieren wie ein Pfau. Ein Mann wie Sie wird nicht Direktor der Valois-Bank, ohne Fragen zu stellen; Sie haben sich ganz bestimmt abgesichert. Sie lassen sich nur auf illegale Machenschaften ein, wenn Sie überzeugt sind, daß Sie Ihre eigene Haut retten können. Jetzt sagen Sie mir, was das für Arrangements waren. Ihre Person interessiert mich nicht weiter, drücke ich mich klar genug aus?«

D'Amacourt riß ein Streichholz an und hielt es an seine Zigarette, während er Jason anstarrte. »Sie brauchen mir nicht zu drohen, Monsieur. Sie sind ein sehr reicher Mann. Weshalb zahlen Sie mich nicht?« Der Bankier lächelte nervös. »Sie haben übrigens ganz recht. Ich habe ein oder zwei Fragen gestellt. Paris ist nicht Zürich. Ein Mann in meiner Position muß sich in der Tat absichern.«

Borowski lehnte sich zurück und drehte sein Glas zwischen den Fingern. Das Klirren der Eiswürfel war d'Amacourt sichtlich unangenehm. »Nennen Sie einen vernünftigen Preis«, sagte er schließlich, »dann können wir darüber diskutieren.«

»Ich bin ein vernünftiger Mann. Wollen wir doch die Entscheidung vom Wert meiner Information für Sie abhängig machen. Den Preis sollten Sie bestimmen. Bankiers auf der ganzen Welt werden von dankbaren Klienten, die von ihnen gut beraten worden sind, für ihren Service entschädigt. Ich würde in Ihnen gerne einen Klienten sehen.«

»Sicher würden Sie das«, lächelte Borowski und schüttelte den Kopf über den Nerv des Mannes. »Ihnen ist es offensichtlich angenehmer, von einem Trinkgeld für persönliche Dienste zu reden als von Bestechung.«

D'Amacourt zuckte die Achseln. »Ich bin mit der Definition einverstanden und würde, wenn man mich je fragen sollte, Ihre Worte wiederholen.«

»Um welche Arrangements handelt es sich nun?«

»Die Überweisung aus Zürich begleitete *une fiche confidentielle . . .*«

»*Une fiche?*« unterbrach Jason und erinnerte sich an den Augenblick in Apfels Büro in der Gemeinschaftsbank, als Koenig hereingekommen war und diese Worte ausgesprochen hatte. »Das habe ich schon einmal gehört. Was ist das?«

»Eigentlich ein altmodischer Ausdruck. Er stammt aus der Mitte des neunzehnten Jahrhunderts, als die großen Bankhäuser — in erster Linie die Rothschilds — die internationalen Geldströme überwachten.«

»Und worum handelt es sich genau?«

»Um versiegelte Instruktionen, die geöffnet und befolgt werden müssen, wenn das fragliche Konto abgerufen wird.«

»Abgerufen?«

»Wenn die Gelder abgehoben werden oder eingehen.«

»Angenommen, ich wäre einfach an einen Schalter gegangen, hätte dort ein Sparbuch vorgelegt und Geld verlangt?«

»Dann wären auf einem Bildschirm zwei Sternchen erschienen, und man hätte Sie zu mir gesandt.«

»Ihre Telefonvermittlung hat mich gleich mit Ihrem Büro verbunden.«

»Das war Zufall. Die Außenhandelsabteilung hat noch zwei Direktoren. Hätte man Sie zu einem meiner Kollegen durchgestellt, hätte die *fiche* trotzdem vorgeschrieben, daß man Sie zu mir schickt. Ich bin der Leiter dieser Filiale.«

»Ich verstehe.« Dabei war Borowski keineswegs sicher, daß er die Zusammenhänge begriffen hatte. Es gab da eine Lücke im Ablauf. »Warten Sie einen Augenblick. Sie wußten doch überhaupt nichts von einem *fiche,* als Sie sich die Kontounterlagen in Ihr Zimmer bringen ließen.«

»Warum ich es trotzdem verlangt habe?« unterbrach ihn d'Amacourt, der die Frage vorhergesehen hatte. »Seien Sie doch vernünftig, Monsieur. Versetzen Sie sich in meine Lage. Ein Mann ruft an, nennt seinen Namen und sagt dann, er ›spräche von über vier Millionen Franc.‹ Vier Millionen! Wären Sie da nicht auch äußerst hilfsbereit und geneigt, die eine oder andere Vorschrift außer acht zu lassen?«

Jason sah den eleganten Bankier an und begriff, daß er ganz und gar nichts Ungewöhnliches gesagt hatte.

»Wie lauteten die Instruktionen?«

»Zunächst sollte eine Telefonnummer angerufen werden — eine nicht registrierte natürlich — und alle Informationen an sie weitergegeben werden.«

»Erinnern Sie sich an die Nummer?«

»Ich mache es mir zur Gewohnheit, mir solche Dinge zu merken.«

»Das kann ich mir vorstellen. Und wie lautet die Nummer?«

»Ich muß mich schützen, Monsieur. Wie hätten Sie sie sonst bekommen können? Ich stelle diese Frage . . . wie sagt man? . . . rhetorisch.«

»Was bedeutet, daß Sie die Antwort bereits kennen. Wie habe ich die Nummer also erfahren?«

»In Zürich. Sie haben einen sehr hohen Preis dafür bezahlt, daß jemand nicht nur die äußerst strengen Vorschriften des Schweizer Bankgewerbes, sondern auch die Gesetze des Landes brach.«

»Jetzt habe ich den Mann«, sagte Borowski, vor dessen geistigen Augen plötzlich das Gesicht Koenigs auftauchte. »Er hat das Verbrechen bereits begangen.«

»In der Gemeinschaftsbank? Machen Sie Witze?«

»Keineswegs. Sein Name ist Koenig. Sein Schreibtisch steht im ersten Stock.«

»Das werde ich mir merken.«

»Sicher werden Sie das. Die Nummer?« D'Amacourt gab sie ihm. Jason schrieb sie auf eine Papierserviette. »Woher weiß ich, daß diese Nummer richtig ist?«

»Sie können einigermaßen sicher sein; ich bin noch nicht bezahlt worden.«

»Das genügt.«

D'Amacourt beugte sich vor. »Eine Fotokopie des Original-*fiche* traf mit dem Kontenkurier ein. Sie war in ein schwarzes Etui eingeschlossen und wurde vom Leiter der Registratur in Empfang genommen und quittiert. Die Karte in dem Etui war von einem Partner der Gemeinschaftsbank unterschrieben und von einem Schweizer Notar gegengezeichnet; die Instruktionen waren unmißverständlich: In allen Angelegenheiten, die das Konto von Jason C. Borowski betrafen, sollte sofort ein Telefonanruf in die Vereinigten Staaten erfolgen. Die Nummer in New York war unkenntlich gemacht worden, und statt dessen hatte man einen Anschluß in Paris eingetragen und abgezeichnet.«

»Woher wußten Sie, daß es eine New Yorker Nummer war?« fragte Borowski erstaunt.

»Die Vorwahlnummer war in Klammern vermerkt, sie war nicht ausgestrichen worden. Sie lautete 212. Als geschäftsführender Direktor der Auslandsabteilung führe ich fast täglich Gespräche mit New York.«

»Die Korrektur war also ziemlich oberflächlich.«

»Richtig. Vielleicht ist sie in Eile erfolgt, oder man hat sie falsch ausgeführt. Andererseits gab es keine Möglichkeit, die Instruktionen ganz zu tilgen, ohne die Karte erneut notariell beglaubigen zu lassen. Die Vorwahlnummer stehenzulassen, bedeutete kein besonders großes Risiko, wenn man bedenkt, wie viele Anschlüsse es in New York gibt. Jedenfalls sah ich mich infolge der Änderung dazu veranlaßt, ein oder zwei Fragen zu stellen. Bankiers reagieren allergisch auf solche Art von Änderungen.« D'Amacourt trank die letzten Tropfen aus seinem Glas.

»Noch einen Whisky?« fragte Jason.

»Nein, vielen Dank. Das würde unser Gespräch nur verlängern.«

»Sie haben es selbst unterbrochen.«

»Ich denke nach, Monsieur. Vielleicht sollten Sie eine ungefähre Summe nennen, ehe ich fortfahre.«

Borowski studierte den Mann. »Es könnte eine fünfstellige sein«, sagte er.

»Na gut, ich werde fortfahren. Ich sprach mit einer Frau . . . «

»Einer Frau? Was haben Sie zu Anfang gesagt?«

»Die Wahrheit. Ich sei geschäftsführender Direktor der Valois und befolge Instruktionen der Gemeinschaftsbank in Zürich. Was hätte ich sonst sagen sollen?«

»Weiter.«

»Ich sagte, ich hätte mit einem Mann am Telefon geredet, der behauptete, Jason Borowski zu sein. Sie fragte mich, wann das gewesen wäre, worauf ich erwiderte, vor wenigen Minuten. Dann wollte sie den genauen Inhalt unseres Gesprächs wissen. An diesem Punkt erklärte ich ihr meine Bedenken gegen solche Auskunft.

Auf dem *fiche* stand ausdrücklich, daß New York, nicht Paris, angerufen werden sollte. Sie sagte natürlich, das sei nicht meine Angelegenheit, die Änderung sei durch Unterschrift autorisiert und ob ich etwa wolle, daß Zürich informiert werde, daß ein Mitglied der Geschäftsleitung der Valois-Bank sich weigere, den Instruktionen der Gemeinschaftsbank nachzukommen?«

»Augenblick«, unterbrach Jason. »Wer war sie?«

»Ich habe keine Ahnung.«

»Sie meinen, Sie redeten die ganze Zeit mir ihr, ohne zu wissen, wer sie war?«

»Das ist die Eigenart eines *fiche*. Wenn ein Name genannt wird, dann gut. Wenn nicht, stellt man keine Fragen.«

»Sie zögerten aber nicht, nach der Telefonnummer zu fragen.«

»Ein reines Manöver; ich wollte Informationen. Sie haben viereinhalb Millionen Franc überwiesen — einen sehr hohen Betrag — und waren daher ein wichtiger Klient mit vielleicht wichtigeren Verbindungen . . . Erst sträubt man sich, dann willigt man ein, sträubt sich wieder, um erneut einzuwilligen; auf diese Weise erfährt man etwas. Besonders dann, wenn der Gesprächspartner hörbar Angst hat. Und ich kann Ihnen versichern, daß sie verängstigt war.«

»Und was erfuhren Sie von der Frau?«

»Daß Sie ein gefährlicher Mann seien.«

»In welcher Hinsicht?«

»Das ließ sie offen. Aber allein die Tatsache, daß der Begriff benutzt wurde, genügte mir, um zu fragen, weshalb die Sûreté nicht eingeschaltet sei. Ihre Antwort war äußerst interessant: Sein Fall geht über die Sûreté und über Interpol hinaus, erklärte sie.

»Was hat Ihnen das gesagt?«

»Daß alles höchst kompliziert war, und zwar aus vielen Gründen, die man am besten nicht näher untersucht. Aber seit Beginn unseres Gespräches weiß ich noch etwas.«

»Was?«

»Daß Sie mich wirklich gut bezahlen sollten, denn ich muß äußerst vorsichtig sein. Diejenigen, die Sie suchen, haben vielleicht ebensowenig mit der Sûreté oder mit Interpol zu tun.«

»Darauf kommen wir noch. Sie sagten also dieser Frau, ich sei auf dem Wege zu Ihnen ins Büro?«

»Ja, ich sagte, Sie würden etwa in einer Viertelstunde da sein. Sie bat mich, ein paar Augenblicke am Telefon zu warten, sie würde gleich wieder zurück sein. Offensichtlich hat sie mit jemand anderem telefoniert. Dann gab sie mir die endgültigen Anweisungen durch. Sie sollten in meinem Büro festgehalten werden, bis ein Mann zu meiner Sekretärin käme, der sich nach einer Angelegenheit aus Zürich erkundigen würde. Wenn Sie dann mein Zimmer verließen, sollte ich Sie durch ein Kopfnicken oder eine Handbewegung identifizieren; ein Fehler müsse ausgeschlossen sein. Der Mann erschien natürlich, aber Sie tauchten nicht auf. Also wartete er mit einem Begleiter am Schalter. Als Sie schließlich anriefen und sagten, Sie wären nach Orly unterwegs, um ein Flugzeug nach London zu nehmen, verließ ich mein Büro, um den Mann zu finden. Meine Sekretärin zeigte ihn mir und ich erzählte ihm, was ich wußte. Der Rest ist Ihnen ja hinreichend bekannt.«

»Kam es Ihnen nicht eigenartig vor, daß ich identifiziert werden mußte?«

»Weniger eigenartig als maßlos übertrieben. Ein *fiche* ist eine Sache — Telefonanrufe, anonyme Informationen —, aber direkt involviert zu sein, sozusagen in aller Öffentlichkeit, ist etwas völlig anderes. Das sagte ich auch der Frau.«

»Und was hat sie geantwortet?«

D'Amacourt räusperte sich. »Sie machte mir klar, daß die Gruppe, die sie vertrat — deren Status tatsächlich durch *fiche* selbst bestätigt wurde — sich an meine Unterstützung erinnern würde. Sie sehen, ich halte nichts zurück . . . Anscheinend wissen die nicht, wie Sie aussehen.«

»Ein Mann war in der Bank, der mich in Zürich gesehen hat.«

»Dann haben seine Kollegen seiner Schilderung mißtraut.«

»Warum sagen Sie das?«

»Das ist nur eine Beobachtung, Monsieur; die Frau ließ sich nicht davon abbringen. Sie müssen verstehen, daß ich mich hartnäckig jeder direkten Beteiligung widersetzte; das ist *nicht* die Natur eines *fiche*. Sie sagte, es gäbe keine Fotografie von Ihnen. Eine offensichtliche Lüge natürlich.«

»Ist es das?«

»Natürlich. Alle Pässe tragen Fotos. Wo gibt es denn einen Grenzbeamten, den man nicht bestechen oder hinters Licht führen kann? So was läßt sich doch immer arrangieren. Nein, sie haben etwas sehr Wichtiges übersehen.«

»Ja, das haben sie wohl.«

»Und Sie«, fuhr d'Amacourt fort, »haben mir gerade etwas Wichtiges verraten. Sie müssen mich wirklich sehr gut bezahlen.«

»Was habe ich Ihnen gerade verraten?«

»Daß Sie in Ihrem Paß nicht unter dem Namen Jason Borowski eingetragen sind. Wer sind Sie, Monsieur?«

Jason antwortete nicht gleich, er drehte wieder sein Glas zwischen den Fingern. »Jemand, von dem Sie vielleicht eine Menge Geld bekommen werden«, sagte er.

»Das reicht völlig. Sie sind einfach ein Klient namens Borowski. Und ich muß vorsichtig sein.«

»Ich will diese Telefonnummer in New York haben. Können Sie mir die beschaffen? Das würde Ihnen eine beträchtliche Prämie eintragen.«

»Ich wünschte, ich könnte das, aber ich sehe keine Möglichkeit.«

»Man könnte sie unter einem Mikroskop auf der *Fiche*-Karte erkennen.«

»Als ich sagte, man hat die Nummer unkenntlich gemacht, Monsieur, meinte ich nicht, ausgestrichen. Sie war ausgeschnitten worden.«

»Dann hat sie jemand in Zürich.«

»Oder man hat das Stück Papier vernichtet.«

»Letzte Frage«, sagte Jason, der gehen wollte. »Die betrifft übrigens Sie. Das ist die einzige Möglichkeit, daß Sie bezahlt werden.«

»Ich lasse die Frage natürlich zu. Wie lautet sie?«

»Wenn ich in der Valois-Bank auftauchte, ohne Ihnen vorher mein Erscheinen anzukündigen, würde man dann von Ihnen erwarten, daß Sie auch telefonieren?«

»Ja. Man setzt sich nicht über einen *fiche* hinweg; es kommt von ganz oben. Man würde mich entlassen.«

»Wie bekommen *wir* dann *unser* Geld?«

D'Amacourt schürzte die Lippen. »Es gibt eine Möglichkeit. Abhebung *in absentia.* Würden Sie mir briefliche Instruktionen mit Ihrer notariell beglaubigten Unterschrift schicken, hätte ich nicht die Möglichkeit, die Auszahlung zu verhindern.«

»Man würde aber trotzdem erwarten, daß Sie telefonieren.«

»Das ist eine Frage des richtigen Zeitpunkts. Wenn mich ein Anwalt, mit dem die Valois häufig Geschäftsverbindungen hat, anrufen würde und verlangte, daß ich, sagen wir, eine Anzahl Barschecks auf eine Auslandseinzahlung ausstellen solle, deren Ausführung er mir bestätigt, würde ich das tun. Er würde erklären, daß er die ausgefüllten Anweisungsformulare an meine Bank schicken würde, und die Schecks wären natürlich als Überweisungsschecks kenntlich gemacht, um die Steuern zu umgehen. Ein Bote würde mit dem Brief zur Hauptgeschäftszeit erscheinen und meine Sekretärin, eine vertrauenswürdige, langjährige Angestellte — würde die Formulare zur Gegenzeichnung und den Brief zum Abzeichnen zu mir hereinbringen.«

»Ohne Zweifel mit mehreren anderen Papieren«, unterbrach ihn Borowski, »die Sie ebenfalls unterschreiben müssen.«

»Genau. Erst würde ich anrufen und wahrscheinlich dabei dem Boten zusehen, wie er mein Büro mit seiner Aktentasche verläßt.«

»Sie denken nicht zufällig an einen bestimmten Anwalt in Paris?«

»Mir ist tatsächlich gerade einer eingefallen.«

»Wieviel wird er kosten?«

»Zehntausend Franc.«

»Das ist teuer.«

»Ganz und gar nicht. Er war einmal Richter, eine honorige Persönlichkeit.«

»Und Sie? Wir wollen das doch genau festlegen.«

»Ich sagte ja, ich bin ein vernünftiger Mensch, und die Entscheidung liegt bei Ihnen. Da Sie eine fünfstellige Summe erwähnten, sollten wir, finde ich, dabei bleiben. Also fünfzigtausend Franc.«

»Das ist unerhört!«

»Das ist das, was Sie getan haben, bestimmt auch, Monsieur Borowski.«

»*Une fiche confidentielle*«, sagte Marie, die in dem Sessel am Fenster saß und auf die Dächer des Boulevard Montparnasse hinausblickte. »So sind die also vorgegangen. Ich weiß auch, woher die Bezeichnung kommt.« Jason füllte ein Glas aus der Weinflasche, die auf der Kommode stand, und trug es zum Bett; dann setzte er sich ihr gegenüber und sah sie an. »Willst du es hören?«

»Das ist mir bekannt«, antwortete sie und schaute in Gedanken versunken zum Fenster hinaus. »Aber ich bin irgendwie schockiert.«

»Warum? Ich dachte, du hättest so etwas erwartet.«

»Die Ergebnisse ja, nicht die Methode. Ein *fiche* ist etwas so Archaisches; es wird fast nur noch von Privatbanken auf dem Kontinent benutzt. Die amerikanischen, kanadischen und britischen Gesetze verbieten so etwas.«

Borowski erinnerte sich an d'Amacourts Worte und wiederholte sie. » ›Es kommt von ganz oben‹ — das hat er gesagt.«

»Da hatte er recht.« Marie sah zu ihm hinüber. »Ich vermutete, jemand sei bestochen worden, um Informationen weiterzuleiten. Das ist nicht ungewöhnlich; Bankiers sind nicht gerade Heilige. Aber das hier ist etwas anderes. Jenes Konto in Zürich ist mit dem *fiche* eingerichtet worden. Vermutlich mit deinem Wissen.«

»Treadstone Seventy-One«, sagte Jason.

»Ja. Die Eigentümer der Bank mußten im Einvernehmen mit Treadstone arbeiten. Und wenn man bedenkt, wie leicht man dir den Zugang machte, dann ist durchaus möglich, daß du darüber Bescheid wußtest.«

»Aber jemand ist bestochen worden. Wahrscheinlich Koenig. Er hat eine Telefonnummer gegen eine andere ausgetauscht.«

»Er ist bestens honoriert worden, das kann ich dir versichern. In der Schweiz müßte er mit zehn Jahren Gefängnis rechnen.«

»Zehn? Das ist aber ziemlich hart.«

»So sind die Schweizer Gesetze eben . . . Man muß ihm ein kleines Vermögen bezahlt haben.«

»Carlos«, sagte Borowski, »Carlos . . . Was bin ich für ihn? Das frage ich mich immer wieder. Ständig wiederhole ich den Namen! Aber ich komme nicht weiter.«

»Aber da ist doch etwas, nicht wahr?« Marie beugte sich vor. »Was ist es, Jason? Woran denkst du?«

»An nichts.«

»Dann fühlst du etwas. Was?«

»Angst vielleicht . . . Zorn. Ich weiß es nicht.«

»Konzentriere dich!«

»Verdammt noch mal, das tue ich schon die ganze Zeit!« Borowski ärgerte sich über seinen Ausbruch. »Tut mir leid.«

»Du brauchst dich nicht zu entschuldigen. Dies sind die versteckten Hinweise, nach denen du suchen mußt — nach denen *wir* suchen müssen. Dein Freund, der Arzt in Port Noir, hatte recht: Bruchstückhaft kommen alte Erinnerungen zurück, die durch Worte oder visuelle Reize ausgelöst werden, durch ein Gesicht zum Beispiel oder durch die Fassade eines Restaurants. Wir haben selbst gesehen, wie das vor sich geht. Jetzt ist es ein Name, den auszusprechen du fast eine Woche lang vermieden hast, während du mir alles andere, das dir in den letzten fünf Monaten passiert ist, bis ins kleinste Detail erzählt hast. Nur Carlos hast du mit keinem Wort erwähnt. Das bedeutet dir etwas, verstehst du? Dieser Name regt Dinge in dir an, Dinge, die herausbrechen wollen.«

»Ich weiß«, sagte Jason und nahm einen Schluck Wein.

»Darling, am Boulevard Saint-Germain gibt es einen berühmten Buchladen, der vollgestopft ist mit Tausenden von alten Magazinen. Der Inhaber hat sogar Stichwortregister angelegt, wie es sonst eine Bibliothek zu bieten hat. Ich würde gerne herausfinden, ob Carlos in diesem Register enthalten ist. Was hältst du davon?«

Borowski durchzuckte ein stechender Schmerz in der Brust. Das hatte nichts mit seinen Wunden zu tun, das war Angst. Sie spürte es und begriff irgendwie — er fühlte es und konnte nicht begreifen. »Im Lesesaal der Sorbonne liegen alte Zeitungsausgaben aus«, sagte er und blickte zu ihr auf. »Eine davon hat mich eine Weile in Hochstimmung versetzt — bis ich gründlicher darüber nachdachte.«

»Eine Lüge wurde aufgedeckt. Das war das Wichtige. Und jetzt suchen wir die Wahrheit. Du darfst dich nicht vor ihr fürchten, Darling. Ich fürchte mich auch nicht.«

Jason stand auf. »Okay. Dann ist Saint-Germain eingeplant. Unterdessen kannst du den Mann in der Botschaft anrufen.« Borowski griff in die Tasche und holte die Papierserviette mit der Telefonnummer heraus; er hatte die Zulassungsnummer des Wagens hinzugefügt, der von der Bank an der Rue Madeleine weggerast war. »Hier ist die Nummer, die d'Amacourt mir gegeben hat, und die Zulassungsnummer dieses Autos. Sieh mal, was er machen kann.«

Marie nahm die Serviette und ging ans Telefon. Daneben lag ein kleines Notizbuch mit einem Spiralrücken; sie blätterte darin. »Hier: Er heißt Dennis Corbelier. Peter hat gesagt, er wollte ihn bis heute mittag nach Pariser Zeit angerufen haben. Ich könnte mich auf ihn verlassen; als Attaché sei er einer der bestinformierten Leute in der Botschaft.«

»Peter kennt ihn näher?«

»Sie waren Studienkollegen an der Universität von Toronto. Ich kann ihn doch von hier aus anrufen, oder?«

»Sicher. Aber sag ihm nicht, wo du bist.«

Marie nahm den Hörer ab, ließ sich ein Amt geben und wählte die Nummer der kanadischen Botschaft an der Avenue Montaigne. Fünfzehn Sekunden später hatte sie Dennis Corbelier am Apparat.

Marie kam sofort zur Sache. »Ich nehme an, Peter hat Ihnen erzählt, daß ich Hilfe brauche.«

»Mehr als das«, erwiderte Corbelier, »er hat mir auch erklärt, daß Sie in Zürich seien. Ich habe zwar nicht alles begriffen, was er sagte, aber ungefähr habe ich ihm folgen können. Anscheinend geht es in der Welt der Hochfinanz heutzutage hoch her.«

»Das kann man wohl behaupten. Die Schwierigkeit ist nur, daß niemand einem sagen will, wer wen manipuliert. Das ist ja mein Problem.«

»Und wie kann ich Ihnen behilflich sein?«

»Ich habe eine Autonummer und eine Telefonnummer. Beide sind hier in Paris registriert. Der Anschluß ist nicht im Telefonbuch verzeichnet; es könnte peinlich sein, wenn ich anrufe.«

»Geben Sie mir die Nummer.« Das tat sie. »Wir haben ein paar Freunde an wichtigen Stellen, die uns gelegentlich behilflich sind oder wir ihnen. Haben Sie Lust, morgen mit mir zu Mittag zu essen? Ich versuche inzwischen was rauszukriegen.«

»Das würde ich gerne tun, aber morgen habe ich keine Zeit. Ich bin schon mit einem alten Freund verabredet. Vielleicht ein anderes Mal.«

»Peter hat gemeint, ich wäre verrückt, wenn ich es nicht probieren würde. Sie seien nämlich eine umwerfende Frau.«

»Er ist sehr lieb, und das sind Sie auch. Ich rufe Sie morgen nachmittag wieder an.«

»Fein.«

»Bis morgen dann und vielen Dank.« Marie legte auf und sah auf die Uhr. »Ich soll Peter in drei Stunden anrufen. Erinnere mich daran.«

»Glaubst du wirklich, daß er so bald etwas haben wird?«

»Er ganz bestimmt; er hat noch gestern nacht in Washington angerufen. Corbelier hat gerade gesagt, wir alle tauschen Gefälligkeiten aus: Für eine Information revanchiert man sich durch eine andere.«

»Das klingt aber verdächtig nach Verrat.«

»Im Gegenteil: Wir beschäftigen uns mit Geld, nicht mit Raketen. Mit Geld, das durch illegale Kanäle fließt, unter Ausschaltung von Gesetzen, die unser aller Interessen dienen. Es sei denn, du willst, daß die Scheichs aus Arabien plötzlich Eigentümer von Grumman Aircraft sind. *Dann* sprechen wir von Raketen . . . nachdem sie abgeschossen worden sind.«

»Ich ziehe meine Kritik zurück.«

»Wir müssen d'Amacourts Mann gleich morgen früh aufsuchen. Überleg dir, wieviel du abheben willst.«

»Alles.«

»Alles?«

»Richtig. Wenn du Vorstandsmitglied von Treadstone wärest, was würdest du tun, wenn du erfahren hättest, daß sechs Millionen Franc auf einem Firmenkonto fehlen?«

»Ich verstehe.«

»D'Amacourt hat eine Reihe von Barschecks vorgeschlagen, die auf den Überbringer ausgestellt sind.«

»Hat er wirklich von Schecks geredet?«

»Ja. Stimmt etwas nicht?«

»Allerdings. Die Nummern dieser Schecks könnten notiert und an sämtliche Banken geschickt werden. Du müßtest zu einer Bank, um sie einzulösen; dann würden die Zahlungen gestoppt werden.«

»Ein schlauer Bengel, was? Er läßt sich von beiden Seiten bezahlen. Was tun wir?«

»Nimm nur die Obligationen mit verschiedenen Laufzeiten. Die lassen sich viel leichter zu Geld machen.«

»Du hast dir gerade dein Abendessen verdient«, sagte Jason und strich ihr zärtlich über die Stirn.

»Ich versuche, mir meinen Unterhalt zu verdienen«, erwiderte sie und hielt seine Hand fest. »Zuerst Dinner, dann Peter . . . und danach der Buchladen auf der Rue Saint-Germain.«

»Ein Buchladen in Saint-Germain«, wiederholte Borowski; und plötzlich schoß ihm wieder der Schmerz durch die Brust. *Was war das nur? Warum hatte er solche Angst?*

Sie verließen das Restaurant am Boulevard Raspail und gingen zum Telegrafenamt an der Rue Vaugirard. In der Mitte der Halle stand ein riesiger, kreisförmiger Tresen, wo Angestellte die Kunden bedienten und ihnen eine der gläsernen Zellen zuwiesen, die in den Wänden eingelassen waren.

»Wir haben augenblicklich sehr wenig Überseegespräche, Madame«, sagte die junge Frau hinter dem Schalter zu Marie. »Ihr Gespräch sollte in wenigen Minuten durchgeschaltet sein. Nummer zwölf, bitte.«

»Danke.«

Während sie zur Zelle gingen, hielt Jason ihren Arm. »Ich weiß, warum die Leute hierher kommen«, sagte er. »Die Verbindung klappt hundertmal schneller als in einem Hotel.«

»Das ist nur einer der Gründe.«

Als sie drinnen zweimal die Glocke anschlagen hörten, öffnete Marie die Tür und trat ein, das Notizbuch mit dem Spiralrücken und einem Bleistift in der Hand. Sie nahm den Hörer ab.

Sechzig Sekunden später sah Borowski mit Erstaunen, wie sie die Wand anstarrte und ihr Gesicht plötzlich kalkweiß wurde. Sie fing zu schreien an, ließ die Handtasche fallen, so daß ihr Inhalt sich über den Boden der kleinen Zelle verteilte; das Notizbuch blieb auf dem Sims liegen, der Bleistift zerbrach zwischen ihren Fingern. Er rannte hinein, sie war dem Zusammenbruch nahe.

»Hier ist Marie St. Jacques in Paris, Lisa. Peter erwartet meinen Anruf.«

»Marie? O mein Gott . . .« Die Stimme der Sekretärin wurde von anderen Stimmen im Hintergrund übertönt. Jemand legte die Hand über den Hörer. Dann raschelte es am anderen Ende der Leitung, als der Hörer aufgenommen wurde.

»Marie, hier ist Alan«, sagte der stellvertretende Abteilungsdirektor. »Wir sind alle in Peters Büro.«

»Was ist denn, Alan? Ich habe nicht viel Zeit; kann ich ihn bitte sprechen.«

Einen Augenblick lang herrschte Schweigen. »Ich wünschte, ich könnte dir das leichter machen, aber ich weiß nicht, wie. Er ist tot, Marie!«

»Er ist . . . was?«

»Die Polizei hat vor ein paar Minuten angerufen; sie sind hierher unterwegs.«

»Die Polizei? Was ist passiert?«

»Wir versuchen das mit Hilfe seiner Telefonnotizen herauszufinden; aber man hat uns gesagt, wir sollen nichts auf seinem Schreibtisch anrühren.«

»Alan, sag mir endlich was geschehen ist!«

»Das ist es ja gerade, wir wissen es nicht. Er hat keinem von uns gesagt, was er macht. Uns war nur bekannt, daß er heute morgen zwei Anrufe aus den Staaten bekam: einen aus Washington, den anderen aus New York. Gegen Mittag sagte er Lisa, er würde zum Flughafen fahren, um jemanden abzuholen; er sagte nicht, wen. Die Polizei fand ihn vor einer Stunde in einer Frachthalle. Es war schrecklich; man hat ihn erschossen. Durch eine Kugel in den Hals . . . Marie? Marie?«

Der alte Mann mit den tiefliegenden Augen und den weißen Bartstoppeln humpelte in den dunklen Beichtstuhl, blinzelte ein paarmal und bemühte sich, die kapuzenbedeckte Gestalt auf der anderen Seite des Trenngitters zu erkennen. Die Augen des Achtzigjährigen waren nicht mehr besonders scharf; aber sein Verstand war klar; das war alles, worauf es ankam.

»Angelus Domini«, sagte er.

»Angelus Domini, Kind Gottes«, flüsterte die Gestalt in der Mönchskutte. »Sind deine Tage angenehm?«

»Sie neigen dem Ende zu; doch man gestaltet sie mir angenehm.«

»Gut . . . Zürich?«

»Man hat den Mann vom Guisan-Quai gefunden. Er war verwundet; man hat ihn über einen Arzt ausfindig gemacht, der in der Unterwelt für seine prompten Dienste bekannt ist. Unter scharfem Verhör gab er zu, die Frau attackiert zu haben. Cain ist zurückgekommen zu ihr; Cain hat auf ihn geschossen.«

»Der Mann vom Guisan-Quai glaubt das nicht. Er war einer der beiden, die sie auf der Löwenstraße aufgegriffen haben.«

»Und ein Narr ist er auch. Warum verging er sich auch an der Frau?«

»Er sieht seinen Fehler ein.«

»Ist er noch im Besitz seiner Pistole?«

»Ihre Leute haben sie.«

»Gut. Bei der Züricher Polizei gibt es einen Präfekten. Man muß ihm die Waffe geben. Cain ist sehr geschickt und versteht es, immer wieder zu entwischen. Die Frau ist viel harmloser. Sie hat Verbindungsleute in Ottawa, mit denen sie ständig Kontakt hat. Wir werden die Frau in die Falle locken und ihn aufstöbern. Hast du einen Bleistift bereit?«

»Ja, Carlos.«

13.

Borowski hielt sie in der engen Telefonzelle fest und ließ sie vorsichtig auf den Sitz heruntersinken, der aus der schmalen Wand hervorragte. Sie zitterte, ihr Atem ging unregelmäßig, ihre Augen waren glasig.

»Die haben ihn getötet. Getötet! Mein Gott, was hab' ich getan? Peter!«

»Du bist nicht schuld. Wenn jemand schuld ist an seinem Tod, ich — nicht du. Begreif das doch.«

»Jason, ich habe Angst. Eine halbe Welt von mir entfernt . . . und die haben ihn getötet!«

»Treadstone?«

»Wer sonst? Da waren zwei Telefonanrufe, Washington . . . New York. Er fuhr zum Flughafen, um jemanden abzuholen, und wurde getötet.«

»Wie?«

»Du großer Gott . . .« Tränen traten in Maries Augen. »Erschossen! In den Hals!« flüsterte sie.

Borowski spürte plötzlich einen stumpfen Schmerz; er konnte ihn nicht lokalisieren, aber er war da, schnitt ihm die Luft ab. »Carlos«, sagte er, ohne zu wissen, warum er den Namen aussprach.

»Was?« Marie starrte zu ihm hinauf. »Was hast du gesagt?«

»Carlos«, wiederholte er mit weicher Stimme. »Eine Kugel in den Hals. Carlos.«

»Was willst du damit ausdrücken?«

»Ich weiß nicht.« Er nahm ihren Arm. »Gehen wir hinaus. Bist du wieder in Ordnung?«

Sie nickte, schloß kurz die Augen, atmete tief. »Ja.«

»Wir nehmen irgendwo unterwegs einen Drink, den brauchen wir beide. Und dann werden wir ihn finden.«

»Was finden?«

»Den Buchladen in Saint-Germain.«

Unter dem Stichwort »Carlos« waren drei antiquarische Ausgaben von Zeitschriften vermerkt: ein drei Jahre altes Magazin von *Potomac Quarterly* und zwei französische Ausgaben von *Le Globe*. Sie kauften alle drei Hefte und fuhren mit einem Taxi zum Hotel zurück. Dort begannen sie zu lesen, Marie auf dem Bett, Jason in dem Sessel am Fenster. Nach einigen Minuten schoß Marie in die Höhe.

»Hier ist es«, sagte sie, und ihre Stimme wie ihr Gesicht verrieten Furcht.

»Lies vor.«

» ›Carlos und seine Gruppe sollen eine besonders brutale Form der Bestrafung anwenden. Sie töten ihre Opfer durch einen Schuß in den Hals und lassen sie häufig unter schrecklichen Schmerzen sterben. Diese Todesart ist jenen vorbehalten, die nicht schweigen können oder die Loyalität brechen . . .‹ « Marie hielt inne, sie konnte nicht weiterlesen. Sie legte sich zurück und schloß die Augen. »Er war nicht bereit, es ihnen zu sagen, und ist dafür getötet worden. O mein Gott!«

»Er konnte ihnen nicht sagen, was er nicht wußte«, sagte Borowski.

»Aber *du* hast es gewußt!« Marie setzte sich erneut auf, die Augen weit aufgerissen. »Du hast das von dem Schuß in den Hals gewußt!«

»Ja, das stimmt. Mehr kann ich dir dazu nicht sagen.«

»Wie?«

»Ich wünschte, ich könnte das näher beantworten.«

»Gibst du mir einen Schluck zu trinken?«

»Sicher.« Jason erhob sich und ging zur Kommode. Er schenkte Whisky in zwei Gläser und sah zu ihr hinüber. »Willst du Eis haben?«

»Nein.« Sie warf die Zeitschrift aufs Bett und drehte sich zu ihm herum. »Ich werde verrückt!«

»Dann sind wir zwei Verrückte.«

»Ich will dir glauben; aber ich . . . ich . . . «

»Du bist nicht sicher«, sprach Borowski den Satz für sie zu Ende. »Ebensowenig wie ich.« Er brachte ihr das Glas. »Was soll ich denn sagen? Bin ich womöglich einer von Carlos' Soldaten? Habe ich etwa den Schwur gebrochen? Habe ich deshalb die Tötungsmethode gekannt?«

»Hör auf!«

»Das sage ich auch oft zu mir: ›Hör auf.‹ Du darfst nicht denken, du mußt versuchen, dich zu erinnern; aber gehe behutsam vor. Es könnte sein, daß eine Lüge aufgedeckt wird, die zu zehn weiteren Fragen führt. Vielleicht ist es so, wie wenn man betrunken war und dann aufwacht und nicht mehr weiß, mit wem man sich gestritten hat oder . . . verdammt . . . wen man erschossen hat.«

»Nein . . . « Marie zog das Wort in die Länge. »Du bist *du*; du darfst mir den Glauben daran nicht rauben.«

»Das will ich nicht. Ich will ihn mir auch selbst nicht nehmen.« Jason ging zum Sessel zurück und setzte sich, das Gesicht zum Fenster gewandt. »Du bist auf den Artikel gestoßen, in dem geschildert wird, wie Carlos seine Leute liquidiert. Ich habe einen anderen entdeckt. Was darin steht, habe ich ebenso gewußt wie die Meldung über Howard Lelands Ermordung. Ich brauchte den Bericht nicht einmal zu Ende zu lesen.«

Borowski hob das drei Jahre alte Heft von *Potomac Quarterly* vom Boden auf und deutete auf das Porträt eines bärtigen Mannes. Es war in groben Strichen gehalten, irgendwie unfertig, so als wäre es nach einer vagen Beschreibung entstanden. Er hielt ihr die aufgeschlagene Seite hin.

»Da, lies«, sagte er. »Der Artikel beginnt oben links und hat die Überschrift ›Mythos oder Monstrum‹. Anschließend möchte ich ein Spiel mit dir spielen.«

»Ein Spiel?«

»Ja. Ich habe nur die ersten zwei Absätze gelesen.«

»Also gut.« Marie musterte ihn verwirrt. Sie griff nach der Zeitschrift und las.

MYTHOS ODER MONSTRUM

Ein Jahrzehnt lang ist der Name »Carlos« in den finsteren Vierteln so unterschiedlicher Städte wie Paris, Teheran, Beirut, London, Kairo und Amsterdam nur im Flüsterton ausgesprochen worden. Es gibt konkrete Beweise, daß er Exekutionen für extrem radikale Gruppen wie die PLO und die Baader-Meinhof-Bande durchgeführt hat.

Hört man von seinen Taten, so denkt man an eine Welt, die von Gewalt und Verschwörung beherrscht wird, in der schnelle Wagen und ebenso schöne wie kühne Frauen eine wichtige Rolle spielen. »Carlos« wird in diesen Darstellungen als blutrünstiges Monstrum beschrieben, das die Ware Tod mit der Nüchternheit eines Marktanalytikers verkauft und dabei ein klares Bild von Löhnen, Kosten und einer straffen Organisation besitzt.

Der Mann, der dieses komplizierte Geschäft meisterhaft beherrscht, heißt Iljitsch Ramirez Sanchez. Man vermutet, daß er Venezolaner ist, der Sohn eines fanatischen, aber nicht sehr prominenten marxistischen Anwalts (der Vorname Iljitsch ist der Tribut des Vaters an Wladimir Iljitsch Lenin). Sein Vater soll ihn in jungen Jahren nach Rußland geschickt haben, um ihn dort für eine Agententätigkeit ausbilden zu lassen. Angeblich hat »Carlos« das sowjetische Ausbildungslager in Nowgorod besucht. Was dann weiter mit ihm geschah, ist relativ unklar. Gerüchten zufolge erkannte einer der

Ausschüsse des Kreml, die regelmäßig ausländische Studenten daraufhin überprüfen, welche man für künftige Spionageaufgaben einsetzen könnte, welchen Charakter dieser Iljitsch Sanchez hatte. Für sie war er ein Paranoiker, der die wohlplazierte Kugel oder Bombe als einzige Lösung aller Probleme ansah. Die Empfehlung wurde ausgesprochen, den Jungen nach Caracas zurückzuschicken und sämtliche Verbindungen mit seiner Familie abzubrechen. Von Moskau abgelehnt und der westlichen Gesellschaft zutiefst abgeneigt, begann Sanchez, sich seine eigene Welt aufzubauen, eine Welt, in der er der absolute Herrscher war. So wurde er schließlich zum professionellen Killer, der seine Dienste allen möglichen politischen und weltanschaulichen Randgruppen zur Verfügung stellt.

Jetzt wird das Bild wieder klarer. Sanchez, der zahlreiche Sprachen fließend beherrscht, darunter seine Muttersprache Spanisch, dazu Russisch, Französisch und Englisch, benutzt nun seine in Rußland genossene Ausbildung als Sprungbrett dafür, seine Techniken zu verfeinern. In Kuba lernte er, mit allen Arten von Waffen und Explosivstoffen umzugehen. Es gibt keine Schußwaffe, die er nicht mit verbundenen Augen zerlegen und wieder zusammenmontieren kann; keinen Sprengstoff, den er nicht durch Geruch und Berühren identifizieren und auf die verschiedensten Arten zur Detonation bringen kann. Nun ist er bereit; er wählt sich Paris als Operationsbasis und sorgt dafür, daß man auf ihn aufmerksam wurde. Er stellte sein Killertalent zur Verfügung, wo andere das Risiko scheuten.

Viele Fragen bleiben offen: Wie alt ist »Carlos«? Wie viele Morde kann man ihm zuschreiben und wie viele sind nur Mythos? Korrespondenten in Venezuela waren außerstande, irgendwo im Lande eine Geburtsurkunde für einen Iljitsch Ramirez Sanchez ausfindig zu machen. Andererseits gibt es dort Tausende und Abertausende von Leuten mit dem Namen Sanchez und Hunderte, die zusätzlich Ramirez heißen, aber niemand trägt den Vornamen Iljitsch. Hat man ihn später hinzugefügt, oder ist das Ganze nur ein Beweis für die Gründlichkeit von »Carlos«? Man kann nur vermuten, daß er zwischen fünfunddreißig und vierzig Jahre alt ist. Niemand weiß es mit Bestimmtheit.

Sicher ist jedoch, daß Sanchez mit dem »Honorar« für seine ersten Morde eine Organisation aufgebaut hat, um deren Schlagkräftigkeit ihn mancher General beneiden würde. Loyalität und Mitarbeit werden gleichermaßen durch Angst und Belohnung erzwungen. Abtrünnige werden kurzerhand liquidiert; folgsame Mitglieder seiner Terrorgruppe hingegen werden für treue Dienste großzügig belohnt. Das führt zu einer naheliegenden Frage. Woher kamen die Profite ursprünglich? Wer waren die ersten Opfer?

Der Mord, über den die häufigsten Spekulationen angestellt werden, ereignete sich vor dreizehn Jahren in Dallas. Sooft man auch den Mord an John F. Kennedy versucht hat zu rekonstruieren — bis jetzt ist es noch niemandem gelungen, zufriedenstellend ein Rauchwölkchen zu erklären, das von einem grasbedeckten, dreihundert Meter von der Wagenkolonne entfernten Hügel aufgestiegen war. Kameras erfaßten die Rauchwolke. Und doch wurden an der Stelle weder Patronenhülsen noch Fußabdrücke gefunden. Tatsächlich wurde der einzige Hinweis auf die Rauchwolke in jenem Augenblick für so unwichtig gehalten, daß er bei den polizeilichen Ermittlungen des FBI unterging und im Bericht der Warren-Kommission nicht berücksichtigt wurde. Die Information stammt von einem zufälligen Beobachter des Geschehens, K.M. Wright aus Dallas, der bei seinem Verhör die folgende Aussage machte: »Verdammt, der einzige, der weit und breit zu sehen war, war der alte Lumpen-Billy, und der war ein paar hundert Meter entfernt.«

Mit »Billy« meinte er einen alten Penner in Dallas, den man häufig vor touristischen Sehenswürdigkeiten beim Betteln ertappt hatte; das Wort Lumpen bezog sich auf seine Angewohnheit, seine Schuhe mit Stoffetzen zu umwickeln, um damit das Mitleid der Passanten zu erwecken. Nach Aussage unserer Korrespondenten wurde Wrights Erklärung nie veröffentlicht.

Vor sechs Wochen brach ein inhaftierter libanesischer Terrorist in Tel Aviv beim Verhör zusammen. Um sich vor der drohenden Hinrichtung zu schützen, behauptete er, neue Informationen über den Meuchelmörder »Carlos« zu besitzen. Die israelische Abwehr gab das Protokoll seiner Aussage nach Washington weiter; unsere Korrespondenten in der amerikanischen Hauptstadt konnten sich eine Abschrift beschaffen.

Aussage: »Carlos war im November 1963 in Dallas. Er gab sich als Kubaner aus und lenkte Oswalds Mordeinsatz. Er war der Hintermann. Es war seine Operation.«

Frage: »Welche Beweise haben Sie?«

Aussage: »Ich habe selbst gehört, wie er es sagte. Er befand sich auf einem kleinen Grashügel. Sein Karabiner war mit einem Drahtgebilde versehen, das die Hülsen auffing.«

Frage: »Davon gibt es keinerlei Augenzeugenberichte; warum hat ihn niemand beobachtet?«

Aussage: »Man hat ihn vielleicht bemerkt; doch niemand hätte ihn erkennen können. Er war als alter Mann verkleidet, trug einen schäbigen Mantel und hatte sich Stoffetzen um die Schuhe gewickelt, um keine Schuhabdrücke zu hinterlassen.«

Zweifellos kann die Aussage eines Terroristen nicht als verbindli-

cher Beweis betrachtet werden, aber man sollte sie auch nicht einfach abtun — zumal sie einen Meister der Täuschung und Tarnung betrifft. Darüber hinaus wird diese Aussage in so erstaunlicher Weise von einem nicht veröffentlichten Zeugen bestätigt, dem die Ermittlungsbehörde nie nachgegangen ist. Wie so viele andere, die — und sei es noch so entfernt — mit den tragischen Ereignissen von Dallas irgendwie in Verbindung standen, fand man »Rupfen-Billy« einige Tage später tot auf, gestorben an einer Überdosis Heroin. Man wußte, daß der alte Mann sich häufig mit billigem Fuselwein betrank, aber daß er Rauschgift benutzt hätte, war bisher unbekannt. Das Geld dazu hatte er gar nicht gehabt.

War »Carlos« der Mann auf dem Grashügel? Was für ein außergewöhnlicher Beginn einer außergewöhnlichen Karriere! Wenn der Präsidentenmord in Dallas tatsächlich seine »Operation« war, wie viele Millionen Dollar muß sie ihm dann eingetragen haben? Sicher mehr als genug, um ein Netz von Informanten aufzubauen, ein internationales Terrorunternehmen.

Der Mythos hat zu viel Substanz; Carlos kann sehr wohl ein Monstrum aus Fleisch und Blut sein.

Marie legte die Zeitschrift beiseite. »Was für ein Spiel hast du jetzt vor?«

»Bist du fertig?« Jason wandte sich vom Fenster ab.

»Ja.«

»Ich vermute, daß der Artikel eine Menge Theorien und Hypothesen enthält. Wenn etwas hier geschah und die Wirkung sich dort zeigte, gab es eine Beziehung.«

»Du meinst Verbindungen«, sagte Marie.

»Gut, dann eben Verbindungen. So ist es doch, oder?«

»Ja, das könnte man in gewissem Maße sagen. Der Bericht ist voll von Spekulationen, Gerüchten und Informationen aus zweiter Hand.«

»Da sind auch Fakten genannt.«

»Daten.«

»Von mir aus Daten.«

»Was für ein Spiel willst du spielen?« wiederholte Marie.

»Es hat einen ganz einfachen Namen. Es nennt sich ›Falle.‹

»Und wer soll in die Falle gehen?«

»Ich.« Borowski beugte sich vor. »Ich möchte, daß du mir Fragen stellst. Über irgendwelche Dinge in dem Artikel. Über den Namen einer Stadt, über Daten. Irgend etwas. Wir wollen hören, wie ich darauf reagiere — blind reagiere.«

»Darling, das ist kein Beweis für . . .«

»*Tu* es!« befahl Jason.

»Also gut.« Marie griff wieder nach der Zeitschrift.

»Beirut«, sagte sie.

»Botschaft«, antwortete er. »Stationsleiter des CIA, als Attaché getarnt. Auf der Straße erschossen. Dreihunderttausend Dollar.«

Marie sah ihn an. »Ich erinnere mich . . .«, begann sie.

»Ich nicht!« unterbrach Jason sie. »Weiter.«

Sie erwiderte seinen Blick und wandte sich dann wieder dem Magazin zu. »Baader-Meinhof.«

»Stuttgart. Regensburg. München. Zwei Morde und eine Entführung. Gelder aus . . .« Borowski hielt inne und flüsterte dann erstaunt: ». . . den USA: Detroit . . . Welmington, Delaware.«

»Jason, was . . .«

»Weiter. Bitte!«

»Der Name, Sanchez.«

»Der Name ist Iljitsch Ramirez Sanchez«, erwiderte er. »Er ist . . . Carlos.«

»Warum Iljitsch?«

Borowski hielt inne. Seine Augen wanderten im Zimmer herum. »Ich weiß nicht.«

»Das ist russisch, nicht spanisch. War seine Mutter Russin?«

»Nein . . . ja, seine Mutter. Es muß seine Mutter gewesen sein . . . das glaube ich, wenigstens.«

»Nowgorod.«

»Spionageausbildung, Kommunikation, Chiffren, Frequenzen. Sanchez hat die Schule absolviert.«

»Jason, das hast du hier gelesen.«

»Das habe ich nicht gelesen! Bitte, weiter.«

Maries Blick wanderte zu dem Blatt zurück. »Teheran.«

»Acht Morde. Unterschiedliche Auftraggeber: Khomeini und PLO. Honorar: zwei Millionen Dollar. Ursprung: südwestliche Sowjetunion.«

»Paris«, sagte Marie schnell.

»Alle Kontrakte werden über Paris bearbeitet.«

»*Was für Kontrakte?*«

»*Die* Kontrakte . . . Morde.«

»Wessen Morde? Wessen Kontrakte?«

»Sanchez . . . Carlos.«

»Carlos? Dann sind es Carlos' Kontrakte, *seine* Morde. Sie haben nichts mir dir zu tun.«

»Carlos' Kontrakte«, sagte Borowski wie in Trance. »Nichts zu tun mit . . . mir«, wiederholte er ganz leise, fast im Flüsterton.

»Du hast es gerade gesagt, Jason. Nichts von all dem hat etwas mit dir zu tun!«

»Nein! Das ist nicht wahr!« schrie Borowski und sprang vom Sessel auf, hielt sich an der Lehne fest, starrte auf sie herunter. »*Unsere* Kontrakte«, fügte er dann mit leiser Stimme hinzu.

»Du weißt nicht, was du redest!«

»Ich reagiere! Blind! Deshalb mußte ich nach Paris kommen!« Er fuhr herum und ging ans Fenster, klammerte sich am Rahmen fest. »Wir suchen keine Lüge, wir suchen die Wahrheit«, fuhr er fort. »Erinnerst du dich? Vielleicht haben wir sie gefunden; vielleicht hat das Fragespiel sie aufgedeckt.«

»Das ist kein richtiger Test! Das ist eine schmerzhafte Übung, die zufällige Erinnerungen wachruft. Wenn eine Zeitschrift wie der *Potomac Quarterly* den Bericht veröffentlicht hat, ist es durchaus möglich, daß ein Dutzend Zeitungen in der ganzen Welt den Artikel nachgedruckt haben. Du kannst ihn irgendwo gelesen haben.«

»Entscheidend ist, daß ich die Fakten behalten habe.«

»Nicht ganz. Du wußtest nicht, wo das Iljitsch herkommt, daß Carlos' Vater ein kommunistischer Rechtsanwalt in Venezuela war. Das ist wichtig, denke ich. Du hast nichts von den Kubanern erwähnt. Wenn du das getan hättest, hätte das zu der Spekulation geführt, die mich am meisten schockiert hat. Davon hast du kein Wort gesagt.«

»Wovon redest du?«

»Dallas«, sagte sie. »November 1963.«

»Kennedy«, erwiderte Borowski.

»Fällt dir nur Kennedy ein?«

»Seine Ermordung ist damals passiert.« Jason stand reglos da.

»Ja, aber das ist es nicht, wonach ich suche.«

»Ich weiß«, entgegnete Borowski, und seine Stimme war wieder ausdruckslos. »Ein grasbedeckter Hügel . . . Lumpen-Billy.«

»Das hast du gelesen!«

»Nein.«

»Dann hast du es einmal gehört, es früher gelesen.«

»Das ist möglich, aber nicht von Bedeutung, oder?«

»Hör auf, Jason!«

»Wieder diese Worte. Ich wünschte, ich könnte das.«

»Was versuchst du, mir klarzumachen? Daß du Carlos bist?«

»Herrgott, nein! Carlos will mich töten, und ich spreche nicht russisch, das weiß ich.«

»Was dann?«

»Was ich am Anfang sagte. Das Spiel. Das Spiel heißt ›Dem-Soldaten-eine-Falle-stellen‹.«

»Ein Soldat?«

»Ja. Einer, der Carlos abtrünnig geworden ist. Das ist die einzige Erklärung dafür, warum ich all diese Details kenne.«

»Warum sagst du: ›abtrünnig geworden‹?«

»Weil er mich töten will. Das muß er; er glaubt, daß ich mehr als jeder andere Mensch über ihn weiß.«

Marie, die bis jetzt auf dem Bett gekauert hatte, schwang ihre Beine über den Bettrand. »Wenn das, was du sagst, stimmt, dann hast du es getan, dann bist . . . bist . . .« Sie hielt inne.

»Wenn man alles betrachtet, ist es ein wenig spät, um einen moralischen Standpunkt einzunehmen«, sagte Borowski und sah den Schmerz im Gesicht der Frau, die er liebte. »Ich könnte mir einige Gründe vorstellen, warum es zum Krach mit Carlos gekommen sein mag: Zum Beispiel wegen irgendwelcher Meinungsverschiedenheiten.«

»Sinnlos!« rief Marie. »Es gibt keinen einzigen Beweis dafür.«

»Massenhaft gibt es die, und das weißt du auch. Vielleicht habe ich von jemand anderem mehr bekommen können oder Honorare unterschlagen. Beides würde das Konto in Zürich erklären.« Er hielt kurz inne und starrte die Wand über dem Bett an. »Beides würde Howard Leland erklären und Marseille, Stuttgart . . . München. Die Fakten, an die ich mich nicht erinnere, und die nach und nach an die Oberfläche drängen; und besonders eine Tatsache: Warum ich bisher vermieden habe, seinen Namen auszusprechen. Ich habe Angst.«

Sie nickte. »Ich bin sicher, daß du an deine Erklärungen glaubst«, sagte sie, »und in gewisser Weise wünsche ich mir, daß sie wahr wären. Aber ich zweifle an ihnen. Du willst daran festhalten, weil es dir eine Antwort . . . eine Identität gibt. Vielleicht nicht die Identität, die du dir wünschst, aber immerhin eine, die besser ist, als blind durch das schreckliche Labyrinth zu gehen, das du jeden Tag erlebst. Alles wäre besser als das, denke ich. Doch du kannst nicht recht haben. Wenn du der Mann wärst, wie du ihn schilderst, und vor Carlos Angst hättest — und die solltest du weiß Gott haben —, wäre Paris der letzte Ort auf der Welt, zu dem du dich hingezogen fühlen würdest. Wir würden irgendwo anders sein; das hast du selbst gesagt. Du würdest weglaufen, würdest das Geld auf der Bank in Zürich nehmen und untertauchen. Statt dessen aber strebst du auf geradem Wege auf Carlos zu. Ein Mann, der sich vor ihm fürchtet oder sich schuldig fühlt, würde das niemals tun.«

»Es gibt keine andere Erklärung: Ich bin nach Paris gekommen, um mich selbst zu finden; so einfach ist das.«

»Dann verschwinde jetzt. Morgen haben wir das Geld; es gibt nichts, was dich — was uns — noch aufhält. Auch das ist einfach.«

Marie beobachtete ihn scharf.

Jason sah sie an und wandte sich dann ab. Er ging an die Kommode und füllte sein Glas. »Da wäre noch Treadstone zu bedenken«, sagte er, wie um sich zu verteidigen.

»Da hast du die eigentliche Gleichung: Carlos und Treadstone. Ein Mann, den ich einmal sehr geliebt habe, ist von Treadstone getötet worden. Ein Grund mehr für uns zu fliehen.«

»Ich hätte gedacht, du wärst daran interessiert, daß seine Mörder bestraft werden«, sagte Borowski.

»Das will ich auch. Sehr sogar. Aber andere können sie finden. Für mich gibt es Prioritäten, unser Schicksal ist mir weit wichtiger. Oder ist das nur meine Ansicht?«

»Das weißt du selber besser.« Er hielt das Glas fest in der Hand, so fest, daß seine Finger fast weiß wirkten, und sah zu ihr hinüber. »Ich liebe dich«, flüsterte er.

»Dann laß uns fliehen!« sagte sie mit erhobener Stimme und ging einen Schritt auf ihn zu. »Laß uns alles vergessen, wirklich vergessen und verschwinden, so schnell wir können!«

»Ich . . . ich«, stammelte Jason, als ein dunkler Schleier seine Gedanken verdüsterte. »Es gibt . . . Dinge.«

»Was für Dinge? Wir lieben uns. Wir können irgendwohin gehen. Es gibt nichts, das uns aufhält, oder?«

»Nur du und ich«, wiederholte er leise, und die Nebel zogen jetzt näher, drohten ihn zu ersticken. »Ich weiß. Ich weiß. Aber ich muß denken. Es gibt so viel zu lernen, so viel, das herauskommen muß.«

»Warum ist es so wichtig?«

»Es . . . ist es eben.«

»Weißt du es nicht?«

»Ja . . . nein, ich bin nicht sicher. Frag mich jetzt nicht.«

»Wenn nicht jetzt, wann dann? Wann darf ich dich fragen? Wann wird es vorüber sein? Und — wird es das je?!«

»Hör auf!« schrie er plötzlich und setzte das Glas krachend auf das Tablett. »Ich kann nicht weglaufen! Ich werde es nicht tun! Ich muß hierbleiben! Ich muß es wissen!«

Marie rannte auf ihn zu, legte die Hände zuerst auf seine Schultern, dann an seine Wangen, wischte ihm den Schweiß von der Stirn. »Jetzt hast du es gesagt. Hörst du dich, Liebster? Du kannst nicht weglaufen, weil es, je näher du kommst, desto quälender für dich wird. Und wenn du fliehen würdest, würde es nur schlimmer werden. Du würdest in einem ständigen Alptraum leben müssen. Das weiß ich sicher.«

Er griff nach ihrem Gesicht, berührte es, sah sie an. »Wirklich?«

»Natürlich. Aber *du* mußtest es aussprechen, nicht ich.« Sie hielt ihn fest, legte den Kopf an seine Brust. »Ich mußte dich zwingen. Das Komische ist, daß ich sofort bereit wäre, heute abend in ein Flugzeug zu steigen und irgendwohin zu fliegen, wohin du willst, und ich wäre glücklicher als ich je zuvor in meinem Leben war. Aber du wärst nicht fähig dazu. Das was hier in Paris ist — oder nicht ist — würde an dir nagen, bis du es nicht mehr ertragen könntest. Das ist die verrückte Ironie, mein Liebling. Ich könnte damit leben, aber du nicht.«

»Du würdest einfach untertauchen?« fragte Jason. »Und was ist mit deiner Familie, deinem Beruf?«

»Ich bin kein Kind und auch kein Narr«, beteuerte sie schnell. »Ich würde mich beruflich absichern und unbezahlten Urlaub nehmen, aus gesundheitlichen Gründen etwa oder aus einem persönlichen Grund. Ich könnte immer wieder zurückkommen, meine Behörde würde das verstehen.«

»Peter?«

»Ja.« Einen Augenblick war sie stumm. »Die Beziehung, die wir zum Schluß miteinander hatten, war uns beiden wichtig, denke ich. Er war wie ein unvollkommener Bruder, für den man sich wünschte, daß er trotz seiner Fehler Erfolg hat, weil er tief in seinem Inneren so anständig war.«

»Es tut mir leid. Es tut mir wirklich leid.«

Sie blickte zu ihm auf. »An dir ist derselbe Anstand. Bei der Art von Tätigkeit ist Aufrichtigkeit unentbehrlich. Nicht die bescheidenen Menschen regieren die Welt, Jason, sondern die korrupten. Und ich habe das Gefühl, daß die Distanz zwischen Korruption und Mord nicht sehr groß ist.«

»Treadstone Seventy-One?«

»Ja. Wir hatten beide recht: Ich will, daß man seine Mörder findet, damit sie für ihr Verbrechen bestraft werden. Und du kannst nicht weglaufen.«

Seine Lippen strichen über ihre Wange und ihr Haar. Er hielt sie fest. »Ich sollte dich hinauswerfen«, sagte er. »Ich sollte von dir verlangen, daß du aus meinem Leben verschwindest. Ich kann es nicht tun, aber ich weiß verdammt genau, daß es besser wäre.«

»Es würde nichts ändern. Ich würde nicht gehen.«

Das Anwaltsbüro lag am Boulevard de la Chapelle. Das von Bücherregalen gesäumte Besprechungszimmer wirkte eher wie eine Bühnenkulisse als ein Büro. In diesem Raum wurden krumme Geschäfte abgewickelt, keine legalen Verträge geschlossen; das war schnell spürbar. Was den Anwalt selbst anging, so vermochten weder der würdevolle weiße Kinnbart noch der silberne Zwicker über seiner Adlernase zu verbergen, daß der Mann seinem Wesen nach käuflich war. Er bestand sogar darauf, das Gespräch in seinem gebrochenen Englisch führen zu dürfen, um später behaupten zu können, etwas nicht verstanden zu haben.

Marie bestritt den größten Teil des Gesprächs, und Borowski ließ sie gewähren. Sie brachte ihre Wünsche vor, änderte die Barschecks in Obligationen, zahlbar in Dollar, in Beträgen von maximal zwanzigtausend Dollar. Sie wies den Anwalt an, die Bank zu instruieren, daß keine fortlaufenden Seriennummern ausgegeben werden dürften und die internationalen Garantieträger für die Zertifikate möglichst viele sein mußten. Der Anwalt begriff ihre Absicht sehr wohl; auf diese Weise komplizierte sie die Ausgabe der Obligationen, so daß Banken oder Makler kaum die Möglichkeit hatten, ihre Herkunft ausfindig zu machen Außerdem würden sie sich in der Regel die zusätzliche Mühe oder gar die Kosten ohnehin nicht aufladen; schließlich waren die Zahlungen garantiert.

Als der Anwalt schließlich gereizt sein Telefongespräch mit Antoine d'Amacourt beendet hatte, hob Marie die Hand.

»Entschuldigen Sie, Monsieur Borowski verlangt zusätzlich, daß Monsieur d'Amacourt weitere zweihunderttausend Franc in bar hinzufügt; einhunderttausend soll er zu den Obligationen legen, die andere Hälfte persönlich überbringen. Er schlägt vor, daß dieser Betrag folgendermaßen aufgeteilt wird: fünfundsiebzigtausend Franc für Monsieur d'Amacourt und fünfundzwanzigtausend für Sie. Er ist sich darüber im klaren, daß er für Ihren Rat und die zusätzliche Mühe, die er Ihnen bereitet hat, tief in Ihrer beider Schuld steht. Es erübrigt sich wohl, darauf hinzuweisen, daß der zweite Betrag nirgendwo erwähnt zu werden braucht.«

Ärger und Verstimmung des Anwalts verschwanden bei ihren Worten und wichen einer Unterwürfigkeit, wie man sie seit den Tagen des Hofes von Versailles nicht mehr gesehen hatte. Alle Arrangements wurden gemäß den ungewöhnlichen — aber völlig verständlichen — Wünschen des Monsieur Borowski und seiner hochgeschätzten Beraterin durchgeführt.

Monsieur Borowski stellte einen ledernen Aktenkoffer für die Obligationen und das Geld zur Verfügung; er würde von einem bewaffneten Kurier getragen werden, der die Bank um 14.30 Uhr verlassen und sich mit Monsieur Borowski eine halbe Stunde später auf dem Pont Neuf treffen würde. Der geschätzte Klient würde sich mit einem kleinen Stück Leder aus der Verkleidung des Koffers ausweisen und dabei die Worte sprechen: »Herr Koenig läßt aus Zürich grüßen.«

So viel zu den Einzelheiten. Kurz vor Aufbruch erklärte Marie St. Jacques: »Es ist uns bewußt, daß die Vorschriften des *fiche* auf den Buchstaben genau erfüllt werden müssen, und wir gehen davon aus, daß Monsieur d'Amacourt entsprechend verfahren wird. Ebenso klar ist uns, daß der richtige Zeitablauf für Monsieur Borowski günstig sein muß. Darauf legen wir allergrößten Wert. Sollte ihm dieser Vorteil nicht gewährt werden, so fürchte ich, daß ich als bekanntes — wenn auch für den Augenblick anonymes — Mitglied der Internationalen Bankenkommission mich gezwungen sähe, gewisse Abweichungen von den üblichen Usancen des Bankwesens und ebenso von den juristischen Gepflogenheiten zu melden. Ich bin überzeugt, daß das nicht notwendig sein wird; schließlich sind Sie gut bezahlt worden, nicht wahr, Monsieur?«

»Selbstverständlich, Madame! Sie haben nichts zu befürchten.«

»Ich weiß«, sagte Marie.

Borowski untersuchte den Schalldämpfer, um sich zu vergewissern, daß er alle Staubfusseln entfernt hatte, die sich angesammelt hatten. Dann drehte er ihn mit einer ruckartigen Bewegung des Handgelenks am Lauf fest und drückte den Knopf, der das Magazin freigab; es war gefüllt. Zufrieden schob er sich die Waffe in den Gürtel und knöpfte die Jacke zu.

Marie hatte die Waffe nicht gesehen. Sie saß auf dem Bett, mit dem Rücken zu ihm und telefonierte mit dem Attaché der kanadischen Botschaft, Dennis Corbelier. Der Rauch einer Zigarette kräuselte vom Aschenbecher neben ihrem Notizbuch empor. Sie notierte sich, was Corbelier ihr mitteilte. Als sie das Gespräch beendet hatte, blieb sie zwei oder drei Sekunden reglos sitzen, den Bleistift noch in der Hand haltend. »Er weiß das von Peter nicht«, sagte sie und wandte sich Jason zu. »Das ist seltsam.«

»Allerdings«, pflichtete Borowski ihr bei. »Ich hätte gedacht, daß er es als einer der ersten erfahren würde. Du sagtest doch, die hätten sich Peters Telefonliste angesehen; er hatte Paris angerufen, Corbelier. Man würde meinen, daß jemand dem nachgegangen ist.«

»Daran hatte ich noch gar nicht gedacht. Ich meinte die Zeitungen, die Nachrichtenagenturen. Peter ist . . . vor achtzehn Stunden gefunden worden. Er war ein wichtiger Mann in der kanadischen Regierung, wenn ich das auch nicht besonders hervorgehoben habe. Sein Tod an sich ist bereits eine Meldung wert, und die Tatsache, daß er ermordet wurde, noch viel mehr . . . aber es ist nichts darüber berichtet worden.«

»Rufe heute abend in Ottawa an. Vielleicht kannst du den Grund erfahren.«

»Das werde ich tun.«

»Was hat Corbelier dir gesagt?«

Maries Blick wanderte zu ihrem Notizbuch. »Die Zulassungsnummer des Wagens vor der Bank in der Rue Madeleine hat nichts gebracht; das Auto ist am Flughafen Charles de Gaulle an einen Jean-Pierre Larousse vermietet worden. Bei der Telefonnummer, die d'Amacourt dir gegeben hat, handelt es sich um die Geheimnummer eines Modehauses an der Rue Saint-Honoré: ›Les Classiques‹. Das ist ein sehr elegantes Geschäft. Es verkauft Haute-Couture-Modelle. Corbelier sagt, in Fachkreisen würde man es das Haus von René nennen.«

»René?«

»René Bergeron, ein Designer. Seit Jahren rechnet man mit seinem großen Durchbruch. Ich kenne ihn, weil meine Schneiderin zu Hause seine Entwürfe kopiert.«

»Hast du die Adresse bekommen?«

Marie nickte. »Warum hat Corbelier das von Peter nicht gewußt? Warum ist in der Presse über seine Ermordung nichts berichtet worden?«

»Vielleicht erfährst du das, wenn du anrufst. Könnte sein, daß es nur an der Zeitverschiebung liegt; die Nachricht kam zu spät für die Frühausgaben hier in Paris.« Als Borowski an den Schrank trat, um seinen Mantel herauszuholen, spürte er das zusätzliche Gewicht in seinem Gürtel. »Ich gehe zur Bank zurück und werde von dort dem Kurier bis zum Pont Neuf folgen.« Er zog den Mantel an und merkte, daß Marie ihm nicht zuhörte. »Das wollte ich noch fragen — tragen diese Leute Uniform?«

»Wer?«

»Geldboten.«

»Der Zeitunterschied würde erklären, warum die Zeitungen noch nichts gebracht haben, aber über die Agenturen müßte die Meldung gelaufen sein. Und Botschaften haben Fernschreiber. Es ist also nichts darüber verlautet worden, Jason.«

»Du kannst heute abend anrufen«, sagte er. »Ich gehe jetzt.«

»Du hast gefragt, ob Geldboten Uniformen tragen. Meistens ja. Sie fahren auch gepanzerte Lieferwagen, aber für den Fall habe ich klare Anweisungen erteilt: Der Transporter soll einen Häuserblock von der Brücke entfernt abgestellt werden. Der Bote muß die letzten paar hundert Meter zu Fuß gehen.«

»Warum hast du das unbedingt so gewollt?«

»Ein uniformierter Kurier ist schon schlimm genug. Aber das ist notwendig; das verlangen die Versicherungen. Ein gepanzerter Lieferwagen ist einfach zu auffällig; dem könnte man zu leicht folgen. Du willst es dir nicht noch einmal anders überlegen und mich doch mitnehmen?«

»Nein.«

»Glaube mir, nichts wird schiefgehen; das würden diese beiden Diebe nicht zulassen.«

»Dann gibt es auch keinen Anlaß für dich, mich zu begleiten. Ich habe es eilig.«

»Ich weiß. Und ohne mich kommst du schneller voran.« Marie stand auf und ging auf ihn zu. »Ich verstehe.« Sie küßte ihn auf die Lippen und bemerkte plötzlich die Waffe, die er im Gürtel trug. Sie sah ihm in die Augen. »Du machst dir Sorgen, nicht wahr?«

»Nein, ich bin nur vorsichtig.« Er lächelte, tippte sie an. »Es ist wirklich viel Geld. Kann sein, daß wir lange Zeit damit auskommen müssen.«

»Das höre ich gern.«

»Was? Daß es eine Menge Geld ist?«

»Nein. Daß du ›wir‹ sagtest.«

»Du redest in Rätseln.«

»Du kannst nicht Obligationen im Wert von mehr als einer Million Dollar in einem Hotelzimmer aufbewahren. Du brauchst einen Safe.«

»Das können wir morgen erledigen.« Er ließ sie los und wandte sich zur Tür. »Während ich weg bin, kannst du ja ›Les Classiques‹ im Telefonbuch suchen und die normale Nummer anrufen. Stelle fest, wie lange sie geöffnet haben.«

Borowski saß auf dem Hintersitz eines geparkten Taxis und beobachtete den Eingang der Bank durch die Windschutzscheibe. Der Fahrer summte eine Melodie und las Zeitung, zufrieden über den Fünfzigfrancschein, den er im voraus bekommen hatte. Der Motor des Wagens lief; darauf hatte der Fahrgast bestanden.

Der gepanzerte Lieferwagen war unmittelbar vor Jasons Taxi auf einem für die Bank reservierten Platz abgestellt. Zwei kleine rote Lichter leuchteten plötzlich über dem kreisförmigen kugelsicheren Fenster der Hecktür auf. Das Alarmsystem war eingeschaltet.

Borowski beugte sich vor und beobachtete den uniformierten Mann, der jetzt zur Seitentür herauskletterte und sich durch die zahlreichen Fußgänger auf den Eingang der Bank zubewegte. Er verspürte ein Gefühl der Erleichterung; es war keiner der drei gutgekleideten Herren, die gestern zur Valois-Bank geeilt waren.

Fünfzehn Minuten später kam der Kurier wieder heraus, den ledernen Aktenkoffer in der linken Hand, die rechte auf ein aufgeknöpftes Pistolenhalfter gestützt. Man konnte deutlich den ausgefransten Riß am Kofferdeckel erkennen. Jason fühlte das Lederstück in der Hemdtasche; damit würde er sich ein Leben weit weg von Carlos ermöglichen, wenn es ein solches Leben überhaupt gab und er es ohne des schrecklichen Labyrinths akzeptieren konnte, aus dem er bis jetzt nicht zu entrinnen vermochte.

Aber selbst dieses Labyrinth, in dem er ständig mit der Umwelt kollidierte, war eine Art Fortschritt für ihn. Denn sein persönliches Labyrinth hatte keine Wände, keine Gänge, durch die er rennen konnte. Wenn er nachts die Augen öffnete, sah er nur wirbelnde Nebelschwaden in der Finsternis.

Warum bloß wurde er immer wieder von Winden emporgeschleudert? Warum stürzte er immer wieder durch die Luft? Warum? Und dann kamen andere Worte zu ihm; er hatte keine Ahnung, woher sie stammten, aber sie waren da, und er hörte sie.

Was bleibt denn übrig, wenn Ihre Erinnerung weg ist? Und Ihre Identität, Mr. Smith?

Hör auf!

Der gepanzerte Lieferwagen bog in die Rue Madeleine ein. Borowski tippte den Fahrer an die Schulter. »Folgen Sie dem Wagen vor uns; lassen Sie wenigstens zwei andere Fahrzeuge zwischen uns«, sagte er auf Französisch.

Der Fahrer drehte sich erschreckt um. »Ich glaube, Sie haben das falsche Taxi, Monsieur. Nehmen Sie Ihr Geld zurück.«

»Ich arbeite für eine Geldtransportfirma, Sie Idiot. Das ist ein Sonderauftrag.«

»Entschuldigen Sie, Monsieur. Wir werden ihn nicht aus den Augen verlieren«, sagte der Fahrer und gab zügig Gas.

Der Lieferwagen schlug den schnellsten Weg zur Seine ein. Drei oder vier Blocks von der Brücke entfernt verlangsamte er seine Fahrt, hielt sich dicht am Bürgersteig, so als hätte der Kurier entschieden, daß er zu früh dran war. Dabei fand Borowski eher, daß er bereits im Begriff war, sich zu verspäten. Es war sechs Minuten vor drei, kaum genug Zeit für den Mann, den Wagen zu parken und den einen Häuserblock bis zur Brücke zu Fuß zu gehen. Warum aber hatte der Panzerwagen seine Fahrt verlangsamt? Verlangsamt? Nein, er hatte angehalten! Warum?

Der Verkehr! . . . Großer Gott, natürlich — der Verkehr!

»Halten Sie hier«, sagte Borowski zu seinem Chauffeur. »Fahren Sie an den Rand. Schnell!«

»Was ist denn, Monsieur?«

»Sie haben Glück«, erwiderte Jason. »Meine Firma ist bereit, Ihnen zusätzliche einhundert Franc zu bezahlen, wenn Sie einfach zu diesem Wagen gehen und ein paar Worte zu dem Fahrer sagen.«

»Was, Monsieur?«

»Wissen Sie, wir überprüfen ihn. Er ist neu bei uns. Wollen Sie nun die hundert Franc?«

»Ich brauche bloß ein paar Worte zu dem Mann zu sagen?«

»Das ist alles. Das dauert höchstens fünf Sekunden, dann können Sie in Ihr Taxi steigen und wegfahren.«

»Es gibt keinen Ärger?«

»Meine Firma gehört zu den angesehensten in ganz Frankreich.«

»Ich weiß nicht . . .«

»Dann lassen Sie es!« Borowski griff nach der Türklinke.

»Was muß ich sagen?«

Jason hielt ihm die hundert Franc hin. »Nur dies: ›Herr Koenig. Grüße aus Zürich.‹ Können Sie sich das merken?«

» ›Koenig. Grüße aus Zürich.‹ «

»Richtig.«

Sie gingen schnell auf den Panzerwagen zu, drückten sich auf die rechte Seite der engen Straße, während links von ihnen der Verkehr vorbeirollte. Der Panzerwagen ist Carlos' Falle, dachte Borowski. Er hatte einen der bewaffneten Kuriere gekauft. Ein einziger Name und ein Treffpunkt, beide über eine überwachte Radiofrequenz durchgegeben, würden einem unterbezahlten Boten einen großen Batzen Geld einbringen. *Borowski. Pont Neuf.* So einfach war das. Dieser Kurier legte weniger großen Wert darauf, pünktlich zu sein, als sicherzustellen, daß die Soldaten von Carlos die Pont Neuf rechtzeitig erreichten. Jason hielt den Taxifahrer an, vier zusätzliche Zweihundertfrancnoten in der Hand; die Augen des Mannes saugten sich förmlich an den Scheinen fest.

»Monsieur?«

»Meine Firma wird sehr großzügig sein. Dieser Mann wird wegen Verletzung seiner Dienstpflicht von uns belangt werden.«

»Was soll ich tun, Monsieur?«

»Nachdem Sie gesagt haben, ›Herr Koenig. Grüße aus Zürich‹, fügen Sie noch hinzu: ›Der Plan ist geändert worden. Ich habe einen Fahrgast in meinem Taxi, der Sie sprechen muß.‹ Behalten Sie das?«

Die Augen des Fahrers kehrten zu den Francsnoten zurück. »Was ist schwierig daran?« Er nahm das Geld.

Sie schoben sich an dem gepanzerten Lieferwagen entlang, Jasons Rücken gegen die Wagenwand gepreßt, die rechte Hand unter dem Mantel am Kolben der Pistole. Der Fahrer trat an das Fenster und klopfte gegen die Scheibe.

»Sie dort drinnen! Herr Koenig! Grüße aus Zürich!« schrie er.

Das Fenster wurde einen Spaltbreit heruntergekurbelt. »Was soll das?« schrie eine Stimme zurück. »Sie sollen doch am Pont Neuf sein, Monsieur!«

Der Taxifahrer war nicht dumm; er wollte aber auch so schnell wie möglich weg. »Nicht ich, Sie Esel!« schrie er, um sich in dem Verkehrslärm Gehör zu verschaffen. »Ich sage Ihnen nur, was man mir aufgetragen hat! Der Plan ist geändert. Ich habe einen Mann in meinem Auto sitzen, der Sie sprechen muß.«

»Sagen Sie ihm, er soll sich beeilen«, sagte Jason und hielt eine Fünfzigfrancnote in die Höhe.

Der Fahrer blickte auf das Geld und dann wieder auf den Kurier. »Beeilen Sie sich! Wenn Sie nicht sofort zu ihm gehen, verlieren Sie Ihren Job!«

»Und jetzt verschwinden Sie hier!« rief Borowski ihm zu. Der Fahrer machte kehrt, riß Jason im Vorbeirennen den Geldschein aus der Hand und raste zu seinem Taxi.

Borowski blieb stehen, wo er war. Was er trotz des Verkehrslärms aus dem Inneren des Geldtransporters dringen hörte, versetzte ihm einen gehörigen Schrecken. Der Kurier war nicht allein; da war noch ein zweiter Mann.

»Es waren die richtigen Worte. Sie haben es gehört.«

»Er sollte auf Sie zukommen. Er sollte sich selbst zeigen.«

»Das wird er auch tun. Und das Stück Leder präsentieren, das genau passen muß. Erwarten Sie von ihm, daß er das inmitten einer mit Autos vollgestopften Straße tut?«

»Mir gefällt das Ganze nicht.«

»Sie haben mich dafür bezahlt, daß ich Ihnen und Ihren Leuten helfe, jemanden zu finden. Nicht, damit ich meinen Job verliere. Ich gehe!«

»Vereinbart ist die Pont Neuf!«

»Sie können mich mal!«

Auf den Trittbrettern waren schwere Schritte zu hören. »Ich komme mit.«

Die Tür öffnete sich; Jason fuhr zurück, die Hand immer noch unter dem Mantel. Er sah, wie sich ein Kindergesicht gegen das Glas eines Wagenfensters drückte, die Augen zusammengekniffen, die jungen Gesichtszüge zu einer häßlichen Maske verzerrt. Das anschwellende Geräusch plärrender Hupen erfüllte die Straße; der Verkehr war zum Stillstand gekommen.

Der Kurier stieg vom Trittbrett, den Aktenkoffer in der linken Hand. Borowski war bereit; in dem Augenblick, in dem der Kurier den Fuß auf die Straße gesetzt hatte, warf er die Tür gegen den zweiten Mann, so daß sie gegen seine Kniescheibe und die ausgestreckte Hand prallte. Der Mann schrie, taumelte zurück in den Wagen. Jason schrie den Kurier an und hielt das Stück Leder in der Hand.

»Ich bin Jason Borowski. Lassen Sie ja die Pistole stecken, sonst verlieren Sie nicht nur Ihren Job, sondern auch Ihr Leben, Sie Schweinehund!«

»Ich hab' es nicht böse gemeint, Monsieur. Die wollten Sie finden! Die interessiert Ihr Geld nicht, darauf haben Sie mein Wort.«

Da flog die Tür auf, und der Lauf einer Pistole wurde auf Borowski gerichtet. Er sprang zur Seite. Dem Schuß folgte ein schrilles Klingeln, das plötzlich aus dem Panzerwagen hallte. Der Alarm war ausgelöst worden.

Wieder schmetterte Jason die Tür zu. Er hörte Metall auf Metall prallen; diesmal hatte er die Waffe getroffen. Er griff nach seinem Revolver, duckte sich und zog blitzschnell die Tür auf.

Er erkannte das Gesicht aus Zürich, den Killer, den sie Johann genannt hatten. Borowski feuerte zweimal; der Mann bäumte sich auf; Blut breitete sich auf seiner Stirn aus.

Der Bote hatte sich mit gezückter Waffe hinter dem Transporter verschanzt und schrie um Hilfe. Borowski sprang auf und warf sich mit einem Satz auf die ausgestreckte Waffe, bekam sie am Lauf zu fassen und riß sie dem Kurier aus der Hand. Dann packte er den Koffer und schrie.

»Nichts Böses, wie? Her damit, du Schwein!«

Er warf die Waffe des Mannes unter den Wagen, sprang auf und stürzte sich in die hysterische Menschenmenge auf dem Bürgersteig.

14.

»Alles ist weisungsgemäß ausgeführt worden«, sagte Marie. Sie hatte die Obligationen nach Beträgen geordnet und einige Stapel Banknoten auf dem Tisch ausgebreitet. »Ich war mir ohnehin sicher.«

»Beinahe hätte es nicht geklappt.«

»Was?«

»Der Mann, den sie Johann nannten, der aus Zürich — er ist tot. Ich habe ihn getötet!«

»Jason, was ist passiert?«

Er erzählte es ihr. »Ich vermute, daß der zweite Wagen im Verkehr steckengeblieben ist und über Funk den Kurier aufgefordert hat, die Fahrt zu verlangsamen. Ich bin sicher, daß es so war.«

»O Gott, die sind überall!«

»Aber sie wissen nicht, wo *ich* bin«, sagte Borowski und blickte in den Spiegel über der Kommode und musterte sein blondes Haar, während er die Schildpattbrille aufsetzte. »Und zuallerletzt würden sie mich in diesem Augenblick — selbst wenn sie ahnten, daß ich davon weiß — in einem Modehaus an der Rue Saint-Honoré vermuten.«

» ›Les Classiques‹?« fragte Marie erstaunt.

»Richtig. Hast du angerufen?«

»Ja, aber das ist doch Wahnsinn!«

»Warum?« Jason wandte sich vom Spiegel ab. »Überleg doch. Vor einer halben Stunde ist ihr Plan geplatzt. Jetzt herrscht Verwirrung; einer wird dem anderen Vorwürfe machen. In diesem Moment sind sie mehr miteinander beschäftigt als mit mir; keiner will eine Kugel in den Hals. Es wird nicht lange dauern, bis sie sich wieder neu formiert haben; dafür wird Carlos sorgen. Aber während der nächsten Stunde, während sie versuchen, sich zusammenzureimen, was geschehen ist, werden sie nicht an einem Ort nach mir suchen, wo sich, geschickt getarnt, ihre Informationszentrale befindet. Sie haben nicht die leiseste Ahnung, daß ich von dem Modegeschäft weiß.«

»Jemand wird dich erkennen!«

»Wer? Sie haben einen Mann von Zürich kommen lassen, um mich zu identifizieren, und der ist tot. Sie können sich kein klares Bild von meinem Äußeren machen.«

»Der Geldbote hat dich gesehen.«

»Die nächsten paar Stunden wird der mit der Polizei beschäftigt sein.«

»D'Amacourt. Der Anwalt!«

»Ich vermute, beide haben inzwischen schon das Land verlassen.«

»Angenommen, man hat sie erwischt?«

»Und? Glaubst du, Carlos würde einen Laden auffliegen lassen, der ihm als Informationszentrale dient? Ganz bestimmt nicht.«

»Jason, ich habe Angst.«

»Ich auch. Aber nicht die Angst, daß man mich erkennt.« Borowski kehrte zum Spiegel zurück und starrte sein Gesicht an. »Welche Farbe haben meine Augen?«

»Was?«

»Nein, sieh mich nicht an. Sag mir, welche Augenfarbe ich habe. Deine sind braun mit grünen Flecken; welche Farbe haben meine?«

»Blau . . . bläulich . . . oder grau . . . wirklich, ich . . . .« Marie hielt inne. »Ich weiß nicht genau. Ist das nicht schrecklich von mir?«

»Das ist völlig normal. Eigentlich sind sie hellbraun, aber nicht immer. Selbst mir ist das aufgefallen. Wenn ich ein blaues Hemd oder eine blaue Krawatte trage, wirken sie blau; in Verbindung mit einem braunen Jackett oder einem braunen Mantel sind sie grau.«

»Das ist gar nichts Ungewöhnliches.«

»Schon möglich. Aber wie viele Menschen tragen Kontaktlinsen, wenn sie ganz normal sehen können?«

»Kontaktlinsen?«

»Ja, das habe ich gesagt«, bestätigte Jason. »Ich meine eine bestimmte Art von Kontaktlinsen, die man trägt, um die Augenfarbe zu verändern. Sie sind besonders wirksam bei hellbraunen Augen. Als Washburn mich das erstemal untersuchte, stellte er fest, daß ich längere Zeit solche Linsen getragen haben muß. Das ist einer der Hinweise, nicht wahr?«

»Du kannst daraus machen, was du willst«, entgegnete Marie — »wenn es stimmt.«

»Warum sollte Washburn sich geirrt haben?«

»Weil er öfter betrunken als nüchtern war, wie du mir erzählt hast. Er hat von einer Vermutung auf die nächste geschlossen. Weiß der Himmel, wie sehr ihn der Alkohol dabei beeinflußt hat. Er hat sich nie eindeutig ausgedrückt. Das konnte er gar nicht.«

»In einem Punkt schon. Ich bin ein Chamäleon, wie dafür geschaffen, in eine flexible Form zu passen. Ich möchte herausfinden, wessen Form das ist; vielleicht kann ich das jetzt. Dank deiner Hilfe habe ich eine Adresse, vielleicht weiß dort jemand die Wahrheit über mich.«

»Ich kann dich nicht aufhalten, aber sei um Gottes willen vorsichtig! Wenn sie dich erkennen, werden sie dich töten!«

»Nein. Dort nicht; das wäre fatal für ihr Geschäft.«

»Ich finde das gar nicht komisch, Jason.«

»Ich auch nicht. Ich verlasse mich sehr ernsthaft darauf.«

»Was wirst du tun? Ich meine, wie wirst du vorgehen?«

»Das werde ich entscheiden, wenn ich dort bin. Ich werde sehen, ob jemand herumläuft und nervös oder verängstigt aussieht oder auf einen Telefonanruf wartet, als hinge sein Leben davon ab.«

»Und dann?«

»Dann werde ich mich wie bei d'Amacourt verhalten: vor dem Eingang warten und dem Betreffenden folgen. Ich werde ihm ganz nahe sein; er kann mir nicht entkommen. Und ich werde höllisch aufpassen.«

»Wirst du mich anrufen?«

»Ich werde es versuchen.«

»Das Warten wird mich verrückt machen.«

»Dann warte nicht. Du könntest inzwischen die Wertpapiere irgendwo deponieren.«

»Die Banken sind geschlossen.«

»Ein großes Hotel hat auch einen Safe.«

»Man muß dort ein Zimmer haben.«

»Dann nimm eines. Im ›Meurice‹ zum Beispiel oder im ›George Cinq‹. Laß den Koffer an der Rezeption, aber komme wieder hierher zurück.«

Marie nickte. »Auf die Weise habe ich wenigstens etwas zu tun.«

»Anschließend rufst du Ottawa an. Versuche herauszufinden, was mit Peter geschehen ist.«

»Das werde ich.«

Borowski trat an den Nachttisch und steckte sich ein Bündel Geldscheine in die Jackentasche. »Bestechung wäre einfacher«, sagte er. »Ich glaube nicht, daß es dazu kommen wird, aber es könnte ja sein.«

»Ja, durchaus«, pflichtete Marie ihm bei und fuhr im gleichen Atemzug fort: »Hast du dich gerade gehört? Du hast soeben die Namen von zwei Hotels genannt.«

»Ja, das habe ich.« Er drehte sich herum und sah sie an. »Ich bin schon hier gewesen. Viele Male. Ich habe hier gewohnt, aber nicht in diesen Hotels. In Nebenstraßen, denke ich. In solchen, die sich nicht sehr leicht finden lassen.«

Sie schwiegen. Die Angst, die sich im Raum ausgebreitet hatte, war fast körperlich zu spüren.

»Ich liebe dich, Jason.«

»Ich liebe dich auch«, sagte Borowski.

»Komm zu mir zurück. Gleichgültig, was geschieht, komm zu mir zurück.«

Die Spotlights, die an der dunkelbraunen Decke angebracht waren, tauchten die teuer gekleideten Kunden in ein warmes, schmeichelhaftes Licht. Die Vitrinen für Schmuck und Accessoires waren mit schwarzem Samt ausgeschlagen und mit einer raffinierten indirekten Beleuchtung versehen. Die Gänge wanden sich im Halbkreis und vermittelten die Illusion von räumlicher Großzügigkeit, die in Wirklichkeit gar nicht gegeben war, denn ›Les Classiques‹ war zwar nicht klein, aber keineswegs ein großes Haus. Es war vielmehr ein elegant ausgestattetes Geschäft an einer der teuersten Straßen von Paris. Im hinteren Teil befanden sich die Umkleidekabinen mit Türen aus gefärbtem Glas. Auf der Empore darüber, über eine Freitreppe erreichbar, lagen die Büros der Geschäftsleitung. Am Fuße der Treppe war die Telefonzentrale eingerichtet, die von einem seltsam deplaziert wirkenden Mann in einem konservativen Straßenanzug besetzt war.

Das Bedienungspersonal bestand vorwiegend aus Frauen, deren schmale Gesichter und schlanke Figuren darauf hindeuteten, daß sie zuvor als Mannequins gearbeitet hatten. Die wenigen Männer waren ebenfalls schlank und trugen eng anliegende Anzüge. Mit tänzerischer Geschmeidigkeit bewegten sie sich durch die Verkaufsräume.

Romantische Musik ergoß sich aus versteckten Lautsprechern. Jason schlenderte durch die Gänge, schaute sich die ausgestellten Kleider an und befühlte ihre Stoffe. Das half ihm, seine Verblüffung zu verbergen. Wo war die Verwirrung, die Angst, die er im Herzen von Carlos' Informationszentrum zu finden erwartet hatte? Er blickte nach oben auf die Empore. Dort liefen Männer und Frauen über den Flur, manche blieben stehen und wechselten ein paar Sätze mit einem Kollegen. Nirgends war die geringste Andeutung von Nervosität zu verspüren; überhaupt keine Spur davon, daß ihr Plan gescheitert war, daß ein Killer — Carlos' einziger Mann in Paris, der ihre Zielperson hätte identifizieren können — von einer Kugel in den Kopf getötet worden war.

Es war unglaublich, und sei es nur, weil die ganze Atmosphäre das genaue Gegenteil von dem war, was er erwartet hatte. In diesem Laden bemerkte er Gesichter, keine huschenden Augen, keine abrupten Bewegungen, die Alarm bedeuteten; nichts war ungewöhnlich.

Und doch — irgendwo mußte es hier eine Person geben, die nicht nur Carlos' Vertrauen besaß, sondern auch autorisiert war, drei Killer einzusetzen. Eine Frau . . .

Da sah er sie; sie mußte es sein. Sie kam die teppichbelegte Freitreppe herunter, eine hochgewachsene, eindrucksvolle Frau mit einem Gesicht, das sich durch eine dicke Schicht Make-up in eine starre Maske verwandelt hatte. Sie wurde von einem gertenschlanken Angestellten aufgehalten, der ihr einen Verkaufsbeleg hinhielt; sie warf einen Blick darauf und sah dann hinunter auf den Verkaufstresen für Schmuck, vor dem ein nervöser Mann in mittleren Jahren stand. Der Blick war kurz, aber eindeutig. Was er ausdrückte, war ebenso klar: Also gut, mon ami, nimm die Klunker mit, aber bezahle deine Rechnung bald, sonst könnte es das nächste Mal peinlich für dich werden. Oder noch schlimmer: ich könnte deine Frau anrufen. Im Bruchteil einer Sekunde war der Tadel verflogen; ein Lächeln, so falsch wie es breit war, brach die Maske auf, und die Frau nahm mit einem Kopfnicken den Stift, den der Angestellte ihr hinhielt, und zeichnete schwungvoll den Beleg ab. Dann setzte sie ihren Weg die Treppe herunter fort, gefolgt von dem Angestellten, der sich im Gespräch zu ihr neigte. Es war offensichtlich, daß er ihr schmeichelte; sie blieb auf der untersten Stufe stehen, drehte sich herum, griff sich in das von hellen Strähnen durchzogene dunkle Haar und tippte, wie um sich für das Kompliment zu bedanken, mit dem Zeigefinger auf sein Handgelenk.

In den Augen der Frau war wenig Gelassenheit. Sie waren so wach wie das Paar Augen, das Borowski hinter goldgeränderten Brillengläsern in Zürich gesehen hatte.

Instinktiv fühlte er, daß sein Ziel sie war; blieb nur noch die Frage, wie er den Kontakt mit ihr finden sollte! Die ersten Schritte durften weder zu auffällig noch zu zaghaft sein. Geschickt mußte er ihre Aufmerksamkeit auf sich lenken. Sie mußte zu ihm kommen.

Die nächsten paar Minuten erstaunten Jason, das heißt, er staunte über sich selbst. Ihn verblüffte die Leichtigkeit, mit der er in eine Rolle hineinschlüpfte, die ganz anders war als er selbst — so wie er sich kannte. Wo er noch vor Minuten nur Beschauer gewesen war, fing er jetzt an, den kritischen Kunden zu spielen. Er zog Blusen aus den Regalen, hielt die Stoffe ans Licht, musterte die Nähte, untersuchte Knöpfe und Knopflöcher, fuhr mit den Fingern über Krägen und hob sie hoch. Er war ein Kenner guter Kleidung, ein versierter Käufer, der wußte, was er wollte, und schnell das abtat, was nicht seinem Geschmack entsprach. Das einzige, worauf er nicht achtete, waren die Preisschilder — sie waren offensichtlich völlig nebensächlich für ihn.

Eben diese Tatsache erweckte das Interesse der stattlichen Frau, die immer wieder in seine Richtung schaute. Eine Verkäuferin tänzelte mit ihrem konkav geformten Körper auf ihn zu, um ihm behilflich zu sein. Er lächelte höflich und sagte, er zöge es vor, selbst herumzustöbern. Weniger als eine halbe Minute später stand er hinter drei Verkaufspuppen, die mit den teuersten Modellen drapiert waren, die im ›Les Classiques‹ ausgestellt wurden. Er hob die Brauen, schob dann billigend die Lippen vor und spähte zwischen den Plastikfiguren zu der Frau hinter dem Tresen hinüber. Sie flüsterte der Verkäuferin, die ihn angesprochen hatte, etwas zu; das ehemalige Mannequin schüttelte den Kopf und zuckte die Schultern.

Borowski stand mit verschränkten Armen da, blies die Backen auf und ließ langsam den Atem zwischen den Lippen entweichen, während sein Blick zwischen den drei Puppen hin und her wanderte; er war unsicher, ein Mann, der im Begriffe war, seine Entscheidung zu treffen. Und ein potentieller Kunde in dieser Lage, dazu einer, der nicht auf Preisschilder achtete, brauchte Hilfe von der cleversten Person in seiner Umgebung. Die arrogant wirkende Frau schob sich die Frisur zurecht und kam mit wiegendem Schritt auf ihn zu.

»Ich sehe, Sie sind bei den besseren Stücken angelangt, Monsieur«, sagte die Frau auf Englisch, was auf einen geschulten Blick schließen ließ.

»Das hoffe ich«, erwiderte Jason. »Sie haben eine interessante Kollektion, aber man muß ja wählerisch sein, nicht wahr?«

»Das zeichnet immer den aus, der das Besondere sucht, Monsieur. Alle unsere Modelle sind exklusiv.«

»Das sagt gar nichts, Madame.«

»Ah, Sie sprechen Französisch?«

»Ein wenig.«

»Sind Sie Amerikaner?«

»Ich bin selten hier«, sagte Borowski. »Die Kleider werden nur für Sie angefertigt?«

»O ja. Entworfen hat sie der Modeschöpfer René Bergeron. Ich bin sicher, daß Sie schon von ihm gehört haben.«

Jason runzelte die Stirn. »Ja, das habe ich. Er genießt hohen Respekt, aber der große Durchbruch ist ihm bisher noch nicht gelungen, oder?«

»Das kommt noch, Monsieur. Sein Ruf wächst von Kollektion zu Kollektion. Vor einigen Jahren hat er für St. Laurent gearbeitet, danach für Givenchy. Manche sagen, daß er viel mehr getan hat als nur die Schnitte angefertigt, wenn Sie verstehen, was ich meine.«

»Das ist nicht schwer.«

»Und wie die miese Konkurrenz versuchte, ihn in den Hintergrund zu drängen! Richtig übel ist das! Er betet Frauen an; er schmeichelt ihnen mit seiner Mode und macht keine kleinen Jungen aus ihnen. Sie wissen, was ich meine?«

»Absolut.«

»Eines Tages, in nicht allzu ferner Zukunft, wird er in der ganzen Welt berühmt sein.«

»Sie sprechen sehr überzeugt. Ich nehme diese drei. Die haben doch etwa Größe zwölf?«

»Vierzehn, Monsieur. Wir ändern sie natürlich.«

»Ich fürchte, die Zeit habe ich nicht, aber in Cap-Ferrat gibt es doch sicher gute Schneider.«

»*Naturellement*«, räumte die Frau schnell ein.

»Und dann . . .« Borowski zögerte und runzelte wieder die Stirn. »Weil ich schon mal hier bin, könnten Sie mir, um mir Zeit zu sparen, noch ein paar andere Sachen in einem ähnlichen Stil aussuchen?«

»Sehr gern, Monsieur.«

»Danke, das ist sehr liebenswürdig. Ich hatte einen langen Flug von den Bahamas und bin sehr erschöpft.«

»Würden Monsieur sich gerne setzen?«

»Offen gestanden, ich würde gerne einen Drink nehmen.«

»Das läßt sich natürlich arrangieren. Die Rechnung, Monsieur . . .«

»Ich zahle in bar, denke ich«, sagte Jason, wohl wissend, daß diese Zahlungsweise der Geschäftsführerin von ›Les Classiques‹ am sympathischsten sein würde. »Mit Schecks ist das immer so eine Sache, nicht wahr?«

»Sic sind so klug, wie Sie wählerisch sind.« Das starre Lächeln ließ die Maske wieder aufspringen, ohne daß die Augen sich dabei veränderten. »Was den Drink angeht, warum nehmen Sie ihn nicht in meinem Büro? Dort sind Sie ganz für sich; Sie können sich entspannen, und ich bringe Ihnen eine Auswahl.«

»Ausgezeichnet!«

»Welche Preislage, Monsieur?«

»Suchen Sie das Beste aus, Madame.«

»Natürlich!« Eine schmale weiße Hand streckte sich ihm entgegen. »Ich bin Jacqueline Lavier, Mitinhaberin von ›Les Classiques‹.«

Borowski nahm die Hand, ohne einen Namen zu nennen. Vielleicht folgte der in weniger öffentlicher Umgebung, schien sein Gesicht auszudrücken, aber nicht im Augenblick. »Ihr Büro? Meines ist ein paar tausend Meilen von hier entfernt.«

»Wenn Sie mir bitte folgen wollen, Monsieur.« Erneut flackerte das starre Lächeln auf. Madame Lavier wies zur Treppe.

Jason war überzeugt, daß die Frau neben ihm die Befehle zum Mord, die ein gesichtsloser Mann erteilt hatte, der absoluten Gehorsam forderte, weitergeleitet hatte. Und doch gab es nicht den geringsten Hinweis, daß auch nur eine Strähne ihres perfekt frisierten Haares von nervösen Fingern in Unordnung gebracht worden war, keine Blässe auf der gemeißelten Maske, die auf Angst schließen ließe. Ein Teil einer Gleichung fehlte . . . dafür war eine andere bestätigt worden, was ihn sehr beunruhigte.

Er selbst war ein Chamäleon. Die Scharade hatte ihren Zweck erfüllt; er befand sich im Lager des Feindes, überzeugt, daß man ihn nicht erkannt hatte. Dies war nicht das erstemal, daß er solche Dinge tat. Er war ein Mann, der durch einen ihm unbekannten Dschungel rannte — und trotzdem fand er instinktiv seinen Weg, wußte, wo die Fallen lagen und wie man ihnen auswich. Das Chamäleon war ein Experte.

Während sie die Treppe hinaufgingen, sprach der konservativ gekleidete Mann in mittleren Jahren, der die Telefonanlage bediente, leise in ein Mikrophon und nickte fast müde mit dem grauhaarigen Kopf, als wolle er den Gesprächspartner am anderen Ende der Leitung davon überzeugen, daß *ihre* Welt so beschaulich und ruhig war, wie sie sein sollte.

Borowski blieb auf der siebten Stufe stehen, er tat es unwillkürlich. Der Kopf des Mannes, die Form seiner Backenknochen, das lichter werdende graue Haar, die Art und Weise, wie es sich über das Ohr legte — all das verriet ihm, daß er diesen Mann schon einmal gesehen hatte. Irgendwo. In jener Vergangenheit, an die er sich nicht erinnerte, die jetzt aber schemenhaft Gestalt annahm, mit Dunkelheit . . . mit Blitzen von Licht; Explosionen; Nebel; Sturmböen, gefolgt von Stille. Was war das? Wo war es passiert? Warum war da jetzt wieder der Schmerz in seinen Augen? Der grauhaarige Mann drehte sich langsam in seinem Drehsessel herum. Jason blickte weg, ehe der andere sein Gesicht sehen konnte.

»Monsieur scheint unsere ungewöhnliche Telefonzentrale zu gefallen«, sagte Madame Lavier. »Das hebt ›Les Classiques‹ von den anderen Geschäften auf der Rue Saint-Honoré ab.«

»Wieso?« fragte Borowski, während sie weiter die Stufen hinaufgingen.

»Wenn eine Kundin ›Les Classiques‹ anruft, meldet sich nicht eine nichtssagende Frauenstimme, sondern ein kultivierter Herr, der über sämtliche Informationen verfügt.«

»Eine nette Geste.«

»Andere Herren finden das auch«, fügte sie hinzu. »Besonders, wenn sie telefonisch Käufe tätigen, bei denen sie auf Vertraulichkeit Wert legen.«

Sie erreichten Jacqueline Laviers geräumiges Büro. Es war der Arbeitsplatz einer effizienten Führungspersönlichkeit. Auf dem

Schreibtisch lagen Dutzende von Papieren, die zu verschiedenen Haufen gestapelt waren. An ein Brett waren Aquarellskizzen gepinnt, die in kräftigen Farben gemalt waren und ihre Initialen trugen. Die Wände waren bedeckt mit gerahmten Fotos der *Beautiful People,* wobei ihre Schönheit nur zu oft von aufgerissenen Mündern oder einem Lächeln entstellt wurde. Die parfümierte Luft drängte ihm den Gedanken auf, daß dies die Höhle einer älter werdenden, auf und ab schreitenden Tigerin war, jederzeit bereit, jeden anzugreifen, der ihren Besitz oder die Erfüllung ihrer Wünsche gefährdete. Aber sie war diszipliniert, und wenn man alles bedachte, eine sehr nützliche Verbindungsperson für Carlos.

Wer war der Mann an der Telefonvermittlung? Wo hatte er ihn gesehen?

Sie wies auf eine Anzahl von Flaschen und bot ihm einen Drink an; er wählte Brandy.

»Setzen Sie sich doch, Monsieur. Ich werde René bitten, uns behilflich zu sein, wenn ich ihn finden kann.«

»Das ist sehr liebenswürdig, aber ich bin sicher, daß alles, was Sie wählen, zufriedenstellend sein wird. Ihr besonderer Geschmack ist hier in diesem Büro zu verspüren. Ich fühle mich wohl damit.«

»Sie sind zu großzügig.«

»Nur wenn es angebracht ist«, sagte Jason, der sich immer noch nicht gesetzt hatte. »Ich würde mir gerne die Fotos ansehen. Ich erkenne da eine ganze Anzahl Bekannte, wenn nicht gar Freunde. Viele dieser Gesichter sind auf den Bahamas nicht unbekannt.«

»Bestimmt nicht«, pflichtete Madame Lavier mit einem Tonfall bei, der erkennen ließ, daß ihr die Reiseziele ihrer reichen Kunden bestens vertraut waren. »Es dauert nicht lange, Monsieur.«

Gewiß nicht, dachte Borowski, als die Teilhaberin von ›Les Classiques‹ aus dem Büro schwebte. Madame Lavier würde nicht zulassen, daß ein müdes, wohlhabendes Opfer sich zu viel Zeit zum Nachdenken ließ. Sie würde mit den teuersten Modellen zurückkommen, die sie so schnell wie möglich zusammenraffte. Wenn es daher in dem Raum etwas gab, das ein Licht auf die Agentin von Carlos — oder auf den Mörder selbst — werfen konnte, mußte er es schnell finden.

Jason warf einen konzentrierten Blick auf die Papiere, die auf dem Schreibtisch lagen: Rechnungen, Quittungen, unbezahlte Lieferantenrechnungen und Mahnbriefe an Kunden. Ein Adreßbuch war aufgeschlagen, so daß man vier Namen lesen konnte; er trat näher, um mehr erkennen zu können. Bei jeder Eintragung handelte es sich um eine Firma, und ihre Repräsentanten standen in Klammern dahinter, wobei die Positionen der Betreffenden unterstrichen waren. Er überlegte, ob er sich die Firmen und die Personen einprägen sollte. Er war gerade im Begriff, das zu tun, als sein Blick auf den Rand einer Karteikarte fiel, die von dem Telefon fast verdeckt wurde. Und da war noch etwas — kaum zu erkennen: ein Streifen durchsichtiges Klebeband, das am Rand der Karte entlangführte und sie auf der Tischplatte festhielt. Das Klebeband selbst war relativ neu, erst vor kurzem über das Papier geklebt; es war ganz sauber, ohne jegliche Schmutz- oder Staubspuren, die darauf hingedeutet hätten, daß es sich schon lange dort befand.

Instinkt.

Borowski griff nach dem Telefon, um es zur Seite zu schieben. In dem Moment klingelte es. Der schrille Klang ließ ihn zusammenzucken. Kaum hatte er den Apparat auf den Tisch zurückgestellt und einen Schritt gemacht, als ein Mann ohne Jackett durch die offene Tür vom Korridor hereinrannte. Er blieb stehen, starrte Borowski an; sein Blick wirkte verblüfft, aber ohne Argwohn. Das Telefon klingelte erneut, und der Mann trat schnell an den Schreibtisch und nahm den Hörer ab.

»*Allô?*« Dann herrschte Schweigen, denn der Mann lauschte mit gesenktem Kopf. Er war braungebrannt und hatte eine muskulöse Figur. Auffallend waren die schmalen Lippen in seinem straffen Gesicht. Das kurz gestutzte Haar war dunkelbraun und sehr gepflegt. Die Muskeln seiner nackten Arme bewegten sich unter der Haut, als er den Hörer von einer Hand in die andere wechselte und mit harter Stimme sagte: »*Nicht hier . . . Weiß nicht . . . Ruf später an.*« Er legte auf und sah Jason an. »Wo ist Jacqueline?«

»Etwas langsamer, bitte«, sagte Borowski in Englisch und tat, als hätte er nicht verstanden. »Mein Französisch ist nicht so gut.«

»Entschuldigung«, erwiderte der smarte Mann. »Ich habe Madame Lavier gesucht. Wo ist sie?«

»Damit beschäftigt, mein Konto zu plündern.« Jason lächelte und hob das Glas an die Lippen.

»Oh? Und wer sind Sie, Monsieur?

»Wer sind *Sie?*«

Der Mann studierte Borowski. »René Bergeron.«

»O Gott!« rief Jason aus. »Sie sucht Sie.« Borowski lächelte wieder. »Sollte ich mir von den Bahamas telegrafisch Geld schicken lassen müssen, sind Sie der Grund dafür.«

»Sie sind sehr liebenswürdig, Monsieur. Ich muß um Entschuldigung bitten, daß ich so hereingeplatzt bin.«

»Es war schon besser, daß Sie das Telefon abgenommen haben — bei meinem dürftigen Französisch.«

»Mit wem, Monsieur, habe ich die Ehre zu sprechen?«

»Briggs«, sagte Jason, der keine Ahnung hatte, woher der Name kam und erstaunt war, daß er sich so schnell einstellte, so natürlich. »Charles Briggs.«

»Ein Vergnügen, Ihre Bekanntschaft zu machen.« Bergeron streckte ihm die Hand hin; sein Griff war fest. »Sie sagen, Jacqueline sucht mich?«

»Wegen mir, fürchte ich.«

»Ich werde sie finden.« Der Mann ging hinaus.

Borowski trat an den Schreibtisch, die Augen auf die Tür gerichtet, die Hand am Telefon. Er schob es beiseite. Er sah zwei Telefonnummern auf der Karteikarte: Die erste war ein Anschluß in Zürich, durch die Vorwahlnummer erkennbar, die zweite gehörte offensichtlich einem Teilnehmer in Paris.

Instinkt. Er hatte recht gehabt, dabei war ein Streifen durchsichtiges Klebeband die einzige Spur gewesen, die er gebraucht hatte. Er starrte die Nummern an, merkte sie sich und stellte das Telefon wieder zurück.

Er war gerade um den Schreibtisch herumgelaufen, als Madame Lavier mit einem halben Dutzend Kleidern über dem Arm ins Zimmer schwebte. »Ich bin René auf der Treppe begegnet. Er ist von meiner Wahl begeistert. Er hat mir auch gesagt, daß Ihr Name Briggs ist, Monsieur.«

»Ich hätte mich selbst vorstellen sollen«, meinte Borowski und erwiderte ihr Lächeln. »Aber ich glaube nicht, daß Sie mich gefragt haben.«

»Schon gut, Monsieur.« Sie legte die Kleider vorsichtig über einige Stühle. »Ich glaube wirklich, daß das, was ich hier habe, zu den schönsten Kreationen gehört, die René uns je gebracht hat.«

»Ihnen gebracht hat? Er arbeitet also nicht hier?«

»Eine Redensart; sein Atelier ist am Ende des Korridors, aber es ist wie ein Heiligtum. Selbst ich zittere, wenn ich es betrete.«

»Die Modelle sind wirklich wunderschön«, schmeichelte Borowski der Frau und schritt von einem Kleid zum anderen. »Die nehme ich«, fügte er hinzu und deutete auf drei Kleider.

»Eine hervorragende Wahl, Monsieur Briggs!«

»Packen Sie sie mit den anderen ein, wenn Sie so liebenswürdig wären.«

»Natürlich. Die Dame ist zu beglückwünschen.«

»Sie ist ein guter Kamerad, aber ein verzogenes Kind, fürchte ich. Ich bin viel weggewesen und habe mich nur sehr selten um sie gekümmert; also denke ich, sollte ich Frieden machen. Das ist einer der Gründe, warum ich sie nach Cap-Ferrat geschickt habe.« Er lächelte und nahm seine Louis-Vuitton-Brieftasche heraus. »Würden Sie mir die Rechnung zusammenstellen?«

»Ich werde veranlassen, daß eines der Mädchen alles fertig macht.« Madame Lavier drückte einen Knopf an der Sprechanlage neben dem Telefon. Jason beobachtete sie scharf. Er war darauf vorbereitet, das Gespräch zu erwähnen, das Bergeron entgegengenommen hatte, falls der Frau auffiel, daß das Telefon nicht genau am gewohnten Platz stand. »*Faites venir Janine — avec les robes. La facture aussi.*« Sie stand auf. »Noch einen Brandy, Monsieur Briggs?«

»*Merci bien.*« Borowski hielt ihr sein Glas hin; sie nahm es und trat an die Bar. Jason wußte, daß die Zeit für das, was er vorhatte, noch nicht gekommen war. Erst mußte er sich von seinem Geld getrennt haben. Aber er konnte sich weiter bemühen, die Mitinhaberin von ›Les Classiques‹ für sich einzunehmen. »Dieser Bergeron«, sagte er, »arbeitet er ausschließlich für Ihr Geschäft?«

Madame Lavier drehte das Glas in der Hand. »Ja. Wir sind hier eine kleine Familie.«

Borowski nahm den Brandy entgegen, nickte dankend und setzte sich in den Lehnstuhl vor dem Schreibtisch.

Die hochgewachsene, hagere Angestellte, die ihn unten im Laden angesprochen hatte, kam mit einem Quittungsblock ins Zimmer. Schnelle Anweisungen wurden erteilt, Beträge eingetragen, die Kleider der Reihe nach auf einen Stuhl gelegt, während der Quittungsblock von einer Hand zur anderen wanderte. Schließlich hielt Madame Lavier Jason die komplette Rechnung hin. »Bitte, Monsieur«, sagte sie, »überprüfen Sie.«

Borowski schüttelte den Kopf. »Schon gut. Wie hoch ist der Betrag?« fragte er.

»Zwanzigtausendeinhundert Franc, Monsieur«, antwortete die Partnerin von ›Les Classiques‹ und wartete auf seine Reaktion.

Jason zog ungerührt die Geldscheine aus der Brieftasche und reichte sie ihr. Sie nickte und gab sie der schlanken Verkäuferin, die mit den Kleidern aus dem Büro stelzte.

»Alles wird eingepackt und mit Ihrem Wechselgeld hierher gebracht werden.« Sie trat an ihren Schreibtisch und setzte sich. »Sie reisen also jetzt nach Ferrat. Dort ist es bestimmt sehr schön.«

Er hatte bezahlt; die Zeit war jetzt da. »Ich habe noch eine Nacht in Paris, ehe ich in den Kindergarten zurückkehre«, sagte Jason und hob sein Glas, wie um sich selbst zu verspotten.

»Ja, Sie erwähnten, daß Ihre Freundin sehr jung ist.«

»Ein Kind, habe ich gesagt, und das ist sie. Sie ist eine gute Gefährtin, aber ich glaube, daß ich die Gesellschaft reiferer Frauen vorziehe.«

»Sie müssen sie sehr gerne mögen«, wandte die Frau ein, von seinen Worten geschmeichelt und betastete ihr perfekt frisiertes Haar.

»Sie kaufen ihr so reizende und offen gestanden sehr teure Dinge.«

»Ein geringer Preis, wenn man bedenkt, was sie tun könnte.«

»Wirklich?«

»Sie ist meine Frau, meine dritte, um genau zu sein, und auf den Bahamas ist es sehr wichtig, daß man den Schein wahrt. Aber das ist wohl überall das gleiche. Mein Leben ist ganz in Ordnung.«

»Sicher ist es das, Monsieur.«

»Weil wir gerade von den Bahamas sprechen, da ist mir vor ein paar Minuten etwas in den Sinn gekommen, deshalb habe ich sie wegen Bergeron gefragt.«

»Was denn?«

»Sie halten mich vielleicht für ungestüm; aber ich versichere Ihnen, daß ich das nicht bin. Wenn mir etwas in den Sinn kommt, muß ich das gleich untersuchen. Da Bergeron exklusiv für Sie arbeitet — haben Sie eigentlich je daran gedacht, eine Filiale auf den Inseln zu eröffnen?«

»Auf den Bahamas?«

»Ja, und auf anderen Inseln in der Karibik.«

»Monsieur, der Laden allein hier ist oft schon mehr, als wir schaffen können.«

»Nicht in Eigenregie, meinte ich. Ich dachte an Konzession für exclusive Modelle, an eine Zusammenarbeit mit Geschäftsleuten auf Provisionsbasis.«

»Dazu gehört beträchtliches Kapital, Monsieur Briggs.«

»Nur für den Anfang, um ins Geschäft zu kommen. In den besseren Hotels und Clubs hängt es normalerweise davon ab, wie gut man die Direktion kennt.«

»Und zu denen haben Sie gute Beziehungen?«

»Sehr gute sogar. Wie gesagt, das war nur so eine Idee, aber ich glaube, es lohnt sich, darüber nachzudenken. Ihre Etiketts würden viel Prestige haben: ›Les Classiques‹ — Paris, Bahamas . . . Caneel Bay, vielleicht.« Borowski leerte sein Glas. »Aber wahrscheinlich halten Sie mich für verrückt. Betrachten Sie es nur so als dahingeredet . . . obwohl ich schon manchmal ein paar Dollar mit spontanen Einfällen verdient habe, die auch nicht ohne Risiken waren.«

»Risiken?« Jacqueline Lavier griff sich wieder ins Haar.

»Ich verschenke Ideen nicht, Madame. Gewöhnlich verwirkliche ich sie selber.«

»Ich verstehe. Die Idee klingt schon verlockend.«

»Das denke ich auch. In dem Zusammenhang würde mich natürlich Ihre schriftliche Vereinbarung mit Bergeron interessieren.«

»Die könnte ich Ihnen zeigen, Monsieur.«

»Fein. Wenn Sie Zeit haben, könnten wir uns ja beim Dinner weiter darüber unterhalten. Heute ist mein einziger Abend in Paris.«

»Und Sie ziehen die Gesellschaft reiferer Frauen vor«, meinte Jacqueline Lavier, und die Maske verzog sich wieder zu einem Lächeln.

»Das ist wahr, Madame.«

»Das läßt sich arrangieren«, sagte sie und griff nach dem Hörer.

Das Telefon! Carlos!

Er würde sie töten, wenn er das wüßte. Er würde die Wahrheit erfahren.

Marie drängte sich durch die Menge, die den Telefonkomplex an der Rue Vaugirard bevölkerte, auf eine freie Kabine zu, die man ihr zugewiesen hatte. Sie hatte ein Zimmer im ›Meurice‹ genommen, den Aktenkoffer an der Rezeption abgegeben und war fast eine halbe Stunde allein in dem Zimmer geblieben — bis sie es nicht mehr ertragen konnte. Sie hatte eine leere Wand angestarrt und über Jason nachgedacht, über den Wahnsinn der letzten acht Tage, der sie in eine Welt geschleudert hatte, die ihr Vorstellungsvermögen überstieg. Jason: rücksichtsvoll, beängstigend, verwirrend. Jason Borowski: ein Mann, der soviel Gewalttätigkeit in sich hatte und doch soviel Mitgefühl; der sich auf so schreckliche Weise darauf verstand, sich mit einer Welt auseinanderzusetzen, mit der der gewöhnliche Mensch nie in Berührung kommt. Woher kam er? Wer hatte ihn gelehrt, sich in den dunklen Nebenstraßen von Paris, Marseille und Zürich zurechtzufinden? Was war der Ferne Osten für ihn? Waren ihm die Sprachen dort vertraut? Was für Sprachen?

Tao.

Che-sah.

Tam Quan.

Eine andere Welt, und sie war ihr völlig fremd. Aber sie kannte Jason Borowski, oder besser, den Mann, der sich Jason Borowski nannte, und hielt sich an dem Anstand in ihm fest, von dem sie wußte, daß er da war. Sie liebte ihn!

Iljitsch Ramirez Sanchez, genannt Carlos: was war er für Jason Borowski?

Hör auf! hatte sie sich angeschrien, während sie alleine im Hotelzimmer saß. Und dann hatte sie das getan, was sie Jason so viele Male hatte tun sehen: sie war vom Stuhl aufgesprungen, als würde die abrupte Bewegung die Nebel verjagen oder es ihr gestatten, sie zu durchbrechen.

Kanada. Sie mußte Ottawa telefonisch erreichen und herausfinden, weshalb der Mord an Peter auf so obskure Weise vertuscht wurde. Sein Tod gab keinen Sinn; denn auch Peter war ein anständiger Mann, und er war von Gangstern umgebracht worden. Man würde ihr entweder sagen, weshalb man seinen Tod geheimhielt — oder sie würde dafür sorgen, daß dieser Mord an die Öffentlichkeit kam.

Mit wütender Entschlossenheit hatte sie das ›Meurice‹ verlassen, sich ein Taxi in die Rue Vaugirard genommen und das Gespräch nach Ottawa angemeldet. Jetzt wartete sie vor der Kabine, und ihr Ärger wuchs.

Endlich schlug die Glocke an. Sie öffnete die Glastür und trat in die Zelle.

»Bist du's, Alan?«

»Ja«, war die knappe Antwort.

»Alan, was, zum Teufel, geht hier vor? Peter ist ermordet worden — und in keiner Zeitung, keiner Nachrichtensendung wird auch nur ein einziges Wort davon erwähnt. Ich glaube nicht einmal, daß es die Botschaft weiß. Es ist gerade so, als wäre sein Tod allen gleichgültig! Was tut ihr denn?«

»Was man uns gesagt hat. Und das wirst du auch.«

»Was? Peter war dein Freund! Hör mir zu, Alan . . . «

»Nein! Hör *du* zu. Du mußt Paris verlassen. Jetzt! Nimm die nächste Direktmaschine nach Ottawa. Wenn du Schwierigkeiten hast, wird die Botschaft dir helfen — aber du darfst nur mit dem Botschafter sprechen, hast du verstanden?«

»Nein!« schrie Marie St. Jacques. »Ich habe nicht verstanden! Peter ist getötet worden, und das scheint alle völlig kaltzulassen. Du redest nur Bockmist! Bloß sich in nichts einlassen, um Himmels willen!«

»Halt dich heraus, Marie!«

»Aus *was* heraushalten? Das ist es ja, was du mir vorenthältst, nicht wahr? Du solltest . . . «

»Ich kann nicht!« Alans Stimme war leiser geworden. »Ich sage dir nur das, was man mir aufgetragen hat, dir mitzuteilen.«

»Wer?«

»Das darfst du mich nicht fragen.«

»Ich frage dich aber!»

»Hör mir zu, Marie. Ich bin die letzten vierundzwanzig Stunden nicht nach Hause gegangen. Ich habe die letzten zwölf Stunden hier im Büro darauf gewartet, daß du anrufst. Versuche, mich zu verstehen — ich empfehle dir nicht zurückzukommen, sondern das ist ein Befehl deiner Regierung.«

»Befehl? Ohne Erklärung?«

»So ist es. Eines will ich dir sagen. Sie wollen dich dort herausholen; sie wollen, daß er isoliert ist . . . So liegen die Dinge.«

»Tut mir leid, Alan, so liegen sie *nicht*. Wiedersehn.« Sie knallte den Hörer auf die Gabel und verschränkte die zitternden Hände ineinander. *O mein Gott, ich liebe ihn so . . . und die versuchen, ihn zu töten. Jason, mein Jason, die alle wollen deinen Tod! Warum?*

Der konservativ gekleidete Mann in der Telefonvermittlung legte den roten Schalter um, der sämtliche Leitungen von draußen blockierte, so daß alle Anrufer nur das Besetztzeichen hörten. Er tat das ein- oder zweimal die Stunde, und zwar nur, um wieder Klarheit in seine Gedanken zu bekommen, wenn er pausenlos belangloses Zeug mit irgendwelchen eitlen Kundinnen schwatzen mußte, die diesen oder jenen Extrawunsch erfüllt haben wollten.

An die Ironie seines Schicksals hatte er oft denken müssen. Es lag nämlich gar nicht so viele Jahre zurück, da hatten andere für *ihn* in einer Telefonzentrale gearbeitet: in seinen Firmen in Saigon und in der Verwaltung seiner riesigen Plantage im Mekong-Delta.

Er hörte Lachen auf der Treppe und blickte auf. Jacqueline verließ früh den Laden, begleitet wohl von einem ihrer prominenten und reichen Bekannten. Er konnte das Gesicht des Mannes an ihrer Seite nicht sehen; denn er hatte den Kopf seltsam abgewandt.

Dann sah er ihn einen Augenblick lang; ihre Blicke trafen sich. Der Kontakt war kurz und explosiv. Plötzlich stockte dem grauhaarigen Mann der Atem; er schwebte in einem Augenblick der Ungläubigkeit, starrte ein Gesicht an, das er seit Jahren nicht mehr gesehen hatte und damals fast nur in der Dunkelheit, denn sie hatten nachts gearbeitet . . .

O mein Gott — er war es!

Der Mann erhob sich wie in Trance von seinem Stuhl. Er zog den Kopfhörer herunter und ließ ihn zu Boden fallen. Auf der Schalttafel leuchteten ankommende Gespräche auf, die keine Verbindung bekamen. Er stieg von der Plattform herunter und ging schnell auf den Mittelgang zu, um Madame Laviers Begleiter besser erkennen zu können, den Geist, der ein Killer war — skrupelloser als alle anderen Männer, die er je gekannt hatte. Sie hatten gesagt, daß es geschehen könnte, aber er hatte ihnen nie geglaubt.

Jetzt sah er ihn deutlich. Sie liefen durch den Mittelgang auf den Eingang zu. Er mußte sie aufhalten. Aber jetzt hinauszurennen und zu schreien, würde den Tod bedeuten. Eine Kugel in den Kopf.

Sie erreichten die Tür; *er* zog sie auf, ließ ihr den Vortritt. Der grauhaarige Mann schoß quer über den Gang zum Schaufenster. Draußen auf der Straße hatte *er* ein Taxi herbeigewinkt. Er öffnete die Tür, und ließ Jacqueline einsteigen.

Der grauhaarige Mann drehte sich um und rannte, so schnell er konnte, zur Freitreppe, hastete die Stufen hinauf, raste den Korridor hinunter zu der offenen Ateliertür.

»René! René!« schrie er.

Bergeron blickte erstaunt von seinem Zeichentisch auf. »Was ist denn?«

»Der Mann, der mit Jacqueline zusammen ist, wer ist er? Wie lange war er hier?«

»Oh, Sie meinen wahrscheinlich den Amerikaner«, sagte der Designer. »Er heißt Briggs. Ein gemästetes Kalb; gut für unseren Umsatz.«

»Wohin sind sie ?«

»Ich wußte nicht, daß sie weggegangen sind.«

»Sie ist gerade mit ihm in ein Taxi gestiegen.«

»Unsere Jacqueline weiß schon, was sie tut.«

»Sie müssen sie finden!«

»Warum?«

»Er weiß es! Er wird sie töten!«

»Was?«

»Das ist er! Das schwöre ich! Dieser Mann ist Cain!«

15.

»Der Mann ist Cain«, sagte Colonel Jack Manning herausfordernd, als hätte er erwartet, daß ihm wenigstens drei der Männer in Zivil widersprächen, die mit ihm an einem Konferenztisch im Pentagon saßen. Jeder von ihnen war älter als er, und jeder hielt sich für erfahrener. Keiner war bereit zuzugeben, daß die Army Informationen beschafft hatte, die seine eigene Organisation nicht hatte beibringen können. Den Ausführungen des Colonels lauschte noch ein weiterer Zivilist, aber seine Ansicht zählte nicht. Er war Mitglied eines Kongreßausschusses, der sich mit den Pannen ihrer Organisationen befaßte, und wurde daher sehr entgegenkommend behandelt, aber nicht ernstgenommen. »Wenn wir nicht etwas unternehmen«, fuhr Manning fort, »selbst auf das Risiko hin, alles preiszugeben, was wir erfahren haben, könnte er uns erneut durchs Netz schlüpfen. Vor elf Tagen war er in Zürich. Wir sind überzeugt, daß er sich immer noch dort aufhält. Kein Zweifel, Gentlemen, er *ist* Cain.«

»Das ist eine mutige Behauptung«, sagte der fast kahlköpfige Akademiker mit dem Vogelgesicht, der Mitglied im Nationalen Sicherheitsrat war, und überflog erneut das fotokopierte Blatt mit der Zusammenfassung der Vorgänge in Zürich, das jeder Delegierte am Tisch bekommen hatte. Sein Name war Alfred Gillette, er war Experte für Personalbeurteilung und -auswahl. Das Pentagon schätzte seine hohe Intelligenz. Außerdem hatte er Freunde, die einflußreiche Posten bekleideten.

»Ich finde das sehr merkwürdig«, fügte Peter Knowlton, stellvertretender Direktor des CIA, hinzu. Der Mittfünfziger war betont korrekt gekleidet. Fast bieder wirkte sein Äußeres. »Nach unseren Informationen hat sich Cain zum gleichen Zeitpunkt, nämlich vor elf Tagen, in Brüssel, nicht in Zürich aufgehalten. Und unsere Gewährsleute irren sich selten.«

»Hört, Hört!« sagte der dritte Zivilist, der einzige Mann am Tisch, den Manning wirklich respektierte. Er war der älteste von ihnen und hieß David Abbott. Der ehemalige Olympiateilnehmer im Schwimmen besaß einen Intellekt, der seinen athletischen Fähigkeiten in nichts nachstand. Er war jetzt Ende Sechzig und noch aufrecht, sein Geist war so scharf wie eh und je. Nur die vielen Falten in seinem Gesicht verrieten sein Alter und deuteten auf ein Leben hin, das von vielen Spannungen geprägt worden war. Er weiß, wovon er redet, dachte der Colonel. Obwohl Abbott im Augenblick Mitglied des allmächtigen Vierziger-Ausschusses war, hatte er dem CIA von Beginn an angehört. »Der schweigende Mönch des Geheimdienstes« hatten ihn seine Kollegen genannt. »Zu meiner Zeit beim CIA«, fuhr Abbott fort und lächelte, »waren Informationen der Gewährsleute oft genug widersprüchlich.«

»Wir haben andere Methoden der Überprüfung«, entgegnete der stellvertretende Direktor. »Ich will nicht respektlos sein, Mr. Abbott, aber unsere Sendeeinrichtungen arbeiten praktisch ohne Zeitverlust.«

»Das sind Geräte, keine Bestätigung. Nun gut. Wie es scheint, ist nicht klar, ob der Mann sich zu dem fraglichen Zeitpunkt in Brüssel oder Zürich aufgehalten hat.«

»Die Beweise für Brüssel sind einwandfrei«, beharrte Knowlton entschieden.

»Wir wollen sie hören«, sagte Gillette und schob sich die Brille zurecht. »Wir sollten uns die Zusammenfassung noch einmal vornehmen; sie liegt ja vor uns. Auch *wir* haben eine neue Erkenntnis gewonnen. Die Sache geschah vor ungefähr sechs Monaten.«

Der silberhaarige Abbott sah zu Gillette hinüber. »Vor sechs Monaten? Ich kann mich nicht erinnern, daß der Nationale Sicherheitsrat vor einem halben Jahr irgend etwas geliefert hätte, was Cain betrifft.«

»Unsere Information war nicht in allen Einzelheiten bestätigt«, erwiderte Gillette. »Wir versuchen, den Ausschuß nicht mit unbestätigten Daten zu belasten.«

»Mr. Walters«, sagte der Colonel und sah zum Mitglied des Kongreßausschusses hinüber, »haben Sie irgendwelche Fragen?«

»Verdammt, ja«, meinte der Politiker aus dem Staate Tennessee gedehnt, und seine intelligenten Augen musterten die Gesichter der anderen drei Teilnehmer. »Aber da ich hier neu bin, sollten Sie ruhig weitermachen, damit ich weiß, wo ich meine Fragen ansetzen muß.«

»Sehr gut, Sir«, sagte Manning und nickte Knowlton vom CIA zu. »Was haben Sie da in bezug auf Brüssel vor elf Tagen?«

»Ein Mann ist in der Place Fontainas getötet worden, der im Diamantenhandel zwischen Moskau und dem Westen tätig war, im Untergrund natürlich. Er wickelte seine Geschäfte über ein Zweigbüro der sowjetischen Firma Russolmaz in Genf ab, die als Makler für solche Geschäfte tätig ist. Wir wissen, daß das eine der Methoden ist, mit der Cain sich seine Mittel beschafft.«

»Welche Verbindung besteht zwischen dem Mord und Cain?« fragte der mißtrauische Gillette.

»Eine direkte. Die Waffe war eine lange Nadel, die um die Mittagszeit auf einem überfüllten Platz mit chirurgischer Präzision dem Opfer ins Herz gestochen wurde. Das ist nicht das erste Mal, daß Cain sich dieser Methode bedient.«

»Stimmt«, sagte Abbott. »Auf die gleiche Weise sind in London vor einem Jahr zwei Rumänen getötet worden, im Abstand von nur ein paar Wochen. Beide Morde ließen sich auf Cain zurückführen.«

»Zurückführen, aber nicht bestätigen«, wandte Colonel Manning ein. »Es waren hochrangige Politiker, die übergelaufen waren; es ist ebensogut möglich, daß der KGB hinter den Morden steht.«

»Oder Cain, was für die Sowjets wesentlich weniger riskant wäre«, meinte Knowlton.

»Oder Carlos«, fügte Gillette hinzu, und seine Stimme wurde lauter. »Weder Carlos noch Cain machen sich Gedanken über ideologische Dinge; sie sind beide käuflich. Wie kommt es eigentlich, daß jedesmal, wenn ein Mord von einiger Bedeutung geschieht, wir ihn Cain zuschreiben?«

»Jedesmal, wenn wir das tun«, erwiderte Knowlton, und sein Tonfall ließ keinen Zweifel daran, was er von dem Fragenden hielt, »geschieht das, weil unterschiedliche Quellen dieselbe Information geliefert haben. Da die Informanten nichts voneinander wissen, kann es sich schwerlich um Fälschungen handeln.«

»Das ist alles so vordergründig«, sagte Gillette unbefriedigt.

»Zurück nach Brüssel«, unterbrach der Colonel. »Wenn es Cain war, warum sollte er dann einen Makler von Russolmaz töten? Er hat ihn doch benutzt.«

»Es handelte sich um einen heimlichen Makler«, verbesserte der CIA-Direktor. »Der Mann war ein Dieb, warum auch nicht? Die meisten seiner Klienten waren das auch; sie konnten nicht gut Anzeige gegen ihn erstatten. Vielleicht hatte er Cain betrogen. Oder er war so dumm, Spekulationen über Cains Identität anzustellen. Selbst die leiseste Andeutung in dieser Richtung würde die Nadel erklären. Möglicherweise wollte Cain einfach nur seine Spuren verwischen. Doch wie dem auch sei, die näheren Umstände lassen nur wenig Zweifel daran, daß es Cain war.«

»Einen Augenblick, bitte«, sagte David Abbott und zündete sich dabei seine Pfeife an. »Ich glaube, unser Kollege vom Sicherheitsrat erwähnte eine Cain betreffende Episode, die sich vor sechs Monaten zutrug. Ich finde, wir sollten mehr darüber erfahren.«

»Warum?« fragte Gillette, und seine Augen blickten eulenhaft unter seiner randlosen Brille hervor. »Allein der Zeitpunkt läßt schon erkennen, daß das nichts mit Brüssel oder Zürich zu tun hat. Das erwähnte ich doch.«

»Ja, das taten Sie«, räumte der früher einmal gefährliche »Mönch des Geheimdienstes« ein. »Ich dachte nur, daß alles, was den Hintergrund aufklärt, hilfreich sein könnte. Auf jeden Fall sollten wir ausführlich über die Vorgänge in Zürich reden.«

»Danke, Mr. Abbott«, sagte der Oberst. »Fest steht, daß vor elf Tagen vier Männer in Zürich getötet wurden. Einer von ihnen war ein Wärter auf einem Parkplatz an der Limmat; man kann annehmen, daß er ein zufälliges Opfer ist. Die beiden Toten, die in einer Seitengasse am Westufer der Stadt gefunden wurden, sind Angehörige der Unterwelt von Zürich und München. Das vierte Opfer hatte ohne Zweifel Kontakt zu Cain.«

»Das ist Chernak«, sagte Gillette, der die Zusammenfassung in der Hand hielt. »Zumindest vermute ich das. Ich erkenne den Namen wieder und bringe ihn irgendwo mit der Akte Cain in nähere Verbindung.«

»Das sollten Sie auch«, erwiderte Manning. »Er tauchte zum erstenmal vor achtzehn Monaten in einem Bericht von G-Zwo auf und wurde ein Jahr später erneut erwähnt.«

»Also vor sechs Monaten«, warf Abbott mit leiser Stimme ein und sah zu Gillette hinüber.

»Ja, Sir«, fuhr der Oberst fort. »Wenn es je ein typisches Beispiel für das gegeben hat, was man den Abschaum der Erde nennt, dann war das Chernak. Während des Krieges war der gebürtige Tscheche als Bewacher ins Konzentrationslager von Dachau abkommandiert. Dort hat er mit brutalen Methoden verhört, Polen, Slowaken und Juden ›Geständnisse‹ erpreßt. Er war zu allen Grausamkeiten fähig, wenn es galt, sich bei seinen Vorgesetzten ins gute Licht zu rücken — und selbst die sadistischsten Folterknechte hatten einige Mühe, es ihm gleichzutun. Sie wußten allerdings nicht, daß *er* ein Heft angelegt hatte, in dem er alle Schandtaten verzeichnete. Nach dem Krieg entkam er. Auf der Flucht verlor er beide Beine, als er auf eine Mine trat. Später konnte er mit Erpressungen, die auf das Material aus seiner Dachauer Zeit zurückgingen, ganz gut leben. Cain ließ sich über ihn die Honorare für seine Morde aushändigen.«

»Augenblick!« warf Knowlton ein. »Wir haben schon einmal über diesen Chernak gesprochen. Wenn Sie sich erinnern, war es der CIA, der ihn ursprünglich aufgespürt hatte. Sie vermuten, daß Cain Chernak benutzt hat, sie wissen ebensowenig wie wir, ob das stimmt.«

»Jetzt wissen wir es«, sagte Manning. »Vor siebeneinhalb Monaten erhielten wir einen Hinweis auf einen Mann, der ein Restaurant betrieb, das ›Drei Alpenhäuser‹ heißt; man meldete uns, daß er Kontaktperson zwischen Cain und Chernak sei. Wir beobachteten ihn einige Wochen, aber es kam nichts dabei heraus; er war eine unbedeutende Figur in der Züricher Unterwelt, sonst nichts. Wir setzten die Beobachtung nicht lange genug fort.« Der Colonel hielt inne und vergewisserte sich, daß alle ihm zuhörten. »Als wir von dem Mord an Chernak erfuhren, versteckten sich zwei unserer Männer nach Restaurantschluß im ›Drei Alpenhäuser‹. Sie knöpften sich den Besitzer vor und beschuldigten ihn, mit Chernak zusammenzuarbeiten und auch für Cain tätig zu sein; sie zogen eine erstklassige Schau ab. Sie können sich ihre freudige Überraschung vorstellen, als der Mann weich wurde, buchstäblich auf die Knie fiel und darum bettelte, geschützt zu werden. Er gab zu, daß Cain in der Nacht, in der Chernak ermordet wurde, in Zürich gewesen war. Er hätte Cain tatsächlich vorher gesehen, und Chernak sei in ihrem Gespräch erwähnt worden — sehr negativ.«

Der Offizier hielt erneut inne. »Das ist wirklich ein Wort«, sagte David Abbott leise.

»Warum ist der CIA nicht vor sieben Monaten über diesen Hinweis informiert worden?« fragte Knowlton mit schneidender Stimme.

»Weil er unbewiesen blieb.«

»Solange Sie nur davon wußten; wir hätten damit vielleicht mehr anfangen können.«

»Das ist möglich. Ich habe ja zugegeben, daß wir ihn nicht lange genug beobachtet haben. Unsere personellen Mittel sind beschränkt. Wer von uns kann es sich schon leisten, eine unproduktive Überwachung endlos lange fortzuführen?«

»Wenn Sie uns eingeweiht hätten, hätten wir uns die Arbeit ja teilen können.«

»Und wir hätten Ihnen die Mühe sparen können, die Akte Brüssel anzulegen, wenn Sie uns davon verständigt hätten.«

»Woher kam der Tip?« fragte Gillette ungeduldig, ohne Manning aus den Augen zu lassen.

»Er war anonym.«

»Wollen Sie etwa sagen, daß Sie nicht weiter nachgeforscht haben?«

»Natürlich haben wir das getan«, antwortete der Colonel gereizt.

»Offensichtlich ohne sehr großen Eifer«, fuhr Gillette verärgert fort. »Ist es Ihnen denn nicht in den Sinn gekommen, daß irgend jemand beim CIA oder im Sicherheitsrat vielleicht hätte helfen können, eine der Lücken zu füllen? Ich bin ganz Knowltons Meinung. Wir hätten informiert werden müssen.«

»Es gibt einen Grund dafür, warum das nicht geschehen ist.« Manning atmete tief. »Der Informant hat uns eindeutig erklärt, wenn wir eine andere Abteilung ins Spiel brächten, würde er den

Kontakt mit uns abbrechen. Wir waren der Ansicht, uns dem fügen zu müssen; schließlich ist das nicht das erste Mal, daß wir so etwas getan haben.«

»Was haben Sie gesagt?« Knowlton starrte den Pentagon-Beamten fassungslos an.

»Das ist doch nichts Neues, Peter. Jeder von uns schafft sich seine eigenen Quellen und schützt sie.«

»Das weiß ich. Das ist auch der Grund, weshalb Sie nichts von Brüssel erfahren haben. Beide Informanten verlangten, daß das Militär nicht eingeschaltet werden dürfe.«

Nach einem kurzen Schweigen ertönte die schneidende Stimme von Alfred Gillette vom Sicherheitsrat. »Wie oft haben wir das schon getan, Colonel?«

»Was?« Manning sah Gillette an und spürte, daß David Abbott sie beide scharf beobachtete.

»Ich hätte gerne gewußt, wie oft man von Ihnen verlangt hat, daß Sie Ihre Gewährsleute für sich behalten sollen. Ich beziehe mich damit natürlich auf Cain.«

»Recht häufig, denke ich.«

»Sie denken?«

»Meistens.«

»Und Sie, Peter? Was ist mit dem CIA?«

»Wir waren in puncto Tiefenverbreitung sehr eingeschränkt.«

»Um Himmels willen, was soll *das* denn bedeuten?« Die Unterbrechung kam von dem Gesprächsteilnehmer, von dem man sie am wenigsten erwartet hätte: vom Kongreßabgeordneten.

»Verstehen Sie mich nicht falsch, ich habe noch gar nicht mit meinen Fragen angefangen. Ich möchte nur verstehen, was ich höre.« Er wandte sich dem CIA-Mann zu. »Was, zum Teufel, haben Sie gerade gesagt? Tiefen-*was*?«

»Verbreitung, Mr. Walters. Wir hätten riskiert, Informationen zu verlieren, wenn wir sie anderen Abwehreinheiten zur Kenntnis gebracht hätten. Ich kann Ihnen versichern, daß das üblich ist.«

»Ich bin nicht sicher, ob ich Sie verstanden habe.«

»Ich würde sagen, es ist verdammt klar, was Peter meint«, erwiderte Gillette und sah Colonel Manning und Peter Knowlton an. »Die beiden aktivsten Abwehrbehörden des Landes haben Informationen über Cain gesammelt und dabei nicht durch gegenseitige Konsultation überprüft, ob irgendwelche gezielten Falschmeldungen darunter sind. Wir haben einfach sämtliche Informationen als verläßliche Daten registriert.«

»Nun, ich bin ja schon ziemlich lang beim Fach — zugegeben, vielleicht zu lange — aber hier habe ich eigentlich bis jetzt noch nichts

Neues gehört«, sagte der ›Mönch‹. »Gewährsmänner sind normalerweise schlaue und vorsichtige Leute; sie hüten ihre Kontakte eifersüchtig. Keiner von ihnen betreibt sein Geschäft als Wohltätigkeitsverein, ihn interessiert allein der Profit — und sein Überleben.«

»Ich fürchte, Sie übersehen da etwas.« Gillette nahm die Brille ab. »Ich sagte schon vorher, daß es mich beunruhigte, daß man so viele Morde der letzten Zeit Cain zugeschrieben hat — *hier* Cain zugeschrieben hat. Mir scheint, daß dabei dem raffiniertesten Mörder unserer Zeit — vielleicht der ganzen Geschichte — eine vergleichsweise unbedeutende Rolle zugedacht wird. Vielmehr ist Carlos der Mann, auf den wir uns konzentrieren sollten. Was ist aus Carlos geworden?«

»Da bin ich anderer Meinung, Alfred«, sagte der ›Mönch‹. »Die Zeiten von Carlos sind vorbei. Cain ist an seine Stelle getreten. Die alte Ordnung ändert sich; jetzt gibt es einen neuen und, wie ich vermute, viel gefährlicheren Hai in diesen Gewässern.«

»Dem kann ich nicht zustimmen«, sagte der Mann vom Sicherheitsrat, und seine Eulenaugen fixierten sein Gegenüber. »Sie müssen mir verzeihen, David, aber auf mich wirkt es so, als würde Carlos selbst diesen Ausschuß manipulieren. Er lenkt die Aufmerksamkeit von sich selbst auf eine Person von viel geringerer Wichtigkeit. Wir vergeuden unsere ganzen Energien damit, einen zahnlosen Sandhai zu jagen, während ein viel gefährlicheres Exemplar sich frei bewegen kann.«

»Niemand hat Carlos vergessen«, wandte Manning ein. »Er ist einfach nicht so aktiv, wie Cain das gewesen ist.«

»Vielleicht«, sagte Gillette mit eisiger Stimme, »ist es genau das, was Carlos uns glauben machen will. Und wir fallen auch noch darauf herein!«

»Die Liste von Cains Aktivitäten ist atemberaubend.«

»Ob ich daran zweifeln kann?« wiederholte Gillette. »Das ist eben die Frage, nicht wahr? Wir stellen jetzt fest, daß das Pentagon und der CIA praktisch unabhängig voneinander tätig waren, ohne sich über die Vertrauenswürdigkeit ihrer Gewährsleute abzustimmen.«

»Was wollen Sie damit sagen, Mr. Gillette?«

»Ich würde gerne mehr Informationen über die Aktivitäten eines gewissen Iljitsch Ramirez Sanchez haben. Das ist . . .«

»Carlos«, ergänzte der Kongreßabgeordnete. »Ich erinnere mich daran, von ihm gelesen zu haben. Ich verstehe. Danke. Bitte, fahren Sie fort, Gentlemen.«

Manning sagte schnell: »Kommen wir wieder auf Zürich zurück. Unsere Empfehlung ist, jetzt die Jagd auf Cain fortzusetzen. Wir sollten die Unterwelt auf ihn ansetzen, jeden Informanten, den wir besitzen, und verlangen, daß die Züricher Polizei uns unterstützt. Wir können es uns nicht leisten, auch nur noch einen Tag zu verlieren. Der Mann in Zürich *ist* Cain.«

»Was war dann in Brüssel?« Knowlton stellte die Frage ebenso sich wie den anderen am Tisch.

»Man hat Ihnen offensichtlich Falschmeldungen zugespielt«, sagte Gillette. »Und ehe wir irgendwelche dramatischen Schritte in Zürich unternehmen, empfehle ich, daß jeder von Ihnen die Cain-Akten gründlich studiert und jede einzelne Information überprüft. Veranlassen Sie Ihre Leute in Europa, sie sollen jeden Informanten gründlich unter die Lupe nehmen. Ich habe das Gefühl, daß Sie dann etwas feststellen werden, womit Sie nicht gerechnet haben: daß Ramirez Sanchez hinter all dem steckt und uns auf eine falsche Fährte gelockt hat.«

»Da Sie so auf Klärung erpicht sind, Alfred«, sagte Abbott, »warum erzählen Sie uns dann eigentlich nichts über den unbestätigten Zwischenfall, der sich vor sechs Monaten ereignet hat? Vielleicht hilft das uns weiter.«

Zum erstenmal während der ganzen Konferenz schien der Delegierte des Nationalen Sicherheitsrates nur zögernd Auskunft geben zu wollen. »Mitte August erhielten wir aus verläßlicher Quelle in Aix-en-Provence die Nachricht, daß Cain nach Marseille unterwegs sei.«

»Im August?« rief der Oberst aus. »Marseille? Das war Leland! Botschafter Leland ist im August in Marseille erschossen worden.«

»Aber Cain hat diesen Schuß nicht abgegeben, sondern Carlos. Ballistische Untersuchungen, die man mit denen früherer Morde verglichen hat, haben das eindeutig bestätigt. Drei Zeugen haben einen dunkelhaarigen Mann im zweiten Stock der Lagerhalle im Hafen gesehen, der eine Tasche bei sich trug. Ihren Beschreibungen nach muß es sich um Carlos handeln. Es hat nie Zweifel daran gegeben, daß Leland von Carlos ermordet worden ist.«

»Herrgott!« schrie der Offizier. »Das ist nach der Tat! Gleichgültig, wer sie verübt hat, auf Leland war ein Kopfgeld ausgesetzt. War Ihnen das nicht in den Sinn gekommen? Hätten wir über Cain Bescheid gewußt, dann hätten wir Leland schützen können. Verdammt noch mal, er könnte heute noch am Leben sein!«

»Unwahrscheinlich«, erwiderte Gillette ruhig. »Leland war nicht der Typ Mann, der sich in einen Bunker verkriecht. Und wenn man bedenkt, welchen Lebensstil er pflegte, wäre eine Warnung ohnehin zwecklos gewesen. Auch mit einer abgestimmten Strategie hätten wir Leland nicht vor seinen Verfolgern abschirmen können.«

»In welcher Hinsicht?« fragte der ›Mönch‹ mit harter Stimme.

»Überlegen Sie doch. Unser Gewährsmann sollte am dreiundzwanzigsten August zwischen Mitternacht und drei Uhr morgens in der Rue Sarrasin mit Cain Verbindung aufnehmen. Leland sollte erst am fünfundzwanzigsten eintreffen. Wie gesagt, wenn alles geklappt hätte, und Cain aufgetaucht wäre, hätten wir ihn erwischt. Aber er erschien nicht.«

»Und Ihr Gewährsmann bestand darauf, ausschließlich mit Ihnen zusammenzuarbeiten«, sagte Abbott. »Alle anderen lehnte er ab.«

»Ja«, erwiderte Gillette, der sich redliche Mühe gab, seine Verlegenheit zu verbergen, was freilich nicht gelang. »Nach unserer Einschätzung der Lage war die Gefahr für Leland beseitigt — was sich in bezug auf Cain auch als richtig erwies — und die Chancen, ihn festzunehmen, waren größer als je zuvor. Endlich hatten wir jemanden gefunden, der bereit war, Cain zu identifizieren. Hätte irgend jemand von Ihnen anders gehandelt?«

Die Vertreter der anderen Sicherheitsorgane reagierten mit Schweigen. Da wurde es dem Kongreßabgeordneten aus Tennessee zu bunt.

»Allmächtiger Jesus! . . . Hier lügt doch einer mehr als der andere!«

Die Männer schauten sich irritiert an. David Abbott fand als erster die Sprache wieder.

»Erlauben Sie mir, Sir, daß ich Ihnen ein Lob ausspreche: Sie sind der erste aufrichtige Mann, den man uns bisher aus dem Kongreß geschickt hat. Die Tatsache, daß die ein wenig beklemmende Atmosphäre dieser von höchst sorgfältigen Sicherheitsvorkehrungen geprägten Umgebung Sie nicht einschüchtert, haben wir wohl bemerkt. Das ist sehr erfrischend.«

»Ich glaube nicht, daß Mr. Walters in vollem Umfang erkennt, wie empfindlich . . .«

»Schweigen Sie jetzt, Peter«, unterbrach ihn der ›Mönch‹. »Der Kongreßabgeordnete möchte etwas sagen.«

»Nur eine Kleinigkeit«, ergänzte Walters. »Ich dachte, Sie wären alle erwachsene Menschen. Sie sehen wenigstens alle so aus. In Ihrem Alter sollte man eigentlich ein wenig besser Bescheid wissen. Man erwartet von Ihnen, daß Sie intelligente Gespräche führen und Informationen austauschen, ohne die nötige Vertraulichkeit zu brechen, und schließlich, daß Sie gemeinsam nach Lösungen suchen. Statt dessen gebärden Sie sich hier wie ein paar Halbstarke, die miteinander auf ein Karussell springen und sich streiten, wer die Freifahrt bekommt. Es ist wirklich eine Schande, wie das Geld der Steuerzahler vergeudet wird.«

»Sie stellen die Dinge zu einfach dar«, meinte Gillette. »Sie sprechen von einem utopischen Geheimdienstapparat.«

»Ich rede nur von vernünftigen Männern, Sir. Ich bin Anwalt, und ehe ich in diesen von Gott verlassenen Zirkus geriet, habe ich jeden Tag meines Lebens mit vertraulichen Dingen zu tun gehabt.«

»Worauf wollen Sie hinaus?« frage der ›Mönch‹ .

»Eine Erklärung möchte ich. Achtzehn Monate lang habe ich in dem Unterausschuß gesessen, der sich mit den Mordanschlägen befaßte. Ich habe mich durch Tausende von Seiten hindurchgewühlt, die mit Hunderten von Namen und doppelt so vielen Theorien angefüllt waren. Ich kann mir nicht vorstellen, daß es eine Verschwörung oder einen mutmaßlichen Massenmörder gibt, von dem ich nicht weiß. Fast zwei Jahre habe ich mit diesen Namen und mit diesen Theorien gelebt, bis ich überzeugt war, ein fundiertes Bild von der Lage zu haben.«

»Ich würde sagen, das ist höchst beeindruckend«, unterbrach ihn Abbott.

»Schließlich habe ich auch den Vorsitz in diesem Ausschuß übernommen, weil ich dachte, ich könnte einen vernünftigen Beitrag leisten; aber jetzt bin ich nicht mehr so sicher. Plötzlich beginne ich mich zu fragen, was ich jetzt tun soll.«

»Warum?« fragte Manning gespannt.

»Ich habe Ihnen zugehört, wie Sie vier eine Operation beschreiben, die seit drei Jahren in ganz Europa mit großem personellen Aufwand läuft. Alles dreht sich um einen Mörder, dessen ›Erfolgsliste‹ atemberaubend ist. Stimmt das im wesentlichen?«

»Nur weiter«, erwiderte Abbott leise und hielt seine Pfeife fest. »Wie lautet Ihre Frage?«

»Wer ist er? Wer, zum Teufel, ist dieser Cain?«

16.

Das Schweigen dauerte exakt fünf Sekunden, und während dieser Zeit musterten Augenpaare andere Augenpaare. Einige räusperten sich, und niemand bewegte sich auf seinem Stuhl. Es war, als sollte eine Entscheidung ohne Diskussion getroffen werden. Der Kongreßabgeordnete Efrem Walters, aus dem US-Staat Tennessee, Absolvent der Yale-Universität, ließ sich jedoch nicht mit allgemeinen Umschreibungen abspeisen. Mit schönen Worten war bei ihm nichts zu erreichen.

David Abbott legte seine Pfeife auf den Tisch, und das leise Klappern klang wie eine Ouvertüre zu seinen Worten. »Je weniger ein Mann wie Cain in den Blickpunkt der Öffentlichkeit gerät, desto besser ist es für alle.«

»Das ist keine Antwort«, sagte Walters. »Aber ich vermute, Sie wollen noch fortfahren.«

»Richtig. Er ist ein berufsmäßiger Killer, der alle Mordmethoden beherrscht, und politische oder persönliche Motive sind für ihn ohne Belang. Er ist ein Geschäftsmann, der ausschließlich ein Ziel verfolgt: Geld zu machen. Und je größer sein Ruf ist, desto mehr kann er für seine Dienste kassieren.«

Der Kongreßabgeordnete nickte. »Sie wollen also diesen Ruf nicht an die Öffentlichkeit dringen lassen, damit er möglichst wenig Propaganda bekommt.«

»Richtig. Es gibt auf dieser Welt zu viele Irre mit zu vielen echten oder eingebildeten Feinden, die leicht Kunden von Cain werden könnten, wenn sie von ihm wüßten. Unglücklicherweise sind das ohnehin schon mehr geworden, als uns lieb ist; bis zur Stunde kann man achtunddreißig Morde unmittelbar Cain zuschreiben und weitere zwölf bis fünfzehn mit einiger Wahrscheinlichkeit.«

»Und das ist seine ›Referenzliste‹?«

»Ja. Und wir sind dabei, die Schlacht zu verlieren. Mit jedem neuen Mord wird sein Ruf weiter verbreitet.«

»Eine Weile war es still um ihn«, sagte Knowlton vom CIA. »Ein paar Monate lang dachten wir, es hätte ihn erwischt. Es gab ein paar Fälle, wo die Mörder selbst eliminiert wurden; wir nahmen an, er wäre einer davon gewesen.«

»Beispiele«, forderte Walters.

»Ein Bankier in Madrid, der Bestechungsgelder für die Europolitan Corporation für Regierungsgeschäfte in Afrika abzweigte. Er wurde aus einem fahrenden Auto auf dem Paseo de la Castellana erschossen. Sein Chauffeur und Leibwächter mähte den Fahrer und den Schützen um; eine Zeitlang glaubten wir, bei dem Schützen handle es sich um Cain.«

»Ich erinnere mich an den Zwischenfall. Wer könnte den Auftrag erteilt haben?«

»Eine beliebige Anzahl von Firmen«, antwortete Gillette,»die vergoldete Autos und Toilettensitze an Diktatoren verkaufen wollten.«

»Wer noch?«

»Scheich Mustafa Kalig in Oman«, sagte Colonel Manning.

»Es hieß doch, er sei bei einem gescheiterten Putschversuch getötet worden.«

»Stimmt nicht«, fuhr der Offizier fort. »Es gab gar keinen Putschversuch. G-Zwo-Informanten haben das bestätigt. Kalig war unpopulär. Mit dem angeblichen Putschversuch sollte seine Ermordung getarnt werden. Mitglieder des Offizierskorps wurden hingerichtet, um die Lüge glaubhaft erscheinen zu lassen. Eine Weile dachten wir, einer von ihnen sei Cain; der Zeitpunkt hätte gepaßt.«

»Wer würde Cain für die Ermordung Kaligs bezahlen?«

»Die Frage haben wir uns auch immer wieder gestellt«, sagte Manning. »Auf die einzig mögliche Antwort brachte uns ein Informant, der behauptete, Cain hätte die Tat begangen, einfach um zu beweisen, daß sie möglich war. Ihm möglich. Wenn Ölscheichs auf Reisen gehen, sind sie besser bewacht als sonst jemand auf der ganzen Welt.«

»Es gibt noch einige Dutzend weiterer Beispiele«, fügte Knowlton hinzu. »Darunter solche, bei denen in höchstem Grad geschützte Persönlichkeiten getötet wurden, und bei denen unsere Gewährsleute Cain als Täter nannten.«

»Ich verstehe.« Der Kongreßabgeordnete nahm das Blatt, das sich mit den Vorgängen in Zürich befaßte, in die Hand. »Aber nach dem, was ich bisher gehört habe, wissen Sie nicht, wer er ist.«

»Keine zwei Beschreibungen gleichen einander«, warf Abbott ein. »Cain versteht es offensichtlich meisterhaft, sich immer wieder ein neues Gesicht zu geben.«

»Und doch haben Ihre Gewährsleute, die Informanten, ihn gesehen, mit ihm gesprochen. Sie haben sie doch bestimmt verhört und nach ihren Angaben eine Phantomzeichnung angefertigt — irgend etwas.«

»Eine ganze Menge haben wir«, erwiderte Abbott, »aber dazu gehört keine detaillierte Beschreibung. Zunächst einmal läßt sich Cain nie bei Tageslicht blicken. Er hält seine Besprechungen in der Nacht ab, in abgedunkelten Räumen oder in finsteren Gassen. Wenn er je mit mehr als einer Person gleichzeitig gesprochen hat — als Cain — wissen wir davon nichts. Man hat uns gesagt, er würde bei der Unterhaltung nie stehen, immer sitzen — und das nur in schwach beleuchteten Restaurants oder auf einem Stuhl in einer Ecke oder in einem geparkten Wagen. Manchmal trägt er eine dunkle Brille, manchmal keine; bei einem Treffen hat er dunkles Haar, bei einem anderen weißes oder rotes oder trägt einen Hut.«

»Sprache?«

»Jetzt kommen wir der Sache näher«, sagte der CIA-Direktor, der offenbar großen Wert darauf legte, die gute Arbeit seiner Organisation ins rechte Licht zu rücken. »Englisch und Französisch beherrscht er fließend und ein paar orientalische Dialekte.«

»Was für Dialekte? Wäre da nicht zuerst eine Sprache zu erwähnen?«

»Natürlich. Vietnamesisch.«

»Vietnamesisch«, wiederholte Walters gedehnt und beugte sich vor. »Warum habe ich jetzt das Gefühl, daß ich damit auf etwas gestoßen bin, das Sie mir besser nicht gesagt hätten?«

»Weil Sie sich wahrscheinlich recht gut auf die Kunst des Kreuzverhörs verstehen.«

»Nun, passabel, würde ich sagen.«

»Wir wissen, woher Cain ursprünglich kam«, meldete sich Gillette zu Wort, und seine Augen musterten David Abbott kurze Zeit ganz seltsam.

»Woher?«

»Aus Südostasien«, antwortete Manning. »Soweit wir in Erfahrung bringen konnten, hat er sich die Dialekte, die man im Bergland an der kambodschanischen und laotischen Grenze spricht, hinreichend angeeignet, um sich verständigen zu können. Ebenso auch die von Nordvietnam. Wir nehmen das zunächst nur als Fakten auf — aber es paßt.«

»Paßt wozu?«

»Zur Operation Medusa.« Der Oberst griff nach einem schmalen Koffer, der links von ihm lag. Er öffnete ihn, entnahm ihm einen Ordner und legte ihn vor sich auf den Tisch. »Das ist die Akte Cain«, sagte er. »Die anderen Unterlagen im Koffer betreffen die Operation Medusa, genauer gesagt, diejenigen Aspekte, die in irgendeiner Weise Bezug zu Cain haben könnten.«

Der Mann aus Tennessee lehnte sich in seinem Sessel zurück, wobei sich seine Lippen zu einem zynischen Lächeln formten. »Wissen

Sie, meine Herren, eigentlich machen Sie mir mit diesen hochtrabenden Namen richtig Spaß. Übrigens, Medusa klingt wirklich gut; ein wenig geheimnisvoll und höchst gefährlich. Ich kann mir vorstellen, daß Sie in Ihrer Branche einen Kurs in solchen Dingen absolvieren müssen. Weiter, Colonel. Was ist mit der Bezeichnung Medusa gemeint?«

Manning warf einen kurzen Blick zu David Abbott hinüber und sagte dann: »Während des Vietnam-Krieges, Ende der sechziger und Anfang der siebziger Jahre, bildete man aus amerikanischen, französischen, britischen, australischen und eingeborenen Freiwilligen Einsatzkommandos, die in Gebieten operieren sollten, die von den Nordvietnamesen besetzt waren. Ihr Auftrag bestand in erster Linie darin, die feindlichen Verbindungs- und Versorgungslinien zu stören, Gefangenenlager ausfindig zu machen und nicht zuletzt auch die Dorfältesten zu töten, von denen man wußte, daß sie mit den Kommunisten kooperierten.«

»Es war ein Krieg im Krieg«, erläuterte Knowlton weiter. »Unglücklicherweise machte die rassische Eigenart und das Sprachproblem diese Operation so gefährlich, daß man überhaupt froh war, Freiwillige zu bekommen. Deshalb war die Wahl unter den Angehörigen westlicher Nationen nicht immer so sorgsam, wie es vielleicht hätte sein können.«

»Diesen Teams«, fuhr der Oberst fort, »gehörten Marineveteranen an, die die Küstenbereiche kannten, oder französische Plantagenbesitzer, die nur bei einem amerikanischen Sieg hoffen konnten, ihr Land zu behalten. Darunter waren auch ehrgeizige amerikanische Offiziere aus der Armee und den zivilen Abwehrorganisationen. Außerdem gab es natürlich, was in solchen Fällen immer unvermeidbar ist, unter ihnen eine erhebliche Anzahl von Kriminellen. Männer, die mit Waffenschmuggel, Drogenhandel, Gold und Diamanten ihr Geld verdienten und ihre Waren im ganzen Südchinesischen Meer vertrieben. Sie wußten, wo man nachts unbehelligt mit dem Hubschrauber landen konnte, welche Dschungelpfade am Feind vorbeiführten.«

»Ein ganz schön bunter Haufen«, meinte Walters. »Wie, zum Teufel, haben Sie es fertiggebracht, daß die miteinander auskamen?«

»Da gab es keine nennenswerten Schwierigkeiten«, erläuterte der Oberst. »Wir haben ihnen verlockende Versprechungen gemacht: Beförderungen, Begnadigungen, Geldprämien, je nachdem. Sehen Sie, die mußten alle ein wenig verrückt sein; das begriffen wir. Wir bildeten sie heimlich zu Einzelkämpfern aus. Wie Peter schon erwähnte, war das Risiko unglaublich groß — eine Gefangennahme führte gewöhnlich zu Folterung und Hinrichtung; der Preis war hoch, und sie bezahlten ihn. Die meisten Leute hätten Sie als Paranoide bezeichnet, aber wenn es um Störung der feindlichen Nachschublinien oder Tötungskommandos ging, waren sie genial. Besonders wenn es ums Töten ging.«

»Und wie hoch waren die Verluste?«

»Die Operation Medusa hatte mehr als neunzig Prozent Ausfälle zu beklagen. Unter denjenigen, die nicht zurückkamen, gab es allerdings einige, die das gar nicht beabsichtigten.«

»Sicherlich die Kriminellen.«

»Ja. Einige sind mit beträchtlichen Geldbeträgen untergetaucht, die für die Operation Medusa bereitgestellt waren. Wir glauben, daß Cain einer dieser Männer ist.«

»Warum?«

»Er hat später Codes, Finten und Tötungsmethoden benutzt, die beim Medusa-Training entwickelt worden sind.«

»Um Himmels willen«, unterbrach ihn Walters, »dann haben Sie ja einen direkten Draht zu seiner Identität!«

»Leider nicht. Wir haben alle Akten studiert, die wir über die Operation Medusa angelegt haben — ohne Erfolg. Wir sind nicht schlauer als zuvor.«

»Das ist unglaublich«, sagte der Kongreßabgeordnete. »Oder es zeugt von totaler Unfähigkeit.«

»Nein, keinesfalls«, wandte Manning ein. »Sehen Sie sich den Mann an. Nach dem Kriege agierte Cain überall in Ostasien: auf den Philippinen, in Malaysia, Japan, Kambodscha und Laos. Vor etwa zweieinhalb Jahren erfuhren wir über unsere asiatischen Agenten und Gesandtschaften von Cain, der gegen Geld professionell und rücksichtslos jeden Mordauftrag ausführte. Die Berichte nahmen mit erschreckender Häufigkeit zu. Es schien, als hätte Cain bei praktisch jedem Mord von einiger Bedeutung die Hand im Spiel. Cain war überall. Und doch war niemand in der Lage, uns den entscheidenden Wink zu geben. Wo sollten wir da mit der Suche beginnen?«

»Hatten Sie unterdessen nicht schon festgestellt, daß er bei der Operation Medusa dabeigewesen war?« fragte der Mann aus Tennessee.

»Ja. Das ist eindeutig.« Der Oberst klappte den Aktendeckel auf. »Hier sind die Verlustlisten. Während der Operation Medusa sind dreiundsiebzig Amerikaner, sechsundvierzig Franzosen, neununddreißig Australier und vierundzwanzig Briten spurlos verschwunden. Darüber hinaus sind aber noch etwa fünfzig Weiße als vermißt gemeldet, die von neutralen Kräften in Hanoi angeheuert worden sind. Die meisten von *ihnen* kannten wir überhaupt nicht. Wer von diesen Männern lebt? Wer ist tot? Selbst wenn wir die Namen aller Überlebenden erführen, wüßten wir nicht, wo sie sich jetzt aufhalten. Wir sind uns nicht einmal in bezug auf Cains Staatsangehörigkeit sicher. Vermutlich ist er Amerikaner. Aber es gibt keine Beweise dafür.«

Walters hob die Hand. »Darf ich?« sagte er und wies mit einer Kopfbewegung auf die zusammengehefteten Seiten.

»Sicher.« Der Offizier sah den Kongreßabgeordneten an. »Sie sind sich natürlich darüber im klaren, daß alle Namen immer noch als Verschlußsache gelten, ebenso wie Operation Medusa selbst.«

»Wer hat diese Entscheidung getroffen?«

»Es handelt sich dabei um eine Anweisung aus dem Weißen Haus, die auf den Empfehlungen der Vereinigten Stabschefs beruht. Sie ist auch vom Militärausschuß des Senates unterstützt worden.«

»Ziemlich aufwendig, nicht wahr?«

»Man war der Ansicht, es läge im nationalen Interesse«, sagte der CIA-Mann.

»Dann will ich nichts sagen«, meinte Walters. »Wir würden uns nicht gerade mit Ruhm bekleckern, wenn die Sache herauskäme. Die Vereinigten Staaten bilden offiziell keine Killer aus, geschweige denn, daß sie sie für militärische Zwecke einsetzen.« Er blätterte in der Akte. »Und irgendwo gibt es einen Mörder, den *wir* ausgebildet haben und nicht mehr finden können.«

»So ist es«, bestätigte der Oberst.

»Sie sagen, er hätte sich seinen Ruf in Asien erworben, und sei dann in Europa aktiv geworden. Wann war das?«

»Vor etwa einem Jahr.«

»Warum? Haben Sie eine Vorstellung?«

»Das liegt ja wohl auf der Hand«, meinte Peter Knowlton. »Er hat sich zu weit vorgewagt. Irgend etwas ist schiefgegangen, und er fühlte sich bedroht.«

David Abbott räusperte sich. »Ich möchte noch eine andere Möglichkeit zur Diskussion stellen. Eine Bemerkung von Alfred hat mich auf den Gedanken gebracht.« ›Der Mönch‹ hielt inne und nickte Gillette freundlich zu. »Er sagte vorhin, wir würden uns auf einen ›zahnlosen Hai‹ konzentrieren, während ein viel gefährlicheres Exemplar unbehindert zuschlagen kann. Ich glaube, so hatten Sie sich ausgedrückt, nicht wahr?«

»Ja«, sagte Gillette. »Damit meinte ich natürlich Carlos. Wir sollten nicht Jagd auf Cain machen — Carlos ist der entscheidende Mann.«

»Natürlich. Carlos ist der raffinierteste Killer in der modernen Geschichte, auf dessen Konto unzählige Morde gehen. Sie hatten ganz recht, Alfred, wir können uns nicht leisten, Carlos zu vergessen. Ich habe mir überlegt, welche Versuchung Europa für einen Mann wie Cain bedeutet haben muß, der in einem Gebiet operierte, das mit

Flüchtlingen überschwemmt ist, in dem korrupte Regimes die politische Macht innehaben. Wie muß er Carlos beneidet haben, wie eifersüchtig muß er auf das reiche, verlockende Europa geblickt haben! Wie oft mag er sich gesagt haben: Ich bin besser als Carlos! Ganz gleich, wie kaltblütig diese Burschen auch sind, ihr Ego ist ungeheuer groß. Ich behaupte, er ging nach Europa, um jene bessere Welt zu finden . . . und um Carlos zu entthronen.«

Gillette starrte den ›Mönch‹ an. »Eine interessante Theorie.«

»Wenn ich Sie richtig verstehe«, warf der Kongreßabgeordnete ein, »könnten wir schließlich Carlos finden, indem wir Cain jagen.«

»Genau das meine ich.«

»Ich bin nicht sicher, daß *ich* Ihnen folgen kann«, sagte der CIA-Direktor verärgert.

»Zwei Hengste in einer Koppel geraten aneinander«, drückte Walters es bildlich aus.

»Ein Champion gibt seinen Titel nie freiwillig ab.« Abbott griff nach seiner Pfeife. »Er kämpft mit allen Mitteln darum, ihn zu behalten. Wir bleiben Cain weiter auf den Fersen und halten gleichzeitig nach anderen Spuren Ausschau. Und wenn wir Cain gefunden haben, sollten wir uns so lange zurückhalten, bis auch Carlos ihn aufgespürt hat.«

»Und dann beide schnappen«, fügte der Colonel hinzu.

Die Besprechung war vorüber, die Teilnehmer brachen auf. David Abbott stellte sich neben den Oberst, während der die einzelnen Blätter der Medusa-Akte einsammelte; er wollte gerade die Liste mit den Opfern auf den Haufen legen, als Abbott ihn fragte: »Darf ich mal sehen? Bei uns haben wir keine Kopie davon erhalten.«

»Das waren unsere Instruktionen«, erwiderte der Offizier und reichte dem älteren Mann die zusammengehefteten Blätter. »Ich dachte, die wären von Ihnen gekommen. Nur das Pentagon, der CIA und der Nationale Sicherheitsrat besitzen ein Exemplar.«

Der Oberst wandte sich ab, um eine Frage zu beantworten, die der Kongreßabgeordnete aus Tennessee gestellt hatte. David Abbott hörte nicht zu; seine Augen huschten über die Namensliste; er war beunruhigt. Einige waren ausgestrichen worden, um woanders registriert zu werden. Und das war etwas, das nicht hätte geschehen dürfen. Nie. Wo stand der Name? Er war der einzige Mann im Raum, der ihn kannte, und er spürte das Pochen in seiner Brust, als er die letzte Seite erreichte. Da fand er ihn.

Borowski, Jason C. — Letzter bekannter Aufenthaltsort: Tam Quan. Was, um Himmels willen, war passiert?

René Bergeron knallte wütend den Telefonhörer auf die Gabel. »Wir haben jedes Café, jedes Restaurant und jedes Bistro abgesucht, in dem sie je war.«

»In ganz Paris gibt es kein Hotel, in dem er eingetragen ist«, sagte der grauhaarige Telefonist, der an einem zweiten Telefon vor einem Zeichentisch saß. »Jetzt sind es schon mehr als zwei Stunden; sie könnte längst tot sein. Wenn nicht, dann wünscht sie vielleicht, daß sie es wäre.«

»Viel kann sie ihm nicht sagen«, sinnierte Bergeron. »Sie weiß nichts von den alten Männern.«

»Sie weiß genug; sie hat Parc Monceau angerufen.«

»Sie hat Nachrichten weitergegeben; an wen, weiß sie nicht.«

»Aber die Gründe kennt sie.«

»Die kennt Cain auch, davon bin ich überzeugt. Und mit Parc Monceau würde er einen grotesken Irrtum begehen.« Bergeron beugte sich vor, und seine kräftigen Unterarme spannten sich, als er die Hände ineinander verschränkte, ohne dabei den grauhaarigen Mann aus den Augen zu lassen. »Sagen Sie mir noch einmal alles, woran Sie sich erinnern. Warum sind Sie so sicher, daß er Borowski ist?«

»Das weiß ich nicht. Ich sagte, daß er Cain sei. Wenn Sie seine Methoden richtig beschrieben haben, ist er der Mann.«

»Borowski *ist* Cain. Wir haben ihn über die Medusa-Akten gefunden. Deshalb sind Sie ja eingestellt worden.«

»Dann ist er Borowski; aber das ist nicht der Name, den er benutzt hat. Natürlich, bei *Medusa* gab es eine ganze Anzahl von Leuten mit Vorstrafen, die nicht gestatteten, daß man ihre echten Namen gebrauchte. Für sie wurden neue Namen gefunden. Vielleicht war er einer von diesen Männern.«

»Warum gerade er? Andere sind auch verschwunden. Sie etwa.«

»Ich habe ihn in Aktion beobachtet. Ich war bei einem Einsatz dabei, den er leitete. Was da passierte, werde ich nie mehr vergessen. Dieser Mann könnte Ihr Cain sein, ist es wahrscheinlich auch.«

»Erzählen Sie.«

»Wir sprangen eines Nachts in einem Sektor, der Tam Quan hieß, mit dem Fallschirm ab. Unsere Aufgabe war es, einen Amerikaner namens Webb herauszuholen, der von den Vietcong festgehalten wurde. Wir wußten das vorher nicht. Die Chance, lebend davonzukommen, war minimal. Als wir unser Ziel erreichten, wurde der Hubschrauber in der Luft von Orkanböen erfaßt. Trotzdem befahl er uns abzuspringen.«

»Und Sie haben gehorcht?«

»Er bedrohte uns mit der Pistole. Er zielte auf jeden einzelnen von uns, als wir an die Luke traten.«

»Wie viele waren Sie denn?«

»Zehn.«

»Sie hätten ihn überwältigen können.«

»Sie kannten ihn nicht.«

»Weiter«, sagte Bergeron, der an seinem Schreibtisch saß und gespannt zuhörte.

»Acht von uns gruppierten sich auf dem Boden neu. Zwei hatten, wie wir annahmen, den Sprung nicht überlebt. Es überraschte mich selbst, daß ich heil runtergekommen bin. Ich war der Älteste und nicht gerade ein Bulle von Mann, aber ich kannte die Gegend sehr gut; deshalb hatte man mich mitgeschickt.« Er hielt inne und schüttelte den Kopf. »Kaum eine Stunde später erkannten wir, daß wir in eine Falle geraten waren. Wir rannten wie die Eidechsen durch den Dschungel. Und während der Nacht wagte er sich alleine hinaus, um zu töten, und kam immer wieder vor der Morgendämmerung zurück, um uns näher und näher an das Stützpunktlager zu scheuchen. Ich hielt das damals für reinen Selbstmord.«

»Warum haben Sie das getan? Er mußte Ihnen doch einen Grund nennen; Sie arbeiteten für *Medusa*, Sie waren keine regulären Soldaten.«

»Er sagte, es sei die einzige Möglichkeit, lebend herauszukommen, und darin lag eine gewisse Logik. Wir befanden uns weit hinter den Linien; wir brauchten die Vorräte, die wir in dem Lager finden konnten. Er sagte, wenn sich jemand widersetze, würde er ihm eine Kugel in den Kopf jagen. In der dritten Nacht nahmen wir das Lager ein und fanden den Mann namens Webb mehr tot als lebendig, aber er atmete noch. In dem Camp waren auch die zwei fehlenden Mitglieder unseres Teams: ein Weißer und ein Vietnamese. Die Vietcong hatten sie bezahlt, um uns in die Falle zu locken — ihn in die Falle zu locken, vermute ich.«

»Cain?«

»Ja. Der Vietnamese sah uns zuerst und entkam. Dem weißen Mann schoß Cain in den Kopf. So wie man mir erzählt hat, ging er einfach auf ihn zu und schoß.«

»Hat er Sie zurückgebracht? Durch die Linien?«

»Ja. Vier von uns und den schwerverwundeten Webb. Fünf Männer wurden getötet. Während jener schrecklichen Flucht zurück glaubte ich zu begreifen, warum die Gerüchte vielleicht zutreffen könnten, daß er der höchstbezahlte Söldner von *Medusa* wäre.«

»In welchem Sinne?«

»Er war der skrupelloseste Mann, den ich je gesehen habe, gefährlicher und unberechenbarer als alle anderen. Alle Menschen waren seine Feinde, die mächtigen ganz besonders.« Wieder hielt der grauhaarige Mann inne, den Blick auf den Zeichentisch gewandt, die Gedanken offensichtlich Tausende von Meilen entfernt. »Bedenken Sie, *Medusa* bestand aus höchst unterschiedlichen, verzweifelten Männern. Gemein war ihnen der Haß auf die Kommunisten. Einigen — so wie mir — hatten die Viet Minh ein Vermögen gestohlen. Die einzige Chancc, cs wiederzugewinnen, bestand darin, daß die Amerikaner den Krieg gewannen. Frankreich hatte uns in Dien Bien Phu im Stich gelassen. Aber es gab Dutzende, die sahen, daß man mit *Medusa* ein Vermögen verdienen konnte. Die Kuriertaschen enthielten oft bis zu fünfundsiebzigtausend amerikanische Dollar. Ein Kurier, der bei zehn, fünfzehn Einsätzen jeweils die Hälfte davon wegnahm, konnte sich in Singapur oder Kuala Lumpur zur Ruhe setzen oder einen Rauschgifthandel im Dreieck aufbauen. Abgesehen von der exorbitanten Bezahlung oder der Begnadigung für ehemalige Verbrechen, waren die Möglichkeiten unbeschreiblich. Cain war ein moderner Pirat.«

Bergeron löste die Hände voneinander. »Warten Sie einen Augenblick. Sie verwendeten die Formulierung: ›einen Einsatz, den er befehligte‹. Sind Sie wirklich sicher, daß er kein amerikanischer Offizier war?«

»Sicher Amerikaner, aber kein Berufssoldat.«

»Warum?«

»Er haßte alles Militärische. Der Abscheu, den er für das Kommando in Saigon empfand, war aus jeder Entscheidung zu entnehmen, die er traf; er hielt die Militärs für Narrcn und für unfähig. Einmal erhielten wir über Funk in Tam Quan Befehle. Er unterbrach die Leitung und erklärte einem Brigadegeneral, er könne ihn mal — er würde den Anweisungen nicht folgen. Ein Offizier hätte so etwas nie getan.«

»Es sei denn, er war im Begriff, seinen Beruf aufzugeben«, sagte Bergeron. »So wie Paris Sie im Stich gelassen hat, und Sie haben sich größte Mühe gegeben, so viel Geld wie möglich von *Medusa* zu stehlen und ihre eigenen, nicht gerade patriotischen Aktivitäten vorzubereiten — wo immer Sie das konnten.«

»Mcin Land hat mich verraten, ehe ich es verraten habe, René.«

»Zurück zu Cain. Sie sagen, Borowski sei nicht der Name gewesen, den er benutzte. Welchen dann?«

»Ich erinnere mich nicht. Wie gesagt, für viele waren Familiennamen nicht wesentlich. Für mich war er einfach ›Delta‹.«

»Abgeleitet vom Mekongdelta?«

»Nein, aus dem Alphabet, denke ich.«

»Alpha, Bravo, Charlie . . . Delta«, sagte Bergeron nachdenklich in englischer Sprache. »Aber in vielen Operationen wurde das Codewort ›Charlie‹ durch ›Cain‹ ersetzt, weil ›Charlie‹ ein Synonym für die Vietcong geworden war. Aus ›Charlie‹ wurde ›Cain‹.«

»Ganz richtig. Ebensogut hätte er ›Echo‹ oder ›Foxtrott‹ oder ›Zulu‹ auswählen können. Worauf wollen Sie hinaus?«

»Er hat Cain ganz bewußt gewählt. Es war symbolisch. Er wollte es von Anfang an klarstellen.«

»Was klarstellen?«

»Daß Cain Carlos ersetzen würde. Überlegen Sie doch: ›Carlos‹ ist das spanische Wort für Charles oder Charlie. Das Codewort ›Cain‹ wurde für ›Charlie‹ -Carlos eingesetzt. Das war von Anfang an seine Absicht. Cain würde Carlos verdrängen, und er wollte, daß Carlos es wußte.«

»Und weiß es Carlos?«

»Natürlich. In allen westeuropäischen Hauptstädten ist das bekannt. Cain bietet seine Dienste an. Sein Preis ist niedriger als das Honorar, das Carlos verlangt. Damit zerstört er konstant Carlos' Prestige.«

»Zwei Matadore im selben Ring. Einer muß weichen.«

»Das wird Cain sein. Wir haben diesem aufgeblasenen Spatzen eine Falle gestellt. Er befindet sich irgendwo in Paris.«

»Aber wo?«

»Schwer zu sagen. Wir werden ihn schon finden. Schließlich hat er uns gefunden. Er wird zurückkommen und dann wird der Adler herunterstoßen und den Sperling greifen. Carlos wird ihn töten.«

Der alte Mann schob sich die Krücke unter dem linken Arm zurecht, zog den schwarzen Vorhang zur Seite und trat in den Beichtstuhl. Er fühlte sich nicht wohl; die Blässe des Todes stand ihm ins Gesicht geschrieben, und er war froh, daß die Gestalt im Priestertalar jenseits der Gitterwand ihn nicht klar sehen konnte. Der Mörder würde ihm vielleicht keine weitere Arbeit geben, wenn er zu erschöpft wirkte, um sie durchzuführen; aber er brauchte jetzt Arbeit. Es blieben ihm nur noch Wochen, und er trug Verantwortung.

»Angelus Domini«, sagte er.

»Angelus Domini, Kind Gottes«, flüsterte die Stimme. »Sind deine Tage angenehm?«

»Sie neigen dem Ende zu, aber sie werden mir angenehm gemacht.«

»Ja. Ich glaube, daß das Ihre letzte Aufgabe für mich sein wird. Sie ist jedoch von solcher Wichtigkeit, daß Ihr Lohn das fünffache des Normalen betragen wird. Ich hoffe, das hilft Ihnen.«

»Danke, Carlos. Sie wissen es also.«

»Ja. Sie müssen folgendes dafür tun und die Information muß diese Welt mit Ihnen verlassen. Für Irrtum ist jetzt kein Platz.«

»Ich bin immer genau gewesen. Ich werde auch jetzt sorgfältig ausführen, was Sie verlangen.«

»Sterben Sie in Frieden, alter Freund. So ist es leichter . . . Sie werden zur vietnamesischen Botschaft gehen und sich nach einem Attaché namens Phan Loc erkundigen. Wenn Sie alleine mit ihm sind, sprechen Sie die folgenden Worte zu ihm: Ende März 1968; *Medusa*; der Tam-Quan-Sektor. Cain war dort. Und noch ein anderer. Wiederholen Sie.«

»Ende März 1968; *Medusa*; der Tam-Quan-Sektor. Cain war dort. Und noch jemand.«

»Er wird Ihnen sagen, wann Sie zurückkehren sollen. Es kann sich nur um Stunden handeln.«

17.

»Ich denke, jetzt ist die Zeit gekommen, daß wir uns über einen *Fiche confidentielle* aus Zürich unterhalten.«

»Mein Gott!«

»Ich bin nicht der Mann, den Sie suchen.«

Borowski packte die Hand der Frau und hielt sie fest, um sie zu hindern, aus dem eleganten Restaurant in Argenteuil, ein paar Meilen außerhalb von Paris, zu rennen. Sie waren alleine in der Nische.

»Wer sind Sie?« Jacqueline Lavier versuchte ihre Hand wegzuziehen. Die Adern an ihrem gepflegten Hals traten hervor.

»Ein reicher Amerikaner, der auf den Bahamas lebt. Glauben Sie das nicht?«

»Ich hätte es wissen müssen«, sagte sie. »Keine Kreditkarten, kein Scheck — nur Bargeld. Sie haben sich die Rechnung nicht einmal angesehen.«

»Die Preisschilder auch nicht. Das war es ja, was Sie zu mir geführt hat.«

»Ich war eine Närrin. Die Reichen sehen sich die Preise immer an, und sei es nur, weil sie es genießen, eigentlich nicht auf sie achten zu müssen.« Während die Frau redete, sah sie sich um. Sie suchte nach einem Fluchtweg, nach einem Kellner, den sie herbeirufen konnte.

»Nicht!« sagte Jason, der ihre Augen beobachtete. »Das wäre unsinnig. Es ist besser für uns beide, wenn wir uns unterhalten.«

Die Frau starrte ihn an. Das Summen in dem großen, von Kandelabern dezent erleuchteten Raum und das gelegentliche Aufflackern von leisem Gelächter an den umliegenden Tischen betonte das feindselige Schweigen noch, das sich zwischen ihnen ausgebreitet hatte.

»Ich frage Sie noch einmal«, sagte sie. »Wer sind Sie?«

»Mein Name ist nicht wichtig. Belassen wir es bei dem, den ich Ihnen genannt habe.«

»Briggs? Der ist falsch.«

»Das ist Larousse auch, der auf dem Mietvertrag des Wagens steht, mit dem drei Killer von der Valois-Bank weggefahren sind. Dort haben sie mich verpaßt. Und heute nachmittag am Pont Neuf auch.«

»O Gott!« rief sie und versuchte, sich aus seinem Griff zu lösen.

»*Nicht,* habe ich gesagt!« Borowski hielt sie fest, zog sie zurück.

»Und wenn ich schreie, Monsieur?« In der gepuderten Maske waren jetzt Risse sichtbar, und ihr böser, giftiger Blick, dazu die grellroten Lippen, verstärkten den Eindruck eines in die Enge getriebenen Tieres.

»Dann schrei ich noch lauter«, erwiderte Jason. »Man würde uns beide hinauswerfen, und sobald wir einmal draußen sind, bin ich sicher, daß ich mit Ihnen fertig werden würde. Warum wollen Sie denn nicht reden? Wir könnten etwas voneinander erfahren. Schließlich sind wir Angestellte, keine Arbeitgeber.«

»Ich habe Ihnen nichts zu sagen.«

»Dann will ich anfangen. Vielleicht ändern Sie noch Ihre Meinung.« Er lockerte vorsichtig seinen Griff. Die Spannung blieb in ihrem weißen gepuderten Gesicht. »Sie haben in Zürich einen Preis bezahlt. Wir auch. Offensichtlich mehr als Sie. Wir sind hinter demselben Mann her; wir wissen, warum *wir* ihn haben wollen.« Er ließ sie los. »Und warum wollen Sie ihn?«

Die Frau musterte ihn stumm mit verärgerten und doch zugleich verängstigten Augen. Borowski merkte, daß er die Frage richtig formuliert hatte; es wäre ein gefährlicher Fehler von Jacqueline Lavier, weiter zu schweigen.

»Wer ist ›wir‹?« fragte sie.

»Eine Firma, die ihr Geld will. Eine stattliche Summe. Er hat es.«

»Dann hat er sie sich nicht verdient?«

Jason mußte vorsichtig sein. Man rechnete damit, daß er wesentlich mehr wußte, als ihm tatsächlich bekannt war. »Nun, darüber gibt es unterschiedliche Meinungen.«

»Wie ist das möglich? Entweder hat er sich das Geld verdient oder nicht. Eine dritte Möglichkeit gibt es nicht.«

»Jetzt bin ich an der Reihe«, sagte Borowski. »Sie haben meine Frage mit einer Gegenfrage beantwortet, und ich bin Ihnen nicht ausgewichen. Jetzt wollen wir den Spieß umdrehen: Warum wollen Sie ihn haben? Warum steht die Geheimnummer eines der besseren Geschäfte von Saint-Honoré auf einem *fiche* in Zürich?«

»Das war eine Gefälligkeit, Monsieur.«

»Für wen?«

»Sind Sie wahnsinnig?«

»Also gut, lassen wir das für den Augenblick. Wir glauben ohnehin, daß wir es wissen.«

»Unmöglich!«

»Vielleicht, vielleicht auch nicht. Es war also eine Gefälligkeit . . . vielleicht einen Menschen zu töten?«

»Ich habe nichts zu sagen.«

»Und doch versuchten Sie vor zwei Minuten wegzulaufen, als ich den Wagen erwähnte. Das sagt ja auch etwas.«

»Eine völlig natürliche Reaktion.« Jacqueline Lavier berührte den Stiel ihres Weinglases. »Ich habe den Mietvertrag veranlaßt. Es macht mir nichts aus, Ihnen das zu erzählen, weil es keine Beweise dafür gibt. Sonst weiß ich von nichts.« Plötzlich packte sie das Glas fester, und ihr maskenhaftes Gesicht verriet Wut und Angst. »Wer sind Sie eigentlich, Sie und die Leute, die hinter Ihnen stehen?«

»Das sagte ich Ihnen bereits: eine Firma, die ihr Geld zurück haben möchte.«

»Sie stören! Verschwinden Sie aus Paris! Lassen Sie die Finger davon!«

»Warum sollten wir das tun? Schließlich sind wir diejenigen, die einen finanziellen Schaden erlitten haben; wir wollen nur, daß die Bilanz ausgeglichen wird, darauf haben wir ein Recht.«

»Auf gar nichts haben Sie ein Recht!« fuhr die Frau ihn an. »Sie haben den Irrtum begangen, und Sie werden dafür zahlen!«

»Irrtum?« Er mußte *sehr* vorsichtig sein. Er war dem Ziel nahe.

»Hören Sie doch auf! Es gibt keinen Irrtum, den das Opfer begehen kann.«

»Der Irrtum lag in Ihrer Wahl, Monsieur. Sie haben den falschen Mann gewählt.«

»Er hat Millionenbeträge gestohlen«, sagte Jason. »Das ist Ihnen bekannt. Und wenn Sie glauben, daß Sie es ihm wegnehmen können — was das gleiche wäre, als wenn Sie es uns wegnehmen —, dann machen Sie einen großen Fehler.«

»Wir wollen kein Geld!«

»Das freut mich zu wissen. Wer ist ›wir‹?«

»Ich dachte, Sie hätten gesagt, Sie wüßten das.«

»Ich sagte, wir hätten eine Ahnung. Unsere Informationen reichen aus, um einen Mann namens Koenig in Zürich und d'Amacourt hier in Paris auffliegen zu lassen. Wenn wir uns entscheiden, das zu tun, könnte sich das als ziemlich peinlich erweisen, nicht wahr?«

»Peinlich? Das ist völlig unwichtig. Sie verzehren sich förmlich vor Dummheit, Sie alle! Ich sage es Ihnen noch einmal: Verlassen Sie Paris! Lassen Sie die Finger davon! Das betrifft Sie nicht mehr.«

»Und wir sind nicht der Meinung, daß es Sie betrifft. Offen gestanden, wir glauben nicht, daß Sie die Kompetenz dazu besitzen.«

»Kompetenz?« wiederholte sie, als könnte sie das, was sie gehört hatte, nicht glauben.

»Ja, richtig.«

»Haben Sie denn eine Ahnung, was Sie da sagen? Über wen Sie hier reden?«

»Wenn Sie sich jetzt nicht zurückziehen, werde ich empfehlen, alles auffliegen zu lassen. Wir brauchen bloß die Machenschaften der Valois-Bank den richtigen Leuten zukommen zu lassen, um eine großangelegte Fahndung auszulösen.«

»Sie sind wirklich wahnsinnig und ein Narr obendrein.«

»Ganz und gar nicht. Wir haben Freunde an sehr wichtigen Positionen; wir bekommen die Informationen immer als erste. Wir werden zur richtigen Zeit am richtigen Ort warten. Dann schnappen wir ihn uns.«

»Das werden Sie nicht! Er wird wieder verschwinden. Können Sie das denn nicht verstehen? Er ist in Paris, und ein ganzes Netz von Leuten, die er unmöglich kennen kann, macht Jagd auf ihn. Er mag einmal entkommen sein, zweimal meinetwegen, aber ein drittes Mal wird das nicht passieren! Er sitzt jetzt in der Falle. Wir haben ihn umzingelt.«

»Wir wollen nicht, daß Sie ihm eine Falle stellen. Das liegt nicht in unserem Interesse.« Das war jetzt fast der richtige Augenblick, dachte Borowski — fast, aber nicht ganz. Ihre Angst mußte die gleiche Intensität erreichen wie ihr Ärger. »Hier ist unser Ultimatum, und wir machen Sie dafür verantwortlich, daß Sie es übermitteln — andernfalls geht es Ihnen wie Koenig und d'Amacourt. Blasen Sie die Jagd für heute abend ab. Wenn nicht, schlagen wir morgen in aller Frühe zu. ›Les Classiques‹ wird plötzlich ganz neue Kunden bekommen. Ich glaube allerdings nicht, daß Sie sich über diese Art von Popularität freuen werden.«

»Das würden Sie nicht wagen! Wer sind Sie, daß sie mir damit drohen?«

Er wartete einen Augenblick und schlug dann zu. »Ich gehöre zu einer Gruppe von Leuten, die nicht viel von Ihrem Carlos halten.«

Ihr gepudertes Gesicht erstarrte; ihre Augen waren geweitet. »Sie wissen es also«, flüsterte sie. »Und Sie glauben, Sie können sich gegen ihn stellen? Sie meinen wirklich, daß Sie Carlos gewachsen sind?«

»Ja.«

»Sie sind wahnsinnig! Einem Carlos kann man kein Ultimatum stellen.«

»Das habe ich aber gerade getan.«

»Dann sind Sie demnächst ein toter Mann. Sie brauchen bloß zu irgend jemandem ein Wort zu sagen — und Sie überleben den Tag nicht mehr. Er hat überall seine Leute; die werden Sie auf der Straße erschießen.«

»Das könnte durchaus sein. Dazu müßten sie aber wissen, wen sie umlegen sollen«, sagte Jason. »Doch mich kennt niemand. Aber wer

Sie sind, wissen sie. Und Koenig. Und d'Amacourt. Wir brauchen Sie bloß auffliegen zu lassen, und schon würden die Sie erledigen. Carlos könnte Sie sich nicht mehr leisten.«

»Jetzt vergessen Sie etwas, Monsieur: Ich kenne Sie.«

»Das ist meine geringste Sorge. Sie halten schon den Mund, weil Sie Ihre eigene Haut retten wollen.«

»Das ist totaler Irrsinn! Sie tauchen aus dem Nichts auf und sprechen wie ein Irrer. Sie können das nicht tun.«

»Schlagen Sie einen Kompromiß vor?«

»Das wäre vorstellbar«, sagte Jacqueline Lavier. »Alles ist möglich.«

»Sind Sie in der Position, darüber zu verhandeln?«

»Ich bin in der Position, etwas weiterzuleiten . . . Andere werden es jemandem übermitteln, der dann die Entscheidung trifft.«

»Sehen Sie wir können also doch miteinander reden.«

»Sicher, Monsieur«, pflichtete sie bei, und in ihren Augen flackerte die Angst.

»Dann wollen wir mit dem anfangen, was auf der Hand liegt.«

»Und das wäre?«

Jetzt! Die Wahrheit!

»Was bedeutet Borowski für Carlos? Warum will er ihn?«

»Was Borowski . . .« Die Frau hielt inne. Der Schock hatte ihr die Sprache verschlagen. »*Sie* können *das* fragen?«

»Ich werde die Frage sogar wiederholen«, sagte Jason und hörte das Echo in seiner Brust. »Was bedeutet Borowski für Carlos?«

»Er ist Cain! Das wissen Sie ebensogut wie wir. Er war Ihre Wahl! Sie haben den falschen Mann gewählt!«

Cain. Er hörte den Namen und das Echo zerbarst in betäubendem Donner. Und bei jedem Donnerschlag durchzuckte ihn ein stechender Schmerz. Da waren wieder die Nebel. Die Dunkelheit, der Wind, die Explosionen.

Alpha, Bravo, Cain, Delta, Echo, Foxtrott . . . Cain, Delta.
Delta, Cain. Delta . . . Cain.
Cain ist Charlie.
Delta ist Cain!

»Was ist los.? Was haben Sie denn?«

»Nichts.« Borowski hatte mit der Rechten sein linkes Handgelenk erfaßt, hielt es krampfhaft umklammert. Er mußte erreichen, daß das Zittern aufhörte, der Lärm geringer wurde, mußte den Schmerz zurückdrängen. Er mußte jetzt *klar denken.* »Weiter«, sagte er und zwang seiner Stimme eine Selbstbeherrschung auf, die zu einem Flüstern führte; er konnte nicht anders.

»Ist Ihnen nicht gut? Sie sind kalkweiß und . . .«

»Schon gut«, unterbrach er sie. »Weiter, habe ich gesagt.«

»Was soll ich Ihnen denn erzählen?«

»Alles! Ich will es von Ihnen hören.«

»Warum? Es gibt nichts, das Sie nicht bereits wissen. Sie haben Cain gewählt. Sie glauben, daß Sie Carlos ausschalten können. Damit haben Sie einen folgenschweren Irrtum begangen, dem Sie auch jetzt noch unterlegen sind.«

Ich werde Sie töten. Ich werde Sie am Hals packen und den Atem aus Ihnen herauswürgen. Reden Sie! Um Himmels willen, reden Sie! Ich muß es wissen.

»Das hat nichts zu sagen«, meinte er. »Wenn Sie ein Arrangement mit mir suchen — und wäre es nur, um Ihr Leben zu retten —, dann erzählen Sie mir, warum wir zuhören sollten. Warum ist Carlos, was Borowski betrifft, so hartnäckig . . . geradezu paranoid? Sie müssen mir das so erklären, als ob ich es noch nie gehört hätte. Wenn Sie sich weigern, werde ich dafür sorgen, daß jene Namen, die besser nicht erwähnt werden sollten, in ganz Paris verbreitet werden. Dann erleben Sie den morgigen Abend nicht mehr.«

Die Frau war wie erstarrt. »Carlos wird Cain bis ans Ende der Welt folgen und ihn töten.«

»Das wissen wir. Den Grund wollen wir erfahren.«

»Weil er es muß. Sehen Sie doch sich an, Leute wie Sie.«

»Das sagt mir nichts. Sie wissen nicht, wer wir sind.«

»Das brauche ich auch nicht zu wissen. Ich weiß, was Sie getan haben.«

»Dann sprechen Sie es aus!«

»Das habe ich bereits. Sie haben Cain Carlos vorgezogen — das war Ihr Fehler. Sie haben den falschen Mann gewählt, den Mörder bezahlt.«

»Den falschen . . . Mörder.«

»Sie waren nicht der erste, aber Sie werden der letzte sein. Der dreiste Herausforderer wird hier in Paris getötet werden, ob es nun einen Kompromiß gibt oder nicht.«

»Wir haben den falschen Mörder gewählt . . .« Die Worte schwebten durch die parfümierte Atmosphäre des Restaurants. Der alles betäubende Donner wurde schwächer, wich zurück, klang immer noch grollend, war aber weit entfernt, rollte hinter den Sturmwolken; die Nebel lösten sich. Er begann zu sehen, und das, was er sah, waren die Umrisse eines Ungeheuers. Keine Legende, kein Mythos, sondern ein Ungeheuer. Noch ein Ungeheuer! Es gab zwei.

»Können Sie daran zweifeln?« fragte die Frau. »Stören Sie Carlos nicht. Lassen Sie ihm Cain, hindern Sie ihn nicht daran, Rache zu nehmen.« Sie hielt inne und hielt beide Hände abwehrend über dem

Tisch. Sie erinnerte Borowski in diesem Augenblick an nichts so sehr wie an eine miese Ratte. »Ich verspreche nichts, aber ich *werde* für Sie sprechen und mich darum bemühen, daß der Verlust, den Ihre Leute erlitten haben, wenigstens zum Teil ersetzt wird. Es ist möglich . . . nur möglich, verstehen Sie mich richtig . . . daß der, den Sie von vorneherein hätten auswählen sollen, Ihren Kontrakt honoriert.«

»Der, den wir hätten auswählen sollen . . . weil wir den Falschen gewählt haben.«

»Das verstehen Sie doch, oder nicht, Monsieur? Man muß Carlos sagen, daß Sie es einsehen. Vielleicht — nur vielleicht — könnte er Verständnis für Ihre Lage empfinden, wenn er überzeugt wäre, daß Sie Ihren Fehler erkannt haben.«

»Und das ist Ihr Angebot?« fragte Borowski mit ausdrucksloser Stimme und bemühte sich noch immer, seine Gedanken zu ordnen.

»Alles ist möglich. Aus Ihren Drohungen kann nichts Gutes erwachsen, das kann ich Ihnen gleich sagen. Für keinen von uns. Ich will offen zugeben, daß das mich einschließt. Es würde nur zu nutzlosen Morden führen, und Cain würde sich im Hintergrund halten und sich ins Fäustchen lachen. Sie würden der Verlierer sein, nicht nur einmal, sondern gleich zweimal.«

»Wenn das stimmt . . .« — Jason schluckte und spürte seine ausgetrocknete Kehle —, »dann muß ich meinen Leuten erklären, warum wir . . . den . . . falschen Mann . . . gewählt haben.« *Sprich den Satz zu Ende! Reiß dich zusammen!* »Sagen Sie mir alles, was Sie über Cain wissen.«

»Wozu?«

»Wenn wir den falschen Mann gewählt haben, dann nur, weil wir die falschen Informationen hatten.«

»Sie haben gehört, daß er Carlos ebenbürtig sei. Nein? Daß sein Honorar günstiger war, sein Apparat überschaubarer. Hat Sie das zu Ihrer Entscheidung bewogen?«

»Vielleicht.«

»Natürlich war es das. Das hat man allen gesagt, und es ist eine Lüge. Carlos' Stärke liegt in seinen weit verstreuten Informationsquellen, die *absolut* zuverlässig sind. In seinem ausgeklügelten System ist die richtige Person genau im richtigen Augenblick im Einsatz.«

»Mir klingt das nach zu vielen Leuten. In Zürich waren zu viele und hier in Paris auch.«

»Die sind alle blind, Monsieur. Jeder einzelne.«

»Blind?«

»Um es ganz deutlich zu sagen: Ich arbeite schon seit einigen Jahren für die Organisation und habe auf verschiedene Weise Dutzende kennengelernt, die ihre kleinen Rollen spielten. Dabei habe ich bis jetzt noch niemanden getroffen, der je mit Carlos gesprochen hat, geschweige denn auch nur die leiseste Ahnung hat, wer er ist.«

»Das ist Carlos. Ich möchte mehr über Cain wissen. Was wissen *Sie* über Cain?« *Du mußt beherrscht bleiben! Du darfst dich nicht abwenden! Sieh sie an!*

»Wo soll ich beginnen?«

»Mit dem, was Ihnen als erstes einfällt. Woher kommt er?« *Den Blick nicht abwenden!*

»Aus Südostasien natürlich.«

»Natürlich . . .« *O Gott!*

»Bei *Medusa* war er . . .«

Medusa! Die Winde, die Finsternis, die Blitze, der Schmerz – Er war jetzt eine Welt weit entfernt. Der Schmerz. O Gott! Der Schmerz.

Tao!

Che-sah!

Tam Quan!

Alpha, Bravo, Cain . . . Delta.

Delta . . . Cain!

Cain ersetzt Charlie.

Delta ist Cain.

»Was ist denn?« Die Frau wirkte verstört; sie musterte sein Gesicht. »Sie transpirieren, Ihre Hände zittern.«

»Das geht gleich vorbei.« Jason zog die Hand von seinem Handgelenk und griff nach einer Serviette, um sich die Stirn abzuwischen.

»Weiter! Es ist nicht viel Zeit; man muß Leute verständigen, Entscheidungen treffen. Eine davon betrifft wahrscheinlich Ihr Leben. Zurück zu Cain. Sie sagten, er komme von . . . *Medusa*.«

»Die Söldner des Teufels haben die Kolonialherren in Indochina die Männer genannt, die bei *Medusa* dabeiwaren. Ziemlich treffend, finden Sie nicht?«

»Was ich finde oder was ich weiß, ist hier ohne Belang. Ich möchte hören, was *Sie* denken, was *Sie* über Cain wissen.«

»Jetzt werden Sie unhöflich.«

»Nein, ungeduldig. Sie sagen, wir hätten den falschen Mann gewählt; wenn das so ist, hatten wir die falsche Information. Wollen Sie mit dem Hinweis auf *Medusa* ausdrücken, daß Cain Franzose ist?«

»Ganz und gar nicht. Ich habe das nur erwähnt, um anzudeuten, wie viele Leute von uns in Indochina gekämpft haben.«

»Wenn Cain nicht Franzose ist, was ist er dann?«

»Ohne Zweifel Amerikaner.«

O Gott! »Warum?«

»Alle seine Aktionen tragen den Stempel amerikanischer Vordergründigkeit. Er agiert ohne jedes Raffinement, gibt Operationen als die seinen aus, wenn er überhaupt nichts mit ihnen zu tun hatte. Er hat die Methoden und Verbindungen von Carlos wie kein anderer studiert. Man sagt uns, er würde sie potentiellen Kunden lückenlos vortragen und dabei häufig den Platz von Carlos einnehmen und Leichtgläubige davon überzeugen, daß *er*, nicht Carlos, es war, der die Aufträge ausgeführt hat.« Die Lavier hielt inne. »Er hat es mit Ihnen und Ihren Leuten genauso gemacht, nicht wahr?«

»Vielleicht.« Jason umklammerte wieder sein linkes Handgelenk und erinnerte sich an das, was er bereits vorher erfahren hatte.

Stuttgart. Regensburg. München. Zwei Morde und eine Entführung. Verbindung mit Baader. Honorare von amerikanischen Quellen . . .

Teheran? Acht Morde. Unterschiedliche Verbindungen: Khomeini und PLO. Honorar: zwei Millionen Dollar.

Paris? . . . Alle Kontrakte werden durch Paris bearbeitet.

Wessen Kontrakte?

Sanchez . . . Carlos.

»Er hat dieselbe Taktik bei Ihnen benutzt. So holt er sich seine Aufträge.«

»Aufträge?« Borowski spürte den bohrenden Schmerz in seiner Brust. »Er bekommt also Aufträge«, sagte er ziellos.

»Und führt sie mit beachtlichem Geschick aus; das leugnet niemand. Seine Mordliste ist eindrucksvoll. Er steht zwar nicht auf gleicher Stufe wie Carlos, trotzdem ist er ein Mann mit außergewöhnlichen Gaben und höchst erfindungsreich: eine tödliche Waffe von höchster Präzision. Aber seine Arroganz, seine Lügen auf Kosten von Carlos werden sein Untergang sein.«

»Und das macht ihn zum Amerikaner? Oder ist das nur Ihr Vorurteil? Ich habe das Gefühl, daß Sie amerikanische Dollars mögen, aber weiter geht Ihre Zuneigung zu Amerika nicht.« *Ungemein geschickt; höchst erfinderisch; eine tödliche Waffe von größter Präzision . . . Port Noir. La Ciotat, Marseille, Zürich, Paris.*

»Sie irren sich, Monsieur. Seine Nationalität steht zweifelsfrei fest.«

»Wieso?«

Die Frau berührte den Stiel ihres Weinglases, und ihr Zeigefinger mit der roten Spitze krümmte sich um das Glas. »Ein unzufriedener Mann in Washington ist gekauft worden.«

»Washington?«

»Die Amerikaner suchen Cain auch — mit einer Intensität, die auch nicht geringer ist als die von Carlos, nehme ich an. *Medusa* ist der Öffentlichkeit nie zur Kenntnis gebracht worden, und wenn über Cain etwas an die Öffentlichkeit gelangte, könnte das höchst peinlich werden. Dieser unzufriedene Mann war in der Lage, uns viele Informationen zu liefern, darunter auch die *Medusa*-Akten. Es war ganz einfach, die Namen mit denen in Zürich zu vergleichen — einfach für Carlos, sonst für niemanden.«

Zu einfach, dachte Jason, ohne zu wissen, weshalb ihm der Gedanke gekommen war. »Ich verstehe«, sagte er.

»Und Sie? Wie haben Sie Borowski gefunden?«

Durch die Nebel der Angst erinnerte sich Jason an etwas anderes, was er gehört hatte. Marie hatte es gesagt. »Viel einfacher«, sagte er. »Wir haben das Honorar nur zum Teil auf ein Konto überwiesen und den Restbetrag blind auf ein anderes. Auf diese Weise konnten wir den Kontoinhaber ermitteln.«

»Und Cain?«

»Er wußte nichts davon. Wir haben ein paar Leute in der Bank bezahlt . . . wie Sie für verschiedene Telefonnummern auf einem *fiche* bezahlt haben.«

»Ich muß Sie loben.«

»Erzählen Sie mir lieber, was Sie über Cain wissen.«

Du mußt vorsichtig sein und darauf achten, daß deine Stimme nicht nervös klingt. Du bist nur damit beschäftigt, Daten auszuwerten. Marie, das hast du gesagt. Liebe, liebe Marie! Gott sei Dank, daß du nicht hier bist.

»Unsere Informationen über ihn sind lückenhaft. Er hat es fertiggebracht, den größten Teil der wichtigen Akten zu entfernen, etwas, das er ohne Zweifel von Carlos gelernt hat. Aber nicht alle; wir haben uns aus dem Rest ein skizzenhaftes Bild zusammenfügen können. Ehe *Medusa* ihn rekrutiert hat, war er vermutlich ein französisch sprechender Geschäftsmann, der in Singapur lebte und eine Gruppe amerikanischer Importeure vertrat, bis die ihn beschuldigten, sich um Hunderttausende von Dollars bereichert zu haben. Nun versuchten sie, ihn in die Staaten ausliefern zu lassen, um ihn vor Gericht stellen zu können. In Singapur galt er als Einzelgänger, der im blühenden Schleichhandel aktiv war und vor brutalen Methoden nicht zurückschreckte.«

»Und vorher?« unterbrach Jason sie und spürte wieder, wie ihm Schweißtropfen auf die Stirne traten. »Vor Singapur. Woher kam er?« *Vorsichtig! Die Bilder! Er konnte die Straßen von Singapur sehen: die Prince Edward Road, Kim Chuan, Boon Tat Street, Maxwell, Cuscaden.*

»Das muß in den Akten stehen, die niemand finden konnte. Es

gibt nur Gerüchte, und die sind bedeutungslos. So hieß es zum Beispiel, er sei ein ausgestoßener Jesuit, der verrückt geworden sei. Eine andere Spekulation besagt, er sei ein junger, aggressiver Anlagenberater gewesen, den man überführt hat, Kundengelder veruntreut zu haben. Vor Singapur gibt es keine konkrete Spur, nichts, das man überprüfen kann,«

Sie haben unrecht, da war eine ganze Menge. Aber nichts, das damit zu tun hat . . . Da ist eine Leere, und sie muß ausgefüllt werden, und Sie können mir nicht helfen. Vielleicht kann das niemand; vielleicht sollte das niemand!

»Bis jetzt haben Sie mir noch nichts gesagt, was sensationell gewesen wäre; nichts, was mit den Informationen in Zusammenhang steht, die mich interessieren.«

»Dann weiß ich nicht, was Sie wollen! Sie verlangen Einzelheiten, und wenn ich Details liefere, sagen Sie, die seien unwichtig.«

»Was wissen Sie über Cains . . . Arbeit? Sie sollten mir schon einen Grund dafür liefern, Sie schonend zu behandeln. Also wann fiel er Ihnen zum erstenmal auf? Wann wurde Carlos auf ihn aufmerksam?«

»Vor zwei Jahren«, begann Jacqueline Lavier, die Jasons Ungeduld beunruhigte und verängstigte, »erfuhr man von einem Weißen in Asien, der Mord auf Bestellung lieferte — wie Carlos. Und sein Name wurde schnell zu einem Markenbegriff für präzises Töten. Ein Botschafter wurde in Moulmein ermordet; zwei Tage später wurde ein japanischer Politiker in Tokio getötet. Eine Woche darauf kam ein Zeitungsredakteur in Hongkong ums Leben, als sein Wagen in die Luft gesprengt wurde. Und knapp achtundvierzig Stunden später erschoß man einen Bankier in einer Straße in Kalkutta. Jeden dieser Morde hat Cain begangen.« Die Frau hielt inne und versuchte, Borowskis Reaktion richtig einzuschätzen. Doch der reagierte nicht. »Verstehen Sie denn nicht? Er war überall! Bald hatte er sich einen Ruf erworben, der selbst die abgebrühtesten Killer beeindruckte. Keiner zweifelte daran, daß da ein ausgekochter Profi am Werk war, am allerwenigsten Carlos. Hellhörig geworden, wies er seine Leute an, soviel Einzelheiten wie möglich über diesen Mann zu erfahren. Carlos ahnte die Gefahr, die von diesem Mann eines Tages auch für ihn ausgehen konnte. Binnen eines Jahres sollte sich seine Vermutung bestätigen. Aus verläßlichen Quellen erfuhr er, Cain käme nach Europa und wolle Paris zu seiner Operationsbasis machen. Die Herausforderung war offensichtlich. Cain war im Begriff, Carlos zu vernichten. Er hatte den Ehrgeiz, der *neue* Carlos zu werden. *Ihn* sollte man aufsuchen, wenn man die Dienste in Anspruch nehmen wollte, die er bieten konnte. So wie *Sie* ihn aufgesucht haben, Monsieur.«

»Moulmein, Tokio, Kalkutta . . .« Jason hörte, wie die Namen von seinen Lippen kamen, wie er sie flüsterte. »Manila, Hongkong . . .« Er hielt inne, versuchte, die Nebel zu durchdringen, spähte nach den Umrissen seltsamer Gebilde, die vor seinem geistigen Auge vorüberzogen.

»In diesen Orten und vielen anderen war er aktiv«, fuhr die Frau fort. »Carlos mag viele Feinde haben, aber unter all jenen, die aus seinem Vertrauen und seiner Großzügigkeit Nutzen gezogen haben, herrscht Loyalität. Seine Informanten und Helfershelfer sind nicht so leicht käuflich, wie Cain sich das gern gewünscht hätte. Es heißt, Carlos würde schnell harte Urteile fällen, aber es heißt auch, besser ein Satan, den man kennt, als ein Nachfolger, den man nicht kennt. Cain begreift immer noch nicht, daß das Netz, das Carlos sich aufgebaut hat, ungeheuer weitgespannt ist. Als Cain nach Europa kam, wußte er nicht, daß seine Aktivitäten in Berlin, Lissabon und Amsterdam . . . sogar in Oman erkannt worden sind.«

»Oman«, sagte Borowski unwillkürlich. »Scheich Mustafa Kalig«, flüsterte er wie im Selbstgespräch.

»Daß Cain der Mörder gewesen war, ist nie bewiesen worden«, warf die Frau ein. »Der Auftrag selbst ist eine pure Erfindung. Den rein internen Mord hat er einfach auf sein Konto gebucht; dabei hätte kein Fremder zu dem schwer bewachten Scheich vordringen können. Das Ganze ist eine Lüge!«

»Eine Lüge«, wiederholte Jason.

»Er hat viele solcher Lügen verbreitet«, fügte Jaqueline Lavier verächtlich hinzu. »Geschickt läßt er hier und dort eine Andeutung fallen, die andere begierig aufgreifen und als wahre Geschichte weitererzählen. Er provoziert Carlos, indem er sich auf dessen Kosten groß herausstellt. Aber er ist Carlos nicht gewachsen; er nimmt Aufträge an, die er nicht erfüllen kann. Davon hat es schon einige gegeben. Es heißt, dies sei der Grund, weshalb er Monate im Hintergrund geblieben sei und Leuten wie uns ausgewichen ist.«

»Leuten ausgewichen ist . . .« Jason griff nach seinem Handgelenk; das Zittern hatte wieder angefangen, das Grollen fernen Donners vibrierte in seinem Kopf. »Sind Sie . . . dessen sicher?«

»Vollkommen! Er war nicht tot; er hat sich versteckt gehalten. Cain hat mehr als einen Auftrag nicht bewältigen können. Das war unvermeidlich, weil er zu viele innerhalb kurzer Zeit annahm. Und nach jedem gescheiterten Mord führte er einen spektakulären aus, um seinen Ruf zu wahren. Er pflegte sich dafür stets eine prominente Persönlichkeit auszuwählen. Der Botschafter in Moulmein war ein Beispiel dafür. Niemand hatte seinen Tod verlangt. Das gleiche gilt für zwei andere Fälle: Ebenso willkürlich hat er einen russischen

Kommissar in Shanghai und erst kürzlich einen Bankier in Madrid umgebracht.«

Die Worte kamen von den hellroten Lippen, die sich in der gepuderten Maske bewegten. Er hörte sie nicht das erste Mal. Er hatte sie schon *gelebt*. Sie lösten keine Schatten mehr aus, sondern Erinnerungen an jene vergessene Vergangenheit. Sie begann keinen Satz, den er nicht hätte zu Ende führen können, noch konnte sie irgendeinen Namen oder eine Stadt oder ein Ereignis nennen, mit dem er nicht instinktiv vertraut war.

Sie redete von ihm!

Alpha, Bravo, Cain, Delta. . .

Cain ersetzt Charlie, und Delta ist Cain.

Jason Borowski war der Mörder namens Cain!

Es gab noch eine letzte Frage: »Was geschah in Marseille?«

»Marseille?« Die Frau fuhr zurück. »Wie *konnten* Sie? Was für Lügen hat man Ihnen erzählt? Was für Lügen *sonst noch*?«

»Sagen Sie mir nur, was damals passierte.«

»Sie meinen natürlich Leland. Carlos hatte den Mordauftrag angenommen.«

»Und wenn ich Ihnen jetzt sage, daß es Leute gibt, die Cain dahinter vermuten?«

»Das ist es, was er *alle* glauben machen wollte! Das war die höchste Beleidigung für Carlos — *ihm* den Mord zu stehlen. Das Geld war Cain unwichtig; er wollte nur der Welt — unserer Welt — beweisen, daß er den Auftrag selbst erledigen konnte, für den man Carlos bezahlt hatte. Aber er hat es nicht getan, müssen Sie wissen. Er hatte nichts mit Leland zu tun.«

»Er war dort.«

»Er ist in eine Falle gegangen, zumindest ist er nie aufgetaucht. Einige meinten, er sei getötet worden, aber da es keine Leiche gab, hat Carlos das nie geglaubt.«

»Wie ist Cain nur getötet worden?«

Madame Lavier lehnte sich zurück und schüttelte den Kopf. »Zwei Männer im Hafen versuchten, sich dafür bezahlen zu lassen. Einer von ihnen ist seitdem spurlos verschwunden; man kann annehmen, daß Cain ihn getötet hat, *wenn* es Cain war.«

»Was war das für eine Falle?«

»Eine *angebliche* Falle, Monsieur. Sie behaupteten, sie hätten erfahren, Cain wolle sich mit jemandem ein oder zwei Nächte vor der Tat in der Rue Sarrasin treffen. Sie sagten, sie hätten entsprechende Gerüchte ausgestreut und den Mann, den sie für Cain hielten, zu den Piers zu einem Fischerboot hinuntergelockt. Weder der Trawler noch der Skipper wurden je wieder gesehen. Also kann es sein, daß sie recht hatten — aber ich sage, daß es keine Beweise gab, nicht einmal eine hinreichende Beschreibung von Cain, die auf den Mann gepaßt hätte, den man von der Rue Sarrasin weggeführt hat. Jedenfalls endet dort alles.«

Sie haben unrecht. Dort fing es für mich an.

»Ich verstehe«, sagte Borowski und gab sich wieder Mühe, natürlich zu sprechen. »Unsere Information ist hier natürlich unterschiedlich. Wir haben nach dem, was wir zu wissen glaubten, eine Wahl getroffen.«

»Die *falsche* Wahl, Monsieur. Was ich Ihnen jetzt erzählt habe, ist die Wahrheit.«

»Ja, ich weiß.«

»Sind wir beide uns also einig?«

»Warum nicht?«

»Fein!« Erleichtert hob die Frau das Weinglas an die Lippen. »Sie werden sehen, es wird für alle Beteiligten das beste sein.«

»Das . . . ist jetzt eigentlich gar nicht wichtig.« Er sprach so leise, daß sie ihn kaum hören konnte. Was hatte er gerade gesagt? Warum hatte er es gesagt? . . . Die Nebel begannen ihn wieder einzuhüllen, der Donner wurde lauter. In seinen Schläfen bohrte wieder der Schmerz. »Ja, Sie haben recht.« Er spürte, wie die Frau ihn mit skeptischem Blick musterte. »Es ist eine vernünftige Lösung.«

»Natürlich ist es das. Fühlen Sie sich nicht wohl?«

»Ich sagte doch, es ist nicht weiter schlimm.«

»Da bin ich erleichtert. Würden Sie mich jetzt einen Augenblick entschuldigen?«

»Nein.« Jason packte sie am Arm.

»Ich will zur Toilette, das ist alles. Wenn Sie wollen, können Sie vor der Tür stehenbleiben.«

»Wir brechen jetzt auf. Sie können beim Hinausgehen auf die Toilette gehen.« Borowski winkte den Ober herbei.

Er stand in dem schwach beleuchteten Korridor. Auf der anderen Seite war der Eingang zur Damentoilette. Elegante Frauen und gepflegte Männer liefen an ihm vorbei. Das Ambiente des Lokals glich dem von ›Les Classiques‹. Jaqueline Lavier war hier zu Hause.

Nun war sie schon fast zehn Minuten in der Damentoilette. Eine Tatsache, die Jason sicherlich beunruhigt hätte, wenn er sich auf die Zeit hätte konzentrieren können. Aber der Lärm und der Schmerz in seinem Kopf betäubten ihn. Er starrte vor sich hin und wußte hinter sich eine Folge toter Männer. *Cain . . . Cain.*

Er schüttelte den Kopf und blickte zu der schwarzen Decke auf. Er mußte funktionieren, er konnte nicht zulassen, daß er fiel, daß er in den finsteren, windumtosten Abgrund stürzte. Es galt, Entscheidungen zu treffen ... Nein, sie waren schon getroffen; jetzt kam es nur noch darauf an, sie auszuführen.

Marie! O Gott, meine Liebe, alles war falsch!

Er atmete tief und schaute auf die Uhr, die er für ein dünnes Schmuckstück eingetauscht hatte, das einem Marquis in Südfrankreich gehört hatte. *Er ist ein ungeheuer geschickter Mann, höchst erfinderisch ...*

Wo war Jacqueline Lavier? Warum kam sie nicht heraus? Was konnte sie sich davon erhoffen, wenn sie drinnen blieb? Er war so geistesgegenwärtig gewesen, den Geschäftsführer zu fragen, ob es dort ein Telefon gäbe; das hatte der Mann verneint und auf eine Kabine am Eingang gedeutet.

Plötzlich blendete ihn ein greller Lichtblitz. Er taumelte rückwärts, stieß gegen die Wand, hielt sich die Hände vor die Augen. Der Schmerz! Seine Augen brannten!

Und dann hörte er die Worte, die das höfliche Lachen und die leise Konversation der gutgekleideten Männer und Frauen übertönte, die durch den Flur schlenderten.

»Zur Erinnerung an Ihr Diner bei ›Roget's‹, Monsieur«, sagte eine Hostess und hielt ihre Kamera an der Schiene des Blitzgerats fest. »Das Foto ist in ein paar Minuten fertig. Eine Aufmerksamkeit des Hauses.«

Borowski blieb wie erstarrt stehen, er wußte daß er die Kamera nicht zerschlagen konnte, und die Angst vor der nächsten Erkenntnis überflutete ihn. »Warum gerade ich?« fragte er.

»Ihre Verlobte hat darum gebeten, Monsieur«, erwiderte das Mädchen und deutete mit einer Kopfbewegung auf die Toilettentür. »Wir haben drinnen miteinander gesprochen. Sie können sich glücklich preisen; sie ist eine reizende Dame. Sie hat mich gebeten, Ihnen das zu geben.« Die Hostess hielt ihm ein zusammengefaltetes Blatt Papier hin; Jason nahm es ihr ab, worauf sie sich sofort entfernte.

Ihre Krankheit beunruhigt mich, so wie sie ganz bestimmt auch Sie beunruhigt, mein neuer Freund. Mag sein, daß Sie sind, was Sie behaupten. Vielleicht haben Sie mich aber auch getäuscht. In einer halben Stunde werde ich die Antwort kennen. Eine Dame mit Mitgefühl hat einen Telefonanruf für mich erledigt; und das Foto ist nach Paris unterwegs. Sie können das jetzt ebensowenig verhindern wie die Ankunft der Leute, die jetzt schon nach Argenteuil unterwegs sind. Sollten wir wirklich zu unserem Arrangement kommen, wird keines von beiden Sie so sehr in Panik versetzen, wie Ihre Krankheit mich beunruhigt — und wir werden wieder miteinander sprechen, wenn meine Kollegen eintreffen.

Es heißt, Cain trete in verschiedenen Masken auf und dies höchst überzeugend. Man erzählt sich weiter, daß er zu Gewalttätigkeit neigt und gelegentlich zu Temperamentsausbrüchen. Das ist auch eine Krankheit, nicht wahr?

Als er aus dem Lokal rannte, sah er gerade noch ein Taxi um die nächste Ecke biegen. Er blieb stehen, atmete schwer, sah sich nach allen Seiten nach einem anderen um. Es dauerte einige Minuten, bis wieder ein Taxi auftauchte. Er lief hinterher. Er mußte es aufhalten; er mußte nach Paris zurück, zu Marie.

Er war wieder in das Labyrinth zurückgekehrt und wußte, daß es kein Entrinnen gab. Aber er würde weiter nach seiner wahren Identität forschen — ohne Marie. Die Entscheidung war unumstößlich. Es würde keine Diskussionen, keine Debatte geben, keine Vorwürfe. Er wußte, wer er war . . . was er gewesen war; er war schuldig im Sinne der Anklage — wie er das vermutet hatte.

Eine Stunde oder zwei würde er sie nur ansehen. Ganz ruhig würden sie über alles mögliche reden, nicht von der Wahrheit. Sich lieben. Und irgendwann würde er weggehen; sie würde nie wissen, wann, und er konnte ihr nie sagen, warum. Das war er ihr schuldig. Eine Weile würde sie darunter leiden, aber der Schmerz würde weit geringer sein als der, den das Stigma von Cain verursachen würde.

Cain!

Marie. Marie! Was habe ich getan?

»Taxi! Taxi!«

18.

Du mußt Paris verlassen! Jetzt! Was auch immer du gerade tust, hör auf und verlaß die Stadt! Das sind Anweisungen deiner Regierung.

Marie drückte ihre Zigarette im Aschenbecher auf dem Nachttisch aus, dabei fiel ihr Blick auf das drei Jahre alte Heft von *Potomac Quarterly*. Ihre Gedanken befaßten sich kurz mit dem schrecklichen Spiel, das Jason sie zu spielen gezwungen hatte.

»Ich will nicht zuhören!« sagte sie laut und erschrak über den Klang ihrer Stimme in dem leeren Hotelzimmer. Sie ging ans Fenster, das gleiche Fenster, zu dem er hinausgesehen hatte, verängstigt, verzweifelt, in dem Versuch, sie zu erreichen.

Ich muß gewisse Dinge wissen . . . Genug davon, um eine Entscheidung zu treffen. Aber vielleicht nicht alles. Ein Stück von mir muß imstande sein . . . einfach zu verschwinden. Ich bin ein Mensch ohne Erinnerungsvermögen; das bedeutet, ich habe nie existiert . . .

»Mein Liebling, mein Liebling. Paß auf, daß sie dir nichts tun!« Jetzt erschreckten sie ihre Worte nicht mehr, denn es war so, als befände er sich mit ihr im Zimmer und wäre bereit, wegzulaufen, zu verschwinden . . . mit ihr. Aber im Inneren fühlte sie, daß es unmöglich war; er durfte sich nicht mit einer halben Wahrheit und einer halben Lüge zufriedengeben.

In bezug auf Paris hatte Jason recht; des Rätsels Kern lag hier. Er war der Sündenbock, und sein Tod sollte einen anderen vor dem Tode bewahren. Wenn er das nur *sehen* könnte; wenn sie ihn nur überzeugen könnte. So drohte die Gefahr, ihn zu verlieren. Sie würden ihn ihr wegnehmen; ihn töten.

Sie.

»Wer *bist* du?« schrie sie das Fenster an und die Lichter von Paris. »*Wo* bist du?«

Sie konnte den kalten Wind im Gesicht spüren, als wären die Glasscheiben zerschmolzen, als wehte die Nachtluft herein. Und es war ihr plötzlich, als verengte sich ihre Kehle, und einen Augenblick lang konnte sie nicht schlucken . . . nicht atmen. Doch es ging vorüber, und sie atmete wieder. Sie hatte Angst; das war ihr schon einmal passiert, nach ihrer ersten Nacht in Paris, als sie das Café verlassen und ihn auf den Stufen des Cluny gefunden hatte. Sie war schnell den

Boulevard Saint-Michel hinuntergegangen, als es geschehen war: der kalte Wind, das Anschwellen in ihrer Kehle . . . in jenem Augenblick hatte sie auch nicht atmen können. Später glaubte sie zu wissen, weshalb; in jenem Augenblick war Jason auf eine Entscheidung zugerast, die er binnen weniger Minuten umstoßen würde — aber da hatte er sie getroffen. Er hatte sich entschlossen, nicht zu ihr zurückzukommen.

»Hör auf!« schrie sie. »Das ist verrückt«, fügte sie hinzu, schüttelte den Kopf und sah auf die Uhr. Er war jetzt mehr als fünf Stunden weg. *Wo war er nur?*

Borowski stieg vor dem verblichen-eleganten Hotel in Montparnasse aus dem Taxi. Die nächste Stunde würde die schwierigste in seinem kurzen, neuen Leben sein — einem Leben, das vor Port Noir leer war und seitdem ein Alptraum. Der Alptraum würde bleiben, und er würde alleine mit ihm leben müssen; er liebte sie viel zu sehr, als daß er sie bitten könnte, diesen Alptraum mit ihm zu leben. Er würde schon eine Möglichkeit finden, um zu verschwinden. Sie mußte aus all dem Dreck herausgehalten werden. Er würde einfach weggehen zu einem nicht existierenden Rendezvous und nicht zurückkehren. Und irgendwann im Lauf der nächsten Stunde würde er ihr schreiben:

Es ist vorbei. Ich habe meine Pfeile gefunden. Geh zurück nach Kanada und sag um unser beider willen nichts. Ich weiß, wo ich dich erreichen kann.

Der letzte Satz war unfair — er würde sie nie erreichen —, aber die kleine, gefiederte Hoffnung mußte da sein und wäre es nur, um dafür zu sorgen, daß sie tatsächlich das Flugzeug nach Ottawa bestieg. Mit der Zeit würden ihre gemeinsamen Wochen zu einem dunkel gehüteten Geheimnis verblassen, so wie eine kostbare Kette von Juwelen, die man in stillen Augenblicken herausholte und berührte. Irgendwann würde es vorbei sein, denn man lebte das Leben in aktiven Erinnerungen; die schlafenden verloren ihre Bedeutung. Niemand wußte das besser als er.

Er ging durch das Vestibül, nickte dem *Portier* zu, der hinter der Marmortheke auf seinem Hocker saß und eine Zeitung las. Der Mann blickte kaum auf, registrierte nur, daß der Eindringling hierher gehörte.

Die Liftkabine polterte und ächzte ins fünfte Stockwerk. Jason atmete tief und griff nach der schmiedeeisernen Lifttüre; in allererster Linie mußte vermieden werden, die Szene zu dramatisieren — weder durch Worte noch durch Blicke. Er wußte, was er sagen mußte; er hatte sorgfältig darüber nachgedacht, ebenso sorgfältig wie über den Brief, den er schreiben würde.

»Den größten Teil der Nacht herumgelaufen«, sagte er und hielt sie an sich gedrückt. Er strich über ihr dunkelrotes Haar, spürte ihren Kopf an seiner Schulter . . . . und litt, »hinter fahlgesichtigen Angestellten hergelaufen, mir Unsinn angehört und Kaffee getrunken, der wie Spülwasser schmeckte. *Les Classiques* war Zeitvergeudung; das ist der reinste Zoo. Die Affen und die Pfauen haben eine grandiose Schau abgezogen, aber ich glaube nicht, daß irgend jemand dort etwas weiß. Die Möglichkeit besteht natürlich. Es gibt dort einen Mann, der an der Telefonzelle sitzt, aber ebensogut ein cleverer Franzose sein kann, der sich einfach einen Amerikaner, den er ausnehmen kann, als Opfer sucht. Ich will mich mit ihm gegen Mitternacht am Bastringue an der Rue Hautefeuille treffen.«

»Was hat er gesagt?«

»Sehr wenig, aber genug, um mein Interesse zu wecken. Ich sah, daß er mich beobachtete, während ich Fragen stellte. Der Laden war ziemlich voll, und ich konnte mich daher einigermaßen frei bewegen und mit den Angestellten sprechen.«

»Fragen? Was für Fragen hast du denn gestellt?«

»Alles, was mir in den Sinn kam. Hauptsächlich über die Geschäftsführerin oder wie man sie nennt. In Anbetracht dessen, was heute nachmittag geschah, hätte sie — wenn sie eine Verbindungsperson zu Carlos ist — fast hysterisch sein müssen. Ich habe sie gesehen. Sie war keineswegs hysterisch; sie verhielt sich völlig normal.«

»Aber d'Amacourt glaubt, daß sie eine Verbindungsperson ist, wie du das nennst.«

»Indirekt. Sie bekommt einen Anruf, wo sie Instruktionen erhält.« Tatsächlich, dachte Jason, beruhte die von ihm erfundene Einschätzung der Situation auf Wirklichkeit. Jacqueline Lavier war eine indirekte Verbindungsperson.

»Du konntest doch nicht einfach herumgehen und Fragen stellen, ohne Argwohn zu erwecken«, wandte Marie ein.

»Doch das kann man«, antwortete Borowski, »wenn man amerikanischer Journalist ist und für ein bekanntes Magazin einen Artikel über die Geschäfte an der Rue Saint-Honoré schreibt.«

»Das ist raffiniert, Jason.«

»Es hat funktioniert. Alle waren ganz wild darauf.«

»Was hast du erfahren?«

»Nun, *Les Classiques* hat wie die meisten Geschäfte dieser Art seinen eigenen Kundenkreis, alles wohlhabende Leute, die sich untereinander meistens kennen. Da gibt es natürlich auch die üblichen Intrigen und Heimlichkeiten, die in dieser Szene auf der Tagesordnung stehen. Hauptsächlich dieser Bergeron und die Geschäftsführerin scheinen Schlüsselfiguren zu sein. Nach allem, was ich erfahren habe, ist sie geradezu eine Fundgrube für gesellschaftliche Informationen.«

»Warum gehst du eigentlich heute nacht nach Bastringue?«

»Als ich hinausgehen wollte, kam Bergeron auf mich zu und sagte etwas sehr Seltsames.« Diesen Teil der Lüge brauchte Jason nicht zu erfinden. Er hatte die Worte vor nicht einmal einer Stunde in einem eleganten Restaurant in Argenteuil auf einem Zettel gelesen. »Er hat gesagt, ›mag sein, daß Sie sind, was Sie vorgeben, vielleicht aber auch nicht‹. Und dann schlug er mir vor, später gemeinsam einen Drink zu nehmen, aber nicht in der Rue Saint-Honoré.« Borowski sah, wie ihre Zweifel zerstreut wurden. Er hatte es geschafft; sie akzeptierte sein Lügengeflecht. Und warum auch nicht? Er war ein Mann *von außergewöhnlicher Geschicklichkeit und höchst erfinderisch.* Schließlich hieß er ja Cain.

»Vielleicht ist er es, Jason. Du hast doch gesagt, du brauchtest nur einen; er könnte es sein!«

»Wir werden sehen.« Borowski sah auf die Uhr. Der Countdown für seinen Abgang hatte begonnen; er konnte jetzt nicht mehr zurück. »Wir haben fast zwei Stunden Zeit. Wo hast du den Aktenkoffer hingebracht?«

»Ins ›Meurice‹! Ich bin dort eingetragen.«

»Holen wir ihn uns und gehen wir essen. Du hast doch Hunger?«

»Nein . . . « Marie sah ihn verwirrt an. »Warum lassen wir den Koffer nicht, wo er ist? Dort ist er doch in Sicherheit.«

»Und was ist, wenn wir schnell verschwinden müssen«, sagte er beinahe brüsk und ging zu der Kommode. *Er durfte nicht die Gewalt über sich verlieren. Die Spuren von Gereiztheit, die sich langsam in seine Wort einschlichen, mußte er sich abgewöhnen. Sie würde später genug Zeit haben, alles zu begreifen, wenn sie seine Worte las. »Es ist vorbei, ich habe meine Pfeile gefunden . . . . «*

»Was ist denn, Darling?«

»Nichts.« Das Chamäleon lächelte. »Ich bin nur müde und vielleicht ein wenig enttäuscht.«

»Du lieber Gott, warum denn? Ein Mann will sich mitten in der Nacht vertraulich mit dir treffen. Ein Mann, der eine Telefonzentrale bedient. Er könnte dich weiterbringen. Du bist doch überzeugt, daß diese Frau eine Kontaktperson von Carlos ist; sie muß dir doch *irgend etwas* sagen können, ob sie nun will oder nicht. Ich hätte gedacht, daß du auf eine makabre Weise glücklich sein müßtest.«

»Ich bin nicht sicher, ob ich das erklären kann«, sagte Jason und sah ihr Bild im Spiegel. »Du müßtest als Frau verstehen, was ich dort gefunden habe.«

»Was du gefunden hast?«

»Was ich gefunden habe. Es ist eine andere Welt«, fuhr Borowski fort und griff nach der Scotchflasche und einem Glas, »andere Leute. Diese Welt ist weich und schön und frivol, mit unzähligen winzigen Scheinwerfern und dunklem Samt. Nichts wird dort ernst genommen, nur Klatsch und Wohlleben. Jeder einzelne dieser unwirklichen Leute — jene Frau eingeschlossen — könnte eine Kontaktperson für Carlos sein, ohne es überhaupt zu wissen, ja es auch nur zu vermuten. Ein Mann wie Carlos könnte solche Leute benutzen; das würde wahrscheinlich jeder tun, *ich* eingeschlossen . . . Es ist deprimierend.«

»Nein, es ist unvernünftig. Solche Leute treffen im allgemeinen sehr überlegte Entscheidungen. Das ist der Preis für den Wohlstand, von dem du sprichst. Aber ich glaube, daß du wirklich müde bist und hungrig und einen Drink brauchst.« Sie ging auf das Badezimmer zu. »Ich mach' mich ein wenig frisch, dann können wir gehen. Trink einen Schluck, Darling. Es tut dir gut.«

»Marie?«

»Ja?«

»Du mußt versuchen, das zu verstehen. Was ich dort fand, hat mich beunruhigt. Ich dachte nicht, daß es so schwierig sein würde.«

»Während du unterwegs warst, habe ich gewartet, Jason. Ich wußte nicht, wo du steckst. Das war auch nicht schön.«

»Ich dachte, du rufst in Kanada an. Hast du das nicht getan?«

Sie blieb stehen. »Nein«, sagte sie. »Es war schon zu spät.«

Dann schloß sich die Badezimmertür hinter ihr; Borowski ging zum Schreibtisch. Er zog die Schublade auf, entnahm ihr ein Blatt Hotelbriefpapier, griff nach dem Kugelschreiber und schrieb:

Es ist vorbei. Ich habe meine Pfeile gefunden. Geh zurück nach Kanada und sag um unser beider willen nichts. Ich weiß, wo ich dich erreichen kann.

Er faltete den Bogen zusammen, schob ihn in einen Umschlag und griff nach seiner Brieftasche. Er entnahm ihr die französischen und die Schweizer Banknoten, schob sie hinter das Blatt und verklebte den Umschlag. Dann schrieb er vorne MARIE darauf.

Er hätte so gerne *meine Liebe, meine große Liebe* hinzugefügt.

Aber das tat er nicht. Das konnte er nicht.

Die Badezimmertüre öffnete sich. Er schob den Umschlag in die Jackentasche. »Das ist aber schnell gegangen.«

»Ja wirklich? Das fand ich nicht. Was hast du denn gemacht?«

»Ich habe einen Kugelschreiber gesucht«, antwortete er und griff danach. »Wenn mir dieser Bursche etwas sagen kann, möchte ich es mir aufschreiben.«

Marie stand jetzt an der Kommode und blickte auf das trockene, leere Glas. »Du hast ja fast nichts getrunken.«

»Doch, ich habe nur das Glas nicht benutzt.«

»Ach so. Gehen wir?«

Sie warteten im Korridor auf den polternden Lift, und das Schweigen, das zwischen ihnen stand, war unerträglich. Er griff nach ihrer Hand. Als seine Finger die ihren berührten, hielt sie sie fest, blickte ihn an, und ihre Augen verrieten ihm, daß sie schon ahnte, was er nun vorhatte.

O Gott, wie ich dich liebe. Du stehst neben mir, wir berühren uns, und ich sterbe. Aber du kannst nicht mit mir sterben. Das darfst du nicht. Ich bin Cain.

»Alles wird gut«, sagte er.

Die schmiedeeiserne Liftkabine kam vibrierend zum Stillstand. Jason zog das Gitter auf und stieß dann plötzlich einen halblauten Fluch aus. »Mein Gott, jetzt habe ich es vergessen!«

»Was denn?«

»Meine Brieftasche. Ich habe sie heute nachmittag in der Schublade gelassen, falls es in Saint-Honoré Ärger geben sollte. Warte in der Halle auf mich.«

Er schob sie mit leichtem Druck in die Liftkabine und drückte mit der freien Hand den Knopf. »Ich komme gleich nach.« Er schob das Gitter zu und konnte daher ihre verstörten Augen nicht mehr sehen. Er wandte sich ab und ging schnell zu ihrem Zimmer zurück.

Drinnen holte er den Umschlag aus der Tasche und legte ihn vor die Stehlampe auf dem Nachttisch. Er starrte ihn an, und der Schmerz war unerträglich.

»Leb wohl, meine Liebe«, flüsterte er.

Borowski wartete in dem leichten Nieselregen vor dem Hotel ›Meurice‹ auf der Rue de Rivoli und blickte Marie durch die Glastüre nach. Sie stand an der Rezeption und hatte soeben den Aktenkoffer in Empfang genommen. Im Augenblick bat sie offenbar einen etwas verblüfften Empfangschef nach der Rechnung. Sie war im Begriff, ein Zimmer zu bezahlen, das weniger als sechs Stunden in Benutzung gewesen war. Zwei Minuten verstrichen, ehe man ihr die Rechnung gab. Widerstrebend; man schätzte es nicht, wenn Gäste im ›Meurice‹ sich so benahmen.

Marie kam wieder heraus, trat neben ihn und gab ihm den Koffer, ein gezwungenes Lächeln um die Lippen, die Stimme etwas außer Atem.

»Dieser Mann war gar nicht mit mir einverstanden. Ich bin sicher, daß er jetzt überzeugt ist, daß ich das Zimmer mit ein paar Freiern mißbraucht habe.«

»Was hast du ihm gesagt?« fragte Borowski.

»Daß ich es mir anders überlegt hätte, sonst nichts.«

»Gut, je weniger man sagt, desto besser. Dein Name steht auf der Meldekarte. Überleg dir einen Grund, weshalb du dort warst.«

»Überleg dir? . . . *Ich* soll mir das überlegen?« Sie sah ihm in die Augen, ihr Lächeln war verflogen.

»Ich meine, wir werden uns etwas überlegen. Natürlich.«

»Natürlich.«

»Gehen wir.« Sie gingen auf die Ecke zu, neben ihnen hallte der Verkehr auf der Straße. Der Nieselregen hatte sich verstärkt, der Nebel war dichter geworden. Er nahm ihren Arm — nicht, um sie zu führen, nicht einmal aus Höflichkeit — nur um sie zu berühren, um ein Stück von ihr zu halten. Es blieb ihnen nur noch so wenig Zeit.

Ich bin Cain. Ich bin der Tod.

»Können wir nicht langsamer gehen?« fragte Marie gereizt. Sie war ganz außer Atem.

»Was?« Jetzt erst bemerkte Jason, daß er gerannt war; ein paar Sekunden lang war er wieder in dem Labyrinth gewesen, das von ihm Besitz ergriffen hatte. Er blickte nach vorne. An der Ecke war ein leeres Taxi neben einem grellbunten Zeitungskiosk zum Stillstand gekommen, und der Fahrer schrie dem Händler durch sein offenes Fenster etwas zu. »Ich will dieses Taxi erwischen«, sagte Borowski, ohne seine Schritte zu verlangsamen. »Es wird gleich scheußlich regnen.«

Sie erreichten die Ecke, beide außer Atem, während das leere Taxi davonrollte und nach links in die Rue de Rivoli einbog. Jason sah Marie im grellen Licht des Zeitungskiosks an; sie zuckte unter dem plötzlichen Wolkenbruch zusammen. Nein. Sie zuckte nicht zusammen; sie starrte etwas an . . . ungläubig, erschreckt. Und dann schrie sie ohne Warnung auf, das Gesicht verzerrt, die Finger ihrer rechten Hand gegen den Mund gepreßt. Borowski packte sie, zog ihren Kopf an seine Mantelbrust; aber sie hörte nicht auf zu schreien.

Er drehte sich herum und versuchte, die Ursache ihrer Hysterie zu erkennen. Dann sah er es und wußte in jener unglaublichen halben Sekunde, daß der Countdown abgebrochen werden mußte. Er hatte das letzte Verbrechen begangen; er konnte sie nicht verlassen, nicht jetzt, noch nicht.

Ganz oben an dem Zeitungskiosk hing eine Morgenzeitung, deren schwarze Schlagzeilen im grellen Licht herausplärrten:

MÖRDER
FRAU WEGEN MORD IN ZÜRICH GESUCHT
VERDÄCHTIG DES MILLIONENDIEBSTAHLS

Unter den Balkenlettern war ein Foto von Marie St. Jacques abgebildet.

»Hör auf!« flüsterte Jason und schob sich so vor sie, daß der neugierige Zeitungshändler sie nicht sehen konnte, griff nach Münzen in die Tasche. Er warf das Geld auf den Zahlteller, packte sich zwei Zeitungen und schob sie in die finstere, vom Regen gepeitschte Straße.

Jetzt hatte das Labyrinth sie beide.

Borowski öffnete die Tür und führte Marie hinein. Sie stand bewegungslos da, sah ihn an, das Gesicht bleich und erschreckt, ihr Atem unregelmäßig, eine hörbare Mischung aus Furcht und Wut.

»Ich hol dir was zu trinken«, sagte Jason und ging an die Kommode. Während er einschenkte, wanderten seine Augen zum Spiegel und er empfand den übermächtigen Drang, das Glas zu zerschmettern, so verabscheuungswürdig war ihm sein eigenes Abbild. Was, zum Teufel, hatte er *getan?* O Gott!

Ich bin Cain. Ich bin der Tod.

Er hörte sie aufstöhnen und fuhr herum, zu spät, um sie aufzuhalten, zu weit entfernt, um einen Satz zu machen und ihr das schreckliche Ding aus der Hand zu reißen. Herrgott, das hatte er vergessen! Sie hatte den Umschlag auf dem Nachttisch gefunden und las jetzt seinen Brief. Der Schrei, den sie ausstieß, war ein durchdringender, schrecklicher Schmerzensschrei.

»Jasonnnn! . . .«

»Bitte! Nein!« Er rannte zu ihr, packte sie. »Das bedeutet jetzt nichts mehr! Nichts!« Er schrie sie hilflos an, sah die Tränen aus ihren Augen strömen, über ihre Wangen laufen. »Hör mir zu! Das stimmt jetzt nicht mehr.«

»Du wolltest mich verlassen! Mein Gott, du wolltest mich *verlassen*!« Ihre Augen wurden glasig, zwei blinde Kreise der Panik. »Ich habe es gewußt. Gespürt!«

»Ich *wollte,* daß du es spürst!« sagte er und zwang sie, ihn anzusehen. »Aber das ist jetzt vorbei. Ich werde dich nicht verlassen. Hör mir zu. Ich werde dich nicht verlassen!«

Wieder schrie sie. »Ich konnte nicht atmen . . . es war so kalt!«

Er zog sie an sich, nahm sie in die Arme. »Wir müssen ganz von vorne beginnen. Versuch zu begreifen. Die Situation ist jetzt ganz anders — und ich kann nicht ungeschehen machen, was war — aber ich werde dich nicht verlassen.«

Sie drückte die Hände gegen seine Brust, versuchte, ihn von sich zu schieben. Und ihr von Tränen überströmtes Gesicht bettelte: »Warum, Jason? Warum?«

»Später. Nicht jetzt. Sag gar nichts. Halt mich nur fest; laß mich dich festhalten.«

Die Minuten verstrichen, ihre Hysterie verging, und sie beide konnten wieder klare Gedanken fassen. Borowski führte sie zum Stuhl; ihr Ärmel verfing sich in den Spitzen. Dann lächelten sie beide, und er kniete neben ihr nieder und hielt schweigend ihre Hand.

»Wie wär's mit einem Drink?« sagte er schließlich.

»Ja, bitte«, erwiderte sie, und der Druck ihrer Hand auf der seinen verstärkte sich, als er aufstand. »Du hast ihn schon vor einer Weile eingeschenkt.«

»Das macht nichts.« Er ging zu der Kommode und kam mit zwei Gläsern zurück, die zur Hälfte mit Whisky gefüllt waren. Sie nahm das ihre. »Fühlst du dich jetzt besser?« fragte er.

»Ruhiger. Zwar immer noch verwirrt . . . und verängstigt natürlich. Vielleicht auch ärgerlich, ich weiß nicht genau. Ich habe zuviel Angst, um darüber nachzudenken.« Sie trank, schloß die Augen, legte den Kopf gegen die Stuhllehne. »Warum hast du das getan, Jason?«

»Um dich zu schützen.«

»Schützen —«

Er hob die Hand, unterbrach sie. »Das kommt später. Alles, wenn du willst. Aber zuerst müssen wir wissen, was geschehen ist — nicht mir — sondern *dir*. Dort müssen wir beginnen. Kannst du das?«

»Die Zeitung.«

»Ja.«

»Hier.« Jason ging zu dem Bett, auf das er die beiden Zeitungen hatte fallen lassen.

Sie lasen den langen Artikel schweigend. Hie und da stöhnte Marie auf, schockiert von dem, was sie las; dann schüttelte sie wieder ungläubig den Kopf. Borowski sagte nichts. Er sah die Hand von Iljitsch Ramirez Sanchez. *Carlos wird Cain bis zum Ende der Welt folgen. Carlos wird ihn töten.* Marie St. Jacques war überflüssig, ein Köder, der in der Falle sterben würde, die Cain fing.

Ich bin Cain. Ich bin der Tod.

Der Artikel bestand in Wirklichkeit aus zwei Artikeln — ein seltsames Gemisch aus Fakten und Vermutungen, das mit Spekulationen aufwartete, wo greifbare Beweise fehlten. Zuerst wurde eine Angestellte der kanadischen Regierung vorgestellt, eine Volkswirtschaftlerin namens Marie St. Jacques. Sie war am Schauplatz zweier Morde gewesen, die kanadische Regierung bestätigte ihre Fingerabdrücke. Ferner fand die Polizei einen Hotelschlüssel des ›Carillon du Lac‹, der offensichtlich während des Geschehens am Mythen-Quai verlorengegangen war. Es war der Schlüssel zum Zimmer von Marie St. Jacques, den der Hotelangestellte ihr gegeben hatte, ein Angestellter, der sich gut an sie erinnerte — an einen Gast in einem Zustand höchster Verwirrung und Angst. Das letzte Beweisstück war eine Pistole, die man unweit der Brauerstraße gefunden hatte, in einer Seitengasse nahe dem Schauplatz zweier weiterer Morde. Die Ballistikfachleute hielten sie für die Mordwaffe. Sie trug die Fingerabdrücke von Marie St. Jacques. An diesem Punkt wich der Artikel von den Tatsachen ab. Er berichtete von Gerüchten in der Bahnhofstraße, daß viele Millionen Dollar gestohlen worden wären, und zwar ein Computerverbrechen, ein vertrauliches Nummernkonto, das einer amerikanischen Firma gehörte, die sich Treadstone Seventy-One nannte. Auch die Bank wurde genannt; natürlich die Gemeinschaftsbank. Aber alles andere war nebulös, obskur, eher Spekulation als Tatsachen.

Nach ›namentlich nicht bekannten Gewährsleuten‹ hatte ein Amerikaner, der im Besitze der entsprechenden Codes auftrat, Millionen an eine Bank in Paris überwiesen, und das neue Konto Personen zugänglich gemacht, die bereits in Paris warteten und die Millionen sofort nach Eintreffen abhoben und verschwanden. Der Erfolg der Operation ging darauf zurück, daß der Amerikaner sich die richtigen Codes für das Konto in Zürich beschafft hatte, etwas, das ihm nur dadurch möglich war, daß er die Nummernsequenz der Bank ausfindig machte, die Jahr, Monat und Tag der Einzahlung ausdrückte — die übliche Vorgehensweise für geheime Konten. Eine solche Analyse war nur durch Einsatz komplizierter Computertechniken und gründliches Wissen um Schweizer Bankpraktiken möglich. Auf Befragen bestätigte ein leitender Angestellter der Bank, Herr Walther Apfel, daß Nachforschungen über die amerikanische Firma eingeleitet worden seien, aber gemäß Schweizer Gesetz ›würde die Bank keine weiteren Kommentare abgeben‹.

An dieser Stelle wurde die Verbindung zu Marie St. Jacques offensichtlich. Sie wurde als Volkswirtschaftlerin in Regierungsdiensten geschildert, die man in den internationalen Bankgepflogenheiten ausgebildet hatte, und die darüber hinaus Erfahrung als Computerprogrammiererin hatte. Man argwöhnte, daß sie eine Komplizin des Täters wäre, deren spezielle Erfahrung für den Coup notwendig gewesen sei. Einen männlichen Verdächtigen, hieß es, hätte man in ihrer Gesellschaft im ›Carillon du Lac‹ gesehen.

Marie hatte den Artikel zu Ende gelesen und ließ die Zeitung zu Boden fallen. Auf das Geräusch hin blickte Borowski auf. Sie starrte die Wand an und wirkte plötzlich seltsam ruhig. Er war über ihre Reaktion erstaunt und las schnell zu Ende. Einen Augenblick lang war er sprachlos. Dann fand er seine Stimme wieder und sagte:

»Lügen, die man meinetwegen verbreitet hat. Die wollen dich ausräuchern, um mich zu finden. Es tut mir leid. Ich bin schuld.«

Marie wandte den Blick von der Wand und sah ihn an. »Die Gründe gehen tiefer, Jason«, sagte sie. »Alles enthält ein Quentchen Wahrheit, das bewußt verdreht wurde.«

»Wahrheit? Das einzige, das stimmt ist, daß du in Zürich warst. Du hast nie eine Pistole berührt, du warst nie in einer Seitengasse in der Nähe der Brauerstraße. Du hast keinen Hotelschlüssel verloren, du warst nie in der Gemeinschaftsbank.«

»Richtig, aber das ist nicht die Wahrheit, von der ich spreche.«

»Was ist es dann?«

»Die Gemeinschaftsbank, Treadstone Seventy-One, Apfel. Das ist die Wahrheit, und die Tatsache, daß man das erwähnt — insbesondere die Aussage Apfels — ist unglaublich. Schweizer Bankiers sind vorsichtige Leute. Sie machen sich nicht über die Gesetze lustig, nicht auf diese Art; dazu sind die Gefängnisstrafen zu streng. Die Statuten, die die Vertraulichkeit der Bankgeschäfte schützen, sind heilig in der Schweiz. Apfel könnte auf Jahre ins Gefängnis wandern, für das, was hier steht, auch nur die Andeutung, daß es ein solches Konto gibt, geschweige denn, daß er Namen nennt, ist strafbar. Es sei denn, eine Autorität, die stark genug war, um die Gesetze zu umgehen, hat ihn dazu gezwungen.« Sie hielt inne, und ihre Augen wanderten wieder zur Wand. »Warum? Warum hat man die Gemeinschaftsbank, Treadstone oder Apfel in die Geschichte hineingezogen?«

»Das habe ich dir doch gesagt. Sie wollen mich, und sie wissen, daß wir zusammen sind. Carlos weiß, daß wir zusammen sind. Wenn er dich findet, hat er auch mich gefunden.«

»Nein, Jason, das hat mit Carlos nichts mehr zu tun. Du kennst die Gesetze in der Schweiz wirklich nicht. Nicht einmal ein Carlos könnte erreichen, daß man sich so über sie hinwegsetzt.« Sie sah ihn an, aber ihre Augen sahen nicht ihn, sie blickte jetzt in ihre eigenen Nebel. »Das ist nicht nur eine Geschichte, das sind zwei. Beide sind aus Lügen aufgebaut, und die erste ist durch nebulöse Spekulation mit der zweiten verbunden — einer Spekulation über eine Bankkrise, die nie das Licht der Öffentlichkeit erblickte, solange nicht eine gründliche und sorgfältige Untersuchung die Fakten bewiesen hätte. Und die andere Geschichte — jene offenkundig falsche Aussage, daß der Gemeinschaftsbank Millionen gestohlen worden waren — ist an die ebenso falsche Geschichte angehängt, daß man mich wegen Mordes an drei Männern in Zürich sucht. Man hat sie hinzugefügt, absichtlich.«

»Das mußt du bitte erklären.«

»Das steht hier, Jason. Glaube mir, wenn ich dir das sage; das steht hier vor unseren Augen.«

»Was denn?«

»Jemand versucht, uns eine Nachricht zukommen zu lassen.«

19.

Die Militärlimousine jagte in südlicher Richtung auf dem East River Drive von Manhattan dahin, und ihre Scheinwerfer beleuchteten die durcheinander wirbelnden Flocken eines spätwinterlichen Schneefalles. Der Major auf dem Rücksitz döste, hatte sich in seiner ganzen Länge in die Ecke gezwängt, die Beine schräg im Fond ausgestreckt. Auf seinem Schoß lag eine Aktentasche, an deren Handgriff vermittels eines Metallhakens eine dünne Nylonschnur befestigt war. Die Schnur führte durch seinen rechten Ärmel und unter dem Uniformrock bis zu seinem Gürtel. In den letzten neun Stunden war die Sicherheitsschnur nur zweimal abgenommen worden. Einmal während des Abflugs des Majors in Zürich und dann, als er am Kennedy-Airport eintraf. An beiden Orten hatten Beamte der US-Regierung die Zollangestellten beobachtet — genauer gesagt, die Aktentasche beobachtet. Sie kannten nicht die Gründe; sie hatten einfach Anweisung, die Untersuchung zu beobachten; bei der geringsten Abweichung von der üblichen Vorgehensweise — also auffälligem Interesse an der Aktentasche — sollten sie einschreiten. Wenn nötig, mit Waffengewalt.

Plötzlich war ein leises Summen zu hören; der Major riß die Augen auf und hob die linke Hand vors Gesicht. Das Geräusch kam aus seiner Armbanduhr; er drückte den Knopf und sah mit zusammengekniffenen Augen auf das zweite Zifferblatt des auf zwei Zeitzonen ausgelegten Chronometers. Das erste Zeigerpaar war auf Züricher Zeit eingestellt, das zweite auf New Yorker; der Alarm war vor vierundzwanzig Stunden eingestellt worden, als der Offizier seine telegrafischen Anweisungen erhalten hatte. Die Sendung würde innerhalb der nächsten drei Minuten kommen. Das heißt, dachte der Major, sie würde dann kommen, wenn Eisenarsch ebenso präzise war, wie er das von seinen Untergebenen erwartete. Der Offizier streckte sich, balancierte dabei die Aktentasche auf den Knien und beugte sich nach vorne, um zu dem Fahrer etwas zu sagen.

»Sergeant, schalten Sie den Zerhacker auf 1430 Megahertz, bitte.«

»Yes, Sir.« Der Sergeant legte zwei Schalter unter dem Armaturenbrett um und drehte die Skala dann auf die Frequenz 1430. »Eingestellt, Major.«

»Danke. Reicht das Mikrophon bis nach hinten?«

»Das weiß ich nicht. Habe ich nie versucht, Sir.« Der Fahrer nahm das kleine Plastikmikrophon vom Haken und streckte die Spiralschnur über den Sitz. »Müßte gehen«, meinte er dann.

Ein Knacken kam aus dem Lautsprecher, während der Zerhacker elektronisch die Frequenz abtastete und in ihre Bestandteile zerlegte. Die Nachricht würde binnen weniger Sekunden eintreffen. Das tat sie.

»Treadstone? Treadstone, bitte melden.«

»Treadstone auf Empfang«, sagte Major Gordon Webb. »Empfang klar. Sprechen, bitte.«

»Melden Sie Ihre Position!«

»Etwa eine Meile südlich der Triborough, East River Drive«, sagte der Major.

»Ihr Timing ist akzeptabel«, sagte die Stimme aus dem Lautsprecher.

»Das freut mich zu hören. Macht mich glücklich . . . Sir.«

Eine kurze Pause, offenbar wußte die Stimme auf der anderen Seite mit der Bemerkung des Majors nichts anzufangen. »Fahren Sie nach 139 East Seventy-first. Bestätigen Sie.«

»Eins-drei-neun East Seventy-first.«

»Lassen Sie Ihr Fahrzeug außerhalb. Gehen Sie zu Fuß.«

»Verstanden.«

»Ende.«

»Ende.« Webb schob den Sendeknopf zurück und reichte das Mikrophon wieder dem Fahrer. »Vergessen Sie die Adresse, Sergeant. Ihr Name ist jetzt registriert.«

»Kapiert, Major. Ich kriege über den Kasten ohnehin bloß Störungen rein. Aber, da ich nicht weiß, wo es ist, und diese Kiste auch nicht dahin soll — wo soll ich Sie denn rauslassen?«

Webb lächelte. »Höchstens zwei Blocks entfernt. Ich würde im Rinnstein einschlafen, wenn ich weiter gehen müßte.«

»Wie wär's mit der Lex und der Einundsiebzigsten?«

»Sind das zwei Blocks?«

»Höchstens drei.«

»Wenn es drei Blocks sind, sind Sie wieder gewöhnlicher Schütze.«

»Dann könnte ich Sie nachher nicht abholen, Major. Gewöhnliche Schützen sind für diesen Dienst nicht freigegeben.«

»Wie Sie meinen, Captain.« Webb schloß die Augen. Nach zwei Jahren sollte er Treadstone Seventy-One zum erstenmal persönlich zu Gesicht bekommen. Er wußte, daß das eigentlich ein Gefühl der Erwartung in ihm auslösen sollte; aber das tat es nicht. Es löste nur Müdigkeit und ein Gefühl der Sinnlosigkeit in ihm aus. *Was war los?*

Das beständige Dröhnen der Reifen auf dem Straßenpflaster wirkte hypnotisch, aber es kam immer wieder zu kurzen Stößen, wenn der Wagen über ein Schlagloch rollte. Diese Geräusche erweckten Erinnerungen an die Vergangenheit in ihm, Erinnerungen an kreischende Dschungelgeräusche, die in eine einzige Melodie verwoben waren. Und dann die Nacht — jene Nacht — in der rings um ihn blendende Lichter und ein Stakkato von Explosionen war, um ihn und unter ihm und ihm meldeten, daß er gleich sterben würde. Aber er starb nicht; ein Wunder in Gestalt eines Mannes hatte ihm sein Leben zurückgegeben . . . und die Jahre gingen weiter seit jener Nacht, aber er würde jene Tage nie vergessen. *Was zum Teufel war los mit ihm?*

»Hier sind wir, Major.«

Webb schlug die Augen auf und wischte sich den Schweiß von der Stirn. Er sah auf die Uhr, griff nach seiner Aktentasche und mit der anderen Hand nach der Türklinke.

»Ich werde zwischen dreiundzwanzig Uhr und dreiundzwanzig Uhr dreißig hier sein, Sergant. Wenn Sie nicht parken können, fahren Sie einfach ein paarmal um den Block, dann finde ich Sie schon.«

»Yes, Sir.« Der Fahrer drehte sich in seinem Sitz herum. »Könnten Herr Major mir sagen, ob wir noch eine größere Strecke fahren?«

»Warum? Haben Sie noch eine Fahrt zu machen?«

»Ach kommen Sie, Sir. Ich bin Ihnen zugewiesen, bis Sie sagen, daß Sie mich nicht mehr brauchen. Das wissen Sie doch. Aber diese gepanzerten Kästen brauchen genausoviel Benzin wie die alten Shermans. Wenn wir weit fahren müssen, sollte ich tanken.«

»Entschuldigung.« Der Major hielt inne. »Okay. Sie müssen ohnehin ausfindig machen, wo es ist, weil ich es nämlich nicht weiß. Wir fahren zu einem Privatflugplatz in Madison, New Jersey. Ich muß spätestens um ein Uhr dort sein.«

»Ich kann es mir ungefähr vorstellen«, sagte der Fahrer. »Wenn Sie erst um halb zwölf Uhr kommen, wird das ziemlich knapp, Sir.«

»Okay — also elf Uhr. Und vielen Dank.« Webb stieg aus, schloß die Tür und wartete, bis die braune Limousine sich in den Verkehrsfluß der Zweiundsiebzigsten Straße eingereiht hatte. Dann ging er in südlicher Richtung auf die Einundsiebzigste zu.

Vier Minuten später stand er vor einem gepflegten Backsteinbau, dessen eleganter Stil sich dem der anderen Häuser in der von Bäumen gesäumten Straße anpaßte. Es war eine stille Straße, eine, die nach Geld roch — altem Geld. Wahrscheinlich gab es in ganz Manhatten keinen Ort, an dem man weniger eine der empfindlichsten Abwehrorganisationen im ganzen Land vermutet hätte. Und bis vor zwanzig Minuten war Major Gordon Webb einer unter acht oder zehn Leuten im ganzen Land gewesen, die von ihrer Existenz wußten.

Treadstone Seventy-One.

Er ging die Treppe hinauf und wußte, daß der Druck, den sein Gewicht auf die Eisengitter ausübte, die in den Stein eingelassen waren, elektronische Geräte ansprechen ließ, die ihrerseits Kameras einschalteten, die auf Bildschirmen im Haus sein Bild wiedergaben. Darüber hinaus wußte er wenig, nur daß Treadstone Seventy-One nie schloß; es arbeitete vierundzwanzig Stunden am Tage und wurde während der vierundzwanzig Stunden von einigen wenigen überwacht, deren Identität unbekannt war.

Er erreichte die oberste Stufe und klingelte, drückte eine ganz gewöhnliche Klingel; die Tür allerdings war nicht so ganz gewöhnlich, das konnte der Major sehen. Das massive Holz war mit einer Stahlplatte vernietet, und die schmiedeeiserne Dekoration diente in Wirklichkeit dazu, die Nieten zu verbergen, während der große Bronzeknopf eine Platte tarnte, die dafür sorgte, daß eine Reihe stählerner Bolzen durch Berührung einer menschlichen Hand in stählerne Fassungen schossen, wenn Alarm ausgelöst wurde. Webb blickte zum Fenster empor. Er wußte, daß jede Glasscheibe einen Zoll dick war und so selbst direktem Beschuß mit .30-Kaliber Widerstand leisten konnte. Treadstone Seventy-One war eine Festung.

Die Tür öffnete sich, und der Major lächelte unwillkürlich, als er die Gestalt sah, die hier so völlig unpassend wirkte. Eine pagenhaft schlanke, elegant aussehende, grauhaarige Frau mit weichen, aristokratischen Zügen und einer Haltung, die auf alten Geldadel schließen ließ. Ihre Stimme entsprach dem ersten Eindruck; sie sprach jenes elegante ›mid-Atlantic‹, ein Amerikanisch, das eher in Boston als New York zu Hause war und selbst in den besten Kreisen Londons akzeptiert wurde. Diese Art zu sprechen wurde auf vornehmen Colleges und bei Polospielen gepflegt.

»Wie schön, daß Sie gekommen sind, Major. Jeremy hat Sie schon angemeldet. Kommen Sie doch bitte herein. Es ist wirklich eine Freude, Sie wiederzusehen.«

»Ganz meinerseits«, erwiderte Webb und trat in das geschmackvoll ausgestattete Foyer. Er beendete den Satz erst, als die Tür sich hinter ihm geschlossen hatte. »Aber ich bin nicht sicher, wo wir uns schon einmal begegnet sind.«

Die Frau lachte. »Oh, wir haben manchmal miteinander zu Abend gegessen.«

»Mit Jeremy?«

»Natürlich.«

»Wer ist Jeremy?«

»Ein sehr ergebener Neffe, der auch ein guter Freund von Ihnen ist. Wirklich ein reizender junger Mann; wie schade, daß es ihn nicht gibt.« Sie griff nach seinem Ellbogen, als sie den langen Korridor hinuntergingen. »Das ist alles nur wegen der Nachbarn, die vielleicht zuhören könnten. Kommen Sie jetzt bitte, man wartet.«

Sie gingen an einem Bogen vorbei, der in ein großes Wohnzimmer führte; der Major blickte hinein. Am Fenster stand ein Flügel und daneben eine Harfe, und überall — auf dem Flügel und auf polierten Tischen, die sich im gedämpften Licht spiegelten — standen silbergerahmte Fotografien, Erinnerungen an eine Vergangenheit, die mit Wohlstand und Eleganz verbunden war. Segelboote, Männer und Frauen auf den Decks von Ozeandampfern, einige Militärporträts. Und tatsächlich zwei Schnappschüsse von einem Polospieler im Sattel. Es war ein Raum, wie er in ein geschmackvolles Backsteingebäude an dieser Straße paßte.

Sie erreichten das Ende des Korridors; es gab dort eine mächtige Mahagonitür mit Halbreliefschnitzereien und schmiedeeisernen Dekorationsteilen, die ebenfalls wieder ihrem Schutz dienten. Wenn es hier irgendwo eine Infrarotkamera gab, konnte Webb das Objektiv nicht entdecken. Die grauhaarige Frau drückte einen unsichtbaren Klingelknopf, und der Major konnte ein leises Summen hören.

»Ihr Freund ist hier, Gentlemen. Hören Sie auf, Poker zu spielen und machen Sie sich an die Arbeit. Reißen Sie sich zusammen, Jesuit.«

»Jesuit?« fragte Webb verblüfft.

»Ein alter Witz«, erwiderte die Frau. »Er reicht in die Zeit zurück, in der Sie wahrscheinlich mit Murmeln spielten und kleine Mädchen anfauchten.«

Die Tür öffnete sich und gab den Blick auf die alte, aber immer noch kerzengerade Gestalt von David Abbott frei. »Freut mich, Sie zu sehen, Major«, sagte der ehemalige stumme ›Mönch‹ der Geheimdienste und streckte ihm die Hand hin.

»Freut mich, hier zu sein, Sir.« Webb schüttelte ihm die Hand. Ein weiterer älterer, imposant wirkender Mann trat neben Abbott.

»Ein Freund von Jeremy, ohne Zweifel«, sagte der Mann mit einem Lächeln in der Stimme. »Tut mir schrecklich leid, daß die Zeit keine richtige Vorstellung zuläßt, junger Freund. Kommen Sie, Margaret. Oben brennt ein wärmendes Feuer im Kamin.« Er wandte sich Abbott zu. »Sie sagen mir doch Bescheid, wenn Sie gehen, David?«

»Um meine übliche Zeit, vermute ich«, erwiderte der ›Mönch‹. »Ich werde diesen beiden zeigen, wie man Ihnen klingelt.«

Erst jetzt merkte Webb, daß noch ein dritter Mann im Raum war; er stand am anderen Ende im Schatten, der Major erkannte ihn sofort. Es war Elliot Stevens, der Seniorratgeber des Präsidenten der Vereinigten Staaten — einige sagten, sein zweites Ich. Er war ein

Mann um die Vierzig, schlank, Brillenträger, von seiner Körperhaltung ging eine Aura unauffälliger Autorität aus.

». . . schon gut.« Der eindrucksvolle ältere Mann, der keine Zeit gehabt hatte, sich vorzustellen, hatte etwas gesagt. Webb hatte ihn nicht verstanden, weil er auf den Mann aus dem Weißen Haus geachtet hatte. »Ich warte dann.«

»Bis zum nächsten Mal«, fuhr Abbott fort und musterte die grauhaarige Frau freundlich. »Danke, Schwester Meg. Und daß Sie mir Ihr Ordenskleid gut gebügelt halten. Passen Sie auf.«

»Sie sind ein böser, alter Mann, Jesuit.«

Die beiden verließen den Raum und schlossen die Türe hinter sich. Webb stand einen Augenblick da und schüttelte lächelnd den Kopf. Der Mann und die Frau von 139 East Seventy-first gehörten in den Raum am Ende des Korridors ebenso wie jener Raum in das Backsteingebäude gehörte, und wie das Ganze ein Teil der stillen, wohlhabenden, von Bäumen gesäumten Straße war. »Sie kennen die beiden schon lange Zeit, nicht wahr?«

»Ein Leben lang, könnte man sagen«, erwiderte Abbott. »Er war Yachtsegler, und wir konnten ihn in der Adria gut für Donovans Operationen in Jugoslawien einsetzen. Mikhailowitsch hat einmal gesagt, keiner hätte sich bei schlechtem Wetter so wie er aufs Wasser gewagt. Und lassen Sie sich ja nicht von Schwester Megs gepflegter Eleganz täuschen. Sie war eines der Mädchen von Intrepids, ein Piranha mit scharfen Zähnen.«

»Legendär.«

»Aber eine Legende, die nie erzählt werden wird«, sagte Abbott und schloß das Thema damit ab. »Ich möchte Sie mit Elliot Stevens bekannt machen. Ich brauche Ihnen, glaube ich, nicht zu sagen, wer er ist. Webb, Stevens. Stevens, Webb.«

»Klingt ja wie ein Anwaltsbüro«, sagte Stevens liebenswürdig und ging mit ausgestreckter Hand durchs Zimmer auf Webb zu. »Nett, Sie kennenzulernen, Webb. Gute Reise gehabt?«

»Ich hätte eine Militärmaschine vorgezogen. Ich hasse diese verdammten Fluggesellschaften. Ich dachte schon, ein Zollbeamter im Kennedy wollte mir das Kofferfutter aufschneiden.«

»Sie wirken in dieser Uniform zu ehrfurchtgebietend«, lachte der ›Mönch‹. »Sie sind ganz offensichtlich ein Schmuggler.«

»Ich bin immer noch nicht sicher, ob ich die Uniform verstehe«, sagte der Major und trug seine Aktentasche zu einem langen Klapptisch an der Wand und löste die Nylonschnur von seinem Gürtel.

»Ich brauche Ihnen wahrscheinlich nicht zu sagen, daß die schärfsten Sicherheitsvorkehrungen manchmal höchst auffällig wirken«, antwortete Abbott. »Ein Offizier der Militärischen Abwehr, der sich inkognito in Zürich herumtreibt, würde im Augenblick ganz bestimmt Unruhe auslösen.«

»Dann verstehe ich überhaupt nichts mehr«, sagte der Mann aus dem Weißen Haus und trat neben Webb und sah ihm zu, wie er sein Schloß betätigte. »Würde denn das offene Auftreten eines solchen Mannes nicht einen noch schrilleren Alarm auslösen? Ich dachte, die Geheimoperation sei deshalb durchgeführt worden, weil man annahm, daß die Gefahr der Entdeckung geringer wäre.«

»Webbs Reise nach Zürich war eine Routineüberprüfung des Konsulats und bereits auf den beiden Zeitplänen von G-Zwo eingetragen. Niemand macht irgend jemand in bezug auf diese Reisen etwas vor; sie sind das, was sie sind und sonst nichts. Die Versicherung neuer Gewährsleute und die Zahlung von Informanten. Die Sowjets tun das die ganze Zeit; sie machen sich nicht einmal die Mühe, es zu verbergen. Wir tun das, offen gestanden, auch nicht.«

»Aber welchen Zweck hatte denn diese Reise *nicht*?« sagte Stevens, der zu begreifen begann. »Das Offensichtliche verbirgt also das Nicht-Offensichtliche.«

»So ist es.«

»Kann ich Ihnen behilflich sein?« Der Präsidentenberater schien von der Aktentasche fasziniert.

»Danke«, sagte Webb, »ziehen Sie einfach die Schnur durch.«

Das tat Stevens. »Ich dachte immer, das wären Ketten ums Handgelenk«, sagte er.

»Dabei würden zu viele Hände abgeschnitten«, erklärte der Major und lächelte, als er die Reaktion des anderen bemerkte. »In der Nylonschnur ist ein Stahldraht.« Er hatte jetzt die Aktentasche von der Schnur gelöst und öffnete sie auf dem Tisch. Kurz sah er sich in der elegant ausgestatteten Bibliothek um. Am Ende des Raums gab es Türen, die offenbar in einen Garten führten. Durch die dicken Glasscheiben konnte man die Umrisse einer hohen Steinmauer erkennen. »Das also ist Treadstone Seventy-One. Ich hatte mir das ganz anders vorgestellt.«

»Ziehen Sie wieder die Vorhänge zu, bitte, Elliot«, sagte Abbott. Der Mann aus dem persönlichen Stab des Präsidenten ging zu der Terrassentüre und tat, worum man ihn gebeten hatte. Abbott trat an einen Bücherschrank, öffnete das Kästchen darunter und griff hinein. Ein leises Summen war zu hören; dann löste sich der ganze Bücherschrank aus der Wand und drehte sich langsam nach links. Auf der anderen Seite war eine elektronische Radiokonsole zu sehen, Gordon Webb hatte selten eine ähnlich komplizierte Anlage gesehen. »Kommt das dem, was Sie sich vorgestellt hatten, näher?« fragte der ›Mönch‹.

»Herrgott . . .« Der Major pfiff leise durch die Zähne, während er die Skalen, Register, Steckerverbindungen und sonstigen Geräte studierte. Die Kriegsräume des Pentagon waren besser ausgestattet, aber man konnte ohne Übertreibung sagen, daß das hier etwa der Einrichtung einer mittleren Abwehrstation gleichkam.

»Da würde ich auch pfeifen«, sagte Stevens, der vor dem dichten Vorhang stand. »Aber Mr. Abbott hat mir bereits meine persönliche Show geliefert. Das ist erst der Anfang. Noch fünf weitere Knöpfe, und das hier sieht aus wie ein Stützpunkt des strategischen Luftkommandos in Omaha.«

»Dieselben Knöpfe verwandeln diesen Raum aber auch in eine elegante Bibliothek an der East-Side.« Der alte Mann griff in das Schränkchen, und binnen weniger Sekunden war die riesige Konsole wieder durch Bücherregale ersetzt. Dann trat er an den Bücherschrank daneben, öffnete wieder das Schränkchen darunter und schob erneut die Hand hinein. Wieder summte es; der Bücherschrank schob sich heraus, und kurz darauf standen an seiner Stelle drei hohe Ablagekästen. Der ›Mönch‹ holte einen Schlüssel aus der Tasche und zog eine Schublade heraus. »Ich will ja hier nicht angeben, Gordon. Wenn wir fertig sind, möchte ich, daß Sie sich das hier ansehen. Ich zeige Ihnen den Schalter, wie man sie wieder zurückschiebt. Wenn Sie irgendwelche Probleme haben, wird unser Gastgeber sich um alles kümmern.«

»Wonach soll ich denn suchen?«

»Darauf kommen wir; im Augenblick interessiert mich Zürich. Was haben Sie erfahren?«

»Entschuldigen Sie, Mr. Abbott«, unterbrach Stevens. »Wenn ich ein wenig langsam bin, dann weil mir das alles so neu ist. Aber ich habe über etwas nachgedacht, was Sie vor ein oder zwei Minuten über Major Webbs Reise sagten.«

»Was denn?«

»Sie sagten, die Reise sei in die Zeitpläne von G-Zwo eingetragen gewesen.«

»Richtig.«

»Warum? Der Aufenthalt des Majors in Zürich diente doch dazu, die Leute dort zu verwirren, nicht Washington. Oder nicht?«

Der ›Mönch‹ lächelte. »Ich begreife schon, daß der Präsident nicht auf Sie verzichten will. Wir hatten nie angezweifelt, daß Carlos sich hier in Washington in den einen oder anderen Kreis eingekauft hat. Er findet unzufriedene Männer und lockt sie mit etwas, das sie nicht besitzen. Ein Carlos könnte ohne solche Leute nicht existieren. Sie dürfen nicht vergessen, daß er nicht nur den Tod verkauft, er verkauft auch die Geheimnisse einer Nation. Viel zu häufig an die Sowjets, und sei es auch nur, um ihnen zu beweisen, wie vorschnell es war, ihn aus der Organisation hinauszuwerfen.«

»Der Präsident würde das gerne wissen«, sagte der Assistent, »um einige Dinge zu klären.«

»Deshalb sind Sie ja hier, oder nicht?« meinte Abbott.

»Ja, ich denke schon.«

»Das ist ein guter Ausgangspunkt«, sagte Webb und trug seine Aktentasche zu einem Armsessel vor den Aktenschränken. Er setzte sich, klappte seine Tasche auf und entnahm ihr einige Blätter. »Mag sein, daß Sie es schon wissen, aber ich kann bestätigen, daß Carlos in Washington ist.«

»Wo? Bei Treadstone?«

»Dafür gibt es keine klaren Beweise, aber ausschließen kann man es auch nicht. Er hat den Hinweis entdeckt und verändert.«

»Du großer Gott, wie?«

»Dazu kann ich nur Vermutungen anstellen; wer es getan hat, weiß ich.«

»Wer?«

»Ein Mann namens Koenig. Bis vor drei Tagen war er für Überprüfungen in der Gemeinschaftsbank zuständig.«

»Wo ist er jetzt?«

»Tot. Ein verrückter Autounfall auf einer Straße, die er wie seine Westentasche kannte. Hier ist der Polizeibericht; ich habe ihn übersetzen lassen.« Abbott griff nach den Papieren und setzte sich auf einen Sessel, der in der Nähe stand. Elliot Stevens blieb stehen. Webb fuhr fort: »Interessanterweise sagt er uns zwar nichts Neues, aber es gibt hier einen Hinweis, dem ich gerne nachgehen würde.«

»Was denn?« fragte der ›Mönch‹, ohne mit Lesen aufzuhören. »Der Unfall wird genau beschrieben: Die Geschwindigkeit des Fahrzeugs und wie es aus der Kurve kam; ein Ausweichmanöver.«

»Das steht ganz am Ende. Der Mord in der Gemeinschaftsbank wird erwähnt und die schnelle Flucht.«

»Aha!« Abbott blätterte um.

»Lesen Sie doch selbst die letzten paar Sätze. Verstehen Sie dann?«

»Nicht ganz«, erwiderte Abbott und runzelte die Stirn. »Hier steht nur, daß Koenig ein Angestellter der Gemeinschaftsbank war, wo vor kurzem ein Mord stattgefunden hatte . . . Und er war Augenzeuge dieses Schußwechsels. Das ist alles.«

»Ich glaube nicht, daß das ›alles‹ ist«, sagte Webb. »Jemand fing an, Fragen zu stellen: Fragen jedoch wurden im Keim erstickt. Ich würde gerne erfahren, wer bei den Zürcher Polizeiberichten den Rotstift ansetzt. Das kann nur einer von Carlos' Leuten sein!«

Der ›Mönch‹ lehnte sich im Sessel zurück und hatte immer noch die Stirn gerunzelt. »Angenommen, Sie haben recht, warum ist dann der ganze Hinweis nicht einfach gelöscht worden?«

»Weil das zu auffällig wäre. Der Mord *hat ja stattgefunden*; Koenig war *tatsächlich* Zeuge; der Beamte, der die Untersuchungen durchführte und den Bericht schrieb, tat nur seine Pflicht. Im Schweizer Bankwesen sind gewisse Bereiche offiziell unverletzbar, sofern nicht Beweise vorgelegt werden.«

»Wie ich höre, hatten Sie mit den Zeitungen großen Erfolg.«

»*Inoffiziell.* Ich habe an den Sensationshunger der Journalisten appelliert und Walther Apfel — wenn es ihm auch beinahe das Leben gekostet hätte — dazu gebracht, es halbwegs zu bestätigen.«

»Da muß ich unterbrechen«, sagte Elliot Stevens. »Ich glaube, das ist jetzt der Punkt, wo sich das Oval Office einschalten muß. Ich vermute, daß Sie, wenn Sie Zeitung sagen, die kanadische Frau meinen.«

»Eigentlich nicht. Die Story war bereits draußen; wir konnten das nicht verhindern. Carlos hat Verbindung zur Züricher Polizei; die hat jenen Bericht ausgegeben. Wir sind nur noch ein Stück weiter gegangen und haben sie mit einer ebenfalls falschen Geschichte in Verbindung gebracht, wonach Millionen von der Gemeinschaftsbank gestohlen worden seien.« Webb hielt inne und sah Abbott an. »Darüber müssen wir übrigens sprechen; vielleicht ist das gar nicht falsch.«

»Das kann ich nicht glauben«, sagte der ›Mönch‹.

»Würde es Ihnen etwas ausmachen, das alles noch mal zu wiederholen?« fragte der Mann aus dem Weißen Haus und nahm gegenüber dem Major Platz.

»Lassen Sie mich erklären«, unterbrach Abbott, der die Verwirrung in Webbs Gesicht sah. »Elliot ist auf Anweisung des Präsidenten hier. Es geht um den Mord am Flughafen in Ottawa.«

»Eine scheußliche Angelegenheit«, sagte Stevens. »Der Premierminister war nahe dran, dem Präsidenten zu sagen, er solle unsere Stationen aus Nova Scotia herausholen.«

»Wie ist das denn passiert?« fragte Webb.

»Wir wissen nur, daß jemand im Schatzamt diskrete Nachforschungen nach einer nicht im Telefonbuch stehenden amerikanischen Firma angestellt hat und dafür umgebracht wurde. Um die Dinge noch schlimmer zu machen, sagte man der kanadischen Abwehr, sie solle sich heraushalten, es handle sich um eine US-Operation von hohem Vertraulichkeitsgrad.«

»Und was, zum Teufel, hat *das* bewirkt?«

»Ich glaube, ich habe hier und dort schon den Namen Eisenarsch gehört«, sagte der ›Mönch‹.

»General Crawford? Ein blöder Hund — ein wirklich blöder Hund mit einem eisernen Arsch!«

»Können Sie sich das vorstellen?« warf Stevens ein. »*Ihr* Mann wird umgebracht, und *wir* besitzen die Frechheit, ihnen Vorschriften zu machen.«

»Er hatte natürlich recht«, verbesserte Abbott. »Es mußte schnell etwas geschehen. Für Mißverständnisse blieb keine Zeit. Ich habe sofort versucht, MacKenzie Hawkins zu erreichen — Mac und ich waren zusammen in Burma; er ist bereits pensioniert, aber immer noch einflußreich. Jetzt fängt die Sache immerhin an zu laufen.«

Stevens wandte sich wieder an Webb. »So, bitte, und jetzt noch einmal. Genau, was haben Sie getan und warum? Welche Rolle spielt diese Kanadierin in unseren Überlegungen?«

»Ursprünglich überhaupt keine; Carlos kam auf die Idee. Jemand, der in der Züricher Polizei ziemlich weit oben sitzt, wird von Carlos bestochen. Die Züricher Polizei hat das sogenannte Beweismaterial, das die Frau mit den Morden in Verbindung bringt, getürkt. Die Kanadierin ist keine Mörderin.«

»Schon gut, schon gut«, sagte der Mann aus dem Stab des Präsidenten ungeduldig. »Das war Carlos. Warum hat er es getan?«

»Um Borowski aufzuscheuchen. Marie St. Jacques und Borowski stecken zusammen.«

»Und Borowski ist dieser bezahlte Killer, der sich Cain nennt, stimmt das?«

»Ja«, sagte Webb. »Carlos hat geschworen, ihn umzubringen. Cain hat sich in ganz Europa und im Mittleren Osten in Carlos' Revier gedrängt; aber es gibt keine Fotografie von Cain, niemand weiß genau, wie er aussieht. Indem man also ein Bild der Frau in Umlauf bringt — und ich kann Ihnen versichern, das finden Sie im Augenblick dort drüben in jeder verdammten Zeitung —, könnte jemand sie entdecken. Und wenn man sie findet, besteht die Chance, daß Cain — Borowski — ebenfalls gefunden wird. Carlos wird sie beide töten.«

»Gut. Da sind wir wieder bei Carlos. Aber was haben *Sie* getan?«

»Genau was ich sagte. Ich ging zur Gemeinschaftsbank, um die Angestellten dort auf die Spur der Frau zu hetzen und ihnen einzubleuen, daß die Frau möglicherweise — wohlgemerkt, möglicherweise — in Verbindung mit einem umfangreichen Diebstahl stehen könnte. Das war nicht leicht, aber schließlich hat man ihren Mitarbeiter Koenig bestochen. Dann rief ich die Zeitungen an und hetzte sie Walther Apfel auf den Hals. Geheimnisvolle Frau, Mord, Millionendiebstahl — die haben sich förmlich darauf gestürzt.«

»Um Himmels willen, warum?« schrie Stevens. »Sie haben den

Bürger eines anderen Landes für eine Maßnahme der amerikanischen Abwehr eingesetzt! Die Angestellte einer eng befreundeten Regierung. Sind Sie denn alle wahnsinnig?«

»Da irren Sie«, sagte Webb. »Wir versuchen, ihr Leben zu retten. Wir haben Carlos' Waffe gegen ihn selbst gerichtet.«

»In welcher Hinsicht?«

Der ›Mönch‹ hob die Hand. »Etwas anderes. Vor wenigen Augenblicken habe ich den Major gefragt, wie Carlos' Komplize Borowski gefunden haben konnte. — Bitte, Major!«

Webb beugte sich vor. »Die *Medusa*-Akten«, sagte er leise und widerstrebend.

»*Medusa* . . .?« Stevens Gesichtsausdruck ließ erkennen, daß *Medusa* Gegenstand vertraulicher Gespräche im Weißen Hause gewesen war. »Die sind doch vergraben«, sagte er.

Abbott schaltete sich ein. »Es gibt ein Original und zwei Kopien, und die liegen in den Safes im Pentagon, dem CIA und dem Nationalen Sicherheitsrat. Der Zugang zu ihnen beschränkt sich auf eine auserwählte Gruppe, von denen jeder einzelne dieser Einheit angehört. Borowski kommt von *Medusa* . . . Carlos jedenfalls kennt seinen Namen . . .«

Stevens starrte den ›Mönch‹ an. »Wollen Sie damit sagen, daß Carlos . . . mit solchen Männern . . . in Verbindung steht? Das ist eine schwere Anschuldigung.«

»Aber die einzige Erklärung«, sagte Webb.

»Warum sollte Borowski denn seinen eigenen Namen gebrauchen?«

»Aus Gründen der Authentizität«, erwiderte Abbott.

»Wieso?«

»Vielleicht verstehen Sie jetzt«, fuhr der Major fort. »Indem wir die St. Jacques mit den Millionen, die angeblich aus der Gemeinschaftsbank gestohlen wurden, in Verbindung bringen, sagen wir Borowski, daß er ans Licht treten soll. Er weiß ja, daß das nicht stimmt.«

»Borowski soll *ans Licht treten*?«

»Der Mann, der sich Jason Borowski nennt«, sagte Abbott, stand auf und ging langsam auf die Vorhänge zu, »ist ein amerikanischer Abwehrbeamter. Es gibt keinen Cain, nicht den Cain, an den Carlos glaubt. Er ist ein Köder, eine Falle für Carlos.«

Kurzes Schweigen. Dann meldete sich der Mann aus dem Weißen Haus wieder zu Wort. »Ich glaube, Sie sollten uns das besser erklären. Der Präsident muß das wissen.«

»Ja, wahrscheinlich«, sinnierte Abbott, schob die Vorhänge auseinander und blickte geistesabwesend nach draußen.

»Vor drei Jahren haben wir eine Anleihe bei den Briten aufgenommen. Wir schufen einen Mann, den es nie gab. Vielleicht erinnern Sie sich noch: Vor der Invasion in der Normandie ließ die britische Abwehr eine Leiche an der Küste Portugals antreiben und hoffte, daß die bei der Leiche verborgenen Dokumente ihren Weg zur deutschen Botschaft in Lissabon finden würden. Ein Leben wurde für jene Leiche geschaffen; ein Name, ein Rang als Marineoffizier; Schulen, Ausbildung, Reisebefehle, Führerschein, Mitgliedskarten in exklusiven Londoner Clubs und ein halbes Dutzend persönlicher Briefe, die voller Andeutungen steckten und auch ein paar exakte Informationen enthielten. Alles wies darauf hin, daß die Invasion hundert Meilen von dem eigentlichen Zielgebiet in der Normandie entfernt stattfinden sollte, und zwar sechs Wochen später als tatsächlich geplant war. In panischer Angst überprüften deutsche Agenten in England die Angaben — während sie übrigens von MI Fünf beobachtet wurden — dann handelte das Oberkommando in Berlin dementsprechend und verlegte einen großen Teil seiner Defensivtruppen. So viele Opfer die Invasion auch kostete, Tausende und Abertausende wurden von jenem Mann, der nie existierte, gerettet.« Abbott ließ den Vorhang herunterfallen und ging müde zu seinem Sessel zurück.

»Ich habe die Geschichte gehört«, sagte der Mann aus dem Weißen Haus. »Und?«

»Die unsere ist eine Abwandlung jenes Themas«, sagte der ›Mönch‹ und setzte sich müde. »Man schaffte einen lebenden Mann, fast eine Legende, einen Mann, der sich scheinbar gleichzeitig überall befand, ganz Südostasien unsicher machte. Jedesmal, wenn es einen Mord gab oder einen unerklärten Todesfall, oder wenn eine prominente Persönlichkeit in einen Unfall verwickelt wurde, war auch Cain zur Stelle. Verläßlichen Quellen — bezahlte Informanten, die für ihre Diskretion bekannt waren — wurde sein Name zugesteckt; Botschaften, Lauschposten, ganze Geheimdienstorganisationen erhielten wiederholt Berichte, die sich mit Cains Aktivitäten befaßten. Von Monat zu Monat wurde er gefährlicher. Er war überall . . und nirgends, löste sich schier in Luft auf.«

»Sie meinen diesen Borowski?«

»Ja. Er verbrachte Monate damit, alles über Carlos in Erfahrung zu bringen, studierte jede Akte, die wir besaßen, jeden Mordfall, in den Carlos verwickelt war. Er studierte Carlos' Taktik, seine Methoden, alles. Ein großer Teil jenes Materials hatte nie das Licht des Tages erblickt und wird das auch wahrscheinlich nie. Das ist hochexplosiver Zündstoff — Regierungen und internationale Firmen würden sich gegenseitig an die Kehle gehen. Es gab buchstäblich nichts, das Borowski nicht über Carlos erfuhr. Er wechselte immer wieder sein

Aussehen. Er sprach einige Sprachen und hatte Zugang zu Verbrecherkreisen. Wenn er verschwand, hinterließ er verwirrte und verstörte Männer und Frauen. Sie hatten Cain gesehen; er existierte und er war rücksichtslos. Das war das Bild, das Borowski sich aufbaute.«

»Und so hat er *drei Jahre* im Untergrund gelebt?« fragte Stevens.

»Ja. Dann ging er nach Europa, ein Profikiller, Berufskiller, Absolvent der berüchtigten *Medusa*, und forderte Carlos in seinem eigenen Revier heraus. Dabei rettete er vier Männer, die Carlos sich als Opfer ausersehen hatte, beanspruchte andere Morde für sich, die Carlos begangen hatte, und verspottete ihn bei jeder Gelegenheit . . . Versuchte dabei die ganze Zeit, ihn ans Licht zu locken. Er verbrachte beinahe drei Jahre damit, die gefährlichste Lüge zu leben, die ein Mann leben kann. Die meisten wären daran zerbrochen, eine Gefahr, die man nie ausschließen kann.«

»Was für ein Mensch ist er?«

»Ein Profi«, antwortete Gordon Webb. »Jemand, der begriff, daß man Carlos finden und aufhalten mußte.«

»Aber *drei Jahre* . . . ?«

»Wenn Ihnen das unglaublich erscheint«, sagte Abbott, »sollten Sie wissen, daß er sich chirurgisch behandeln ließ. Es war wie ein letzter Bruch mit der Vergangenheit, mit dem Mann, der er einmal war. — Ich glaube nicht, daß man einen Mann wie Borowski je für das entschädigen kann, was er getan hat. Man kann ihm eigentlich nur helfen, wenn man ihm die Chance zum Erfolg gibt — und das habe ich, weiß Gott, vor.« Der ›Mönch‹ hielt exakt zwei Sekunden inne und fügte dann hinzu: »Wenn es Borowski *ist*.«

Es war, als hätte ein unsichtbarer Hammer Elliot Stevens getroffen. »Was sagen Sie da?« fragte er.

»Ich muß gestehen, daß ich mir das für den Schluß aufbewahrt habe. Ich wollte, daß Sie Bescheid wissen, bevor ich zu diesem dunklen Punkt komme. Vielleicht gibt es ihn auch gar nicht — wir wissen es nicht. Wir können nicht ohne weiteres einen Mann verurteilen, einen Mann, der viel mehr gegeben hat als irgendeiner von uns. Später, wenn alles vorüber ist, kann er wieder in sein eigenes Leben zurückkehren, anonym, seine Identität darf nie bekannt werden.«

»Ich fürchte, Sie müssen das näher erklären«, sagte der erstaunte Mann aus dem Weißen Haus.

»Carlos hat sich eine Armee von Männern und Frauen aufgebaut, die ihm ergeben sind. Wenn er Carlos erledigen kann — oder ihn in die Falle locken, damit wir ihn erledigen können — und dann verschwindet, dann hat er es geschafft.«

»Aber Sie sagen, daß er *nicht* Borowski ist!«

»Ich sagte, daß wir es nicht wissen. Das in der Bank *war* Borowski, die Unterschriften waren authentisch. Aber ist es jetzt Borowski? Wir werden es in den nächsten Tagen erfahren.«

»Wenn er an die Oberfläche tritt«, fügte Webb hinzu.

»Das ist höchst kompliziert«, fuhr der alte Mann fort. »Es gibt so viele Möglichkeiten. Wenn es nicht Borowski ist — oder wenn man ihn ›umgedreht‹ hat - dann könnte das den Anruf in Ottawa erklären und den Mord am Flughafen. Nach allem, was wir in Erfahrung bringen können, wurden die Erfahrung und das Fachwissen der Frau dazu eingesetzt, das Geld in Paris abzuheben. Carlos brauchte nur ein paar Erkundigungen beim kanadischen Finanzministerium anzustellen. Der Rest wäre für ihn ein Kinderspiel.«

»Könnten Sie ihr eine Nachricht zukommen lassen?« fragte der Major.

»Ich habe es versucht, aber es ist mir nicht gelungen. Ich ließ Mac Hawkins einen Mann anrufen, der eng mit Marie St. Jacques zusammengearbeitet hat. Ein Mann namens Alan Soundso. Er wies sie an, sofort nach Kanada zurückzukehren. Sie hat aufgelegt.«

»*Verdammt*!« platzte Webb heraus.

»Sie sagen es. Wenn wir es geschafft hätten, sie zurückzuholen, hätten wir viel erfahren können. Sie ist der Schlüssel. Warum ist sie bei ihm? Warum ist er bei ihr? Das leuchtet einfach nicht ein.«

»Mir noch viel weniger!« sagte Stevens, dessen Verblüffung langsam in Ärger überging. »Wenn Sie die Unterstützung des Präsidenten haben wollen, müssen Sie sich schon deutlicher ausdrücken.«

Abbott wandte sich zu ihm. »Vor etwa sechs Monaten verschwand Borowski«, sagte er. »Etwas ist geschehen; wir sind nicht sicher, was. Aber wir können uns einiges zusammenreimen. Er ließ in Zürich wissen, daß er nach Marseille unterwegs sei. Später — zu spät — begriffen wir. Er hatte erfahren, daß Carlos einen Kontrakt gegen Howard Leland akzeptiert hatte, und Borowski versuchte, das zu verhindern. Und dann — plötzlich — verschwand er. Hatte man ihn getötet? War er unter der Anspannung zerbrochen? Hatte er . . . aufgegeben?«

»Das kann und will ich nicht akzeptieren«, unterbrach Webb ärgerlich.

»Deshalb möchte ich ja, daß Sie sich diese Akte ansehen. Sie kennen seine Codes. Schauen Sie, ob Sie irgendwelche Abweichungen in Zürich feststellen können.«

»Bitte!« unterbrach Stevens. »Was *denken* Sie denn? Sie müssen doch etwas Konkretes gefunden haben, etwas, worauf man ein Urteil aufbauen kann. Ich brauche das, Mr. Abbott. Der Präsident braucht es.«

»Ich wünschte, ich hätte es«, erwiderte der ›Mönch‹. »Was haben wir gefunden? Alles und nichts. Fast drei Jahre lang klappte alles vorzüglich. Die Akten geben Aufschluß über alle Informanten, Kontaktpersonen, Quellen. Wir haben ihre Gesichter, ihre Stimmen, ihre Geschichten. Und jeden Monat, jede Woche kommt Cain etwas näher an Carlos heran. Und dann plötzlich, nichts. Schweigen. Sechs Monate Vakuum.«

»Aber jetzt«, widersprach der Mann aus dem Stab des Präsidenten, »ist das Schweigen doch gebrochen worden. Von wem?«

»Das ist eben die grundlegende Frage«, sagte der alte Mann und seine Stimme klang müde. »Monate des Schweigens und dann plötzlich eine solche Geschichte. Ein Millionenbetrug. Ein Mord. Mehrere Morde. Warum nur?« Der Mönch schüttelte müde den Kopf. »Wer *ist* der Mann draußen?«

20.

Die Limousine parkte zwischen zwei Straßenlampem, schräg gegenüber der schweren, mit Schmiedeeisen verzierten Türe der Backsteinvilla. Auf dem Vordersitz saß ein uniformierter Chauffeur; keineswegs ein ungewöhnlicher Anblick auf der von Bäumen gesäumten Straße. Ungewöhnlich war aber die Tatsache, daß sich im Fond zwei weitere Männer aufhielten und keinerlei Anstalten machten, den Wagen zu verlassen. Sie ließen vielmehr den Eingang zu der Backsteinvilla nicht aus den Augen.

Einer der Männer schob sich die Brille zurecht, er hatte Augen, die von Argwohn geprägt schienen, und sah aus wie eine Eule. Alfred Gillette, Leiter der Personalbewertung für den Nationalen Sicherheitsrat, sagte: »Es tut gut, dabei zu sein, wenn Hochmut vor dem Fall kommt. Und noch viel schöner ist es, dabei mitzumischen.«

»Sie können ihn nicht leiden, was?« sagte Gillettes Begleiter, ein breitschultriger Mann in einem schwarzen Regenmantel, dessen schwerer Akzent darauf hindeutete, daß seine Muttersprache der slawischen Sprachenfamilie angehört haben mußte.

»Ich verabscheue ihn. Er verkörpert für mich alles, was ich in Washington hasse. Die richtigen Schulen, Häuser in Georgetown, Farmen in Virginia, stille Zusammenkünfte in den richtigen Clubs. Die haben ihre kleine, abgeschlossene Welt, und man bekommt keinen Zugang dazu — es ist ihre Welt. Diese *Schweine.* Dic überlegene, aufgeblähte *Elite* von Washington. Sie nutzen den Intellekt und die Arbeit anderer Menschen aus, um davon zu profitieren und die Nase über sie zu rümpfen.«

»Sie übertreiben«, sagte der Europäer, ohne den Blick von der Villa zu wenden. »Sie haben es ja auch zu etwas gebracht. Sonst hätten wir nie Kontakt mit Ihnen aufgenommen.«

Gillette blickte finster. »Ich habe es zu etwas gebracht, weil ich vielen Leuten wie David Abbott unersetzlich geworden bin. Ich trage tausend Fakten im Kopf, an die die sich unmöglich erinnern können. Für die ist es einfach bequemer, mich an der Stelle unterzubringen, wo die Fragen gestellt werden, wo die Probleme Lösungen brauchen. Leiter der Personalbewertung! Diesen Titel, diesen Posten haben die für mich geschaffen. Wissen Sie warum?«

»Nein, Alfred«, erwiderte der Europäer und sah auf die Uhr.

»Weil die nicht die Geduld haben, Stunden damit zu verbringen, sich Tausende von Lebensläufen und Akten anzusehen. Die dinieren lieber im ›Sans Souci‹ oder protzen vor Senatsausschüssen, indem sie Berichte verlesen, die andere vorbereitet haben — jene Unsichtbaren, Unbekannten, die für sie die Dreckarbeit machen.«

»Sie sind verbittert«, sagte der Europäer.

»Ja, und zwar mehr als Sie ahnen. Ein ganzes Leben lang haben mich diese Schweine ausgenützt. Und wofür? Für einen Titel und gelegentlich ein Mittagessen, bei dem man versucht hat, mich während der Vorspeise und dem Hauptgang auszufragen! Kerle, wie dieser arrogante David Abbott, die ohne jemand wie mich überhaupt nichts sind.«

»Sie sollten den ›Mönch‹ nicht unterschätzen, Carlos tut das auch nicht.«

»Wie könnte er das auch? Er weiß nicht, wie der Hase läuft. Alles, was Abbott tut, wird streng geheimgehalten; niemand weiß, wie viele Fehler er gemacht hat. Und kommt einer ans Licht, gibt man Männern wie mir die Schuld dafür.«

Der Europäer wandte den Blick vom Fenster zu Gillette. »Sie sind sehr emotional, Alfred«, sagte er kühl. »Sie sollten da vorsichtiger sein.«

Der Bürokrat lächelte. »Bis jetzt hat das noch nie gestört. Ich glaube, meine Arbeit beweist das. Wie sieht das denn mit Ihnen aus?«

»Meine Motive sind keine komplizierten. Ich komme aus einem Land, wo gebildete Menschen nach den willkürlichen Ansichten von Schwachköpfen befördert werden, die nichts anderes können, als die marxistische Litanei auswendig herunterbeten. Carlos wußte auch, was er suchen mußte.«

Gillette lachte, und seine ausdruckslosen Augen leuchteten beinahe. »Wir sind doch gar nicht so verschieden. Sie brauchen bloß anstelle unseres Establishments Marx zu nehmen und schon haben Sie eine Parallele.«

»Mag sein«, nickte der Europäer und sah wieder auf die Uhr. »Jetzt müßte er gleich kommen. Abbott nimmt immer die Mitternachtsmaschine; schließlich hat er in Washington einen vollen Terminkalender.«

»Sie sind sicher, daß er alleine ist?«

»Das ist er immer, mit Elliot Stevens läßt er sich bestimmt nicht sehen. Webb und Stevens werden ebenfalls getrennt weggehen; meistens im Abstand von zwanzig Minuten.«

»Wie haben Sie Treadstone gefunden?«

»Das war gar nicht so schwierig.« Der Mann lachte, ohne den

Blick von der Villa zu wenden. »Cain hatte *Medusa* verlassen, das haben Sie uns gesagt, und wenn Carlos' Verdacht zutrifft, deutete das auf den ›Mönch‹, *das* wußten wir, das war die Verbindung zwischen ihm und Borowski. Carlos hat uns instruiert, Abbott rund um die Uhr zu überwachen; irgend etwas war schiefgelaufen. Nach der Sache in Zürich wurde Abbott unvorsichtig. Wir folgten ihm hierher. Es war einzig und allein eine Frage der Hartnäckigkeit.«

»Und die hat Sie auch nach Kanada geführt? Zu dem Mann in Ottawa?«

»Der Mann in Ottawa hat sich dadurch verraten, daß er Treadstone suchte. Als wir erfuhren, wer die Frau war, ließen wir das Finanzministerium überwachen, ihre Abteilung. In einem Anruf aus Paris forderte sie ihn auf, Untersuchungen anzustellen. Wir wissen nicht warum, aber wir vermuten jedenfalls, daß Borowski versuchen will, Treadstone zu sprengen. Wenn er eine Kehrtwendung vollzogen hat, ist das eine Möglichkeit, auszusteigen und das Geld zu behalten. Plötzlich wurde diesem Abteilungsleiter, von dem niemand außerhalb der kanadischen Regierung je gehört hatte, zu einem Problem von höchster Priorität. Überall gingen Communiqués über die Drähte. Das bedeutete, daß Carlos recht hatte; daß *Sie* recht hatten, Alfred. Es gibt keinen Cain. Er ist eine Erfindung, eine Falle.«

»Das habe ich Ihnen von Anfang an gesagt«, nickte Gillette.

»Ohne Zweifel die genialste Schöpfung des ›Mönchs‹,« sinnierte der Europäer. »Bis etwas passierte, und die Schöpfung eine Kehrtwendung vollzog. Jetzt wird ihnen die Sache brenzlig.«

»In Ottawa wurde nämlich der Verdacht geäußert, daß ein Abteilungsleiter im Schatzamt von der amerikanischen Abwehr getötet worden wäre.«

Zwei Scheinwerferbalken stachen plötzlich durch die Windschutzscheibe. »Abbotts Taxi ist hier. Ich kümmere mich um den Fahrer.« Der Europäer griff nach rechts und legte einen Schalter unter der Armstütze um. »Ich werde auf der anderen Straßenseite in meinem Wagen sitzen und zuhören.« Er wandte sich an den Chauffeur. »Abbott kommt jetzt jeden Augenblick heraus. Sie wissen, was Sie zu tun haben.«

Der Chauffeur nickte. Beide Männer stiegen gleichzeitig aus der Limousine. Der Fahrer ging um die Motorhaube herum, als wolle er seinen Chef auf die andere Straßenseite geleiten. Gillette blickte durchs Rückfenster hinaus; die beiden Männer blieben noch ein paar Sekunden beisammen, dann trennten sie sich, und der Europäer ging auf das herannahende Taxi zu, die Hand erhoben, einen Geldschein zwischen den Fingern. Das Taxi würde weggeschickt werden, man brauchte es nicht mehr. Der Chauffeur war inzwischen auf die andere Straßenseite gerannt und hielt sich jetzt im Schatten einer Treppe verborgen.

Dreißig Sekunden später wanderte Gillettes Blick zur Tür der Backsteinvilla. Licht drang ins Freie, als ein ungeduldiger David Abbott herauskam und die Straße hinauf- und hinunterblickte, auf die Uhr sah, offensichtlich verärgert. Das Taxi verspätete sich, und er mußte ein Flugzeug erreichen; mußte präzise Terminpläne einhalten. Abbott ging die Stufen hinunter, bog auf dem Pflaster nach links, hielt Ausschau nach dem Taxi. Binnen Sekunden würde er an dem Chauffeur vorbeikommen. Als er das tat, waren beide Männer außerhalb des Sichtwinkels der Kamera.

Es ging ganz schnell, und binnen weniger Sekunden stieg ein etwas verwirrter David Abbott in die Limousine, während der Chauffeur sich im Schatten entfernte.

»Sie!« sagte der ›Mönch‹, und aus seiner Stimme klang Ärger und eine Spur von Ekel. »Ausgerechnet *Sie.*«

»Ihr arrogantes Gehabe, Sie Narr, wird Ihnen gleich vergehen . . .«, drohte der andere.

»Wie können Sie es *wagen.* Zürich. Die *Medusa-Akte.* Sie waren das!«

»Die *Medusa-Akten,* ja. Zürich, ja. Aber es kommt nicht auf das an, was *ich* getan habe, es geht um das, was Sie getan haben. Wir haben unsere eigenen Leute nach Zürich geschickt und ihnen gesagt, wonach sie Ausschau halten sollen. Und es hat geklappt, Borowski heißt er, nicht wahr? Er ist der Mann, den Sie Cain nennen. Der Mann, den Sie erfunden haben.«

Abbott zuckte zusammen. »Wie haben Sie das herausgefunden?«

»Mit etwas Hartnäckigkeit. Ich habe Sie beschatten lassen.«

»Sie haben *mich* beschatten lassen? Was, zum Teufel, haben Sie sich dabei gedacht?«

»Ich habe versucht, etwas klarzustellen. Etwas, was Sie verdreht haben, indem Sie uns anderen die Wahrheit vorenthielten. Und was haben *Sie* sich denn dabei gedacht?«

»O mein Gott!« Abbott atmete tief. »Warum haben Sie das getan? Warum sind Sie nicht selbst zu mir gekommen?«

»Weil es nichts genützt hätte. Sie haben die ganze Abwehr manipuliert, indem sie uns allen Lügen über einen Killer erzählt haben, den es nie gab. Oh, ich erinnere mich an Ihre Worte — was für eine Herausforderung für Carlos, was für eine unwiderstehliche *Falle* das sei! Sie haben uns als Marionetten und Schachfiguren benutzt. Als verantwortliches Mitglied des Sicherheitsrates lehne ich dies aus tiefstem Herzen ab. Sie sind alle gleich. Wer hat Sie zum Herrgott gewählt und Ihnen das Recht gegeben, die Regeln zu brechen — nein, nicht nur die Regeln, auch die Gesetze — und uns wie Narren hinzustellen?«

»Es gab keine andere Möglichkeit«, sagte der alte Mann müde, und sein Gesicht war in dem düsteren Licht von tiefen Falten durchzogen. »Wie viele wissen es? Sagen Sie mir die Wahrheit!«

»Ich habe dafür gesorgt, daß es im engsten Kreis bleibt. So viel habe ich für Sie getan.«

»Das reicht vielleicht nicht. O Gott!«

»Ich will wissen, was geschehen ist!« sagte der Beamte eindringlich.

»Was geschehen ist?«

»Was aus Ihrer großen Strategie geworden ist. Sie scheint . . . aus allen Nähten zu platzen.«

»Warum sagen Sie das?«

»Das liegt doch auf der Hand. Sie haben Borowski verloren; Sie können ihn nicht finden. Ihr Cain ist verschwunden und hat ein Vermögen mitgenommen, das man für ihn in Zürich bereitgelegt hat.«

Abbott schwieg einen Augenblick lang. »Moment mal. Was bringt Sie darauf?«

»Sie«, sagte Gillette schnell und unvorsichtig und schluckte den Köder, den der andere ihm hingelegt hatte. »Ich muß sagen, daß ich Ihre Haltung bewunderte, als dieser Esel aus dem Pentagon so wissend von der Operation *Medusa* sprach . . . und dem Mann, der sie schuf, direkt gegenüber saß.«

»Das ist doch ein alter Hut.« Die Stimme des ›Mönchs‹ klang jetzt wieder kräftig. »Daraus konnten Sie doch nichts entnehmen.«

»Sie sagten kein Wort, und das machte mich nachdenklich. Also widersetzte ich mich all der Aufmerksamkeit, die man diesem Märchen namens Cain widmete. Sie konnten nicht widerstehen, David. Sie mußten einen plausiblen Grund liefern, um die Suche nach Cain fortzusetzen. Sie brachten Carlos ins Spiel.«

»Das war die Wahrheit«, unterbrach Abbott.

»Sicher war es das; Sie wußten, wann Sie sie benutzen mußten, und ich wußte, wann ich sie entdecken mußte. Genial. Eine Schlange, die man aus dem Haupt der Medusa zog. Der Herausforderer springt in den Ring des Champions, um den Champion aus seiner Ecke zu locken.«

»Es war von Anfang an perfekt.«

»Sicher! Ich gebe zu, daß es genial war, bis zu den Maßnahmen, die ich vorhin schon erwähnte. Wer eignete sich denn besser dazu, alle Aktionen an Cain weiterzuleiten, als der eine Mann im Vierziger-Ausschuß, der über jede Besprechung Berichte geliefert hatte? Uns alle haben Sie einfach benutzt!«

Der ›Mönch‹ nickte. »Also gut. Bis zu einem gewissen Grad haben Sie vielleicht recht. Es hat einen gewissen Mißbrauch gegeben, aber nicht so, wie Sie glauben. Treadstone besteht aus einer kleinen Gruppe von Männern, die zu den vertrauenswürdigsten der Regierung gehören. Sie reichen vom G-Zwo bis zum Senat, vom CIA bis zur Marineabwehr, und jetzt, offen gestanden, sogar dem Weißen Haus. Wenn es einen wirklichen Mißbrauch geben sollte, wäre kein einziger unter ihnen, der zögern würde, die ganze Operation auffliegen zu lassen. Keiner hat das bis jetzt für notwendig gehalten, und ich bitte Sie inständig, es ebenfalls nicht zu tun.«

»Würde man mich in Treadstone aufnehmen?«

»Sie sind jetzt schon ein Teil davon.«

»Ich verstehe. Was ist geschehen. Wo ist Borowski?«

»Ich wünschte, wir wüßten das. Wir sind nicht einmal sicher, daß es Borowski *ist.*«

»Sie sind nicht einmal sicher . . . ?«

Ich verstehe. Was ist geschehen. Wo ist Borowski?

Ich wünschte, wir wüßten das. Wir sind nicht einmal sicher, daß es Borowski ist.

Sie sind nicht einmal sicher?

Der Europäer griff nach dem Schalter am Armaturenbrett und legte ihn um. »Das ist es«, sagte er. »Das ist es, was wir wissen mußten.« Er wandte sich zu dem Chauffeur, der neben ihm saß, »So, schnell jetzt. Gehen Sie neben die Treppe. Denken Sie daran, wenn einer von denen herauskommt, haben Sie genau drei Sekunden, ehe die Türe geschlossen wird. Sie müssen schnell arbeiten.«

Der uniformierte Mann stieg aus und ging über das Pflaster auf Treadstone Seventy-One zu. Vor einer der naheliegenden Backsteinvillen verabschiedete sich ein Ehepaar in mittleren Jahren mit lauter Stimme bei seinen Gastgebern. Der Chauffeur verlangsamte seine Schritte, griff in die Tasche, um sich eine Zigarette herauszuholen und blieb stehen, um sie anzuzünden. Er war jetzt ganz der gelangweilte Fahrer, der sich die lange Wartezeit vertrieb. Der Europäer beobachtete ihn, dann knöpfte er seinen Regenmantel auf und holte einen langen, dünnen Revolver heraus, auf dessen Lauf ein Schalldämpfer steckte. Er legte den Sicherungshebel um, schob die Waffe ins Halfter zurück, stieg aus dem Wagen und ging quer über die Straße auf die Limousine zu. Die Spiegel waren vorher richtig gedreht worden; indem er sich im toten Winkel hielt, konnten die beiden Männer im Wagen ihn nicht herankommen sehen. Der Europäer blieb kurz am Kofferraum stehen und warf sich dann schnell mit ausgestreckter Hand zur rechten Vordertüre, öffnete sie, sprang hinein und richtete seine Waffe nach hinten.

Alfred Gillette stöhnte auf und seine linke Hand schoß zum Türgriff; der Europäer drückte den Knopf der Zentralverriegelung nieder. David Abbott blieb reglos sitzen und starrte den Eindringling an.

»Guten Abend, ›Mönch‹ «, sagte der Europäer. »Ein anderer, von dem ich gehört habe, daß er oft ein religiöses Kleid anlegt, schickt Ihnen seine Gratulation. Nicht nur für Cain, sondern auch für Ihr Personal in Treadstone. Den Yachtsegler beispielsweise. Er war einmal ein erstklassiger Agent.«

Gillette fand jetzt seine Stimme wieder; es war eine Mischung aus einem Schrei und einem Flüstern. »Was *soll* das? Wer *sind* Sie?« schrie er und gab sich unwissend.

»Ach, kommen Sie, alter Freund. Das ist nicht nötig«, sagte der Mann mit der Waffe. »Mr. Abbotts Gesichtsausdruck sagt mir, daß er bereits erkannt hat, daß seine ursprünglichen Zweifel in bezug auf Ihre Person berechtigt waren. Man sollte immer seinen ersten Instinkten vertrauen, nicht wahr, ›Mönch‹? Sie hatten natürlich recht. Wir haben wieder einen unzufriedenen Mann gefunden; Ihr System liefert die uns mit erschreckender Geschwindigkeit. Er hat uns in der Tat die *Medusa*-Akten geliefert, und die haben uns in der Tat zu Borowski geführt.«

»Was fällt Ihnen ein?!« schrie Gillette. »Was reden Sie für ein Zeug!«

»Sie langweilen mich, Alfred. Aber Sie haben immer zu den verdammt guten Leuten gehört. Es ist nur ein Jammer, daß Sie nicht wußten, bei welchen Leuten Sie bleiben sollten; aber Ihresgleichen weiß das nie.«

»Sie!« Gillette bäumte sich auf dem Rücksitz auf, sein Gesicht war verzerrt.

Der Europäer feuerte seine Waffe ab, das leise Husten, das aus dem Lauf kam, hallte nur kurz durch das Innere der Limousine. Der Bürokrat sackte zusammen und rutschte auf den Boden, die Eulenaugen im Tode geweitet.

»Ich glaube nicht, daß Sie ihn beklagen«, sagte der Europäer.

»Nein«, sagte der ›Mönch‹.

»Dort draußen ist *wirklich* Borowski, wissen Sie. Cain hat kehrtgemacht; er ist zerbrochen. Die lange Periode des Schweigens ist vorbei. Die Schlange aus dem Medusenhaupt hat beschlossen, sich selbständig zu machen. Vielleicht hat man ihn auch gekauft, auch das ist möglich, nicht wahr? Carlos kauft viele Männer, der jetzt im Wagen liegt, beispielsweise.«

»Von mir werden Sie nichts erfahren. Versuchen Sie es nicht.«

»Es gibt nichts zu erfahren. Wir wissen alles. Delta, Charlie . . . Cain. Aber die Namen sind jetzt nicht mehr wichtig; eigentlich waren sie das nie. Was uns noch bleibt, ist die Beseitigung des ›Mönches‹, der die Entscheidungen trifft. Borowski ist in der Falle. Er ist erledigt.«

»Er wird andere finden, die Entscheidungen treffen.«

»Wenn er das tut, werden sie ihn töten. Es gibt nichts Verabscheuungswürdigeres als einen Mann, der seine Loyalität vertauscht hat, aber um das zu tun, muß es unwiderlegbare Beweise geben, daß er am Anfang auf Ihrer Seite stand. Carlos besitzt diesen Beweis; er *war* Ihr Mann, und sein Ursprung ist ebenso delikat, wie alles andere, was in der *Medusa*-Akte steht.«

Der alte Mann runzelte die Stirn; er hatte Angst, nicht um sein Leben, sondern etwas unendlich Wichtigeres. »Sie sind nicht bei Sinnen«, sagte er. »Es gibt keine Beweise.«

»Sie haben einen Fehler begangen. Carlos ist gründlich; seine Verbindungen reichen überall hin. Sie brauchten einen Mann von *Medusa,* jemanden, der gelebt hatte und dann verschwunden war. Sie wählten einen Mann namens Borowski, weil die Umstände seines Verschwindens im dunkel lagen. Aber an Hanois Leute, die *Medusa* infiltriert hatten, dachten Sie nicht; es existierten Akten darüber. Am 25. März 1968 wurde Jason Borowski von einem Offizier der amerikanischen Abwehr im Dschungel von Tam Quan exekutiert.«

Der ›Mönch‹ warf sich nach vorne; ihm blieb nichts mehr als eine letzte Geste, ein letztes Sichaufbäumen. Der Europäer schoß.

Die Tür der Backsteinvilla öffnete sich. Im Schatten unter der Treppe lächelte der Chauffeur. Der Mann aus dem Weißen Haus wurde von dem alten Mann, der hier wohnte, hinausgeführt, dem, den sie den Yachtsegler nannten. Der Killer wußte, daß die Alarmanlage abgeschaltet war.

»Nett, daß Sie vorbeigekommen sind«, sagte der Yachtsegler und schüttelte ihm die Hand.

»Vielen Dank, Sir.«

Das waren die letzten Worte der beiden Männer. Der Chauffeur zielte über die Ziegelmauer und drückte zweimal ab. Der Yachtsegler fiel zurück; der Mann aus dem Weißen Haus griff sich an die Brust und stürzte gegen den Türrahmen. Der Chauffeur rannte um das Ziegelgeländer herum, eilte die Treppe hinauf und packte Stevens, der langsam zu Boden rutschte. Mit der Kraft eines Bullen hob der Killer Stevens hoch und schleuderte ihn durch die Tür ins Foyer an dem anderen vorbei. Dann wandte er seine Aufmerksamkeit der Innenseite der schweren, gepanzerten Türe zu. Er wußte, wonach er suchen mußte; er fand es auch. An der oberen Verkleidung führte ein dickes Kabel in die Wand, es war von der gleichen Farbe wie der Türrahmen. Er schloß die Türe teilweise, hob die Waffe und schoß auf das Kabel, um die Sicherheitskameras außer Funktion zu setzen.

Als er die Tür öffnete, kam der Europäer bereits mit schnellen Schritten über die stille Straße. Binnen Sekunden war er die Treppe hinaufgeeilt und im Hause, sah sich im Foyer und im Korridor um. Beide Männer hoben einen Teppich vom Boden, und der Europäer schloß die Türe am Ende des Korridors so, daß der Teppich eingezwängt war und die Türe somit zwei Zoll breit offenstand, mit vorgeschobenem Riegel. So war kein Alarm möglich.

Da öffnete sich oben eine Tür, es waren Schritte zu hören und Worte, eine gepflegte Frauenstimme sprach: »Darling! Ich habe gerade bemerkt, daß die verdammte Kamera ausgefallen ist. Würdest du bitte nachsehen?« Eine kurze Pause — dann: »Oder besser, sollten wir es nicht David sagen?« Wieder die Pause, wieder das exakte Timing. »Du solltes den Jesuiten nicht damit belästigen. Sag es David.«

Zwei Schritte. Schweigen. Das Rascheln von Tuch. Der Europäer musterte das Treppenhaus. Ein Licht ging aus.

»Jetzt!« rief er dem Chauffeur zu und fuhr herum, die Waffe auf die Tür am Ende des Korridors gerichtet.

Der Mann mit der Uniform raste die Treppe hinauf; ein Schuß hallte; er kam aus einer schweren Waffe — ungedämpft. Der Europäer blickte nach oben; der Chauffeur hielt sich die Schulter, sein Uniformrock war blutgetränkt, er hielt die Pistole ausgestreckt und feuerte einige Schüsse ins Treppenhaus hinauf.

Die Tür am Ende des Korridors wurde aufgerissen, der Major stand erschreckt da, einen Aktendeckel in der Hand. Der Europäer feuerte zweimal; Gordon Webb wurde nach hinten geschleudert, die Kehle aufgerissen, die Papiere in dem Aktendeckel flogen herunter. Der Mann im Regenmantel rannte die Treppe zu dem Chauffeur hinauf; oben über dem Geländer lag die grauhaarige Frau, tot, Blut quoll ihr aus Kopf und Nacken. »Ist alles in Ordnung? Können Sie sich bewegen?« fragte der Europäer.

Der Chauffeur nickte. »Dieses Miststück hat mir die halbe Schulter zerfetzt, aber es geht schon.«

»Nehmen Sie meinen Mantel«, befahl sein Vorgesetzter und riß sich den Regenmantel herunter. »Ich will den ›Mönch‹ hier drinnen haben! Schnell!«

»Herrgott! . . .«

»*Carlos* will den ›Mönch‹ hier drinnen haben!«

Der Verwundete fuhr mühsam in den schwarzen Regenmantel und

arbeitete sich die Treppe hinunter, vorbei an den Leichen des Yachtseglers und des Mannes aus dem Weißen Haus. Vorsichtig, mit vor Schmerz verzerrtem Gesicht ging er zur Türe hinaus und die Treppe hinunter.

Der Europäer beobachtete ihn, hielt ihm die Tür, vergewisserte sich, daß der Mann sich genügend bewegen konnte, um der Aufgabe gewachsen zu sein. Das war er; er war ein Bulle, und Carlos sorgte dafür, daß sein Appetit gestillt wurde. Der Chauffeur würde David Abbotts Leiche in die Villa bringen, würde sie stützen und so tun, als wäre er einem alten Betrunkenen behilflich, für den Fall, daß jemand ihn auf der Straße beobachtete, und nachdem er seine Blutung gestillt hatte, Alfred Gillettes Leiche über den Fluß fahren und im Sumpf begraben.

Der Europäer drehte sich um und ging den Korridor hinunter; es gab Arbeit für ihn. Der Mann, der Jason Borowski hieß, mußte endgültig vernichtet werden.

Die Akten waren ein Geschenk ungeahnten Ausmaßes. Sie enthielten Mappen mit jedem einzelnen Code und jeder Kommunikationsmethode, die der geheimnisvolle Cain je benutzt hatte. Die Szene war klassisch, vier Leichen in einer friedlichen, eleganten Bibliothek, lagen in Positur; David Abbot nach vorne zusammengesunken in einem Stuhl, die toten Augen verstört, Elliot Stevens zu seinen Füßen. Der Yachtsegler hing zusammengesunken über dem Klapptisch, eine umgekippte Whiskyflasche in der Hand, während Gordon Webb auf dem Boden lag und die Aktentasche umklammert hielt. Was auch immer hier geschehen war, die Szene ließ erkennen, daß es völlig unerwartet passierte, daß plötzliches Pistolenfeuer die Gespräche unterbrochen hatte.

Der Europäer ging mit Wildlederhandschuhen herum, prüfte seine Kunst, die wirklich perfekt war. Er hatte den Chauffeur entlassen, jeden Türgriff, jeden Knopf, jede Holzfläche abgewischt. Jetzt war die Zeit für den krönenden Abschluß. Er trat an einen Tisch, auf dem ein silbernes Tablett mit Brandygläsern stand, nahm eines, hielt es ans Licht; es war fleckenlos, wie er erwartet hatte. Er stellte es ab und holte ein kleines, flaches Plastiketui aus der Tasche. Er öffnete es, entnahm ihm einen durchsichtigen Streifen Band und hielt ihn ebenfalls ans Licht. Da waren sie, so klar wie Porträts — denn Porträts waren es, ebenso unwiderlegbar wie jede Fotografie.

Man hatte sie von einem Glas mit Perrierwasser abgenommen, aus einem Büro der Gemeinschaftsbank in Zürich entfernt. Es waren die Fingerabdrücke von Jason Borowskis rechter Hand.

Der Europäer nahm das Brandyglas und drückte das Band mit der Geduld des Künstlers, der er war, um das Glas herum und zog es dann vorsichtig wieder ab. Er hob das Glas. Die Abdrücke zeichneten sich vor dem Licht der Tischlampe perfekt ab.

Er trug das Glas in eine Ecke des Parkettbodens und ließ es fallen. Dann kniete er nieder und untersuchte die Scherben, einige entfernte er, den Rest fegte er unter den Vorhang. Sie würden reichen.

21.

»Später«, sagte Borowski und warf ihr den Koffer aufs Bett. »Wir müssen hier weg.«

Marie saß im Sessel. Sie hatte den Artikel erneut gelesen; Satz für Satz sich eingeprägt. Sie konzentrierte sich völlig; war sich der Richtigkeit ihrer Analyse immer sicherer.

»Glaub mir, Jason. Jemand schickt uns eine Nachricht.«

»Wir können später darüber sprechen; wir sind hier schon viel zu lange geblieben. In einer Stunde liegt diese Zeitung überall im Hotel aus, und die Morgenzeitungen sind vielleicht noch schlimmer. Du fällst in jeder Hotelhalle auf, und in dem hier haben dich schon zu viele Leute gesehen. Hol deine Sachen.«

Marie erhob sich und blieb stehen. Sie zwang ihn, sie anzusehen. »Wir werden später über einige Dinge reden müssen«, sagte sie mit fester Stimme. »Du wolltest mich verlassen, und ich möchte den Grund wissen.«

»Ich hab' dir doch gesagt, daß ich dir das erklären würde«, antwortete er und sah ihr in die Augen. »Ich möchte, daß du es weißt. Aber im Augenblick ist es am allerwichtigsten, daß wir hier herauskommen. Hol deine Sachen, verdammt!« Sie kniff die Augen zusammen, sah ihn voll an. Dann tat sein plötzlicher Ärger seine Wirkung.

»Ja, natürlich«, flüsterte sie.

Sie fuhren mit dem Lift in die Halle. Als sie unten ankamen, hatte Borowski das Gefühl, in einem Käfig zu stecken, für alle sichtbar und verletzbar. Auf der linken Seite befand sich die Rezeption, der Portier saß dahinter, einen Stapel Zeitungen vor sich liegen. Es war die Zeitung, die Jason in den Aktenkoffer gelegt hatte, den Marie jetzt trug. Der Portier las ganz vertieft, stocherte mit einem Zahnstocher zwischen den Zähnen. Und hatte für nichts Augen außer dem letzten Skandal.

»Geh einfach durch«, sagte Jason. »Bleib nicht stehen, geh einfach zur Türe. Wir treffen uns draußen.«

»O mein Gott«, flüsterte sie, als sie den Portier sah.

»Ich zahle sofort.«

Das Klicken von Maries Absätzen auf dem Marmorboden ließ den Portier von seiner Zeitung hochblicken.

»Ist sehr schade«, sagte er auf Französisch, »aber leider muß ich noch heute nacht nach Lyon fahren. Runden Sie einfach auf volle fünfhundert Franc auf. Der Rest ist für die Angestellten.«

Der Portier reichte die Rechnung über die Theke. Jason zahlte und bückte sich nach den Koffern, blickte auf, als er den überraschten Laut hörte, der sich dem aufgerissenen Mund des Portiers entrang. Der Mann starrte den Stapel Zeitungen zu seiner Rechten an, und seine Augen ruhten auf der Fotografie von Marie St. Jacques. Er blickte zu den Glastüren des Eingangsportals; Marie stand draußen auf dem Pflaster. Jetzt wanderte sein verblüffter Blick zu Borowski; der Groschen war gefallen, und plötzlich lähmte den Mann eine panische, tödliche Angst.

Jason ging schnell auf die Glastüren zu, schob die Schulter vor, um sie aufzustoßen, und sah zur Rezeption zurück. Der Portier griff nach einem Telefon.

»Schnell!« rief er Marie zu. »Such ein Taxi!«

Sie fanden eines auf der Rue Lecourbe, fünf Blocks vom Hotel weg. Borowski spielte die Rolle eines unerfahrenen amerikanischen Touristen und benutzte das gebrochene Französisch, das ihm in der Valois-Bank so gute Dienste geleistet hatte. Er erklärte dem Fahrer, daß er und seine kleine Freundin auf ein oder zwei Tage Paris verlassen wollten, irgendwohin fahren, wo sie nicht gestört würden. Vielleicht wüßte der Fahrer ein paar Vorschläge, und sie würden sich dann einen auswählen. Das tat er bereitwillig. »Es gibt einen kleinen Gasthof außerhalb von Issy-les-Moulineaux, er nennt sich ›La Maison Carrée‹ «, sagte er. »Und dann in Ivry sur Seine, das könnte Ihnen auch gefallen. Es ist sehr privat, Monsieur, oder vielleicht die ›Auberge du Coin‹ in Montrouge; die ist sehr diskret.«

»Nehmen wir das, was Ihnen als erstes eingefallen ist«, sagte Jason. »Wie lange dauert die Fahrt?«

»Höchstens fünfzehn, zwanzig Minuten, Monsieur.«

»Gut.« Borowski wandte sich zu Marie und sagte mit leiser Stimme: »Du mußt dein Haar verändern.«

»Was?«

»Dein Haar verändern. Es hochstecken, oder nach hinten kämmen, das ist mir egal, aber verändern mußt du es. Setz dich so, daß er dich im Spiegel nicht sehen kann. Schnell!«

Ein paar Augenblicke später war Maries langes kastanienbraunes Haar streng nach hinten gekämmt, und mit Hilfe von ein paar Haarnadeln, die sie in der Handtasche trug, hinten zu einem Knoten zusammengesteckt. Ihr Gesicht und ihr Nacken lagen jetzt frei. Jason musterte sie im schwachen Licht.

»Wisch dir den Lippenstift weg. Ganz.«

Sie holte ein Papiertaschentuch heraus und entfernte den Rest des Stiftes auf ihren Lippen. »Gut so?«

»Ja. Hast du einen Augenbrauenstift? Mach deine Augenbrauen etwas dicker — nur ein wenig. Vielleicht etwas länger; und den Bogen nach unten auslaufend.«

Wieder befolgte sie seine Anweisungen. »So?« fragte sie.

»So ist's besser«, erwiderte er und musterte sie. Die Veränderungen waren geringfügig, aber wirkungsvoll. Auf subtile Art hatte sie sich von einer weichen, elegant wirkenden, auffälligen Frau in eine mit viel strengeren Zügen verwandelt. Zumindest war sie nicht auf den ersten Blick die Frau von dem Foto in der Zeitung, und das war alles, worauf es jetzt ankam.

»Wenn wir nach Moulineaux kommen«, flüsterte er, »mußt du ganz schnell aussteigen und dich aufrichten. Der Fahrer darf dich nicht sehen.«

»Dafür ist es ein wenig spät, nicht wahr?«

»Tu, was ich sage.«

Endlich erreichten sie den Gasthof. Zur Rechten gab es einen Parkplatz, der von einem Staketenzaun umgrenzt war; soeben kamen ein paar späte Gäste heraus. Borowski beugte sich im Sitz nach vorne.

»Lassen Sie uns auf dem Parkplatz aussteigen, wenn es Ihnen nichts ausmacht«, befahl er, ohne die seltsame Bitte zu erklären.

»Selbstverständlich, Monsieur«, sagte der Fahrer, nickte und zuckte dann die Achseln, wie um anzudeuten, daß seine Fahrgäste wirklich sehr vorsichtig wären. Es war jetzt ein leichter, nebelhafter Nieselregen. Das Taxi rollte davon. Borowski und Marie blieben im Schatten der Sträucher an der Seite des Gasthofs stehen, bis es verschwunden war. Jason stellte die Koffer ab. »Warte hier«, sagte er.

»Wo gehst du hin?«

»Ich will telefonisch ein Taxi bestellen.«

Das zweite Taxi brachte sie ins Montrouge-Viertel. Diesmal war der Fahrer von dem streng blickenden Paar unbeeindruckt. Es stammte offenbar aus der Provinz und suchte ein billigeres Quartier. Falls er später eine Zeitung in die Finger bekam und die Fotografie einer Frankokanadierin sah, die in einen Mordfall und in einen Bankdiebstahl in Zürich verwickelt war, würde ihm die Frau, die jetzt im Fond seines Wagens saß, nicht in den Sinn kommen.

Die ›Auberge du Coin‹ hielt nicht ganz das, was ihr Name versprach. Es war keine pittoreske Dorfgaststätte in einem verschwiegenen Winkel auf dem Land. Vielmehr war es ein großes, flaches, zweistöckiges Gebäude, etwa eine Viertelmeile von der Straße entfernt. Es erinnerte eher an unpersönliche Motels, die es inzwischen auf der ganzen Welt gab, und die die Außenbezirke der Städte wie eine Krankheit zu befallen schienen.

So trugen sie sich unter falschen Namen ein und bekamen ein Zimmer, in dem jeder Einrichtungsgegenstand aus Kunststoff, dessen Wert zwanzig Franc überstieg, am Boden verschraubt oder mit kopflosen Schrauben an Kunststoffbauten befestigt war. Dafür verfügte das Etablissement über eine Eismaschine am Korridor, die zu funktionieren schien, weil sie selbst bei geschlossener Türe einen Heidenspektakel verursachte.

»Also gut. Wer wollte uns eine Nachricht schicken?« fragte Borowski, der dastand und das Whiskyglas zwischen den Fingern drehte.

»Wenn ich das wüßte, würde ich mit ihnen in Verbindung treten«, sagte sie. Sie saß an dem kleinen Schreibtisch und hatte den Stuhl herumgedreht, die Beine übereinandergeschlagen, und musterte ihn aufmerksam. »Es könnte mit deiner Flucht in Zusammenhang stehen.«

»Dann wäre es eine Falle.«

»Das glaube ich nicht. Ein Mann wie Walther Apfel stellt keine Fallen.«

»Da bin ich mir nicht so sicher.« Borowski ging zu dem einzigen plastikbezogenen Armsessel und setzte sich. »Koenig hat mich auch in dem Wartezimmer markiert.«

»Er war ein bestochener kleiner Angestellter, kein leitender Beamter der Bank. Er handelte alleine. Apfel konnte das nicht.«

Jason blickte auf. »Was willst du damit sagen?«

»Apfels Aussage mußte von seinen Vorgesetzten autorisiert werden. Sie erfolgte im Namen der Bank.«

»Bist du sicher? Dann können wir ja Zürich anrufen.«

»Das hat keinen Sinn. Apfels letzte Worte waren, daß sie keine weiteren Kommentare mehr abgeben wollten. Wir sollten mit jemand anderem Verbindung aufnehmen.«

Borowski trank; er brauchte den Alkohol, denn der Augenblick rückte näher, wo er beginnen würde, die Geschichte eines Killers namens Cain zu erzählen. »Und dann sind wir wieder so schlau wie vorher, nicht wahr?« sagte er. »Dann sitzen wir wieder in der Falle.«

»Du weißt, wer er ist?« Marie griff nach ihren Zigaretten, die auf dem Schreibtisch lagen. »Deshalb bist du doch geflohen, oder?«

»Ja.« *Der Augenblick war gekommen. Carlos hatte die Nachricht gesandt. Ich bin Cain, und du mußt mich verlassen. Ich muß dich verlieren. Aber zuerst ist Zürich, und du mußt verstehen.*

»Dieser Artikel ist darauf angelegt, mich zu finden.«

»Ich habe darüber nachgedacht und glaube, die wissen, daß das

Beweismaterial so falsch ist wie nur möglich. Die Züricher Polizei erwartet jetzt von mir, daß ich Verbindung mit der kanadischen Botschaft aufnehme . . .« Marie hielt inne, die unangezündete Zigarette in der Hand. »Mein Gott, Jason, das ist es, was sie wollen!«

»Wer will das?«

»Derjenige, der uns die Nachricht schickt, der weiß, daß ich keine andere Wahl habe, als die Botschaft anzurufen und mir den Schutz der kanadischen Regierung zu beschaffen. Ich hatte ja gestern schon einmal mit diesem — wie heißt er, Dennis Corbelier — gesprochen; der weiß Bescheid.« Marie griff nach dem Telefon auf dem Nachttisch.

Borowski sprang aus dem Sessel hoch und hielt ihren Arm fest. »Nicht«, sagte er mit fester Stimme.

»Warum nicht?«

Borowski stellte sich vor sie. »Ich glaube, du solltest dir erst anhören, was ich zu sagen habe.«

»Nein!« schrie sie und überraschte ihn damit. »Ich will es nicht hören. Nicht jetzt!«

»Vor einer Stunde noch, in Paris, wolltest du es unbedingt hören. Also . . .«

»Nein! Vor einer Stunde bin ich gestorben. Du hattest dich zur Flucht entschlossen, ohne mich. Und ich weiß jetzt, daß es von nun an immer wieder geschehen wird. Du hörst Worte, du siehst Bilder, du erinnerst dich an Dinge, die du nicht verstehen kannst und die dir Angst einjagen. Das wird so lange weitergehen, bis dir jemand beweist, daß es andere sind, die dich mißbrauchen, die deinen Tod wollen. Aber irgend jemand will uns helfen. Das ist die Nachricht! Ich weiß, daß ich recht habe. *Laß* es mich dir beweisen!«

Borowski hielt ihre Arme schweigend fest und sah ihr ins Gesicht, ihr liebliches Gesicht, in dem Schmerz und gleichzeitig Hoffnung geschrieben standen; ihre Augen, die ihn anflehten. Verzweiflung packte ihn. Vielleicht hatte sie recht, es gab keine andere Möglichkeit.

»Also gut, ruf an!« Er ließ sie los und ging ans Telefon und wählte die Nummer der Rezeption. »Hier ist Zimmer 341. Ich habe gerade von Freunden in Paris gehört; sie wollen zu uns herauskommen. Haben Sie noch ein Zimmer auf dem gleichen Flur? Sehr schön. Ihr Name ist Briggs, ein amerikanisches Ehepaar. Ich komme hinunter und zahle im voraus, dann können Sie mir den Schlüssel geben. Danke.«

»Was machst du?«

»Ich beweise dir etwas«, sagte er. »Gib mir ein Kleid«, fuhr er dann fort. »Das längste, das du hast.«

»Was?«

»Wenn du dein Telefongespräch führen willst, mußt du tun, was ich dir sage.«

»Du bist verrückt.«

»Das bestreite ich ja gar nicht«, sagte er und holte Hosen und ein Hemd aus seinem Koffer. »Das Kleid bitte.«

Fünfzehn Minuten später war das Zimmer von Mr. und Mrs. Briggs, sechs Türen entfernt und auf der anderen Korridorseite von Zimmer 341, fertig. Die Kleider waren richtig placiert, einige Lampen eingeschaltet, andere funktionierten nicht, weil er die Glühbirnen herausgeschraubt hatte.

Jason kehrte in ihr Zimmer zurück; Marie stand am Telefon.

»Wir sind soweit. Du kannst jetzt anrufen.«

»Es ist schon sehr spät. Hoffentlich ist er noch da.«

»Ich glaube schon, daß er da sein wird. Wenn nicht, wird man dir seine Privatnummer geben.« Marie hob den Hörer ab und wählte. Sieben Sekunden später war Dennis Corbelier am Apparat. Es war fünfzehn Minuten nach ein Uhr.

»Du großer Gott, wo *sind* Sie?«

»Sie haben also meinen Anruf erwartet?«

»Das kann man wohl sagen! Hier ist alles in Aufruhr, ich warte schon seit fünf Uhr nachmittags hier.«

»Das hat Alan auch getan. In Ottawa.«

»Welcher Alan? Wovon sprechen Sie? Wo zum Teufel *sind* Sie?«

»Zuerst möchte ich wissen, was Sie mir sagen sollen.«

»Ihnen *sagen?«*

»Sie haben eine Nachricht für mich, Dennis. Wie lautet sie?«

»Wie lautet *was*? Welche Nachricht?«

Maries Gesicht wurde bleich. »Ich habe in Zürich niemanden getötet. Ich würde nie . . .«

»Dann kommen Sie doch um Himmels willen hierher«, unterbrach sie der Attaché. »Hier bekommen Sie allen Schutz, den wir Ihnen geben können. Niemand kann Sie hier behelligen!«

»Dennis, hören Sie mir zu! Sie haben doch auf meinen Anruf gewartet, oder?«

»Ja, natürlich.«

»Jemand hat Ihnen gesagt, daß Sie warten müssen, stimmt das?«

Pause. Als Corbelier wieder sprach, klang seine Stimme gedämpft. »Ja, das hat er. Das haben sie.«

»Was hat man Ihnen gesagt?«

»Daß Sie unsere Hilfe brauchen. Daß Sie sie sogar sehr dringend brauchen.«

Marie atmete jetzt wieder. »Und Sie wollen uns helfen?«

»Ja«, erwiderte Corbelier, »er ist doch bei Ihnen, oder?«

Borowskis Gesicht war dicht neben dem ihren, er hatte den Kopf etwas zur Seite gelegt, um Corbelier hören zu können. Er nickte.

»Ja«, antwortete sie, »wir sind zusammen hier, er ist gerade auf ein paar Minuten weggegangen. Das was in der Zeitung steht, ist alles Lüge; das haben die Ihnen doch gesagt, oder?«

»Die haben nur gesagt, daß wir Sie finden und schützen müssen. Die wollen Ihnen *wirklich* helfen und Ihnen einen Wagen von uns schicken, ein Diplomatenfahrzeug.«

»Wer sind diese ›sie‹?«

»Ich kenne sie nicht namentlich; das brauche ich nicht. Ich kenne nur ihren Rang.«

»Rang?«

»Spezialisten, FS-Fünf. Höhere gibt es eigentlich nicht.«

»Sie vertrauen denen also?«

»Mein Gott, ja! Die haben über Ottawa mit mir Verbindung aufgenommen. Ihre Anweisungen kamen aus Ottawa.«

»Sind sie jetzt in der Botschaft?«

»Nein, auf einem Außenposten.« Corbelier hielt inne, offensichtlich strengte ihn das Gespräch an. »Herrgott, Marie, wo *sind* Sie?«

Borowski nickte wieder. Jetzt sprach sie.

»Wir sind in der ›Auberge du Coin‹, in Montrouge. Unter dem Namen Briggs.«

»Ich schicke Ihnen den Wagen jetzt gleich.«

»Nein, Dennis!« protestierte Marie und sah dabei Jason an, dessen Augen sie aufforderten, seinen Instruktionen zu folgen. »Schicken Sie am Morgen einen, gleich in der Früh — in vier Stunden, wenn Sie wollen.«

»Das kann ich nicht. Ihretwegen.«

»Sie müssen; Sie verstehen nicht. Man hat ihn in eine Falle gelockt und jetzt hat er Angst; er will fliehen. Geben Sie mir Zeit, ich kann ihn dazu überreden, sich zu stellen. Ich brauche nur noch ein paar Stunden. Er ist noch ganz durcheinander, tut aber alles, was ich sage.« Marie sprach die Worte aus und sah Borowski dabei an.

»Was für ein Schweinehund ist er denn?«

»Einer, der Angst hat«, antwortete sie. »Einer, den man fertiggemacht hat.«

»Marie . . .?« Corbelier hielt inne. »Also gut, gleich am Morgen. Sagen wir . . . sechs Uhr. Und, Marie, die wollen Ihnen wirklich helfen.«

»Ich weiß, gute Nacht.«

»Gute Nacht.« Marie legte auf.

»So, jetzt warten wir«, sagte Borowski.

»Ich weiß nicht, was du beweisen willst. Natürlich wird er die FS-

Fünfer anrufen und natürlich werden die hier erscheinen. Womit rechnest du denn? Er hat es ja zugegeben.«

»Und diese FS-Fünfer sind diejenigen, die uns die Nachricht schicken?«

»Ich vermute, daß sie uns zu demjenigen bringen, der sie geschickt hat. Oder dafür sorgen werden, daß wir Verbindung mit ihm bekommen.«

Borowski sah sie an. »Hoffentlich hast du recht. Wenn das Beweismaterial, das in Zürich gegen dich aufgebaut worden ist, nicht Teil einer Nachricht ist, um mich zu finden — dann bin ich tatsächlich jener seelisch Kranke, wie du ihn Corbelier geschildert hast. Es gibt niemanden auf der Welt, der sich mehr wünscht, daß du recht hast, als ich. Aber ich glaube es nicht.«

Um drei Minuten nach zwei Uhr flackerten die Lampen im Motelkorridor und verloschen. Die einzige Lichtquelle war jetzt die schwache Beleuchtung, die aus dem Treppenhaus kam. Borowski stand an der Zimmertür, die eine Handbreit geöffnet war, und beobachtete, die Pistole in der Hand, die Lichter ausgeschaltet, den Korridor durch die schmale Spalte. Marie stand hinter ihm und spähte über seine Schulter; keiner von beiden sagte ein Wort.

Die Schritte waren gedämpft, aber nicht zu überhören. Deutlich, auffällig, zwei Paar Schuhe, die vorsichtig die Treppe heraufkamen. Binnen Sekunden konnte man die Umrisse zweier Männer sehen, die aus dem Lichtschein traten. Marie stöhnte unwillkürlich; Jason griff über seine Schulter und seine Hand legte sich über ihren Mund. Er begriff; sie hatte einen der beiden Männer erkannt, einen Mann, den sie schon einmal gesehen hatte. In der Brauerstraße in Zürich, wenige Minuten bevor ein anderer sie umbringen wollte. Es war der blonde Mann, den sie in Borowskis Zimmer hinaufgeschickt hatten, der Scout, den man jetzt nach Paris geholt hatte, um Borowski endlich zu erledigen. In der linken Hand hielt er eine dünne Taschenlampe, in der rechten eine Pistole, auf deren langem Lauf ein Schalldämpfer aufgeschraubt war.

Sein Begleiter war kleiner, kompakter; er bewegte sich wie ein Tier, Schultern und Hüften im Einklang mit den Beinen. Er hatte sein Revers hochgeklappt, und auf seinem Kopf saß ein schmalkrempiger Hut, der sein unsichtbares Gesicht in Schatten hüllte. Borowski starrte diesen Mann an; seine Gestalt, seine Art zu gehen, wie er den Kopf hielt, kam ihm irgendwie vertraut vor, wer *war* das? Er kannte ihn.

Aber jetzt war nicht die Zeit, darüber nachzudenken; die beiden

Männer näherten sich der Tür des Raumes, der auf den Namen von Mr. und Mrs. Briggs reserviert war. Der blonde Mann richtete seine Taschenlampe auf die Zimmernummer und ließ den Lichtkegel dann zur Türklinke und zum Schloß hinunterwandern.

Was dann folgte, verschlug den Zuschauern den Atem. Der breitschultrige Mann hielt einen Schlüsselbund in der rechten Hand, hielt ihn in den Lichtkegel, suchte einen speziellen Schlüssel aus. In der linken Hand hielt er eine Waffe; im schwachen Licht konnte man den übergroßen Schalldämpfer für eine großkalibrige Automatic erkennen, ähnlich der Sternlichtluger, die die Gestapo im Zweiten Weltkrieg so gerne benutzt hatte. Sie konnte Wabenstahl und Beton durchschlagen, und ein Schuß würde nicht lauter als ein rheumatisches Husten klingen, die ideale Waffe, um in einer stillen Umgebung nachts Feinde zu erledigen, ohne daß die Bewohner in der Umgebung irgendeine Störung bemerkten, nur am Morgen das Verschwinden eines Nachbarn.

Der Kleinere schob den Schlüssel ins Schloß, drehte ihn lautlos und richtete dann den Lauf seiner Waffe auf das Schloß. Ein dreimaliges Husten, begleitet von drei Lichtblitzen; das Holz, das die Schrauben umgab, zersplitterte. Die Tür öffnete sich; die beiden Killer rannten hinein.

Zwei Sekunden lang herrschte Schweigen, dann gedämpftes Pistolenfeuer, hustende Laute und weiße Blitze aus der Dunkelheit. Die Türe flog zu; sie blieb nicht geschlossen, öffnete sich wieder, als lautere Geräusche aus dem Raum drangen. Schließlich fanden sie den Lichtschalter; die Beleuchtung wurde kurz angeknipst und dann die Lampe wütend ausgeschossen. Das Geräusch von zersplittertem Glas. Ein verärgerter Ausruf aus der Kehle eines wütenden Mannes.

Die zwei Killer rannten heraus, die Waffen schußbereit, damit rechnend, in eine Falle zu gehen, verblüfft, daß da keine war. Sie erreichten das Treppenhaus und rannten hinunter. Jetzt öffnete sich eine Türe rechts von dem Raum, in den sie eingedrungen waren. Ein Gast sah blinzelnd heraus, zuckte dann die Achseln und ging wieder hinein. Jetzt herrschte in dem verlassenen Korridor wieder Schweigen.

Borowski rührte sich nicht von der Stelle, hielt Marie St. Jacques im Arm. Sie zitterte, hatte den Kopf an seine Brust gelegt, schluchzte leise, hysterisch, ungläubig. Er ließ die Minuten verstreichen, bis ihr Zittern nachließ und anstelle des Schluchzens tiefe Atemzüge traten. Er konnte nicht länger warten; sie mußte es selbst sehen. Sie mußte es endlich begreifen. *Ich bin Cain. Ich bin der Tod.*

»Komm!« flüsterte er.

Er führte sie in den Korridor hinaus, auf das Zimmer zu, das sein letzter Beweis war. Er stieß die zerbrochene Türe auf, und sie gingen hinein.

Sie stand reglos da, von dem Anblick, der sich ihr bot, geschockt. Rechts von der offenen Tür war die undeutliche Silhouette einer Gestalt zu erkennen. Das Licht dahinter war so gedämpft, daß man nur die Umrisse sehen konnte. Das Auge mußte sich erst an die seltsame Mischung von Dunkelheit und Helligkeit gewöhnen. Es war die Gestalt einer Frau in einem langen Kleid, der Stoff raschelte leicht im Windzug, der vom offenen Fenster hereinkam.

Fenster. Genau vor ihnen bewegte sich eine zweite Gestalt, kaum sichtbar, aber vorhanden. Ihre Umrisse waren nur ein undeutlicher Fleck, den das Licht von der fernen Straße beleuchtete. Kurze, heftige Zuckungen ließen Marie erstarren.

»O Gott«, stammelte sie. »Schalte das Licht ein, Jason.«

»Nein, es funktioniert nicht«, erwiderte er. »Da sind nur zwei Tischlampen, eine haben sie gefunden.« Er ging vorsichtig durchs Zimmer und fand die Lampe, die er suchte; sie stand nahe bei der Wand auf dem Boden. Er kniete nieder und knipste sie an; Marie schauderte.

Vor der Badezimmertür hing ihr langes Kleid, von Fäden festgehalten, die er aus einem Vorhang gezogen hatte, flatterte es im Wind. Es war von Kugellöchern zerfetzt.

Am Fenster waren Borowskis Hemd und Hose mit Reißzwecken am Fensterrahmen befestigt, die Scheiben an beiden Ärmeln zerschlagen, so daß der Wind von draußen den Stoff bewegen konnte. Das weiße Tuch des Hemds war an einem halben Dutzend Stellen durchlöchert, und eine schräge Reihe von Einschußlöchern verlief quer über die Brust.

»Da hast du deine Nachricht«, sagte Jason. »Jetzt weißt du Bescheid. Und jetzt wirst du dir anhören, was ich zu sagen habe.«

Marie gab keine Antwort. Langsam ging sie auf ihr Kleid zu und musterte es, als könnte sie nicht glauben, was sie sah. Und dann fuhr sie ohne Warnung plötzlich herum und ihre Augen funkelten, ihr Tränenfluß war zum Versiegen gekommen. »Nein! Da stimmt etwas nicht! Ich weiß es. Du mußt die Botschaft anrufen.«

»Was?«

»Tu, was ich sage. Jetzt!«

»Hör auf, Marie. Du mußt begreifen.«

»Nein, verdammt! *Du* mußt begreifen! Da stimmt etwas nicht.«

»Was soll da nicht stimmen?«

»Ruf die Botschaft an! Nimm das Telefon dort drüben und ruf sofort an! Du mußt Corbelier verlangen. *Schnell*, um Gottes willen! Wenn ich dir überhaupt etwas bedeute, dann tu, was ich sage!«

Borowski konnte sich ihrer Intensität nicht widersetzen. »Was soll ich sagen?« fragte er und ging ans Telefon.

»Ruf ihn zuerst an! *Das* ist es, wovor ich Angst habe . . . o Gott, habe ich Angst!«

»Welche Nummer?«

Sie gab sie ihm; er wählte und mußte eine Ewigkeit warten, bis die Zentrale sich meldete. Als sie das schließlich tat, war die Frau am anderen Ende völlig verwirrt, ihre Stimme schwankte und war teilweise unverständlich. Im Hintergrund konnte er Schreie hören, scharfe Kommandos, die schnell in Englisch und Französisch ausgestoßen wurden. Binnen Sekunden erfuhr er den Grund.

Dennis Corbelier, kanadischer Attaché, war um ein Uhr vierzig die Stufen der Gesandtschaft in der Avenue Montaigne hinuntergegangen und hatte einen Schuß in die Kehle bekommen. Er war tot.

»Das ist der andere Teil der Nachricht, Jason«, flüsterte Marie und starrte ihn an. »Und jetzt will ich mir alles anhören, was du zu sagen hast, weil dort draußen wirklich jemand ist, der versucht, dich zu erreichen, dir zu helfen. Jemand hat eine Nachricht ausgeschickt, aber nicht an uns, nicht an mich. Nur an dich, und nur du solltest sie verstehen.«

22.

Die vier Männer trafen einer nach dem anderen im überfüllten Hilton-Hotel an der Sechzehnten Straße in Washington, D.C., ein. Jeder ging zu einem anderen Lift und fuhr damit zwei oder drei Stockwerke über oder unter sein Ziel und ging den restlichen Weg zur richtigen Etage zu Fuß. Es war keine Zeit mehr, sich außerhalb der Grenzen des District of Columbia zu treffen; es herrschte äußerste Alarmbereitschaft. Es waren dies alle die Männer von Treadstone Seventy-One; jene, die noch am Leben geblieben waren. Der Rest war tot. In einem Massaker an einer stillen, von Bäumen gesäumten Straße in New York hingeschlachtet.

Zwei der Gesichter waren der Öffentlichkeit vertraut. Das erste gehörte dem alternden Senater aus Colorado, das zweite Brigadegeneral I. A. Crawford — Irwin Arthur, frei übersetzt Iron Ass, Eisenarsch — der anerkannte Sprecher der Militärischen Abwehr und der Verteidiger der Datenbänke von G-2. Die anderen zwei Männer waren praktisch unbekannt, sah man einmal von den Korridoren ihrer eigenen Organisationen ab. Der eine war ein Marineoffizier in mittleren Jahren und ein Mitarbeiter von Information Control, 5th Navel District. Der vierte und letzte Mann war ein sechsundvierzigjähriger Veteran der Central Intelligence Agency, ein schlanker, elastisch wirkender Mann, dem man die aufgestaute Wut anmerkte. Er ging am Stock, weil ihm eine Granate in Südostasien den Fuß weggefetzt hatte; er war damals Geheimagent der Operation *Medusa* gewesen. Sein Name: Alexander Conklin.

In dem Raum stand kein Konferenztisch; es war ein ganz gewöhnliches Doppelzimmer mit dem üblichen Bett, einer Couch, zwei Armsesseln und einem Beistelltisch. Ein höchst eigenartiger Ort, um an ihm eine Besprechung von solcher Bedeutung abzuhalten; da gab es keine kreisenden Computer, die dunkle Bildschirme mit grünen Buchstaben erfüllten, keine elektronischen Fernmeldeeinrichtungen, die die Verbindung zu ähnlichen Anlagen in London, Paris oder Istanbul herstellen konnten. Ein ganz gewöhnliches Hotelzimmer, in dem vier Köpfe saßen, die die Geheimnisse von Treadstone Seventy-One hüteten.

Der Senator saß am einen Ende der Couch, der Marineoffizier am anderen. Conklin ließ sich in einen Armsessel sinken und streckte das unbewegliche Bein weg, hielt den Stock zwischen den Beinen, während Brigadegeneral Crawford stehen blieb, das Gesicht gerötet, das Kinn vorgeschoben.

»Ich habe den Präsidenten erreicht«, sagte der Senator und rieb sich die Stirn. Man merkte, daß er nicht ausgeschlafen war. »Das mußte ich; wir treffen uns heute abend. Sagen Sie mir alles, was Sie können. Jeder von Ihnen. Fangen Sie an, General. Was in Gottes Namen ist passiert?«

»Major Webb hatte seinen Wagen um dreiundzwanzig Uhr an die Ecke Lexington- und Zweiundsiebzigste Straße bestellt. Der Zeitpunkt lag fest, aber er erschien nicht. Um dreiundzwanzig Uhr dreißig begann der Fahrer wegen der Entfernung bis zu dem Flugplatz in New Jersey unsicher zu werden. Der Sergeant erinnerte sich an die Adresse — in erster Linie, weil man ihm aufgetragen hatte, sie zu vergessen — fuhr hin und ging an die Türe. Die Sicherheitsriegel waren beschädigt, und die Tür ließ sich öffnen; sämtliche Alarmanlagen waren kurzgeschlossen worden. Der Boden im Foyer war blutbespritzt, auf der Treppe lag die tote Frau. Er ging den Korridor hinunter und fand die Leichen.«

»Dieser Mann hat sich eine Beförderung verdient«, sagte der Marineoffizier.

»Warum sagen Sie das?« fragte der Senator.

Crawford beantwortete die Frage: »Er besaß die Geistesgegenwart, das Pentagon anzurufen und bestand darauf, mit der geheimen Sendestelle Inland zu sprechen. Er nannte die Zerhackerfrequenz, den Zeitpunkt und den Ort des Empfangs und gab vor, mit dem Sender sprechen zu müssen. Er sagte zu niemandem ein Wort, bis er mich am Telefon hatte.«

»Stecken Sie ihn in die Militärakademie, Irwin«, sagte Conklin grimmig und klammerte sich an seinem Stock fest. »Er ist intelligenter als die meisten Clowns, die Sie dort drüben haben.«

»Das ist nicht nur unnötig, Conklin«, ermahnte der Senator, »sondern offenkundig aggressiv. Bitte, fahren Sie fort, General.«

Crawford wechselte Blicke mit dem Mann vom CIA. »Ich erreichte Colonel Paul McClaren in New York, befahl ihm, sich an den Schauplatz des Massakers zu begeben und absolut nichts zu tun, bis ich einträfe. Dann rief ich Conklin und George an, und dann sind wir gemeinsam hingeflogen.«

»Ich habe ein Abdrucksteam des Büros in Manhatten angerufen«, fügte Conklin hinzu. »Eines, das wir schon früher benutzt haben und dem wir vertrauen können. Ich verlangte, daß sie das ganze Haus durchsuchen und alles, was sie fanden, mir geben sollten.« Der CIA-

Mann hielt inne, hob seinen Stock und richtete ihn auf den Marineoffizier. »Dann hat George Ihnen siebenunddreißig Namen durchgegeben, alles Männer, deren Abdrücke in den Akten des FBI sind. Sie fanden den Namen, den wir am allerwenigsten erwarteten . . .«

»Delta«, sagte der Senator.

»Ja«, nickte der Marineoffizier. »Die Namen, die ich lieferte, umfaßten jeden — gleichgültig wie entfernt — der möglicherweise die Adresse von Treadstone kennen konnte, inklusive übrigens alle hier im Raum Anwesenden. Der ganze Raum war saubergewischt worden; jede Fläche, jeder Knopf, jedes Glas — mit Ausnahme eines einzigen. Es war ein zerbrochenes Brandyglas, nur ein paar Scherben in der Ecke unter einem Vorhang, aber es reichte. Die Abdrücke waren da: Zeigefinger und Mittelfinger der rechten Hand.«

»Und Sie sind ganz sicher?« fragte der Senator langsam.

»Abdrücke können nicht lügen, Sir«, sagte der Offizier. »Sie waren da, und an den Glasscherben klebte noch feuchter Brandy. Außerhalb dieses Zimmers ist Delta der einzige, der die Einundsiebzigste Straße kennt.«

»Vielleicht haben die anderen etwas gesagt?«

»Unmöglich«, unterbrach der Brigadegeneral. »Abbott war schweigsam wie ein Grab, und Elliot Stevens hat die Adresse erst fünfzehn Minuten, ehe er hinkam, erfahren, und man hat ihn von einer Telefonzelle aus angerufen. Außerdem würde er, selbst wenn man ihm das Schlimmste unterstellt, wohl kaum seine eigene Exekution betreiben.«

»Was ist mit Major Webb?« drängte der Senator.

»Der Major«, erwiderte Crawford, »erhielt die Adresse über Funk von mir, nachdem er auf dem Kennedy-Flughafen gelandet war. Wie Sie wissen, habe ich eine G-Zwo-Frequenz benutzt und den Zerhacker eingeschaltet. Außerdem darf ich Sie erinnern, daß er ebenfalls sein Leben verloren hat.«

»Ja, natürlich.« Der alternde Senator schüttelte den Kopf. »Es ist unglaublich. *Warum*?«

»Da muß ich leider auf ein etwas schmerzliches Thema kommen«, sagte Brigadegeneral Crawford. »Ich war von Anfang an von dem Kandidaten nicht begeistert. Ich habe Davids Gründe begriffen und auch akzeptiert, daß er die Eignung besaß, aber, wenn Sie sich erinnern können, war er nicht der Mann meiner Wahl.«

»Ich wußte gar nicht, daß wir eine Wahl hatten«, sagte der Senator. »Wir hatten einen Mann — einen geeigneten Mann, wie auch Sie bestätigen — der bereit war, auf unbestimmte Zeit unterzutauchen, jeden Tag sein Leben zu riskieren und sämtliche Verbindungen zu seiner Vergangenheit zu lösen. Wie viele solche Männer gibt es?«

»Wir hätten sicher auch einen ausgeglicheneren Mann finden können«, konterte der Brigadegeneral. »Darauf habe ich damals hingewiesen.«

»Es gab damals keinen ausgeglicheneren Mann«, wies ihn Conklin zurecht.

»Wir waren beide in *Medusa,* Conklin«, sagte Crawford verärgert, aber nicht unfreundlich. »Sie sind nicht der einzige, der da Einblick hatte. Deltas Verhalten im Einsatz war die ganze Zeit von offener Feindseligkeit gegenüber seinen Vorgesetzten geprägt. Ich befand mich damals in einer Position, wo ich das deutlicher als Sie beobachten konnte.«

»Die meiste Zeit hatte er dazu auch allen Anlaß. Wenn Sie mehr Zeit draußen im Feld und weniger in Saigon verbracht hätten, dann hätten Sie das begriffen. *Ich* habe es begriffen.«

»Es mag Sie vielleicht überraschen«, sagte der General und hob die Hand in einer Geste, die andeutete, daß er Waffenstillstand suchte, »aber ich will die vielen Dummheiten gar nicht verteidigen, die in Saigon begangen wurden — das könnte niemand. Ich versuche nur, die Gründe zu eruieren, die so etwas, wie das Verbrechen vorgestern nacht an der Einundsiebzigsten Straße, begreiflich machen können.«

Die Augen des CIA-Mannes ließen Crawford nicht los; dann nickte er langsam, und man spürte, daß seine Feindseligkeit nachließ. »Ja, das weiß ich. Tut mir leid. Das ist eben das Schwierige daran, nicht wahr? Für mich ist das nicht leicht; ich habe in einem halben Dutzend Sektoren mit Delta gearbeitet und war zusammen mit ihm in Phnom Penh stationiert, ehe der ›Mönch‹ auch nur an *Medusa* gedacht hat. Nach Phnom Penh war er nie mehr derselbe; deshalb hat er sich ja *Medusa* angeschlossen und war auch bereit, Cain zu werden.«

Der Senator lehnte sich auf der Couch vor. »Ich glaube, es schon einmal gehört zu haben, aber schildern Sie es noch einmal. Der Präsident muß alles wissen.«

»Seine Frau und seine beiden Kinder wurden auf einem Pier im Mekongfluß getötet, der von einem einzelnen Flugzeug bombardiert und im Tiefflug mit Bordkanonen beschossen wurde — niemand wußte, welcher Seite die Maschine angehörte —, es kam auch nie heraus. Er haßte diesen Krieg, haßte jeden, der damit zu tun hatte. Und daran ist er zerbrochen.« Conklin hielt inne und sah den General an. »Und ich glaube auch, daß Sie recht haben, General, er ist wieder zerbrochen worden. Er ist nicht mehr Delta. Wir haben einen Mythos geschaffen, der Cain hieß. Nur daß es kein Mythos mehr ist. Das ist jetzt wirklich er.«

»Nach so vielen Monaten . . .« Der Senator lehnte sich zurück, und seine Stimme wurde leiser. »Warum ist er zurückgekommen? Von woher?«

»Aus Zürich«, antwortete Crawford. »Webb war in Zürich, und ich glaube, daß er der einzige ist, der ihn hätte zurückhalten können. Und was die Frage nach dem ›Warum‹ angeht, so werden wir das vielleicht nie erfahren, es sei denn, er hat erwartet, uns alle dort vorzufinden.«

»Er weiß nicht, wer wir sind«, protestierte der Senator. »Seine einzigen Kontakte waren der Yachtsegler, seine Frau und David Abbott.«

»Und Webb natürlich«, fügte der General hinzu.

»Natürlich«, nickte der Senator. »Aber nicht bei Treadstone, nicht einmal er.«

»Das hätte nichts ausgemacht«, sagte Conklin und stieß mit seinem Stock auf den Boden. »Er weiß, daß es einen Ausschuß gibt; Webb hat ihm vielleicht gesagt, daß wir alle dort sein würden, hat das angenommen. Eine Menge Fragen warteten auf ihn — über sechs Monate haben wir nichts von ihm gehört, ein paar Millionen Dollar sind verschwunden. Er könnte uns beseitigen und verschwinden. Ohne Spuren.«

»Warum sind Sie da so sicher?«

»Erstens, weil er *dort* war«, erwiderte der Mann von der Abwehr und hob die Stimme. »Wir haben seine Fingerabdrücke auf einem Brandyglas, das nicht einmal ausgetrunken wurde. Zweitens, es ist eine klassische Falle mit dreihundert Variationen.«

»Würden Sie das erklären?«

»Man bleibt selbst stumm«, unterbrach der General und musterte dabei Conklin, »bis der Feind das nicht mehr länger erträgt und selbst seine Deckung verläßt.«

»Und wir sind zum Feind für ihn geworden?«

»Daran besteht jetzt kein Zweifel mehr«, sagte der Marineoffizier. »Aus welchen Gründen auch immer — Delta hat eine Kehrtwendung vollzogen. Das wäre nicht das erste Mal, daß so etwas passiert — Gott sei Dank geschieht es nicht oft. Wir wissen, was zu tun ist.«

Wieder beugte sich der Senator auf der Couch vor. »Was *werden* Sie tun?«

»Seine Fotografie ist nie in Umlauf gebracht worden«, erklärte Crawford. »Das werden wir jetzt tun. Jede Station, jeder Lauschposten, jeder Gewährsmann und jeder Informant, den wir besitzen, erhält ein Foto. Irgendwohin muß er gehen, und er wird mit einem Ort beginnen, den er kennt, und wäre es nur, um sich eine neue Identität zu kaufen. Er wird Geld ausgeben; man wird ihn finden. Und wenn das geschehen ist, wird die Anweisung lauten . . .«

»Ihn sofort herzubringen?«

»Ihn zu töten«, sagte Conklin einfach. »Einen Mann wie Delta nimmt man nicht gefangen, und man geht auch nicht das Risiko ein, daß eine andere Regierung das tut. Nicht bei den Informationen, die er hat.«

»Das kann ich dem Präsidenten aber nicht sagen. Es gibt Gesetze.«

»Nicht für Delta«, sagte der Agent. »Er steht jenseits der Gesetze. Er ist nicht mehr zu retten.«

»Nicht . . .«

»Richtig, Senator«, unterbrach der General. »Nicht mehr zu retten. Ich glaube, Sie wissen, was dieser Satz bedeutet. Sie müssen selbst entscheiden, was Sie dem Präsidenten sagen wollen oder nicht. Es könnte besser sein . . .«

»Sie müssen *alles* untersuchen«, sagte der Senator und unterbrach damit den Offizier. »Ich habe letzte Woche mit Abbott gesprochen. Er sagte mir, Maßnahmen seien im Gange, um Delta zu erreichen. Zürich, die Bank, die Benennung von Treadstone; das hängt doch alles damit zusammen, nicht wahr?«

»Ja, und jetzt ist es vorbei«, sagte Crawford. »Wenn Ihnen das Beweismaterial von der Einundsiebzigsten Straße noch nicht reicht, sollte wenigstens das genügen. Delta hat ein klares Signal zur Rückkehr bekommen. Er hat es nicht befolgt. Was wollen Sie noch?«

»Ich will absolut sicher sein.«

»Und ich will, daß er stirbt.« Conklins Worte hatten, obwohl er sie ganz leise ausgesprochen hatte, die gleiche Wirkung wie ein plötzlicher eisiger Windhauch. »Er hat nicht nur sämtliche Regeln gebrochen, die wir uns je selbst gesetzt haben — gleichgültig, welcher Art — sondern er ist abgesunken. Er stinkt. Er *ist* Cain. Wir haben so oft den Namen Delta gebraucht — nicht einmal Borowski, sondern Delta — und ich glaube, daß wir etwas vergessen haben. Gordon Webb war sein Bruder. Wir müssen ihn finden. Wir müssen ihn töten.«

Buch III

23.

Es war zehn Minuten vor drei Uhr morgens, als Borowski an die Empfangstheke der ›Auberge du Coin‹ trat, während Marie direkt zum Eingang hinsteuerte. Zu Jasons Erleichterung lagen keine Zeitungen auf der Theke, aber der Nachtpförtner, der dahinter saß, war derselbe wie der andere in dem Hotel im Zentrum von Paris; ein untersetzter Mann mit spärlichem Haarwuchs, der sich mit halbgeschlossenen Augen in seinen Sessel zurücklehnte, die Arme über der Brust verschränkt, benommen von der drückenden Schwere dieser endlos scheinenden Nacht. Aber an diese Nacht dachte Borowski, würde er sich wohl noch lange erinnern — weit über den Schaden in dem Zimmer im Obergeschoß hinaus, den man erst am Morgen entdecken würde.

»Ich habe gerade Rouen angerufen«, sagte Jason und stützte sich mit beiden Händen auf die Theke. Er war verärgert und wütend darüber, daß es in seiner persönlichen Welt Dinge gab, die er nicht unter Kontrolle hatte. »Ich muß hier sofort weg und mir einen Wagen mieten.«

»Warum nicht?« knurrte der Mann und erhob sich. »Was würden Sie denn vorziehen, Monsieur? Einen goldenen Streitwagen oder einen fliegenden Teppich?«

»Wie bitte?«

»Wir vermieten hier Zimmer, keine Automobile.«

»Ich *muß* in aller Herrgottsfrühe in Rouen sein.«

»Unmöglich. Es sei denn, Sie finden ein Taxi, das verrückt genug ist, Sie um diese Stunde dorthin zu bringen.«

»Ich glaube, Sie verstehen mich nicht. Wenn ich bis acht Uhr nicht in meinem Büro bin, ist es eine Katastrophe, ich bin ruiniert. Ich zahle gut . . .

»Das ist Ihr Problem, Monsieur.«

»Aber es gibt doch sicherlich jemanden, der bereit wäre, mir seinen Wagen für, sagen wir . . . tausend, fünfzehnhundert Franc zu leihen?«

»Tausend . . . *fünfzehnhundert,* Monsieur?« Die halbgeschlossenen Augen des Mannes weiteten sich. Heiser fragte er: »In bar, Monsieur.«

»Natürlich. Meine Begleiterin würde ihn morgen abend zurückbringen.«

»Das pressiert nicht.«

»Wie bitte? Es gibt natürlich keinen Grund, nicht auch ein Taxi zu mieten. Diskretion muß schließlich bezahlt werden.«

»Ich wüßte nicht, wo ich eines *erreichen* sollte«, unterbrach ihn der Mann erregt. Man sah ihm an, daß er bemüht war, ihn von dieser Absicht abzubringen. »Andererseits, mein Renault ist nicht gerade neu, und vielleicht auch nicht der schnellste, aber er fährt.«

Das Chamäleon hatte wieder seine Farben geändert und war als jemand akzeptiert worden, der es nicht war. Aber *er* wußte jetzt, wer er war und er begriff.

Der Tag brach an. Aber da war kein warmes Zimmer in einem Dorfgasthof, keine Tapete, auf die das Licht der Morgensonne durchs Fenster seine Muster zeichnete, weich und von den Blättern draußen gefiltert. Vielmehr brachen die ersten Sonnenstrahlen aus dem noch verhangenen Himmel hervor und ließen die Felder und Hügel von Saint-Germain-en-Laye rosarot aufleuchten. Sie saßen in dem kleinen Wagen, den sie am Rand einer Seitenstraße abgestellt hatten, und der Rauch ihrer Zigaretten kräuselte sich durch die halbgeöffneten Fenster.

Er hatte jenen ersten Bericht in der Schweiz mit den Worten begonnen: *Mein Leben begann vor sechs Monaten auf einer kleinen Insel im Mittelmeer, die sich Ile de Port Noir nennt . . .*

Er hatte alles erzählt, nichts ausgelassen, woran er sich erinnern konnte, auch die schrecklichen Bilder nicht, die vor seinen Augen aufgezogen waren, als er die Worte hörte, die Jacqueline Lavier in dem von Kandelabern beleuchteten Restaurant in Argenteuil sprach. Namen, Ereignisse, Städte . . . Morde.

»Alles paßt. Es gab nichts, das ich nicht wußte, nichts, das nicht irgendwo in meinem Hirn lauerte und versuchte, Gestalt anzunehmen. Es war die Wahrheit.«

»Es *war* die Wahrheit«, wiederholte Marie.

Er sah sie scharf an. »Wir hatten unrecht, begreifst du nicht?«

»Mag sein. Aber wir hatten trotzdem recht. Du und ich.«

»Worin?«

»Was dich betrifft. Ich muß es noch einmal sagen, ruhig und logisch. Du hast mir dein Leben opfern wollen, ehe du mich kanntest; das war nicht die Entscheidung eines Mannes, so wie du ihn mir beschrieben hattest. Wenn es jenen Mann tatsächlich einmal gegeben hat, dann gibt es ihn jetzt nicht mehr.« Maries Augen flehten. Ihre

Stimme jedoch blieb ruhig und kontrolliert. »Du hast es selbst gesagt, Jason. ›Das, woran ein Mann sich nicht erinnern kann, existiert nicht. Für ihn.‹ Vielleicht mußt du dem ins Auge sehen. Geh, bitte, geh weg.«

Borowski nickte; der Moment, den er befürchtet hatte, war eingetreten. »Ja«, sagte er. »Aber alleine. Nicht mit dir.«

Marie inhalierte den Rauch ihrer Zigarette und musterte ihn ängstlich. Ihre Hand zitterte. »Ich verstehe. Das ist dann also deine Entscheidung?«

»Das muß sie sein.«

»Du wirst verschwinden wie ein Held, damit ich nicht mit hineingezogen werde.«

»Das muß ich.«

»Vielen Dank. Und wer, zum Teufel, bildest du dir eigentlich ein, daß du bist?«

»Was?«

»Wer, zum *Teufel,* bildest du dir eigentlich ein, daß du *bist*?«

»Ich bin ein Mann, den sie Cain nennen. Ich werde von Regierungen — von der Polizei — von Asien bis Europa gesucht. Männer in Washington wollen mich töten aufgrund dessen, was sie glauben, das ich über dieses *Medusa* weiß; ein Terrorist namens Carlos möchte, daß ich eine Kugel in den Hals bekomme, als Rache für das, was ich ihm einmal angetan habe. Denk einen Augenblick darüber nach. Wie lange glaubst du eigentlich, daß ich meine Flucht fortsetzen kann, ehe mich jemand von diesen Jägern, die mich durch die ganze Welt hetzen, findet, mich in eine Falle lockt, mich *tötet?* Willst du, daß dein Leben so endet?«

»Du lieber Gott, nein!« schrie Marie. »Ich sehne mich danach, den Rest meines Lebens in einem Schweizer Gefängnis zu verbringen oder wegen Dingen gehängt zu werden, mit denen ich nicht das geringste zu tun habe, die ich nie tat!«

»Es gibt eine Möglichkeit, dir zu helfen.«

»Wie?« Sie drückte ihre Zigarette im Aschenbecher aus.

»Um Himmels willen, was nützt das schon? Ein Geständnis. Vielleicht stelle ich mich auch, ich weiß noch nicht, aber ich kann es jedenfalls *tun!* Ich kann dein Leben wieder in Ordnung bringen. Ich *muß* es!«

»Aber nicht so.«

»Warum nicht?«

Marie streichelte sein Gesicht und ihre Stimme war weich. »Weil ich gerade wieder bewiesen habe, worauf ich hinauswill. Der Mann namens Cain würde nie das tun, was du gerade angeboten hast. Für niemanden.«

»Ich *bin* Cain!«

»Selbst wenn man mich zwingen würde, zuzugeben, daß du es warst, bist du es jetzt nicht.«

»Die allerletzte Rehabilitierung? Eine selbst zugefügte Lobotomie? Totaler Gedächtnisverlust? Das entspricht zufälligerweise der Wahrheit, wird aber niemanden aufhalten, der nach mir sucht. Und es wird ihn — oder sie — nicht daran hindern, einen Abzug zu betätigen.«

»Das ist eine Lösung, die ich ablehne.«

»Dann siehst du die Fakten nicht.«

»Ich sehe wohl Fakten, zwei, die du anscheinend außer acht gelassen hast, und die mein Leben veränderten, weil ich schuld daran bin. Zwei Männer sind auf brutale Art getötet worden, weil sie zwischen dir und einer Botschaft standen, die jemand versuchte dir zukommen zu lassen. Durch mich.«

»Du hast ja Corbeliers Botschaft gesehen. Wie viele Kugellöcher waren es denn? Zehn, fünfzehn?«

»Dann hat man ihn mißbraucht! Du hast ihn am Telefon gehört und ich auch. Er hat nicht gelogen; er hat versucht, uns zu helfen. Wenn nicht dir, dann ganz sicher mir.«

»Das ist . . . möglich.«

»Alles ist möglich. Ich habe auch keine Antwort, Jason. Es sind Dinge, die sich nicht erklären lassen — die aber erklärt werden müssen. Du hast nie Sehnsucht verspürt nach demjenigen, wie du sagst, der du vielleicht einmal gewesen sein könntest. Und das paßt nicht in das Bild jenes Mannes. Oder du bist nicht *jener Mann.*«

»Ich bin es aber.«

»Hör mir zu. Du bist mir sehr lieb, mein Schatz, und das könnte mich blenden, das weiß ich. Aber ich kenne mich. Ich bin kein Blumenkind mit großen, verträumten Augen; ich habe ein Stück von dieser Welt gesehen, und ich schau mir die Leute, die mir gefallen, sehr genau an. Vielleicht, um mich immer wieder davon zu überzeugen, daß mein Instinkt mich nicht getrogen hat . . .« Sie hielt einen Augenblick inne und trat einen Schritt zurück. »Ich habe zugesehen, wie ein Mann gequält wurde — und sich selbst gequält hat — und nicht bereit war, sich aufzulehnen. Mag sein, daß du es in deinem Inneren tust, aber du läßt nicht zu, daß es jemanden gibt, der mit dir teilen möchte. Statt dessen bohrst und gräbst du in dir und versuchst zu begreifen. Und das, mein Freund, ist eben nicht das Wesen eines kaltblütigen Killers; ganz und gar nicht. Ich weiß nicht, was du vorher warst und welcher Verbrechen du dich damals schuldig gemacht hast, aber sie spielen jetzt keine Rolle. Ich kenne mich da genau. Ich könnte den Mann nicht lieben, von dem du sagst, daß du es bist. Ich liebe den Mann, von dem ich weiß, daß du es bist. Das hast du mir gerade wieder bestätigt. Ein Killer würde mir das Angebot nicht machen, das du gerade gemacht hast. Und dieses Angebot, Sir, ist mit allem Respekt abgelehnt.«

»Eine Närrin bist du, eine gottverdammte Närrin!« platzte Jason los. »Ich kann dir helfen, du kannst mir nicht helfen! Um Himmels willen, gib mir doch die Chance!«

»Nein! Nicht so . . . « Plötzlich verstummte Marie, nur ihre Lippen bewegten sich. »Ich glaube, ich habe sie uns gerade gegeben«, sagte sie im Flüsterton.

»Was uns gegeben?« fragte Borowski ärgerlich.

»Ich habe uns beiden die Chance gegeben.« Sie wandte sich ihm wieder zu. »Ich wollte es schon seit einiger Zeit.«

»Was, zum Teufel, soll das heißen? Ich versteh' dich diesmal wirklich nicht.«

»Deine Verbrechen . . . wir werden die anderen täuschen und so tun, als kämen sie tatsächlich auf dein Konto.«

»Es sind meine Verbrechen.«

»Moment mal. Angenommen, sie existieren, aber nicht du hast sie begangen? Angenommen, die Beweise sind fabriziert worden — ebenso raffiniert und professionell, wie man gegen mich in Zürich Beweise fabriziert hat — aber die Tat hat ein anderer begangen. Jason — du *weißt* nicht, wann du dein Gedächtnis verloren hast.«

»Port Noir.«

»Da war es nicht, im Gegenteil, da begannst du, dich bruchstückhaft zu erinnern. Es war *vor* Port Noir; da liegt das Geheimnis begraben. Es zu lüften, bedeutet dir gerecht zu werden, den Widerspruch zwischen dir und dem Mann, für den die Leute dich halten, zu erklären.«

»Das stimmt nicht. Die Erinnerung hilft mir nicht weiter, es sind nur Bilder, die wie ein Film an mir vorüberziehen.«

»Vielleicht haben sie eine Gehirnwäsche mit dir gemacht«, meinte Marie. »So lange, bis da nichts anderes mehr war. Fotografien, Tonaufzeichnungen, visuelle und akustische Reize.«

»Du beschreibst da so etwas wie einen gut funktionierenden Roboter, der gehen kann, und dem man ein Gedächtnis eingepflanzt hat. Das bin nicht ich.«

Sie sah ihn an, und ihre Stimme klang weich: »Ich beschreibe einen intelligenten, sehr kranken Mann, dessen Vergangenheit einigen Männern sehr gelegen kam. Weißt du, wo man einen solchen Mann mit Leichtigkeit finden kann? In Krankenhäusern, in Privatsanatorien, in militärischen Krankenstationen.« Sie hielt inne, um dann hastig weiterzusprechen. »Jener Zeitungsartikel hat noch etwas Wahres berichtet. Ich kenne mich einigermaßen gut mit Computern aus; wie jeder in meinem Beruf. Wenn ich ein Kurvenbeispiel suchen würde, das einzelne voneinander isolierte Faktoren verbindet, wüßte ich wie. Umgekehrt könnte jemand, der einen Menschen sucht, der sich wegen Amnesie im Krankenhaus befindet, einen Mann, der über gewisse Fähigkeiten, Sprachkenntnisse und äußerliche Merkmale verfügt, in den medizinischen Datenbanken geeignete Kandidaten finden. Weiß Gott, sicher nicht viele in deinem Fall; vielleicht nur ein paar. Vielleicht sogar nur einen.«

Borowski blickte auf die Landschaft hinaus und versuchte, das Labyrinth seiner Gedanken zu durchdringen, versuchte, sich an den Hoffnungsschimmer zu klammern, den sie in ihm verursachte. »Du behauptest also, ich sei eine reproduzierte Illusion.«

»Darauf läuft es hinaus, aber das meine ich nicht. Ich sage, daß es möglich ist, daß man dich einer Gehirnwäsche unterzogen hat. Das würde vieles erklären.« Sie berührte seine Hand. »Du sagst, es gibt Zeiten, wo die Vergangenheit aus dir herausplatzen — deinen Kopf sprengen will.«

»Worte — Namen — Orte — lösen Dinge aus.«

»Jason, ist es nicht möglich, daß sie die falschen Dinge auslösen? Die Dinge, die man dir immer wieder eingetrichtert hat, die du aber nicht nachempfinden kannst, weil sie *nicht* du sind.«

»Das bezweifle ich. Ich habe gesehen, was ich tun kann. Und das war nicht das erste Mal.«

»Da gibt es andere Gründe! . . . *Verdammt,* ich kämpfe um mein Leben — um *unser* Leben! . . . Schön! Du kannst *denken,* du kannst *fühlen.* Dann denke *jetzt, fühle* jetzt! Sieh mich an und sag mir, daß du in dich hineingesehen hast, in deine Gedanken und Gefühle, und daß du weißt, daß du ein Mörder namens Cain bist. *Daß kein Zweifel darüber besteht!* Wenn du das tun kannst — *wirklich* tun kannst — dann bring mich nach Zürich zurück, nimm alle Schuld auf dich und verschwinde aus meinem Leben! Aber wenn du es nicht kannst, dann bleibe bei mir und laß mich dir helfen. Und liebe mich, um Gottes willen. *Liebe* mich, Jason.«

Borowski nahm ihre Hand, hielt sie fest, so wie man die Hand eines zitternden, verwirrten Kindes nimmt. »So einfach geht das nicht. Ich habe das Konto auf der Gemeinschaftsbank gesehen; die Eintragungen reichen weit zurück. Sie stimmen mit all den Dingen überein, die ich erfahren habe.«

»Aber dieses Konto, diese Eintragungen — die hätten gestern oder letzte Woche oder vor sechs Monaten geschehen können. Alles, was du über dich gehört oder gelesen hast, kann Teil eines teuflischen Plans sein, den die ausgeheckt haben. Die wollen, daß du Cains Platz einnimmst. Du bist *nicht* Cain, aber sie wollen, daß du das glaubst, wollen, daß andere glauben, daß du Cain bist. Aber es gibt jemanden, der weiß, daß du nicht Cain bist, und der versucht, dir das zu sagen. Ich habe auch meine Beweise, mein Geliebter lebt, aber zwei Freunde sind tot, weil sie sich zwischen dich und denjenigen stellten, der dir die Nachricht sandte, der versuchte, dein Leben zu retten. Sie sind von denselben Leuten getötet worden, die dich anstelle von Cain Carlos in die Hände treiben wollen. Du hast vorher gesagt, alles paßte zusammen. Das hat es nicht, Jason. Aber *das* jetzt paßt! Es erklärt *dich.*«

»Eine leere Schale, die sich an nichts erinnert? Die von Dämonen heimgesucht wird, Dämonen, die in seinem Inneren herumlaufen und gegen die Wände schlagen? Keine angenehme Aussicht.«

»Das sind keine Dämonen, Darling. Das bist du — Bruchstücke deiner Erinnerung, die wütend, ärgerlich sind, schreien und hinaus wollen, weil sie nicht in die Schale gehören, die du ihnen gegeben hast.«

»Und wenn ich diese Schale kaputtmache, was finde ich dann?«

»Wahrheit. Manches wird dir gut vorkommen, manches schlecht, und viele Wunden werden dich schmerzen. Aber Cain wird nicht da sein, das verspreche ich dir. Ich glaube an dich, Darling. Bitte, gib nicht auf.«

Er verlor nicht die Fassung. Zwischen ihnen war etwas wie eine gläserne Wand. »Und wenn wir uns irren? Endgültig! Was dann?«

»Dann verlaß mich sofort. Oder töte mich. Mir ist es gleichgültig.«

»Ich liebe dich.«

»Ich weiß. Deshalb habe ich keine Angst.«

»Ich habe im Büro der Lavier zwei Telefonnummern gefunden. Die erste in Zürich, die andere hier in Paris. Mit etwas Glück führen mich diese Nummern auf die richtige Spur.«

»New York? Treadstone?«

»Ja. Dort liegt die Antwort. Wenn ich nicht Cain bin, dann weiß derjenige, dem diese Nummer gehört, wer ich bin.«

Sie fuhren nach Paris zurück, weil sie der Meinung waren, innerhalb der Menschenmassen weniger aufzufallen, als in einem einsam gelegenen Landgasthof. Ein blonder Mann mit einer Schildpattbrille und eine Frau, deren herbe, aparte Schönheit etwas streng wirkte und die das Haar wie eine Studentin der Sorbonne in einem Knoten im Nacken trug, würden in Montmartre nicht auffallen. Sie nahmen ein Zimmer im ›Terrasse‹ an der Rue de Maistre und trugen sich als Ehepaar aus Brüssel ein.

Als man ihnen ihr Zimmer zugewiesen hatte, verharrten sie eine Weile. Sie schwiegen, weil ihnen Worte überflüssig erschienen. Sie sahen sich an und umarmten sich. Die Welt, die ihnen keinen Frieden gönnte, die sie dazu zwang, sich außerhalb der menschlichen Gemeinschaft zu bewegen, versank um sie herum. In diesem Augenblick mußte Borowski Borowski sein. »Wir wollen schlafen«, sagte er. »Schlafen. Es wird ein langer Tag werden.«

Sie liebten sich, sanft und zärtlich. In der Geborgenheit des Bettes gaben sie sich einander vorbehaltlos hin. Plötzlich mußten sie beide kichern. Es war ein verlegenes Kichern, das bald einem hemmungslosen Lachen Platz machte. Es brach aus ihnen hervor wie eine Flut, der sie nicht Einhalt gebieten konnten. Es half ihnen, die schrecklichen Visionen einer entmenschlichten Welt zu vergessen. Blühende Gärten, Sonnenlicht und blaues Wasser ersetzte die Finsternis.

Erschöpft schliefen sie ein, wie Kinder hielten sie sich die Hände.

Borowski erwachte als erster, hörte das Hupen der Autos weit unten auf den Straßen. Er sah auf die Uhr; es war zehn Minuten nach ein Uhr nachmittags. Sie hatten fast fünf Stunden geschlafen. Der Tag versprach lang zu werden. Er wußte noch nicht, was sie tun würden; er wußte nur, daß es zwei Telefonnummern gab, die ihn zu einer dritten führen mußten. In New York.

Er wandte sich Marie zu, die tief atmend neben ihm lag, das Gesicht — ihr schönes, liebliches Gesicht — halb vom Kissen verdeckt, die Lippen geöffnet, nur wenige Zoll von den seinen. Er küßte sie, und sie legte mit immer noch geschlossenen Augen die Arme um seinen Hals.

»Du bist ein Frosch, und ich mache dich zum Prinzen«, sagte sie schlaftrunken. »Oder geht das anders herum?«

»Ich weiß es nicht, Liebes.«

»Dann wirst du ein Frosch bleiben müssen. Hüpf herum, kleiner Frosch, zeig, was du kannst.«

»Führe mich nicht in Versuchung. Ich hüpfe nur, wenn man mir Fliegen zu fressen gibt.«

»Frösche fressen Fliegen? Ja, das tun sie wahrscheinlich. Puh, das ist schrecklich.«

»Komm schon, mach die Augen auf. Wir müssen beide hüpfen. Wir müssen anfangen zu jagen.«

Sie blinzelte und sah ihn an. »Wonach jagen?«

»Nach mir«, sagte er.

Von einer Telefonzelle in der Rue Lafayette wurde von einem Mr. Briggs ein R-Gespräch mit einer Nummer in Zürich geführt. Borowski nahm an, daß Jacqueline Lavier keine Zeit verloren hatte, Alarm zu schlagen.

Als die Verbindung hergestellt war, gab Jason Marie den Hörer. Sie wußte, was sie sagen mußte.

Doch sie bekam keine Gelegenheit dazu. Die Vermittlung in Zürich schaltete sich ein.

»Die Nummer, die Sie rufen, ist leider nicht mehr in Betrieb.«

»Vor kurzem war sie das aber noch«, unterbrach Marie, »es ist sehr wichtig. Nennen Sie die neue Nummer.«

»Das Telefon ist nicht mehr in Betrieb, Madame. Es gibt keine neue Nummer.«

»Vielleicht hat man mir die falsche gegeben. Es ist wirklich sehr dringend. Könnten Sie mir den Namen des Teilnehmers sagen, der diese Nummer hatte?«

»Das ist leider nicht möglich.«

»Ich sagte Ihnen doch, es ist sehr wichtig! Kann ich bitte mit Ihrem Vorgesetzten sprechen?«

»Der kann Ihnen auch nicht helfen. Wir dürfen darüber keine Auskunft geben. Guten Tag, Madame.«

Die Verbindung wurde unterbrochen. »Aufgelegt«, sagte sie.

»Es wird Zeit«, drängte Borowski und blickte die Straße hinunter. »Laß uns hier verschwinden.«

»Du meinst, sie könnten das Gespräch belauscht haben? In Paris? In einer öffentlichen Telefonzelle?«

»Man kann binnen drei Minuten eine Vermittlung ausfindig machen und einen Bezirk eingrenzen.«

»Woher weißt du das?«

»Ich wollte, ich könnte dir das sagen. Gehen wir.«

»Jason. Warum verstecken wir uns nicht und warten?«

»Worauf? Daß sie uns schnappen? Die haben eine Fotografie und können überall Leute aufstellen.«

»Ich sehe ganz anders aus als in den Zeitungen.«

»Aber ich nicht. Gehen wir!«

Sie schoben sich durch die dichte Menschenmenge, bis sie zehn Blocks weiter den Boulevard Malesherbes und wieder eine Telefonzelle erreichten, die aber an ein anderes Amt angeschlossen war. Diesmal ging es ohne Vermittlung. Marie trat in die Zelle, Münzen in der Hand und wählte.

Die Worte, die durch die Leitung kamen, versetzten sie allerdings in Erstaunen:

»Hier ist das Haus von General Villiers. Guten Tag . . . Hallo? Hallo?«

Einen Augenblick lang brachte Marie kein Wort heraus. Sie starrte bloß das Telefon an. »Pardon«, flüsterte sie. »Falsch verbunden.« Sie legte auf.

»Was ist denn?« fragte Borowski und öffnete die Glastür. »Was ist passiert? Wer war das?«

»Das gibt keinen Sinn«, sagte sie. »Ich sprach gerade mit dem Hauspersonal eines der geachtetsten und mächtigsten Männer von Frankreich.«

24.

»André François Villiers«, wiederholte Marie und zündete sich eine Zigarette an. Sie waren ins Hotel ›Terrasse‹ zurückgekehrt, um Ordnung in ihre Gedanken zu bringen und die erstaunliche Information zu verarbeiten, die sie erhalten hatten. »Absolvent von Saint-Cyr, Held des Zweiten Weltkriegs, eine Legende in der Resistance und bis zu dem Bruch, der sie in der Algerienfrage entzweite, de Gaulles Kronprinz. Jason, einen solchen Mann mit Carlos in Verbindung zu bringen, ist einfach unglaublich.«

»Aber die Verbindung beweist es doch. Glaub mir.«

»Ich kann es nicht. Villiers ist so etwas wie die personifizierte Ehre Frankreichs. Er stammt aus einer Familie, die man bis ins siebzehnte Jahrhundert zurückverfolgen kann. Heute ist er einer der bedeutendsten Deputierten der Nationalversammlung — politisch steht er natürlich rechts von Karl dem Großen —, aber ein Mann, dem Gesetz und Ordnung aus allen Poren quellen. Es wäre genauso, als brächte man Douglas MacArthur mit einem bezahlten Killer der Mafia in Verbindung. Das gibt einfach keinen Sinn.«

»Dann wollen wir sehen, ob wir einen finden. Worüber kam es zu dem Bruch mit de Gaulle?«

»Algerien. Anfang der sechziger Jahre. Villiers gehörte der OAS an — einer der algerischen Oberste unter Salan. Sie standen in Opposition zu den Übereinkünften von Evian, in denen Algerien die Unabhängigkeit gewährt wurde, und waren der Ansicht, daß es rechtens zu Frankreich gehörte.«

»Die verrückten Colonels von Algier«, sagte Borowski und wußte wie bei so vielen Worten und Sätzen nicht, woher sie kamen oder weshalb er sie aussprach.

»Sagt dir das etwas?«

»Das muß es wohl, aber ich weiß nicht was.«

»Du mußt *nachdenken*«, sagte Marie. »Warum sollte dieser Begriff von den ›verrückten Colonels‹ dich an etwas erinnern? Was kommt dir in den Sinn? Schnell, sag!«

Jason sah sie hilflos an, dann kamen die Worte. »Bombenanschläge . . . Infiltration. *Provocateure*. Man studiert sie, studiert ihre Methoden.«

»*Warum*?«

»Ich weiß nicht.«

»Basieren Entscheidungen auf dem, was man lernt?«

»Ich denke schon.«

»Was für Entscheidungen? *Was* entscheidest du denn?«

»Unterbrechungen.«

»Was bedeutet das für dich? Unterbrechungen.«

»Ich weiß nicht! Ich kann nicht denken!«

»Schon gut . . . schon gut. Wir kommen ein andermal darauf zurück.«

»Dafür ist keine Zeit. Wir wollen auf Villiers zurückkommen. Was war nach Algerien?«

»Es gab eine Art Versöhnung mit de Gaulle; Villiers war nie direkt in irgendwelche terroristischen Aktionen verwickelt, und seine militärischen Leistungen erforderten das einfach. Er kehrte nach Frankreich zurück — wurde willkommen geheißen — ein Kämpfer für eine verlorene, aber respektierliche Sache. Er übernahm wieder seine Kommandoposition und bekleidete den Rang eines Generals, ehe er in die Politik eintrat.«

»Dann ist er also Politiker?«

»Eher ein Sprecher. Ein ›Elder Statesman‹ . Er ist immer noch ein fanatischer Militarist und immer noch darüber erbost, daß Frankreichs militärische Bedeutung geringer geworden ist.«

»Howard Leland«, sagte Jason. »Da hast du deine Verbindung mit Carlos.«

»Wie? Warum?«

»Leland ist ermordet worden, weil er sich gegen die Waffenexporte des Quai d'Orsay ausgesprochen hatte. Mehr brauchen wir nicht.«

»Es erscheint mir unglaublich, ein solcher Mann . . .« Marie verstummte; plötzlich überkam sie die Erinnerung. »Sein Sohn ist ermordet worden. Es waren politische Motive im Spiel, fünf oder sechs Jahre ist das jetzt her.«

»Sag mir mehr.«

»Sein Wagen wurde auf der Rue du Bac in die Luft gesprengt. Es stand damals überall in den Zeitungen. *Er* war ein Politiker mit Leib und Seele, ebenso wie sein Vater stockkonservativ, der bei jeder Gelegenheit gegen die Sozialisten und Kommunisten zu Felde zog. Ein junger Parlamentarier, der gegen jegliche Steuerverschwendung protestierte, der aber recht beliebt war. Ein charmanter junger Mann aus bester Familie.«

»Wer hat ihn getötet?«

»Man dachte damals, kommunistische Fanatiker. Er hatte es geschafft, irgendeine Gesetzgebung zu blockieren, die dem äußersten linken Flügel wichtig war. Nach seiner Ermordung fiel die Front auseinander, und das Gesetz wurde verabschiedet. Viele glauben, daß deshalb Villiers seinen Abschied nahm und sich für die Nationalversammlung aufstellen ließ. Deshalb ist das Ganze ja so unwahrscheinlich, so voller Widersprüche. Schließlich ist sein Sohn ermordet worden; man würde meinen, der allerletzte, mit dem er etwas zu tun haben wollte, wäre ein professioneller Meuchelmörder.«

»Da ist noch etwas. Du sagtest, er wäre in Paris willkommen gewesen, weil er nie *direkt* mit Terrorismus zu tun hatte.«

»Vielleicht gab es Hinweise in den Akten«, unterbrach Marie. »In solchen — pikanten Dingen ist man hier recht tolerant. Schließlich war er ja ein Held, das darfst du nicht vergessen.«

»Ein Terrorist bleibt ein Terrorist!«

»Leute können sich auch ändern.«

»Nur in manchen Dingen. Bei Terroristen ist die Sache komplexer. Wer einmal in dieser Maschinerie drin steckt, kommt nicht mehr raus. Aber was Villiers angeht, bin ich ganz sicher. Ich werde mit ihm Verbindung aufnehmen.« Borowski trat an das Nachtkästchen und nahm das Telefonbuch. »Wir wollen sehen, ob er hier im Telefonbuch steht, oder ob er eine Geheimnummer hat. Ich brauche seine Adresse.«

»Du wirst nie an ihn herankommen. Wenn er mit Carlos in Verbindung steht, wird er bewacht werden. Die töten dich sofort; sie haben doch dein Foto!«

»Das nützt ihnen nichts. Ich bin nicht der, den sie suchen. Hier steht es. Villiers, A. F., Parc Monceau.«

»Ich kann das immer noch nicht glauben. Für die Lavier muß das doch ein Schock gewesen sein.«

»Oder es hat ihr eine solche Angst eingejagt, daß sie alles tun würde.«

»Kommt es dir nicht seltsam vor, daß man ihr eine solche Nummer gibt?«

»Eigentlich nicht, Carlos will, daß seine Drohnen wissen, daß er es ernst meint. Er will Cain.«

Marie stand auf. »Jason? Was ist eine ›Drohne‹?«

Borowski blickte zu ihr auf. »Ich weiß nicht . . . Jemand, der blind für jemand anderen arbeitet.«

»Blind? Ohne zu sehen?«

»Ohne zu wissen. Jemand, der glaubt, eine Sache zu tun und in Wirklichkeit etwas anderes tut.«

»Das verstehe ich nicht.«

»Ich gebe dir den Auftrag, an einer bestimmten Straßenecke nach einem Wagen Ausschau zu halten. Der Wagen erscheint dort nie.

Aber die Tatsache, daß du dort bist, bedeutet für jemanden, der dich beobachtet, daß etwas anderes geschehen wird.«

»Im arithmetischen Sinne also eine Nachricht, die man nicht auf ihren Ursprung zurückverfolgen kann.«

»Ja, so könnte man es nennen.«

»So wie in Zürich. Walther Apfel war eine Drohne. Er hat diese Geschichte über den Bankeinbruch weitergegeben, ohne zu wissen, was er in Wirklichkeit damit sagte.«

»Und was hat er gesagt?«

»Nun, ich vermute, man wollte dir sagen, du solltest mit jemandem Verbindung aufnehmen, den du sehr gut kennst.«

»Treadstone Seventy-One«, sagte Jason. »Womit wir wieder bei Villiers angelangt wären. Carlos hat mich über die Gemeinschaftsbank in Zürich gefunden. Das bedeutet, daß er über Treadstone informiert sein mußte; wahrscheinlich trifft das auch für Villiers zu. Wenn nicht, können wir ihn vielleicht dazu bewegen, es für uns in Erfahrung zu bringen.«

»Wie?«

»Sein Name. Wenn er so ist, wie du sagst, läßt er seinen Namen nicht in den Schmutz ziehen. Die Ehre Frankreichs in Verbindung zu bringen mit einem Schwein wie Carlos könnte seine Wirkung haben. Ich werde drohen, zur Polizei zu gehen, die Presse zu informieren.«

»Er würde es einfach leugnen. Er würde sagen, das sei unerhört.«

»Macht nichts. Kommt es wirklich zu einem Dementi, dann steht das auf derselben Seite wie sein Nachruf.«

»Zuerst mußt du mit ihm Kontakt aufnehmen.«

»Das werde ich. Du weißt ja, ich bin ein halbes Chamäleon.«

Die von Bäumen gesäumte Straße im Parc Monceau kam ihm irgendwie vertraut vor, aber er wußte nicht, warum. Es war vielmehr die Atmosphäre. Zwei Reihen gepflegter Steinhäuser, deren Türen und Fenster glänzten, deren polierte Eisenbeschläge blitzten, Häuser mit sauber geschrubbten Treppen und beleuchteten Zimmern, Hängepflanzen vor den Fenstern. Eine wohlhabende Straße in einem wohlhabenden Stadtteil, und er wußte, daß er schon einmal eine Straße wie diese erlebt hatte, und daß das von ausschlaggebender Bedeutung gewesen war.

19.35 Uhr, eine kalte Märznacht unter klarem Himmel, und das Chamäleon war dem Anlaß entsprechend gekleidet. Borowskis blondes Haar war von einer Kappe bedeckt, sein Hals vom Kragen einer Jacke geschützt, auf deren Rücken in großen Lettern der Name eines Botendienstes stand. Über seiner Schulter hing ein Segeltuchstreifen, an dem eine fast leere Tasche befestigt war; dieser Bote war ziemlich am Ende seiner Tour angelangt. Noch drei oder vier Stationen lagen vor ihm; gleich würde er es wissen. Bei den Umschlägen in seiner Tasche handelte es sich in Wirklichkeit gar nicht um Umschläge, sondern um Prospekte, die Seine-Rundfahrten mit den *Bateaux Mouche* anpriesen, Prospekte, die er sich in einer Hotelhalle geholt hatte. Er würde sich willkürlich ein paar Häuser in der Nähe der Wohnung des Generals Villiers aussuchen und die Broschüren in die Briefkastenschlitze stecken. Seine Augen würden alles in Sekundenschnelle registrieren. Was für Sicherheitsvorkehrungen hatte Villiers getroffen? Wer bewachte den General, und wie viele waren es?

Und weil er davon überzeugt gewesen war, entweder Männer in Wagen oder andere Männer zu Fuß vorzufinden, überraschte ihn die Erkenntnis, daß da niemand war. André François Villiers, Verbindungsoffizier zu Carlos, hatte keinerlei äußerlich sichtbare Sicherheitsvorkehrungen getroffen. Wenn er geschützt wurde, so beschränkte sich jener Schutz einzig und allein auf das Haus. In Anbetracht der Schwere seines Verbrechens war Villiers entweder so arrogant, daß das schon fast an Gleichgültigkeit grenzte, oder ein Narr.

Jason stieg die Treppe des Nachbarhauses hinauf; Villiers Türe war höchstens zwanzig Fuß entfernt. Er schob den Prospekt in den Schlitz und blickte zu den Fenstern von Villiers Haus auf, suchte ein Gesicht, eine Gestalt. Doch da war niemand.

Plötzlich öffnete sich die zwanzig Fuß entfernte Tür. Borowski duckte sich, fuhr mit der Hand unter die Jacke, griff nach der Waffe, verfluchte sich selbst als Narr; jemand, der aufmerksamer als er war, hatte ihn entdeckt. Aber die Worte, die er hörte, beruhigten ihn. Zwei Leute in mittleren Jahren — eine Hausangestellte in Uniform und ein Mann mit einer dunklen Jacke — unterhielten sich an der Türe.

»Achte darauf, daß die Aschenbecher leer sind«, sagte die Frau. »Du weißt, wie er überfüllte Aschenbecher haßt.«

»Er ist heute nachmittag gefahren«, antwortete der Mann. »Das bedeutet, daß sie jetzt voll sind.«

»Mach sie in der Garage sauber; du hast noch Zeit. Er kommt frühestens in zehn Minuten. Um halb neun muß er in Nanterre sein.«

Der Mann nickte und klappte die Revers seiner Jacke hoch, ehe er die Treppe hinunterging.

Die Türe schloß sich, und auf der Straße herrschte wieder Schweigen. Jason erhob sich und sah dem Mann nach, wie er den Bürgersteig hinuntereilte. Er wußte nicht genau, wo Nanterre lag, nur daß es ein Vorort von Paris war. Wenn Villiers selbst dort hinfuhr und er alleine war, war es am besten, sofort mit ihm zu sprechen.

Borowski nahm die Tasche von der Schulter und ging schnell die Treppe hinunter, bog unten auf dem Bürgersteig nach links. Zehn Minuten blieben ihm noch.

Jason sah durch die Windschutzscheibe, wie die Tür sich öffnete und General André François Villiers auftauchte. Er war ein Mann von mittlerer Größe, breitschultrig, Ende Sechzig, vielleicht auch Anfang Siebzig. Er trug keinen Hut, so daß man sein kurz gestutztes graues Haar und den makellos gepflegten weißen Kinnbart sehen konnte. Seine Haltung war unverkennbar soldatisch.

Borowski starrte ihn fasziniert an und fragte sich, was einen solchen Mann dazu bewegte, mit einem Verbrecher wie Carlos zusammenzuarbeiten.

Villiers drehte sich um, sagte etwas zu der Hausangestellten und sah auf die Armbanduhr. Die Frau nickte und schloß die Tür, als der General mit federnden Schritten die Stufen hinunter und um die Motorhaube einer großen Limousine herum zur Fahrerseite ging. Er öffnete die Tür und stieg ein, ließ dann den Motor an und rollte langsam in die Straßenmitte.

Jason wartete, bis die Limousine die nächste Kreuzung erreicht hatte und nach rechts gebogen war; dann startete er seinen Renault und erreichte die Kreuzung gerade noch rechtzeitig, um Villiers an der nächsten Kreuzung erneut nach rechts biegen zu sehen.

In dem Zusammentreffen der Umstände lag eine gewisse Ironie, ein Omen, wenn man an solche Dinge glauben konnte. Der Weg, den General Villiers zu dem Vorort Nanterre einschlug, ging ein kleines Stück auf einer Landstraße lang, die Saint-Germain-en-Laye ähnelte, wo Marie vor zwölf Stunden Jason angefleht hatte, nicht aufzugeben. Es gab hier Streifen von Weideland, Felder, die unvermittelt in die sanft ansteigenden Hügel übergingen, aber anstatt vom Licht der frühen Morgensonne gekrönt zu sein, waren diese von den kalten, weißen Strahlen des Mondes eingehüllt. Borowski kam es in den Sinn, daß dieses isolierte Straßenstück sich ebensogut wie jedes andere dazu eignen würde, den General bei seiner Rückkehr aufzuhalten.

Es fiel Jason nicht schwer, sich in einer Viertelmeile Distanz zu halten, und deshalb überraschte ihn die Feststellung, als er den alten Soldaten plötzlich eingeholt hatte. Villiers hatte seine Fahrt verlangsamt und bog jetzt in einen kiesbedeckten Weg ein, der in den Wald führte. Dahinter lag ein Parkplatz, der von Tiefstrahlern beleuchtet war. Auf einem Schild, das an zwei Ketten von einem Pfosten hing und erleuchtet wurde, stand: L'ARBALÈTE. Der General traf sich in diesem abgelegenen Restaurant mit jemandem zum Abendessen, nicht *in* dem Vorort Nanterre, sondern außerhalb. Auf dem Lande.

Borowski fuhr an der Einfahrt vorbei und parkte am Straßenrand, wo die rechte Wagenseite vom Gebüsch verdeckt wurde. Er mußte sich zusammenreißen. Ein ungeheuerlicher Gedanke kam ihm plötzlich.

Angesichts der aufwühlenden Ereignisse — der Ungeheuerlichkeit der Niederlage, die Carlos letzte Nacht in dem Motel in Montrouge erlitten hatte — war es mehr als wahrscheinlich, daß man André Villiers in ein abgelegenes Restaurant bestellt hatte, weil eine dringende Besprechung erforderlich war. Vielleicht sogar mit Carlos *selbst*. Wenn das der Fall war, würde das Anwesen bewacht sein, und der Mann, dessen Foto jene Wachtposten so gut kannten, würde in dem Augenblick, in dem man ihn erkannte, niedergeschossen werden. Andererseits war die Chance, die Kerntruppe von Carlos' Leuten — oder gar Carlos selbst — zu beobachten, eine Gelegenheit, die sich vielleicht nie wieder bieten würde. Er mußte *L'Arbalète* betreten. Ein innerer Zwang trieb ihn, das Risiko einzugehen. Es war verrückt! Aber die Umstände zwangen ihn dazu. *Carlos. Er mußte Carlos finden!*

Er spürte die Waffe an seinem Gürtel. Er stieg aus und zog den Mantel an, nahm einen schmalkrempigen Hut vom Sitz, dessen weicher Filz ringsum nach unten gebogen war; der würde sein Haar bedecken. Dann versuchte er, sich zu erinnern, ob er die Brille mit dem Schildpattgestell getragen hatte, als in Argenteuil die Aufnahme von ihm gemacht worden war. Nein; er hatte sie bei Tisch abgenommen, als ein Schmerz nach dem anderen durch seinen Kopf zuckte, ausgelöst von Worten, die ihm von einer Vergangenheit berichteten, die zu vertraut, zu erschreckend war, als daß er ihr ins Auge sehen konnte. Er griff nach seiner Hemdtasche; da war die Brille gut aufgehoben für den Fall, daß er sie brauchte. Er drückte die Türe zu und machte sich auf den Weg in Richtung Wäldchen.

Das grelle Licht der Außenbeleuchtung des Restaurants sickerte durch die Bäume, wurde alle paar Meter heller, je weniger Blattwerk dem Licht den Weg versperrte. Borowski erreichte den Rand des kleinen Wäldchens, vor ihm lag der mit Kies bedeckte Parkplatz. Er stand jetzt neben dem rustikalen Restaurant und sah eine Reihe kleiner Fenster, die eine ganze Gebäudewand zierten, sah die flackernden Kerzen hinter dem Glas, die die Gestalten im Inneren beleuchteten. Dann wanderte sein Blick zum Obergeschoß — obwohl dieses nicht die ganze Länge des Gebäudes füllte, sondern nur etwa die Hälfte, weil hinten eine offene Terrasse angebracht war. Aber der Überbau glich dem Erdgeschoß. Er bestand aus einer Reihe von Fenstern, die, vielleicht etwas größer, ebenfalls von Kerzenschein beleuchtet wurden. Gestalten regten sich, aber das waren ganz andere Leute als die Gäste im Untergeschoß.

Es waren alles Männer. Sie standen, saßen nicht; bewegten sich beiläufig, hielten Gläser in der Hand, Zigaretten, der Rauch kräuselte sich über ihren Köpfen. Es war unmöglich zu sagen, wie viele es waren — mehr als zehn, weniger als zwanzig vielleicht.

Und da sah er ihn, er bewegte sich von einer Gruppe zur anderen. Sein weißer Kinnbart leuchtete. General Villiers war tatsächlich zu einer Zusammenkunft gefahren, und alle Wahrscheinlichkeit sprach dafür, daß dies eine Konferenz war, die sich mit den Fehlern der letzten achtundvierzig Stunden befaßte, Fehlern, die es einem Mann namens Cain gestatteten, am Leben zu bleiben.

Die Chancen. Wie standen die Chancen? Wo waren die Wachen? Wie viele und wo waren ihre Stationen? Im Schutze des Wäldchens arbeitete Borowski sich vorsichtig zum Vordereingang des Restaurants, bog die Zweige mit einem kaum wahrnehmbaren Knacken zur Seite und stand reglos da, hielt Ausschau nach Männern, die sich im Blattwerk oder in den Schatten des Gebäudes verbargen. Er sah niemanden und setzte seinen Weg fort, bis er schließlich den hinteren Teil des Restaurants erreichte.

Eine Tür öffnete sich. Ein Mann in einer weißen Jacke trat heraus. Er stand einen Augenblick da, die Hände vor dem Gesicht, zündete sich eine Zigarette an. Borowski blickte nach links, nach rechts, nach oben zur Terrasse, aber da tauchte niemand auf. Ein Wachtposten, der hier stationiert war, wäre von dem plötzlichen Licht zehn Fuß unter der Konferenz erschreckt worden. Um das Haus herum gab es keine Posten.

Ein weiterer Mann erschien unter der Türe; auch er trug eine weiße Jacke, aber dazu eine Kochmütze. Seine Stimme klang ärgerlich, und das Französisch, das er sprach, hatte die gutturalen Klänge des Gascogner Dialekts. »Wir schwitzen und ihr faulenzt hier! Der Dessertwagen ist halbleer. Füll ihn wieder auf. *Jetzt,* du Faulpelz!«

Der Kellner, der für den Nachtisch zuständig war, drehte sich um und zuckte die Achseln; er drückte seine Zigarette aus und ging wieder hinein, schloß die Türe hinter sich. Das Licht verschwand, nur ein schwacher Schein des Mondes blieb, aber es genügte, um die Terrasse zu beleuchten. Dort war niemand, kein Wächter, der die breiten Doppeltüren sicherte, die nach drinnen führten.

Carlos. Du mußt Carlos finden. Carlos in die Falle locken. Cain ist für Charlie, und Delta ist für Cain.

Borowski schätzte die Distanz und die Hindernisse ab. Er war höchstens vierzig Fuß vom hinteren Teil des Gebäudes entfernt, zehn oder zwölf Fuß unter dem Geländer, das die Terrasse umlief. In der

Außenwand gab es zwei Lüftungsschlitze, aus denen jetzt Dampf strömte, und daneben ein Ablaufrohr, das von dem Geländer aus zu erreichen war. Wenn es ihm gelang, am Rohr nach oben zu klettern und sich dann irgendwie am unteren Lüftungsschlitz festzuhaltem, würde er das Geländer packen und sich zur Terrasse hinaufziehen können. Aber es ging nicht, solange er den Mantel trug. Er zog ihn aus, legte ihn auf den Boden, den weichkrempigen Hut darauf und bedeckte beides mit Ästen und Zweigen. Dann ging er bis zum Rand des Wäldchens und rannte so leise wie möglich quer über die Kiesfläche auf das Abflußrohr zu.

Im Schatten zerrte er probeweise an dem gerippten Metall; es war fest im Boden verankert. Er streckte die Arme so hoch er konnte und sprang dann in die Höhe, packte das Rohr, drückte die Füße gegen die Wand, schob einen über den anderen, bis sein linker Fuß parallel zu der ersten Lüftungsöffnung stand. Er hielt sich fest, schob seinen Fuß in die Vertiefung und arbeitete sich ein Stück weiter an der Röhre nach oben. Jetzt war er noch achtzehn Zoll vom Geländer entfernt; wenn er sich kräftig von der Vertiefung in der Mauer abstieß, würde er die unterste Sprosse erreichen.

Eine Tür flog krachend unter ihm auf; weißes Licht ergoß sich über die Kiesfläche, reichte bis zu den Bäumen. Eine Gestalt torkelte heraus, hatte Mühe, ihr Gleichgewicht zu halten, und dicht hinter ihr kam der Koch mit seiner weißen Mütze und schrie:

»Verdammter Scheißkerl! Besoffen bist du, das sag ich dir! Die ganze Nacht warst du schon besoffen! Backwerk überall am Boden. Zum Kotzen sieht das aus. Hau ab, keinen *Sou* bekommst du!«

Die Türe wurde zugeschlagen, und das Geräusch des Riegels klang endgültig. Jason hielt sich an der Regenrinne fest, seine Arme und Gelenke schmerzten, und auf der Stirn brach ihm der Schweiß in Strömen aus. Der Mann unter ihm taumelte rückwärts, machte mit der rechten Hand eine obszöne Handbewegung für den Koch, der freilich bereits nicht mehr zu sehen war. Seine glasigen Augen wanderten an der Mauer nach oben, erreichten schließlich Borowskis Gesicht. Jason hielt den Atem an, als ihre Augen sich begegneten; der Mann starrte ihn an, blinzelte dann und starrte erneut. Er schüttelte den Kopf, schloß die Augen, öffnete sie dann wieder weit; ungläubiges Staunen lag in seinem Blick. Er ging rückwärts, torkelte, wäre beinahe ausgeglitten und beschleunigte dann seine Schritte, wandte sich um, war offensichtlich zu dem Schluß gelangt, daß er einer optischen Täuschung erlegen war, und torkelte um die Ecke. Ein Mann, der mit sich jetzt wieder im Gleichgewicht war, weil er das Verrückte, das seinen Blick verwirrt hatte, von sich gewiesen hatte.

Borowski atmete auf, ließ sich erleichtert gegen die Wand sinken.

Aber nur einen Augenblick lang; der Schmerz an seinem Fußgelenk war zum Fuß hinuntergewandert, erzeugte dort jetzt einen Krampf. Er machte einen Satz nach oben, packte die Eisenstange, mit der das Geländer begann, mit der rechten Hand und ließ mit der Linken die Dachrinne los. Er drückte die Knie gegen die Schindeln und zog sich langsam an der Mauer nach oben, bis sein Kopf über den Terrassenrand blickte. Sie war verlassen. Jetzt schwang er das rechte Bein auf den Sims, und seine rechte Hand griff nach der Brüstung; er gewann sein Gleichgewicht und schwang sich darüber.

Er befand sich jetzt auf einer Terrasse, die in den Frühlings- und Sommermonaten zum Essen benutzt wurde, der mit Kacheln bedeckte Boden bot leicht zehn bis fünfzehn Tischen Platz. In der Mitte der Mauer, die den umbauten Teil von der Terrasse trennte, befand sich die breite Doppeltüre, die er von dem Wäldchen aus gesehen hatte. Die Leute drinnen waren jetzt reglos, standen still, und Jason fragte sich einen Augenblick lang, ob irgendwo ein Alarm ausgelöst worden war — und sie vielleicht auf ihn warteten. Er stand völlig reglos, die Hand an der Waffe; nichts geschah. Er ging auf die Mauer zu, hielt sich im Schatten. Dort angelangt, drückte er sich gegen die Holzvertäfelung und näherte sich der ersten Tür, bis seine Finger den Türrahmen berührten. Zentimeter für Zentimeter kam er der Glasscheibe näher und sah endlich hinein.

Was er drinnen sah, faszinierte ihn, wirkte fast erschreckend. Die Männer standen in Reihen da — drei Reihen von jeweils vier Männern — und sahen André Villiers an, der zu ihnen sprach. Insgesamt dreizehn Männer, von denen zwölf nicht nur standen, sondern Habtacht-Stellung eingenommen hatten. Es waren alte Männer, aber keine gewöhnlichen alten Männer; es waren alte Soldaten. Keiner trug eine Uniform, aber jeder hatte kleine Bänder am Revers, Regimentsfarben und Auszeichnungen für Tapferkeit. Und wenn es etwas gab, das alle gemeinsam hatten, so war auch das nicht zu verkennen. Dies waren Männer, die ein Kommando gewöhnt waren. Das stand in ihren Gesichtern, ihren Augen, zu lesen, in der Art, wie sie lauschten — voll Respekt, aber das war kein blinder Respekt, das war Achtung, die auf Überlegung und Urteilsvermögen beruhte. Ihre Körper waren alt, dennoch spürte man die Kraft, die in jenem Raum versammelt war. Ungeheuere Kraft. Das war es, was beängstigend wirkte. Wenn diese Männer Carlos angehörten, dann waren die Hilfstruppen dieses Terroristen nicht nur weitreichend, sondern außergewöhnlich gefährlich. Denn dies waren keine gewöhnlichen Männer: dies waren erfahrene Berufssoldaten, mutige Kämpfer.

Die verrückten Colonels von Algier — was war von ihnen geblieben? Männer, die die Erinnerung an ein Frankreich trieb, das es nicht mehr gab, eine Welt, die es nicht mehr gab, die die jetzige schwach und wirkungslos fanden. Solche Männer konnten einen Pakt mit Carlos schließen, und wäre es nur um der Macht willen, die ihnen das verlieh.

Der General hob jetzt die Stimme; Jason bemühte sich, die Worte durch das Glas zu hören. Er konnte jetzt deutlicher verstehen.

». . . unsere Gegenwart wird ihre Wirkung zeitigen, man wird unser Ziel verstehen. Wir stehen gemeinsam und unverrückbar; man wird uns hören! Im Gedenken all jener, die gefallen sind — unsere Brüder in Uniform — die ihr Leben für den Ruhm Frankreichs gegeben haben. Wir werden unser geliebtes Land vor schädlichen Einflüssen zu bewahren wissen; es wird herrschen. Jene, die sich gegen uns stellen, werden unseren Zorn kennenlernen. Auch darin sind wir uns einig. Wir beten zum allmächtigen Gott, daß jene, die vor uns hingegangen sind, den Frieden gefunden haben mögen, denn wir befinden uns immer noch im Konflikt . . . Meine Herren: auf unsere Dame — unser Frankreich!«

Ein Murmeln einstimmiger Billigung war zu vernehmen, und die alten Soldaten blieben starr und steif stehen, und dann erhob sich eine andere Stimme, die ersten fünf Worte nur von einer Stimme gesungen, beim letzten Wort schloß sich der Rest der Gruppe an.

Allons enfants de la patrie,
Le jour de gloire est arrivé . . .

Borowski wandte sich ab. Was er in dem Raum gesehen und gehört hatte, ekelte ihn an. Schafft Verwüstung im Namen des Ruhmes; der Tod der gefallenen Kameraden verlangt gewaltsam nach weiterem Sterben, selbst wenn es einen Pakt mit Carlos, dem Meuchelmörder, bedeutet.

Was störte ihn so? Was war es, das den Ekel auslöste? Er haßte Menschen wie André Villiers, verachtete die Männer in jenem Raum. Sie waren alles alte Männer, die Krieg führten . . . und den jungen das Leben stahlen.

Warum schlossen sich die Nebel wieder um ihn? Warum war der Schmerz plötzlich wieder so bohrend? Jetzt war nicht die Zeit für Fragen, nicht die Kraft, sie zu ertragen. Er mußte sich auf André François Villiers konzentrieren, Krieger und Kriegsherr, dessen Ziele ins Gestern gehörten, aber dessen Pakt mit einem Meuchelmörder heute den Tod verlangte.

Er würde den General in eine Falle locken, ihn zur Strecke bringen, um alles zu erfahren. Männer wie Villiers verdienten es nicht zu leben. *Ich bin wieder in meinem Labyrinth, und seine Mauern sind mit Dornen gespickt. O Gott, wie weh das tut.*

Jason kletterte in der Dunkelheit über das Geländer und klammerte sich an die Regenrinne, jeder Muskel in seinen Gliedern schmerzte. Schmerz — auch das mußte er auslöschen. Er mußte ein verlassenes Stück Straße im Mondlicht erreichen und dort einen Gesandten des Teufels in die Falle locken.

25.

Borowski wartete in dem Renault, zweihundert Meter östlich vom Restauranteingang. Er ließ den Motor laufen und war bereit, in dem Augenblick loszufahren, in dem er Villiers herauskommen sah. Einige andere hatten das Haus bereits verlassen, jeder in seinem eigenen Wagen. Verschwörer hielten ihre Verbindungen geheim, und diese alten Männer waren Verschwörer im wahrsten Sinne des Wortes. Sie hatten allen Ruhm, den sie sich erworben hatten, für die Waffe und die Organisation eines Mörders eingetauscht. Alter und Vorurteil hatten sie ihrer Vernunft beraubt, so wie sie ihr Leben damit verbracht hatten, andere ihres Lebens zu berauben. Die Jungen und die sehr Jungen.

Was war das? Warum läßt es mich nicht los? Irgend etwas Schreckliches sitzt tief in mir, versucht herauszubrechen, versucht mich zu töten. Angst und Schuld peinigen mich . . . aber ich kenne den Grund. Warum sollten diese verkalkten, alten Militärschädel so viel Furcht und Schuld in mir hervorrufen . . . und so viel Abscheu?

Sie verkörperten den Krieg. Den Tod. Auf Erden und im Himmel. Im Himmel . . . Hilf mir, Marie. Um Gottes willen, hilf mir!

Das war er. Die Scheinwerferstrahlen schossen aus der Einfahrt, und das lange, schwarze Chassis spiegelte das Licht der Außenbeleuchtung der Häuser. Jason ließ die eigenen Scheinwerfer ausgeschaltet, als er sich aus dem Schatten löste. Er beschleunigte, jagte die Straße hinunter, bis er die erste Kurve erreichte, wo er die Scheinwerfer einschaltete und das Gaspedal bis zum Boden durchdrückte. Das isolierte Stück Straße war etwa zwei Meilen entfernt; er mußte schnell dort hinkommen.

Es war zehn nach elf, und ebenso wie vor drei Stunden gingen die Felder in die Hügel über, beide vom Licht des Märzmondes gebadet, der jetzt geradewegs im Zenit stand. Der Randstreifen war breit, grenzte an eine Wiese, und das bedeutete, daß man beide Fahrzeuge von der Straße holen konnte. Aber sein unmittelbares Ziel war es, Villiers zum Halten zu veranlassen. Der General war alt, aber nicht schwächlich. Alles kam auf die Wahl des richtigen Zeitpunkts an.

Borowski drehte den Renault herum und wartete, bis er in der Ferne die Scheinwerfer aufleuchten sah, dann beschleunigte er plötzlich und riß daß Steuer ruckartig zurück. Der Wagen schoß über die Straße — ein Fahrer, dem das Fahrzeug aus der Kontrolle geraten war, der außerstande war, auf gerader Spur zu fahren, der aber dennoch schnell fuhr.

Villiers hatte keine Wahl; er bremste ab, als Jason wie ein Wahnsinniger auf ihn zugeschossen kam. Und dann, als die beiden Fahrzeuge noch höchstens zwanzig Fuß voneinander entfernt waren, unmittelbar vor dem Zusammenstoß, riß Borowski das Steuer nach links und bremste so scharf, daß die Reifen quietschten. Endlich kam der Wagen zum Stehen. Borowski hatte sein Fenster offen und stieß einen undefinierbaren Schrei aus, der wie das Stöhnen eines Kranken oder eines Betrunkenen klang, aber jedenfalls nicht drohend. Er schlug mit der Hand auf den Fensterrahmen und verstummte, zusammengekauert im Sitz, die Waffe im Schoß.

Er hörte, wie die Türe von Villiers' Limousine sich öffnete und spähte sachte hinüber. Der alte Mann war nicht bewaffnet, wenigstens war keine Waffe zu sehen; er schien nichts zu argwöhnen, war nur erleichtert, daß es nicht zum Zusammenstoß gekommen war. Der General ging auf das linke Fenster des Renault zu, seine Stimme klang besorgt, hatte aber zugleich einen befehlsgewohnten Unterton.

»Was soll das? Was haben Sie sich eigentlich gedacht? Sind sie verletzt? Alles in Ordnung bei Ihnen?« Seine Hände griffen nach dem Fensterrahmen.

»Ja, aber bei Ihnen nicht«, erwiderte Borowski in englischer Sprache und hob die Waffe.

»Was . . . « Der alte Mann hielt die Luft an, stand plötzlich ganz aufrecht da. »Wer sind Sie und was soll das?«

Jason stieg aus dem Renault, die linke Hand über dem Lauf der Waffe. »Ich bin froh, daß Sie so fließend Englisch sprechen. Gehen Sie zu Ihrem Wagen zurück. Fahren Sie ihn von der Straße herunter.«

»Und wenn ich mich weigere?«

»Dann töte ich Sie sofort. Es gehört nicht viel dazu, mich zu reizen.«

»Stammen diese Worte von den Roten Brigaden? Oder vom Pariser Zweig der Baader-Meinhof-Gruppe?«

»Warum? Könnten Sie dann Gegenbefehl geben?«

»Ich pfeife auf sie! Und auf Sie auch!«

»Niemand hatte je Zweifel an Ihrem Mut, General. Gehen Sie zu Ihrem Wagen.«

»Das ist keine Frage des Mutes!« sagte Villiers ohne sich zu bewegen. »Das ist eine Frage der Logik. Wenn Sie mich töten, erreichen Sie gar nichts, und noch viel weniger, wenn Sie mich entführen. Meine Befehle stehen fest, und mein Stab und meine Familie werden sie befolgen. Die Israeli haben völlig recht. Es kann keine Verhandlungen mit Terroristen geben. Schießen Sie schon, Sie Abschaum! Oder verschwinden Sie!«

Jason studierte den alten Soldaten und war sich plötzlich zutiefst unsicher. Er wagte einen Vorstoß, er würde sich nicht täuschen lassen.

»Im Restaurant soeben sagten Sie, daß Frankreich niemandes Lakai sein sollte. Aber ein General von Frankreich hat sich zum Lakai degradieren lassen. General André Villiers ist der Bote für Carlos, ist der Kontaktmann von Carlos, ist der Soldat von Carlos, ist der Lakai von Carlos.«

Die wütenden Augen weiteten sich, aber nicht so, wie Jason das erwartet hatte. In die Wut mischte sich plötzlich Haß nicht Schock, nicht Hysterie, sondern tiefer, kompromißloser Abscheu. Villiers Handrücken schoß hoch, beschrieb einen Bogen, klatschte in Borowskis Gesicht, ein scharfer, schmerzhafter Laut. Und dann folgte ein weiterer Schlag mit der Handfläche, brutal, beleidigend, so kräftig, daß Jason zurückfuhr. Der alte Mann rückte nach, der Lauf der Waffe hielt ihn auf, aber er hatte keine Angst, sie bereitete ihm keinen Schrecken, ihn beherrschte nur der Drang, den anderen zu bestrafen. Die Schläge folgten dicht aufeinander, ein Besessener schlug hier zu.

»Schwein!« schrie Villiers. »Schmutziges, widerliches Schwein! Abschaum!«

»Ich schieße! Ich töte Sie! Aufhören!« Aber Borowski konnte den Abzug nicht betätigen. Er fühlte sich mit dem Rücken gegen den kleinen Wagen gedrängt, die Schultern gegen das Dach gepreßt. Und der alte Mann griff immer noch an, seine Hände flogen, schwangen, schmetterten ihm ins Gesicht.

»Töten Sie mich, wenn Sie es können — wenn Sie es *wagen*! *Dreckskerl*!«

Jason warf die Waffe weg und hob die Arme, um Villiers Angriff aufzuhalten. Seine linke Hand schoß vor, packte das rechte Handgelenk des alten Mannes, dann sein linkes, umklammerte den linken Unterarm, der wie ein Schwert herunterfuhr. Er drehte beide kräftig herum, zwang damit Villiers zu sich heran, zwang den alten Soldaten, reglos zu stehen, so daß ihre Gesichter nur ein paar Zoll voneinander entfernt waren, und der Brustkasten des alten Mannes sich hob und senkte, vor Empörung.

»Wollen Sie mir vielleicht sagen, daß Sie *nicht* Carlos' Mann sind? Leugnen Sie es?«

Villiers warf sich vor, versuchte, Borowskis Griff zu brechen, und sein mächtiger Brustkasten stieß gegen Jason. »Ich verabscheue Sie! Sie Bestie!«

»*Verdammt* — ja oder nein?«

Der alte Mann spuckte Borowski ins Gesicht, und das Feuer in seinen Augen war jetzt erloschen, Tränen standen in ihnen. »Carlos hat meinen Sohn getötet«, sagte er im Flüsterton. »Meinen einzigen Sohn hat er in der Rue du Bac getötet. Fünf Stangen Dynamit haben das Leben meines Sohnes auf der Rue du Bac beendet!«

Jason lockerte langsam den Druck seiner Finger. Schwer atmend sprach er, so leise er das konnte.

»Fahren Sie Ihren Wagen ins Feld und bleiben Sie dort. Wir müssen miteinander reden, General. Etwas ist geschehen, wovon Sie nichts wissen. Wir sollten besser beide mehr darüber erfahren.«

»*Nie!* Unmöglich! Das kann es nicht geben!«

»Das gibt es«, sagte Borowski, der vorne neben Villiers saß.

»Dann ist ein schrecklicher Fehler begangen worden! Sie wissen nicht, was Sie sagen!«

»Kein Fehler — und ich weiß, was ich sage, weil ich die Nummer selbst gefunden habe. Es ist nicht nur die richtige Nummer, es ist auch eine ausgezeichnete Deckung. Niemand, der im Besitz seines Verstandes ist, würde Sie mit Carlos in Verbindung bringen. Besonders angesichts des Todes Ihres Sohnes. Ist es allgemein bekannt, daß er von Carlos getötet wurde?«

»Können Sie sich etwas deutlicher ausdrücken, Monsieur.«

»Entschuldigung. Bitte, beantworten Sie meine Frage.«

»Allgemein bekannt? Was die Sûreté angeht, eindeutig ja. Was die militärische Abwehr und Interpol betrifft, ganz bestimmt. Ich habe die Berichte gelesen.«

»Was stand in ihnen?«

»Man vermutete, daß Carlos seinen Freunden aus den Tagen der Radikalen einen Gefallen tat. Bis zu dem Punkt, da er insgeheim zuließ, daß sie die Verantwortung für die Tat auf sich nahmen. Sie hatten politische Motive, müssen Sie wissen. Mein Sohn war ein Opfer, ein Exempel für andere, die sich gegen die Fanatiker stellten.«

»Fanatiker?«

»Die Extremisten bildeten eine falsche Koalition mit den Sozialisten und machten Versprechungen, die sie nie zu halten beabsichtigten. Mein Sohn erkannte das, deckte es auf und forderte neue Gesetze, um das Bündnis zu blockieren. Dafür hat man ihn getötet.«

»Haben Sie deshalb Ihren Abschied aus der Armee genommen und sich zur Wahl gestellt?«

»Mit ganzem Herzen. Üblicherweise führt der Sohn das Werk des Vaters, fort . . . « Der alte Mann hielt inne, und das Mondlicht beleuchtete sein verhärmtes Gesicht. »In dieser Angelegenheit war es das Vermächtnis des Vaters, das Werk des Sohnes fortzuführen. Er war kein Soldat und ich kein Politiker, aber Waffen und Explosivstoffe sind mir nicht fremd. Sein Gedankengut war von mir geprägt. Seine Philosophie entsprach der meinen, und dafür hat man ihn getötet. Meine Entscheidung stand fest. Ich würde das, was wir für richtig hielten, in die politische Arena tragen und mich seinen Feinden stellen. Der Soldat war auf sie vorbereitet.«

»Mehr als ein Soldat, vermute ich.«

»Was meinen Sie damit?«

»Jene Männer in dem Restaurant. Sie sahen so aus, als hätten sie einmal die halbe französische Streitmacht angeführt.«

»Das haben sie, Monsieur. Es sind die legendären zornigen jungen Kommandeure von Saint-Cyr. Die Republik war korrupt, das Militär unfähig, die Maginotlinie ein Witz. Hätte man damals auf sie gehört, wäre Frankreich nicht gefallen. Sie wurden die Führer der Resistance. Sie kämpften in ganz Europa und Afrika gegen die Boches und Vichy.«

»Und was tun sie jetzt?«

»Die meisten leben von ihren Pensionen, und viele läßt die Vergangenheit nicht in Ruhe. Sie beten zur Heiligen Jungfrau, daß diese Vergangenheit endgültig begraben sein möge. Aber die Fakten sprechen dagegen. Das Militär ist zu einer Farce geworden, Kommunisten und Sozialisten in der Nationalversammlung sorgen dafür, daß die Macht der Streitkräfte ausgehöhlt wird. Nur Moskau bleibt sich treu, es ändert sich über all die Jahrzehnte nicht. Eine freie Gesellschaft verführt zur Infiltration, und sobald sie einmal infiltriert ist, schreiten die Veränderungen fort, bis jene Gesellschaft völlig pervertiert ist. Verschwörung ist überall; man muß sich gegen sie stellen.«

»Das alles klingt sehr extrem.«

»Wieso? Weil es ums Überleben geht? Weil es die Ehre anbelangt? Sind das Begriffe, die Ihnen anachronistisch erscheinen?«

»Ich glaube nicht. Aber ich kann mir vorstellen, daß man im Namen dieser Begriffe viel Schaden anrichten kann.«

»Da gehen unsere Ansichten auseinander, aber ich will nicht darüber streiten. Sie haben mich nach meinen Kameraden gefragt, und ich habe Ihnen Antwort gegeben. Aber jetzt bitte zu dieser unglaublichen Fehlinformation, die Sie haben. Ich bin fassungslos. Sie wissen nicht, wie es ist, wenn man einen Sohn verliert, wenn einem ein Kind getötet wird.«

Der Schmerz packt mich wieder, wenn ich wüßte weshalb.

Schmerz und Leere, ein Vakuum am Himmel. Vom Himmel. Tod am Himmel und vom Himmel. Herrgott, tut das weh. Es. Was ist es?

»Ich kann Ihnen das nachfühlen«, sagte Jason und verkrampfte die Hände ineinander, um das plötzliche Zittern besser verbergen zu können.«

»Niemand, der im Vollbesitz seines Verstandes ist, würde mich mit Carlos in Verbindung bringen, geschweige denn dieses Schwein persönlich. Es wäre ein Risiko, das er nie eingehen würde. Undenkbar.«

»Genau. Deshalb sage ich ja, daß Sie mißbraucht werden; es *ist* undenkbar. Sie sind der perfekte Zwischenträger für definitive Anweisungen.«

»Unmöglich! Wie sollte das gehen?«

»Jemand, der Zugang zu Ihrem Telefon hat, steht in direkter Verbindung mit Carlos. Man benutzt Codes, gewisse Worte, um jene Person ans Telefon zu locken. Wahrscheinlich, wenn Sie nicht da sind, möglicherweise aber sogar dann. Bedienen Sie Ihr Telefon selbst?«

Villiers runzelte die Stirn. »Um die Wahrheit zu sagen, nein. Nicht diese Nummer. Es gibt zu viele Leute, denen ich aus dem Wege gehe, deshalb habe ich eine Privatnummer.«

»Und wer bedient das Telefon dann?«

»Gewöhnlich die Haushälterin oder ihr Mann, der mir teilweise als Butler, teilweise als Chauffeur dient. Er war während meiner letzten Jahre beim Militär mein Fahrer. Und wenn keiner von ihnen beiden zur Stelle ist, natürlich meine Frau. Oder mein Assistent, der oft in meinem Büro zu Hause arbeitet; er war mein Adjutant.«

»Wer sonst?«

»Sonst gibt es niemanden.«

»Hausangestellte? Mädchen?«

»Wir haben keine feste Hausangestellte; wenn wir eine brauchen, stellen wir sie kurzfristig auf begrenzte Zeit ein. Der Reichtum der Villiers liegt mehr im Namen als auf den Banken.«

»Reinemachefrau?«

»Zwei. Sie kommen zweimal die Woche, und nicht immer dieselben zwei.«

»Sie sollten sich Ihren Chauffeur und den Adjutanten näher ansehen.«

»Lächerlich! Ihre Loyalität steht außer Frage.«

»Das hat man von Brutus auch gesagt, und Cäsar hatte einen höheren Rang als Sie.«

»Das kann nicht Ihr Ernst sein.«

»Doch, das ist mir bitter ernst. Und Sie sollten mir das auch glauben. Alles, was ich Ihnen gesagt habe, ist die Wahrheit.«

»Aber eigentlich haben Sie mir gar nicht sonderlich viel gesagt, oder? Ihren Namen, zum Beispiel.«

»Der ist nicht nötig. Wenn Sie ihn kennen würden, könnte das ein Nachteil für Sie sein.«

»In welcher Hinsicht?«

»In der zugegebenermaßen sehr geringen Möglichkeit, daß ich in bezug auf die Verbindungsperson unrecht habe — und diese Möglichkeit besteht eigentlich kaum.«

Der alte Mann nickte, so wie alte Männer das tun, wenn sie Worte wiederholen, die sie so verblüfft haben, daß sie sie nicht glauben können. Sein faltiges Gesicht bewegte sich im Mondlicht auf und ab. »Ein Mann ohne Namen hält mich nachts auf der Straße auf, richtet eine Pistole auf mich und erhebt eine geradezu ungeheuerliche Anklage — einen Vorwurf, der so entsetzlich ist, daß ich ihn am liebsten töten möchte — und erwartet dann von mir, daß ich sein Wort akzeptiere. Das Wort eines Mannes ohne Namen und mit einem Gesicht, das ich nicht erkenne, und keinerlei Beweismittel. Er behauptet nur, daß Carlos ihn jagt. Sagen Sie mir selbst, weshalb sollte ich diesem Mann Glauben schenken?«

»Weil«, antwortete Borowski, »er keinen Anlaß hätte, zu Ihnen zu kommen, wenn *er* nicht von der Wahrheit überzeugt wäre.«

Villiers starrte Jason an. »Nein, es gibt einen besseren Grund. Vor einer Weile haben Sie mir mein Leben gegeben. Sie warfen Ihre Pistole auf den Boden anstatt zu feuern. Das hätten Sie aber tun können. Leicht. Statt dessen zogen Sie dann eine Unterhaltung mit mir vor.«

Der alte Mann wies auf den Renault, der zehn Meter von ihnen entfernt auf dem Feld stand. »Fahren Sie hinter mir her nach Parc Monceau. Wir wollen uns in meinem Büro weiter unterhalten. Ich schwöre bei meinem Leben, daß Sie bezüglich beider Männer unrecht haben; aber schließlich haben Sie recht damit, daß Cäsar von falscher Ergebenheit getäuscht wurde. Und er hatte in der Tat einen höheren Rang als ich.«

»Wenn ich jenes Haus betrete und jemand mich erkennt, bin ich ein toter Mann. Ebenso wie Sie.«

»Mein Assistent ging heute nachmittag kurz nach fünf Uhr weg, und der Chauffeur, wie Sie ihn nennen, geht spätestens um zehn, um fernzusehen. Sie können ja draußen warten, bis ich hineingehe und mich umsehe. Wenn alles normal ist, rufe ich Sie. Wenn nicht, komme ich wieder heraus und fahre weg. Dann folgen Sie mir wieder. Ich halte irgendwo dann an.«

Jason beobachtete Villiers beim Sprechen und fragte skeptisch. »Warum wollen Sie, daß ich nach Parc Monceau zurückfahre?«

»Wohin denn sonst? Ich bin gespannt auf die Begegnung. Einer der Männer liegt im Bett und glotzt in die Fernsehröhre. Ferner möchte ich, daß meine Frau Bescheid weiß. Sie ist eine alte Soldatenfrau und hat ein untrügliches Gespür für solche Dinge. Ich habe mir angewöhnt, mich auf sie in dieser Hinsicht zu verlassen; sobald sie Ihre Stimme hört, ist es möglich, daß ihr irgend etwas auffällt.«

Borowski mußte es einfach aussprechen: »Ich habe Sie in die Falle gelockt, indem ich Sie täuschte. Sie können nun mich in die Falle locken, indem Sie mich täuschen. Woher soll ich wissen, daß Parc Monceau keine Falle ist?«

Der alte Mann zuckte mit keiner Wimper. »Sie haben das Wort eines Generals von Frankreich, und das ist alles, was ich Ihnen geben kann. Wenn Ihnen das nicht genügt, dann nehmen Sie Ihre Waffe und verschwinden Sie hier.«

»Es genügt«, sagt Borowski. »Nicht weil es das Wort eines Generals ist, sondern weil es das Wort eines Mannes ist, dessen Sohn in der Rue du Bac getötet wurde.«

Die Rückkehr nach Paris schien Jason viel länger als die Herfahrt. Er kämpfte jetzt wieder gegen Bilder; Bilder, die ihm den Schweiß auf die Stirn trieben. Der teuflische Schmerz begann an seinen Schläfen und zog sich durch seine Brust, bis er einen Klumpen in seinem Magen bildete — er war so unerträglich, daß er am liebsten geschrien hätte.

Tod am Himmel . . . vom Himmel. Nicht Dunkelheit, sondern blendendes Sonnenlicht. Keine Winde, die meinen Körper in tiefe Dunkelheit treiben, sondern statt dessen Schweigen und die Geräusche des Dschungels . . . an einem Flußufer. Stille, gefolgt vom Kreischen der Vögel und dem Dröhnen der Maschinen. Vögel . . . Maschinen . . . die im blendenden Sonnenlicht nach unten rasen. Explosionen. Tod. Der Jungen und der sehr Jungen.

Aufhören! Das Rad anhalten! Du mußt dich jetzt auf die Straße konzentrieren. Du darfst nicht denken. Denken ist zu schmerzhaft. Du weißt nicht weshalb.

Sie erreichten die von Bäumen gesäumte Straße in Parc Monceau. Villiers fuhr hundert Meter vor ihm, mit einem Problem konfrontiert, das er noch vor Stunden nicht gekannt hatte; jetzt waren viel mehr Fahrzeuge auf der Straße. Einen Parkplatz zu finden, würde schwierig sein.

Aber da gab es einen genügend großen Platz zur Linken, schräg gegenüber dem Haus des Generals. Villiers hielt die Hand zum Fenster hinaus und winkte Jason zu, ihm zu folgen.

Und dann geschah es. Jasons Augen wurden von einem Lichtschein in einer Tür geblendet und erfaßte in Sekundenschnelle die Gestalten im schwachen Licht; Entsetzen packte ihn und ganz automatisch, vom Instinkt geleitet, griff er nach der Pistole, die in seinem Gürtel steckte.

Hatte man ihn doch in eine Falle gelockt? War das Wort eines Generals von Frankreich wertlos gewesen?

Villiers manövrierte seine Limousine in die Parklücke. Borowski drehte sich in seinem Sitz herum und schätzte die Umgebung ab; aber niemand kam auf ihn zu, niemand näherte sich. Die Situation war so unwirklich und doch wieder so wirklich, daß der alte Haudegen nichts begreifen konnte.

Denn auf der anderen Straßenseite, auf den Stufen, die in Villiers Haus führten, stand eine junge, attraktive Frau unter der Türe. Sie redete schnell und mit kleinen, ängstlich wirkenden Gesten auf einen Mann ein, der auf der obersten Treppenstufe stand und die ganze Zeit nickte, als erhielte er Instruktionen. Und dieser Mann war der grauhaarige, distinguiert aussehende Telefonist vom *Les Classiques*. Der Mann, dessen Gesicht Jason irgendwie bekannt vorkam. Ein Gesicht, das andere Bilder ausgelöst hatte . . . Bilder, die gewalttätig und schmerzhaft waren, die ihn nicht in Ruhe ließen, wie jene letzte halbe Stunde in dem Renault gezeigt hatte . . .

Aber etwas war hier anders. Dieses Gesicht weckte Erinnerungen an Finsternis und stürmische Winde am nächtlichen Himmel, an Explosionen, die eine nach der anderen kamen, Geräusche von einem Stakkato-Gewehrfeuer, das durch die Myriaden-Tunnels eines Dschungels hallte.

Borowski wandte mit einiger Mühe den Blick von der Türe und sah Villiers durch die Windschutzscheibe an. Der General hatte seine Scheinwerfer abgeschaltet und war jetzt im Begriff, aus dem Wagen zu steigen. Jason ließ die Kupplung los und rollte nach vorne, bis er mit der hinteren Stoßstange der Limousine kollidierte. Villiers fuhr in seinem Sitz herum.

Borowski schaltete seine eigenen Scheinwerfer ab und knipste das kleine Dachlicht im Wageninneren an. Er hob die Hand — die Handfläche nach unten — und hob sie dann noch zweimal, sagte dem alten Soldaten, er solle bleiben, wo er war. Villiers nickte, und Jason schaltete die Lichter ab.

Er blickte wieder zu der Türe hinüber. Der Mann war einen Schritt nach unten gegangen, ein letzter Befehl der Frau hatte ihn aufgehalten. Borowski konnte sie jetzt ganz deutlich sehen. Sie war Mitte bis Ende Dreißig und hatte kurzes, dunkles Haar, das modisch geschnitten war und ein von der Sonne gebräuntes Gesicht einrahmte. Sie war eine hochgewachsene Frau, fast statuenhaft, und das eng anliegende Tuch eines langen, weißen Kleides, das ihre braune Hautfarbe vorteilhaft zur Geltung brachte, hob ihre schwellenden Brüste hervor. Wenn sie Teil des Hauses war, hatte Villiers sie nicht erwähnt, und das bedeutete, daß sie das vermutlich nicht war. Sie schien eine Besucherin zu sein, die wußte, wann der richtige Zeitpunkt war, um zu dem Haus des alten Mannes zu kommen. Das bedeutete, daß es eine Kontaktperson in Villiers Haus gab, die mit ihr in Verbindung stand. Der alte Mann mußte sie eigentlich kennen!

Der grauhaarige Telefonist nickte ein letztes Mal, kam die Treppe herunter und ging schnell die Straße entlang. Die Türe schloß sich, und das Licht der Kutschenlampen beleuchtete die verlassene Treppe und die glänzende schwarze Tür mit den Bronzebeschlägen.

Warum bedeuteten jene Stufen und jene Türe etwas für ihn?

Waren es Bilder? Eine Realität, die nicht existierte?

Borowski stieg aus dem Renault, beobachtete die Fenster, hielt Ausschau nach der Bewegung eines Vorhangs; doch da war nichts. Er ging schnell zu Villiers Wagen; das vordere Seitenfenster wurde heruntergekurbelt, das Gesicht des Generals erschien, und seine dichten Augenbrauen hoben sich überrascht. »Was um Himmels willen tun Sie?« fragte er.

»Dort drüben bei Ihrem Haus«, sagte Jason und duckte sich ein wenig. »Sie haben es auch gesehen?«

»Ja, und?«

»Wer war die Frau? Kennen Sie sie?«

»Das will ich meinen! Sie ist meine Frau.«

»Ihre *Frau*?« Borowski war die Überraschung anzusehen.

»Ich dachte, Sie hätten gesagt . . . ich dachte, Sie hätten gesagt, sie sei eine *alte* Frau. Sie wollten, daß Sie mich anhört, weil Sie seit Jahren Ihrem Urteil blind vertrauen. Das haben Sie vorhin gesagt.«

»Nicht genau. Ich habe gesagt, sie sei eine *alte Soldatenfrau*. Und ich habe in der Tat großen Respekt vor ihrem Urteil. Aber sie ist meine zweite Frau — meine sehr viel jüngere zweite Frau — aber mir ebenso lieb wie meine erste, die vor acht Jahren starb.«

»O mein Gott . . .«

»Machen Sie sich keine Gedanken über den Altersunterschied. Sie ist stolz und glücklich, die zweite Madame Villiers zu sein. Sie war mir im Rat eine große Hilfe.«

»Es tut mir leid«, flüsterte Borowski. »Herrgott, es tut mir leid.«

»Was denn? Sie haben sie mit jemand anderem verwechselt? Das geschieht häufig; sie ist schließlich eine auffallende Schönheit. Ich bin sehr stolz auf sie.« Villiers öffnete die Tür, während Jason sich aufrichtete. »Warten Sie hier«, sagte der General, »ich gehe hinein und sehe nach; wenn alles in Ordnung ist, öffne ich die Tür und gebe Ihnen ein Zeichen. Wenn nicht, komme ich zum Wagen zurück, dann fahren wir weg.«

Borowski blieb reglos vor Villiers stehen und hinderte damit den alten Mann am Aussteigen. »General, ich muß Sie etwas fragen. Ich weiß nicht recht, wie ich es anstellen soll, aber ich muß. Ich sagte Ihnen ja, daß ich Ihre Telefonnummer in einer Verbindungsstation gefunden habe, die Carlos benutzt. Ich habe Ihnen nicht gesagt, wo. Nur, daß sie von einer Person bestätigt wurde, die zugab, Nachrichten zwischen Carlos und dessen Kontaktpersonen zu vermitteln.« Borowski atmete tief, und sein Blick wanderte kurz zu der Tür auf der anderen Straßenseite. »Jetzt muß ich Ihnen eine Frage stellen und Sie bitten, sorgfältig nachzudenken, ehe Sie antworten. Kauft Ihre Frau ihre Kleider in einem Geschäft, das sich *Les Classiques* nennt?«

»In Saint-Honoré?«

»Ja.«

»Ich weiß zufällig, daß sie das nicht tut.«

»Sind Sie sicher?«

»Ganz und gar. Nicht nur, daß ich nie eine Rechnung von diesem Geschäft gesehen habe, sondern sie hat mir auch gesagt, daß ihr die Stoffe dort nicht gefallen. Meine Frau kennt sich in Modedingen sehr gut aus.«

»Mein Gott.«

»Was?«

»General, ich kann dieses Haus nicht betreten. Ich kann dort nicht hineingehen.«

»Warum nicht? Was wollen Sie damit sagen?«

»Der Mann auf der Treppe, der mit Ihrer Frau sprach. Er kommt von der Verbindungsstelle; das ist *Les Classiques.* Er ist ein Kontaktmann für Carlos.«

Alles Blut wich aus André Villiers Gesicht. Er wandte sich um, starrte über die von Bäumen gesäumte Straße zu seinem Haus hinüber auf die glänzende schwarze Tür und die Bronzedekoration, die das Licht der Kutschenlampen spiegelte.

Der pockennarbige Bettler kratzte sich die Bartstoppeln, nahm seine fadenscheinige Mütze ab und zwängte sich durch das Bronzeportal der kleinen Kirche in Neuilly-sur-Seine.

Er ging unter den mißbilligenden Blicken zweier Priester den rechten Aufgang hinunter. Die beiden Kleriker ärgerten sich; das war eine wohlhabende Gemeinde, und allem biblischen Mitgefühl zum Trotz hatte der Wohlstand doch seine religiösen Privilegien. Eine dieser

Privilegien bestand darin, daß man eine gewisse Klasse von Gläubigen bevorzugte — und dieses alte, heruntergekommene Wrack paßte eigentlich nicht hierher.

Der Bettler machte einen mißglückten Versuch einer Kniebeuge und setzte sich dann in einen Betstuhl in der zweiten Reihe, bekreuzigte sich und kniete nieder, den Kopf im Gebet versunken, schob mit der rechten Hand den linken Ärmel seines Mantels zurück. An seinem Handgelenk war eine Uhr zu sehen, die irgendwie nicht zu seiner sonstigen Kleidung paßte. Es war eine teure Digitaluhr mit großen, auffälligen Ziffern. Ein Besitzstück, von dem man sich nie trennen würde, denn es handelte sich um ein Geschenk von Carlos. Vor einiger Zeit war er einmal fünfundzwanzig Minuten zu spät zur Beichte gekommen und hatte damit seinen Wohltäter verärgert, und keine andere Entschuldigung vorbringen können, als daß er keine genaue Uhr besessen habe. Bei ihrer nächsten Verabredung hatte Carlos sie unter dem halbdurchsichtigen Vorhang durchgeschoben, der den Sünder vom heiligen Manne trennte.

Stunde und Minute stimmten. Der Bettler erhob sich und ging auf den zweiten Beichtstuhl zur Rechten zu. Er öffnete den Vorhang und trat ein.

»Angelus Domini.«

»Angelus Domini, Kind Gottes.« Das Flüstern hinter dem schwarzen Tuch klang hart. »Sind deine Tage angenehm?«

»Sie werden angenehm gemacht . . «

»Sehr gut«, unterbrach die Silhouette. »Was hast du mir gebracht? Meine Geduld geht zur Neige. Ich zahle Tausende — Hunderttausende — wofür? Für Unfähigkeit und Versagen. Was geschah in Montrouge? Wer war für die Lügen verantwortlich, die von der Botschaft in Montaigne kamen? Wer hatte damit zu tun?«

»Die ›Auberge du Coin‹ war eine Falle. Es ist schwierg herauszufinden, was eigentlich los war. Wenn der Attaché namens Corbelier nur Lügen wiederholte, sind unsere Leute zumindest überzeugt, daß er sich dessen nicht bewußt war. Er ist von der Frau getäuscht worden.«

»Von Cain ist er getäuscht worden! Borowski verfolgt die Spur jedes Gewährsmannes bis zu ihrem Ursprung. Er gibt falsche Informationen weiter und bringt uns dadurch in Gefahr, das gibt er unumwunden zu. Aber warum? Wir wissen jetzt, was und wer er ist, aber er läßt Washington zappeln. Er will im dunkeln bleiben.«

»Die Antwort«, sagte der Bettler, »liegt in der Vergangenheit begraben. Aber ich glaube, er will seine Ruhe haben. Die amerikanische Abwehr verfügt über genügend selbstherrliche Autokraten, die heute so und morgen so denken und selten miteinander in Verbindung stehen. In den Tagen des kalten Krieges konnte man viel Geld verdienen, wenn man denselben Stationen drei- oder viermal Informationen verkaufte. Vielleicht wartet Cain, bis er glaubt, daß es nur noch eine Möglichkeit gibt, die Dinge in Ordnung zu bringen.«

»Das Alter hat Ihren Verstand noch nicht getrübt, alter Freund. Deshalb habe ich auch Sie gerufen.«

»Oder«, fuhr der Bettler fort, »es könnte natürlich auch sein, daß er es sich überlegt und kehrtgemacht hat. Das wäre nicht das erstemal, daß so etwas passiert.«

»Das glaube ich nicht, aber darauf kommt es nicht an. Washington glaubt, daß er die Fronten gewechselt hat. Der ›Mönch‹ ist tot, alle sind sie tot in Treadstone. Cain steht als der Killer fest.«

»Der ›Mönch‹?« sagte der Bettler. »Ein Name aus der Vergangenheit; er war in Berlin tätig, in Wien. Wir kannten ihn gut und waren froh, wenn wir ihm nicht zu nahe kamen. Da haben Sie Ihre Antwort, Carlos. Es war stets der Stil des ›Mönchs‹, die Zahl der Leute, mit denen er zu tun hatte, so gering wie möglich zu halten. Er ging von der Theorie aus, daß seine Kreise infiltriert und nicht zuverlässig waren. Er muß Cain Anweisung gegeben haben, nur ihm zu berichten. Das würde die Verwirrung in Washington erklären, die Monate des Schweigens.«

»Aber was bedeutet es für uns? Nichts ist passiert.«

»Das kann viele Ursachen haben. Krankheit, Erschöpfung, zur Ausbildung zurückgerufen. Oder einfach nur das Ziel, Verwirrung unter den Feinden zu säen. Der ›Mönch‹ hatte immer einen ganzen Sack voller Tricks.«

»Und doch sagte er, ehe er starb, zu einem Kollegen, daß er *nicht* wüßte, was geschehen war. Daß er nicht einmal sicher sei, daß der Mann wirklich Cain *war*.«

»Wer war der Kollege?«

»Ein Mann namens Gillette. Er war unser Mann, aber das kann Abbott nicht gewußt haben.«

»Noch eine Möglichkeit: der ›Mönch‹ hatte für solche Männer einen Instinkt. In Wien hieß es immer, David Abbott würde selbst dem lieben Gott nicht über den Weg trauen.«

»Möglich. Was Sie sagen, beruhigt mich; Sie suchen Dinge, die andere nicht suchen.«

»Ich hab' Erfahrung; ich war einmal ein wichtiger Mann. Unglücklicherweise habe ich keine Beziehung zum Geld.«

»Die haben Sie immer noch nicht.«

»Wir hätten einander in den alten Tagen kennen sollen.«

»Jetzt werden Sie anmaßend, Carlos.«

»So ist das immer. Sie wissen, daß ich weiß, daß Sie mein Leben jeden Augenblick auslöschen können, also muß ich einen Wert für Sie besitzen, der nicht nur mit Erfahrung zu erklären ist.«

»Was haben Sie mir noch mitzuteilen?«

»Es ist vielleicht nicht besonders wichtig, aber immerhin . . . . Ich habe ordentliche Kleider angezogen und den Tag in der ›Auberge du Coin‹ verbracht. Es gab dort einen Mann, einen korpulenten Mann — die Sûreté hat ihn verhört und entlassen — dessen gehetzter Blick mir auffiel. Er schwitzte auch zu viel. Jedenfalls kam er mir verdächtig vor. Ich habe mich mit ihm unterhalten und zeigte ihm ein offizielles NATO-Ausweispapier, das ich mir Anfang der fünfziger Jahre hatte machen lassen. Anscheinend hat er gestern früh um drei Uhr einen Wagen vermietet. An einen blonden Mann in Begleitung einer Frau. Die Beschreibung paßt zu der Fotografie aus Argenteuil.«

»Vermietet?«

»So hat er es mir dargestellt. In ein oder zwei Tagen sollte die Frau den Wagen zurückgeben.«

»Das wird nie geschehen.«

»Natürlich nicht, aber es läßt Rückschlüsse zu . . . Warum sollte Cain sich die Mühe machen, sich ausgerechnet auf die Weise ein solches Fahrzeug zu beschaffen?«

»Um so schnell wie möglich wegzukommen.«

»In diesem Falle ist die Information wertlos«, sagte der Bettler. »Andererseits gibt es so viele Möglichkeiten, auf weniger auffällige Art zu verreisen. Und Borowski muß jedem mißtrauen.«

»Worauf wollen Sie hinaus?«

»Ich gebe zu bedenken, daß Borowski sich diesen Wagen zu dem einzigen Zweck beschafft haben könnte, um jemanden hier in Paris zu verfolgen. Kein Herumlungern in der Öffentlichkeit, wo man ihn vielleicht entdecken könnte, keine Mietwagen, die Hinweise geben, keine hektische Suche nach Taxis. Statt dessen einfach nur ein Austausch von Zulassungsschildern und ein unauffälliger schwarzer Renault in den überfüllten Straßen. Wo sollte man da suchen?«

Die Silhouette wandte sich ihm zu. »Die Lavier«, sagte der Meuchelmörder im Beichtstuhl leise. »Und jeder andere in *Les Classiques,* den er verdächtigt. Das ist der Ort, wo man sie beobachten kann. Binnen Tagen — vielleicht binnen Stunden — wird man einen unauffälligen schwarzen Renault sehen und ihn finden. Haben Sie eine Beschreibung des Wagens?«

»Bis auf die letzte Beule am hinteren Kotflügel.«

»Gut. Sagen Sie den anderen alten Männern Bescheid. Durchkämmen Sie die Straßen, die Garagen und die Parkplätze. Derjenige, der den Renault findet, hat für alle Zeiten ausgesorgt.«

»Weil wir schon gerade bei dem Thema sind . . «

Ein Umschlag schob sich zwischen dem Vorhang und der Filzbespannung des Beichtstuhls durch. »Wenn sich Ihre Theorie als richtig erweist, können Sie das als eine rein symbolische Geste betrachten.«

»Ich *habe* recht, Carlos.«

»Warum sind Sie so überzeugt?«

»Weil Cain das tut, was Sie tun würden, was ich getan hätte — damals, in den alten Tagen. Man muß den Hut vor ihm ziehen.«

»Töten muß man ihn«, sagte der Meuchelmörder. »Im Zeitablauf ist Symmetrie. In ein paar Tagen ist der 25. März. Am 25. März 1968 wurde Jason Borowski im Dschungel von Tam Quan exekutiert. Jetzt, Jahre später — fast auf den Tag genau — wird ein anderer Jason Borowski gejagt, und die Amerikaner sind ebenso eifrig erpicht wie wir, daß er getötet wird. Ich frage mich, wer von uns diesmal den Abzug drücken wird.«

»Ist das wichtig?«

»*Ich* will ihn haben«, flüsterte die Silhouette. »Er war nie echt, und das war sein Fehler. Sagen Sie den alten Männern, sie sollen in Parc Monceau Bescheid sagen, wenn sie ihn finden. Sie sollen ihn nur im Auge behalten. Ich möchte, daß er am 25. März noch am Leben ist. Am 25. März werde ich ihn selbst töten und seine Leiche an die Amerikaner ausliefern.«

»Ich werde sofort Bescheid geben.«

»Angelus Domini, Kind Gottes.«

»Angelus Domini«, sagte der Bettler.

26.

Der alte Soldat schritt schweigend neben dem jüngeren Mann den mondbeschienenen Weg im Bois de Boulogne hinab. Keiner von beiden sagte etwas, es war schon viel zuviel gesagt worden. Villiers mußte über das Gehörte nachdenken. Und er bezog Stellung.

Der junge Mann schien die Wahrheit zu sprechen. Seine Augen, seine Stimme, jede seiner Gesten ließen keine Zweifel zu. Der Mann ohne Namen log nicht. Die Zelle des Verrates befand sich in Villiers' Haus. Das erklärte viele Dinge, die er vorher nicht zu fragen gewagt hatte. Ein alter Mann wollte weinen.

Für den Mann ohne Erinnerung blieb alles beim alten. Seine Geschichte klang überzeugend, weil hier die Wahrheit war. Er mußte Carlos finden, mußte erfahren, was der Meuchelmörder wußte; wenn ihm das nicht gelang, würde es für ihn kein Leben geben. Er erwähnte Marie St. Jacques nicht, auch nicht die Ile de Port Noir, oder die Nachricht, die von einem oder mehreren Unbekannten geschickt wurde, oder das Mysterium seiner eigenen Person.

Statt dessen berichtete er alles, was er über den Killer wußte, den man Carlos nannte. Jenes Wissen war so profund, daß Villiers ihn verblüfft anstarrte und Informationen erkannte, von denen er wußte, daß sie streng geheim waren. Durch seinen Sohn hatte der General Zugang zu den geheimsten Akten seines Landes über Carlos gehabt, und manches in jenen Akten paßte zu dem, was ihm der Unbekannte hier erzählte.

»Diese Frau, mit der Sie in Argenteuil sprachen, die in telefonischer Verbindung zu meinem Haus steht, und die Ihnen gegenüber zugab, Kurier zu sein . . .«

»Ihr Name ist Lavier«, unterbrach Borowski.

Der General machte eine Pause. »Danke. Sie hat Sie durchschaut; sie hat Sie fotografieren lassen.«

»Ja.«

»Die hatten vorher also keine Fotografie?«

»Nein.«

»Also jagt Carlos Sie ebenso wie Sie ihn jagen. Aber Sie besitzen keine Fotografie. Sie kennen nur zwei Kuriere, von denen einer in meinem Hause war.«

»Ja.«
»Und mit meiner Frau gesprochen hat.«
»Ja.«
Der alte Mann wandte sich ab. Schweigen lastete über ihnen.

Sie erreichten das Ende des Weges, wo sich ein kleiner See befand. Er war mit weißem Kies eingesäumt, und alle zehn oder fünfzehn Fuß standen Bänke und umgaben das Wasser, wie eine Ehrenwache ein Grabmonument aus schwarzem Marmor umgibt. Sie gingen zur zweiten Bank. Jetzt brach Villiers sein Schweigen.

»Ich würde mich gerne setzen«, sagte er. »Mit dem Alter lassen die Kräfte nach. Das ist mir oft peinlich.«

»Das sollte es nicht sein«, sagte Borowski und setzte sich neben ihn.

»Das sollte es nicht«, pflichtete der General ihm bei, »aber das tut es.« Er wartete einen Augenblick und fügte dann leise hinzu: »Häufig in Gesellschaft meiner Frau.«

»Das ist doch nicht so schlimm«, sagte Jason.

»Sie mißverstehen mich.« Der alte Mann wandte sich dem jüngeren zu. »Ich meine nicht das Bett. Es gibt einfach Zeiten, wo ich mich genötigt sehe, meine Aktivitäten einzuschränken — eine Abendveranstaltung früher zu verlassen, an einer Wochenendreise ans Meer nicht teilzunehmen, auf das Skifahren in Gstaad zu verzichten.«

»Ich weiß nicht, ob ich Sie verstehe.«

»Meine Frau und ich sind oft getrennt. In vieler Hinsicht lebt jeder von uns ein Leben für sich, und erfreut sich an dem, was dem anderen Spaß macht.«

»Ich begreife immer noch nicht.«

»Machen Sie es mir nicht so schwer!« sagte Villiers.

»Wenn ein alter Mann eine junge, aufregende Frau findet, die darauf erpicht ist, sein Leben mit ihm zu teilen, versteht er gewisse Dinge ganz gut, andere nicht so ohne weiteres. Da ist natürlich die finanzielle Sicherheit ausschlaggebend, und in meinem Fall ein gewisses Maß an Zugang zum öffentlichen Leben. Luxus, gesellschaftliche Ereignisse, Freundschaft mit berühmten Leuten, alles das ist wunderbar. Für einen alternden Mann ist es ein berauschendes Gefühl, eine schöne junge Frau an seiner Seite zu wissen. Stolz präsentiert er sie der Welt. Aber dann gibt es Augenblicke quälender Eifersucht.« Der alte Soldat beugte sich ein wenig vor; das, was er sagen mußte, fiel ihm nicht leicht. »Wird sie sich einen Liebhaber nehmen?« fuhr er dann mit leiser Stimme fort. »Sehnt sie sich nach einem jüngeren, kräftigeren Körper? Einem, der mehr mit dem ihren im Einklang ist? Man kann nichts dagegen unternehmen — nur hoffen, daß sie so vernünftig ist, diskret zu sein. Ein Staatsmann, den man zum Hahnrei macht, verliert seine Wählerschaft schneller als ein Quartalsäufer; es bedeutet einfach, daß er nicht mehr Herr seiner selbst ist. Und dann kommen noch andere Sorgen dazu. Wird sie seinen Namen mißbrauchen? Wird sie die Contenance bewahren, ihr jugendliches Temperament zu zügeln wissen? Das ist das Risiko, das man eingeht, das sind die Zweifel, die an einem nagen. Und deshalb frage ich mich, ob sie nicht Teil eines Planes ist, von Anfang an.«

»Sie haben es also gespürt?« fragte Jason leise.

»Gefühle sind nicht die Realität!« konterte der alte Soldat heftig. »Sie haben keinen Platz in den Beobachtungen.«

»Warum sagen Sie mir das dann?«

Villiers' Kopf lehnte sich nach hinten, fiel dann wieder nach vorne, so daß seine Augen den See erfaßten. »Ich bete dafür, daß es eine einfache Erklärung für das gibt, was wir beide heute abend gesehen haben, und ich werde ihr jede Gelegenheit bieten, mir diese Erklärung zu liefern.« Wieder hielt der alte Mann inne. »Aber in meinem Herzen weiß ich, daß es keine solche Erklärung gibt. Ich wußte es in dem Augenblick, in dem Sie mir von *Les Classiques* erzählten. Ich blickte über die Straße auf die Türe meines Hauses, und plötzlich wurden mir eine Anzahl Dinge schmerzhaft klar. Die letzten zwei Stunden habe ich den Teufelsadvokaten gespielt; es hat keinen Sinn, das fortzusetzen. Vor dieser Frau gab es meinen Sohn.«

»Aber Sie sagten doch, Sie hätten Vertrauen in ihre Urteilskraft. Sagten, sie wäre Ihnen eine große Hilfe.«

»Das stimmt, Sie müssen wissen, ich wollte ihr vertrauen, wünschte mir ganz verzweifelt, ihr vertrauen zu können. Es ist die einfachste Sache auf der Welt, sich selbst zu überzeugen, daß man recht hat. Und je älter man wird, desto leichter fällt einem das.«

»Und was haben Sie erkannt?«

»Genau die Hilfe, die sie mir war, das Vertrauen, das ich in sie setzte.« Villiers wandte sich um und sah Jason an. »Sie besitzen ein außergewöhnliches Wissen über Carlos. Ich habe jene Akten so genau studiert, wie das nur irgendein Mensch getan hat, denn ich würde mehr als jeder Mensch darum geben, daß man ihn faßt und hinrichtet, und daß ich alleine das Erschießungspeloton wäre. Doch so dick sie auch sind, jene Akten kommen nicht entfernt an das heran, was Sie wissen. Dabei haben Sie sich einzig und allein auf seine Morde konzentriert, seine Methoden. Sie haben die andere Seite von Carlos übersehen. Er ist nicht nur Waffenhändler, er ist auch Agent.«

»Das weiß ich«, sagte Borowski. »Das ist es nicht, was —«

»Zum Beispiel«, fuhr der General fort, als hätte er Jason nicht gehört. »Ich habe Zugang zu Geheimdokumenten, die sich mit der nuklearen Sicherheitspolitik Frankreichs beschäftigen. Es gibt vielleicht fünf weitere Männer — die alle über jeden Verdacht erhaben sind —, die ebenfalls Zugang dazu haben. Und doch stellen wir mit erschütternder Regelmäßigkeit immer wieder fest, daß Moskau dies, Washington jenes, und Peking schließlich wieder etwas anderes erfahren hat.«

»Sie haben mit Ihrer Frau über diese Dinge gesprochen?« fragte Borowski überrascht.

»Natürlich nicht. Jedesmal, wenn ich solche Papiere mit nach Hause bringe, verwahre ich sie in meinem Safe in meinem Büro. Niemand darf den Raum betreten, wenn ich nicht zugegen bin. Es gibt nur eine einzige Person, die einen Schlüssel besitzt, eine einzige Person, die den Alarmschalter kennt. Meine Frau.«

»Ich hätte gedacht, das sei ebenso gefährlich, wie über die Akten zu diskutieren. Man könnte sie zwingen —«

»Es gab einen Grund. Ich bin in einem Alter, in dem das Unerwartete zur Alltäglichkeit wird; ich darf Sie nur auf die Todesanzeigen verweisen. Wenn mir etwas zustoßen sollte, hat sie Anweisung, den Conseiller Militaire anzurufen, in mein Büro zu gehen, und bei dem Safe zu bleiben, bis die Sicherheitsbeauftragten erscheinen.«

»Könnte sie nicht einfach an der Türe Wache halten?«

»Es ist schon vorgekommen, daß Männer meines Alters an ihrem Schreibtisch gestorben sind.« Villiers schloß die Augen. »Sie war es . . .«

»Sind Sie ganz sicher?«

»Mehr als ich mir selbst einzugestehen wage. Sie war es, die auf der Heirat bestand. Ich wies sie mehrmals auf den Altersunterschied zwischen uns hin, aber das wollte sie nicht hören. Sie sagte immer wieder, daß es auf die gemeinsamen Jahre ankäme, nicht auf jene, die unsere Geburtsdaten trennten. Sie erbot sich, eine Erklärung zu unterzeichnen und jeglichen Erbanspruch auf das Villierssche Erbe aufzugeben, und ich wies das natürlich von mir, das bewies ja, wie ergeben sie mir war. Das alte Sprichwort stimmt schon, ›der schlimmste Narr ist ein alter Narr‹. Aber ich hatte immer Zweifel; fast jedesmal bei Reisen oder bei unerwarteten Trennungen.«

»Unerwartet?«

»Sie hat viele Interessen, die häufig ihre Anwesenheit erfordern. Ein französisch-schweizerisches Museum in Grenoble, eine Kunstgalerie in Amsterdam, ein Denkmal für die Resistance in Boulogne-sur-Mer, eine idiotische Ozeanografie-Konferenz in Marseille, darüber gab es eine hitzige Auseinandersetzung. Ich brauchte sie dringend in Paris; wichtige diplomatische Veranstaltungen, an denen ich teilnehmen mußte, und bei denen ich sie bei mir haben sollte. Aber sie war nicht zum Bleiben zu bewegen. So, als würde man ihr befehlen, zu einem bestimmten Zeitpunkt hier oder dort oder sonstwo zu sein.«

Grenoble — in der Nähe der Schweizer Grenze, eine Stunde von Zürich. Amsterdam. Boulogne-sur-Mer — am Kanal, eine Stunde von London. Marseille . . . Carlos.

»Wann war die Konferenz in Marseille?« fragte Jason.

»Letzten August, glaube ich. Gegen Ende des Monats.«

»Am 26. August, um fünf Uhr nachmittags, wurde Botschafter Howard Leland in Marseille ermordet.«

»Ja, ich weiß«, sagte Villiers. »Sie erwähnten das schon vorher. Ich bedauere das Hinscheiden des Mannes . . .« Der alte Soldat blieb stehen; er sah Borowski an. »Mein *Gott*«, flüsterte er. »Sie mußte bei ihm sein. Carlos rief, und sie kam. Sie *gehorchte.*«

»So weit bin ich nie gegangen«, sagte Jason. »Ich schwöre Ihnen, ich sah sie nur als Verbindungsperson — ein blindes Relais, wie man in der Sprache der Agenten sagt. Ich bin nie so weit gegangen.«

Plötzlich entrang sich der Kehle des alten Mannes ein tiefer, haßerfüllter Schrei. Er schlug die Hände vor dem Gesicht zusammen, bäumte sich auf, legte den Kopf im Mondlicht in den Nacken und weinte.

Borowski bewegte sich nicht; da war nichts, was er tun konnte. »Es tut mir leid«, sagte er.

Der General gewann die Fassung über sich zurück. »Mir auch«, erwiderte er schließlich. »Ich bitte um Entschuldigung.«

»Nicht nötig.«

»Doch, ich glaube schon. Wir wollen nicht weiter darüber sprechen. Ich werde tun, was getan werden muß.«

»Und das wäre?«

Der Soldat saß aufrecht auf der Bank, das Kinn energisch vorgestreckt. »Da fragen Sie noch? Das, was sie getan hat, ist nichts anderes, als wenn sie mein Kind, das sie nicht trug, getötet hätte. Sie gab vor, die Erinnerung an ihn teuer zu halten, und doch war und ist sie eine Komplizin des Mordes, der an ihm begangen wurde. Und die ganze Zeit beging sie einen zweiten Verrat gegen die Nation, der ich mein ganzes Leben lang gedient habe.«

»Sie werden sie töten?«

»Ich werde sie töten. Sie wird mir die Wahrheit sagen und sterben.«

»Sie wird alles leugnen, was Sie sagen.«

»Das bezweifle ich.«

»Das ist verrückt!«

»Junger Mann, ich habe mehr als ein halbes Jahrhundert damit verbracht, die Feinde Frankreichs in die Falle zu locken und zu bekämpfen, selbst wenn es Franzosen waren. Die Wahrheit muß endlich ans Licht.«

»Was glauben Sie denn, daß sie tun wird? Dasitzen und Sie anhören und ruhig zugeben, daß sie schuldig ist?«

»Sie wird gar nichts ruhig tun. Aber sie wird es zugeben; hinausschreien wird sie es.«

»Warum sollte sie das?«

»Weil sie, wenn ich sie beschuldige, Gelegenheit haben wird, mich zu töten. Und wenn sie es versucht, handle ich in Notwehr, nicht wahr?«

»Das Risiko würden Sie eingehen?«

»Das muß ich eingehen.«

»Hören Sie mir zu«, beharrte Jason. »Sie sagen, zuerst käme Ihr Sohn. Denken Sie an ihn! Machen Sie Jagd auf den Mörder, nicht die Komplizin. Mag sein, daß sie für Sie eine ungeheure Wunde ist, aber es gibt eine größere Wunde. Sie müssen zuerst den Mann bekommen, der Ihren Sohn getötet hat! Am Ende werden Sie sie beide bekommen. Sprechen Sie noch nicht mir ihr! Benutzen Sie Ihr Wissen gegen Carlos. Jagen Sie ihn mit mir. Niemand ist je so dicht auf seiner Spur gewesen.«

»Sie verlangen von mir Unmenschliches«, sagte der alte Mann.

»Nicht, wenn Sie an Ihren Sohn denken. Nur wenn Sie an sich denken. Aber nicht, wenn Sie an die Rue du Bac denken.«

»Sie sind hart, Monsieur.«

»Ich habe recht, und Sie wissen es.«

Eine Wolke zog am Nachthimmel vorüber und verdunkelte kurz die Mondscheibe. Die Finsternis war vollkommen; Jason schauderte. Als der alte Soldat wieder sprach, klang seine Stimme resigniert.

»Ja, Sie haben recht«, sagte er. »Sie sind hart wie Stahl, und Sie haben recht. Den Mörder, nicht die Hure, muß man zur Strecke bringen. Werden wir es schaffen?«

Jason schloß kurz erleichtert die Augen. »Tun Sie nichts. Carlos muß mich in ganz Paris suchen. Ich habe seine Männer getötet, seine Codes entdeckt, einen Kontakt gefunden. Ich bin ihm auf der Spur. Wenn ich nicht falsch gewickelt bin, wird Ihr Telefon ab jetzt immer häufiger benutzt werden. Ich sorge dafür.«

»Wie?«

»Ich werde mich an ein halbes Dutzend Angestellte von *Les Classiques* heranmachen. Ein paar Verkäufer, die Lavier, vielleicht Bergeron, und ganz bestimmt den Mann an der Telefonzentrale. Sie werden sprechen. Und ich werde das auch. Die ganze Zeit wird Ihr Telefon klingeln.«

»Aber was ist mit mir? Was soll ich tun?«

»Bleiben Sie zu Hause. Sagen Sie, Sie fühlten sich nicht wohl. Und jedesmal, wenn das Telefon klingelt, bleiben Sie in seiner Nähe. Hören Sie sich die Gespräche an und versuchen Sie, Codes zu erkennen. Befragen Sie Ihre Angestellten. Horchen Sie ab! Vielleicht tut sich etwas. Derjenige, der an der Leitung hängt, wird wissen, daß Sie da sind. Trotzdem, Sie werden die Verbindungsperson irritieren. Und je nachdem, wo Ihre Frau —«

»Die Hure«, unterbrach der alte Soldat.

»— in Carlos Hierarchie steht, könnte es sogar sein, daß wir ihn dazu zwingen können, ans Licht zu treten.«

»Noch einmal, wie?«

»Seine Kontakte werden gestört sein. Die absolut sichere, über jeden Verdacht erhabene Kontaktperson gerät in Schwierigkeiten. Er wird ein Zusammentreffen mit Ihrer Frau verlangen.«

»Er wird doch ganz bestimmt nicht sagen, wo er sich aufhält.«

»*Ihr* muß er es sagen.« Borowski hielt inne. Ein anderer Gedanke kam ihm in den Sinn. »Wenn die Störung ihm Sorgen bereitet, wird er anrufen, oder eine Person, die Sie nicht kennen, kommt ins Haus, und kurz darauf wird Ihre Frau sagen, daß sie irgendwo hingehen muß. Wenn es dazu kommt, bestehen Sie darauf, daß Sie Ihnen eine Telefonnummer hinterläßt, wo man sie erreichen kann. Sie müssen darauf bestehen; Sie versuchen nicht, sie am Gehen zu hindern, aber Sie *müssen* imstande sein, sie zu erreichen. Sagen Sie ihr, es handle sich um eine höchst wichtige militärische Angelegenheit, über die Sie nicht sprechen können, solange Sie keine Freigabe besitzen. Dann aber wollen Sie darüber mit ihr sprechen, ehe Sie Ihr eigenes Urteil bilden. Sie könnte anbeißen.«

»Und was bewirkt das?«

»Sie wird Ihnen sagen, wo sie ist. Vielleicht, wo Carlos ist. Wenn nicht Carlos, dann bestimmt andere, die ihm näher stehen. Und dann müssen Sie mit mir Verbindung aufnehmen. Ich nenne Ihnen ein Hotel und eine Zimmernummer. Der Name, unter dem ich eingetragen bin, ist bedeutungslos, machen Sie sich darüber keine Gedanken.«

»Warum nennen Sie mir Ihren Namen nicht?«

»Weil Sie, wenn Sie ihn je erwähnten — bewußt oder unbewußt — ein toter Mann wären.«

»Ich bin nicht senil.«

»Nein, das sind Sie nicht. Aber Sie sind ein Mann, der eine schwere Verletzung erlitten hat. Die schwerste Verletzung, die man erleiden kann, denke ich. *Sie* dürfen Ihr Leben riskieren; ich werde das nicht.«

»Sie sind ein seltsamer Mann, Monsieur.«

»Ja. Wenn ich nicht da bin, wenn Sie anrufen, wird sich eine Frau melden. Sie wird wissen, wo ich bin. Wir werden einen Zeitpunkt für Nachrichten vereinbaren.«

»Eine Frau?« Der General stutzte. »Sie haben nichts von einer Frau oder sonst jemandem gesagt.«

»Sonst ist auch niemand. Ohne diese Frau wäre ich nicht mehr am Leben. Carlos macht Jagd auf uns beide; er hat versucht, uns beide zu töten.«

»Weiß sie über mich Bescheid?«

»Ja. Sie war es, die mich über Sie aufgeklärt hat, die beim besten Willen Sie und Carlos nicht in Verbindung bringen konnte. Ich wollte es nicht glauben.«

»Vielleicht werde ich sie treffen.«

»Unwahrscheinlich. Solange sich Carlos nicht in unserer Macht befindet, dürfen wir uns nicht mit Ihnen sehen lassen. Unter keinen Umständen. Nachher — wenn es ein Nachher gibt — könnte es sein, daß Sie sich nicht mit uns sehen lassen wollen, beziehungsweise nicht mit mir. Ich bin ganz ehrlich zu Ihnen.«

»Das verstehe ich und respektiere es. Jedenfalls danken Sie dieser Frau in meinem Namen. Danken Sie ihr, daß sie wußte, ich könnte nichts mit Carlos zu tun haben.«

Borowski nickte. »Sind Sie ganz sicher, daß Ihre Privatleitung nicht angezapft ist?«

»Absolut. Sie wird regelmäßig überprüft; sämtliche Telefone, die unter der Aufsicht des Conseiller stehen, werden das.«

»Wenn Sie einen Anruf von mir erwarten, melden Sie sich und räuspern Sie sich dann einmal. Dann werde ich wissen, daß Sie es sind. Wenn Sie aus irgendeinem Grund nicht sprechen können, dann sagen Sie mir, ich solle Ihre Sekretärin am Morgen anrufen. Ich rufe dann in zehn Minuten zurück. Wie ist die Nummer?«

Villiers gab sie ihm. »Ihr Hotel?« fragte der General.

»Das ›Terrasse‹. Rue de Maistre. Montmartre. Zimmer vierhundertzwanzig.«

»Wann werden Sie beginnen?«

»Sobald wie möglich. Heute mittag.«

»Kämpfen Sie wie ein Rudel Wölfe«, sagte der alte Soldat und lehnte sich vor, ein Kommandant, der seinem Offizierscorps Instruktionen gibt. »Schlagen Sie zu.«

27.

»Sie war *so* bezaubernd und charmant, ich *muß* einfach etwas für sie tun«, sprudelte Marie ins Telefon. »Und dann auch dieser *reizende* junge Mann; er war so hilfsbereit. Ich sage Ihnen, das Kleid war ein *voller Erfolg!* Ich bin *so* dankbar.«

»Ihrer Beschreibung nach, Madame«, erwiderte die kultivierte Männerstimme aus der Telefonzentrale von *Les Classiques,* »bin ich ganz sicher, daß sie Janine und Claude meinen.«

»Ja natürlich. Janine und Claude, jetzt erinnere ich mich. Ich werde beiden ein kleines Briefchen mit einer Aufmerksamkeit schicken. Wissen Sie zufällig, wie die beiden mit Familiennamen heißen? Ich meine, es wirkt so herablassend, wenn ich die Umschläge einfach an ›Janine‹ und ›Claude‹ adressiere. So, wie man an Dienstboten schreibt, finden Sie nicht auch? Könnten Sie Jacqueline fragen?«

»Das ist nicht nötig, Madame. Ich kenne die Namen auch. Und gestatten Sie mir zu sagen, daß Madame ebenso feinfühlig wie großzügig ist. Janine Dolbert und Claude Oreale.«

»Janine Dolbert und Claude Oreale«, wiederholte Marie und sah Jason an. »Janine ist doch mit diesem reizenden Pianisten verheiratet, oder?«

»Ich glaube nicht, daß Mademoiselle Dolbert mit irgend jemand verheiratet ist.«

»Aber natürlich. Ich dachte an jemand anderen.«

»Wenn Sie gestatten, Madame, ich habe *Ihren* Namen nicht verstanden.«

»Wie dumm von mir!« Marie streckte den Telefonhörer von sich und hob die Stimme. »Darling, du bist ja zurück und schon so bald! Das ist ja großartig. Ich spreche mit diesen reizenden Leuten von *Les Classiques* . . . ja, sofort mein Lieber.« Sie zog den Hörer an die Lippen. »*Vielen,* vielen Dank, Sie waren *sehr* liebenswürdig.« Sie legte auf. »Nun, wie habe ich es gemacht?«

»Wenn du je auf die Idee kommen solltest, dem Wirtschaftsleben den Rücken zu kehren«, sagte Jason, ohne von dem Pariser Telefonbuch aufzublicken, »dann solltest du in den Verkauf gehen. Ich habe dir jedes Wort abgekauft.«

»Waren die Beschreibungen richtig?«

»Einmalig. Das mit dem Pianisten war übrigens gut.«

»Ich dachte, wenn sie verheiratet wäre, würde das Telefon sicher auf den Namen ihres Mannes eingetragen sein.«

»Nicht nötig«, unterbrach Borowski. »Hier steht es. Dolbert, Janine, Rue Losserand.« Jason schrieb sich die Adresse auf. »Oreale, das ist doch mit *O,* wie *oisean**), nicht wahr?«

»Ich glaube schon.« Marie zündete sich eine Zigarette an. »Du willst wirklich zu ihnen nach Hause gehen?«

Borowski nickte. »Wenn ich mich in der Rue Saint-Honoré an sie heranmachte, würde das Carlos erfahren.«

»Und was ist mit den anderen? Lavier, Bergeron und der Mann von der Telefonzentrale.«

»Morgen. Heute reicht es erst einmal.«

»Aha?«

»Ich muß sie alle zum Reden bringen. Sonst verbreitet die Dolbert und der Oreale das im ganzen Laden. Ich werde heute abend noch zwei weitere erreichen — die werden dann die Lavier und den Mann von der Telefonzentrale anrufen. Zuerst die erste Attacke und dann auch noch die zweite. Das Telefon des Generals wird noch heute nachmittag zu klingeln beginnen. Bis morgen sollte schließlich die Panik vollständig sein.«

»Zwei Fragen«, sagte Marie und erhob sich vom Bettrand und kam auf ihn zu. »Wie willst du es anstellen, während der Geschäftszeit zwei Angestellte aus *Les Classiques* herauszuholen? Und was für Leute willst du heute abend erreichen?«

Borowski sah auf die Uhr. »Es ist jetzt Viertel nach elf; ich werde gegen Mittag das Appartementhaus der Dolbert besuchen und veranlassen, daß der Hausmeister sie im Geschäft anruft. Er wird ihr sagen, daß sie sofort nach Hause kommen soll. Es gäbe ein dringendes, sehr persönliches Problem, um das sie sich kümmern muß.«

»Was für ein Problem?«

»Keine Ahnung. Aber wer hat heute keine Probleme?«

»Und mit Oreale willst du es genauso machen?«

»Für Oreale wird es mir ein besonderes Vergnügen sein.«

»Du bist wahnsinnig, Jason.«

»Ich bin stinknormal«, sagte Borowski, dessen Finger wieder an einer Reihe von Namen entlangfuhr. »Hier ist er. Oreale, Claude Giselle. Kein Kommentar. Rue Racine. Ich werde ihn gegen drei erreichen; wenn ich mit ihm fertig bin, wird er sofort umkehren, zur Rue de Saint-Honoré zurückeilen und Krach schlagen.«

---

*) Vogel

»Was ist mit den anderen zwei? Wer sind sie?«

»Ich werde entweder von Oreale oder der Dolbert Namen bekommen, vielleicht auch von beiden. Dann wird die zweite Attacke losgehen.«

Jason stand im Schatten der Türnische in der Rue Losserand. Er war fünfzehn Fuß vom Eingang zu Janine Dolberts kleinem Appartementhaus entfernt, wo vor wenigen Augenblicken ein mürrischer, aber dann mittels eines Geldscheines recht beflissen gewordener Hausmeister einem beredten Fremden gefällig gewesen war, indem er Mademoiselle Dolbert an ihrem Arbeitsplatz anrief und ihr sagte, ein Herr in einer Chauffeur-Limousine hätte schon zweimal nach ihr gefragt. Der Herr sei wieder da; was der Hausmeister tun solle?

Ein kleines schwarzes Taxi hielt am Randstein, und eine erregte, unnatürlich bleich wirkende Janine Dolbert sprang heraus. Jason eilte aus der Türnische und hielt sie wenige Fuß vor dem Eingang, noch auf dem Bürgersteig, auf.

»Das ging aber schnell«, sagte er und nahm ihren Ellbogen. »Wirklich reizend, Sie wiederzusehen. Sie waren neulich so hilfsbereit.«

Janine Dolbert starrte ihn an, die Lippen leicht geöffnet, eine Regung des Erkennens, dann Erstaunen. »*Sie*. Der Amerikaner«, sagte sie in englischer Sprache. »Monsieur Briggs, nicht wahr? Sind Sie das, der — «

»Ich habe meinem Chauffeur gesagt, er könne sich eine Stunde freinehmen. Ich wollte Sie alleine sprechen.«

»Mich? Weshalb sollten *Sie* denn *mich* sprechen wollen?«

»Wissen Sie das nicht? Weshalb sind Sie dann so schnell gekommen?«

Die großen Augen unter ihrem kurzen Haar fixierten ihn, und ihr bleiches Gesicht wirkte im Tageslicht noch bleicher. »Sie kommen also vom House of Azur?« fragte sie vorsichtig.

»Könnte sein.« Borowski verstärkte den Druck an ihrem Ellbogen. »Und?«

»Ich habe das geliefert, was ich versprochen habe. Mehr geht nicht, darüber waren wir uns einig.«

»Sind Sie sicher?«

»Seien Sie doch kein Idiot! Sie kennen die Pariser *Couture* nicht. Sie kennen nicht die Pläne und Intrigen, die in jedem Studio geschmiedet werden. — Und wenn dann die Herbstlinie herauskommt und Sie die Hälfte von Bergerons Entwürfen vor *ihm* vorführen, wie lange glauben Sie dann, daß ich noch in *Les Classiques* bleiben kann?

Ich bin das zweite Mädchen der Lavier, eine der wenigen, die Zugang zu ihrem Büro haben. Es wäre besser, Sie würden sich um mich kümmern, wie Sie das versprochen haben. In einem Ihrer Geschäfte in Los Angeles.«

»Machen wir doch einen kleinen Spaziergang«, sagte Jason und schob sie sachte vor sich her. »Sie haben den falschen Mann, Janine. Ich habe nie vom *House of Azur* gehört und habe nicht das geringste Interesse an gestohlenen Entwürfen —«

»O mein Gott . . .«

»Gehen Sie weiter.« Borowski drückte ihren Arm. »Ich habe gesagt, daß ich mit Ihnen sprechen möchte.«

»Worüber? Was wollen Sie von mir? Woher haben Sie meinen Namen?« Sie redete jetzt schneller, und die einzelnen Sätze überschlugen sich. »Ich bin heute früher Mittagessen gegangen und muß deshalb sofort wieder zurück; wir haben heute sehr viel Arbeit. Bitte, Sie tun mir weh.«

»Entschuldigen Sie.«

»Wie ich schon sagte, es war unsinnig. Wir hatten Gerüchte gehört; ich wollte Sie auf die Probe stellen. *Das* war es, was ich getan habe; Sie auf die Probe stellen!«

»Das klingt sehr überzeugend. Ich akzeptiere das, was Sie sagen.«

»Ich bin eine loyale Mitarbeiterin von *Les Classiques*. Das bin ich immer gewesen.«

»Das ist eine sehr gute Eigenschaft, Janine. Ich bewundere Loyalität. Ich habe das neulich zu . . . wie hieß er doch? . . . diesem netten Mann an der Telefonvermittlung gesagt. Wie heißt er? Ich habe den Namen vergessen.«

»Philippe«, sagte die Verkäuferin verstört, unsicher. »Philippe d'Anjou.«

»Ja, richtig, vielen Dank.« Sie erreichten eine enge, kopfsteingepflasterte Gasse zwischen zwei Häusern. Jason führte sie hinein. »Gehen wir doch hier hinein, damit wir von der Straße wegkommen. Keine Sorge, Sie kommen nicht zu spät. Ich will Sie nur noch um ein paar Minuten bitten.« Sie gingen zehn Schritte in der schmalen Gasse. Borowski blieb stehen; Janine Dolbert preßte den Rücken gegen die Ziegelwand. »Zigarette?« fragte er.

»Ja, danke.«

Er gab ihr Feuer und stellte fest, daß ihre Hand zitterte. »Sind Sie jetzt wieder ruhiger?«

»Ja. Nein, eigentlich nicht. Was wollen Sie, Monsieur Briggs?«

»Zunächst einmal heiße ich nicht Briggs, aber das sollten Sie ja wissen.«

»Das weiß ich nicht. Warum sollte ich?«

»Ich war sicher, daß das erste Mädchen der Lavier Ihnen das gesagt hätte.«

»Monique?«

»Bitte Nachnamen. Das muß alles ganz genau sein.«

»Brielle also«, sagte Janine und runzelte die Stirn. »Kennt sie Sie?«

»Fragen Sie sie doch.«

»Wie Sie wünschen. Also, was wollen Sie, Monsieur?«

Jason schüttelte den Kopf. »Sie wissen es also *wirklich* nicht, wie? Drei Viertel der Angestellten im *Les Classiques* arbeiten mit uns, und eine der intelligentesten ist nicht einmal kontaktiert worden. Es ist natürlich möglich, daß jemand Sie für ein Risiko hielt; das kommt vor.«

»*Was* kommt vor? Was für ein Risiko? Wer *sind* Sie?«

»Dafür ist jetzt keine Zeit. Das können Ihnen die anderen später erklären. Ich bin hier, weil wir noch nie einen Bericht von Ihnen bekommen haben, und doch sprechen Sie den ganzen Tag mit wichtigen Kunden.«

»Sie müssen sich schon klarer ausdrücken, Monsieur.«

»Wir wollen einmal sagen, daß ich der Sprecher für eine Gruppe von Leuten bin — Amerikaner, Franzosen, Engländer, Holländer — die hinter einem Killer her sind, der in jedem einzelnen unserer Länder politische und militärische Führungspersönlichkeiten ermordet hat.«

»*Ermordet?* Militärische und politische . . .« Janine riß den Mund auf, und die Asche ihrer Zigarette brach ab und fiel ihr auf die gleichsam erstarrte Hand. »Was soll das? Wovon reden Sie? Ich habe davon noch nie etwas gehört.«

»Da muß ich mich wohl entschuldigen«, sagte Borowski mit weicher Stimme. Er glaubte ihr aufs Wort. »Man hätte schon vor einigen Wochen mit Ihnen Verbindung aufnehmen sollen. Das war ein Irrtum seitens meines Vorgängers, und es tut mir leid. Für Sie muß das ein Schock sein.«

»Es ist ein Schock, Monsieur«, flüsterte die Verkäuferin, ihr Rücken spannte sich unter der Last des eben Gehörten, »Sie sprechen von Dingen, die mein Verständnis übersteigen.«

»Aber *ich* verstehe jetzt«, unterbrach Jason. »Kein Wort von Ihnen über irgend jemand. Jetzt ist es mir klar.«

»Aber mir nicht.«

»Wir arbeiten uns an Carlos heran. An den Terroristen, der als Carlos bekannt ist.«

»*Carlos?*« Die Zigarette entfiel ihrer Hand, jetzt war der Schock vollkommen.

»Er ist einer Ihrer treuesten Kunden, darauf deuten alle Beweise. Acht Männer stehen im Verdacht. Die Falle ist für einen Zeitpunkt im Laufe der nächsten paar Tage vorbereitet. Vorsichtsmaßnahmen sind getroffen.«

»Vorsichtsmaßnahmen . . . ?«

»Es besteht immer die Gefahr einer Geiselnahme, das wissen wir alle. Wir rechnen mit einer Schießerei, aber das wird sich in engen Grenzen halten. Das eigentliche Problem wird Carlos selbst sein. Er hat geschworen, sich nie lebend fangen zu lassen und läuft immer mit Explosivstoffen in den Taschen herum, die einer Tausend-Pfund-Bombe entsprechen. Aber damit werden wir fertig. Unsere Scharfschützen werden bereitstehen; ein sauberer Schuß in den Kopf, und alles ist vorbei.«

»Ein einziger Schuß . . .«

Plötzlich sah Borowski auf die Uhr. »Jetzt habe ich Ihre Zeit lange genug in Anspruch genommen. Sie müssen in Ihr Geschäft zurück, und ich muß wieder auf meinen Posten. Denken sie daran, wenn Sie mich draußen sehen, kennen Sie mich nicht. Wenn ich *Les Classiques* betrete, behandeln Sie mich so, wie Sie jeden reichen Kunden behandeln würden. *Außer,* wenn Sie einen Kunden entdeckt haben, von dem Sie annehmen, daß er unser Mann sein könnte; dann dürfen Sie keine Zeit vergeuden und müssen mich sofort informieren. Noch einmal, alles das tut mir furchtbar leid. Es war ein Kommunikationsproblem, sonst nichts. Das kommt vor.«

»Ein Kommunikationsproblem . . . ?«

Jason nickte, machte auf dem Absatz kehrt und ging schnell die gepflasterte Gasse zurück. An der Straße angelangt, blieb er stehen und sah sich nach Janine Dolbert um. Sie lehnte benommen an der Wand; für sie war die elegante Welt der *Haute Couture* völlig aus dem Gleichgewicht geraten.

Philippe d'Anjou. Der Name sagte ihm nichts, aber Borowski stand unter einem inneren Zwang. Er wiederholte den Namen in Gedanken immer wieder und versuchte, ein Bild heraufzubeschwören . . . weil das Gesicht des grauhaarigen Mannes an der Telefonvermittlung in ihm so gewalttätige Bilder von Finsternis und Lichtblitzen hervorrief. *Philippe d'Anjou* . . . Da war doch etwas gewesen, etwas, wobei sich Jasons Magen verkrampfte, das seine Muskeln straffte . . . die Dunkelheit.

Er saß am Fenster gleich neben der Türe eines Cafés an der Rue Racine, bereit, aufzustehen und das Lokal zu verlassen, sobald er die Gestalt von Claude Oreale an der Türe des alten Gebäudes auf der anderen Straßenseite auftauchen sah. Sein Zimmer befand sich im fünften Stock in einer Wohnung, die er mit zwei anderen Männern teilte, und die man nur über eine ausgetretene Treppe erreichen konnte. Wenn er eintraf, würde er ganz bestimmt nicht im Schritttempo erscheinen, dessen war Borowski sicher.

Er wußte das deshalb so sicher, weil Claude Oreale, der auf einer anderen Treppe in Saint-Honoré so eindringlich auf Jacqueline Lavier eingeredet hatte, von seiner Zimmerwirtin per Telefon beschimpft worden war. Er solle dafür sorgen, zeterte sie, daß das Geschrei und das Zerschlagen von Möbeln aufhörte, das aus seiner Wohnung im fünften Stock zu hören war. Entweder sorgte er, daß das aufhörte, oder man würde die Polizei rufen; er hatte zwanzig Minuten Zeit.

Er brauchte nur fünfzehn. Seine schlanke Gestalt, in einen Pierre-Cardin-Anzug gehüllt — die Rockschöße im Wind flatternd — kam aus dem nächsten Metro-Ausgang gerannt. Er wich Kollisionen mit der Agilität eines abgemagerten Rugbyspielers aus, den das Bolschoi-Ballett ausgebildet hatte. Er hatte den dünnen Hals ein paar Zoll vor den mit einer Weste bedeckten Brustkasten ausgestreckt, und sein langes, dunkles Haar flog wie eine Mähne parallel zum Pflaster. Er erreichte den Eingang, packte das Treppengeländer und jagte die Stufen hinauf, warf sich förmlich in die finsteren Schatten des Vestibüls.

Jason eilte aus dem Café und lief über die Straße. Drinnen rannte er auf die alte Treppe zu und stieg dann die knarrenden Stufen hinauf. Vom vierten Stock konnte er hören, wie über ihm gegen die Türe gehämmert wurde.

»Macht die Türe auf! Schnell, um Gottes willen!« Oreale erstarrte plötzlich. Das Schweigen drinnen war vielleicht noch erschreckender als alles andere.

Borowski stieg die letzten paar Stufen hinauf, bis er Oreale zwischen dem Geländer und dem Boden sehen konnte. Der zerbrechliche Körper des Verkäufers war gegen die Türe gedrückt, die Hände zu beiden Seiten von ihm, die Finger gespreizt, das Ohr gegen die Türfüllung gepreßt, das Gesicht gerötet. Jason schrie mit gutturaler Stimme in bürokratischem Französisch während er weiterrannte: »Sûreté! Bleiben Sie genau wo Sie sind, junger Mann! Wir wollen doch keinen Ärger haben. Wir haben Sie und Ihre Freunde beobachtet. Wir wissen über die Dunkelkammer Bescheid.«

»Nein!« schrie Oreale. »Das hat nichts mit mir zu tun, das schwöre ich. *Dunkelkammer?«*

Borowski hob die Hand. »Seien Sie still, schreien Sie nicht so!« Er trat an das Geländer, beugte sich darüber und blickte nach unten.

»Sie können mich da nicht hineinziehen!« fuhr der Angestellte fort. »Ich habe nichts damit zu tun! Ich habe denen immer wieder gesagt, sie sollen das alles wegschaffen. Eines Tages bringen die sich noch um. Drogen sind doch für Idioten! Mein Gott, das ist so still, vielleicht sind die tot!«

Jason löste sich vom Geländer und kam mit erhobenen Handflächen auf Oreale zu. »Ich habe Ihnen doch gesagt, Sie sollen still sein«, flüsterte er heiser. »Gehen Sie hinein und seien Sie ruhig! Das war nur für diese alte Schachtel dort unten.«

Der Verkäufer war wie erstarrt, seine Panik ging in lautlose Hysterie über. »Was?«

»Sie haben doch einen Schlüssel«, sagte Borowski. »Machen Sie auf und gehen Sie hinein.«

»Da ist verriegelt«, erwiderte Oreale.

»Um diese Zeit ist es hier immer verriegelt.«

»Sie verdammter Narr, wir mußten Sie *erreichen!* Wir mußten Sie hierherholen, ohne daß jemand den Grund erfuhr. Öffnen Sie jetzt. Schnell!«

Wie das erschreckte Kaninchen, das er in Wirklichkeit war, fummelte Claude Oreale in der Tasche herum und fand den Schlüssel. Er schloß die Türe auf und spähte vorsichtig in den Raum, wie ein Mann, der eine Stahlkammer betritt, und annimmt, daß sie mit verstümmelten Leichen gefüllt ist. Borowski schob ihn durch die Tür, folgte ihm und schloß sie dann.

Was von der Wohnung zu sehen war, strafte den Rest des Gebäudes Lügen. Das geräumige Wohnzimmer war mit teurem, geschmackvollem Mobiliar gefüllt, Dutzende roter und gelber Samtkissen lagen auf Sesseln, Diwans und dem Boden herum. Es war ein erotischer Raum, ein luxuriöser Zufluchtsort inmitten von Unrat und Zerfall.

»Ich habe nur ein paar Minuten«, sagte Jason. »Jetzt ist nur Zeit für das Geschäftliche.«

»Geschäftlich?« fragte Oreale, dessen Gesicht zu einer Maske erstarrt war. »Diese . . . diese . . . Dunkelkammer? Was für eine Dunkelkammer?«

»Das können Sie vergessen. Sie hatten da etwas viel Besseres.«

»Was für Geschäfte?«

»Wir haben Nachricht aus Zürich bekommen und wollen, daß Sie das an Ihre Freundin Lavier weitergeben.«

»Madame Jacqueline? Meine *Freundin?*«

»Wir vertrauen nicht auf das Telefon.«

»Was für ein Telefon? Was haben Sie erfahren?«

»Carlos hat recht.«

»Carlos? Carlos und wie noch?«

»Der Meuchelmörder.«

Claude Oreale schrie. Seine Hand fuhr an seinen Mund. Er biß auf den Knöchel seines Zeigefingers und schrie: »Was *sagen* Sie da?«

»Seien Sie still!«

»Warum sagen Sie das *mir?«*

»Sie sind Nummer Fünf. Wir rechnen auf Sie.«

»Fünf *was?* Wozu?«

»Daß Sie Carlos helfen, aus dem Netz zu entkommen. Die Widersacher rücken immer näher. Morgen, am Tag darauf, vielleicht noch einen Tag später. Er soll sich fernhalten; er *muß* sich fernhalten. Die werden den Laden umstellen, Scharfschützen alle zehn Fuß. Das Sperrfeuer wird mörderisch sein; wenn er drinnen ist, könnte es zu einem Massaker kommen. Und das würde keiner von Ihnen überleben.«

Wieder schrie Oreale, sein Fingerknöchel war rot. »Hören Sie doch endlich auf! Ich weiß nicht, wovon Sie reden! Sie sind verrückt, und ich will kein Wort mehr hören — ich habe *nichts* gehört. Carlos, Sperrfeuer . . . Massaker? Mein Gott, ich ersticke . . . ich brauche Luft!«

»Sie werden Geld bekommen. Eine ganze Menge, stelle ich mir vor. Die Lavier wird Ihnen danken. Und d'Anjou auch.«

»D'Anjou? Der verabscheut mich! Er nennt mich einen Pfau, beleidigt mich jedesmal, wenn er dazu Gelegenheit bekommt.«

»Natürlich, das ist seine Tarnung. Tatsächlich hat er Sie sehr gerne — vielleicht mehr als Sie ahnen. Er ist Nummer Sechs.«

»Was sind das für *Nummern?* Hören Sie auf, von Nummern zu sprechen!«

»Wie sollten wir denn sonst zwischen Ihnen unterscheiden, Ihnen Aufträge zuteilen? Wir können keine Namen gebrauchen.«

»Wer kann das nicht?«

»Wir alle, die wir für Carlos arbeiten.«

Der Schrei war ohrenbetäubend, und von Oreales Finger tropfte Blut. »Ich höre jetzt nicht mehr zu! Ich bin Couturier, *Künstler!«*

»Sie sind Nummer Fünf. Sie werden genau das tun, was wir sagen, oder Sie werden dieses Liebesnest hier nicht mehr zu sehen bekommen.«

»Auuuhhh!«

»Hören Sie zu schreien auf! Wir haben Verständnis für Sie. Wir wissen, daß Sie alle unter schrecklichem Druck stehen. Übrigens, wir vertrauen dem Buchhalter nicht.«

»Trignon?«

»Nur Vornamen. Es ist wichtig, daß alles geheim bleibt.«

»Also Pierre. Er ist widerlich. Er läßt sich die Telefonanrufe bezahlen.«

»Wir glauben, daß er für Interpol arbeitet.«

»Interpol?«

»Wenn das stimmt, könnten Sie alle zehn Jahre ins Gefängnis wandern. Die würden *Sie* bei lebendigem Leib auffressen, Claude.«

»*Auuuhh!*«

»Mund halten! Lassen Sie nur Bergeron wissen, was wir von dem Ganzen denken. Behalten Sie Trignon im Auge, besonders während der nächsten drei Tage. Wenn er das Geschäft aus irgendeinem Grund verläßt, passen Sie auf. Es könnte bedeuten, daß die Falle sich schließt.« Borowski ging zur Tür, die Hand in der Tasche. »Ich muß jetzt zurück, und Sie auch. Sagen Sie den Nummern Eins bis Sechs das, was ich Ihnen gesagt habe. Es ist wichtig, daß alle Bescheid wissen.«

Wieder schrie Oreale hysterisch. »Nummern! Immer *Nummern!* Was für *Nummern?* Ich bin ein Künstler, keine Nummer!«

»Wenn Sie nicht ebenso schnell dorthin zurückgehen, wie Sie hergekommen sind, werden Sie kein Gesicht mehr haben. Sagen Sie der Lavier, d'Anjou und Bergeron Bescheid. So schnell Sie können. Und dann den anderen.«

»*Welchen* anderen?«

»Fragen Sie Nummer Zwei.«

»Zwei?«

»Dolbert. Janine Dolbert.«

»*Janine.* Die auch?«

»Richtig. Sie ist Nummer Zwei.«

Der Verkäufer warf in hilflosem Protest die Arme in die Höhe. »Das ist Wahnsinn! Ich verstehe gar nichts mehr!«

»Doch, Ihr Leben, Claude«, sagte Jason. »Sie müssen es richtig bewerten. Ich warte auf der anderen Straßenseite. Gehen Sie hier in genau drei Minuten weg. Und benutzen Sie das Telefon nicht; gehen Sie einfach zu *Les Classiques* zurück. Wenn Sie nicht in drei Minuten hier raus sind, muß ich zurückkommen.« Er nahm die Hand aus der Tasche. Mit seiner Pistole.

Oreale stieß seine Lunge voll Luft aus. Sein Gesicht war aschfahl, als er die Waffe anstarrte.

Borowski schlüpfte durch die Türe hinaus und machte sie wieder hinter sich zu.

Das Telefon klingelte auf dem Nachttisch. Marie sah auf die Uhr; es war zwanzig Uhr fünfzehn, und einen Augenblick lang empfand sie

Angst, es gab ihr einen Stich in der Brust. Jason hatte gesagt, daß er um einundzwanzig Uhr anrufen würde. Er hatte *La Terrasse* nach Einbruch der Dunkelheit gegen neunzehn Uhr verlassen, um eine Verkäuferin namens Monique Brielle aufzuhalten. Sein Zeitplan stimmte genau und sollte nur im Notfall geändert werden. War etwas passiert?

»Ist dort Zimmer vierhundertzwanzig?« fragte die tiefe Männerstimme am anderen Ende der Leitung.

Erleichterung überkam Marie; der Mann war André Villiers. Der General hatte am späten Nachmittag angerufen, um Jason zu sagen, daß sich in *Les Classiques* Panik ausgebreitet hatte; man hatte seine Frau im Laufe von eineinhalb Stunden nicht weniger als sechsmal ans Telefon gerufen. Aber er hatte kein einziges Mal irgend etwas von Bedeutung belauschen können; jedesmal, wenn er den Hörer abgenommen hatte, waren belanglose Plaudereien anstelle ernsthafter Konversation getreten.

»Ja«, sagte Marie. »Hier ist vierhundertzwanzig.«

»Verzeihen Sie mir, aber wir haben noch nicht miteinander gesprochen.«

»Ich weiß, wer Sie sind.«

»Ich bin auch über Sie informiert. Darf ich mir die Freiheit nehmen, Ihnen zu danken.«

»Ich verstehe. Gerne geschehen.«

»Um zur Sache zu kommen. Ich rufe aus meinem Büro an, es gibt natürlich keinen Nebenapparat für diese Leitung. Sagen Sie unserem gemeinsamen Freund, daß die Krise sich beschleunigt hat. Meine Frau hat sich in ihr Zimmer begeben und behauptet, es wäre ihr übel. Aber offensichtlich geht es ihr noch so gut, daß sie telefonieren kann. Ich habe einige Male abgehoben, mußte aber erkennen, daß die auf Störungen vorbereitet war. Ich habe mich jedesmal ziemlich ruppig entschuldigt und gesagt, ich würde Anrufe erwarten. Ich bin, offen gestanden, gar nicht sicher, ob das meine Frau überzeugt hat, aber sie hat natürlich keine Möglichkeit, mich zu befragen. Ich will ganz offen sein, Mademoiselle. Zwischen uns besteht eine ungeheure Spannung, die mich ziemlich nervös macht. Möge Gott mir Kraft geben.«

»Ich kann Sie nur bitten, das Ziel im Auge zu behalten«, unterbrach ihn Marie. »Denken Sie an Ihren Sohn.«

»Ja«, sagte der alte Mann leise. »Mein Sohn. Und die Hure, die behauptet, die Erinnerung an ihn in Ehren zu halten. Es tut mir leid.«

»Schon gut. Ich werde unserem Freund übermitteln, was Sie mir gesagt haben. Er wird im Laufe der nächsten Stunde anrufen.«

»Bitte«, unterbrach Villiers. »Da ist noch mehr. Das ist auch der Grund meines Anrufs. Zweimal während meine Frau telefonierte, kamen mir die Stimmen bekannt vor. Die zweite erkannte ich; mir ist dabei sofort ein Gesicht ins Gedächtnis zurückgerufen worden. Er sitzt an einer Telefonvermittlung in Saint-Honoré.«

»Wir kennen seinen Namen. Was ist mit der ersten Stimme?«

»Das war seltsam. Ich kannte die Stimme nicht; es gab kein Gesicht, das dazu gehörte. Aber ich begriff, weshalb sie dort war. Es war eine seltsame Stimme. Halb geflüstert, halb ein Befehlston, ein Echo ihrer selbst. Der Befehlston fiel mir auf. Sehen Sie, jene Stimme unterhielt sich nicht mit meiner Frau; sie hatte einen Befehl erteilt. In dem Augenblick, als ich in der Leitung war, wurde sie natürlich verändert; ein vorher vereinbartes Signal, um schnell zum Abschluß zu kommen, aber es blieb doch etwas hängen. Und das, was übrig blieb, selbst der Ton, ist jedem Soldaten bekannt; das ist für ihn die Art und Weise, wie einer Sache Nachdruck verliehen wird. Drücke ich mich klar aus?«

»Ich denke schon«, sagte Marie mit leiser Stimme. Wenn der Mann das andeutete, was sie glaubte, mußte der Druck, unter dem er stand, unerträglich sein, das spürte sie.

»Seien Sie versichert, Mademoiselle«, sagte der General, »das war das Killerschwein.« Villiers hielt inne, und nur sein Atem war über die Leitung zu hören. Die nächsten Worte waren langgedehnt und auseinandergezogen, die Stimme eines starken Mannes, der den Tränen nahe war. »Er . . . *instruierte* . . . *meine* . . . Frau.« Die Stimme des alten Soldaten brach. »Verzeihen Sie. Ich habe nicht das Recht, Sie zu belasten.«

»Doch, das haben Sie«, sagte Marie, die plötzlich beunruhigt war. »Das, was geschieht, muß für Sie schrecklich schmerzhaft sein, und dadurch noch schlimmer, daß Sie niemanden haben, mit dem sie sprechen können.«

»Ich spreche mit Ihnen, Mademoiselle. Ich sollte das nicht, aber ich tue es.«

»Ich wünschte, wir könnten weiter reden. Ich wünschte, einer von uns könnte bei Ihnen sein. Aber das ist nicht möglich, wie Sie verstehen. Bitte, versuchen Sie durchzuhalten. Es ist schrecklich wichtig, daß man keine Verbindung zwischen Ihnen und unserem Freund herstellt. Das könnte Sie Ihr Leben kosten.«

»Ich denke, daß ich es vielleicht schon verloren habe.«

»Das ist absurd«, sagte Marie scharf. Sie mußte dem alten Soldaten weh tun. »Sie sind schließlich Offizier. Reden Sie nicht so ein wirres Zeug!«

»Die Lehrerin weist den Schüler zurecht. Sie haben ja recht.«

»Es stimmt, Sie sind ein großer Mann.« Jetzt herrschte Schweigen in der Leitung; Marie hielt den Atem an. Als Villiers' Stimme wieder zu hören war, atmete sie auf.

»Unser gemeinsamer Freund muß ein sehr glücklicher Mann sein. Sie sind eine bemerkenswerte Frau.«

»Ganz und gar nicht. Ich möchte nur, daß mein Freund zu mir zurückkommt. Daran ist nichts Bemerkenswertes.«

»Vielleicht nicht. Aber ich würde auch gerne Ihr Freund sein. Sie haben einem sehr alten Mann bewußt gemacht, wer und was er einmal war und wieder zu sein versuchen muß. Ich danke Ihnen zum zweitenmal.«

»Keine Ursache . . . mein Freund.« Marie legte auf. Sie war tief bewegt und in gleichem Maße beunruhigt. Sie war nicht überzeugt, daß Villiers den nächsten vierundzwanzig Stunden gewachsen sein würde. Und dann würde der Meuchelmörder wissen, daß er in der Falle saß, und befehlen, im *Les Classiques* zu räumen und zu verschwinden. Oder es würde zu einem Blutbad in Saint-Honoré kommen.

Wenn das passierte, war es aus. Dann gab es keine Adresse in New York mehr, keine Botschaft mehr zu entziffern, keinen Sender zu finden. Der Mann, den sie liebte, würde in das Dunkel, aus dem er kam, zurückgestoßen werden. Und er würde sie verlassen.

28.

Borowski sah sie an der Ecke, sie ging im Schein der Straßenlaterne auf das kleine Hotel zu, in dem sie wohnte. Monique Brielle, Jacqueline Laviers rechte Hand, war eine härtere, sehnigere Ausgabe von Janine Dolbert; er erinnerte sich daran, sie im Laden gesehen zu haben. Ihr Schritt war der einer selbstbewußten Frau, die wußte, was sie wollte. Jason konnte gut verstehen, daß sie die rechte Hand der Lavier war. Ihre Begegnung würde kurz sein, seine Botschaft würde sie erschrecken und ihr bedrohlich vorkommen. Er blieb reglos stehen und ließ sie an sich vorbeigehen. Ihre Absätze klapperten auf dem Pflaster. Auf der Straße befanden sich vielleicht ein halbes Dutzend Leute. Man mußte sie von hier wegbringen. Höchstens dreißig Fuß vor dem Eingang des kleinen Hotels holte er sie ein; er verlangsamte seinen Schritt auf ihr Tempo und hielt sich an ihrer Seite.

»Sie müssen sofort mit der Lavier Verbindung aufnehmen«, sagte er in französischer Sprache und blickte starr nach vorne.

»Pardon? Was haben Sie gesagt? Wer sind Sie, Monsieur?«

»Bleiben Sie nicht stehen! Gehen Sie weiter. Am Eingang vorbei.«

»Sie wissen, wo ich *wohne?*«

»Es gibt sehr wenig, das wir nicht wissen.«

»Und wenn ich hineingehe? Es gibt einen Portier —«

»Es gibt auch die Lavier«, unterbrach Borowski. »Sie werden Ihre Stellung verlieren und auf der ganzen Rue Saint-Honoré keine mehr finden. Und ich fürchte sogar, daß das das geringste Ihrer Probleme sein wird.«

»Wer *sind* Sie?«

»Nicht Ihr Feind.« Jason sah sie an. »Machen Sie mich nicht dazu.«

»*Sie.* Der Amerikaner! Janine . . . Claude Oreale!«

»Carlos«, ergänzte Borowski.

»Carlos? Was soll dieser *Wahnsinn?* Den ganzen Nachmittag nichts als Carlos! Und *Nummern!* Jeder hat eine Nummer, von der noch nie jemand gehört hat! Und all das Gerede von Fallen und von Männern mit Waffen! Verrückt ist das!«

»Ist aber Realität. Gehen Sie weiter. Bitte. Um Ihrer selbst willen.«

Sie gehorchte, aber ihr Schritt war jetzt weniger sicher, ihr Körper steif, eine starre Marionette, die ihrer Fäden unsicher war. »Jacqueline hat mit uns gesprochen«, sagte sie mit eindringlicher Stimme. »Sie hat uns gesagt, es sei alles Wahnsinn, daß — *Sie* — sich vorgenommen hätten, *Les Classiques* zu ruinieren. Daß eines der anderen Häuser Sie dafür bezahlt haben muß, um uns zu ruinieren.«

»Was haben Sie denn erwartet, daß sie sagt?«

»Sie sind ein bezahlter Provokateur. Sie hat uns die Wahrheit gesagt.«

»Hat Sie Ihnen auch gesagt, daß Sie den Mund halten sollen? Daß Sie zu niemandem etwas davon sagen dürfen?«

»Natürlich.«

»Und ganz besonders«, fuhr Jason fort, als hätte er sie nicht gehört, »dürfen Sie keine Verbindung mit der Polizei aufnehmen, was unter den gegebenen Umständen ja eigentlich das logischste wäre. In mancher Hinsicht sogar das *einzig* mögliche.«

»Ja, natürlich . . .«

»Nicht natürlich«, widersprach Borowski. »Hören Sie, ich bin nur ein Verbindungsmann, ich stehe wahrscheinlich nicht viel höher in der Hierarchie als Sie selbst. Ich bin nicht hier, um Sie zu überzeugen, ich bin hier, um eine Nachricht zu übermitteln. Wir haben mit der Dolbert einen Versuch gemacht; wir haben ihr falsche Informationen eingetrichtert.«

»Janine?« Monique Brielle war perplex, und dazu kam noch, daß ihr alles immer verwirrender vorkam. »Was sie gesagt hat, war unglaublich! Ebenso unglaublich wie Claudes hysterisches Geschrei. Aber jeder von ihnen sagte etwas anderes.«

»Das wissen wir; war auch unsere Absicht. Sie hat mit *Azur* gesprochen.«

»Dem *House of Azur?*«

»Das können Sie ja morgen überprüfen. Sie müssen sie einfach zur Rede stellen.«

»Sie zur Rede stellen?«

»Ja. Interpol einschalten.«

»Was? Das ist alles verrückt! Ich weiß nicht, wovon Sie reden!«

»Die Lavier weiß es, nehmen Sie sofort mit Ihr Verbindung auf.« Sie näherten sich dem Ende des Häuserblocks; Jason berührte ihren Arm. »Ich werde Sie hier an der Ecke verlassen. Gehen Sie zu Ihrem Hotel zurück und rufen Sie Jacqueline an. Sagen Sie ihr, die Sache hätte sich zugespitzt. Es droht Gefahr. Und am allerschlimmsten, jemand wäre abgesprungen. Nicht die Dolbert, keine der Verkäuferinnen, sondern jemand viel weiter oben. Jemand, der alles weiß.«

»Abgesprungen? Was bedeutet das?«

»Es gibt einen Verräter in *Les Classiques*. Sagen Sie ihr, sie soll vorsichtig sein. Allen gegenüber. Wenn sie das nicht ist, könnte das unser aller Ende bedeuten.« Borowski ließ ihren Arm los und verließ den Bürgersteig, überquerte die Straße. Auf der anderen Seite fand er eine etwas zurückliegende Türnische und stellte sich hinein.

Er schob sein Gesicht bis zum Rand und spähte hinaus, blickte zu der Straßenecke hinüber. Monique Brielle hatte bereits die Hälfte des Weges zurückgelegt, rannte auf den Eingang ihres Hotels zu. Die Jagd hatte begonnen; jetzt war es Zeit, Marie anzurufen.

»Ich mache mir um Villiers Sorgen, Jason. Er verliert fast den Verstand. Der Schock sitzt ihm noch zu sehr in den Knochen.«

»Er wird damit fertig werden«, sagte Borowski und beobachtete den Verkehr auf den Champs-Élysées aus dem Inneren der verglasten Telefonzelle und wünschte, er könne in bezug auf André Villiers mehr Zuversicht empfinden. »Wenn nicht, habe ich ihn getötet. Ich will nicht mein Gewissen belasten, aber ich werde mich schuldig fühlen. Ich hätte meinen verdammten Mund halten und sie mir selbst vornehmen sollen.«

»Das hättest du nicht geschafft. Du hast ja d'Anjou auf der Treppe gesehen; du hättest nicht hineingehen können.«

»Ich hätte mir irgend etwas überlegen können.«

»Aber was du jetzt tust ist besser! Du erzeugst Panik, zwingst die Leute, die Carlos' Befehle ausführen, dazu, sich zu zeigen. Bald wirst du es wissen, Jason. Du wirst ihn kriegen! Ganz bestimmt!«

»Hoffentlich! Ich weiß genau, was ich tue, aber dann werde ich immer wieder . . .« Borowski hielt inne. Er sagte das ungern, aber er mußte es — er mußte es zu ihr sagen. »Dann werde ich verwirrt. Es ist, als bestünde ich aus zwei Teilen, wobei ein Teil von mir sagt ›du mußt dich selbst retten‹, und der andere Teil . . . Gott helfe mir . . . sagt mir ›du mußt Carlos fertigmachen‹.«

»Das hast du doch von Anfang an getan, oder?« sagte Marie mit leiser Stimme.

»Carlos ist mir *gleichgültig!*« schrie Jason und wischte sich den Schweiß von der Stirn und merkte, daß es kalter Schweiß war. »Es macht mich wahnsinnig«, fügte er hinzu und war nicht sicher, ob er die Worte laut ausgesprochen oder nur gedacht hatte.

»Darling, komm zurück.«

»Was?« Borowski sah das Telefon an und wußte wieder nicht, ob er die Worte tatsächlich gehört hatte, oder ob sie nur in seinen Gedanken existierten. *Jetzt geschah es wieder. Die Realität löste sich auf. Der Himmel draußen vor einer Telefonzelle auf den Champs-Élysées war dunkel. Einmal war es hell gewesen, so hell, so blendend.*

Und heiß, nicht kalt. Mit kreischenden Vögeln und pfeifenden Metallstücken . . .

»Jason!«

»Was?«

»Komm zurück. Darling. *Bitte,* komm zurück.«

»Warum?«

»Du bist müde. Du brauchst Ruhe.«

»Ich muß Trignon erreichen. Pierre Trignon. Er ist der Buchhalter.«

»Tu es morgen. Es hat Zeit bis morgen.«

»Nein. Morgen kommen die Kapitäne dran.« *Was sagte er da? Kapitäne. Truppen, die in Panik kollidieren. Aber das war jetzt die einzige Möglichkeit. Die einzige Möglichkeit. Das Chamäleon war ein . . . Provokateur.*

»Hör mir zu«, sagte Marie mit eindringlicher Stimme. »Mit dir ist etwas nicht in Ordnung. Das ist mir schon früher aufgefallen; das wissen wir beide, mein Liebster. Und dann mußt du aufhören, das wissen wir auch. Komm zum Hotel zurück. Bitte.«

Borowski schloß die Augen, der Schweiß begann zu trocknen, die Geräusche des Verkehrs außerhalb der Telefonzelle verdrängten das Kreischen in seinen Ohren. Er konnte die Sterne am kalten Nachthimmel sehen. Kein blendendes Sonnenlicht mehr, keine unerträgliche Hitze. Es war vorübergegangen.

»Ich bin wieder in Ordnung. Wirklich, alles okay.«

»Jason?« Marie sprach ganz langsam, zwang ihn, ihr zuzuhören. »Was war los?«

»Ich weiß nicht.«

»Du hast gerade diese Brielle gesehen. Hat sie etwas zu dir gesagt? Etwas, das Erinnerungen in dir weckte?«

»Ich weiß nicht.«

»Denk nach, Liebster!«

Borowski schloß die Augen, versuchte sich zu erinnern. War da etwas gewesen? Etwas, das beiläufig ausgesprochen worden war, oder so schnell, daß es ihm im Augenblick gar nicht aufgefallen war. »Sie hat mich einen *Provokateur* genannt«, sagte Jason und begriff nicht, warum das Wort zu ihm zurückkam. »Aber das bin ich ja schließlich, nicht wahr? Das ist es doch, was ich tue.«

»Ja«, gab Marie ihm recht.

»Ich muß weiter«, fuhr Borowski fort. »Trignons Wohnung ist nur ein paar Häuserblocks von hier entfernt. Ich will vor zehn Uhr bei ihm sein.«

»Sei vorsichtig!« Marie sprach, als wären ihre Gedanken anderswo.

»Das bin ich. Ich liebe dich.«
»Ich glaube an dich«, sagte Marie St. Jacques.

Die Straße war still, der Block eine seltsame Mischung aus Geschäften und Wohnungen, typisch für das Zentrum von Paris; am Tag voller aufgeregter Geschäftigkeit, nachts verlassen.

Jason erreichte das kleine Appartementhaus, wo sich Pierre Trignons Wohnung befand. Er stieg die Treppe hinauf und betrat das saubere, schwach beleuchtete Foyer. Zur Rechten gab es eine Reihe von Bronzebriefkästen, jeder über einem kleinen, mit Speichen versehenen Kreis, der Sprechanlage. Jason fuhr mit dem Finger über die gedruckten Namen unter den Schlitzen: M. PIERRE TRIGNON — 42. Er drückte den kleinen schwarzen Knopf zweimal; zehn Sekunden später war ein knatterndes Geräusch zu hören, das die Stimme halb übertönte.

»Ja?«

»Monsieur Trignon?«

»Jawohl.«

»Telegramm, Monsieur. Ich bin in Eile und kann mein Fahrrad nicht im Stich lassen.«

»Ein Telegramm, für mich?«

Pierre Trignon war kein Mann, der häufig Telegramme erhielt; das war an seiner überraschten Stimme zu merken. Der Rest seiner Worte war kaum zu verstehen, aber eine Frauenstimme im Hintergrund wirkte geradezu verstört, vermutete schon allerlei mögliche Katastrophen.

Borowski wartete vor der Milchglastüre, die ins Innere des Appartementhauses führte. Binnen Sekunden hörte er das schnelle Klappern von Schritten immer lauter werden, als jemand — offensichtlich Trignon — die Treppe heruntergeeilt kam. Die Tür flog auf, verbarg Jason; ein kräftig gebauter Mann, dem schon die meisten Haare ausgegangen waren, mit Hosenträgern, die das Fleisch unter dem vorquellenden weißen Hemd einzwängten, ging auf die Briefkästen zu und blieb bei Nummer 42 stehen.

»Monsieur Trignon?«

Der kräftig gebaute Mann fuhr herum, sein joviales Gesicht wirkte völlig hilflos. »Haben Sie mir ein Telegramm gebracht?« rief er.

»Ich bitte um Entschuldigung für die kleine Lüge, Trignon, aber ich habe das Ihretwegen getan. Ich dachte, Sie würden nicht gerne vor Ihrer Frau und Ihrer Familie verhört werden.«

»*Verhört?*« rief der Buchhalter aus, und seine dicken, vorstehenden Lippen kräuselten sich verwundert, seine Augen blickten verängstigt. »*Mich?* Wozu? Was soll das? Warum sind Sie hier in meinem Haus? Ich bin ein anständiger Bürger und habe mir nie etwas zuschulden kommen lassen!«

»Sie arbeiten in der Rue Saint-Honoré? Für eine Firma, die sich *Les Classiques* nennt?«

»Ja. Wer sind Sie?«

»Wenn Sie es vorziehen, können wir in mein Büro gehen«, sagte Borowski.

»Wer *sind* Sie?«

»Ich führe eine Sonderuntersuchung für die Steuerbehörde durch, Abteilung für Betrugsfälle. Kommen Sie mit — mein Dienstwagen steht draußen.«

»Draußen? Mitkommen? Ich habe keine Jacke, keinen Mantel! Meine Frau. Sie ist oben und wartet auf mich, wartet, daß ich ein Telegramm bringe. Ein Telegramm!«

»Sie können ihr ja eines schicken, wenn Sie wollen. Kommen Sie jetzt mit. Ich war den ganzen Tag mit dieser Geschichte beschäftigt und möchte das jetzt abschließen.«

»Bitte, Monsieur«, protestierte Trignon. »Was fällt Ihnen ein? Sie sagten, Sie hätten Fragen zu stellen. Stellen Sie Ihre Fragen und lassen Sie mich wieder hinauf. Ich will nicht in Ihr Büro.«

»Es dauert nur ein paar Minuten«, sagte Jason.

»Ich werde meiner Frau erklären, daß es sich um einen Irrtum gehandelt hat. Das Telegramm ist für den alten Gravet; er wohnt hier im Erdgeschoß und kann kaum lesen. Das wird sie verstehen.«

Madame Trignon verstand das nicht, aber ihre schrillen Einwände wurden von einem noch schrilleren Monsieur Trignon zum Schweigen gebracht. »Da sehen Sie es«, sagte der Buchhalter und richtete sich von dem Briefschlitz auf. Borowski konnte sehen, daß die Haarsträhnen über seinem kahlen Schädel vom Schweiß naß waren. »Es gibt keinen Anlaß, irgendwohin zu gehen. Was sind schon ein paar Minuten im Leben eines Mannes? Die Fernsehshows werden in ein oder zwei Monaten ja ohnehin wiederholt. Also, was in Gottes Namen *soll* das alles, Monsieur? Meine Bücher sind in Ordnung. Da gibt es nichts! Natürlich bin ich nicht für die Arbeit des Buchhalters verantwortlich. Das ist eine separate Firma; *er* ist eine separate Firma. Offen gestanden, habe ich ihn nie gemocht; er flucht die ganze Zeit, wenn Sie wissen, was ich meine. Aber wer bin ich schon, um etwas dagegen zu sagen?« Trignon streckte seine Hände mit gespielter Verzweiflung aus, das Gesicht zu einem unterwürfigen Lächeln verzogen.

»Zunächst einmal«, sagte Borowski und tat die Proteste ab, als hätte er sie nicht gehört, »dürfen Sie die Stadtgrenzen von Paris nicht verlassen. Wenn Sie aus irgendeinem Grunde persönlich oder beruflich aufgefordert werden sollten, das zu tun, müssen Sie uns verständigen. Um es offen zu sagen, Sie werden keine Genehmigung bekommen.«

»Sie scherzen, Monsieur!«

»Das tue ich ganz bestimmt nicht.«

»Ich habe keinen Grund, Paris zu verlassen — und auch nicht das Geld dazu — aber es ist unglaublich, daß man zu mir so etwas sagt. Was habe ich getan?«

»Das Bureau wird Ihre Bücher morgen früh beschlagnahmen. Seien Sie darauf vorbereitet.«

»Beschlagnahmen? Aus welchem Grund? Worauf vorbereitet?«

»Zahlungen an sogenannte Lieferanten, deren Rechnungen betrügerisch sind. Die Ware ist nie entgegengenommen worden — war nie dazu bestimmt, entgegengenommen zu werden — und die Zahlungen sind statt dessen auf eine Bank in Zürich geleitet worden.«

»Zürich? Ich weiß nicht, wovon Sie reden! Ich habe nie Schecks für Zürich ausgestellt.«

»Nicht direkt, das wissen wir. Aber es war doch eine Kleinigkeit für Sie, diese Schecks für nicht existierende Firmen auszustellen, dann die Gelder auszuzahlen und nach Zürich zu kabeln.«

»Jede Rechnung wird von Madame Lavier abgezeichnet! Ich bezahle *nichts* auf eigene Veranlassung!«

Jason hielt inne und runzelte die Stirn. »Jetzt scherzen Sie«, sagte er.

»Auf mein Wort! Das ist Vorschrift. Sie können jeden fragen! *Les Classiques* bezahlt keinen *Sou,* der nicht von Madame angewiesen ist.«

»Sie behaupten also, daß Sie Ihre Anweisungen direkt von ihr bekommen.«

»Aber natürlich!«

»Und von wem bekommt sie ihre Anweisungen?«

Trignon grinste. »Es heißt immer, von Gott, wenn es nicht andersherum ist, aber das ist natürlich ein Scherz, Monsieur.«

»Ich hoffe, daß Sie auch ernst sein können. Wer sind die Eigentümer von *Les Classiques?*«

»Das ist eine Partnerschaft, Monsieur. Madame Lavier hat viele wohlhabende Freunde; diese Freunde haben in ihre Fähigkeit investiert. Und natürlich in die Talente von René Bergeron.«

»Treffen sich diese Geldgeber häufig? Machen sie Vorschläge in bezug auf die Geschäftspolitik? Empfehlen sie vielleicht bestimmte Firmen, mit denen Geschäfte gemacht werden sollen?«

»Das weiß ich nicht, Monsieur. Natürlich, jeder hat Freunde.«

»Wir haben uns vielleicht auf die falschen Leute konzentriert«, unterbrach Borowski. »Es ist durchaus möglich, daß Sie und Madame Lavier — als die beiden, die direkt mit den täglichen Finanzen befaßt sind — benutzt werden.«

»Wozu benutzt?«

»Um Geld nach Zürich zu schaffen. Auf das Konto eines der gemeinsten Killer von Europa.«

Trignon zuckte zusammen, sein dicker Bauch zitterte, als er sich gegen die Wand stützte. »In Gottes Namen, was wollen Sie damit *sagen?«*

»Sie persönlich haben die Schecks vorbereitet, sonst niemand.«

»Nur auf Anweisung!«

»Haben Sie je die Ware mit den Rechnungen abgeglichen?«

»Das gehört nicht zu meinen Obliegenheiten!«

»Sie haben also Zahlungen für Lieferungen geleistet, die Sie nie gesehen haben.«

»Ich sehe nie etwas! Nur Rechnungen, die abgezeichnet worden sind. Ich zahle nur auf solche Rechnungen!«

»Dann hoffe ich, daß Sie jede einzelne finden werden. Sie und Madame Lavier würden gut daran tun, Ihre Akten gründlich zu durchforschen. Denn Sie beide — ganz besonders Sie — werden sich mit der Anklage auseinandersetzen müssen.«

»Anklage? Was für eine Anklage?«

»In Ermangelung einer besonderen Vorladung wollen wir es einmal Mittäterschaft an mehrfachem Mord nennen.«

»Mehrfachem —«

»Meuchelmord. Das Konto in Zürch gehört dem Terroristen, der unter dem Namen Carlos bekannt ist. Sie, Pierre Trignon, und Ihre gegenwärtige Arbeitgeberin, Madame Jacqueline Lavier, sind direkt in die Finanzierung des meistgesuchten Mörders von Europa verwickelt. Iljitsch Ramirez Sanchez. Alias Carlos.«

»Ohhh! . . .« Trignon mußte sich an der Wand festhalten, die Augen vor Entsetzen geweitet, die aufgedunsenen Züge verquollen. »Den ganzen Nachmittag lang . . .«, flüsterte er. »Leute, die herumliefen, hysterische Gespräche in den Gängen, und alle haben mich so seltsam angesehen, sind an meinem Büro vorübergegangen und haben die Köpfe abgewandt. O mein *Gott.«*

»An Ihrer Stelle würde ich keinen Augenblick vergeuden. Der morgige Tag ist nicht mehr weit, und er wird wahrscheinlich der schwierigste Tag Ihres Lebens sein.« Jason ging zur Haustüre und blieb mit der Hand auf dem Türknopf stehen. »Es kommt mir nicht zu, Ihnen Ratschläge zu erteilen, aber an Ihrer Stelle würde ich sofort mit Madame Lavier Verbindung aufnehmen. Sie sollten anfangen,

Ihre gemeinsame Verteidigung vorzubereiten — das ist vielleicht alles, was Ihnen noch möglich ist. Es kann zu einem Skandal kommen.«

Das Chamäleon öffnete die Tür und trat ins Freie, die kalte Nachtluft schlug ihm ins Gesicht.

Du mußt Carlos finden. Carlos in die Falle locken. Cain ist für Charlie und Delta ist für Cain.

Falsch!

Du mußt eine Nummer in New York finden. Treadstone finden. Den Sinn einer Nachricht finden. Den Sender finden.

Jason Borowski finden.

Das Tageslicht leuchtete durch die Mosaikfenster, als der glattrasierte alte Mann in dem altmodischen Anzug durch den Mittelgang der Kirche in Neuilly-sur-Seine eilte. Der hochgewachsene Priester, der bei den Novenenkerzen stand, blickte ihm nach, hatte das Gefühl, den Mann irgendwie zu kennen. Einen Augenblick dachte der Priester, er habe den Mann schon einmal gesehen und wisse nur nicht, wo er ihn hintun müsse. Da war gestern ein heruntergekommener Bettler gewesen, etwa die gleiche Größe, der gleiche . . . Nein, die Schuhe dieses alten Mannes waren blank geputzt, sein weißes Haar sorgfältig gekämmt, und der Anzug, auch wenn er aus dem letzten Jahrzehnt stammte, war von guter Qualität.

»Angelus Domini«, sagte der alte Mann und schob die Vorhänge des Beichtstuhls auseinander.

»Genug!« flüsterte die nur silhouettenhaft sichtbare Gestalt im Inneren des Beichtstuhls. »Was haben Sie in Saint-Honoré erfahren?«

»Wenig Konkretes. Aber seine Schachzüge sind genial.«

»Steckt ein System dahinter?«

»Ich glaube nicht. Er wählt Leute aus, die absolut nichts wissen, und erzeugt durch sie Chaos. Ich würde vorschlagen, die Aktivitäten in *Les Classiques* einzustellen.«

»Natürlich«, gab ihm die Silhouette recht. »Aber welches Ziel verfolgt er?«

»Über das Chaos hinaus?« fragte der alte Mann. »Ich würde sagen, er will unter denjenigen, die etwas wissen, Mißtrauen verbreiten. Die Brielle hat diese Worte gebraucht. Sie hat gesagt, der Amerikaner hätte von ihr verlangt, sie solle der Lavier sagen, es gäbe ›einen Verräter‹ in ihrer Mitte, eine offenkundig falsche Aussage. Welcher von ihnen würde das schon wagen? Der Buchhalter, Trignon, ist verrückt geworden. Gestern abend hat er bis zwei Uhr früh vor dem Haus der Lavier gewartet und sie buchstäblich überfallen, als sie aus dem Hotel der Brielle zurückkehrte. Auf der Straße hat er herumgeschrien!«

»Die Lavier selbst hat sich auch nicht viel besser benommen. Sie hatte sich kaum noch im Griff, als sie in Parc Monceau anrief; man hat ihr gesagt, sie solle nicht wieder anrufen. Wir brechen die Verbindung dorthin ab!«

»Selbstverständlich. Die wenigen von uns, die die Nummer kennen, haben sie vergessen.«

»Ja, daran tun sie gut.« Die Silhouette bewegte sich plötzlich; der Vorhang raschelte. »*Natürlich* will er Mißtrauen verbreiten! Das folgt dem Chaos. Daran besteht kein Zweifel. Er wird sich die Kontaktpersonen herauspicken und versuchen, von ihnen Informationen zu bekommen. Und wenn ihm das bei einem nicht gelingt, wird er ihn den Amerikanern ausliefern und sich den nächsten packen. Aber er wird bei allem alleine operieren, das ist Teil seines Ego. Er ist ein Verrückter. Ein Besessener.«

»Mag sein, daß er beides ist«, konterte der alte Mann, »aber er versteht sich auf sein Geschäft. Er wird dafür sorgen, daß die Namen an seine Vorgesetzten weitergeleitet werden, für den Fall, daß sein Vorhaben mißlingt. Also wird man *sie* auf alle Fälle festnehmen, gleichgültig ob es Ihnen gelingt, ihn fertigzumachen oder nicht.«

»Wir werden sie zwar töten«, sagte der Meuchelmörder. »Nur Bergeron nicht. Er ist zu wichtig. Sagen Sie ihm, er soll nach Athen gehen; er weiß schon wohin.«

»Soll ich daraus entnehmen, daß ich die Stelle von Parc Monceau einnehmen soll?«

»*Das* wäre unmöglich, aber für den Augenblick werden Sie meine endgültigen Entscheidungen an die jeweiligen Personen weiterleiten.«

»Und die erste Person ist Bergeron. Nach Athen!«

»Ja.«

»Also stehen Lavier und der Mann aus den Kolonien, d'Anjou, auf der Liste?«

»Ja, Köder überleben selten. Sie müssen noch eine weitere Nachricht weiterleiten an die beiden Teams, die die Lavier und d'Anjou überwachen. Sagen Sie ihnen, daß ich sie beobachten werde — die ganze Zeit. Es darf keine Fehler geben!«

Jetzt zögerte der alte Mann, verschaffte sich damit die Aufmerksamkeit des anderen. »Ich habe mir das Beste für den Schluß aufgehoben, Carlos. Man hat den Renault vor eineinhalb Stunden in einer Garage am Montmartre gefunden. Er ist letzte Nacht zurückgebracht worden.«

In der Stille konnte der alte Mann den langsamen Atem der Gestalt hinter dem Vorhang hören. »Ich nehme an, Sie haben Maßnahmen ergriffen, um ihn zu beobachten — selbst in diesem Augenblick — um ihm zu folgen — selbst in diesem Augenblick.«

Der Bettler lachte leise. »Entsprechend Ihrer letzten Instruktion habe ich mir die Freiheit genommen, einen Freund einzustellen, einen Freund mit einem einwandfreien Wagen. Er seinerseits hat drei Bekannte eingestellt, und die wechseln sich jetzt in vier Sechs-Stunden-Schichten auf der Straße vor der Garage ab. Sie wissen natürlich nichts, nur daß sie dem Renault zu jeder Tages- und Nachtstunde folgen müssen.«

»Sie enttäuschen mich nicht.«

»Das kann ich mir nicht leisten. Und nachdem Parc Monceau eliminiert worden ist, konnte ich ihnen keine andere Telefonnummer als die meine geben, die, wie Sie wissen, ein heruntergekommenes Café im Quartier ist. Der Besitzer und ich waren in den alten Tagen, den besseren Tagen, Freunde. Ich kann ihn alle fünf Minuten fragen, ob irgendwelche Mitteilungen für mich eingegangen sind, und er würde sich nie wundern. Ich weiß, woher er das Geld hat, mit dem er sich sein Geschäft aufgebaut und, und wer dabei den kürzeren zog.«

»Sie haben hervorragende Arbeit geleistet.«

»Ich habe auch ein Problem, Carlos. Da keiner von uns Parc Monceau anrufen darf, wie kann ich da Sie erreichen? Falls ich das muß. Zum Beispiel wegen des Renault.«

»Ja, ich überlege gerade. Sind Sie sich eigentlich bewußt, was Sie da wagen?«

»Ich weiß es, aber ich muß. Meine einzige Hoffnung ist, daß Sie, wenn das vorbei ist und Cain tot ist, sich an meine vorzügliche Arbeit erinnern werden, und die Nummer ändern, anstatt mich zu töten.«

»Sie stellen Vermutungen auf.«

»Früher war dies meine Überlebenschance.«

Der Meuchelmörder flüsterte sieben Ziffern. »Sie sind der einzige lebende Mensch, der diese Nummer besitzt. Sie kann natürlich nicht überprüft werden.«

»Natürlich. Wer würde erwarten, daß ein alter Bettler sie besitzt?«

»Jede Stunde bringt Sie einem besseren Lebensstandard näher. Das Netz beginnt sich zu schließen. Wir werden Cain schnappen und seine Leiche den genialen Strategen, die ihn zur Marionette gemacht haben, zurückgeben. Er kennt das Dunkel nicht, aus dem er kommt. Daran wird er zerbrechen.«

Borowski nahm den Hörer ab. »Ja?«

»Zimmer vierhundertzwanzig?«

»Sprechen Sie, General.«

»Die Telefonanrufe haben aufgehört. Man kontaktiert sie nicht mehr — zumindest nicht über das Telefon. Unsere zwei Angestellten waren weg, und das Telefon klingelte zweimal. Sie bat mich beide Male, den Hörer abzunehmen. Ihr war nicht nach Reden zumute.«

»Wer hat angerufen?«

»Die Apotheke wegen eines Rezepts, und ein Journalist, der um ein Interview bat. Beides konnte sie nicht wissen.«

»Hatten Sie den Eindruck, daß sie versucht hat, abzulenken, indem sie Sie bat, die Anrufe entgegenzunehmen?«

Villiers überlegte. Als er antwortete, klang seine Stimme ärgerlich. »Ich denke schon. Sie erwähnte auch, daß sie vielleicht auswärts essen würde. Sie sagte, sie hätte einen Tisch im George V. bestellt, und ich könnte sie dort erreichen.«

»Wenn sie hingeht, möchte ich gerne vor ihr dort sein.«

»Ich gebe Ihnen Bescheid.«

»Sie sagten, sie würde ›zumindest nicht mehr per Telefon‹ kontaktiert. Was meinen Sie damit?«

»Vor dreißig Minuten kam eine Frau. Meine Frau zögerte, sie zu empfangen, hat es aber dann doch getan. Ich habe ihr Gesicht nur einen Augenblick lang im Korridor gesehen, aber das war genug. Die Frau wirkte total verstört.«

»Beschreiben Sie sie.«

Das tat Villiers.

»Jacqueline Lavier«, sagte Jason.

»Das hatte ich angenommen. Nach ihrem Aussehen zu urteilen, war das Wolfsrudel äußerst erfolgreich; sie sah übernächtigt aus. Ehe sie sie in die Bibliothek führte, sagte mir meine Frau, sie sei eine alte Freundin, die gerade eine Ehekrise durchmachte. Eine offenkundige Lüge; in ihrem Alter gibt es keine Krisen mehr in der Ehe, da geht es nur darum, gewisse Dinge zu akzeptieren, oder den anderen zu erpressen.«

»Ich verstehe nicht, daß sie zu Ihrem Haus ging. Das ist viel zu riskant. Das leuchtet mir nicht ein. Es sei denn, sie hat es auf eigene Faust getan, im Wissen, daß keine weiteren Anrufe mehr erfolgen dürfen.«

»Das habe ich mir auch überlegt«, sagte der ehemalige Offizier. »Ich wollte ein wenig Luft schnappen und machte einen kleinen Spaziergang ums Haus. Mein Adjutant begleitete mich. Meine Augen waren wachsam. Jemand hat die Lavier verfolgt. Zwei Männer saßen vier Häuser entfernt in einem Wagen; das Automobil war mit einem Radio ausgestattet. Diese Männer gehörten nicht in unsere Straße. Das konnte man in ihren Gesichtern lesen und an der Art und Weise merken, wie sie mein Haus beobachteten.«

»Woher wissen Sie, daß die Lavier nicht mit diesen Männern gekommen ist?«

»Wir wohnen in einer ruhigen Straße. Als die Frau kam, saß ich im Wohnzimmer, trank Kaffee und hörte sie die Treppen herauflaufen. Als ich ans Fenster ging, sah ich gerade noch ein Taxi wegfahren. Sie kam in einem Taxi; man hat sie verfolgt.«

»Wann ist sie weggefahren?«

»Bis jetzt noch nicht. Und die Männer sind noch draußen.«

»Was für einen Wagen haben die Männer?«

»Einen grauen Citroën. Die ersten drei Buchstaben des Zulassungsschildes lauten NYR.«

»Vögel in der Luft, die einer Kontaktperson folgen. Woher kommen die Vögel?«

»Wie bitte? Was haben Sie gesagt?«

Jason schüttelte den Kopf. »Ich weiß nicht genau. Lassen Sie nur. Ich werde versuchen, dorthin zu kommen, ehe die Lavier wegfährt. Tun Sie, was in Ihrer Macht steht, um mir zu helfen. Unterbrechen Sie Ihre Frau. Sagen Sie ihr, Sie müßten sie ein paar Minuten sprechen. Bestehen Sie darauf, daß ihre ›alte Freundin‹ bleibt; sagen Sie irgend etwas; sorgen Sie einfach dafür, daß sie das Haus nicht verläßt.«

»Ich werde mir Mühe geben.«

Borowski legte auf und sah Marie an, die am Fenster stand. »Es funktioniert. Sie mißtrauen einander bereits. Die Lavier ist nach Parc Monceau gefahren, und man hat sie verfolgt. Sie fangen an, Argwohn gegen ihre eigenen Leute zu empfinden.«

»Vögel in der Luft«, sagte Marie. »Was hat das für eine Bedeutung?«

»Ich weiß nicht; es ist nicht wichtig. Wir haben keine Zeit zu verlieren.«

»Ich glaube schon, daß es wichtig ist, Jason.«

»Jetzt nicht«, erwiderte Jason bestimmt und trat an den Sessel, auf den er seinen Mantel und den Hut gelegt hatte. Er zog sich schnell an und ging zu dem Sekretär, zog die Schublade auf und entnahm ihr die Pistole. Er sah sie einen Augenblick an, erinnerte sich. Vor seinen Augen tauchte die Vergangenheit auf. Zürich. Die Bahnhofstraße und das ›Carillon du Lac‹; das ›Drei Alpenhäuser‹ und die Löwenstraße, eine schmutzige Pension an der Brauerstraße. Die Pistole erschien ihm jetzt als Symbol. Damals in Zürich hätte sie fast sein Leben beendet.

Aber dies war schließlich Paris. Und in Zürich hatte es einmal begonnen.

Du mußt Carlos finden. Carlos in die Falle locken. Cain ist für Charlie und Delta ist für Cain.

Falsch! Verdammt, falsch!

Du mußt Treadstone finden. Eine Nachricht finden. Einen Mann finden.

29.

Jason machte sich auf dem Rücksitz ganz klein, als sich das Taxi dem Haus von Villiers in Parc Monceau näherte. Er musterte die Wagen, die die Bürgersteige säumten; da stand kein grauer Citroën mit dem Nummernschild, das die Anfangsbuchstaben NYR trug.

Aber da war Villiers. Der alte Soldat stand alleine an der Straße, vier Türen von seinem Haus entfernt.

Zwei Männer . . . in einem Wagen, vier Häuser von dem meinen entfernt.

Villiers stand jetzt dort, wo jener Wagen gestanden hatte; das war ein Signal.

»Halten Sie bitte an«, sagte Borowski zu dem Fahrer. »Ich möchte mit dem alten Herrn da drüben sprechen.« Er kurbelte das Fenster herunter und lehnte sich nach vorne. *»Monsieur?«*

»Reden wir englisch«, erwiderte Villiers und ging auf das Taxi zu, ein alter Mann, den ein Fremder herbeigerufen hat.

»Was ist geschehen?« fragte Jason.

»Ich konntc allc bcidc nicht aufhalten.«

»Alle beide?«

»Meine Frau ist mit der Lavier weggefahren. Ich war allerdings hartnäckig. Ich habe ihr gesagt, sie solle im George V. auf meinen Anruf warten. Es sei eine Angelegenheit von höchster Wichtigkeit, und ich brauchte ihren Rat.«

»Was hat sie gesagt?«

»Sie wäre nicht sicher, ob sie im George V. sein würde. Ihre Freundin bestünde darauf, einen Priester in Neuilly-sur-Seine aufzusuchen, in der Kirche des Geheiligten Sakraments. Sie sagte, sie fühlte sich verpflichtet, sie zu begleiten.«

»Haben Sie Einwände vorgebracht?«

»Mit einer Heftigkeit, die ihr merkwürdig vorkam. Denn sie hat zum erstenmal in unserem gemeinsamen Leben die Gedanken ausgesprochen, die mich bewegten. Sie sagte: ›Wenn es dein Wunsch ist, mir nachzuspionieren, André, kannst du ja die Pfarrei anrufen. Ich bin sicher, daß jemand mich erkennt und zu einem Telefon führt.‹ Ob sie mich damit auf die Probe stellen wollte?«

Borowski versuchte nachzudenken. »Vielleicht. Sicher wird sie dafür sorgen, daß jemand sie dort sieht. Aber sie zu einem Telefon führen, ist wieder etwas ganz anderes. Wann sind die beiden weggefahren?«

»Vor weniger als fünf Minuten.«

»Mit Ihrem Wagen?«

»Nein. Meine Frau hat ein Taxi gerufen.«

»Die zwei Männer in dem Citroën sind ihnen gefolgt.«

»Ich fahre hin«, sagte Jason.

»Das habe ich schon vermutet«, sagte Villiers. »Ich habe die Adresse der Kirche nachgesehen.«

Borowski ließ eine Fünfzigfranc-Banknote über die Rücklehne des Vordersitzes fallen. Der Fahrer schnappte danach. »Es ist sehr wichtig für mich, daß ich so schnell wie möglich nach Neuilly-sur-Seine komme. Die Kirche des ›Geheiligten Sakraments‹. Wissen Sie, wo die ist?«

»Aber natürlich, Monsieur. Das ist die schönste Pfarrei in der ganzen Gegend.«

»Sehen Sie zu, daß wir schnell hinkommen, dann bekommen Sie noch einmal fünfzig Francs.«

»Wir werden auf den Flügeln von Engeln fliegen, Monsieur!«

Und sie flogen, wobei sie sich unterwegs eine Unzahl keineswegs heiliger Gedanken von Fahrern anderer Fahrzeuge zuzogen.

»Dort sind die Türme das ›Geheiligten Sakraments‹, Monsieur«, sagte der siegreiche Fahrer zwölf Minuten später und deutete durch die Windschutzscheibe auf drei hochragende Steintürme. »Eine Minute, zwei vielleicht, wenn diese Idioten, die man eigentlich von der Straße fernhalten müßte . . . «

»Nur langsam«, unterbrach Borowski, dessen Aufmerksamkeit nicht den Türmen der Kirche, sondern einem Wagen galt, der einige Wagenlängen vor ihnen fuhr. Sie waren um eine Ecke gerollt und er hatte ihn dabei entdeckt; es war ein grauer Citroën, und auf dem Vordersitz saßen zwei Männer.

Sie kamen an eine Verkehrsampel; die Fahrzeuge hielten an. Jason ließ die zweite Fünfzigfrancnote über den Sitz fallen und öffnete die Tür. »Ich bin gleich wieder da. Wenn die Ampel wechselt, fahren Sie langsam weiter, dann springe ich herein.«

Borowski stieg aus, rannte geduckt zwischen den Wagen nach vorne, bis er die Buchstaben sehen konnte. NYR; die Ziffern dahinter waren 768, aber für den Augenblick waren sie bedeutungslos. Der Taxifahrer hatte sich sein Geld verdient.

Die Ampel schaltete um, und die Reihe von Automobilen ruckte nach vorne wie ein in die Länge gezogenes Insekt, das seine einzelnen Panzerteile in Bewegung setzt. Das Taxi kam; Jason öffnete die Tür und stieg ein. »Sie machen gute Arbeit«, sagte er zu dem Fahrer.

»Ich bin mir wirklich nicht sicher, daß ich die Arbeit auch kenne, die ich hier leiste.«

»Eine Angelegenheit des Herzens. Man muß den Betrüger auf frischer Tat ertappen.«

»In der *Kirche,* Monsieur? Die Welt dreht sich zu schnell für mich.«

»Aber nicht im Verkehr«, sagte Borowski. Sie näherten sich der letzten Straßenkreuzung vor der Kirche des ›Geheiligten Sakraments‹. Der Citroën bog ab, zwischen ihm und dem Taxi war noch ein einziger Wagen, dessen Passagiere nicht zu erkennen waren. Irgend etwas störte Jason. Die Überwachung seitens der zwei Männer war zu deutlich, viel zu offensichtlich. Es war gerade, als wollten die Soldaten Carlos', daß jemand in dem Taxi wußte, daß sie da waren.

Natürlich! Villiers' Frau war in dem Taxi. Mit Jacqueline Lavier. Und die beiden Männer in dem Citroën wollten, daß Villiers' Frau wußte, daß sie hinter ihr her waren.

»Wir sind da«, sagte der Fahrer und fuhr in die Straße, wo die Kirche sich in mittelalterlichem Prunk inmitten eines kurzgeschorenen Rasens erhob, der von plattenbelegten Wegen durchkreuzt und mit Statuen geschmückt war. »Was soll ich jetzt tun, Monieur?«

»Halten Sie dort«, befahl Jason und deutete auf eine Lücke in der Reihe parkender Fahrzeuge. Das Taxi mit Villiers' Frau und der Lavier hielt vor einem Fußweg, der von einem Heiligen aus Beton bewacht wurde. Villiers' Frau stieg als erste aus und streckte Jacqueline Lavier die Hand hin, die aschfahl aus dem Wagen stieg. Sie trug eine große, orangegeränderte Sonnenbrille und eine weiße Handtasche, aber ihre ganze Eleganz war verflogen. Die Krone ihres mit silbernen Strähnen durchzogenen Haares fiel gerade und formlos über die kalkweiße Totenmaske ihres Gesichts. Ihre Strümpfe waren zerrissen. Sie war wenigstens dreihundert Fuß entfernt, aber Borowski hatte das Gefühl, ihren stockenden Atem hören zu können, der die zögernden Bewegungen ihrer einst königlichen Gestalt begleitete.

Der Citroën war ein Stück weitergefahren und näherte sich jetzt ebenfalls dem Randstein. Keiner der beiden Männer stieg aus, aber aus dem Kofferraum schob sich jetzt ein dünner Metallstab, der das Sonnenlicht reflektierte. Die Radioantenne wurde eingeschaltet, über eine Geheimfrequenz ging ein Codespruch hinaus. Jason war wie hypnotisiert, nicht von dem, was er sah und dem Wissen, was hier geschah, sondern von etwas anderem. Worte flogen ihm zu, er wußte nicht, woher, aber sie waren da.

Delta an Almanach, Delta an Almanach. Wir werden nicht antworten. Wiederhole, negativ, Bruder.

Almanach an Delta. Sie werden wie befohlen antworten. Aufgeben, aufgeben. Das ist endgültig.

Delta an Almanach. Du bist endgültig, Bruder. Geh und fick dich selber. Delta Ende, Gerät beschädigt.

Plötzlich umgab ihn wieder die Dunkelheit, das Licht der Sonne war verschwunden. Da waren keine hochragenden Türme einer Kirche mehr, die nach dem Himmel griffen; statt dessen waren da schwarze Umrisse von unregelmäßigem Blattwerk, das im Licht irisierender Wolken schauderte. Alles war in Bewegung, *alles war in Bewegung;* und er mußte sich der Bewegung anschließen. Reglos bleiben, hieß sterben. Bewegen! Um Himmels willen, *beweg dich!*

Und hol sie *heraus.* Einen nach dem anderen. Du mußt näher herankriechen, die Angst überwinden — die schreckliche Angst — und ihre Zahl verringern. Das war alles, worum es ging. Die Zahl reduzieren. Der Mönch hatte das ganz klargemacht. Messer, Draht, Knie, Daumen; du kennst doch die Punkte, wo man Schaden anrichten kann.

Die Punkte, die den Tod bedeuten.

Der Tod ist für die Computer ein statistischer Begriff. Für dich bedeutet er das Überleben.

Der Mönch.

Der Mönch?

Und dann kam wieder das Licht, blendete ihn einen Augenblick lang, er hatte den Fuß auf dem Pflaster, den Blick auf den grauen Citroën gerichtet, der hundert Meter entfernt stand. Aber das Sehen bereitete ihm Schwierigkeiten; warum war es so schwierig? Dunst, Nebel . . . Jetzt nicht Finsternis, sondern undurchdringlicher Nebel. Ihm war heiß; nein, ihm war kalt. Kalt! Sein Kopf fuhr ruckartig in die Höhe, plötzlich war ihm wieder bewußt, wo er war und was er tat. Er hatte das Gesicht gegen das Glas gepreßt; sein Atem hatte die Scheibe beschlagen.

»Ich steige gleich aus«, sagte Borowski. »Bleiben Sie hier.«

»Den ganzen Tag, wenn Sie wollen, Monsieur.«

Jason klappte sich den Mantelkragen hoch, schob sich den Hut in die Stirn und setzte die Schildpattbrille auf. Er ging an einem Ehepaar vorbei, auf einen Kiosk zu, stellte sich hinter eine Mutter, die mit ihrem Kind vor der Theke stand. Er konnte jetzt den Citroën gut sehen; das Taxi, das man zum Parc Monceau gerufen hatte, war nicht mehr da, Villiers' Frau hatte es weggeschickt. Wieso eigentlich, dachte Borowski; man fand hier nicht so leicht ein Taxi.

Drei Minuten später war ihm der Grund klar . . . er beunruhigte ihn. Villiers' Frau kam aus der Kirche, sie ging schnell, und ihre hochgewachsene, statuenhafte Gestalt erregte bewundernde Blicke der Passanten. Sie ging direkt auf den Citroën zu, sagte etwas zu den Männern auf den Vordersitzen und öffnete dann die hintere Türe.

Eine Handtasche. Eine *weiße* Handtasche! Villiers' Frau trug jetzt die Tasche, die noch vor wenigen Minuten Jacqueline Laviers Hand umkrampft hatte. Sie stieg auf den Hintersitz des Citroën und zog die Türe zu. Der Motor wurde angelassen und heulte dann auf. Ein Vorspiel zu einer schnellen, plötzlichen Abfahrt. Als der Wagen davonrollte, wurde der glänzende Metallstab, der die Antenne des Wagens darstellte, kürzer und kürzer, zog sich in den Kofferraum zurück.

Wo war Jacqueline Lavier? Warum hatte sie ihre Handtasche Villiers' Frau gegeben? Borowski wollte sich schon in Bewegung setzen, blieb dann aber stehen, von einem Instinkt gewarnt. Eine Falle? Wenn man der Lavier folgte, war es durchaus möglich, daß diejenigen, die sie beobachteten, ihrerseits beobachtet wurden — und zwar nicht durch ihn.

Er blickte die Straße hinauf und hinunter, studierte die Fußgänger auf dem Bürgersteig, dann jeden Wagen, jeden Fahrer und jeden Passagier, und hielt Ausschau nach einem Gesicht, das nicht hierher gehörte, so wie Villiers gesagt hatte, daß die zwei Männer in dem Citroën nicht in den Parc Monceau gehört hatten.

Aber da war nichts, das die Parade störte, keine unsteten Augen, keine Hände, die sich in überdimensionierten Taschen versteckt hielten. Er übertrieb seine Vorsicht; Neuilly-sur-Seine war keine Falle für ihn. Er entfernte sich von der Theke und ging auf die Kirche zu.

Dann blieb er stehen, so, als wären seine Füße plötzlich im Pflaster verwurzelt. Ein Priester kam aus der Kirche, ein Priester in einem schwarzen Anzug mit gestärktem weißen Kragen und einem schwarzen Hut, der sein Gesicht teilweise verdeckte. Er hatte ihn schon einmal gesehen. Nicht vor langer Zeit, nicht in einer lang vergessenen Vergangenheit, sondern erst vor kurzem, vor ganz kurzer Zeit. Tage . . . Stunden vielleicht. Doch wo war das gewesen? *Wo?* Er kannte ihn! Alles an ihm war ihm vertraut, sein Gang, die Art, wie er den Kopf etwas zur Seite neigte, die breiten Schultern, die zu den fließenden Bewegungen seines Körpers paßten. Er war ein Mann mit einer Pistole! Doch wo war das gewesen?

Zürich? Das ›Carillon du Lac‹? Es waren zwei Männer, die sich den Weg durch die Menge bahnten. Einer trug eine goldgeränderte Brille; das war er nicht. Jener Mann war tot. War es jener andere Mann im ›Carillon du Lac‹? Oder am Mythen-Quai? Ein Tier, das unartikuliert stöhnte, und dessen Augen von der wilden Leidenschaft verzerrt waren. War er es? Oder jemand anderer? Ein Mann in einem dunklen Mantel im Korridor der ›Auberge du Coin‹, wo die Lichter plötzlich verloschen und der Lichtschein vom Treppenhaus die Falle beleuchtete. Eine umgekehrte Falle, wo jener Mann in der Dunkelheit seine Waffe auf Umrisse abgefeuert hatte, die er für menschlich hielt. War es *jener* Mann? Borowski wußte es nicht, er wußte nur, daß er den Priester schon einmal gesehen hatte, aber nicht als Priester. Als einen Mann mit einer Waffe.

Der Killer im Priesteranzug erreichte das Ende des Plattenweges und bog am Sockel des Betonheiligen nach rechts. Einen kurzen Augenblick lang fiel ein Sonnenstrahl auf sein Gesicht. Jason erstarrte; die *Haut.* Die Haut des Killers war dunkel, nicht von der Sonne gebräunt, sondern von Geburt an. Eine südländische Haut, deren Färbung über Generationen entstanden war, der Abkömmling von Leuten, die immer am Mittelmeer gelebt hatten. Vorfahren, die über den Erdball gewandert waren . . . über die Meere.

Borowski begriff plötzlich, er war vor Schreck wie erstarrt. Der dort vor ihm stand, war kein anderer als Iljitsch Ramirez Sanchez.

Carlos. Carlos in die Falle locken. Cain ist für Charlie und Delta ist für Cain.

Jason riß an seinem Jackett, seine rechte Hand umfaßte den Kolben der Pistole, die in seinem Gürtel steckte. Er fing an, aufs Pflaster hinauszurennen, stieß mit den Passanten zusammen, stieß mit der Schulter einen Straßenhändler zur Seite, taumelte an einem Bettler vorbei, der in einem Abfallkorb — der *Bettler!* Die Hand des Bettlers tauchte in seine Tasche; Jason wirbelte gerade noch rechtzeitig herum, um den Lauf einer Automatic unter dem abgewetzten Mantel hervorlugen zu sehen, die Sonnenstrahlen spiegelten sich in dem Metall. Der Bettler hatte eine Pistole! Seine hagere Hand hob sie, hielt die Waffe ganz gerade, sah ihn voll an. Jason warf sich auf die Straße, prallte von einem kleinen Wagen ab. Er hörte die Kugeleinschläge rings um ihn, jenes endgültige Geräusch. Schreie, schrill und schmerzerfüllt, kamen von unsichtbaren Leuten auf dem Bürgersteig. Borowski duckte sich zwischen zwei Wagen und rannte durch den Verkehr auf die andere Straßenseite. Der Bettler rannte weg; ein alter Mann mit Augen aus Stahl rannte in die Menge hinein, ins Vergessen.

Carlos. Carlos in die Falle locken. Cain ist . . . !

Wieder wirbelte Jason herum und taumelte erneut, warf sich nach vorne, schob alles weg, das sich ihm in den Weg stellte, um den Killer zu verfolgen. Er blieb atemlos stehen, verwirrt und irgendwie wütend. Plötzlich verspürte er einen bohrenden Schmerz an den Schläfen. Wo *war* er? Wo war *Carlos!* Und dann sah er ihn; der Killer hatte sich hinter das Steuer einer mächtigen schwarzen Limousine gesetzt. Borowski rannte wieder auf die Straße zurück, rempelte Fußgänger an, lädierte Kotflügel und Motorhauben. Plötzlich versperrten ihm zwei Wagen den Weg, die miteinander kollidiert waren. Seitwärts sprang er über die ineinander verkeilten Stoßstangen. Doch dann blieb er wieder stehen, und seine Augen füllten sich mit Tränen über das, was er sah; gleichzeitig wußte er, daß es sinnlos war, weiterzugehen. Er war zu spät gekommen. Die große schwarze Limousine hatte eine Lücke im Verkehr entdeckt, und Iljitsch Ramirez Sanchez jagte davon.

Die Lavier! Borowski fing wieder zu rennen an, auf die Kirche des Geheiligten Sakraments zu. Er erreichte den Plattenweg unter den Augen des Betonheiligen und bog nach links, rannte auf die mächtigen, mit Skulpturen versehenen Flügel und die marmorne Treppe zu. Er jagte hinauf, rannte in die gotische Kirche, sah sich ganzen Regalen mit flackernden Kerzen gegenüber, während sich aus den Mosaikglasfenstern hoch ober in den finsteren Steinmauern ineinander verschmolzene Strahlen farbigen Lichts ergossen. Er ging den Mittelgang hinunter und starrte die Gläubigen an, hielt Ausschau nach einem Kopf mit dunklem Haar, das von silbernen Strähnen durchzogen war, und unter dem ein totenbleiches Gesicht zur Maske erstarrt schien.

Die Lavier war nirgends zu sehen, und doch hatte sie die Kirche noch nicht verlassen, mußte also noch hier irgendwo sein. Jason drehte sich um und blickte den Gang hinauf; da sah er einen hochgewachsenen Priester, der ganz beiläufig an den Kerzen vorbeiging. Borowski überholte ihn und stellte sich ihm in den Weg.

»Entschuldigen Sie bitte, Hochwürden«, sagte er. »Ich fürchte, ich habe jemanden verloren.«

»Niemand ist im Hause Gottes verloren, mein Herr«, erwiderte der Geistliche und lächelte.

»Vielleicht ist sie nicht im Geiste verloren, aber wenn ich nicht wenigstens den Rest finde, wird sie sehr ungehalten sein. In ihrem Geschäft hat es einige Probleme gegeben. Sind Sie schon lange hier, Hochwürden?«

»Ich begrüße jene Angehörige unserer Erde, die Hilfe suchen. Ja. Ich bin seit fast einer Stunde hier.«

»Vor ein paar Minuten kamen zwei Frauen herein. Die eine war außergewöhnlich groß und sehr attraktiv, sie trug eine helle Jacke und, wie ich meine, ein dunkles Tuch über dem Haar. Die andere war älter, nicht so hochgewachsen, und offensichtlich nicht ganz gesund. Haben Sie sie zufällig gesehen?«

Der Priester nickte. »Ja. Das Gesicht der älteren Frau wirkte verhärmt, sie war bleich, litt offensichtlich.«

»Wissen Sie, wo sie hingegangen ist? Ich glaube, ihre jüngere Freundin ist weggegangen.«

»Eine sehr ergebene Freundin, darf ich sagen. Sie hat die arme Dame zum Beichtstuhl geführt und ihr geholfen, in dem Beichtstuhl Platz zu nehmen. Die Reinigung der Seele gibt uns allen in schweren Zeiten Kraft.«

»Zur Beichte?«

»Ja — der zweite Beichtstuhl von rechts. Ich darf vielleicht hinzufügen, daß sie einen Beichtvater mit sehr viel Mitgefühl hat. Ein Priester, der aus der Erzdiözese Barcelona zu Besuch ist. Ein bemerkenswerter Mann übrigens; leider ist das sein letzter Tag. Er kehrt nach Spanien zurück . . .« Der hochgewachsene Priester runzelte die Stirn. »Ist das nicht eigenartig? Vor ein paar Augenblicken dachte ich, ich sähe Pater Manuel hinausgehen. Wahrscheinlich hat man ihn abgelöst. Aber wie dem auch sei, die liebe Dame ist in guten Händen.«

»Dessen bin ich sicher«, sagte Borowski. »Danke, Hochwürden. Ich werde auf sie warten.« Jason ging den Seitengang hinunter auf die Reihe von Beichtstühlen zu, die Augen auf den zweiten gerichtet, wo ein kleiner Streifen aus weißem Tuch zu erkennen gab, daß der Beichtstuhl besetzt war. Eine Seele wurde gerade gereinigt. Er setzte sich in die vorderste Reihe und kniete sich dann hin, drehte den Kopf langsam zur Seite, um den Kircheneingang im Auge behalten zu können. Der hochgewachsene Priester stand am Eingang und blickte auf das Geschehen auf der Straße hinaus. In der Ferne war das Heulen von schnell näherkommenden Sirenen zu hören.

Borowski stand auf und ging auf den zweiten Beichtstuhl zu. Er schob den Vorhang beiseite und sah hinein, sah dort, was er erwartet hatte. Nur die Methode war noch fraglich gewesen.

Jacqueline Lavier war tot, ihr Körper nach vorne gesunken, etwas zur Seite gerollt, von der Wand des Beichtstuhls gestützt, das maskenhafte Gesicht nach oben gewandt, die Augen geweitet, im Tod zur Decke starrend. Ihr Jackett war offen, und das Tuch ihres Kleides von Blut getränkt. Die Waffe war ein langer, dünner Brieföffner, mit dem man sie über der linken Brust erstochen hatte. Ihre Finger hatten sich um den Griff verkrampft, und ihre lackierten Nägel hatten dieselbe Farbe wie das Blut.

Zu ihren Füßen lag eine Handtasche — nicht die weiße Handtasche, die sie vor zehn Minuten festgehalten hatte, sondern eine modische Tasche von Yves St. Laurent, dessen auffällige Initialen auf den Stoff gedruckt waren, ein Wappen der *Haute Couture*. Jason war der Grund dafür klar. In der Tasche lagen Papiere, die diesen tragischen Selbstmord erklärten, diese überarbeitete Frau war so von Leid beladen, daß sie sich selbst das Leben nahm, während sie vor den

Augen Gottes Absolution suchte. Carlos war wirklich gründlich gewesen.

Borowski zog den Vorhang zu und entfernte sich von dem Beichtstuhl. Irgendwo hoch oben im Turm hallten die Glocken des morgendlichen ›Angelus‹.

Das Taxi rollte ziellos durch die Straßen von Neuilly-sur-Seine, Jason saß auf dem Rücksitz, seine Gedanken überschlugen sich.

Es war sinnlos zu warten, vielleicht sogar gefährlich. Strategien änderten sich, wenn die Umstände sich änderten. Und sie hatten eine tödliche Änderung erfahren. Jacqueline Lavier war verfolgt worden, ihr Tod unvermeidlich, aber zu früh; sie war immer noch wertvoll. Doch dann begriff Borowski. Sie war nicht getötet worden, weil sie Carlos die Treue gebrochen hatte, vielmehr, weil sie ihm nicht gehorcht hatte. Sie war nach Parc Monceau gefahren — das war der Fehler, für den es keine Nachsicht gab.

Es gab noch eine weitere bekannte Verbindungsperson im *Les Classiques,* einen grauhaarigen Telefonisten namens Philippe d'Anjou, dessen Gesicht in ihm Bilder von Gewalt und Finsternis hervorriefen. Bilder von grellen Lichtblitzen und Lärm. Er war ein Teil von Borowskis Vergangenheit gewesen, dessen war Jason sicher, und deswegen mußte der Gejagte vorsichtig sein; er konnte nicht wissen, was jener Mann für ihn bedeutete. Aber er war eine Verbindungsstelle, und auch er würde beobachtet werden, ebenso wie man die Lavier beobachtet hatte, ein weiterer Köder für eine zusätzliche Falle. Und sobald die Falle sich schloß, mußte schnell gehandelt werden.

Waren dies die einzigen zwei? Gab es andere? Ein obskurer, gesichtsloser Angestellter vielleicht, der gar kein einfacher Angestellter war, sondern etwas anderes? Ein Lieferant, der Stunden in der Rue Saint-Honoré verbrachte und ganz legitim die Wege der *Haute Couture* betrat, in Wirklichkeit aber ein ganz anderes Ziel verfolgte. Oder der muskulöse Designer, René Bergeron, dessen Bewegungen so schnell und so . . . *flüssig* waren.

Plötzlich erstarrte Borowski, ließ sich in den Sitz zurückfallen. Eine Erinnerung aus jüngster Vergangenheit drängte an die Oberfläche. *Bergeron,* die von der Sonne dunkelbraun gebrannte Haut, die breiten Schultern, die die hochgekrempelten Ärmel noch betonten . . . Schultern, die über einer schmalen Taille zu schweben schienen, und darunter kräftige Beine, die sich schnell und geschmeidig bewegten, wie die eines Tieres, einer Katze.

War es möglich? Waren die anderen Vermutungen bloße Phantome, Fragmente vertrauter Bilder, bei denen er selbst sich eingeredet hatte, daß sie Carlos darstellen konnten? War der Mörder — seinen Verbindungspersonen unbekannt — nur ein Phantom, das gar nicht wirklich existierte. War es *Bergeron?*

Er mußte sofort an ein Telefon. Jede Minute, die er verlor, war eine Minute mehr, die ihn von der Antwort trennte, und zu viele solcher Minuten bedeuteten, daß er überhaupt keine Antwort mehr bekommen würde. Aber er konnte nicht selbst anrufen; die Ereignisse waren zu schnell aufeinandergefolgt, er mußte sich zurückhalten, seine eigene Information nur registrieren.

»Wenn Sie irgendwo eine Telefonzelle sehen, halten Sie an«, sagte er zu dem Fahrer, den das Chaos bei der ›Kirche des Geheiligten Sakraments‹ offenbar immer noch erschütterte.

»Wie Sie wünschen, Monsieur. Aber, wenn Monsieur bitte verstehen wollen, die Zeit, um die ich mich in der Garage melden sollte, ist schon lange überfällig.«

»Ich verstehe.«

»Dort ist ein Telefon.«

»Gut. Halten Sie an.«

Die rote Telefonzelle, deren eigenartige Glasscheiben in der Sonne glitzerten, wirkte von außen wie ein großes Puppenhaus und roch innen nach Urin. Borowski wählte die Nummer des ›Terrasse‹, schob die Münzen ein und verlangte Zimmer 420. Marie meldete sich.

»Was ist geschehen?«

»Ich habe jetzt keine Zeit für Erklärungen. Ich möchte, daß du *Les Classiques* anrufst und René Bergeron verlangst. D'Anjou wird vermutlich an der Zentrale sein, laß dir einen Namen einfallen und sag ihm, du hättest schon eine Stunde lang versucht, Bergeron über die Sonderleitung der Lavier zu erreichen. Sag, daß es dringend ist, daß du mit ihm sprechen mußt.«

»Und wenn er kommt, was soll ich dann sagen?«

»Ich glaube nicht, daß er kommen wird, aber wenn ja, legst du einfach auf. Und wenn d'Anjou wieder am Apparat ist, dann frag ihn, wann man Bergeron erwartet. Ich rufe dich in etwa drei Minuten wieder an.«

»Darling, ist auch alles in Ordnung?«

»Ich hatte ein tiefschürfendes religiöses Erlebnis. Ich werde dir später davon erzählen.«

Jason wandte den Blick nicht vom Zifferblatt seiner Uhr, die winzigen Sprünge des dünnen, zarten Sekundenzeigers bereiteten ihm fast körperlichen Schmerz. Er begann seine eigene, persönliche Zählung bei dreißig Sekunden, kalkulierte den Herzschlag, der in seiner

Kehle widerhallte, auf zirka zweieinhalb pro Sekunde. Bei zehn Sekunden fing er zu wählen an, schob die Münzen bei vier Sekunden ein und sprach um minus fünf mit der Vermittlung des ›Terrasse‹. Marie nahm den Hörer in dem Augenblick, da das Telefon zu klingeln begann.

»Was ist geschehen?« fragte er. »Ich dachte, du würdest vielleicht noch sprechen.«

»Es war ein sehr kurzes Gespräch. Ich glaube, d'Anjou war gewarnt. Er hat vielleicht eine Namensliste jener Leute, denen man die Privatnummern gegeben hat — aber das weiß ich nicht. Aber er wirkte irgendwie zurückhaltend, unsicher.«

»Was hat er gesagt?«

»Monsieur Bergeron ist auf einer Geschäftsreise am Meer. Er ist heute morgen abgereist und wird erst wieder in einigen Wochen zurückkehren.«

»Möglicherweise habe ich ihn gerade ein paar hundert Meilen von seinem Reiseziel entfernt gesehen.«

»Wo?«

»In der Kirche. Wenn es Bergeron war, hat er mit der Spitze eines sehr scharfen Instruments die Absolution erteilt.«

»Wovon redest du?«

»Die Lavier ist tot.«

»O mein Gott! Was wirst du jetzt tun?«

»Mit einem Mann sprechen, den ich zu kennen glaube. Wenn er auch nur einen Funken Gehirn im Kopf hat, wird er mir zuhören. Sonst ist er dem Tod geweiht.«

30.

»D'Anjou.«

»Delta? Ich habe mich schon gefragt, wann . . . ich glaube, ich würde Ihre Stimme überall erkennen.«

Er hatte es gesagt! Der Name war ausgesprochen. Der Name, der ihm nichts und doch irgendwie alles bedeutete. D'Anjou wußte es. Philippe d'Anjou war Teil der Vergangenheit, an die er sich nicht erinnerte. Delta. Cain ist für Charlie. Und Delta ist für Cain. Delta. Delta. Delta! Er hatte diesen Mann gekannt, und dieser Mann besaß die Antwort! Alpha, Bravo, Cain, Delta, Echo, Foxtrott . . . Medusa.

»Medusa«, sagte er leise und wiederholte den Namen, der ein stummer Schrei in seinen Ohren war.

»Paris ist nicht Tam Quan, Delta. Es gibt keine unbeglichenen Schulden mehr zwischen uns. Warten Sie nicht auf Zahlung. Wir arbeiten jetzt für verschiedene Auftraggeber.«

»Jacqueline Lavier ist tot. Carlos hat sie vor weniger als dreißig Minuten in Neuilly-sur-Seine getötet.«

»Versuchen Sie es gar nicht erst. Jacqueline ist seit zwei Stunden unterwegs. Sie hat mich vom Flughafen Orly aus angerufen. Sie trifft sich mit Bergeron —«

»Zum Stoffe-Einkaufen in Südfrankreich?« unterbrach Jason.

D'Anjou hielt inne. »Die Frau, die angerufen und sich nach René erkundigt hat. Ich habe es mir doch gedacht. Das ändert nichts. Ich habe mit ihr gesprochen; sie rief von Orly aus an.«

»Sie hatte Auftrag, Ihnen das zu sagen. Klang ihre Stimme so, als hätte sie sich unter Kontrolle?«

»Sie war erregt, und niemand weiß besser als Sie, warum. Sie haben hier Beachtliches geleistet, Delta. Oder Cain. Oder wie Sie sich sonst hier nennen mögen. Natürlich war sie außer sich, deshalb geht sie ja auf eine Weile weg.«

»Deshalb ist sie tot. Sie sind der nächste.«

»Die letzten vierundzwanzig Stunden waren Ihrer würdig. Das jetzt nicht.«

»Man hat sie verfolgt; man verfolgt auch Sie. Beobachtet Sie jeden Augenblick.«

»Wenn das geschieht, dann zu meinem eigenen Schutz.«
»Warum ist die Lavier dann tot?«
»Ich glaube nicht, daß sie tot ist.«
»Würde sie Selbstmord begehen?«
»Niemals.«
»Dann rufen Sie doch in der Kirche des Geheiligten Sakraments in Neuilly-sur-Seine an. Erkundigen Sie sich nach der Frau, die sich im Beichtstuhl getötet hat. Was haben Sie denn zu verlieren? Ich rufe Sie wieder an.«

Borowski legte auf und verließ die Telefonzelle. Er trat auf die Straße und sah sich nach einem Taxi um. Wenn er Philippe d'Anjou das nächste Mal anrief, würde er das wenigstens zehn Häuserblocks entfernt tun. Der Mann von *Medusa* würde sich nicht leicht überzeugen lassen, und bis dahin würde Jason kein Risiko eingehen.

Delta? Ich glaube, daß ich Ihre Stimme überall erkennen würde — Paris ist nicht Tam Quan. Tam Quan . . . Tam Quan, Tam Quan! Cain ist für Charlie und Delta für Cain. Medusa!

Hör auf damit! Du darfst nicht an Dinge denken, die . . . an die du nicht denken kannst. Konzentriere dich auf das, was *ist,* jetzt. *Du.* Nicht auf das, was andere sagen, das du bist — nicht einmal auf das, was du glaubst, das du bist. Nur das Jetzt. Und das ist ein Mann, der dir Antworten geben kann.

Wir arbeiten für unterschiedliche Auftraggeber . . .

Das war der Schlüssel.

Sag es mir! Um Himmels willen, sag es mir doch! Wer ist er? Wer ist mein Auftraggeber, d'Anjou?

Ein Taxi bremste gefährlich nahe seiner Kniescheibe. Jason öffnete die Tür und stieg ein. »Place Vendôme«, sagte er, weil er wußte, daß das nahe bei der Rue Saint-Honoré war. Es war von großer Wichtigkeit, daß er so nahe wie möglich am Ort des Geschehens war, um dort die Strategie in Gang zu setzen, die ihm immer klarer wurde. Der Vorteil lag auf seiner Seite; es kam jetzt darauf an, ihn zu einem doppelten Ziel einzusetzen. D'Anjou mußte überzeugt werden, daß jene, die ihn verfolgten, seine Henker waren. Aber was jene Männer nicht wissen konnten, war, daß ein anderer *sie* verfolgte.

Der Place Vendôme war wie immer überfüllt, der Verkehr wie immer mörderisch. Borowski sah die Telefonzelle an der Ecke und stieg aus dem Taxi. Er betrat die Zelle und wählte die Nummer von *Les Classiques;* seit seinem Anruf aus Neuilly-sur-Seine waren vierzehn Minuten verstrichen.

»D'Anjou?«

»Eine Frau hat sich während der Beichte das Leben genommen, das ist alles, was ich weiß.«

»Kommen Sie schon, damit würden Sie sich niemals begnügen. *Medusa* würde sich damit nicht begnügen.«

»Lassen Sie mir einen Augenblick, bis ich hier auf einen anderen Apparat umschalte.«

Ein kurzes Knacken — dann nichts mehr.

Die Leitung war knapp vier Minuten tot. Dann kehrte d'Anjou zurück. »Eine Frau in mittleren Jahren mit silbernem und weißem Haar, teurer Kleidung und einer Yves St. Laurent-Handtasche. Das beschreibt zehntausend Frauen in Paris. Woher weiß ich denn, daß Sie sich nicht eine gesucht und sie getötet haben, um damit diesem Anruf eine Grundlage zu verschaffen?«

»O sicher. Wie eine Pietà habe ich sie in die Kirche getragen, und das Blut ist aus ihren offenen Stigmata auf den Gang zwischen den Stühlen getropft. Seien Sie doch vernünftig, d'Anjou. Wollen wir mit den konkreten Beweismitteln beginnen. Die Handtasche war nicht die ihre; sie trug eine weiße Ledertasche. Schließlich würde sie ja nicht Reklame für eine Konkurrenzfirma machen.«

»Das bestätigt ja nur meine Ansicht. Es war *nicht* Jacqueline Lavier.«

»Es bestätigt eher die meine. Die Papiere in jener Tasche haben sie als jemand anderen identifiziert. Man wird die Leiche schnell abholen; niemand kommt *Les Classiques* zu nahe.«

»Weil Sie das sagen?«

»Nein. Weil es die Methode ist, die Carlos bei fünf Morden benutzt hat, die ich nennen kann.« *Das konnte er. Das war das Beängstigende.* »Ein Mann wird getötet, und die Polizei hält ihn für eine bestimmte Person, den Tod für ein Rätsel, die Mörder bleiben unbekannt. Dann stellen sie fest, daß er jemand anderes ist, und bis dahin ist Carlos bereits in einem anderen Land und hat den nächsten Kontrakt erfüllt. Die Lavier war eine Variation dieser Methode, sonst nichts.«

»Worte, Delta. Sie haben nie viel gesagt, aber wenn Sie etwas sagten, wirkten Sie immer überzeugend.«

»Und wenn Sie heute in drei oder vier Wochen in der Rue Saint-Honoré wären — was Sie nicht sein werden —, würden Sie sehen, wie es endet. Ein Flugzeugabsturz, oder ein Schiff, das im Mittelmeer verschwindet. Leichen, die zur Unkenntlichkeit verbrannt oder einfach verschwunden sind. Aber bis jetzt ist nur eine tot — Madame Lavier. Monsieur Bergeron genießt Privilegien — mehr als Sie jemals wußten. Bergeron kommt wieder ins Geschäft. Und was Sie betrifft, enden Sie einfach als eine statistische Zahl in der Leichenhalle von Paris.«

»Und Sie?«

»Wenn es nach dem Plan geht, bin ich ebenfalls tot. Die rechnen damit, mich durch Sie zu bekommen.«

»Logisch. Wir kommen beide von *Medusa*, das wissen die — Carlos weiß das. Es ist anzunehmen, daß Sie mich erkannt haben.«

»Und Sie mich?«

D'Anjou hielt inne. »Ja«, sagte er. »Wie ich Ihnen schon sagte, wir arbeiten jetzt für unterschiedliche Auftraggeber.«

»Das ist es ja, worüber ich reden möchte.«

»Nicht reden, Delta. Aber um der alten Zeiten willen — für das, was sie in Tam Quan für uns alle getan haben —, hören Sie auf den Rat eines alten Kollegen. Verlassen Sie Paris, oder Sie sind dieser tote Mann, den Sie gerade erwähnten.«

»Das kann ich nicht.«

»Das sollten Sie aber. Wenn ich Gelegenheit bekomme, werde ich selbst abdrücken. Man würde mich dafür gut bezahlen.«

»Dann werde ich Ihnen diese Gelegenheit verschaffen.«

»Verzeihen Sie mir, wenn ich Ihnen sage, daß ich das lächerlich finde.«

»Sie wissen nicht, was ich vorhabe oder was ich riskieren will.«

»Was immer Sie wollen, Sie gehen das Risiko ein. Ich kenne Sie, Delta. Und ich muß jetzt wieder an meine Arbeit. Ich wünsche Ihnen eine gute Jagd, aber —«

Das war der Augenblick, um die einzige Waffe einzusetzen, die ihm geblieben war, die einzige Drohung, die vielleicht dafür sorgen würde, daß d'Anjou in der Leitung blieb. »Von wem holen Sie sich jetzt Instruktionen, seit Parc Monceau nicht mehr in Frage kommt?«

D'Anjou schwieg. Als er antwortete, war seine Stimme nur noch ein Flüstern. »*Was haben Sie gesagt?*«

»Das ist der Grund, weshalb sie getötet wurde. Wissen Sie, daß man auch Sie töten wird. Sie fuhr nach Parc Monceau und ist dafür gestorben. Sie sind in Parc Monceau gewesen und werden dafür ebenfalls sterben. Carlos kann sich Sie nicht mehr leisten; Sie wissen einfach zu viel. Warum sollte er ein solches Arrangement aufs Spiel setzen? Er wird Sie dazu benutzen, mich in die Falle zu locken und Sie dann töten und ein anderes *Les Classiques* aufbauen. Als ein *Medusa*-Mann zum anderen — können Sie daran zweifeln?«

Das Schweigen dauerte diesmal länger, lastete schwerer zwischen ihnen. Der ältere Mann von *Medusa* stutzte, er begann zu überlegen. »Was wollen Sie von mir? Meine Person ist für Sie bedeutungslos. Und doch fordern Sie mich heraus, setzen mich mit dem, was Sie erfahren haben, in Erstaunen. Ich nütze Ihnen weder tot noch lebendig, was wollen Sie also?«

»Informationen. Wenn Sie sie haben, verlasse ich Paris noch heute abend und weder Carlos noch Sie werden jemals wieder von mir hören.«

»Was für Informationen?«

»Wenn ich die Frage jetzt stelle, werden Sie mit Sicherheit lügen. Aber wenn ich Sie sehe, werden Sie die Wahrheit sprechen.«

»Mit einem Draht um die Kehle?«

»Inmitten einer Menschenmenge?«

»Einer Menschenmenge? Bei Tag?«

»In einer Stunde. Vor dem Louvre. In der Nähe der Stufen. Am Taxistand.«

»Der Louvre? Menschenmengen? Informationen, von denen Sie glauben, daß ich Sie besitze, und die Sie zur Abreise bringen? Sie können doch von mir nicht erwarten, daß ich mit Ihnen über meine Auftraggeber spreche.«

»Nicht über die Ihren. Die meinen.«

»Treadstone?«

Er wußte es. Philippe d'Anjou hatte die Antwort. Ruhig bleiben. Zeige nicht, wie beunruhigt du bist.

»Einundsiebzig«, setzte Jason hinzu. »Nur eine ganz einfache Frage, dann verschwinde ich. Und wenn Sie mir die Antwort geben — die Wahrheit —, dann gebe ich Ihnen etwas dafür.«

»Was gibt es denn, was ich von Ihnen wollen könnte? Abgesehen von Ihnen selbst?«

»Eine Information, mit der Sie weiterleben können. Keine Garantie, aber glauben Sie mir, wenn ich Ihnen sage, daß Sie ohne diese Information nicht leben werden. *Parc Monceau,* d'Anjou.«

Wieder Schweigen. Borowski konnte sich vorstellen, wie der grauhaarige ehemalige *Medusa*-Mann sein Schaltbrett anstarrte und wie der Name des wohlhabenden Pariser Bezirks lauter und lauter in seinen Gedanken hallte. Von Parc Monceau ging der Tod aus, und d'Anjou wußte das ebenso sicher, wie er wußte, daß die tote Frau in Neuilly-sur-Seine Jacqueline Lavier war.

»Was könnte das für eine Information sein?« fragte d'Anjou.

»Die Identität Ihres Auftraggebers. Ein Name und hinreichende Beweise, die man in einen Umschlag stecken und versiegeln und einem Anwalt geben kann, mit dem Auftrag, den Umschlag so lange zu verwahren, als Sie am Leben sind. Sollte Ihr Leben auf unnatürliche Art und Weise enden, auch durch einen Unfall, kann man ihm Instruktionen geben, den Umschlag zu öffnen und seinen Inhalt bekanntzumachen. Das ist Schutz, d'Anjou.«

»Ich verstehe«, sagte der andere leise. »Aber Sie sagen doch, daß ich beobachtet werde, verfolgt.«

»Dann schützen Sie sich doch«, sagte Jason. »Sagen Sie ihnen die

Wahrheit. Sie haben doch eine Nummer, die Sie anrufen können, oder?«

»Ja, eine solche Nummer gibt es, einen Mann.« Die Stimme des Älteren erhob sich erstaunt.

»Rufen Sie ihn an. Sagen Sie ihm genau, was ich Ihnen gesagt habe . . . außer dem Tausch natürlich. Sagen Sie ihm, daß ich Kontakt mit Ihnen aufgenommen habe, mich mit Ihnen treffen möchte. In einer Stunde, vor dem Louvre. Die Wahrheit.«

»Sie sind verrückt.«

»Ich weiß, was ich tue.«

»Ja, das wußten Sie immer. Sie schaffen sich da Ihre eigene Falle, bereiten die eigene Exekution vor.«

»In dem Fall würden Sie ja eine reichliche Belohnung bekommen.«

»Oder selbst exekutiert werden, wenn das, was Sie sagen, stimmt.«

»Das wollen wir auf alle Fälle herausfinden. Ich werde so oder so Kontakt aufnehmen, glauben Sie mir das. Die haben meine Fotografie; die werden es wissen, wenn ich es tue. Besser, eine Situation, die man selbst kontrolliert und bestimmt, als eine, über die es keine Kontrolle gibt.«

»Jetzt höre ich Delta«, sagte d'Anjou. »Delta stellt sich nicht selbst eine Falle, er tritt nicht vor ein Erschießungspeleton und bittet um eine Augenbinde.«

»Nein, das tut er nicht«, pflichtete Borowski ihm bei. »Sie haben keine Wahl, d'Anjou. In einer Stunde. Vor dem Louvre.«

Der Vorteil einer jeden Falle liegt in ihrer fundamentalen Einfachheit. Eine umgekehrte Falle muß zufolge ihrer einzigen Komplikation noch einfacher und schneller sein.

Die Worte kamen ihm in den Sinn, als er in dem Taxi ein paar Häuser von *Les Classiques* entfernt in der Rue Saint-Honoré wartete. Er hatte den Fahrer gebeten, ihn zweimal um den Häuserblock zu fahren — ein amerikanischer Tourist, dessen Frau in diesem Viertel der *Haute Couture* mit Shopping beschäftigt war. Über kurz oder lang würde sie aus einem der Geschäfte kommen und er würde sie finden.

Was er gefunden hatte, waren die Überwacher, die Carlos aufgestellt hatte. Die mit Gummi überzogene Antenne auf der schwarzen Limousine war gleichzeitig Beweis und Gefahrensignal. Er würde sich viel sicherer fühlen, wenn dieser Radiosender funktionsunfähig gemacht werden könnte, aber es gab keine Möglichkeit, das zu bewirken. Die Alternative war Fehlinformation. Irgendwann im Laufe der nächsten fünfundvierzig Minuten würde Jason alles in seiner Macht Stehende tun, um sicherzustellen, daß über jenes Radio eine falsche Nachricht gesendet wurde. Von seinem Versteck auf dem Rücksitz des Wagens aus studierte er die beiden Männer in dem Wagen auf der anderen Straßenseite. Wenn es etwas gab, was sie von hundert ähnlichen Männern auf der Rue Saint-Honoré unterschied, war es die Tatsache, daß sie nicht redeten.

Philippe d'Anjou trat auf die Straße hinaus, das graue Haar mit einem grauen Homburg bedeckt. Seine Blicke suchten die Straße nach beiden Seiten ab und verrieten Borowski, daß der ehemalige *Medusa*-Mann sich gesichert hatte. Er hatte eine Nummer angerufen; hatte die überraschende Information weitergeleitet und wußte, daß es Männer in einem Wagen gab, die darauf vorbereitet waren, ihm zu folgen.

Ein Taxi, das offensichtlich telefonisch bestellt war, hielt am Randstein. D'Anjou sprach mit dem Fahrer und stieg ein. Auf der anderen Straßenseite schob sich eine Antenne drohend aus ihrer Halterung; die Jagd hatte begonnen.

Die Limousine schloß sich d'Anjous Taxi an; das war die Bestätigung, die Jason brauchte. Er beugte sich vor und sprach zu dem Fahrer. »Das habe ich vergessen«, sagte er gereizt. »Sie hat gesagt, heute morgen sei der Louvre dran und das Shopping am Nachmittag. Herrgott, jetzt habe ich mich um eine halbe Stunde verspätet! Fahren Sie mich bitte zum Louvre, ja?«

Während der kurzen Fahrt zu der monumentalen Fassade, die auf die Seine herunterblickte, überholte Jasons Taxi die schwarze Limousine und wurde dann ihrerseits wieder überholt. Die Nähe gab Borowski die Möglichkeit, genau das zu sehen, was er sehen wollte. Der Mann neben dem Fahrer sprach wiederholt in das Mikrophon des Funkgerätes. Carlos vergewisserte sich, daß kein Stachel in der Falle locker war; auch andere näherten sich dem Hinrichtungsplatz.

Sie erreichten den imposanten Eingang des Louvre. »Stellen Sie sich hinter diese anderen Taxis«, sagte Jason.

»Aber die warten auf Fahrgäste, Monsieur. Ich habe einen Fahrgast; *Sie*. Ich bringe Sie zum — «

»Tun Sie, was ich sage«, sagte Borowski und ließ eine Fünfzigfrancnote über die Rücklehne des Vordersitzes fallen.

Der Fahrer reihte sich ein. Die schwarze Limousine war rechts von ihnen zwölf Meter entfernt; der Mann am Radio hatte sich in seinem Sitz herumgedreht und blickte zum linken Hinterfenster hinaus.

Jason folgte seinem Blick und sah das, was er erwartet hatte. Ein paar hundert Fuß westlich war ein grauer Wagen auf dem riesigen Platz zu sehen, jener Wagen, der Jacqueline Lavier und Villiers' Frau zu der Kirche des Geheiligten Sakraments gefolgt war, und letztere dann aus Neuilly-sur-Seine entfernt hatte, nachdem sie die Lavier zu ihrer letzten Beichte geführt hatte. Man konnte sehen, wie die Antenne gerade in die Halterung zurückfuhr. Rechts von ihm hielt Carlos' Soldat das Mikrophon nicht mehr. Auch die Antenne der schwarzen Limousine war eingezogen worden; der Kontakt war hergestellt, visuell bestätigt. Vier Männer. Das war das von Carlos beauftragte Kommando.

Borowski konzentrierte sich auf die Menschenmenge vor dem Louvre-Eingang. Er entdeckte den elegant gekleideten d'Anjou sofort. Langsam ging er vor dem großen weißen Granitblock, der die Marmortreppe zur Linken flankierte, auf und ab.

Jetzt. Jetzt war der Augenblick, um die Fehlinformation auszusenden.

»Verlassen Sie die Reihe«, befahl Jason.

»*Was*, Monsieur?«

»Zweihundert Francs, wenn Sie genau das tun, was ich Ihnen sage. Verlassen Sie die Reihe und stellen Sie sich davor, und dann biegen Sie zweimal nacheinander nach links, und dann in die nächste Bucht.«

»Das verstehe ich nicht, Monsieur.«

»Das brauchen Sie auch nicht. Dreihundert Francs.«

Der Fahrer bog nach rechts ab und schob sich an die Spitze der Reihe, wo er das Steuer drehte, so daß das Taxi nach links auf die Reihe geparkter Wagen zurollte. Borowski zog die Automatic aus dem Gürtel und hielt sie zwischen den Knien. Er überprüfte den Schalldämpfer und schraubte den Zylinder fest.

»Wohin wollen Sie, Monsieur?« fragte der verwirrte Fahrer, als sie in die Parkbucht fuhren, die auf den Eingang des Louvre zuführte.

»Langsam«, sagte Jason. »Dieser große graue Wagen vor uns, der, dessen Vorderseite auf den Seine-Ausgang gerichtet ist. Sehen Sie ihn?«

»Selbstverständlich.«

»Fahren Sie langsam nach rechts um den Wagen herum.« Borowski schob sich auf die linke Sitzseite und kurbelte das Fenster herunter, so daß sein Kopf und die Waffe verborgen waren. In wenigen Sekunden würde er beide zeigen.

Das Taxi näherte sich dem Kofferraum der Limousine, jetzt drehte der Fahrer erneut das Steuer. Sie standen jetzt parallel. Jason schob den Kopf und die Waffe zum Fenster hinaus. Er zielte auf das rechte Hinterfenster der grauen Limousine und feuerte, sechs trockene, spuckende Laute nacheinander, die das Glas zersplittern und die zwei Männer erschreckten, die einander anschrien und sich unter dem

Fensterrahmen zu Boden warfen. Aber sie hatten ihn gesehen. Das war die Fehlinformation.

»Weg hier!« schrie Borowski den erschreckten Fahrer an und warf dreihundert Francs über den Sitz und preßte seinen weichen Filzhut gegen das Hinterfenster. Das Taxi schoß los, auf die steinernen Tore des Louvre zu.

Jetzt.

Jason schob sich über den Sitz zurück, öffnete die Tür und ließ sich auf das Kopfsteinpflaster hinausfallen, rief dem Fahrer seine letzten Instruktionen zu. »Wenn Sie am Leben bleiben wollen, dann verschwinden Sie hier!«

Das Taxi schoß mit einem Aufheulen seines Motors davon, und der Fahrer stieß einen Schrei aus. Borowski warf sich zwischen zwei geparkte Wagen, die ihm vor der grauen Limousine Schutz boten, und erhob sich langsam, spähte zwischen Fenstern durch. Carlos' Männer waren schnell, professionell, vergeudeten keinen Augenblick. Sie hatten das Taxi vor Augen, das natürlich der schweren Limousine in keiner Weise gewachsen war, und in jenem Taxi saß ihre Zielperson. Der Mann hinter dem Steuer legte den Gang ein und raste los, während sein Begleiter das Mikrophon zu sich riß und die Antenne sich aus ihrem Sockel schob. Befehle flogen zu einer weiteren Limousine hinüber, die näher bei den großen Steinstufen stand. Das Taxi schoß in die Seinestraße hinaus, der schwere graue Wagen unmittelbar dahinter. Als sie wenige Fuß entfernt an Jason vorbeizogen, sagte der Gesichtsausdruck der beiden Männer ihm alles. Sie hatten Cain vor dem Visier, die Falle war zugeklappt, und sie würden sich ihr Geld binnen weniger Minuten verdienen.

Die umgedrehte Falle muß zufolge ihrer einzigen Komplikation auch noch einfacher und schnell sein . . .

Eine Frage von Minuten . . . er hatte nur wenige Augenblicke zur Verfügung, wenn alles so war, wie er es annahm. D'Anjou! Die Kontaktperson hatte ihre Rolle gespielt — ihre unwesentliche Rolle — und war überflüssig — so wie Jacqueline Lavier das gewesen war.

Borowski rannte zwischen den beiden Wagen auf die schwarze Limousine zu — sie war höchstens fünfzig Meter von ihm entfernt. Er konnte die zwei Männer sehen; sie arbeiteten sich auf d'Anjou zu, der immer noch vor der Marmortreppe auf und ab ging. Ein einziger, gezielter Schuß eines der beiden Männer, und d'Anjou würde tot sein. Und Treadstone Seventy-One würde mit ihm zum Teufel gehen. Jason rannte schneller, und die Hand unter seiner Jacke umfaßte die schwere Automatic.

Carlos' Soldaten waren nur noch wenige Meter entfernt und beeilten sich jetzt ebenfalls, die Liquidierung rasch zu erledigen. Der Verurteilte sollte niedergeschossen werden, ehe er begriff, was vor sich ging.

»*Medusa*!« schrie Borowski, ohne zu wissen, weshalb er diesen Namen und nicht den d'Anjous rief. »*Medusa — Medusa*!«

D'Anjous Kopf fuhr in die Höhe, Schrecken überzog sein Gesicht. Der Fahrer der schwarzen Limousine war herumgefahren, die Waffe auf Jason gerichtet, während sein Begleiter sich auf d'Anjou zu bewegte, die Pistole auf den ehemaligen *Medusa*-Mann gerichtet. Borowski warf sich nach rechts, und streckte die Automatic aus, von der linken Hand gestützt. Er feuerte im Sprung, zielte genau, und der Mann, der d'Anjou bedrohte, bäumte sich nach rückwärts auf, als seine Beine plötzlich erlahmten; dann brach er auf dem Kopfsteinpflaster zusammen. Über Jasons Kopf sausten zwei Kugeln und prallten gegen das Metall hinter ihm. Er rollte sich nach links, stützte die Waffe erneut, zielte auf den zweiten Mann. Zweimal drückte er ab; der Fahrer schrie auf, und dann breitete sich eine Lache aus Blut über seinem Gesicht aus, ehe er zusammenbrach.

Hysterie erfaßte die Menge. Männer und Frauen schrien, Eltern warfen sich über ihre Kinder. Andere rannten die Treppen hinauf, durch die großen Tore des Louvre, während die Wachen von drinnen nach draußen stürzten. Borowski stand auf, sah sich nach d'Anjou um. Der Ältere hatte sich hinter den weißen Granitblock geworfen. Die hagere Gestalt kroch jetzt unsicher und verstört hervor. Jason rannte durch die von Panik erfüllte Menge, schob die Automatic in den Gürtel, drängte zwischen Menschen, zwischen hysterisch schreienden Menschen, die zwischen ihm und dem Mann standen, der Antworten liefern konnte. Treadstone. *Treadstone*!

Er erreichte den grauhaarigen *Medusa*-Mann. »Aufstehen!« befahl er. »Wir wollen hier weg!«

»Delta! . . . Das war Carlos' Mann! Ich kenne ihn, ich habe ihn *benutzt*! Er wollte mich töten!«

»Ich weiß. Kommen Sie jetzt! Schnell! Die anderen kommen gleich zurück; dann werden sie uns suchen. Kommen Sie schon!«

Etwas Schwarzes schob sich in Borowskis Gesichtskreis, genau über dem Augenwinkel sah er es. Er wirbelte herum und stieß instinktiv d'Anjou zu Boden, als vier Schüsse aus einer Waffe peitschten, die eine dunkle Gestalt hielt, die neben der Reihe von Taxis stand. Ringsum splitterten Granitbrocken ab. Das war *er*! Die breiten, kräftigen Schultern, die vor ihm auftauchten, die schmalen Hüften, von dem eng anliegenden schwarzen Anzug betont . . . Das dunkelhäutige Gesicht. Carlos!

Carlos! Du mußt Carlos in die Falle locken! Cain ist für Charlie und Delta ist für Cain!

Falsch!

Treadstone finden! Eine Nachricht finden; für einen Mann! Du mußt Jason Borowski finden!

Er glaubte wahnsinnig zu werden. Verschwommene Bilder aus der Vergangenheit vermischten sich mit der schrecklichen Realität und trieben ihn in ein Land, das er nicht mehr verstand. Es war, als hätte sein Hirn Türen, die sich öffneten und sich schlossen, die aufflogen, und wieder zukrachten. Licht, Dunkel — Licht. Ein Schmerz — diese scharfen, bohrenden Stiche in seinen Schläfen, Donner grollte, der ihn betäubte. Er lief hinter dem Mann in dem schwarzen Anzug mit dem weißen Seidentuch, das der sich vors Gesicht gebunden hatte, her. Dann sah er die Augen und den Lauf der Pistole, drei dunkle Kreise, die auf ihn gerichtet waren — wie schwarze Löcher. Bergeron? . . . War es Bergeron? War er das? Oder Zürich . . . oder . . . Keine Zeit!

Er sprang nach links und rollte dann nach rechts aus der Feuerlinie. Kugeln peitschten gegen den Stein. Pfeifen der abprallenden Geschosse. Jason duckte sich hinter einem Wagen und sah zwischen den Rädern die schwarze Gestalt wegrennen. Der Schmerz blieb, aber der Donner hörte auf. Er kroch auf das Kopfsteinpflaster hinaus, erhob sich und rannte zu den Stufen des Louvre zurück.

Was hatte er getan? D'Anjou war verschwunden. Wie war es dazu gekommen? Seine Falle war gar keine Falle. Seine eigene Strategie war gegen ihn eingesetzt worden und hatte dem einzigen Mann, der ihm die Antworten liefern konnte, die Flucht gestattet. Er war Carlos' Soldaten gefolgt, aber Carlos war *ihm* gefolgt! Seit der Rue Saint-Honoré. Alles war umsonst; eine Übelkeit erregende Leere breitete sich in ihm aus.

Und dann hörte er die Worte, sie kamen hinter einem parkenden Wagen hervor, und jetzt tauchte Philippe d'Anjou vorsichtig auf.

»Tam Quan ist nie sehr weit entfernt, scheint es. Wo wollen wir hingehen, Delta? Hier können wir nicht bleiben.«

Sie saßen in einer von einem Vorhang verdeckten Nische in einem überfüllten Café an der Rue Pilon, einer kleinen Nebenstraße in Montmartre. D'Anjou nippte an seinem doppelten Brandy, und seine Stimme war leise, nachdenklich.

»Ich werde nach Asien zurückkehren«, sagte er. »Nach Singapur oder Hongkong, oder vielleicht sogar den Seychellen. Frankreich war nie besonders gut für mich, und jetzt ist es tödlich.«

»Das müssen Sie vielleicht nicht«, sagte Borowski und schluckte den Whisky hinunter, spürte, wie die warme Flüssigkeit sich schnell ausbreitete und ein wohliges Gefühl erzeugte. »Das, was ich vorhin gesagt habe, war mir ernst. Sie sagen mir, was ich wissen möchte. Und ich verrate Ihnen —« Er hielt inne, Zweifel überkamen ihn; nein, er würde es wagen. »Ich verrate Ihnen, wer Carlos ist.«

»Das interessiert mich nicht im entferntesten«, erwiderte der ehemalige *Medusa*-Mann und musterte Jason scharf. »Ich werde Ihnen sagen, was ich kann. Warum sollte ich irgend etwas verschweigen? Ich gehe ganz bestimmt nicht zur Polizei. Aber ich möchte nicht in die Sache hineingezogen werden.«

»Sie sind nicht einmal neugierig?«

»Das habe ich mir abgewöhnt. Also stellen Sie Ihre Fragen und dann können Sie mich ja in Erstaunen versetzen.«

»Sie werden schockiert sein.«

Ohne Warnung sagte d'Anjou leise den Namen. »Bergeron?«

Jason machte keine Bewegung; er starrte den Älteren sprachlos an. D'Anjou fuhr fort:

»Ich habe immer wieder darüber nachgedacht. Jedesmal, wenn wir miteinander sprechen, sehe ich ihn an und frage mich. Aber dann komme ich immer wieder zu demselben negativen Schluß.«

»Warum?« unterbrach Borowski.

»Damit wir uns richtig verstehen, ich bin nicht sicher — ich habe nur einfach das Gefühl, daß es falsch ist. Vielleicht weil ich mehr von René Bergeron über Carlos erfahren habe als von sonst jemandem. Er ist von Carlos besessen; er hat jahrelang für ihn gearbeitet und ist ungeheuer stolz auf das Vertrauen, das er genießt. Was den Verdacht entkräftet, ist, daß er *zuviel* über ihn redet.«

»Das Ego, das durch den vorgeschobenen Zweiten spricht?«

»Wäre möglich, paßt aber nicht zu den außergewöhnlichen Vorsichtsmaßnahmen, die Carlos trifft. Die Mauer aus Geheimnissen, die er um sich herum errichtet hat, ist undurchdringlich. Ich weiß es natürlich nicht mit Bestimmtheit, aber ich glaube nicht, daß es Bergeron ist.«

D'Anjou lächelte. »Stellen Sie Ihre Fragen, Delta!«

Jason wußte nicht weshalb, aber das abgehärmte Gesicht André Villiers' schob sich plötzlich in sein Bewußtsein. Er hatte sich vorgenommen, für den alten Soldaten was er konnte in Erfahrung zu bringen. Die Gelegenheit würde sich nicht wieder bieten.

»Wie paßt eigentlich Villiers' Frau hinein?«

D'Anjou zog die Augenbrauen hoch. »Aber natürlich, Sie sagten ja Parc Monceau, nicht wahr? Wie —«

»Die Einzelheiten sind jetzt nicht wichtig.«

»Für mich ganz bestimmt nicht.«

»Was ist mit ihr?« drängte Borowski.

»Haben Sie sie genau angesehen? Die Haut?«

»Nahe genug war ich ihr. Sie ist gebräunt. Sehr groß und stark gebräunt.«

»Sie achtet darauf, daß ihre Haut immer gebräunt ist. Die Riviera, die griechischen Inseln, Costa del Sol, Gstaad; ihre Haut ist immer von der Sonne getränkt.«

»Das steht ihr sehr gut.«

»Das ist auch sehr nützlich. Das verdeckt, was sie ist. Denn da gibt es keine herbstliche oder winterliche Blässe in ihrem Gesicht, an ihren Armen und den langen Beinen. Sie ist von Natur aus so braun. Mit oder ohne Saint Tropez oder Costa Brava oder die Alpen.«

»Wovon sprechen Sie?«

»Obwohl man die aufregende Angélique Villiers allgemein für eine Pariserin hält, ist sie das nicht. Sie ist von spanischem Geblüt. Venezolanerin, um es genau zu sagen.«

»Sanchez«, flüsterte Borowski. »Iljitsch Ramirez Sanchez.«

»Ja. Manche behaupten ja, sie sei Carlos' erste Cousine, seine Geliebte seit ihrem vierzehnten Lebensjahr. Das Gerücht geht — bei jenen wenigen Leuten —, daß sie, abgesehen von ihm selbst, der einzige Mensch auf der Welt ist, der ihm etwas bedeutet.«

»Und Villiers weiß von all dem nichts?«

»Worte von *Medusa*, Delta?« D'Anjou nickte. »Ja, Villiers weiß nichts, er ist wie eine Drohne. Carlos' brillant geschaffener Draht zu den wichtigsten Abteilungen der französischen Regierung.«

»Brillant«, sagte Jason und nickte. »Weil es unvorstellbar ist.«

»Absolut.«

Borowski lehnte sich plötzlich vor. »Treadstone«, sagte er, und seine beiden Hände umklammerten das Glas, das vor ihm stand. »Sagen Sie mir, was Sie über Treadstone Seventy-One wissen.«

»Was soll ich Ihnen sagen?«

»Alles, was Sie wissen, alles, was Carlos weiß.«

»Ich weiß nicht, ob ich dazu imstande bin. Ich höre Dinge, mache mir ein Bild davon, aber abgesehen von den Dingen, die *Medusa* betreffen, bin ich kein Ratgeber, geschweige denn ein Vertrauter.«

Jason hatte alle Mühe, an sich zu halten, nicht nach *Medusa,* nach Delta und Tam Quan zu fragen; nach den Winden am Nachthimmel und der Finsternis, und den Lichtexplosionen, die ihn jedesmal blendeten, wenn er die Worte hörte. Er konnte das nicht; gewisse Dinge mußten unterstellt werden, er mußte über seinen eigenen Verlust hinweggehen, keinen Hinweis darauf geben. Die Prioritäten. Treadstone. Treadstone Seventy-One . . .

»Was haben Sie gehört? Was haben Sie sich zusammengereimt?«

»Was ich gehört und was ich mir zusammengereimt habe, paßte

nicht immer zusammen. Dennoch waren mir gewisse Tatsachen klar.«

»Zum Beispiel?«

»Als ich Sie erkannte, wußte ich Bescheid. Delta hatte eine lukrative Übereinkunft mit den Amerikanern getroffen. Wieder eine lukrative Übereinkunft, vielleicht von anderer Art als vorher.«

»Würden Sie das bitte etwas deutlicher ausdrücken.«

»Vor elf Jahren ging in Saigon das Gerücht, daß der eiskalte Delta der höchstbezahlte *Medusa*-Mann wäre. Ohne Zweifel waren Sie der Fähigste, den *ich* kannte, also vermutete ich, daß Sie auf eigene Faust für sich abgeschlossen hatten. So, wie auch jetzt.«

»Was ist Ihnen zu Ohren gekommen?«

»Es ist in New York nicht dementiert worden. Der Mönch hat es sogar bestätigt, ehe er starb, sagt man. Es paßte auch zu den Vorgängen von Anfang an.«

Borowski hielt sein Glas und wich d'Anjous Blick aus. Der Mönch. *Der Mönch. Nicht fragen. Der Mönch ist tot, wer und was auch immer er gewesen sein mag. Auf ihn kommt es jetzt nicht an.* »Ich wiederhole«, sagte Jason, »was glauben die zu wissen, daß ich tue?«

»Kommen Sie, Delta. *Ich* bin derjenige, der hier weggeht. Es ist sinnlos —«

»*Bitte*«, unterbrach Borowski.

»Also gut. Sie haben sich einverstanden erklärt, Cain zu werden. Cain, der Mörder, der überall seine Hand im Spiel hat, ein Phantom, das nie tatsächlich existierte. Der große Gegenspieler Carlos! Die Absicht ist klar zu erkennen; Carlos herausfordern — Carlos in die Enge treiben, ihm die Leute abspenstig machen, seine Organisation von innen heraus auszuhöhlen. Es ging darum, Carlos aus der Reserve zu locken und ihn unschädlich zu machen. Das war die Übereinkunft, die Sie mit den Amerikanern geschlossen haben.«

Vor Jasons Augen begann es sich zu drehen. Erinnerungen kehrten bruchstückhaft in sein Bewußtsein.

»Dann sind die Amerikaner —« Borowski sprach den Satz nicht zu Ende und hoffte in diesem kurzen Augenblick der Qual, daß d'Anjou das für ihn tun würde.

»Ja«, sagte der andere. »Treadstone Seventy-One. Die am besten kontrollierte Einheit der amerikanischen Abwehr seit den Consular Operations des State Departments. Vom selben Mann geschaffen, der *Medusa* gebaut hat. David Abbott.«

»Der Mönch«, sagte Jason. Wie von selbst waren ihm diese Worte von den Lippen gekommen. Eine Türe tat sich in der Ferne auf, Helligkeit strömte herein.

»Natürlich. An wen sonst würde er herantreten, um die Rolle des Cain zu spielen, als an den Mann von *Medusa,* der als Delta bekannt war? Wie gesagt, ich wußte das im ersten Augenblick, als ich Sie sah.«

»Eine Rolle —« Borowski hielt inne, das Licht wurde heller, warm, aber nicht blendend.

D'Anjou lehnte sich nicht vor. »An diesem Punkt natürlich paßte das, was ich hörte und das, was ich mir zusammenreimte, nicht mehr zusammen. Es hieß, daß Jason Borowski den Auftrag aus Gründen annahm, von denen ich wußte, daß sie nicht stimmen konnten. Ich war dabei, die anderen nicht; sie konnten das nicht wissen.«

»Was haben diese anderen gesagt? Was haben Sie gehört?«

»Daß Sie ein amerikanischer Abwehroffizier wären, vermutlich aus dem Militär. Können Sie sich das vorstellen. *Sie,* Delta! Der Mann, der die Amerikaner verachtete. Ich sagte Bergeron, daß das unmöglich wäre, aber ich bin nicht sicher, ob er mir glaubte.«

»Was haben Sie ihm gesagt?«

»Was ich glaubte. Was ich immer noch glaube. Es war nicht Geld — kein Betrag hätte Sie dazu bringen können —, es mußte etwas anderes sein. Ich glaube, Sie taten es aus demselben Grund, aus dem vor elf Jahren so viele bei *Medusa* mitmachten. Um irgendwo eine Rechnung zu begleichen, um ein anderes Leben zu beginnen, glaube ich.«

»Wahrscheinlich haben Sie recht«, sagte Jason und hielt den Atem an. *Es leuchtete ein. Eine Botschaft wurde gesandt. Das könnte es sein. Du mußt die Botschaft finden. Den Sender. Treadstone!*

»Um zurück zu Delta zu kommen«, fuhr d'Anjou fort. »Wer war er? Dieser gebildete, seltsam stille Mann, der sich im Dschungel in eine tödliche Waffe verwandeln konnte. Der sich und andere zu Leistungen anstachelte, die das Menschenmögliche überstiegen, ohne daß es einen Grund dafür gab. Wir begriffen das nie.«

»Das war auch nie notwendig. Gibt es noch etwas, das Sie mir sagen können? Wissen sie den präzisen Aufenthalt von Treadstone?«

»Sicher. Ich habe es von Bergeron erfahren. Eine Wohnung in New York City, an der östlichen Einundsiebzigsten Straße.«

»Nummer hundertneununddreißig. Stimmt das nicht?«

»Möglich . . . noch etwas?«

»Nur etwas, das Sie offensichtlich wissen, etwas, dessen Strategie, wie ich zugebe, mir unverständlich ist.«

»Und das wäre?«

»Daß die Amerikaner glauben, Sie hätten die Seiten gewechselt. Besser gesagt, sie wollen Carlos weismachen, Sie hätten die Seiten gewechselt.«

»Warum?« *Langsam begann es ihm zu dämmern!*

»Sie haben lange Zeit nichts mehr von Cain gehört, wissen nicht, wo er sich aufhält, geschweige denn, was er tut. Ein obskurer Bankdiebstahl . . . «

Das war es. Die Nachricht. Das Schweigen. Die Monate in Port Noir. Der Wahnsinn in Zürich, das Massaker in Paris. Niemand konnte wissen, was geschehen war. Man ließ ihn wissen, daß er aus dem Untergrund hervorkommen solle. Du hast recht gehabt, Marie, meine Liebe, meine Allerliebste. Du hast von Anfang an recht gehabt.

»Sonst also nichts?« fragte Borowski und versuchte, die Ungeduld in seiner Stimme zu verbergen, weil ihn jetzt jede Faser seines Wesens danach drängte, zu Marie zurückzukehren.

»Das ist alles, was ich weiß — aber verstehen Sie bitte, man hat mir das alles nie gesagt. Man hat mich wegen meines Wissens um *Medusa* hereingeholt — und es stand fest, daß Cain von *Medusa* kam — aber ich war nie ein Teil von Carlos' hartem Kern.«

»Nahe genug waren Sie. Danke.« Jason legte ein paar Geldscheine auf den Tisch und schickte sich an, die Nische zu verlassen.

»Da ist noch etwas«, sagte d'Anjou. »Ich weiß nicht, ob es etwas zu bedeuten hat, aber man weiß jedenfalls, daß Ihr Name nicht Jason Borowski ist.«

»Was?«

»25. März. Erinnern Sie sich nicht, Delta? Das ist in zwei Tagen, und das Datum ist für Carlos sehr wichtig. Er möchte Ihre Leiche am fünfundzwanzigsten. Er möchte sie an jenem Tag den Amerikanern ausliefern.«

»Was wollen Sie damit sagen?«

»Am 25. März 1968 wurde Jason Borowski in Tam Quan exekutiert. Sie haben ihn exekutiert.«

31.

Sie öffnete die Tür, und einen Augenblick lang stand er da und sah sie nur an, sah die großen braunen Augen, die über sein Gesicht wanderten, Augen, die besorgt waren, aber in denen eine unausgesprochene Frage lag. Und er war zurückgekommen, um ihr diese Antwort zu überbringen. Er ging in das Zimmer, und sie schloß die Türe hinter ihm.

»Es ist passiert«, sagte sie.

»Es ist passiert.« Borowski drehte sich um und streckte seine Hände nach ihr aus. Sie kam zu ihm und sie hielten einander, und das Schweigen ihrer Umarmung sagte mehr als jedes gesprochene Wort. »Du hast recht gehabt«, flüsterte er schließlich, die Lippen an ihrem weichen Haar. »Es gibt viel, das ich nicht weiß — vielleicht nie wissen werde — aber du hast recht gehabt. Ich bin nicht Cain, weil es keinen Cain gibt, nie gegeben hat. Nicht den Cain, von dem alle reden. Er hat nie existiert. Er ist ein Mythos, den man erfunden hat, um Carlos herauszulocken. Ich bin dieser Mythos. Ein Mann von *Medusa,* den man Delta nannte, hat sich einverstanden erklärt, eine Lüge namens Cain zu werden. Dieser Mann bin ich.«

Sie trat einen Schritt zurück, ohne ihn loszulassen.

»Cain ist für Charlie . . .« Sie sagte das mit leiser Stimme.

»Und Delta ist für Cain«, vollendete Jason. »Du hast mich das sagen hören?«

Marie nickte. »Ja, eines Nachts, in dem Zimmer in der Schweiz, hast du es im Schlaf hinausgeschrien. Carlos hast du nie erwähnt, nur Cain . . . Delta. Ich habe am Morgen etwas darüber zu dir gesagt, aber du hast mir keine Antwort gegeben. Du hast nur zum Fenster hinausgeschaut.«

»Weil ich es nicht verstand. Ich verstehe es immer noch nicht, aber ich akzeptiere es. Es erklärt so viele Dinge.«

Wieder nickte sie. »Der *Provokateur.* Die Code-Worte, die du gebrauchst, die seltsamen Sätze, die Wahrnehmungen. Aber warum? Warum *du*?«

»›Um irgendwo eine Rechnung zu begleichen‹. Das hat er gesagt.«

»Wer gesagt?«

»D'Anjou.«

»Der Mann auf der Treppe in Parc Monceau? Der Mann von der Telefonvermittlung?«

»Der Mann von *Medusa.* Ich kannte ihn bei *Medusa.*«

»Was hat er gesagt?«

Borowski berichtete es ihr und spürte dieselbe Erleichterung, die auch er bei d'Anjous Worten empfunden hatte. In ihren Augen war ein Leuchten, ein leichtes Pochen an ihrem Hals, schiere Freude, die aus ihrer Kehle hervorbrach. Es war gerade, als könnte sie kaum erwarten, daß er den Bericht abschloß, damit sie ihn wieder umarmen konnte.

»Jason!« rief sie und nahm sein Gesicht in die Hände.

»Liebster, mein Liebster! Mein Freund ist zu mir zurückgekehrt! Es ist alles so, wie wir es wußten, wie wir es fühlten!«

»Nicht ganz«, sagte er und strich über ihre Wange. »Für dich bin ich Jason, für mich Borowski, weil das der Name ist, den man mir gegeben hat, und den ich gebrauchen muß, weil ich keinen anderen habe. Aber es ist nicht der meine.«

»Eine Erfindung?«

»Nein, es gab ihn. Man behauptet, ich hätte Jason Borowski an einem Ort, der Tam Quan heißt, getötet.«

Sie nahm die Hände von seinem Gesicht, ließ sie auf seine Schultern gleiten, ließ ihn aber nicht los. »Es muß einen Grund dafür gegeben haben.«

»Das hoffe ich. Ich weiß es nicht. Vielleicht ist das die Rechnung, die ich begleichen will.«

»Meine Güte«, sagte sie und ließ ihn los. »Das liegt mehr als zehn Jahre zurück. Alles, worauf es jetzt ankommt, ist, daß du den Mann bei Treadstone erreichst, weil die versuchen, dich zu erreichen.«

»D'Anjou hat gesagt, die Amerikaner glaubten, ich wäre übergelaufen, da man seit sechs Monaten nichts von mir gehört hat, und in Zürich Millionen verschwunden sind.«

»Du kannst ihnen erklären, was geschehen ist. Du hast deine Vereinbarung nicht wissentlich gebrochen; andererseits kannst du so nicht weitermachen, das ist unmöglich. Alle Instruktionen, die du erhalten hast, nützen dir nichts. Sie sind nur noch in Fragmenten vorhanden — in Bildern und Sätzen, die du mit nichts in Verbindung bringen kannst. Du kennst Leute nicht, die du kennen müßtest. Sie sind für dich Gesichter ohne Namen, ohne Bedeutung.«

Borowski zog das Jackett aus und nahm die Automatic aus dem Gurt. Er studierte den Zylinder — den häßlichen perforierten Ansatz an dem Lauf, der garantierte, daß ein Pistolenschuß nicht lauter als ein leises Hüsteln war — widerwillig. Er trat an die Kommode, legte die Waffe hinein und schob die Schublade zu. Einen Augenblick lang hielt er die Knöpfe fest, und seine Augen wanderten zum Spiegel, zu dem Gesicht in dem Glas, das keinen Namen hatte.

»Was soll ich zu ihnen sagen?« fragte er. »Hier spricht Jason Borowski. Natürlich weiß ich, daß das nicht mein Name ist, weil ich den Mann namens Jason Borowski getötet habe. Aber es ist der Name, den Sie mir gegeben haben . . . Es tut mir leid, meine Herren, aber auf dem Weg nach Marseille ist mir etwas zugestoßen. Ich habe etwas verloren — nichts für Sie Wertvolles — nur mein Gedächtnis. Nun nehme ich an, daß wir eine Übereinkunft haben, aber ich weiß nicht was für eine. Ich kann mich nur an verrückte Sätze, wie ›Carlos finden!‹ und ›Carlos in die Falle locken!‹, und daß Delta Cain wäre und daß Cain angeblich Charlie ersetzen soll, der in Wirklichkeit Carlos ist, erinnern. Wenn sie mir nicht glauben und mich für einen Schwindler halten?« Borowski wandte sich vom Spiegel ab und sah Marie an. »Was soll ich dann sagen?«

»Die Wahrheit«, antwortete sie. »Die werden sie akzeptieren. Sie haben dir eine Nachricht geschickt; sie versuchen, dich zu erreichen. Was die sechs Monate angeht — telegrafiere doch Washburn in Port Noir. Er führt Akten — ausführliche, detaillierte Akten.«

»Vielleicht wird er nicht antworten. Wir hatten unsere eigene Übereinkunft. Dafür, daß er mich wieder zusammenflickte, sollte er ein Fünftel des Geldes aus Zürich bekommen, so, auf einem Nummernkonto. Ich habe ihm eine Million US-Dollars geschickt.«

»Glaubst du, das würde ihn vielleicht daran hindern, dir zu helfen?«

Jason überlegte. »Es kann sein, daß er sich selbst nicht helfen kann. Er ist schließlich Alkoholiker. Wie lange kommt er mit einer Million Dollar aus? Oder, um es genauer zu sagen, wie lange glaubst du, daß sie ihn noch am Leben lassen?«

»Trotzdem kannst du beweisen, daß du dort warst. Du warst krank, isoliert. Du warst mit niemandem in Kontakt.«

»Wie können die Männer in Treadstone dessen sicher sein? Von ihrem Standpunkt aus betrachtet, bin ich eine wandelnde Enzyklopädie offizieller Geheimnisse. Wie können sie sicher sein, daß ich nicht mit den falschen Leuten gesprochen habe?«

»Sag ihnen, sie sollen ein Team nach Port Noir schicken.«

»Die werden dort nur verständnislose Blicke und Schweigen vorfinden. Ich habe jene Insel mitten in der Nacht verlassen, und der halbe Hafen war hinter mir her. Wenn dort drunten jemand Geld aus Washburn herausgeholt hat, wird er die Verbindung sehen und verschwinden.«

»Jason, ich weiß nicht, worauf du hinauswillst. Du hast deine Antwort, die Antwort, die du gesucht hast, seit du an jenem Morgen in Port Noir aufgewacht bist. Was willst du noch mehr?«

»Vorsichtig will ich sein, das ist alles«, sagte Borowski mit schneidender Stimme. »Ich will mich umsehen, ehe ich etwas unternehme, und verdammt sicher sein, daß ich in keine Falle gerate. ›Vorsicht ist die Mutter der Porzellankiste‹ heißt es immer, und ich will auch nicht ›Aus dem Regen in die Traufe geraten‹. Was sagst du jetzt zu meinem *Gedächtnis*?« Er schrie förmlich; jetzt erschrak er und hielt inne.

Marie ging quer durch das Zimmer und stellte sich vor ihn hin. »Sehr gut ist das. Aber das ist es nicht, worauf es ankommt, nicht wahr. Das Vorsichtigsein meine ich.«

Jason schüttelte den Kopf. »Nein, das ist es nicht«, sagte er. »Bei jedem Schritt hatte ich Angst, Angst vor den Dingen, die ich erfahren habe. Jetzt, am Ende, ist meine Angst größer denn je. Wenn ich nicht Jason Borowski bin, wer bin ich dann in Wirklichkeit? Was ist mir denn noch übriggeblieben? Hast du darüber einmal nachgedacht?«

»Mit allen Konsequenzen, die es hat, Liebster. In gewisser Weise ist meine Angst größer als die deine, aber ich glaube nicht, daß uns das aufhalten kann. Ich wünschte bei Gott, das könnte es, aber ich weiß, daß es unmöglich ist.«

Der Attaché in der amerikanischen Gesandtschaft an der Avenue Gabriel betrat das Büro des Ersten Sekretärs und schloß die Tür. Der Mann am Schreibtisch blickte auf.

»Sind Sie sicher, daß er es ist?«

»Ich bin nur sicher, daß er die richtigen Worte gebraucht hat«, sagte der Attaché und trat an den Schreibtisch. Er hielt eine rotgeränderte Karteikarte in der Hand. »Da ist die Fahne«, sagte er und reichte sie dem Ersten Sekretär. »Ich habe die Worte überprüft, die er gesagt hat, und wenn diese Fahne stimmt, würde ich sagen, er ist es.«

Der Mann hinter dem Schreibtisch studierte die Karte. »Wann hat er den Namen Treadstone gebraucht?«

»Erst nachdem ich ihn überzeugt hatte, daß er mit niemandem in der US-Abwehrbehörde sprechen würde, solange er mir nicht einen verdammt guten Grund dafür geliefert hatte. Ich denke, er war der Meinung, ich würde einen Nervenzusammenbruch erleiden, wenn er sagte, daß er Jason Borowski wäre. Als ich ihn einfach fragte, was ich für ihn tun könnte, schien er wie benommen, gerade, als wollte er jeden Augenblick auflegen.«

»Hat er nicht ein Wort darüber gesagt, daß wir auf ihn warten?«

»Darauf habe ich gewartet, aber er hat es nicht gesagt. Nach dieser Skizze aus sechs Worten — ›Erfahrener Außendienstbeamter. Mögliche Fahnenflucht oder Feindübertritt‹ — hätte er einfach nur das Wort ›Fahne‹ zu sagen brauchen, und alles wäre klargewesen. Aber das hat er nicht getan.«

»Dann ist er es vielleicht doch nicht.«

»Der andere Rest stimmt. Er *hat* gesagt, daß Washington ihn seit mehr als sechs Monaten sucht. Dabei hat er den Namen Treadstone gebraucht. Er käme von Treadstone; sagte er mir als Überraschungseffekt. Außerdem solle ich die Codeworte Delta, Cain und *Medusa* weitergeben. Die beiden ersten stehen auf der Fahne; die habe ich überprüft. Ich weiß nicht, was *Medusa* bedeutet.«

»Ich weiß überhaupt nicht, was *das alles* bedeutet«, sagte der Erste Sekretär. »Nur, daß ich Anweisung habe, sofort in die Nachrichtenzentrale zu rasen, sämtlichen Zerhackerverkehr nach Langley aus der Leitung zu fegen und eine sterile Verbindung zu einem Spuk namens Conklin zu besorgen. Von ihm habe ich allerhand gehört: soll ein ganz übler Schweinehund sein, dem vor zehn oder zwölf Jahren in Nam der Fuß abgeschossen worden ist. Er drückt ganz seltsame Knöpfe in der Firma. Außerdem hat er die Reinigungsaktionen überlebt, und das bringt mich auf die Idee, daß er ein Typ ist, den die nicht so gerne auf der Straße rumlaufen lassen, um sich einen Job zu suchen. Oder einen Verleger.«

»Wer glauben Sie denn, daß dieser Borowski ist?« fragte der Attaché. »Ich habe in den ganzen acht Jahren, die ich jetzt im Ausland tätig bin, noch keine so konzentrierte und andererseits so schlaffe Jagd auf einen einzelnen Menschen erlebt.«

»Jemand, den sie dringend haben wollen.« Der Erste Sekretär erhob sich von seinem Schreibtisch. »Vielen Dank für das hier. Ich werde Washington sagen, wie gut Sie das erledigt haben. Wie ist denn der Zeitplan? Er wird Ihnen ja wahrscheinlich keine Telefonnummer gegeben haben.«

»Nein. Er wollte in fünfzehn Minuten wieder anrufen, aber ich spielte den gehetzten Bürokraten und sagte ihm, er solle sich etwa in einer Stunde wieder melden. Das wäre nach fünf Uhr, und wir könnten weitere ein oder zwei Stunden gewinnen, wenn ich um die Zeit gerade essen bin.«

»Ich weiß nicht. Ich will nicht riskieren, daß wir ihn verlieren. Ich werde das von Conklin arrangieren lassen. Er ist hier die oberste Instanz. Niemand unternimmt in bezug auf Borowski etwas, das nicht von ihm genehmigt ist.«

Alexander Conklin saß in Langley, Virginia, hinter dem Schreibtisch seines Büros mit den weißen Wänden und hörte sich den Mann von der Botschaft in Paris an. Er war überzeugt davon, daß es Delta *war*. Der Hinweis auf *Medusa* war der Beweis, denn es gab außer Delta niemand, der diesen Namen kennen konnte. Dieser Dreckskerl! Er spielte den gestrandeten Agenten, seine Kontaktleute in Treadstone reagierten nicht auf die richtigen Code-Worte — wie auch immer sie lauten mochten —, weil Tote nun mal nicht mehr sprechen können. Und das benutzte er dazu, um sich selbst aus der Schußlinie zu ziehen! Nerven hatte dieser Bastard, unglaublich! *Bastard*!

Er tötet zuerst die Kontrollpersonen, um die Jagd abzublasen. Wie viele Männer hatten das schon vor ihm getan, dachte Alexander Conklin. Er beispielsweise. In den Bergen von Huong Khe hatte es eine Sektorkontrollstelle gegeben, einen Verrückten, der verrückte Befehle erteilte, die den sicheren Tod für ein Dutzend *Medusa*-Teams auf einer Wahnsinnsjagd bedeuteten. Ein junger Abwehroffizier namens Conklin war mit einem nordvietnamesischen Karabiner — russisches Kaliber — in das Stützpunktlager Kilo zurückgekrochen und hatte zwei Kugeln auf den Kopf des Wahnsinnigen abgefeuert. Die Trauer war groß gewesen, und man hatte die Sicherheitsmaßnahmen verstärkt, aber die Jagd wurde abgeblasen.

Aber auf den Dschungelwegen von Stützpunktlager Kilo hatte man keine Glassplitter gefunden. Glassplitter mit Fingerabdrücken, die den Todesschützen unwiderlegbar als einen westlichen Rekruten von *Medusa* sclbst identifizierten. Solche Glassplitter hatte man an der Einundsiebzigsten Straße gefunden, aber das wußte der Killer nicht — Delta wußte es nicht.

»Zuerst waren wir ernsthaft im Zweifel, ob er es auch ist«, sagte der Erste Sekretär der Gesandtschaft eifrig, als wäre er bemüht, das plötzliche Schweigen Washingtons mit Geschwätzigkeit zu überbrücken. »Ein erfahrener Außendienstmann hätte den Attaché aufgefordert, eine Fahne zu suchen, aber das hat der Kerl nicht getan.«

»Daran hat er nicht gedacht«, erwiderte Conklin und seine Gedanken kreisten um das Rätsel, das Delta-Cain hieß. »Was wurde veranlaßt?«

»Ursprünglich hat Borowski darauf bestanden, in fünfzehn Minuten wieder anzurufen, aber ich habe die unteren Chargen instruiert, daß sie ihn hinhalten sollen. Wir könnten zum Beispiel die Essenszeit . . .« Der Mann von der Gesandtschaft vergewisserte sich, ob sein Vorgesetzter in Washington erkannte, wie weise sein Beitrag war. Das würde jetzt eine gute Minute lang so weitergehen; Conklin hatte schon genug gehört.

Delta. Warum hatte er die Fronten gewechselt? Der Wahnsinn mußte ihm den Kopf weggefressen und nur die Überlebensinstinkte zurückgelassen haben. Er war schon zu lange im Geschäft; er wußte doch, daß sie ihn über kurz oder lang finden und töten würden. Es gab nie eine Alternative, das mußte ihm von dem Augenblick an klar sein, in dem er überlief — oder absprang — oder was auch immer. Es gab keinen Ort mehr, an dem er sich verbergen konnte; gleichgültig, auf welcher Seite der Welt er sich befand, er war immer ein Zielobjekt. Er würde nie wissen, wer plötzlich aus dem Schatten hervortreten und sein Leben beenden würde. Das war etwas, mit dem sie alle lebten, das einzige, dafür aber auch überzeugendste Argument gegen das Überlaufen. Also mußte er eine andere Lösung finden: das Überleben. Der biblische Cain (Cain = amerikanische Schreibweise für Kain, *Anmerkung des Übersetzers*) war der erste, der einen Brudermord beging. Hatte der biblische Name die Entscheidung ausgelöst? War es so einfach? Sie einfach alle töten, den Bruder töten.

Webb lebte nicht mehr, der Mönch, der Yachtsegler und seine Frau . . . Wer konnte denn die Instruktionen noch ableugnen, die Delta erhalten hatte, da nur diese vier Instruktionen an ihn weitergaben? Er hatte die Millionen entfernt und sie so verteilt, wie man es ihm befohlen hatte. Natürlich hatte er angenommen, es wäre ein Teil der Strategie des Mönches, daß er die Gelder an blinde Empfänger ausgegeben hatte. Wer war Delta schon, um Entscheidungen des Mönchs in Zweifel zu ziehen? Der Schöpfer von *Medusa,* das Genie, das ihn rekrutiert und geschaffen hatte. Cain.

Die perfekte Lösung. Um völlig überzeugend zu wirken, bedurfte es nur des Todes eines Bruders und der entsprechenden Trauer. Dann würde das offizielle Urteil ausgesprochen werden. Carlos war es gelungen, Treadstone zu infiltrieren und zu töten. Der bezahlte Killer hatte gesiegt, Treadstone wurde aufgegeben. Das hatte man alles diesem *Bastard* zu verdanken.

». . . also war ich grundsätzlich der Ansicht, daß der weitere Plan von ihm kommen sollte.« Der Erste Sekretär in Paris hatte geendet. Er war ein Esel, aber Conklin brauchte ihn; man mußte die eine Melodie hören, während die andere gespielt wurde.

»Sie haben richtig gehandelt«, sagte ein jovialer Vorgesetzter in Langley. »Ich werde es unseren Leuten hier drüben sagen, wie gut Sie das alles erledigt haben. Sie hatten völlig recht; wir brauchen Zeit, aber das weiß Borowski nicht. Wir können es ihm auch nicht sagen; das macht es noch schwieriger. Wir haben hier eine sterile Leitung; darf ich mich dementsprechend ausdrücken?«

»Natürlich.«

»Borowski steht unter Druck. Er ist . . . ziemlich lange Zeit . . . festgehalten worden. Drücke ich mich klar aus?«

»Die Sowjets?«

»Stimmt genau. In der Lubjanka. Doppelbuchung. Sind Sie mit dem Ausdruck vertraut?«

»Ja. Moskau glaubt, daß er jetzt für sie arbeitet.«

»Das glauben die.« Conklin hielt inne. »Und wir sind nicht sicher. In der Lubjanka geschehen verrückte Dinge.«

Der Erst Sekretär pfiff leise durch die Zähne. »Üble Sache. Wie werden Sie das klären?«

»Mit Ihrer Hilfe. Aber die Klassifizierungspriorität ist so hoch, daß sie über dem Niveau einer Gesandtschaft liegt, sogar über dem eines Botschafters. Sie sind an Ort und Stelle; er ist an Sie herangetreten. Sie können jetzt einverstanden sein oder nicht, das liegt ganz bei Ihnen. Wenn ja, könnte ich mir vorstellen, daß Sie eine Belobigung aus dem Oval Office bekommen.«

Conklin konnte hören, wie dem anderen der Atem stockte.

»Ich tue natürlich, was in meiner Macht steht. Sie brauchen es bloß zu sagen.«

»Das haben Sie bereits. Wir wollen, daß er hingehalten wird. Wenn er wieder anruft, sprechen Sie selbst mit ihm.«

»Natürlich«, unterbrach der Mann aus der Botschaft.

»Sagen Sie ihm, Sie hätten die Codes weitergegeben. Sagen Sie ihm, Washington würde per Militärmaschine einen Direktor von Treadstone einfliegen. Sagen Sie, Washington möchte, daß er sich im Hintergrund hält und sich nicht in der Nähe der Botschaft zeigt; alle Straßen werden beobachtet. Dann fragen Sie ihn, ob er Schutz braucht und wenn ja, bringen Sie in Erfahrung, wo er diesen Schutz haben möchte. Aber schicken Sie niemanden; wenn Sie wieder mit mir sprechen, werde ich inzwischen mit jemandem dort drüben telefoniert haben. Ich gebe Ihnen dann einen Namen und einen Augenpunkt, den Sie ihm geben können.«

»Augenpunkt?«

»Visuelle Identifizierung. Etwas oder jemand, den er erkennen kann.«

»Einen Ihrer Leute?«

»Ja, das halten wir für das beste. Darüber hinaus braucht die Botschaft nicht eingeschaltet zu werden. Machen Sie also keine Aufzeichnungen über irgendwelche Gespräche, die Sie führen.«

»Jawohl«, sagte der Erste Sekretär. »Aber wie kann Ihnen denn ein einziges Gespräch mit mir Aufschluß darüber geben, ob er ein Doppelagent ist?«

»Eins? Es werden eher zehn sein.«

»Zehn?«

»Ganz recht; Ihre Instruktionen an Borowski — von uns über Sie

— lauten, daß er jede Stunde Ihren Apparat anrufen soll, um damit zu bestätigen, daß er sich in Sicherheit befindet. Bis zu dem letzten Gespräch, in dem Sie ihm sagen, daß der Mann von Treadstone in Paris eingetroffen ist und sich mit ihm treffen will.«

»Was erreichen Sie damit?« fragte der Erste Sekretär.

»Er wird nervös werden . . . wenn er nicht unser Mann ist. Es gibt in Paris ein halbes Dutzend bekannter Untergrundagenten der Sowjets, deren Telefone alle angezapft sind. Wenn er mit Moskau zusammenarbeitet, ist die Chance groß, daß er wenigstens eines dieser Telefone benutzt. Wir werden sie überwachen. Und wenn sich das herausstellt, werden Sie sich wahrscheinlich den Rest Ihres Lebens an den Tag erinnern, an dem Sie die ganze Nacht in der Botschaft geblieben sind. Belobigungen des Präsidenten verändern den Status von Laufbahnbeamten ganz erheblich. Natürlich können Sie gar nicht mehr so weit aufsteigen.«

»Es gibt schon noch Beförderungsmöglichkeiten, Mr. Conklin«, unterbrach der Erste Sekretär.

Das Gespräch war beendet; der Mann in der Botschaft würde zurückrufen, sobald er von Borowski gehört hatte. Conklin stand auf und hinkte quer durch das Zimmer zu einem grauen Aktenschrank, der an der Wand stand. Er sperrte die oberste Schublade auf. Sie enthielt einen Aktendeckel mit einem verschlossenen Umschlag mit den Namen und Adressen von Männern, an die man im Notfall herantreten konnte. Früher einmal waren es tüchtige, loyale Männer gewesen, die aus verschiedenen Gründen nicht mehr auf den offiziellen Listen in Washington standen. Unter dem Schutze einer neuen Identität tauchten sie anderswo unter — wobei diejenigen, die eine Fremdsprache fließend beherrschten, häufig von freundlich gesinnten ausländischen Regierungen eingebürgert wurden.

Das waren die Outsider der Organisation, Männer, die im Dienste ihres Landes die Gesetze übertraten, vielleicht im Interesse ihres Landes sogar getötet hatten. Offiziell konnten sie nicht mehr geduldet werden; sie stellten einen Risikofaktor dar. Trotzdem wurden sie oft noch gebraucht. Gelder wanderten auf Konten, die offiziell nicht überprüft wurden, alle Zahlungen honorierten durchgeführte geheime Aufträge.

Conklin trug den Umschlag zu seinem Schreibtisch zurück und riß das markierte Band ab; der Umschlag würde wieder verschlossen, das Band neu markiert werden. Es gab einen Mann in Paris, einen treu ergebenen Mann, der das Offizierscorps der Militärischen Abwehr durchlaufen hatte und schon mit fünfunddreißig Jahren Oberstleutnant war. Man konnte sich auf ihn verlassen; er hatte Verständnis für nationale Prioritäten. Vor zwölf Jahren hatte er in einem

Dorf in der Nähe von Hue einen Kameramann, einen Kommunisten, getötet.

Drei Minuten später hatte er den Mann an der Leitung. Der ehemalige Offizier erfuhr einen Namen und erhielt Instruktionen, eine geheime Reise in die Vereinigten Staaten vorzubereiten. Es ging um besagten Fahnenflüchtigen, der im Sonderauftrag jene eliminiert hatte, die seine Strategie kontrollieren sollten.

»Ein Doppelagent also?« fragte der Mann in Paris. »Moskau?«

»Nein, nicht für die Sowjets«, erwiderte Conklin, der wohl wußte, daß Delta, wenn er Schutz erbat, mit dem anderen reden würde.

»Eine langfristige Untergrundstrategie, Carlos in die Falle zu locken.«

»Den Meuchelmörder?«

»Richtig.«

»Sie können zwar *sagen*, daß es nicht Moskau ist, aber *mich* überzeugen Sie nicht. Carlos ist in Nowgorod ausgebildet worden, für mich ist er immer noch eine schmutzige Kanone für den KGB.«

»Mag sein. Details sind hier nicht wichtig. Jedenfalls wir sind überzeugt, daß man unseren Mann gekauft hat; er hat ein paar Millionen eingesteckt und braucht jetzt einen Paß.«

»Wenn ich recht verstehe, hat er es so hingedreht, daß Carlos dafür verantwortlich gemacht wird, was zwar nichts bedeutet, aber immerhin wieder auf sein Konto geht.«

»Genau. Wir spielen mit und tun so, als glaubten wir ihm. Aber wir brauchen ein Geständnis, irgendeine Information, und deshalb komme ich nach Paris. Aber das ist jetzt nicht so wichtig, zuerst müssen wir ihn herausholen. Können Sie helfen? Es bringt einen fetten Bonus ein.«

»Mit Vergnügen. Und den Bonus können Sie behalten, ich hasse solche Drecksäcke wie ihn. Die lassen ganze Netze auffliegen.«

»Es muß aber einwandfrei klappen; er ist einer der Besten. Wenn Sie Unterstützung brauchen . . .«

»Ich habe einen Mann von Saint-Gervais, der fünf ersetzt. Er steht zur Verfügung.«

»Dann stellen Sie ihn ein. Jetzt die Einzelheiten. Der Kontrollmann in Paris ist ein Blinder in der Botschaft. Er weiß nichts, steht aber mit Borowski in Verbindung und wird möglicherweise Schutz für ihn erbitten.«

»Geht klar«, sagte der ehemalige Abwehrmann. »Und was weiter?«

»Für den Augenblick ist das alles. Ich nehme eine Maschine von Andrews und treffe zwischen elf und zwölf Uhr nachts in Paris ein. Ich will dann Borowski innerhalb von ein oder zwei Stunden sehen und bis morgen wieder in Washington zurück sein. Es ist knapp, aber es geht nicht anders.«

»Ich verstehe.«

»Der Blinde in der Botschaft ist der Erste Sekretär. Er heißt . . .«

Conklin lieferte noch ein paar Einzelheiten, dann überlegten sich die beiden Männer die Codes für ihren ersten Kontakt in Paris. Codeworte, die dem Mann von der Central Intelligence Agency, wenn sie das nächste Mal miteinander sprachen, verraten würden, ob es Probleme gab. Conklin legte auf. Alles verlief planmäßig, und zwar genauso, wie Delta es erwartete. Die Nachfolger Treadstones würden genau nach dem Buch vorgehen, und das Buch hatte seine exakten Vorschriften. Strategien, die zerbrochen, und Strategien, die gescheitert waren, mußten aus der Welt geschafft werden, ganz radikal. Washington verabscheute Skandale. Gescheiterte Agenten bildeten außerdem eine nicht zu unterschätzende Gefahrenquelle.

All das war Delta bekannt. Er selbst hatte Treadstone zerstört, deshalb würde er all die Vorsichtsmaßnahmen verstehen und mit ihnen rechnen. Er wäre höchst beunruhigt, wenn er sie nicht vorfände. Wenn er von dem Massaker hört, das in der Einundsiebzigsten Straße stattgefunden hatte, wird er mit Sicherheit den Wütenden und Trauernden mimen, und Alexander Conklin würde seine Ohren spitzen, um irgendeinen Unterton herauszuhören, oder eine Erklärung zu erfahren. Aber er wußte sehr wohl, daß er das nicht zu hören bekommen würde. Die Glasscherben würden nicht über den Atlantik fliegen, um unter einem schweren Vorhang in einer Ziegelvilla in Manhattan versteckt zu werden, und Fingerabdrücke waren ein verläßlicherer Beweis dafür, daß ein Mann sich an einem Ort befunden hatte, als jede Fotografie. Es gab keine Möglichkeit, hier etwas vorzutäuschen.

Conklin würde Delta genau zwei Minuten Zeit lassen, um seinen Verstand zu gebrauchen. Er würde zuhören und dann würde er ihn fertigmachen.

32.

»Warum tun die das?« fragte Marie Jason in dem überfüllten Café. Er hatte gerade das fünfte Telefongespräch geführt, fünf Stunden nachdem er das erstemal mit der Botschaft gesprochen hatte.

»Die wollen mich auf Trab halten, mich nervös machen, ich weiß nicht, warum.«

»Da bist du selbst schuld daran«, sagte Marie. »Du hättest die Anrufe auch vom Zimmer aus machen können.«

»Nein, das hätte ich nicht gekonnt. Aus irgendeinem Grunde haben sie mir das klargemacht. Jedesmal, wenn ich anrufe, fragt mich dieses Schwein, von wo ich jetzt telefonierte, ob ich in ›sicherem Territorium‹ wäre. Eine verdammt blöde Formulierung, ›sicheres Territorium‹. Aber dann sagte er immer noch etwas, und zwar, jeder Kontakt müsse von einem anderen Ort aus erfolgen, damit mich niemand zu einem bestimmten Telefon oder einer bestimmten Adresse zurückverfolgen kann. Sie nehmen mich nicht in Gewahrsam, halten mich aber an langer Kette. Sie wollen mich haben, aber sie haben Angst vor mir; ich verstehe den Sinn nicht!«

»Vielleicht bildest du dir das alles nur ein? Niemand hat etwas gesagt, das auch nur annähernd in diese Richtung geht.«

»Das brauchten sie auch nicht. Man kann es dem entnehmen, was sie nicht gesagt haben. Warum haben sie nicht einfach gesagt, ich solle sofort zur Botschaft kommen? Niemand könnte mir dort etwas anhaben; das ist Territorium der Vereinigten Staaten. Aber das haben sie nicht getan.«

»Die Straßen werden überwacht. Das hat man dir gesagt.«

»Weißt du, das habe ich akzeptiert — blind akzeptiert — bis vor etwa dreißig Sekunden, da kam es mir plötzlich in den Sinn. Von wem? *Wer* überwacht die Straßen?«

»Carlos natürlich. Seine Leute.«

»Das weißt du, und ich weiß das auch — zumindest können wir es vermuten — aber *sie* wissen das nicht. Ich kann mich nicht erinnern, wer in drei Teufels Namen ich bin oder woher ich komme, aber ich weiß, was mir während der letzten vierundzwanzig Stunden passiert ist. Das wissen *sie* nicht.«

»Sie könnten es ja auch vermuten, nicht wahr? Sie könnten seltsame Männer in Autos entdeckt haben, oder Männer, die zu lange oder zu auffällig irgendwo herumstehen.«

»Carlos ist dazu viel zu intelligent. Und dann gibt es eine Menge Möglichkeiten, mit Spezialfahrzeugen schnell in eine Botschaft zu gelangen. Unsere Marineinfanteristen auf der ganzen Welt sind für solche Dinge ausgebildet.«

»Ich glaube dir.«

»Aber das haben sie nicht getan; nicht einmal vorgeschlagen haben sie es. Statt dessen halten sie mich hin und lassen mich herumrennen. Verdammt noch mal, warum?«

»Du hast es ja selbst gesagt, Jason. Sie haben seit sechs Monaten nichts mehr von dir gehört. Sie sind sehr vorsichtig.«

»Aber warum auf *diese* Art? Sobald sie mich im Botschaftsgebäude haben, können sie tun, was sie wollen. Dort haben sie mich unter Kontrolle. Da können sie eine Party für mich veranstalten oder mich in eine Zelle werfen.«

»Sie warten auf den Mann aus Washington.«

»Was für einen besseren Ort gibt es dann dafür als die Botschaft selbst?« Borowski schob seinen Stuhl zurück. »Irgend etwas stimmt da nicht. Verschwinden wir von hier.«

Alexander Conklin, Treadstones Nachfolger, hatte genau sechs Stunden und zwölf Minuten gebraucht, um den Atlantik zu überqueren. Am Morgen würde er in Paris den ersten Concordeflug nehmen und Dulles um 7.30 Uhr nach Washingtoner Zeit erreichen. Gegen 9.00 Uhr könnte er dann in Langley sein. Falls jemand versuchte, ihn telefonisch zu erreichen, oder fragte, wo er die Nacht verbracht hatte, würde ein darauf vorbereiteter Major aus dem Pentagon eine falsche Antwort liefern. Und falls ein Erster Sekretär in der Botschaft in Paris je erwähnte, daß er auch nur ein Sekundengespräch mit einem Mann aus Langley geführt hätte, würde er sofort auf die niedrigste Rangstufe im diplomatischen Dienst degradiert und auf einen Posten in Tierra del Fuego versetzt werden. Das würde man ihm garantieren.

Conklin ging durch die Absperrung geradewegs auf einen Telefonautomaten zu und rief die Botschaft an. Der Erste Sekretär war von dem Gefühl erfüllt, etwas Wesentliches geleistet zu haben.

»Alles planmäßig, Conklin«, sagte der Mann aus der Botschaft und ließ das früher gebrauchte Mister weg, um damit seine Ranggleichheit zu betonen, schließlich kam er ja zu ihm nach Paris. »Borowski ist nervös. Während unseres letzten Gesprächs fragte er wiederholt, warum man ihn nicht hierher bestellte.«

»Hat er das?« Zuerst war Conklin überrascht, dann begriff er. Delta spielte die Reaktionen eines Mannes, der nichts von den Ereignissen an der Einundsiebzigsten Straße wußte. Wenn man ihn aufgefordert hätte, zur Botschaft zu kommen, wäre er geflohen. Er wußte ganz genau, daß es keine offizielle Verbindung geben durfte. »Haben Sie wieder gesagt, daß die Straßen unter Beobachtung stünden?«

»Natürlich. Daraufhin hat er mich gefragt, wer sie beobachtete. Können Sie sich das vorstellen?«

»Ja, das kann ich. Was haben Sie geantwortet?«

»Daß er das genausogut wüßte wie ich, und daß ich es für gefährlich hielte, solche Dinge am Telefon zu besprechen.«

»Sehr gut.«

»Das fand ich auch.«

»Was hat er darauf erwidert? Hat er sich zufriedengegeben?«

»Auf recht seltsame Art, ja. Er sagte ›Ich verstehe‹. Sonst nichts.«

»Hat er es sich anders überlegt und um Schutz gebeten?«

»Er lehnte ihn weiterhin ab. Auch noch, als ich insistierte.« Der Erste Sekretär machte eine kurze Pause. »Er will nicht beobachtet werden, wie?« sagte er vertraulich.

»Nein, das will er nicht. Wann wollte er wieder anrufen?«

»In etwa fünfzehn Minuten.«

»Sagen Sie ihm, der Mann von Treadstone sei eingetroffen.« Conklin zog eine Landkarte aus der Tasche, auf der bereits mit blauer Tinte eine Route markiert war. »Sagen Sie ihm, das Treffen fände um ein Uhr dreißig auf der Straße zwischen Chevreuse und Rambouillet statt, sieben Meilen südlich von Versailles bei Le Cimetiére des Noblesse.«

»Ein Uhr dreißig, Straße zwischen Chevreuse und Rambouillet . . . da ist der Friedhof. Weiß er, wie er hinkommt?«

»Er ist schon einmal dort gewesen. Wenn er ein Taxi nehmen will, sagen Sie ihm, er soll die normalen Vorsichtsmaßregeln treffen und es dann wegschicken.«

»Wird ihm das nicht seltsam vorkommen! Dem Fahrer, meine ich. Das ist doch eine sehr ausgefallene Zeit für einen Friedhofbesuch.«

»Ich habe nur gesagt, Sie sollen ›ihm das sagen‹. Er wird natürlich kein Taxi nehmen.«

»Natürlich«, sagte der Erste Sekretär schnell und gewann seine Fassung zurück, indem er zustimmte, was unnötig war. »Da ich Ihren Mann hier in Paris noch nicht angerufen habe — soll ich ihn anrufen und sagen, daß Sie eingetroffen sind?«

»Das werde ich erledigen. Haben Sie seine Nummer noch?«

»Ja, natürlich.«

»Verbrennen Sie sie umgehend!« befahl Conklin. »Ich rufe in zwanzig Minuten wieder an.«

Ein Zug donnerte auf der unteren Etage der Métro vorbei, man spürte die Schwingungen am Bahnsteig darüber. Borowski hängte den Hörer am Telefonautomaten an der Betonwand auf und starrte die Sprechmuschel einen Augenblick lang an. Wieder hatte sich irgendwo in den Tiefen seines Unterbewußtseins irgendeine Türe ein Stück geöffnet. Aber das Licht, das durch den Spalt fiel, war schwach . . . Dennoch tauchte vor seinen Augen die Straße nach Rambouillet auf . . . durch einen schmiedeeisernen Bogen . . . eine kleine, flach abfallende Bodenerhebung mit weißem Marmor. Kreuze, groß, größer, Mausoleen . . . Und überall Statuen. Le ›Cimetière des Noblesse‹. Ein Briefkasten, aber mehr als das. Ein Ort, wo Gespräche stattfanden, mitten zwischen den Begräbnissen und den Särgen, die in die Tiefe gesenkt wurden. Zwei Männer, ebenso feierlich gekleidet wie die Menschenmenge, zwei Männer, die sich zwischen den Trauernden bewegten, bis sie sich begegneten und die Worte austauschten, die sie einander zu sagen hatten.

Da war auch ein Gesicht, aber es war nur undeutlich zu sehen, unscharf; er sah nur die Augen. Und jenes unscharfe Gesicht und jene Augen hatten einen Namen, David . . . Abbott . . . der Mönch. Der Mann, den er kannte und doch nicht kannte. Der Mann, der *Medusa* und Cain geschaffen hatte.

Jason blinzelte ein paarmal und schüttelte den Kopf, als könne er damit den Nebel verjagen. Er sah zu Marie hinüber, die fünfzehn Fuß zu seiner Linken an der Wand stand und die Menschen am Bahnsteig musterte, Ausschau hielt nach jemandem, der ihn vielleicht beobachtete. Aber in Wirklichkeit tat sie das nicht, sie sah ihn an, ihr Gesichtsausdruck war besorgt. Er nickte, beruhigte sie; das war kein schlechter Augenblick für ihn, da waren nur wieder Bilder gewesen. Er war irgendwann schon einmal auf jenem Friedhof gewesen; das wußte er mit Bestimmtheit. Er ging auf Marie zu; sie drehte sich um und schloß sich ihm an, und dann gingen sie gemeinsam auf den Ausgang zu.

»Er ist hier«, sagte Borowski. »Treadstone ist eingetroffen. Ich soll mich mit ihm in der Nähe von Rambouillet treffen. Auf einem Friedhof.«

»Wie makaber. Warum ein Friedhof?«

»Das soll mich beruhigen.«

»Du lieber Gott, wie denn?«

»Ich bin schon dort gewesen. Ich habe mich dort mit Leuten getroffen . . . einem Mann. Indem Treadstone diesen Friedhof als Treffpunkt benennt — ein ungewöhnlicher Treffpunkt allerdings —, gibt er mir zu verstehen, daß ich an seiner Identität nicht zu zweifeln brauche.«

Sie griff nach seinem Arm, als sie die Stufen zur Straße hinaufgingen. »Ich möchte mit dir gehen.«

»Tut mir leid.«

»Du kannst mich nicht ausschließen!«

»Das muß ich, weil ich nicht weiß, was ich dort finden werde. Es ist besser, da wartet jemand in sicherer Entfernung auf mich.«

»Liebster, das hat doch keinen Sinn! Ich werde von der Polizei gesucht. Wenn die mich finden, schicken sie mich mit der nächsten Maschine nach Zürich zurück; das hast du doch selbst gesagt. Was würde ich dir denn in Zürich nützen?«

»Nicht du. Villiers. Er vertraut uns. Er vertraut dir. Du kannst ihn erreichen, wenn ich bis zum Morgen nicht zurück bin oder zumindest nicht angerufen habe. Er kann einen Skandal machen und dazu ist er, weiß Gott, bereit. Er ist der einzige Verbündete, den wir haben.«

Marie nickte. »Wie wirst du nach Rambouillet kommen?«

»Wir haben doch einen Wagen, erinnerst du dich nicht mehr? Ich bring dich zum Hotel und geh dann zur Garage hinüber.«

Er betrat die letzte Kabine in dem Garagenkomplex in Montmartre und drückte den Knopf ins vierte Stockwerk. Seine Gedanken weilten auf einem Friedhof, irgendwo zwischen Chevreuse und Rambouillet, an einer Straße, auf der er bereits einmal gefahren war, wenn er auch keine Ahnung hatte, wann oder zu welchem Zweck.

Das war der Grund, warum er jetzt dorthin fahren wollte, warum er den vereinbarten Zeitpunkt für das Zusammentreffen nicht abwarten wollte. Wenn die Bilder, die sich in sein Bewußtsein drängten, nicht völlig verzerrt waren, handelte es sich um einen Friedhof von enormen Ausmaßen. Und wo genau in dieser riesigen Fläche von Gräbern und Statuen war der Treffpunkt? Er würde gegen ein Uhr hinkommen und sich eine halbe Stunde Zeit lassen, zwischen den Gräbern auf und ab gehen und nach einem Scheinwerferpaar oder einem Signal Ausschau halten. Dann würden ihm auch andere Dinge wieder einfallen.

Die Lifttür öffnete sich scharrend. Das Stockwerk war zu drei Viertel mit Wagen gefüllt. Jason versuchte sich zu erinnern, wo er den Renault geparkt hatte; in einer abgelegenen Ecke, daran erinnerte er sich, aber war es rechts oder links? Er setzte sich nach links in Bewegung; denn dort war der Lift gewesen, als er den Wagen vor einigen Tagen hereingefahren hatte. Er blieb stehen, die Logik hinderte ihn plötzlich am Weitergehen. Der Lift war zu seiner Linken gewesen, als er hereingekommen war, nicht nachdem er den Wagen abgestellt hatte; da war die Lifttür diagonal rechts von ihm gewesen. Er drehte sich schnell um, und wieder wanderten seine Gedanken zu der Straße zwischen Chevreuse und Rambouillet.

Ob es nun dieser plötzliche, unerwartete Richtungswechsel war, oder nur die Ungeschicklichkeit dessen, der ihn beobachtete, wußte Borowski nicht. Was auch immer es war, dieser Augenblick rettete ihm das Leben, dessen war er sicher. Der Kopf eines Mannes duckte sich in der zweiten Reihe zu seiner Rechten hinter die Motorhaube eines Wagens; jener Mann hatte ihn beobachtet. Ein erfahrener Beobachter hätte sich jetzt aufgerichtet und ein Schlüsselbund vom Boden aufgehoben oder das Scheibenwischerblatt überprüft und wäre dann weggegangen. Eines jedenfalls hätte er nicht getan — das, was dieser Mann jetzt tat; riskiert, daß man ihn bemerkte, indem er sich wegduckte.

Jason veränderte sein Schrittempo nicht, seine Gedanken werteten die neue Entwicklung aus. Wer war dieser Mann? Wie hatte man ihn ausfindig gemacht? Und dann fiel es ihm wie Schuppen von den Augen, die Antwort lag auf der Hand. Der Angestellte in der ›Auberge du Coin‹.

Carlos war gründlich gewesen — er hatte jede Einzelheit der letzten gescheiterten Aktionen überprüft, und eine dieser Einzelheiten war ein Angestellter, der während einer dieser Aktionen Dienst gehabt hatte. Ein solcher Mann mußte überprüft und dann befragt werden; das ist nicht schwierig. Es genügte, ein Messer oder eine Pistole zu zeigen. Die Informationen würden dann förmlich über die zitternden Lippen des Mannes sprudeln, und anschließend konnte Carlos seine Armee anweisen, sich in der Stadt auszubreiten, jedes Viertel würde in Sektoren aufgeteilt werden, und überall würde man nach einem ganz bestimmten schwarzen Renault suchen. Eine mühsame Suche, aber nicht unmöglich, leichter gemacht durch die Nachlässigkeit des letzten Benutzers, der versäumt hatte, die Zulassungsschilder auszutauschen. Wie viele Stunden war diese Garage jetzt schon ohne Unterlaß beobachtet worden? Wie viele Männer waren da? Innen, außen? Wie schnell würden andere eintreffen? Würde Carlos kommen?

Diese Fragen waren jetzt zweitrangig. Er mußte hinaus. Auf den Wagen könnte er zur Not verzichten, aber er brauchte ein Transportmittel, und er brauchte es jetzt. Kein Taxi würde einen Fremden um ein Uhr früh zu einem Friedhof am Rand von Rambouillet fahren. Und schnell einen Wagen auf der Straße zu stehlen, war auch ein gefährliches Unterfangen.

Er blieb stehen, holte Zigaretten und Streichhölzer aus der Tasche, schützte dann die Flamme mit den Händen und legte den Kopf etwas zur Seite. Er konnte aus dem Augenwinkel einen Schatten sehen —

breit, untersetzt; der Mann hatte sich wieder geduckt, diesmal hinter den Kofferraum eines näherstehenden Wagens.

Jason duckte sich, sprang nach links und warf sich zwischen zwei nebeneinanderstehenden Wagen aus der Parkgasse heraus, bremste den Fall mit den Handflächen ab; es ging alles völlig lautlos. Er kroch um die Hinterräder des Wagens zu seiner Rechten, seine Arme und Beine arbeiteten schnell und lautlos, krochen die schmale Gasse hinunter wie ein Spinne, die über ein Netz huscht. Jetzt war er hinter dem Mann; er kroch auf die Gasse zu, erhob sich auf die Knie, schob sein Gesicht an dem glatten Metall entlang und spähte um einen Scheinwerfer herum. Der untersetzt gebaute Mann war jetzt deutlich zu sehen, er stand aufrecht. Offensichtlich war er verwirrt, denn er bewegte sich zögernd auf den Renault zu, jetzt wieder geduckt, kniff die Augen zusammen. Was er sah, machte ihm offenkundig noch mehr Angst; da war nichts, niemand. Er schnaufte, es war ganz deutlich zu hören, gleich würde er zu rennen anfangen. Man hatte ihn ausgetrickst; das bedeutete für ihn, sich möglichst schnell aus dem Staub zu machen. Und das sagte Borowski noch etwas. Man hatte dem Mann etwas über den Fahrer des Renault erzählt, ihm die Gefahr vor Augen geführt. Der Mann rannte auf die Rampe der Ausfahrt zu.

Jetzt. Jason sprang auf und rannte los, quer über den Gang, zwischen den Wagen durch zum nächsten Gang, holte den keuchenden Mann ein, machte einen Satz, packte ihn am Rücken und riß ihn mit sich auf den Betonboden. Er drückte den dicken Hals des Mannes mit dem Unterarm zu, preßte seinen Schädel gegen das Pflaster und hatte die Finger der linken Hand in die Augenhöhlen des Mannes gedrückt.

»Sie haben genau fünf Sekunden Zeit, mir zu sagen, wer draußen ist«, sagte er in französischer Sprache und erinnerte sich an das verzerrte Gesicht eines anderen Franzosen in einer Liftkabine in Zürich. Damals waren auch Männer draußen gewesen, Männer, die ihn auch hatten töten wollen, damals an der Bahnhofstraße. »Raus mit der Sprache! *Jetzt!*«

»Ein Mann, ein einziger Mann, sonst niemand!«

Borowski drückte noch kräftiger zu und bohrte seine Finger noch tiefer in die Augenhöhlen. »Wo?«

»In einem Wagen«, stieß der Mann heraus. »Er parkt auf der anderen Straßenseite. Mein Gott, Sie ersticken mich! Sie blenden mich!«

»Noch nicht. Wenn ich das tue, werden Sie es schon merken. Was für ein Wagen?«

»Ein ausländischer. Ich weiß nicht. Ein italienischer, glaube ich.

Oder amerikanisch, ich kann es wirklich nicht genau sagen. Bitte! Meine Augen!«

»Farbe!«

»Dunkel! Grün, blau, sehr dunkel. O mein *Gott!*«

»Sie arbeiten doch für Carlos, oder?«

»Für wen?«

Jason verstärkte den Druck. »Sie haben es genau verstanden — Sie kommen von Carlos!«

»Ich kenne keinen Carlos. Wir haben eine Nummer und rufen einen Mann an. Das ist alles, was wir tun.«

»Ist er angerufen worden?« Der Mann gab keine Antwort; Borowski drückte die Finger tiefer in die Augenhöhlen. »Sagen Sie es mir!«

»Ja. Das *mußte* ich.«

»Wann?«

»Vor ein paar Minuten. Das Münztelefon an der zweiten Rampe. Mein Gott! Ich kann nichts sehen.«

»Doch, das können Sie. Stehen Sie auf!« Jason ließ den Mann los und stieß ihn auf die Füße. »Hinüber zu dem Wagen, schnell!« Borowski stieß ihn zwischen den stehenden Autos zu dem Gang, wo sich der Renault befand. Der Mann drehte sich um, protestierte hilflos. »Sie haben gehört, was ich sage. Schnell!« schrie Jason.

»Ich kriege doch nur ein paar Francs.«

»Jetzt können Sie für die paar Francs fahren.« Borowski stieß ihn zu dem Renault.

Augenblicke darauf jagte der kleine schwarze Wagen über die Ausfahrtrampe auf eine verglaste Zelle zu, in der ein Mann vor der Registrierkasse saß. Jason saß auf dem Rücksitz und preßte die Pistole gegen den zerschundenen Nacken des anderen. Borowski schob einen Geldschein und den Parkzettel zum Fenster hinaus; der Angestellte nahm beide.

»Jetzt los!« sagte Borowski. »Tun Sie genau, was ich Ihnen gesagt habe.«

Der Mann drückte das Gaspedal nieder, und der Renault jagte zur Ausfahrt hinaus. Auf der Straße riß der Mann den Wagen auf quietschenden Reifen herum und bremste ruckartig vor einem dunkelgrünen Chevrolet. Eine Wagentüre öffnete sich hinter ihnen; jetzt waren Schritte zu hören.

»Jules? Was ist passiert? Du fährst den Wagen?« Eine Gestalt ragte neben dem offenen Fenster auf.

Borowski hob seine Automatic und zielte auf das Gesicht des Mannes. »Treten Sie zwei Schritte zurück«, sagte er auf französisch. »Nicht mehr, nur zwei. Und dann bleiben Sie ganz ruhig stehen.« Er stieß den Lauf seiner Pistole leicht gegen den Kopf des Mannes namens Jules. »Steigen Sie aus. Langsam.«

»Wir sollten nur hinter ihnen herfahren«, protestierte Jules und trat auf die Straße hinaus. »Wir sollten Ihnen folgen und melden, wo Sie sind.«

»Sie werden etwas viel Besseres tun«, sagte Borowski und stieg aus dem Renault, wobei er seine Landkarte nahm. »Sie werden mich fahren. Eine Weile werden Sie mich fahren. Steigen Sie in Ihren Wagen, alle beide!«

Fünf Meilen außerhalb von Paris, auf der Straße nach Chevreuse, erhielten die beiden Männer den Befehl, den Wagen zu verlassen. Es war eine dunkle, schlecht beleuchtete Landstraße. Die letzten drei Meilen hatte er keine Geschäfte, Gebäude, Häuser oder Telefonzellen gesehen.

»Wie hieß die Nummer, die Sie anrufen sollten?« fragte Jason. »Aber lügen Sie nicht. Da würden Sie nur noch mehr Ärger bekommen.«

Jules gab sie ihm. Borowski nickte und setzte sich hinter das Steuer des Chevrolet.

Der alte Mann in dem abgewetzten Mantel saß zusammengesunken im Schatten der leeren Nische neben dem Telefon. Das kleine Restaurant war geschlossen, und seine Anwesenheit war die Folge einer freundlichen Geste eines Freundes aus den alten, den besseren Tagen. Er sah immer wieder zu dem Telefon an der Wand hinüber und fragte sich, wann es klingeln würde. Es war nur eine Frage der Zeit, und wenn es dann klingelte, würde er seinerseits jemanden anrufen, und dann würden die besseren Tage wieder beginnen — und nie mehr enden. Er würde der einzige Mann in Paris sein, der in Verbindung zu Carlos stand, die anderen alten Männer würden darüber tuscheln. Und man würde wieder Respekt vor ihm haben.

Der schrille Klang der Glocke brach aus dem Telefon heraus, hallte von den Wänden des verlassenen Restaurants. Der Bettler schob sich aus der Nische und eilte ans Telefon. Die Erwartung ließ sein Herz schneller schlagen. Das war das Signal. Cain saß in der Falle! Die Tage des geduldigen Wartens waren nur das Vorspiel zum schönen Leben. Er nahm den Hörer von der Gabel.

»Ja?«

»Jules. Ich bin es!« rief die Stimme keuchend.

Das Gesicht des alten Mannes wurde aschfahl und das Pochen in seiner Brust so laut, daß er kaum die schrecklichen Dinge hören konnte, die man ihm sagte. Aber er hatte genug gehört. Er war ein toter Mann. Er glaubte zu ersticken, so schnürte es ihm die Brust zusammen.

Der Bettler sank zu Boden, die Telefonschnur straff gespannt, den Hörer immer noch in der Hand. Er starrte das schreckliche Instrument an, das die furchtbaren Worte zu ihm getragen hatte. Was sollte er tun? Was im Namen Gottes würde er jetzt *tun*?

Borowski ging den Weg zwischen den Gräbern hinunter und zwang sich, seinen Gedanken freien Lauf zu lassen, so wie Washburn ihm das vor einem ganzen Leben in Port Noir aufgetragen hatte. Wenn er je ein Schwamm hatte sein müssen, so war jetzt die Zeit dafür; der Mann von Treadstone mußte das begreifen. Er mühte sich verzweifelt ab, den Bildern, die in seiner Erinnerung auftauchten, einen Sinn zu geben. Er wußte ja, daß er unschuldig war, immer wieder hämmerte er es sich ein, er war nicht übergelaufen, war nicht geflohen — er war ein Krüppel; so einfach war das.

Er mußte den Mann von Treadstone finden. Wo inmitten dieser umfriedeten Flächen des Schweigens würde er stecken? Wo erwartete er *ihn*? Jason hatte den Friedhof lange vor der verabredeten Zeit erreicht, der Chevrolet war ein schnellerer Wagen als der heruntergekommene Renault. Er hatte das Friedhofstor passiert, war ein paar hundert Meter die Straße hinuntergefahren, um so zu parken, daß man ihn nicht sehen konnte. Als er dann zum Tor zurückging, hatte es zu regnen angefangen. Es war ein kalter Regen, ein Märzregen, aber ein leiser Regen, der das Schweigen kaum störte. Er kam an einer Gruppe von Gräbern vorbei, die von einem niedrigen schmiedeeisernen Geländer umgeben war, und aus deren Mitte sich ein Alabasterkreuz acht Fuß in die Höhe reckte. Er blieb einen Augenblick lang davor stehen. War er schon einmal hiergewesen? Öffnete sich da in der Ferne wieder eine Türe für ihn? Oder suchte er nur verbissen danach, eine zu finden? Und dann kam es ihm plötzlich. Es war nicht diese Gruppe von Grabsteinen, nicht das hochragende Alabasterkreuz, und auch nicht das niedrige Eisengeländer, es war der Regen. *Ein plötzlicher Regenfall. Eine große Zahl von Trauernden in schwarzer Kleidung, die sich um eine Grabstelle versammelt hatten, das Knacken von Schirmen, und zwei Männer, die aufeinander zugingen, deren Schirme sich berührten, kurze, leise gesprochene Entschuldigungsworte, und dann ein länglicher brauner Umschlag, der den Besitzer wechselte, von Tasche zu Tasche ging, unbemerkt von den Trauernden.*

Und da war noch etwas. Ein Bild, das sich aus einem anderen Bild löste, das er erst vor wenigen Minuten gesehen hatte. Regen, der an weißem Marmor abfloß; nicht kalter, leichter Regen, sondern ein Wolkenbruch, der auf die glänzende weiße Fläche herunterprasselte — Die Säulen . . . Reihen von Säulen ringsum. Auf der anderen Seite des Hügels. In der Nähe der Tore. Ein weißes Mausoleum, irgend jemand hatte sich eine naturgetreu verkleinerte Version des Parthenon gebaut. Vor höchstens fünf Minuten war er daran vorbeigekommen, hatte einen Blick darauf geworfen, es aber nicht gesehen. *Das* war der Ort, wo es plötzlich zu regnen begonnen hatte, wo sich die zwei Schirme berührt hatten und der längliche Umschlag den Besitzer gewechselt hatte. Er blickte mit zusammengekniffenen Augen auf das Leuchtzifferblatt seiner Uhr. Es war jetzt vierzehn Minuten nach eins; er fing an, den Weg hinaufzurennen. Er war noch früh dran; er hatte noch Zeit, die Scheinwerferkegel eines Wagens zu sehen, oder das kurze Flackern eines angerissenen Streichholzes, oder . . .

Der Lichtschein einer Taschenlampe. Dort am Fuße des Hügels — der Lichtkegel bewegte sich auf und ab und wanderte immer wieder zu den Toren zurück, als machte sich der Besitzer der Taschenlampe Sorgen, jemand könnte dort kommen. Borowski empfand den beinahe unwiderstehlichen Drang, zwischen den Reihen von Gräbern und Statuen hinunterzurennen und so laut er konnte zu schreien: *Ich bin hier! Ich bin es. Ich verstehe Ihre Nachricht. Ich bin zurückgekommen! Ich habe Ihnen so viel zu sagen . . . und es gibt so viel, das Sie mir sagen müssen!*

Aber er schrie nicht und rannte auch nicht. Wichtiger als alles andere war, daß er die absolute Kontrolle behielt und auch erkennen ließ, denn das, was ihm zugestoßen war, war unkontrollierbar. Er mußte den Eindruck erwecken, völlig klar und Herr seiner selbst zu sein — innerhalb der Grenzen seiner Erinnerung ohne Makel. Er begann, in dem kalten, leichten Regen den Hügel hinunterzugehen und wünschte sich, sein Gefühl, es eilig zu haben, hätte ihm erlaubt, an eine Taschenlampe zu denken. Die Taschenlampe. Irgend etwas an dem Lichtstrahl, fünfhundert Meter unter ihm, war seltsam. Er bewegte sich in kurzen, senkrechten Strichen, wie um etwas zu betonen . . . als redete der Mann mit der Lampe eindringlich auf einen anderen ein.

Und so war es auch. Jason kauerte sich nieder und spähte durch den Regen. Er kroch nach vorne auf den Lichtstrahl zu, dicht an den Boden gedrückt und legte in wenigen Sekunden praktisch hundert Fuß zurück. Jetzt konnte er deutlicher sehen; er stutzte und versuchte, mit seinen Augen die Dunkelheit zu durchdringen. Zwei Männer waren es; einer hielt die Lampe, der andere ein kurzläufiges Gewehr, dessen dicker Lauf Borowski nur zu gut bekannt war. Eine Waffe wie diese konnte auf Distanzen bis zu dreißig Fuß einen Mann sechs

Fuß hoch in die Luft blasen. Eine höchst seltsame Waffe für jemanden, den Washington ihm geschickt hatte.

Der Lichtstrahl schoß zur Wand des weißen Mausoleums hinüber; der Mann mit dem Gewehr zog sich schnell zurück, schlüpfte hinter eine Säule, die vielleicht zwanzig Fuß von dem Mann mit der Lampe entfernt war.

Jason brauchte nicht zu überlegen; er wußte, was er tun mußte. Wenn es eine Erklärung für die tödliche Waffe gab, sollte ihm das recht sein, aber ihm gegenüber würde man sie nicht gebrauchen. Er kniete nieder, schätzte die Entfernung ab und suchte nach einem Schlupfwinkel. Dann setzte er sich in Bewegung, wischte sich die Regentropfen vom Gesicht und spürte die Pistole in seinem Gürtel, er wußte, daß er sie nicht benutzen konnte.

Von einem Grabstein zum anderen, von einer Statue zur nächsten, huschte er, zuerst nach rechts, dann langsam nach links hinüber, bis er den Halbkreis fast vollendet hatte. Er war jetzt noch fünfzehn Fuß von dem Mausoleum entfernt; der Mann mit der mörderischen Waffe stand hinter der Säule an der linken Ecke unter dem kurzen Vordach, das ihm Schutz vor dem Regen bot. Er liebkoste seine Waffe, als wäre sie ein sexuelles Objekt, klappte die Kammer auf und konnte einfach der Versuchung nicht widerstehen, hineinzuschauen. Er fuhr mit der Handfläche über die Patronen, eine geradezu obszöne Geste.

Jetzt. Borowski kroch hinter dem Grabstein vor, und seine Hände und Knie trieben ihn über das feuchte Gras, bis er nur noch sechs Fuß von dem Mann entfernt war. Er sprang auf, ein lautloser, tödlicher Panther, und eine Hand schoß nach dem Gewehrlauf, die andere auf den Kopf des Mannes zu. Er erreichte beide, packte beide, umklammerte den Lauf mit den Fingern seiner linken Hand und das Haar des Mannes mit der rechten. Der Kopf fuhr zurück, seine Kehle war gespannt, so daß er keinen Laut herausbrachte. Er schmetterte den Kopf mit solcher Gewalt gegen den weißen Marmor, daß der keuchende Laut, der dann zu hören war, eine schwere Gehirnerschütterung verriet. Der Mann wurde schlaff, Jason stützte ihn und ließ den bewußtlosen Körper leise zwischen den Säulen zu Boden sinken. Jetzt durchsuchte er den Mann, entfernte eine .357 Magnum Automatic aus einem Lederetui, das in sein Jackett eingenäht war, ein rasiermesserscharfes Schuppenmesser aus einer Scheide am Gürtel und einen kleinen .22 Revolver aus einem Knöchelhalfter. Keine der Waffen stammte aus dem Regierungsfundus; das hier war ein bezahlter Killer.

Brich ihm die Finger. Die Worte drängten sich Borowski auf; ein Mann mit einer goldgeränderten Brille in einer großen Limousine hatte sie in der Brauerstraße gesprochen. Es gab einen Grund für die Brutalität. Jason griff nach der rechten Hand des Mannes und bog die Finger zurück, bis er es knacken hörte; dann tat er das gleiche mit der linken Hand, wobei er ihm den Ellbogen zwischen die Zähne trieb, um ihn am Schreien zu hindern. Kein Laut übertönte den Regen und keine der beiden Hände würde eine Waffe bedienen oder selbst als Waffe gebraucht werden können, wobei Borowski die Waffen selbst im Schatten außer Reichweite ablegte.

Jason stand auf und näherte sein Gesicht langsam der Säule. Der Mann von Treadstone richtete den Lichtkegel jetzt direkt vor sich auf den Boden. Er wandte sich dem Tor zu, tat einen zögernden Schritt, als hätte er etwas gehört, und jetzt sah Borowski zum erstenmal den Stock, bemerkte sein Hinken. Der Mann von Treadstone Seventy-One war ein Krüppel . . . so wie auch er ein Krüppel war.

Jason schoß zum ersten Grabstein zurück, huschte dahinter und spähte um die Marmorkante herum. Der Mann von Treadstone blickte immer noch zu dem Tor hinüber. Borowski sah auf die Uhr; es war ein Uhr siebenundzwanzig. Noch Zeit. Er kroch vom Grabstein weg, dicht an den Boden gedrückt, bis er außer Sichtweite war und stand dann auf und rannte los, zurück zum Hügelkamm. Dort blieb er einen Augenblick stehen, bis sein Atem und sein Herzschlag sich wieder beruhigt hatten, und griff dann in die Tasche nach einer Streichholzschachtel. Er schützte sie vor dem Regen, nahm ein Streichholz heraus und riß es an. »Treadstone?« sagte er laut genug, daß man ihn von unten hören konnte.

»Delta!«

Cain ist für Charlie und Delta ist für Cain. Warum benutzte der Mann von Treadstone den Namen Delta und nicht Cain? Delta hatte nichts mit Treadstone zu tun; er war gleichzeitig mit *Medusa* verschwunden. Jason fing an, den Hügel hinunterzugehen, der kalte Regen peitschte sein Gesicht, und seine Hand griff instinktiv unter seine Jacke nach der Automatic, die in seinem Gürtel steckte.

Er trat auf das Rasenstück vor dem weißen Mausoleum. Der Mann von Treadstone kam auf ihn zugehinkt und blieb dann stehen. Er hob seine Taschenlampe. Das grelle Licht zwang Borowski, die Augen zusammenzukneifen und den Kopf abzuwenden.

»Das ist lange her«, sagte der Mann mit dem Stock und ließ die Lampe sinken. »Ich heiße übrigens Conklin, falls Sie es vergessen haben.«

»Danke. Das hatte ich vergessen. Aber das ist nur eines unter anderen, unter vielen.«

»Wieso?«

»Eines von vielen Dingen, die ich vergessen habe.«

»Aber an diesen Ort hier haben Sie sich erinnert. Das hatte ich angenommen. Ich habe Abbotts Aufzeichnungen gelesen; hier hatten Sie sich zuletzt getroffen, zuletzt eine Lieferung getätigt. Während eines Staatsbegräbnisses für irgendeinen Minister, nicht wahr?«

»Das weiß ich nicht. Darüber müssen wir sprechen. Sie haben seit mehr als sechs Monaten nichts mehr von mir gehört. Dafür muß es eine Erklärung geben.«

»Wirklich? Lassen Sie hören.«

»Am einfachsten kann ich es so ausdrücken, daß ich verwundet war, angeschossen, und die Auswirkungen der Wunden verursachten eine schwere . . . Verwirrung. Desorientierung ist, denke ich, ein besseres Wort dafür.«

»Klingt nicht schlecht. Was wollen Sie damit sagen?«

»Ich habe einen totalen Gedächtnisverlust erlitten. Ich habe Monate auf einer Insel im Mittelmeer verbracht — südlich von Marseille — ohne zu wissen, wer ich war oder woher ich kam. Es gibt dort einen Arzt, einen Engländer namens Washburn, der eine Krankenakte geführt hat. Er kann bestätigen, was ich Ihnen hier sage.«

»Sicher kann er das«, sagte Conklin und nickte. »Und ich wette, das sind umfangreiche Akten. Herrgott, schließlich haben Sie genügend bezahlt!«

»Was wollen Sie damit sagen?«

»Wir haben auch Aufzeichnungen. Ein Bankbeamter in Zürich, der der Meinung war, Treadstone wolle ihn überprüfen, hat eineinhalb Millionen Schweizer Franken nach Marseille überwiesen. Danke, daß Sie uns den Namen genannt haben.«

»Das ist ein Teil dessen, was Sie erfahren müssen. Ich wußte das nicht. Er hat mir das Leben gerettet, mich wieder zusammengeflickt. Als man mich zu ihm brachte, war ich fast schon eine Leiche.«

»Also beschlossen Sie, daß eine reichliche Million Dollar dafür angemessen wäre, nicht wahr? Treadstone hat's ja.«

»Ich sagte Ihnen doch, ich *wußte* es nicht. Treadstone hat für mich nicht existiert; in vieler Hinsicht tut es das heute noch nicht.«

»Das hatte ich vergessen. Sie haben ja das Gedächtnis verloren. Wie haben Sie das genannt? Desorientierung?«

»Ja, aber das stimmt nicht ganz. Das richtige Wort lautet Amnesie.«

»Bleiben wir bei Desorientierung. Mir scheint nämlich, daß Sie sich schon richtig nach Zürich orientiert haben, zur Gemeinschaftsbank.«

»Ich hatte ein Negativ, das in der Nähe meines Hüftknochens eingesetzt war.«

»Das war es allerdings; Sie hatten darauf bestanden. Nur wenige von uns haben das damals begriffen. Das ist die beste Versicherung, die es gibt.«

»Ich weiß nicht, wovon Sie reden. Können Sie *das* denn nicht verstehen?«

»Sicher. Sie haben das Negativ gefunden, auf dem nur eine Nummer stand und haben sofort den Namen Jason Borowski angenommen.«

»So ist es nicht *abgelaufen*! Mir schien, als erführe ich jeden Tag etwas Neues, Schritt für Schritt, eine Enthüllung nach der anderen. Ein Hotelangestellter hat mich mit Borowski angesprochen; den Namen Jason erfuhr ich dann erst, als ich zur Bank ging.«

»Wo Sie genau wußten, was Sie zu tun hatten«, unterbrach Conklin, »um nichts zu versäumen. Vier Millionen — einfach so.«

»Washburn hat mir eingetrichtert, was ich tun muß!«

»Und dann tauchte eine Frau auf, die zufälligerweise etwas von Geld verstand und Ihnen auch sagte, wie Sie den Rest beiseite bringen konnten. Und vorher nahmen Sie sich Chernak in der Löwenstraße vor. Und drei Männer, die *wir* nicht kannten, aber von denen wir annahmen, daß sie jedenfalls Sie kannten. Und hier in Paris traten Sie wieder in Aktion. Wieder ein Kollege? Sie haben sämtliche Spuren verwischt, wirklich jede Spur, die man sich denken kann, bis nur noch eine übrig blieb. Und Sie — Sie haben es getan.«

»Wollen Sie mir jetzt *zuhören*! Diese Männer haben versucht, mich zu töten; sie jagen mich schon seit Marseille. Darüber hinaus weiß ich wirklich nicht, wovon Sie sprechen. Manchmal drängen sich mir Dinge auf, Gesichter, Straßen, Bauwerke; manchmal einfach nur Bilder, die ich nicht unterbringen kann. Aber ich weiß, daß sie etwas bedeuten, nur daß ich keine Beziehung zu ihnen finde. Und Namen — es gibt Namen, aber dann keine Gesichter. Verdammt noch mal, ich leide unter Amnesie! Das ist die Wahrheit!«

»Einer dieser Namen lautet nicht zufälligerweise Carlos?«

»Ja, und das wissen Sie auch ganz genau. Das ist es ja; Sie wissen viel mehr darüber als *ich*. Ich kann tausend Fakten über Carlos aufzählen, aber ich weiß nicht *warum*. Ein Mann, der inzwischen schon auf halbem Wege nach Asien ist, hat mir gesagt, ich hätte eine Vereinbarung mit Treadstone geschlossen. Der Mann arbeitete für Carlos. Er sagt, Carlos wüßte Bescheid. Er sagt, Carlos würde Jagd auf mich machen, Sie ließen die Information verbreiten, daß ich übergelaufen wäre. Er konnte die Strategie nicht verstehen, und ich konnte sie ihm nicht erklären. Sie dachten, ich wäre zum Feind übergelaufen, weil Sie nichts mehr von mir hörten. Und ich konnte Sie nicht erreichen, weil ich nicht wußte, wer Sie sind. Ich weiß *immer* noch nicht, wer Sie sind!«

»Aber wer der Mönch ist, wissen Sie doch.«

»Ja, ja . . . der Mönch. Er hieß Abbott.«

»Sehr gut. Und der Yachtsegler? Sie erinnern sich doch an den Yachtsegler, oder? Und seine Frau?«

»Namen. Ja, ich habe sie schon gehört, aber ich kenne die Gesichter nicht.«

»Elliot Stevens?«

»Nichts.«

»Oder . . . Gordon Webb.« Conklin sprach den Namen ganz leise aus.

»Was?« Borowski spürte den Stich in seiner Brust und einen glühenden Schmerz, der durch seine Schläfen bis in die Augen fuhr. *Seine Augen brannten! Feuer, Explosionen und Finsternis, Wind und Schmerz . . . Almanach an Delta! Aufgeben! Aufgeben! Sie werden wie befohlen antworten. Aufgeben!* »Gordon . . .« Jason hörte seine eigene Stimme, aber sie war weit entfernt, in einem weit entfernten Wind. Er schloß die Augen, die Augen, die so brannten, und versuchte die Nebel von sich zu schieben. Dann öffnete er die Augen wieder und war überhaupt nicht überrascht, Conklins Waffe zu sehen, mit der dieser auf seinen Kopf zielte.

»Ich weiß nicht, wie Sie es getan haben, aber Sie haben es jedenfalls getan. Das Ungeheuerliche. Sie gingen nach New York zurück und haben sie alle hochgehen lassen. Hingemetzelt haben Sie sie, Sie Schweinehund. Herrgott, wie ich mir wünsche, ich könnte Sie zurückbringen und zusehen, wie man Sie auf den elektrischen Stuhl schnallt. Aber das kann ich nicht. Also werde ich das Zweitbeste tun. Selbst werde ich Sie mir schnappen.«

»Ich bin seit Monaten nicht in New York gewesen. Vorher weiß ich nicht — aber nicht im letzten halben Jahr.«

»Lügner! Warum haben Sie es nicht *wirklich* richtig gemacht? Warum haben Sie es sich eigentlich nicht so eingeteilt, daß Sie auch zum Begräbnis gehen konnten? Der Mönch wurde erst neulich zu Grabe getragen; Sie hätten eine Menge alte Freunde sehen können. Und die Beerdigung Ihres *Bruders*! Allmächtiger! Sie hätten seine Frau in die Kirche führen können. Vielleicht sogar noch die Grabrede halten, das wäre wirklich eine Sensation gewesen. Sie hätten dann noch einmal in allen Ehren von Ihrem Bruder reden können, den Sie getötet haben.«

»Bruder? . . . Hören Sie auf! Herrgott, hören Sie auf damit!«

»Warum sollte ich? Cain lebt! Wir haben ihn geschaffen, und er ist zum Leben erwacht!«

»Ich bin nicht *Cain*. Es hat ihn nie *gegeben*!«

»Sie wissen es also! *Lügner! Bastard!*«

»Stecken Sie die Waffe weg. Ich sage Ihnen, stecken Sie sie weg!«

»Kommt nicht in Frage. Ich habe mir selbst geschworen, daß ich Ihnen zwei Minuten geben würde, weil ich hören wollte, womit Sie sich rechtfertigen würden. Nun, jetzt habe ich es gehört und es kotzt mich an. Wer hat *Ihnen* das Recht gegeben? Wir verlieren alle etwas; das ist in dem Job so. Und wenn Sie den verdammten Job nicht mögen, müssen Sie eben aussteigen. Das hatte ich bei Ihnen auch angenommen, und war bereit, Sie verschwinden zu lassen! Aber nein, Sie sind zurückgekommen und haben Ihre Waffe gegen uns gerichtet.«

»Nein! Das stimmt nicht!«

»Das können Sie den Labortechnikern sagen, die haben acht Glassplitter mit zwei Abdrücken. Mittelfinger und Zeigefinger der rechten Hand. Sie waren dort und Sie haben fünf Leute hingemetzelt. Treadstone ist erledigt, und Sie gehen als freier Mann fort.«

»Nein, Sie haben unrecht! Das war Carlos, nicht ich. *Carlos* war es. Wenn das, was Sie sagen, an der Einundsiebzigsten Straße so abgelaufen ist, dann war er das! Er weiß es. Die wissen es. Eine Wohnung an der Einundsiebzigsten Straße. Nummer hundertneununddreißig. Die wissen alle Bescheid!«

Conklin nickte, Trauer und Abscheu standen in seinen Augen, das war selbst in dem düsteren Licht und trotz des Regens zu sehen. »So perfekt«, sagte er langsam. »Der Hauptinitiator des Ganzen läßt sie auffliegen, indem er mit seinem Jagdobjekt einen Handel eingeht. Was bekommen Sie denn außer den vier Millionen noch? Hat Carlos Ihnen Immunität versprochen? Sie und er, Sie geben ein reizendes Paar ab.«

»Sie sind ja verrückt!«

»Ich weiß nun Bescheid«, meinte der Mann von Treadstone. »Neun lebende Menschen kannten vor halb acht Uhr am letzten Freitag jene Adresse. Drei von ihnen sind getötet worden, und wir sind die anderen vier. Wenn Carlos diese Adresse gefunden hat, gibt es nur einen Menschen, der sie ihm genannt hat. *Sie.*«

»Wie *könnte* ich? Ich kannte sie nicht. Ich kenne Sie auch *jetzt* nicht!«

»Sie haben sie gerade ausgesprochen.« Conklins linke Hand packte den Stock, er hatte genug gehört, um sich damit zu stützen.

»*Nicht*!« schrie Borowski und wußte, daß die Bitte sinnlos war, wirbelte gleichzeitig nach links herum, und sein rechter Fuß traf die Hand, die die Waffe hielt. *Che-sah*! war das unbekannte Wort, der lautlose Schrei in seinem Schädel. Conklin fiel zurück, feuerte blind in die Luft, stolperte über seinen Stock. Jason fuhr herum und warf sich auf ihn, trat mit dem Fuß nach der Waffe; sie flog davon.

Conklin rollte auf den Boden, blickte zu den Säulen des Mausoleums hinüber, erwartete von dort eine Explosion, die seinen Widersacher in die Luft werfen würde. Nein! Wieder wälzte sich der Mann von Treadstone herum. Jetzt nach rechts, das Gesicht verzerrt, den Blick auf — da war noch jemand!

Borowski duckte sich, warf sich schräg nach hinten, als schnell hintereinander vier Schüsse peitschten, von denen drei irgendwo abprallten und davonsirrten. Er rollte sich herum, zog die Automatic aus dem Gürtel. Jetzt sah er den Mann im Regen; sah die silhouettenhafte Gestalt hinter einem Grabstein. Er feuerte zweimal, der Mann brach zusammen.

Zehn Fuß von ihm entfernt schlug Conklin im feuchten Gras herum. Seine beiden Hände tasteten den Boden ab, suchten nach der Waffe. Borowski sprang auf und rannte hinüber, kniete neben dem Mann von Treadstone nieder. Seine eine Hand packte das nasse Haar und die andere hielt seine Automatic, preßte ihren Lauf gegen Conklins Schädel. Von den Säulen des Mausoleums hallte ein langgezogener Schrei herüber. Er wurde immer lauter, gespenstisch, und verstummte dann.

»Da haben Sie Ihren bezahlten Killer«, sagte Jason und riß Conklins Kopf herum. »Treadstone hat sich da ein paar höchst seltsame Angestellte zugelegt. Wer war der andere Mann? Aus welcher Todeszelle haben Sie ihn denn geholt?«

»Er war ein besserer Mann als Sie jemals waren«, erwiderte Conklin mit angestrengter Stimme. Der Regen glänzte auf seinem Gesicht und fing sich im Lichtkegel der ein paar Schritte von ihm entfernt auf dem Boden liegenden Taschenlampe. »Alle sind das. Sie haben ebensoviel verloren wie Sie, aber nie die Seiten gewechselt. Wir können uns auf sie verlassen!«

»Ganz gleich, was ich sage, Sie werden mir nicht glauben. Sie *wollen* mir nicht glauben!«

»Weil ich weiß, was Sie sind — was Sie *getan* haben. Das haben Sie mir gerade bestätigt. Sie können mich töten, aber die werden Sie kriegen. Sie sind ein Ungeheuer. Sie halten sich für etwas Besonderes. Das haben Sie immer schon getan. Ich habe Sie nach Phnom Penh gesehen — *jeder* hat dort draußen etwas verloren, aber für Sie zählte das nicht. Für Sie zählten nur Sie, nur *Sie*! Und dann bei *Medusa!* Für Delta gab es keine Regeln! Ihm ging es bloß ums Töten. So sind alle Überläufer. Ich habe auch etwas verloren, aber ich wäre nie auf die Idee gekommen, ins feindliche Lager zu wechseln. Kommen Sie nur! Töten Sie mich! Dann können Sie zu Carlos zurückkehren. Aber wenn ich nicht zurückkehre, wird man wissen, wer für meinen Tod verantwortlich ist. Man wird nicht haltmachen, bis sie Sie erwischt haben. Nur zu! Schießen Sie!«

Conklin schrie, aber trotzdem konnte Borowski ihn kaum hören. Statt dessen hatte er zwei Worte gehört, und jetzt pochte wieder der Schmerz in seinen Schläfen. *Phnom Penh! Phnom Penh. Tod am Himmel, Tod vom Himmel. Tod der Jungen und sehr Jungen. Kreischende Vögel und heulende Maschinen und der Gestank des Dschungels . . . Und ein Fluß. Seine Augen brannten wieder.*

Unter ihm hatte sich der Treadstone-Mann losgerissen. Seine verkrüppelte, behinderte Gestalt kroch, von Panik erfüllt, davon, und seine Hände krallten sich in das nasse Gras. Jason blinzelte, versuchte sich von den Bildern zu lösen. Er wußte, daß er die Automatic auf den anderen richten und schießen mußte. Conklin hatte seine Pistole gefunden und hob sie jetzt. Aber Borowski konnte den Abzug nicht betätigen.

Er warf sich nach rechts, rollte weg, auf die Marmorsäulen des Mausoleums zu. Conklins Schüsse verfehlten ihn. Der Krüppel konnte sein Bein nicht stützen, nicht zielen. Und dann verstummte sein Feuer, und Jason stand auf, das Gesicht gegen den glatten, feuchten Stein gedrückt. Er sah hinaus, hob die Automatic; er mußte diesen Mann töten, denn dieser Mann würde ihn töten, Marie töten, Carlos auf seine, auf ihre Spur bringen.

Conklin humpelte jämmerlich auf das Tor zu, drehte sich dauernd um, die Waffe ausgestreckt, sein Ziel ein Wagen draußen auf der Straße. Borowski hob seine Automatic, hatte den Mann im Visier. Den Bruchteil einer halben Sekunde, und es würde vorbei sein, sein Feind von Treadstone tot, ein Tod, der ihm neue Hoffnung gab, denn in Washington gab es vernünftige Männer.

Er konnte es nicht tun; er konnte nicht abdrücken. Er senkte die Waffe und stand hilflos neben der Marmorsäule, während Conklin in seinen Wagen stieg.

Der Wagen. Er mußte nach Paris zurück. Es gab einen Weg. Die ganze Zeit hatte es ihn gegeben. Marie!

Er klopfte an die Tür. Seine Gedanken überschlugen sich, analysierten Tatsachen, nahmen sie auf und verwarfen sie ebenso schnell wieder, wie sie ihm kamen, aber langsam gewann eine Strategie Gestalt. Marie erkannte sein Klopfen; sie öffnete.

»Du lieber Gott, schau dich nur an! Was ist passiert?«

»Keine Zeit«, sagte er und rannte zum Telefon. »Es war eine Falle. Die sind überzeugt, daß ich ein Doppelagent bin, daß ich sie an Carlos verkauft habe.«

»Was?«

»Sie behaupten, ich sei letzte Woche nach New York geflogen, letzten Freitag, und hätte dort fünf Leute getötet . . . darunter auch meinen Bruder.« Jason schloß kurz die Augen. »Es gab einen Bruder — *gibt* einen Bruder. Ich weiß nicht, ich kann jetzt nicht darüber nachdenken.«

»Du hast Paris nie verlassen! Das kannst du beweisen!«

»Wie denn? Acht, zehn Stunden, das ist alles, was ich dazu brauchen würde. Und acht oder zehn Stunden, für die es keinen Nachweis gibt, genügen ihnen, um mich fertigzumachen. Wer ist denn mein Zeuge?«

»Ich. Du bist bei mir gewesen.«

»Die glauben, daß du ein Teil des Plans bist«, sagte Borowski und nahm den Hörer ab und wählte. »Der Diebstahl, der Verrat, Port Noir, die ganze verdammte Sache. Die denken, du steckst mit mir unter einem Hut. Carlos ist schuld, der hat das alles eingefädelt, sogar der Fingerabdruck stimmt. Herrgott! Der hat ganze Arbeit geleistet!«

»Was machst du denn? Wen rufst du an?«

»Unsere Rettung? Die einzige, die wir haben. Villiers. Villiers' *Frau.* Sie ist es. Wir müssen uns sie holen, sie, wenn nötig, hundert Foltern aussetzen. Aber das werden wir nicht müssen; sie wird nicht kämpfen, weil sie nicht gewinnen kann . . . Verdammt noch mal, warum meldet er sich nicht?«

»Der Apparat mit der Privatnummer steht in seinem Büro. Es ist drei Uhr früh. Wahrscheinlich —«

»Da ist er! General? Sind Sie es?« Jason mußte fragen; die Stimme am anderen Ende der Leitung war eigenartig still, so wie die Stille nach dem Sturm.

»Ja, ich bin es, mein junger Freund. Entschuldigen Sie die Verzögerung. Ich war oben bei meiner Frau.«

»Deshalb rufe ich an. Wir müssen etwas unternehmen. *Jetzt.* Alarmieren Sie die französische Abwehr, Interpol und die amerikanische Botschaft, aber sagen Sie, die sollen sich nicht einschalten, bis ich sie gesehen, mit ihr gesprochen habe. Wir müssen jetzt auspacken.«

»Da bin ich anderer Meinung, Mr. Borowski . . . Ja, ich kenne Ihren Namen, mein Freund. Aber mit meiner Frau können Sie, so fürchte ich, nicht mehr sprechen. Sehen Sie, ich habe sie nämlich gerade getötet.«

33.

Jason starrte die Wand des Hotelzimmers an, die Tapete mit dem verblaßten Muster. »Warum?« sagte er leise, »warum denn nur. Ich dachte, Sie hätten begriffen!«

»Ich habe mich bemüht, mein Freund«, sagte Villiers mit einer Stimme, die unendlich müde klang. »Die Heiligen wissen, daß ich mich bemüht habe, aber ich konnte einfach nicht anders. Ich sah sie immer wieder an . . . sah meinen Sohn, den nicht sie mir geboren hat, sah ihn hinter ihr auf der Straße liegen, getötet von dem Schwein, dem sie hörig war. Meine Hure war die Hure eines anderen. Die Hure dieses Schweines. Es konnte nicht anders sein. Und wie ich dann erfuhr, war es auch nicht anders. Ich glaube, sie sah sogar den Haß in meinen Augen, der weiß Gott da war.« Der General hielt inne. »Sie hat nicht nur den Haß gesehen, sondern auch die Wahrheit. Sie sah, daß ich alles wußte. Was sie war, was sie in den Jahren, die wir gemeinsam verbracht hatten, gewesen war. Am Ende gab ich ihr die Chance, so wie ich Ihnen gesagt hatte.«

»Die Chance, Sie zu töten?«

»Ja. Es war nicht schwierig. Zwischen unseren Betten steht ein Nachtkästchen mit einer Waffe in der Schublade. Sie lag auf ihrem Bett, Goyas Maja, herrlich in ihrer Überheblichkeit. Sie hatte ja nie einen Gedanken an mich verschwendet. Ich öffnete die Schublade, holte mir Streichhölzer heraus und ging zu meinem Sessel und meiner Pfeife zurück. Ich ließ die Schublade offen, so daß man die Waffe deutlich sehen konnte.

Ich denke, daß es mein Schweigen war und die Tatsache, daß ich den Blick nicht von ihr wenden konnte, die sie erkennen ließen, daß ich alles wußte. Die Spannung zwischen uns hatte einen Punkt erreicht, wo Worte überflüssig sind. Ich hörte mich fragen: ›Warum hast du das getan?‹ und dann nannte ich sie Hure, eine Hure, die meinen Sohn getötet hatte.

Sie starrte mich ein paar Augenblicke an und dann löste sich ihr Blick von mir, wanderte zu der offenen Schublade und der Waffe . . . und dem Telefon. Ich stand auf, und die Asche in meiner Pfeife glühte. Sie schwang die Beine vom Bett, griff mit beiden Händen in die offene Schublade und nahm die Waffe heraus. Ich hielt sie nicht auf, nein, ich wollte es von ihren eigenen Lippen hören, wollte ihre Anklage gegen mich genauso hören, wie sie die meine gehört hatte. Was meine Ohren zu hören bekamen, werden sie mit ins Grab nehmen . . . Ich bin ein Ehrenmann.«

»General . . . « Borowski schüttelte den Kopf, er konnte jetzt nicht klar denken und wußte gleichzeitig, daß er nicht mehr viel Zeit hatte. »General, was geschah? Sie hat Ihnen meinen Namen genannt? Das müssen Sie mir sagen. *Bitte.*«

»Gerne. Sie sagte, Sie seien ein unbedeutender Revolverheld, der sich mit einem Genie messen wolle. Sie seien ein Dieb, der aus Zürich geflüchtet wäre, ein Mann, von dem sich die eigenen Leute losgesagt hätten.«

»Hat sie gesagt, wer diese Leute sind?«

»Wenn ja, dann habe ich das nicht gehört. Ich war blind, taub, von Haß verzehrt. Aber Sie haben von mir nichts zu befürchten. Das Kapitel ist abgeschlossen, mein Leben ist mit diesem Telefonat zu Ende.«

»*Nein!*« schrie Jason. »Tun Sie das nicht! Nicht jetzt.«

»Ich muß.«

»Bitte. Geben Sie sich nicht mit der Hure von Carlos zufrieden. Sie müssen sich an Carlos selbst rächen! Carlos in die Falle locken!«

»Und Schmach auf meinen Namen bringen, weil ich in die Fänge dieser Hure, dieser Schlampe geraten bin?«

»Verdammt noch mal — und was ist mit Ihrem *Sohn ?* Fünf Stäbe Dynamit auf der Rue du Bac!«

»Lassen Sie ihn in Frieden. Lassen Sie mich in Frieden. Es ist vorbei.«

»Es ist *nicht* vorbei! Hören Sie mir zu! Nur einen Augenblick, mehr verlange ich nicht.« Die Bilder in Jasons Bewußtsein jagten an seinen Augen vorbei, verschmolzen ineinander. Aber diese Bilder hatten Bedeutung. Er konnte Maries Hand auf seinem Arm spüren. Sie hielt ihn fest, war wie ein Anker für ihn, ein Anker, der ihn mit der Wirklichkeit verband. »Hat jemand den Schuß gehört?«

»Da war kein Schuß. Der Gnadenschuß wird heutzutage mißverstanden. Für mich hat er noch eine ehrenvolle Bedeutung. Um das Leid eines verwundeten Kameraden oder eines respektierten Freundes zu beenden. Für eine Hure gilt er nicht.«

»Was wollen Sie damit sagen? Sie sagten doch, Sie hätten sie getötet.«

»Ich habe sie erwürgt, sie gezwungen, mir in die Augen zu sehen, als der Atem ihren Körper verließ.«

»Sie hatte doch Ihre eigene Waffe auf Sie gerichtet . . . «

»Nutzlos, wenn einem die Augen von der heißen Asche einer Pfeife brennen. Das ist jetzt unwesentlich; sie hätte auch gewinnen können.«

»Sie *hat* gewonnen, wenn Sie es jetzt damit bewenden lassen! Verstehen Sie das denn nicht? Carlos siegt! Sie hat Sie zerbrochen! Und Ihr Verstand reichte nur dazu aus, sie zu erwürgen! Und Sie reden von *Ehre?* Was bleibt denn da an Ehre noch übrig?«

»Warum geben Sie denn nicht auf, Monsieur Borowski?« fragte Villiers müde. »Ich erwarte keine Wohltätigkeit von Ihnen, und auch von niemand anderem. Lassen Sie mich in Ruhe. Ich nehme mein Schicksal an. Sie erreichen nichts.«

»Doch, wenn Sie mir zuhören! Sie müssen Carlos in die Falle locken, sich an ihm rächen! Wie oft muß ich es denn noch sagen? Er ist es, den Sie wollen. Er macht Ihre Rache vollständig! Und er ist es auch, den ich brauche! Ohne ihn bin ich tot. *Wir sind* tot. Um Himmels willen, *hören Sie mir doch zu!*«

»Ich würde Ihnen gerne helfen, aber ich sehe keine Möglichkeit. Sie könnten auch sagen, daß ich nicht will.«

»Doch, es gibt eine Möglichkeit.« Die Bilder gewannen Gestalt. Er wußte jetzt, wohin sein Weg ihn führte. »Drehen Sie die Falle um. Vergessen Sie, was Sie mir gerade erzählten!«

»Ich verstehe Sie nicht.«

»Sie haben Ihre Frau nicht getötet. *Ich* war es!«

»*Jason!*« schrie Marie und umklammerte seinen Arm.

»Ich weiß, was ich tue«, sagte Borowski. »Zum erstenmal weiß ich wirklich, was ich tue. Komisch, aber ich glaube, das habe ich von Anfang an gewußt.«

Parc Monceau war still, die Straßen verlassen, und in dem kalten, nebelhaften Regen glitzerten ein paar Außenlampen. Alle Fenster in der ganzen Reihe gepflegter, teurer Häuser waren dunkel, mit Ausnahme der Wohnung von André François Villiers, der Legende von Saint-Cyr und der Normandie, Mitglied der Nationalversammlung Frankreichs . . . und ein Frauenmörder. Die Fenster links vom Eingang und darüber leuchteten schwach. Das war das Schlafzimmer, in dem der Herr des Hauses die Dame des Hauses getötet hatte, wo ein verzweifelter alter Soldat die Hure eines Meuchelmörders zu Tode gewürgt hatte.

Villiers hatte nichts versprochen; er war zu benommen gewesen, um antworten zu können. Aber Jason hatte nicht lockergelassen, hatte dem anderen seine Botschaft mit solcher Eindringlichkeit immer wieder eingehämmert, daß die Worte förmlich aus dem Telefon hallten. Carlos! Begnügen Sie sich nicht mit der Hure des Mörders!

Holen Sie sich den Mann, der Ihren Sohn getötet hat! Den Mann, der auf der Rue du Bac fünf Dynamitstäbe in einen Wagen gelegt und den letzten Villiers ermordet hat. Er ist es, den Sie wollen, ihn müssen Sie sich holen, an ihm sich rächen!

Carlos. Carlos in die Falle locken. Cain ist für Charlie und Delta ist für Cain. Ihm war es jetzt klar. Es gab keine andere Möglichkeit. Anfang und Ende waren gleich. Um zu überleben, mußte er den Meuchelmörder fangen; wenn er versagte, war er ein toter Mann und mit ihm Marie St. Jacques, für die es dann kein Leben mehr geben würde. Sie trug das Kainsmal, und wenn man sie beseitigte, würde das nicht als Verbrechen gelten. Sie war gleichsam ein Fläschchen mit Nitroglyzerin, das in der Mittte eines unbekannten Munitionsdepots auf einem Drahtseil balancierte.

Es gab so viel, das Villiers begreifen mußte, und so wenig Zeit, um es ihm zu erklären. Ein Wort nur mußte ihm wieder und wieder eingehämmert werden, und das hieß:

Carlos!

Das Haus des Generals hatte einen zweiten Eingang im Erdgeschoß, rechts von der Treppe hinter einem Tor, er diente dazu, die Küche im Souterrain zu beliefern. Villiers hatte sich einverstanden erklärt, das Tor und die Türe unversperrt zu lassen. Borowski hatte darauf verzichtet, dem General zu erklären, daß das nicht wichtig war, daß er auf jeden Fall einen Weg fände, ins Haus zu kommen. Zuallererst bestand die Gefahr, daß Villiers' Haus beobachtet wurde. Schließlich hatte Carlos guten Grund dazu. Die tote Angélique war seine Cousine und seine Geliebte . . . *der einzige Mensch auf der Welt, der ihm etwas bedeutet.* Philippe d'Anjou.

D'Anjou! Natürlich würde da ein Beobachter sein — oder zwei oder zehn! Wenn d'Anjou Frankreich verlassen hatte, würde Carlos das Schlimmste annehmen. Wo? Wo waren Carlos' Männer? Seltsam, dachte Jason, wenn in dieser Nacht niemand in Parc Monceau lauerte, war seine ganze Strategie wertlos.

Doch das war sie nicht; sie waren da. In einer Limousine — derselben Limousine, die vor zwölf Stunden durch die Tore des Louvre gerast war, dieselben zwei Männer — Killer, die anderen Killern Schutz boten. Der Wagen stand fünfzig Fuß entfernt auf der linken Straßenseite, von wo aus man Villiers' Haus gut beobachten konnte. Aber waren diese zwei Männer, die eingesunken im Sitz saßen, Villiers' Villa aber aufmerksam beobachteten, waren diese zwei Männer die einzigen, die da waren? Borowski wußte es nicht mit Bestimmtheit; zu beiden Seiten der Straße säumten Fahrzeuge den Bürgersteig. Er duckte sich im Schatten eines Hauses schräg gegenüber den beiden Männern in der parkenden Limousine. Er wußte zwar; was zu tun war, aber nicht genau wie. Er brauchte ein Ablenkungsmanöver, auf das Carlos' Leute reinfallen würden.

Feuer. Aus dem Nichts. Ganz plötzlich, irgendwo in der Nähe von Villiers' Haus, und so auffällig, daß die ganze stille, verlassene, von Bäumen gesäumte Straße aufgeschreckt wurde. Aufgeschreckt . . . Sirenen; Explosionen. Es war möglich. Es war nur eine Frage der richtigen Mittel.

Borowski kroch wieder zurück und rannte lautlos zur nächsten Türe, wo er stehen blieb und Jackett und Mantel auszog. Dann riß er sich das Hemd vom Kragen bis zur Hüfte auf und zog dann Jackett und Mantel wieder an, schlug sich den Kragen hoch, knöpfte den Mantel zu und klemmte sich das Hemd unter den Arm. Er spähte in den nächtlichen Regen hinaus, musterte die Fahrzeuge auf der Straße. Er brauchte Benzin, aber in Paris waren die meisten Treibstofftanks versperrt.

Und dann sah er, was er sehen wollte, sah es vor sich auf dem Pflaster, an ein eisernes Tor gekettet. Es war ein Moped, größer als ein Roller, kleiner als ein richtiges Motorrad, und der Tank war wie eine kleine Blase aus Metall zwischen dem Lenker und dem Sattel. Wahrscheinlich hatte der Tankdeckel eine Kette, aber vermutlich kein Schloß.

Jason arbeitete sich an das Moped heran. Er sah sich auf der Straße um; da war niemand, keine Geräusche außer dem leisen Trommeln des Regens. Er legte die Hand auf den Tankdeckel und drehte ihn; er ließ sich ganz leicht aufschrauben. Und noch besser, die Öffnung war relativ groß, der Tank fast gefüllt. Er verschraubte ihn wieder; er war noch nicht so weit, das Hemd mit Benzin zu durchtränken. Er brauchte noch etwas.

Er fand es an der nächsten Ecke an einem Abflußschacht. Ein Pflasterstein, der sich teilweise gelöst hatte, den tausend unvorsichtige Fahrer in Jahrzehnten gelockert hatten. Er löste ihn ganz, indem er mit dem Fuß dagegen trat, und hob ihn dann auf und eilte mit einem kleinen Stein, der daneben gelegen hatte, in der Tasche und dem großen Pflasterstein in der Hand wieder zu dem Moped. Er prüfte sein Gewicht . . . erprobte seinen Arm. Es würde gehen; gut sogar.

Drei Minuten darauf zog er langsam das mit Benzin durchtränkte Hemd aus dem Benzintank, und der Dunst mischte sich in den Regen, die Ölreste besudelten seine Hände. Er schlang das Tuch um den Pflasterstein, wand die Ärmel ineinander, verknotete sie fest, und hielt das Wurfgeschoß bereit. Jetzt war er soweit.

Er kroch wieder zu dem Haus zurück, das an der Ecke von Villiers' Straße stand. Die beiden Männer in der Limousine saßen immer noch zusammengesunken auf dem Vordersitz und konzentrierten sich ganz auf Villiers' Haus. Hinter der Limousine standen drei weitere Fahrzeuge, ein kleiner brauner Mercedes, eine dunkelbraune Limousine und ein Bentley. Genau Jason gegenüber, hinter dem Bentley, erhob sich ein weißer Steinbau mit schwarz gestrichenen Fenstern. Aus einem Gang im Inneren des Hauses fiel schwaches Licht auf die Erkerfenster zu beiden Seiten der Treppe; hinter dem linken Fenster lag offensichtlich ein Eßzimmer; er konnte Stühle und einen langen Tisch im zusätzlichen Licht einer Rokokolampe sehen. Die Fenster des Speisezimmers mit dem herrlichen Blick auf die wohlhabende, etwas altmodische Pariser Straße würden genügen.

Borowski griff in die Tasche und holte den Stein heraus; er hatte höchstens ein Viertel der Größe des mit Benzin durchtränkten Pflastersteins, würde aber den Zweck erfüllen. Er schob sich langsam um die Hausecke, holte aus und warf den Stein über die Limousine mit den zwei Männern hinweg nach hinten.

Das Krachen hallte durch die stille Straße, und dann war ein lautes Poltern zu hören, als der Stein über die Motorhaube eines Wagens polterte und dann zu Boden fiel. Die beiden Männer in der Limousine riß es hoch. Der Mann auf dem Beifahrersitz riß die Türe auf und sprang mit einer Waffe in der Hand hinaus. Der Fahrer kurbelte das Fenster herunter und schaltete dann die Scheinwerfer ein. Die Lichtkegel schossen nach vorne, spiegelten sich in dem Metall und dem Chrom des Wagens davor. Ausgesprochen dumm, das Licht einzuschalten — das zeigte, welche Angst die Männer in Parc Monceau hatten.

Jetzt. Jason rannte über die Straße, ganz auf die zwei Männer konzentriert, die sich jetzt die Hände über die Augen hielten, um in dem grellen Licht sehen zu können. Jetzt hatte er den Kofferraum des Bentley erreicht, hielt den Pflasterstein unter dem Arm, die Streichhölzer in der linken Hand und ein paar abgerissene Streichhölzer in der rechten. Er duckte sich, riß die Streichhölzer an, legte den Pflasterstein auf den Boden und hob ihn dann an einem Hemdärmel hoch. Er hielt die brennenden Streichhölzer unter das mit Benzin durchtränkte Tuch; es stand sofort in hellen Flammen.

Er erhob sich schnell, ließ den Stein am Ärmel kreisen, sprang auf die Straße hinaus und schleuderte sein Wurfgeschoß mit aller Kraft auf das Erkerfenster und rannte weiter, als es sein Ziel traf.

Das Klirren zerspringenden Glases brach in die regendurchtränkte Stille der Straße hinein. Borowski rannte nach links über die schmale Straße, dann zu Villiers' Block zurück und fand dort wieder den Schatten, den er brauchte. Das Feuer breitete sich aus, von dem

Wind angefacht, der durch das zersplitterte Fenster hineinwehte, sprang drinnen an den Gardinen empor. Binnen einer halben Minute war der ganze Raum ein Flammenmeer, das Feuer von dem riesigen Spiegel über dem Sideboard noch verstärkt. Schreie hallten, überall wurde es hinter den Fenstern hell. Eine Minute verstrich, und das Chaos wuchs. Die Tür des brennenden Hauses wurde aufgerissen und Gestalten erschienen — ein älterer Mann im Nachthemd, eine Frau im Negligé mit einem Pantoffel — beide von Panik erfüllt.

Jetzt öffneten sich weitere Türen, weitere Gestalten schossen auf die Straße, fanden den Übergang vom Schlaf ins Chaos, einige rannten auf das von lodernden Flammen erfaßte Haus zu — ein Nachbar hatte Schwierigkeiten. Jason rannte schräg über die Straße, nur eine weitere laufende Gestalt in der schnell dichter werdenden Menge. Er blieb neben dem Eckgebäude stehen, wo er erst vor wenigen Minuten angefangen hatte, und sah sich nach Carlos' Soldaten um.

Er hatte recht gehabt; die beiden Männer waren nicht die einzigen Wachen von Parc Monceau. Jetzt waren da vier Männer, die sich neben der Limousine niederkauerten und schnell und leise miteinander redeten. Nein, fünf. Ein weiterer kam über das Pflaster auf sie zu, schloß sich den vier anderen an.

Er hörte Sirenen. Sirenen, die lauter wurden, näherkamen. Die fünf Männer waren verunsichert. Entscheidungen mußten getroffen werden; sie konnten nicht alle bleiben, wo sie waren. Vielleicht diskutierten sie jetzt, wer die längste Vorstrafenliste hatte.

Übereinkunft. Ein Mann würde bleiben — der fünfte. Er nickte und ging schnell über die Straße zu Villiers' Seite hinüber. Die anderen kletterten in den Wagen, und als dann ein Löschzug der Feuerwehr die Straße heraufjagte, bog die Limousine aus ihrem Parkplatz und raste an dem roten Monstrum vorbei.

Ein Hindernis blieb: der fünfte Mann. Jason bog um das Haus und entdeckte ihn auf dem Wege zwischen der Ecke und Villiers' Haus. Jetzt kam alles auf die Wahl des richtigen Augenblicks an, und darauf, daß er ihn erschreckte. Borowski fing zu laufen an, ähnlich wie die anderen Leute, die sich dem Feuer näherten, den Kopf halb nach hinten gedreht, eine Gestalt, die mit ihrer Umgebung verschmolz, nur daß die Richtung nicht stimmte, weil er teilweise rückwärts lief. Er passierte den Mann; er hatte ihn nicht bemerkt — aber er *würde* ihn bemerken, wenn er auf die Lieferantentüre von Villiers' Haus zuging und sie öffnete. Der Mann sah sich immer wieder um, war verunsichert, besorgt, vielleicht sogar von der Tatsache beunruhigt, daß er jetzt der einzige Bewacher in der Straße war. Er stand vor einem niedrigen Geländer, einem weiteren Tor, einem weiteren Eingang zu einem weiteren teuren Haus in Parc Monceau.

Jason blieb stehen, ging seitwärts schnell auf den Mann zu und wirbelte dann herum, das Körpergewicht auf den linken Fuß verlegt, und sein rechter Fuß schoß vor, traf den fünften Mann am Leib, schleuderte ihn rückwärts über das eiserne Geländer. Der Mann schrie auf, als er in den schmalen Betonschacht stürzte. Borowski setzte über das Geländer, die rechte Faust geballt und beide Absätze ausgestreckt. Er landete auf dem Brustkasten des Mannes, dem bei dem Aufprall die Rippen gebrochen wurden. Jasons Knöchel schmetterten gegen seine Kehle. Carlos' Soldat wurde schlaff. Er würde erst wieder im Krankenhaus aufwachen. Jason durchsuchte den Mann; er trug eine einzige Pistole bei sich. Borowski nahm sie ihm ab und steckte sie in die Manteltasche. Er würde sie Villiers geben. Villiers. Der Weg war frei.

Er ging die Treppe in den zweiten Stock hinauf. Auf halbem Wege konnte er einen Lichtstreifen unten an der Schlafzimmertüre sehen. Hinter dieser Türe wartete ein alter Mann, der seine einzige Hoffnung war. Wenn es in seinem Leben — dem, an das er sich erinnerte, und dem, an das er sich nicht erinnerte — je einen Augenblick gab, indem er überzeugend sein mußte, so war dieser Augenblick jetzt. Und seine Überzeugung war echt — jetzt war kein Platz für das Chamäleon. Alles was er glaubte, beruhte auf einer Tatsache. Carlos mußte ihm folgen. Das war die Wahrheit. Das war die Falle.

Er erreichte den Treppenabsatz und bog nach links zur Schlafzimmertüre. Einen Augenblick lang blieb er stehen und versuchte, das Echo aus seiner Brust zu verdrängen; es wurde lauter, das Pochen schneller. *Ein Teil der Wahrheit, nicht die ganze Wahrheit.* Er würde nichts erfinden, nur einiges weglassen.

Eine Übereinkunft . . . ein Vertrag . . . mit einer Gruppe von Männern — ehrenwerten Männern — die hinter Carlos her waren. Mehr brauchte Villiers nicht zu wissen; er würde das akzeptieren müssen. Er durfte nicht erfahren, daß er mit jemandem zu tun hatte, der unter Amnesie litt, denn hinter der Mauer seines verlorenen Gedächtnisses würde man vielleicht einen Mann ohne Ehre finden. Die Legende von Saint-Cyr, Algier und der Normandie würde das nicht akzeptieren; nicht jetzt, hier, am Ende seines Lebens.

O Gott, wie schmal der Grat doch war! Wie unsicher die Grenze zwischen Glauben und Unglauben . . . ebenso unsicher wie für das menschliche Wrack, dessen Name nicht Jason Borowski war.

Er öffnete die Tür und trat ein in die private Hölle eines alten Mannes. Draußen vor den verhängten Fenstern heulten die Sirenen, schrien die Menschen.

Jason schloß die Tür und blieb reglos stehen. Der große Raum war von Schatten erfüllt, und das einzige Licht strömte aus einer Nachttischlampe. Seine Augen wurden von einem Anblick begrüßt, von dem er sich wünschte, er brauche ihn nicht zu sehen. Villiers hatte einen hochlehnigen Schreibtischsessel durch das Zimmer gezerrt und saß jetzt am Fußende des Bettes und starrte die tote Frau an, die auf der Bettdecke lag. Angélique Villiers lag auf dem Kissen, die Augen in dem tief gebräunten Gesicht geweitet, aus ihren Höhlen hervortretend. Ihr Hals war angeschwollen, das Fleisch von rötlichem Purpur, die Würgemale hatten sich über den ganzen Hals ausgebreitet. Ihr Körper war immer noch verkrümmt, die langen, nackten Beine ausgestreckt, die Hüften verdreht, das Negligé zerfetzt, so daß die Brüste aus dem Seidenstoff hervorstachen — selbst im Tode noch sinnlich.

Der General saß wie ein hilfloses Kind da. Er wandte gequält den Blick von der toten Frau und sah Borowski an.

»Was ist draußen geschehen?« fragte er monoton.

»Männer haben Ihr Haus beobachtet. Männer von Carlos, fünf waren es. Ich habe ein Feuer gelegt; niemand ist verletzt worden. Es sind alle außer einem weg; und den habe ich unschädlich gemacht.«

»Sie sind sehr geschickt, Monsieur Borowski.«

»Ja, das bin ich«, nickte Jason. »Aber sie werden zurückkommen. Das Feuer wird gelöscht werden, und dann werden sie zurückkommen; vorher sogar, wenn Carlos sich das alles zusammenreimt, und ich glaube, daß er das tun wird. Wenn er das tut, wird er jemanden hierherschicken. Er wird natürlich nicht selbst kommen, sondern einen seiner Killer schicken. Wenn dieser Mann Sie findet . . . und die Frau . . . wird er Sie töten. Carlos verliert sie, aber er gewinnt trotzdem. Er gewinnt ein zweites Mal; er hat Sie durch sie benutzt, und am Ende tötet er Sie. Er geht dann weg und Sie sind tot. Die Leute können daraus schließen, was sie wollen, aber ich glaube nicht, daß es schmeichelhafte Schlüsse sein werden.«

»Sie sind sehr präzise. Und Ihres Urteils sicher.«

»Ich weiß, wovon ich rede. Mir wäre lieber, das, was ich jetzt sagen werde, nicht sagen zu müssen, aber es ist jetzt keine Zeit, auf Ihre Gefühle Rücksicht zu nehmen.«

»Ich habe keine Gefühle mehr. Sagen Sie, was Sie wollen.«

»Ihre Frau hat Ihnen erzählt, daß Sie Französin sei, nicht wahr?«

»Ja. Aus dem Süden. Ihre Familie stammte aus Loures Barouse, in der Nähe der spanischen Grenze. Sie ist vor Jahren nach Paris gekommen und hat hier bei einer Tante gelebt. Warum?«

»Hatten Sie ihre Familie je zu Gesicht bekommen?«

»Nein.«

»Sie sind also zu Ihrer Hochzeit nicht hierher gekommen?«

»Wir waren unter Berücksichtigung aller Umstände der Ansicht, daß es am besten wäre, sie nicht einzuladen. Der Altersunterschied hätte sie vielleicht gestört.«

»Und was war mit der Tante hier in Paris?«

»Die ist gestorben, ehe ich Angélique kennenlernte. Worauf wollen Sie hinaus?«

»Ihre Frau war keine Französin, ich bezweifle sogar, daß es eine Tante in Paris gegeben hat, und ihre Familie kam nicht aus Loures Barouse, obwohl die spanische Grenze schon einige Bedeutung hat. Damit könnte man vieles tarnen und eine Menge erklären.«

»Was wollen Sie damit sagen?«

»Sie war Venezolanerin. Carlos' erste Cousine, seine Geliebte seit ihrem vierzehnten Lebensjahr. Sie waren ein Team, waren das seit Jahren. Man hat mir gesagt, daß sie der einzige Mensch auf der ganzen Welt war, der ihm etwas bedeutete.«

»Eine Hure.«

»Ein Instrument eines Meuchelmörders. Ich möchte wissen, wie viele wertvolle Männer ihretwegen tot sind.«

»Zweimal kann ich sie nicht töten.«

»Aber benutzen können Sie sie. Ihren Tod benutzen.«

»Der Wahnsinn, von dem Sie gesprochen haben?«

»Der einzige Wahnsinn ist es, wenn Sie Ihr Leben wegwerfen. Carlos ist dann der große Gewinner; er begeht weiterhin Verbrechen ... operiert mit Dynamitladungen ... und Sie sind nicht mehr als eine Ziffer in einer Statistik. Ein weiterer Mord in einer langen Liste distinguierter Leichen. *Das* ist Wahnsinn.«

»Und Sie sind der Vernünftige? Sie nehmen die Schuld für ein Verbrechen, das Sie nicht begangen haben, auf sich? Für den Tod einer Hure? Lassen sich für einen Mord jagen, der nicht der Ihre war?«

»Das ist ein Teil davon. Der wesentliche Teil sogar.«

»Sprechen Sie nicht von Wahnsinn, junger Mann. Ich flehe Sie an, gehen Sie. Was Sie mir gesagt haben, gibt mir den Mut, vor den allmächtigen Gott zu treten. Und wenn ein Tod je gerechtfertigt war, dann war das der ihre von meiner Hand. Ich werde Christus in die Augen sehen und es schwören.«

»Dann haben Sie sich abgeschrieben«, sagte Jason und bemerkte zum erstenmal die Waffe, die die Jackettasche des alten Mannes ausbeulte.

»Ich werde nicht vor Gericht stehen, wenn Sie das meinen.«

»Oh, das ist perfekt, General! Carlos selbst hätte es nicht besser arrangieren können. Er braucht nicht einmal die eigene Waffe einzusetzen. Aber diejenigen, auf die es ankommt, werden wissen, daß er es getan hat; daß er dahinterstand.«

»Diejenigen, auf die es ankommt, werden nichts wissen. Es ist eine persönliche Angelegenheit. Was Mörder und Diebe sagen, trifft mich nicht.«

»Und wenn ich die Wahrheit sagte? Sagte, weshalb Sie sie getötet haben?«

»Wer würde auf Sie hören? Selbst wenn Sie lange genug lebten, um sprechen zu können. Ich bin kein Narr, Monsieur Borowski. Sie fliehen vor mehr als nur Carlos. Sie werden von vielen gejagt, nicht nur von einem. Das haben Sie mir ja praktisch gesagt. Sie waren nicht bereit, mir Ihren Namen zu nennen . . . um meiner eigenen Sicherheit willen, behaupteten Sie. Falls das hier je vorbei sein sollte, sagten Sie, wäre *ich* es, der vielleicht keinen Wert darauf legen würde, mit *Ihnen* gesehen zu werden. Das sind nicht die Worte eines Mannes, auf den man großes Vertrauen setzt.«

»Sie haben mir vertraut.«

»Ich habe Ihnen gesagt, weshalb«, sagte Villiers und wandte den Blick ab, starrte seine tote Frau an. »Es stand in Ihren Augen.«

»Die Wahrheit?«

»Die Wahrheit.«

»Dann sehen Sie mich jetzt an. Da ist immer noch die Wahrheit. Auf jener Straße nach Nanterre sagten Sie, Sie würden sich anhören, was ich zu sagen habe, weil ich Ihnen Ihr Leben gegeben habe. Ich versuche, es Ihnen wieder zu geben. Sie können als freier Mann weggehen, ohne daß jemand Sie antasten kann, können sich weiterhin für die Dinge einsetzen, von denen Sie sagen, daß sie für Sie wichtig sind, Ihrem Sohn wichtig waren. Sie können gewinnen! . . . Verstehen Sie mich nicht falsch, ich versuche hier nicht edel zu sein. Wenn Sie am Leben bleiben und das tun, worum ich Sie bitte, so ist das die einzige Möglichkeit für mich, am Leben zu bleiben. Die einzige Möglichkeit, je frei zu werden.«

Der alte Soldat blickte auf. »Warum?«

»Ich habe Ihnen gesagt, daß ich Carlos haben will, weil man mir etwas weggenommen hat — etwas, das für mein Leben sehr notwendig ist, für mein Wohlbefinden — und daß er dahinterstand. Das ist die Wahrheit — ich glaube, daß es die Wahrheit ist —, aber es ist nicht die ganze Wahrheit. Es sind auch andere Leute betroffen, einige davon anständig, einige nicht, und meine Vereinbarung mit diesen Leuten war es, daß ich Carlos in eine Falle locken würde, ihn erledigen. Diese Leute wollen dasselbe, was Sie wollen, aber dann geschah etwas, das ich nicht erklären kann — ich will gar nicht versuchen, es zu erklären. Jene Leute denken, daß ich sie verraten hätte. Sie glauben, ich hätte einen Pakt mit Carlos geschlossen, ihnen Millionen gestohlen und andere getötet, die meine Verbindung zu ihnen darstellten. Sie haben überall Männer, und diese Männer haben Befehl, mich zu töten, sobald sie mich zu Gesicht bekommen. Sie hatten recht: ich fliehe vor mehr als nur vor Carlos. Ich werde von Männern gejagt, die ich nicht kenne, nicht sehen kann. Aus dem falschen Grund. Ich habe das, was man mir vorwirft, nicht getan, aber keiner will auf mich hören. Ich habe keinen Pakt mit Carlos — Sie wissen, daß es so ist.«

»Ich glaube Ihnen. Es gibt nichts, das mich daran hindert, für Sie anzurufen. Das bin ich Ihnen schuldig.«

»Wie denn? Was werden Sie sagen? ›Der Mann, den ich als Jason Borowski kenne, hat keinen Pakt mit Carlos geschlossen. Das weiß ich, weil er mir klargemacht hat, daß Carlos' Geliebte meine Frau war, die Frau, die ich erwürgt habe, um keine Unehre über meinen Namen zu bringen. Ich bin im Begriff, die Sûreté anzurufen und mein Verbrechen zu gestehen — aber ich werde denen natürlich nicht sagen, weshalb ich sie getötet habe. Auch nicht, weshalb ich mich selbst töten werde.‹ ... Ist es das, General? Ist es das, was Sie sagen werden?«

Der alte Mann starrte Borowski schweigend an, erkannte den fundamentalen Widerspruch. »Dann kann ich Ihnen nicht helfen.«

»Gut. Schön. Dann ist eben Carlos der Gewinner. Sie ist die Gewinnerin. Und Sie verlieren. Ihr Sohn verliert. Nur zu — rufen Sie die Polizei und dann stecken Sie sich die Pistole in den verdammten Mund und blasen sich den verdammten Kopf weg! Nur zu! Das wollen Sie doch! Treten Sie ab, legen Sie sich hin und *sterben* Sie! Zu etwas anderem taugen Sie ja nicht mehr. Sie sind ein *alter Mann* voll Selbstmitleid! Sie sind, weiß Gott, Carlos nicht gewachsen. Dem Mann nicht gewachsen, der Ihren Sohn in der Rue du Bac mit fünf Stäben Dynamit getötet hat.«

Villiers' Hände zitterten; ein Zittern, das bis zu seinem Kopf reichte. »Tun Sie das nicht. Ich sage Ihnen, *tun* Sie das nicht.«

»Sie sagen mir das? Sie erteilen mir Befehle? Ich lasse mir von Männern wie Ihnen nichts befehlen! Sie sind doch ein Schwindler! Sie sind schlimmer als all die Leute, die Sie angreifen; denn die haben wenigstens den Mumm, das zu tun, was sie sich vornehmen! Und den haben Sie *nicht*. Sie bestehen nur aus Luftschlössern und leeren Worten. Legen Sie sich ruhig hin und *sterben Sie*, alter Mann! Aber geben Sie mir keine Befehle!«

Villiers' löste die Hände voneinander und sprang aus dem Sessel auf. Er zitterte jetzt am ganzen Leibe. »Aufhören, habe ich gesagt!«

»Was Sie mir sagen, interessiert mich nicht. Ich hatte von Anfang an recht, als ich Sie sah. Sie gehören Carlos. Sie waren im Leben sein Lakai und werden auch im Tode sein Lakai sein.«

Das Gesicht des alten Mannes verzog sich vor Schmerz. Er zog die Waffe aus der Tasche, eine pathetische Geste, von der aber eine durchaus reale Drohung ausging. »Ich habe zu meiner Zeit viele Männer getötet. In meinem Beruf war das unvermeidbar, wenn es mich auch oft schmerzte. Ich will Sie jetzt nicht töten. Aber ich werde es tun, wenn Sie meine Wünsche mißachten. Gehen Sie. Verlassen Sie dieses Haus.«

»Großartig. Anscheinend stehen Sie mit Carlos in telepathischer Verbindung. Wenn Sie mich töten, erweisen Sie ihm einen großen Dienst!« Jason trat einen Schritt vor. Er sah, wie Villiers' Augen sich weiteten; die Pistole zitterte, und man konnte ihren Schatten riesenhaft an der Wand sehen. Ein paar Gramm Druck, und der Hammer würde nach vorne klappen und die Kugel ihr Ziel finden. Denn so wahnsinnig auch der Augenblick war, die Hand, die jene Waffe hielt, hatte ein Leben lang damit verbracht, Waffen zu halten; sie würde ganz ruhig sein, wenn jener Augenblick kam. Sofern er kam. Das war das Risiko, das Borowski eingehen mußte. Ohne Villiers ging es nicht; das mußte der alte Mann begreifen. Jason schrie plötzlich: »Nur *zu*! Feuer. *Töten* Sie mich. Lassen Sie sich von Carlos befehlen! Sie sind ein Soldat. Sie haben Ihre Befehle. Führen Sie sie aus.«

Das Zittern in Villiers' Hand nahm zu. Die Knöchel traten weiß hervor, als die Waffe sich auf Borowskis Kopf richtete. Und dann hörte Jason das Flüstern aus der Kehle eines alten Mannes.

»*›Sie sind ein Soldat . . . hören Sie auf . . . hören Sie auf.‹* «

»Was?«

»Ich bin ein Soldat. Jemand hat das neulich zu mir gesagt. Jemand, der Ihnen sehr teuer ist.« Villiers sprach mit leiser Stimme. »Sie hat einen alten Krieger beschämt und ihn dazu gebracht, sich an das zu erinnern, was er war . . . was er einmal gewesen war. *›Man sagt, Sie seien ein großer Mann. Ich glaube es.‹* Sie war so liebenswürdig, so anständig, auch das zu mir zu sagen. Allmächtiger Gott, Sie hatte unrecht — aber ich werde es versuchen.« André Villiers ließ die Waffe sinken; in seiner Unterwerfung lag Würde. Die Würde eines Soldaten. »Was wollen Sie, das ich tue?«

Jason atmete wieder. »Sie sollen Carlos zwingen, mir zu folgen. Aber nicht hier, nicht in Paris. Nicht einmal in Frankreich.«

»Wo dann?«

»Können Sie mich aus dem Lande schaffen? Ich muß Ihnen dazu sagen, daß ich gesucht werde. Mein Name und meine Beschreibung liegen inzwischen jeder Einwanderungsbehörde und jeder Grenzstelle in Europa vor.«

»Fälschlicherweise?«

»Fälschlicherweise.«

»Ich glaube Ihnen. Es gibt Möglichkeiten. Der Conseiller Militaire hat Möglichkeiten und wird tun, worum ich ihn bitte.«

»Mit einem falschen Paß? Ohne Ihnen Gründe zu nennen?«

»Mein Wort genügt. Das habe ich mir verdient.«

»Noch eine Frage. Dieser Adjutant, von dem Sie sprachen, vertrauen Sie ihm — ich meine, vertrauen Sie ihm *wirklich*?«

»Mein Leben würde ich ihm anvertrauen.«

»Auch das Leben eines anderen? Jemandes, von dem Sie annahmen, und das mit Recht, daß sie mir sehr teuer ist.«

»Natürlich. Warum? Sie werden alleine reisen?«

»Das muß ich. Sie würde mich nie gehen lassen.«

»Sie werden ihr das erklären müssen.«

»Das werde ich. Daß ich im Untergrund bin, hier in Paris oder Brüssel oder Amsterdam. In Städten, in denen Carlos operiert. Aber sie muß hier weg; man hat unseren Wagen in Montmartre gefunden. Carlos' Männer durchsuchen jetzt jede Straße, jede Wohnung, jedes Hotel. Ihr Adjutant muß Marie aufs Land bringen; dort wird sie sicher sein. Das werde ich ihr sagen.«

»Ich muß die Frage jetzt stellen. Was geschieht, wenn Sie nicht zurückkommen?«

Borowski gab sich Mühe, die Fassung zu behalten. »Ich werde im Flugzeug Zeit haben. Ich werde alles aufschreiben, was geschehen ist, alles, woran ich . . . mich erinnere. Ich werde es Ihnen schicken, und Sie treffen dann die Entscheidungen. Mit ihr zusammen. Sie hat Sie einen großen Mann genannt. Schützen Sie sie.«

»Sie haben mein Wort. Es wird ihr kein Haar gekrümmt werden.«

»Das ist alles, worum ich bitte.«

Villiers warf die Pistole auf das Bett. Sie landete zwischen den verdrehten nackten Beinen der toten Frau; der alte Soldat hustete plötzlich, verächtlich, gewann seine Haltung zurück. »Und was haben Sie nun konkret vor, junger Freund«, sagte er, und man spürte wieder die alte Autorität. »Worin besteht Ihre Strategie?«

»Alles, was Sie wissen — alles, woran Sie sich erinnern — ist, daß während des Feuers ein Mann in Ihr Haus eingebrochen ist und Ihnen die Pistole gegen den Schädel geschlagen hatte; Sie waren sofort bewußtlos. Als Sie erwachten, fanden Sie Ihre Frau tot auf. Erwürgt. Neben ihrer Leiche lag ein Zettel. Und das, was auf dem Zettel steht, hat Ihnen den Verstand geraubt.«

»Und das ist?« fragte der alte Soldat vorsichtig.

»Die Wahrheit«, sagte Jason. »Die Wahrheit — eine Wahrheit, von der Sie nie zulassen können, daß jemand anderer sie erfährt. Was sie für Carlos war, was er für sie war. Der Mörder, der den Zettel schrieb, hat eine Telefonnummer hinterlassen und Ihnen gesagt, daß Sie das bestätigen könnten, was er geschrieben hat. Sobald Sie davon überzeugt seien, könnten Sie den Zettel vernichten und den Mord auf jede beliebige Weise zur Meldung bringen. Aber dafür, daß er Ihnen die Wahrheit gesagt hat — daß er die Hure getötet hat, die maßgeblich mitschuldig am Tod Ihres Sohnes ist — möchte er, daß Sie eine schriftliche Nachricht übermitteln.«

»An Carlos?«

»Nein. Er wird einen Mittelsmann schicken.«

»Dafür sei Gott Dank. Ich bin nicht sicher, ob ich das über mich brächte, wenn ich wüßte, daß er es ist.«

»Die Nachricht wird ihn erreichen.«

»Und was für eine Nachricht ist das?«

»Ich werde sie Ihnen aufschreiben; Sie können sie dem Mann geben, den er schickt. Sie muß ganz exakt sein, sowohl in dem, was sie ausspricht, als auch in dem, was sie verschweigt.« Borowski sah zu der toten Frau hinüber, ihren angeschwollenen Hals.

»Haben Sie Alkohol?«

»Zum Trinken?«

»Nein. Zum Einreiben. Parfüm tut es auch.«

»Ich bin sicher, daß im Medizinschränkchen Alkohol zum Einreiben ist.«

»Würden Sie ihn mir holen? Und auch ein Handtuch, bitte.«

»Was werden Sie tun?«

»Meine Hände dorthintun, wo die Ihren waren. Nur für alle Fälle. Obwohl ich nicht glaube, daß jemand Sie fragen wird. Während ich das tue, rufen Sie die Person an, die dafür sorgt, daß ich das Land verlassen kann. Es kommt sehr auf die richtige Zeiteinteilung an. Ich muß unterwegs sein, ehe Sie mit Carlos in Verbindung treten, ehe Sie die Polizei rufen. Sie werden die Flughäfen überwachen lassen.«

»Ich kann das bis zum Morgen hinauszögern, stelle ich mir vor. Der Schockzustand eines alten Mannes, wie Sie das ausgedrückt haben. Aber nicht viel länger. Wohin werden Sie gehen?«

»New York. Geht das? Ich habe einen Paß auf den Namen George Washburn.«

»Das erleichtert die ganze Angelegenheit. Sie werden wie ein Diplomat behandelt.«

»Als Engländer? Es ist ein britischer Paß.«

»Eine Gefälligkeit gegenüber der NATO. Das sind die Kanäle des Conseiller. Sie sind Mitglied eines anglo-amerikanischen Teams, das militärische Verhandlungen führt. Wir legen Wert darauf, daß Sie schnell in die Vereinigten Staaten zurückkehren, um sich dort weitere Instruktionen zu holen. Das ist nicht ungewöhnlich und reicht aus, um Sie schnell durch die Paßkontrolle zu bringen.«

»Gut. Ich habe mir die Flugpläne angesehen. Um sieben Uhr früh gibt es einen Air-France-Flug nach Kennedy.«

»Geht in Ordnung.« Der alte Mann hielt inne; er war noch nicht fertig. Er trat einen Schritt auf Jason zu. »Warum New York? Was macht Sie so sicher, daß Carlos Ihnen nach New York folgen wird?«

»Zwei Fragen mit unterschiedlichen Antworten«, sagte Borowski. »Ich muß ihn an dem Ort ausliefern, wo er mir den Mord an vier Männern und einer Frau, die ich kannte, in die Schuhe schieben wollte . . . einer dieser Männer stand mir sehr nahe, war sozusagen ein Stück von mir, denke ich.«

»Ich verstehe Sie nicht.«

»Ich bin auch nicht sicher, ob ich mich selbst verstehe. Jetzt ist keine Zeit. Es wird alles in dem Brief stehen, den ich Ihnen im Flugzeug schreiben werde. Ich muß beweisen, daß *Carlos seine Hände im Spiel hatte.* Vertrauen Sie mir!«

»Das tue ich. Die zweite Frage: Warum wird er Ihnen folgen?«

Jason sah wieder die tote Frau auf dem Bett an. »Instinkt vielleicht. Ich habe den einzigen Menschen auf der Welt getötet, der ihm etwas bedeutet. Eigentlich müßte er den Mörder durch die ganze Welt verfolgen, bis er ihn gefunden hätte.«

»Er ist sicher praktischer eingestellt.«

»Da ist noch etwas«, erwiderte Jason und wandte den Blick von Angélique Villiers. »Er hat nichts zu verlieren, alles zu gewinnen. Niemand weiß, wie er aussieht, aber er kennt mein Aussehen. Trotzdem weiß er über meinen Geisteszustand nicht Bescheid. Er hat mich in den Untergrund verbannt, mich isoliert, mich in jemanden verwandelt, der ich nie sein sollte. Vielleicht war er zu erfolgreich; vielleicht bin ich wahnsinnig, geistesgestört. Das Massaker in New York war, weiß Gott, wahnsinnig. Meine Drohungen sind irrational. Bin ich irrational? Ein irrationaler Mann, ein wahnsinniger Mann, ist ein Mann in Panik. Man kann ihn leicht zur Strecke bringen.«

»Ist Ihre Angst begründet?«

»Das weiß ich nicht genau. Ich weiß nur, daß ich keine Wahl habe.« *Die hatte er nicht. Am Ende war es so wie am Anfang. Er mußte Carlos finden. Carlos in die Falle locken. Cain ist für Charlie und Delta ist für Cain. Der Mann und der Mythos waren am Ende eine Person, Bilder und Realität verschmolzen ineinander. Es gab keinen anderen Weg.*

Zehn Minuten waren verstrichen, seit er Marie angerufen und belogen hatte, und gehört hatte, wie sie das, was er ihr sagte, still aufgenommen hatte. Er wußte, daß das bedeutete, daß sie Zeit zum Nachdenken brauchte. Sie hatte ihm nicht geglaubt, aber *an ihn* glaubte sie; auch sie hatte keine andere Wahl. Und ihren Schmerz konnte er nicht lindern; dafür war keine Zeit mehr gewesen. Villiers rief jetzt vom Erdgeschoß eine Nummer im Conseiller Militaire Frankreichs an, die nur für Notfälle zur Verfügung stand, und arrangierte, daß ein Mann mit einem falschen Paß Paris unter Diplomatenstatus verlassen konnte. In weniger als drei Stunden würde ein Mann über den Atlantik fliegen und sich dem Jahrestag seiner eigenen Exekution nähern. Das war der Schlüssel; das war die Falle. Das war die letzte irrationale Handlung.

Borowski stand am Schreibtisch; er legte den Kugelschreiber weg und las die Worte noch einmal, die er auf den Briefbogen einer toten Frau geschrieben hatte. Es waren die Worte, die ein zerbrochener, verwirrter, alter Mann einer unbekannten Mittelsperson über das Telefon durchgeben würde, und diese Mittelsperson würde das Papier verlangen und es Iljitsch Ramirez Sanchez geben.

Ich habe Deine dreckige Hure getötet und ich werde wiederkommen und Dich fertigmachen. Es gibt einundsiebzig Straßen im Dschungel. Einem Dschungel, der so dicht ist wie Tam Quan, aber es hat einen Weg gegeben, der Dir entgangen ist, einen Kellerraum, von dem Du nichts wußtest — genauso wie Du am Tag meiner Exekution vor elf Jahren nichts von mir wußtest. Einen Mann hat es gegeben, der es wußte, und den hast Du getötet. Das ist jetzt nicht mehr wichtig. In jenem Kellerraum gibt es Dokumente, die mir die Freiheit verschaffen werden. Hast Du geglaubt, ich würde Cain werden, ohne jenen letzten Schutz zu haben? Washington wird es nicht wagen, mich zu berühren! Mir kommt es richtig vor, daß Cain am Tage von Borowskis Tod die Papiere holt, die ihm ein sehr langes Leben garantieren. Du hast Cain gezeichnet, jetzt zeichne ich Dich. Ich komme wieder, dann wirst Du Deiner Hure in den Tod folgen.

Delta.

Jason legte das Blatt auf den Tisch und trat neben die tote Frau. Der Alkohol war trocken, die geschwollene Kehle bereit. Er beugte sich über sie und spreizte die Finger, legte seine Hände dorthin, wo vorher ein anderer die Hände gehabt hatte.

34.

Über den Spitzen der Kirche in Levallois-Perret im nordwestlichen Paris leuchteten die ersten Strahlen der Morgensonne, es war ein kalter Märzmorgen, und an die Stelle des nächtlichen Regens war leichter Nebel getreten. Ein paar alte Frauen, die von der nächtlichen Putzarbeit in der Stadt in ihre Wohnungen zurückkehrten, betraten durch die schweren Bronzetüren das Kirchenschiff; in der Hand trugen sie ihre Gebetbücher. Gleich würde die Morgenandacht beginnen, um sie anschließend zu Hause in wenige Stunden wohlverdienten Schlafs sinken zu lassen, bevor die Mühsal des Tages wieder begann. Und dann waren da auch einige schäbig gekleidete Männer — die meisten ebenfalls alt, andere mitleiderregend jung —, die sich ihre Mäntel enger um die Schultern zogen und die Wärme der Kirche suchten, wobei sie in ihren Taschen Flaschen mit billigem Rotwein umklammert hielten, die ihnen das Vergessen gewährten.

Nur ein alter Mann schwebte nicht in tranceartigen Zuständen wie die anderen. Er war ein alter Mann, der es eilig hatte. In seinem faltigen, fahlen Gesicht war Widerstreben — vielleicht sogar Furcht — zu lesen. Aber an der Art, wie er die Treppen hinauf und durch die Kirchentore eilte, war kein Zögern zu bemerken, und er eilte weiter, vorbei an den flackernden Kerzen, den linken Gang hinunter. Es war eine seltsame Stunde, um die Beichte abzulegen. Dennoch begab sich dieser alte Bettler direkt zum ersten Beichtstuhl, schob den Vorhang auseinander und schlüpfte hinein.

»Angelus Domini . . .«

»Hast du es *mitgebracht*?« fragte die flüsternde Stimme, und die priesterhafte Silhouette hinter dem Vorhang zitterte vor Wut.

»Ja. Er hat es mir ganz benommen in die Hand gedrückt, hat geweint, gesagt, ich solle verschwinden. Er hat den Brief Cains verbrannt und sagt, er würde alles ableugnen, wenn je auch nur ein einziges Wort davon erwähnt werden sollte.« Der alte Mann schob die beschriebenen Blätter unter dem Vorhang durch.

»Er hat ihr Briefpapier benutzt —« Das Flüstern des Meuchelmörders brach, und die Silhouette einer Hand schob sich vor die Silhouette eines Kopfes, und jetzt konnte man hinter dem Vorhang einen halb erstickten Aufschrei hören.

»Ich muß Sie eindringlich bitten, daran zu denken, Carlos«, bat der Bettler. »Der Bote ist für die Nachricht, die er trägt, nicht verantwortlich. Ich hätte mich weigern können, sie Ihnen zu überbringen.«

»Wie? *Warum . . .?*«

»Die Lavier. Er ist ihr nach Parc Monceau gefolgt und dann beiden zu der Kirche. Ich habe ihn in Neuilly-sur-Seine gesehen, als ich in Ihrem Auftrag dort war. Das habe ich Ihnen gesagt.«

»Ich weiß. Aber *warum*? Er hätte sie auf hundert unterschiedliche Arten einsetzen können! Gegen mich! Warum *das*?«

»Es steht in seinem Brief. Er ist verrückt geworden. Man hat ihn zu weit getrieben, Carlos. Das kommt vor; ich habe das schon mehrmals erlebt. Man nimmt einem Doppelagenten die Verbindungsleute weg; er hat niemanden mehr, der seinen ursprünglichen Auftrag bestätigen kann. Beide Seiten wollen seine Leiche. Das zieht und zerrt so an seinen Nerven, daß er möglicherweise nicht mehr weiß, wer er ist.«

»Er weiß es . . .« Das Flüstern war jetzt ganz leise, man spürte die Wut in jedem Wort. »Indem er mit dem Namen Delta unterschreibt, sagt er mir, daß er alles weiß. Wir beide wissen, woher das kommt, woher *er* kommt.«

Der Bettler hielt inne. »Wenn das stimmt, dann ist er immer noch gefährlich für Sie. Er hat recht. Washington wird ihm nichts tun. Vielleicht sieht er sich sogar gezwungen, ihm als Gegenleistung für sein Schweigen ein oder zwei Privilegien einzuräumen.«

»Die Papiere, von denen er spricht?« fragte der Killer.

»Ja. Früher — in Berlin, Prag, Wien — nannte man sie ›letzte Zahlung‹. Borowski gebraucht hier ›letzten Schutz‹, das ist eine geringfügige Abweichung. Es handelte sich um Papiere, die von einer erstrangigen Quellenkontrolle und dem Infiltrator ausgestellt wurden. Sie sollten dann erst benutzt werden, wenn die Strategie zusammenbrach, der Verbindungsmann getötet wurde und dem Agenten keine anderen Wege mehr offenstanden. Das war etwas, was Sie in Nowgorod sicher nicht gelernt haben; die Sowjets verfügten über solche Dinge nicht. Aber sowjetische Überläufer bestanden darauf.«

»Einundsiebzig Straßen im Dschungel . . .«, las Carlos von dem Blatt, das er in der Hand hielt. Eine eisige Ruhe hatte ihn jetzt erfaßt und war aus jedem geflüsterten Wort zu verspüren. »Ein Dschungel, der so dicht ist wie Tam Quan . . . Diesmal wird die Exekution planmäßig stattfinden. Jason Borowski wird *dieses* Tam Quan nicht lebend verlassen, auch unter keinem anderen Namen. Cain wird tot sein, und Delta wird für das, was er getan hat, sterben. Angélique — du hast mein Wort.« Damit war das Gelöbnis beendet, und die Gedanken des Meuchelmörders wandten sich wieder praktischen Dingen zu. »Hatte Villiers eine Ahnung, wann Borowski sein Haus verlassen hat?«

»Das wußte er nicht. Ich sagte Ihnen ja, er konnte kaum zusammenhängend sprechen, derselbe Schock wie bei seinem Anruf.«

»Das hat jetzt nichts zu sagen. Die ersten Flüge nach den Vereinigten Staaten sind schon in der letzten Stunde abgegangen. Er wird in einer dieser Maschinen sein. Ich werde mit ihm in New York sein, und diesmal entgeht er mir nicht. Mein Messer wird ihn erwarten, und es wird scharf wie eine Rasierklinge sein. Das Gesicht werde ich ihm in Fetzen schneiden; die Amerikaner werden ihren Cain ohne Gesicht bekommen! Dann können sie diesem Borowski, diesem Delta, jeden beliebigen Namen geben, der ihnen Spaß macht.«

Das blaugestreifte Telefon klingelte auf Alexander Conklins Schreibtisch. Seine Glocke war leise, gleichsam unterkühlt und verlieh damit dem Klang eine besondere Bedeutung. Das blaugestreifte Telefon war Conklins direkte Verbindung mit den Computersälen und Datenbänken. Im Büro war niemand, um das Gespräch entgegenzunehmen.

Der leitende Mann von der Central Intelligence rannte plötzlich hinkend durch die Tür; er brauchte den Stock nicht, den G-2, SHAPE, Brüssel, ihm letzte Nacht zur Verfügung gestellt hatte, als er eine Militärmaschine nach Andrews Field, Maryland, angefordert hatte. Er warf ihn ärgerlich in die Ecke und taumelte auf das Telefon zu. Seine Augen waren von dem fehlenden Schlaf blutunterlaufen, sein Atem ging kurz und hektisch; der Mann, der für die Auflösung von Treadstone verantwortlich zeichnete, war erschöpft. Er hatte mit einem Dutzend Abteilungen der verschiedenen Geheimdienste Zerhackergespräche geführt — in Washington und Übersee — und versucht, den Wahnsinn der letzten vierundzwanzig Stunden ungeschehen zu machen. Er hatte sämtlichen Stationen in Europa jedes Stückchen Information, das er aus den Akten graben konnte, zur Verfügung gestellt, und die Agenten der Achse Paris — London — Amsterdam alarmiert. Borowski war am Leben und war gefährlich; er hatte versucht, seinen Vorgesetzten aus Washington zu töten; er mußte irgendwo in der Nähe von Paris sein. Sämtliche Flughäfen und Bahnstationen wurden überwacht, sämtliche Netze, die es im Untergrund gab, gespannt. Man mußte ihn finden!

»Ja?« Conklin stützte sich auf den Tisch und nahm den Hörer ab.

»Hier ist Computer Block zwölf«, sagte eine energische männliche Stimme. »Wir haben vielleicht etwas. Zumindest hat das Außenministerium keine Angaben darüber.«

»*Was* haben Sie denn, um Himmels willen?«

»Der Name, den Sie uns vor vier Stunden durchgegeben haben. Washburn.«

»Was ist damit?«

»Ein George P. Washburn ist gestern mit Diplomatenpaß von Paris abgeflogen und heute morgen mit einem Flug der Air France in Kennedy angekommen. Washburn ist ein ziemlich verbreiteter Name; er könnte natürlich ein ganz gewöhnlicher Geschäftsmann mit Verbindungen sein, aber der Name hatte einen Stern auf dem Bildschirm, und da er einen NATO-Diplomatenstatus hatte, haben wir beim Außenministerium nachgefragt. Sie haben noch nie etwas von ihm gehört. Es gibt keinen Washburn, der zur Zeit NATO-Verhandlungen mit der französischen Regierung führt.«

»Wie, zum Teufel, kam es dann, daß er einen Diplomatenstatus hatte und durchgecheckt wurde? Wer hat ihm denn den Diplomatenstatus verpaßt?«

»Wir haben in Paris nachgeforscht; es war nicht leicht. Offenbar lief es auf eine Gefälligkeit des Conseiller Militaire hinaus.«

»Der Conseiller? Wie, zum Teufel, kommen die dazu, *unsere* Leute durchzuchecken?«

»Es brauchen gar nicht ›unsere‹ Leute zu sein oder ›ihre‹ Leute; es kann jeder beliebige sein. Nur ein kleiner Akt der Höflichkeit seitens des Gastgeberlandes, und hier handelte es sich um einen französischen Kurier. Das ist eine Möglichkeit, sich in einer bereits überfüllten Maschine einen ordentlichen Platz zu verschaffen. Übrigens, Washburns Paß stammte nicht einmal aus den USA. Er war britisch.«

Es gibt da einen Arzt, einen Engländer namens Washburn . . .

Das *war* er! Das war Delta, und der Conseiller von Frankreich hatte ihn unterstützt. Aber warum New York? Was gab es in New York für ihn? Und wen gab es in Paris an so hoher Stelle, um Delta behilflich sein zu können? Was hatte er ihnen gesagt? Herrgott! *Wieviel* mochte er ihnen wohl gesagt haben?

»Wann kam die Maschine an?« fragte Conklin.

»Um zehn Uhr siebenunddreißig. Vor gut einer Stunde.«

»All right«, sagte der Mann, der seinen Fuß im Dienste *Medusas* verloren hatte, und ließ sich mühsam wieder in seinen Sessel zurückfallen. »Sie haben geliefert, und jetzt möchte ich, daß das alles von den Bändern gelöscht wird. Sie müssen es vernichten. Alles, was Sie mir gegeben haben. Ist das klar?«

»Verstanden, Sir. Gelöscht, Sir.«

Conklin legt auf. New York. *New York?* Nicht Washington, sondern New York! In New York war nichts mehr. Delta wußte das.

Wenn er hinter einem Mitglied von Treadstone her war — wenn er hinter *ihm* her war —, hätte er einen Flug direkt nach Dulles genommen. Wieso dann New York?

Und weshalb hatte Delta absichtlich den Namen Washburn gebraucht? Ebensogut hätte er seine Strategie telegrafisch bekanntgeben können; er wußte, daß der Name über kurz oder lang auffallen würde . . . Später . . . *nachdem* er in den Staaten war! Delta signalisierte damit den Nachfolgern Treadstones, daß er aus einer Position der Stärke zu verhandeln gedachte. Er konnte nicht nur Treadstone auffliegen lassen, sondern ganze Netze, die er als Cain benutzt hatte; Lauschposten und Ersatzkonsulate, die nicht mehr als elektronische Spionagestationen waren . . . selbst *Medusa*. Seine Verbindung, die zum Conseiller Militaire reichte, es war Treadstone Beweis genug, wie hoch er aufgestiegen war. Es besagte, daß nichts ihn aufhalten konnte, im Gegenteil, eine erlesene Gruppe von Strategen ihm behilflich war. Verdammt! Was sollte das Ganze? Er besaß Millionen; er hätte untertauchen können!

Conklin schüttelte den Kopf, er erinnerte sich. Es hatte eine Zeit gegeben, in der er zugelassen hätte, daß Delta untertauchte; das hatte er ihm auch vor zwölf Stunden in einem Friedhof außerhalb von Paris gesagt. Es gab für alles seine Grenzen, das wußte niemand besser als Alexander Conklin, der einmal zu den besten Außenbeamten in der Abwehr gehört hatte. Die abgedroschenen Reden, daß er ja immerhin noch am Leben war, wurden im Laufe der Zeit schal und bitter. Was ein Gebrechen aus einem machte, hing davon ab, was man vorher war. Grenzen . . . Aber Delta tauchte *nicht* unter! Er kam mit verrückten Erklärungen, verrückten Forderungen zurück...

Taktiken, wie sie kein erfahrener Abwehrmann auch nur in Betracht ziehen würde. Denn ganz gleich, wieviel hochexplosive Information er besaß, kein Mann begab sich bei wachem Verstand in ein Minenfeld, das von seinen Feinden umgeben war. Kein Mann. Kein *vernünftiger* Mann. Conklin beugte sich langsam in seinem Sessel nach vorne.

Ich bin nicht Cain. Es hat ihn nie gegeben. Es hat mich nie gegeben! Ich war nicht in New York . . . Das war Carlos. Nicht ich, Carlos! Wenn das, was Sie sagen, an der Einundsiebzigsten Straße so abgelaufen ist, dann war er es. Er weiß es!

Aber Delta *war* doch in der Backsteinvilla an der Einundsiebzigsten Straße gewesen. Abdrücke — Mittel- und Zeigefinger der rechten Hand. Und jetzt war auch die Transportmethode erklärt: Air France, der Conseiller Militaire . . .

Faktum: Carlos konnte das nicht gewußt haben.

Dinge drängen sich mir auf . . . Gesichter, Straßen, Gebäude. Bil-

der, die ich nicht unterbringen kann . . . Ich kenne tausend Fakten über Carlos, aber ich kenne nicht den Grund dafür!

Conklin schloß die Augen. Es gab da einen Satz, einen einfachen Codesatz, der benutzt worden war, als Treadstone seinen Anfang nahm. Wie war er doch? Er kam von *Medusa . . . Cain ist für Charlie und Delta ist für Cain.*

Das war es. Cain für *Carlos.* Delta-Borowski wurde der Cain, der der Lockvogel für Carlos war.

Conklin schug die Augen auf. Jason Borowski sollte Iljitsch Ramirez Sanchez ersetzen. Das war die ganze Strategie von Treadstone Seventy-One. Das war der Schlüssel für das ganze Netz von Täuschungen, das Carlos aus seinem Versteck herauslocken und in ihr Schußfeld ziehen sollte.

Borowski. Jason Borowski. Der völlig unbekannte Mann, ein Name, der seit über einem Jahrzehnt begraben war, ein Stück menschlicher Schutt, den man in einem Dschungel zurückgelassen hatte. Aber er *hatte* existiert; auch das war Teil der Strategie.

Conklin blätterte in den Aktendeckeln, die auf seinem Schreibtisch lagen, bis er den fand, den er suchte. Er hatte keinen Titel, nur eine Initiale und zwei Nummern, und dahinter ein schwarzes X, was andeutete, daß es sich um den einzigen Aktendeckel handelte, der die Ursprünge von Treadstone enthielt.

T-71 X. Die Geburt von Treadstone Seventy-One.

Er schlug den Aktendeckel auf und hatte beinahe Angst vor dem, was er in dem Ordner wußte.

Tag der Exekution. Tam Quan-Sektor. 25. März . . .

Conklins Augen wanderten zu dem Kalender auf seinem Schreibtisch.

24. März.

»O mein Gott«, flüsterte er und griff nach dem Telefon.

Dr. Morris Panov durchschritt die Doppeltüren der Psychiatrieabteilung im dritten Stock des Marinekrankenhauses von Bethesda und trat auf den Tresen der Schwestern zu. Er lächelte der uniformierten Schwesternhelferin zu, die unter den strengen Blicken der Stationsschwester Karteikarten ordnete. Offenbar hatte die junge Lehrschwester eine Patientenkarte — wenn nicht gar einen Patienten — verlegt, und ihre Vorgesetzte war dabei, ihr klarzumachen, daß das nicht wieder passieren dürfte.

»Sie dürfen sich von Annies strenger Miene nicht täuschen lassen«, sagte Panov zu dem aufgeregten Mädchen. »Unter diesen kalten, unmenschlichen Augen steckt ein Herz aus purem Gold. Aber in Wirklichkeit ist sie vor zwei Wochen aus dem fünften Stock entkommen, und wir haben alle Angst, es jemandem zu sagen.«

Die Schwesternhelferin kicherte, während die Oberschwester verzweifelt den Kopf schüttelte. Das Telefon klingelte.

»Würden Sie das bitte nehmen«, sagte Annie zu dem jungen Mädchen. Die Helferin nickte und eilte zum Schreibtisch. Die Schwester wandte sich Panov zu. »Doktor Mo, wie soll ich denen jemals etwas in den Kopf trichtern, wenn Sie die ganze Zeit Scherze machen?«

»Nur mit viel Liebe, Annie, meine Liebe. Mit Liebe. Aber Sie dürfen dabei Ihre Ketten nicht verlieren.«

»Sie sind unverbesserlich. Sagen Sie, wie geht es Ihrem Patienten in Fünf-A? Ich weiß, daß Sie sich Sorgen um ihn machen.«

»Die mach ich mir immer noch.«

»Ich höre, daß Sie die ganze Nacht wach geblieben sind.«

»Um drei Uhr früh war ein Film im Fernsehen, den ich mir ansehen wollte.«

»Passen Sie auf sich auf, Mo«, sagte die Schwester mütterlich, »Sie sind noch zu jung, um hier drinnen zu enden.«

»Und vielleicht schon zu alt, um noch eine andere Wahl zu haben. Aber vielen Dank.«

Plötzlich bemerkten Panov und die Schwester, daß er ausgerufen wurde. Die junge Schwesternhelferin am Schreibtisch sprach ins Mikrophon:

»Doktor Panov, bitte. Telefonanruf für —«

»*Ich* bin Doktor Panov«, sagte der Psychiater sanft zu dem Mädchen. »Wir wollen nur, daß niemand das erfährt. Annie Donovan hier ist in Wirklichkeit meine Mutter aus Polen. Wer ist denn dran?«

Die Hilfsschwester sah auf Panovs Ausweiskarte an seinem weißen Mantel; dann riß sie die Augen auf und erwiderte: »Ein Mister Alexander Conklin, Sir.«

»Oh?« Panov war sichtlich überrascht. Alex Conklin war im Laufe der letzten fünf Jahre einige Male sein Patient gewesen, bis sie beide übereinstimmend zu dem Schluß gekommen waren, daß seine Psyche sich dem Schreibtischdasein so gut angepaßt hatte, wie das eben möglich war. Was auch immer Conklin wollte, es war bestimmt einigermaßen wichtig, sonst hätte er nicht in Bethesda sondern in seiner Praxis angerufen. »Wo kann ich das Gespräch führen, Annie?«

»Zimmer eins«, sagte die Schwester und wies auf die andere Seite des Korridors. »Das ist leer. Ich lasse das Gespräch durchstellen.«

Panov ging auf die Türe zu und begann sich irgendwie unbehaglich zu fühlen.

»Ich brauche ein paar sehr schnelle Antworten, Mo«, sagte Conklin mit gepreßter Stimme.

»Ich versteh' mich nicht besonders gut auf schnelle Antworten, Alex. Warum kommen Sie nicht heute nachmittag einfach vorbei?«

»Es betrifft nicht mich. Es geht um jemand anderen. Möglicherweise.«

»Keine Spielchen, bitte. Ich dachte, das hätten wir hinter uns.«

»Das sind keine Spielchen. Es geht um einen Vier-Null-Fall. Ich brauche Hilfe.«

»Vier-Null? Dann sollten Sie einen Ihrer Leute einschalten. Ich habe noch nie die Art von Sicherheitsfreigabe beantragt.«

»Das kann ich nicht. Ich sage Ihnen ja, daß es ein schwieriger Fall ist.«

»Dann sollten Sie es vielleicht dem Herrgott zuflüstern.«

»Mo, *bitte*! Ich muß nur ein paar Möglichkeiten untersuchen und bestätigen. Den Rest kann ich mir selbst zusammenreimen. Und ich hab' nicht einmal fünf Sekunden zu vergeuden. Da läuft möglicherweise ein Mann herum, der einem Phantom nachjagt und jeden, der sich ihm in den Weg stellt, beseitigt. Sein Geist ist verwirrt, und er ist ohne seinen Willen zu einem Werkzeug seines Wahnsinns geworden. Helfen Sie mir, helfen Sie *ihm*!«

»Wenn ich kann. Also, sprechen Sie.«

»Ein Mann wird über einen langen Zeitraum hinweg einer Situation von höchstem Streß ausgesetzt, die ganze Zeit im Untergrund. Die Tarnpersönlichkeit, die man ihm aufgesetzt hat, ist ein Lockvogel — eine gefährliche Situation, in der er einem ständigen Druck ausgesetzt ist. Der Zweck des Ganzen ist, eine Zielperson hervorzulocken und fertigzumachen, die dem Lockvogel sehr ähnlich ist, indem die Zielperson überzeugt wird, daß der Lockvogel sie bedroht . . . Konnten Sie mir bisher folgen!«

»Bisher schon«, sagte Panov. »Wenn ich recht verstehe, ist der Lockvogel einem dauerndem Druck ausgesetzt, er muß gewissermaßen in die Rolle eines Verbrechers schlüpfen. In welcher Umgebung hat sich das alles abgespielt?«

»In der brutalsten Umgebung, die Sie sich vorstellen können.«

»Über wie lange Zeit?«

»Drei Jahre.«

»Du lieber Gott«, sagte der Psychiater. »Ohne Pause?«

»Überhaupt keine. Vierundzwanzig Stunden täglich, dreihundertfünfundsechzig Tage im Jahr. Drei Jahre. In einer fremden Haut.«

»Wann werdet ihr verdammten Narren es endlich einmal kapieren? Selbst Gefangene in den schlimmsten Lagern können wenigstens sie selbst sein und mit anderen sprechen, die auch sie selbst sind —« Panov hielt inne und begann zu begreifen, was Conklin meinte. »Das ist es, worauf Sie hinauswollen, nicht wahr?«

»Ich bin nicht sicher«, antwortete der Abwehrbeamte. »Es ist alles nebelhaft, verwirrend, widerspricht sich teilweise. Meine Frage ist die: könnte ein Mann unter diesen Umständen anfangen, sich mit der Person des Lockvogels zu identifizieren und seine Eigenschaften annehmen, die künstliche Person nach und nach so absorbieren, daß er am Ende glaubt, die Person selbst zu sein?«

»Die Antwort auf diese Frage ist so offenkundig, daß es mich überrascht, Sie sie stellen zu hören. Natürlich könnte er das. Es ist sogar wahrscheinlich, daß er es tut. Das ist eine unmenschliche psychische Belastung, die kein Mensch ohne Schaden übersteht. Es ist die Hölle. Ein Schauspieler, der die Bühne nie verläßt, in einem Stück, das nie endet. Tag für Tag und Nacht für Nacht.« Wieder hielt der Arzt inne und fuhr dann vorsichtig fort: »Aber das ist in Wirklichkeit gar nicht Ihre Frage, oder?«

»Nein«, erwiderte Conklin. »Ich gehe noch einen Schritt weiter. Über den Lockvogel hinaus. Das muß ich; das ist das einzige, was noch einen Sinn abgibt.«

»Augenblick«, unterbrach Panov ihn scharf. »Sie sollten jetzt besser Schluß machen, weil ich nicht irgendeine Blinddiagnose bestätige. Nicht für das, worauf Sie hinauswollen. Kommt nicht in Frage, Charlie.«

» ›Kommt nicht in Frage ... *Charlie.*‹ Warum haben Sie das gesagt, Mo?«

»Wieso fragen Sie? Das ist so ein dummer Satz, ich höre ihn die ganze Zeit. Junge Leute in schmutzigen Blue jeans sagen das an jeder Straßenecke, Nutten in meinen Lieblingslokalen.«

»Woher wissen Sie denn, worauf ich hinaus will?« fragte der Mann vom CIA.

»Weil ich die entsprechenden Bücher kenne, und Sie nicht besonders subtil vorgegangen sind. Wir haben es hier mit einem klassischen Fall paranoider Schizophrenie zu tun. Es geht hier ferner nicht nur um Ihren Mann, der die Rolle des *Lockvogels* übernommen hat, sondern auch um den Lockvogel, der *seine* Identität auf die Person übertragen hat, hinter der er her ist. Das *Ziel.* Darauf wollen Sie doch hinaus, Alex. Sie wollen mir klarmachen, daß Ihr Mann drei Leute sind: er selbst, der Lockvogel und das Ziel. Und ich wiederhole — kommt nicht in Frage, Charlie. Ohne eine gründliche Untersuchung bestätige ich nichts, was dem auch nur entfernt nahe kommt. Damit würde ich Ihnen Rechte einräumen, die Sie nicht haben dürfen: drei Gründe, einen Menschen zu beseitigen. Kommt nicht in Frage!«

»Ich verlange von Ihnen nicht, daß Sie etwas bestätigen! Ich will nur wissen, ob es *möglich* ist. Um Himmels willen, Mo, da gibt es einen Mann, der förmlich als Mordmaschine ausgebildet ist und der mit einer Waffe herumläuft und Leute tötet, von denen er behauptet, er hätte sie nicht gekannt, aber mit denen er drei Jahre lang zusammengearbeitet hat. Er leugnet, zu einer bestimmten Zeit an einem bestimmten Ort gewesen zu sein, obwohl seine Fingerabdrücke das beweisen. Er sagt, Bilder drängten sich in sein Bewußtsein — Gesichter, die er nicht unterbringen kann, Namen, die er gehört hat und von denen er auch nicht weiß, wo er sie gehört hat. Er behauptet, er sei nie der Lockvogel gewesen; er sei das nie gewesen! Aber er war es! Ist das *möglich?* Das ist alles, was ich wissen möchte. Könnte der Streß, die Länge der Zeit und die tägliche Belastung ihn so zerbrechen? Daß er in die Rolle dreier Persönlichkeiten schlüpft?«

Panov hielt einen Augenblick den Atem an. »Möglich ist es«, sagte er mit leiser Stimme. »Wenn Ihre Fakten zutreffen, ist es möglich. Das ist alles, was ich sage, weil es zu viele andere Möglichkeiten gibt.«

»Danke.« Conklin hielt inne. »Eine letzte Frage. Sagen wir, es gäbe da ein Datum — einen Monat und einen Tag — das in der konstruierten Akte eine bestimmte Bedeutung hatte — der Akte des Lockvogels.«

»Sie müssen sich schon deutlicher ausdrücken.«

»Bitte. Es war das Datum, an dem der Mann, dessen Identität für den Lockvogel ausgewählt wurde, getötet wurde.«

»Also offensichtlich nicht ein Teil der Arbeitsakte, aber Ihrem Mann bekannt. Ist es das, was Sie sagen wollen?«

»Ja, er kannte es. Wir wollen sagen, daß er dort war. Würde er sich erinnern?«

»Nicht als Lockvogel.«

»Aber als einer der beiden anderen?«

»Wenn wir annehmen, daß die Zielperson dieses Datum auch kannte oder es im Rahmen dieser Transferenz mitgeteilt hatte, dann ja.«

»Es gibt dann noch einen strategischen Ort, wo der Lockvogel geschaffen wurde. Wenn unser Mann sich in der Umgebung dieses Ortes aufhielte und der Todestag des Lockvogels sich zum soundsovielten Male jährte, würde er sich dann zu diesem Ort hingezogen fühlen? Würde er für ihn wichtig werden?«

»Ja, wenn er mit dem ursprünglichen Ort des Todes in Verbindung stand. Denn dort ist der Lockvogel geboren worden; es ist möglich. Es würde davon abhängen, wer er in diesem Augenblick ist.«

»Angenommen, er wäre die Zielperson?«

»Und würde den Ort kennen — Dann würde er sich hingezogen fühlen, das wäre ein unbewußter Zwang.«

»Warum?«

»Um den Lockvogel zu töten. Er würde jeden töten, der ihm vor die Augen kommt, aber sein Hauptziel wäre der Lockvogel. Er selbst.«

Alexander Conklin legte den Hörer auf die Gabel, sein Beinstumpf tat ihm weh, die Gedanken gingen in seinem Kopf so durcheinander, daß er die Augen schließen mußte, um sich zu konzentrieren. Er hatte in Paris unrecht gehabt . . . in einem Friedhof außerhalb von Paris. Er hatte einen Mann aus den falschen Gründen töten wollen, weil die richtigen Gründe sein Begriffsvermögen überstiegen. Er hatte es wirklich mit einem Wahnsinnigen zu tun. Jemandem, dessen Gebrechen sich nicht durch zwanzig Jahre Ausbildung erklären ließen, die man allerdings verstehen konnte, wenn man an all die Schmerzen, die Verluste, die endlose Gewalt dachte . . . die alle keinen Sinn abgaben. Niemand wußte wirklich etwas. Es war alles sinnlos. Ein Carlos ging in die Falle, wurde heute getötet, und morgen würde ein anderer an seine Stelle treten. Warum taten wir das . . . David?

David. Endlich spreche ich deinen Namen aus. Wir waren einmal Freunde, David . . . Delta. Ich kannte deine Frau und deine Kinder. Wir haben zusammen getrunken und ein paarmal zusammen zu Abend gegessen, auf irgendwelchen fernen Stationen in Asien. Du warst der beste Beamte des Außenministeriums im ganzen Orient. Jeder wußte das. Du warst im Begriff, zu einer Schlüsselfigur in der Politik, einer menschlicheren Politik, aufzusteigen. Es war eine Chance. Und dann passierte die Katastrophe. Im Mekong war es. Dann hast du dich auf die andere Seite geschlagen, David. Wir haben alle unsere Hoffnungen begraben müssen, aber nur einer von uns wurde Delta. In Medusa. So gut kannte ich dich nicht — ein paar Drinks und ein oder zwei gemeinsame Abendessen schaffen noch keine Vertrautheit — aber nur wenige von uns werden zu Tieren. Du bist eines geworden, Delta.

Und jetzt mußt du sterben. Niemand kann sich mehr leisten, dich am Leben zu lassen. Keiner von uns.

»Lassen Sie uns bitte allein«, sagte General Villiers zu seinem Adjutanten, als er sich in dem Café in Montmartre gegenüber von Marie St. Jacques an den Tisch setzte. Der Adjutant nickte und begab sich an einen zehn Schritte von der Nische entfernten Tisch; er hatte seinen Vorgesetzten alleine gelassen, hielt sich aber immer noch im Hintergrund. Villiers sah Marie an, Erschöpfung lag in seinen Augen.

»Warum haben Sie darauf bestanden, daß ich hierher komme? Er wollte, daß Sie Paris verlassen. Ich habe ihm mein Wort gegeben.«

»Paris verlassen und aus dem Rennen ausscheiden«, sagte Marie, der der Anblick des abgehärmten Gesichtes des alten Mannes naheging. »Es tut mir leid. Ich will Ihnen nicht auch noch eine Last sein. Ich habe die Berichte im Radio gehört.«

»Wahnsinn«, sagte Villiers und griff nach dem Cognac, den sein Adjutant für ihn bestellt hatte. »Drei Stunden mit der Polizei, drei Stunden, in denen ich eine schreckliche Lüge leben mußte, in denen ein Mann in seiner Abwesenheit für ein Verbrechen verurteilt wurde, das einzig und alleine das meine war.«

»Die Beschreibung war so genau, unheimlich genau. Niemand wird ihn verfehlen.«

»Er hat sie mir selbst gegeben. Er saß vor dem Spiegel meiner Frau und hat mir gesagt, was ich sagen sollte, hat sein eigenes Gesicht auf höchst seltsame Art betrachtet. Er sagte, das sei die einzige Möglichkeit. Carlos könnte nur überzeugt werden, wenn ich zur Polizei ginge und die Jagd auslöste. Er hatte natürlich recht.«

»Er hatte recht«, nickte Marie, »aber er ist nicht in Paris, Brüssel, oder Amsterdam.«

»Wie bitte?«

»Ich möchte, daß Sie mir sagen, wohin er gegangen ist.«

»Das hat er Ihnen doch selbst gesagt.«

»Er hat mich belogen.«

»Wie können Sie das so sicher wissen?«

»Weil ich weiß, wenn er mir die Wahrheit sagt. Sehen Sie, wir haben nämlich beide ein Ohr für die Wahrheit.«

»Ein Ohr für die Wahrheit . . .? Das verstehe ich nicht.«

»Das habe ich auch nicht angenommen; ich war sicher, daß er es Ihnen nicht gesagt hatte. Als er mich am Telefon belog, als er die Dinge sagte, die er so zögernd vorbrachte, weil er wußte, daß ich wußte, daß es Lügen waren, konnte ich das nicht verstehen. Ich habe mir erst ein Bild daraus gemacht, nachdem ich die Berichte im Radio gehört hatte. Diese Beschreibung . . . so vollständig, so total, bis zu der Narbe an seiner linken Schläfe. Dann wußte ich es. Er würde nicht in Paris bleiben oder im Umkreis von fünfhundert Meilen um Paris. Er würde weit weg gehen — an einen Ort, wo diese Beschreibung nicht sehr viel bedeutete —, wohin man Carlos locken konnte, um ihn an die Leute auszuliefern, mit denen Jason seine Übereinkunft getroffen hatte. Habe ich recht?«

Villiers stellte das Glas auf den Tisch. »Ich habe mein Wort gegeben. Ich muß Sie an einen sicheren Ort auf dem Lande bringen. Ich verstehe die Dinge nicht, die Sie sagen.«

»Dann werde ich versuchen, mich klarer auszudrücken«, sagte Marie und lehnte sich vor. »Im Radio war noch ein weiterer Bericht, den haben Sie wahrscheinlich nicht gehört, weil Sie noch mit der Polizei zu tun hatten. Man hat heute morgen in einem Friedhof in der Nähe von Rambouillet zwei Männer erschossen aufgefunden. Der eine war ein bekannter Killer aus Saint-Gervais. Der andere ist als ein ehemaliger Beamter der amerikanischen Spionageabwehr identifiziert worden, der in Paris lebte, ein höchst zwielichtiger Mann, der einen Journalisten in Vietnam getötet hatte, und dem man die Wahl gelassen hatte, aus der Armee auszutreten oder vor ein Kriegsgericht gestellt zu werden.«

»Wollen Sie damit sagen, daß diese Ereignisse miteinander in Verbindung stehen?« fragte der alte Mann.

»Jason hatte Anweisung seitens der amerikanischen Botschaft, letzte Nacht zu diesem Friedhof zu fahren, um sich mit einem Mann zu treffen, der aus Washington herübergeflogen war.«

»*Aus Washington*?«

»Ja. Er hatte mit einer kleinen Gruppe von Leuten aus der amerikanischen Abwehr zu tun. Sie haben letzte Nacht versucht, ihn zu töten.«

»Du großer Gott, warum?«

»Weil sie ihm nicht vertrauen. Sie wissen nicht, was er getan hat und wo er sich über einen längeren Zeitraum hinweg aufgehalten hat, und er kann es ihnen nicht sagen.« Marie hielt inne und schloß kurz die Augen. »Er weiß nicht, wer er ist. Er weiß nicht, wer *sie* sind, und der Mann aus Washington hat andere Männer dafür bezahlt, ihn letzte Nacht zu töten. Dieser Mann war nicht bereit, ihn anzuhören; die glauben, daß er sie um Millionen betrogen und Männer getötet hat, die er nie kannte. Das stimmt natürlich nicht. Aber er hat auch keine klaren Antworten parat. Er ist ein Mann, dessen Gedächtnis nur aus Fragmenten besteht. Er leidet unter fast völliger Amnesie.«

Villiers faltiges Gesicht war vor Erstaunen erstarrt, seine Augen blickten schmerzerfüllt. »Die haben überall Männer .... und die haben Befehl, mich zu töten, sobald sie mich zu Gesicht bekommen«, hat er zu mir gesagt. »Ich werde von Männern gejagt, die ich nicht kenne und nicht sehen kann. Und ich kenne die Gründe nicht.«

»Sie werden auf ihn warten, wohin auch immer er geht.«

»Wissen diese Männer, wohin er gegangen ist?«

»Er wird es ihnen sagen, das ist ein Teil seiner Strategie. Und wenn er das tut, werden sie ihn töten. Er läuft in seine eigene Falle.«

Einen Augenblick lang war Villiers stumm. Seine Schuld schien ihn zu überwältigen. Schließlich sagte er im Flüsterton: »Allmächtiger Gott, was habe ich getan?«

»Was Sie für richtig hielten. Das, wovon er Sie überzeugt hatte, daß es richtig war. Sie können sich keine Schuld geben. Ihm auch nicht.«

»Er sagte, er würde alles aufschreiben, was ihm zugestoßen war. Alles, woran er sich erinnerte . . . Wie schmerzlich das für ihn gewesen sein muß! Ich kann jenen Brief gar nicht erwarten, Mademoiselle. Wir können nicht warten. Ich muß alles wissen, das Sie mir sagen könnten, jetzt.«

»Was können Sie tun?«

»Zum amerikanischen Botschafter gehen. Jetzt. Sofort.«

Marie St. Jacques zog langsam ihre Hand zurück und lehnte sich an die Nischenwand, so daß ihr dunkelrotes Haar auf dem Holz lag. Ihre Augen blickten in weite Ferne und waren von Tränen umnebelt. »Er hat mir erzählt, daß sein Leben für ihn auf einer kleinen Insel im Mittelmeer begann, die Ile de Port Noir heißt . . .«

Der Außenminister schritt verärgert in das Büro des Direktors der Consular Operations, dem Referenten des Ministeriums, dem die geheimdienstlichen Aktivitäten unterstanden. Er ging quer durch das Zimmer auf den Schreibtisch des erstaunten Beamten zu, der sich unwillkürlich erhob, als er diesen mächtigen Mann sah. Sein Gesichtsausdruck zeigte eine Mischung von Schock und Verwirrung.

»Herr Minister? . . . Ihr Büro hat mich nicht verständigt. Ich wäre sofort zu Ihnen hinaufgekommen.«

Der Außenminister knallte einen Schreibblock auf den Tisch des Direktors. Auf der obersten Seite standen sechs Namen, die mit den kräftigen Strichen eines Filzschreibers hingeschrieben waren.

BOROWSKI
DELTA
MEDUSA
CAIN
CARLOS
TREADSTONE.

»Was hat das zu bedeuten?« fragte der Außenminister. »Was, zum Teufel, soll das?«

Der Direktor von Cons-Op beugte sich über den Schreibtisch. »Ich weiß nicht, Sir. Es sind natürlich Namen. Ein Code für das Alphabet — der Buchstabe D — und ein Hinweis auf *Medusa;* das ist noch geheim, aber ich habe davon gehört. Und ich vermute, ›Carlos‹ bezieht sich auf den Terroristen; ich wünschte, wir wüßten mehr über ihn. Aber von ›Borowski‹ oder ›Cain‹ oder ›Treadstone‹ habe ich nie gehört.«

»Dann kommen Sie in mein Büro und hören Sie sich die Bandaufzeichnung eines Telefongesprächs an, das ich gerade mit Paris geführt habe, dann werden Sie alles darüber erfahren!« brauste der Außenminister auf. »Auf diesem Band sind außergewöhnliche Dinge zu hören, darunter Morde in Ottawa und Paris und ein paar höchst seltsame Geschäfte, die unser Erster Sekretär in der Montaigne mit einem CIA-Mann hatte. Dann gibt es ein paar unverzeihliche Lügen gegenüber den Behörden auswärtiger Regierungen, gegenüber unseren *eigenen* Abwehreinheiten und gegenüber den europäischen Zeitungen — das alles ohne mein Wissen und ohne meine ausdrückliche Billigung. Es hat da ein weltweites Täuschungsmanöver gegeben, durch das Fehlinformationen in ungeheurem Ausmaß verbreitet wurden. Wir fliegen jetzt unter strengstem diplomatischen Schutz eine Kanadierin herüber — eine Beamtin im Wirtschaftsministerium in Ottawa, die in Zürich wegen Mordes gesucht wird. Wir werden *gezwungen*, einer Flüchtigen Asyl zu gewähren, die Gesetze zu brechen — weil wir, wenn diese Frau die Wahrheit sagt, den Arsch im Feuer haben! Ich möchte wissen, was hier vorgegangen ist. Streichen Sie Ihre sämtlichen Termine — ich meine wirklich *alle*. Sie werden den Rest des Tages und die ganze Nacht, wenn es sein muß, damit verbringen, diesen verdammten Mist auszugraben. Da läuft ein Mann herum, der nicht weiß, wer er ist, der aber mehr Geheiminformationen in seinem Kopf herumträgt, als zehn Abwehrcomputer!«

Dem erschöpften Direktor von Consular Operations gelang es erst nach Mitternacht, die Verbindung herzustellen; beinahe hätte er sie verpaßt. Der Erste Sekretär der Pariser Gesandtschaft hatte ihm auf die Drohung seiner sofortigen Entlassung hin Alexander Conklins Namen genannt, aber Conklin war nirgends zu finden. Er war am Morgen mit einer Militärmaschine aus Brüssel nach Washington zurückgekehrt, hatte aber Langley um dreizehn Uhr zweiundzwanzig verlassen und keine Telefonnummer — nicht einmal für Notfälle — hinterlassen. Nach allem, was der Direktor über Conklin erfahren hatte, war das eine außergewöhnliche Nachlässigkeit. Der CIA-Mann galt allgemein als das, was man in Fachkreisen einen Haifisch-Killer bezeichnete; er war für individuelle Strategien überall auf der Welt verantwortlich, wo man Verrat oder gar das Überlaufen von Schlüsselagenten befürchtete. Es gab zu viele Männer in zu vielen Stationen, die zu beliebiger Zeit seine Billigung benötigen konnten. Es war einfach nicht logisch, daß er sich auf die Dauer von zwölf Stunden völlig aus dem Verbindungsnetz ausschaltete. Ebenso ungewöhnlich war die Tatsache, daß seine Telefonlisten gelöscht waren;

es gab keine für die letzten zwei Tage — und die Central Intelligence Agency hatte in bezug auf diese Telefonbücher sehr genaue Vorschriften. Die neue Administration legte großen Wert darauf, daß die Verantwortlichkeit im Einzelfalle den richtigen Personen zugeschrieben werden konnte.

Aber eine Tatsache hatte der Direktor von Cons-Op erfahren: Conklin war mit *Medusa* in Verbindung gestanden.

Indem er die ganze Macht des State Department einsetzte, hatte der Direktor Einblick in die Telefonlisten Conklins für die letzten fünf Wochen erzwungen. Die Agency hatte sie höchst widerstrebend über eine sichere Leitung durchgegeben, und dann war der Direktor zwei Stunden lang vor einem Bildschirm gesessen und hatte die Bedienungspersonen in Langley aufgefordert, das Band immer wieder zu wiederholen, bis er ihnen schließlich befohlen hatte, es anzuhalten.

Sechsundachtzig logische Kontaktpersonen waren angerufen worden, und man hatte das Wort Treadstone erwähnt; keiner hatte reagiert. Dann wandte er sich den möglichen Kontakten zu; da gab es einen Mann aus dem Heer, den er nicht in Betracht gezogen hatte, weil seine Abneigung gegenüber der CIA geradezu sprichwörtlich war. Aber Conklin hatte ihn vor einer Woche zweimal im Zeitraum von zwölf Minuten angerufen. Der Direktor rief seine Gewährsleute im Pentagon an und fand, was er suchte: *Medusa.* Brigadegeneral Irwin Arthur Crawford, gegenwärtig dienstältester Offizier, dem die Datenbänke der Heeresabwehr unterstanden, ehemals in Saigon für sämtliche Untergrundaktivitäten zuständig — immer noch sicherheitsüberprüft. *Medusa.*

Der Direktor griff nach dem Telefon im Konferenzzimmer; es war so geschaltet, daß es an der Vermittlung vorbeiging. Er wählte die Privatnummer des Brigadegenerals in Fairfax, und Crawford meldete sich beim vierten Klingeln. Der Mann aus dem Außenministerium gab sich zu erkennen und fragte den General, ob er das Außenministerium zurückrufen und sich vermitteln lassen wolle, um damit eine Bestätigung der Identität des Anrufers zu haben.

»Warum sollte ich das wollen?«

»Es betrifft eine Angelegenheit, die unter das Thema Treadstone fällt.«

»Ich rufe zurück.«

Das tat er in achtzehn Sekunden, und im Laufe der nächsten zwei Minuten hatte der Direktor die großen Umrisse der ihm zur Verfügung stehenden Informationen durchgegeben.

»Nichts, was uns nicht schon bekannt wäre«, sagte der Brigadier. »Es hat dafür von Anfang an einen Kontrollausschuß gegeben, und das Oval Office hat binnen einer Woche nach Aufnahme der Aktivitäten eine vorläufige Zusammenfassung erhalten. Unser Ziel rechtfertigte das Vorgehen, da können Sie sicher sein.«

»Ich bin bereit, mich überzeugen zu lassen«, erwiderte der Mann aus dem Außenministerium. »Gibt es irgendeine Verbindung mit dieser Geschichte in New York vor einer Woche? Elliot Stevens — dieser Major Webb und David Abbott? Wo die Umstände, nun, wollen wir sagen, beträchtlich abgeändert wurden?«

»Die Änderungen waren Ihnen bekannt?«

»Ich bin der Leiter von Cons-Op, General.«

»Ich verstehe . . . Ihr Mann, dieser Borowski, ist gestern morgen nach New York geflogen.«

»Ich weiß. Wir wissen es beide — Conklin und ich. Wir sind die Erben.«

»Sie waren mit Conklin in Verbindung?«

»Ich habe zuletzt gegen ein Uhr nachmittags mit ihm gesprochen. Unaufgezeichnet. Offen gestanden, er hat es so gewollt.«

»Er hat Langley verlassen. Es gibt keine Nummer, wo man ihn erreichen kann.«

»Das weiß ich ebenfalls. Versuchen Sie es nicht. Mit allem Respekt, sagen Sie dem Minister, er soll sich da raushalten. Sie auch. Schalten Sie sich nicht ein.«

»Wir sind bereits eingeschaltet, General. Wir fliegen die Kanadierin unter diplomatischem Schutz herüber.«

»Um Himmels willen, warum?«

»Man hat uns dazu gezwungen.«

»Dann halten Sie sie isoliert. Das *müssen* Sie!«

»Ich glaube, das müssen Sie mir erklären.«

»Wir haben es mit einem *Geistesgestörten* zu tun. Mehrfache Schizophrenie. Er ist ein wandelndes Erschießungskommando; er könnte bei einem einzigen Ausbruch ein Dutzend unschuldige Leute töten, eine einzige Explosion in seinem Bewußtsein, und er würde nicht einmal wissen, weshalb er es getan hat.«

»Woher wissen Sie das?«

»Weil er bereits getötet hat. Dieses Massaker in New York — das war *er*. Er hat Stevens, den Mönch und Webb getötet — ausgerechnet Webb — und zwei andere, von denen Sie noch nie gehört haben. Wir verstehen das jetzt. Er war nicht verantwortlich dafür, aber das ändert nichts. Überlassen Sie ihn uns. Überlassen Sie ihn Conklin.«

»Borowski?«

»Ja. Wir haben Beweise. Fingerabdrücke. Sie sind vom FBI bestätigt. Er war es.«

»Ein solcher Mann hinterläßt Fingerabdrücke?«

»Ja, das hat er.«

»Unmöglich«, sagte der Mann vom Außenministerium.

»Was?«

»Sagen Sie, wie kommen Sie darauf, daß er geistesgestört ist. Diese multiple Schizophrenie oder wie, zur Hölle, Sie es sonst nennen.«

»Conklin hat mit einem Psychiater gesprochen — einem der besten, die es gibt —, einer Autorität auf diesem Gebiet. Alex hat alles geschildert — mit brutaler Offenheit. Der Arzt hat unseren Verdacht bestätigt, Conklins Verdacht.«

»Er hat ihn *bestätigt*?« fragte der Direktor benommen.

»Ja.«

»Auf dem basierend, was Conklin sagte? Das, was er seinen Worten entnehmen konnte?«

»Es gibt keine andere Erklärung. Überlassen Sie ihn uns. Er ist unser Problem.«

»Sie sind ein verdammter Narr, General. Sie hätten bei Ihren Datenbänken bleiben sollen, oder vielleicht der primitiveren Artillerie.«

»Das verbitte ich mir.«

»Verbitten Sie es sich ruhig. Wenn Sie das getan haben, was ich glaube, daß Sie es getan haben, bleibt Ihnen vielleicht gar nichts anderes mehr übrig, als sich alles zu verbitten.«

»Erklären Sie das gefälligst etwas näher«, sagte Crawford verärgert.

»Sie haben es nicht mit einem Verrückten oder einem Geistesgestörten zu tun oder mit mehrfacher Schizophrenie — wovon Sie wahrscheinlich genausowenig verstehen wie ich. Sie haben es mit einem Mann zu tun, der unter *Amnesie* leidet, einem Mann, der seit Monaten versucht, herauszubekommen, wer er ist und woher er kommt. Und aus dem Mitschnitt eines Telefongesprächs, den wir hier haben, können wir entnehmen, daß er versucht hat, Ihnen das zu sagen — versucht hat, es Conklin zu sagen. Conklin wollte nicht auf ihn hören. Keiner von Ihnen wollte auf ihn *hören* . . . Sie haben einen Mann auf drei Jahre als Schläfer hinausgeschickt — drei *Jahre* — um Carlos in die Falle zu locken. Und als die Strategie dann aufflog, nahmen Sie das Schlimmste an.«

»Amnesie? . . . Nein, Sie haben unrecht! Ich habe mit Conklin gesprochen; er *hat* ihm zugehört. Sie verstehen das nicht. Wir wußten beide — «

»Ich will seinen Namen nicht mehr hören!« unterbrach ihn der Direktor von Consular Operations.

Der General hielt inne. »Wir haben beide . . . Borowski . . . vor Jahren gekannt. Ich nehme an, Sie wissen, von woher; Sie haben mir den Namen vorgelesen. Er war der eigenartigste Mann, der mir je begegnet ist, genauso paranoid wie jeder in diesem Verein. Er hat Missionen übernommen — Risiken —, die kein vernünftiger Mann angenommen hätte. Aber er hat nie etwas verlangt. Er war voller Haß.«

»Und das machte ihn zehn Jahre später zu einem Kandidaten für ein psychiatrisches Krankenhaus?«

»Sieben Jahre«, verbesserte Crawford. »Ich habe zu verhindern versucht, daß er für Treadstone ausgewählt wurde. Aber der Mönch hat gesagt, er wäre der Beste. Ich hatte kein Argument dagegen, wenigstens aus meiner persönlichen Erfahrung. Aber ich habe aus meinen Einwänden keinen Hehl gemacht. Psychologisch war er ein Grenzfall; wir kannten die Gründe. Jetzt liefert er uns den Beweis, daß ich recht hatte. Darauf bestehe ich.«

»Auf gar nichts werden Sie bestehen, General. Auf Ihren eisernen Arsch werden Sie fallen. Weil der Mönch recht hatte. Ihr Mann *ist* der Beste, mit oder ohne Gedächtnis. Er bringt Carlos her, liefert ihn vor Ihre verdammte Haustüre. Das heißt, er bringt ihn, sofern Sie Borowski nicht vorher töten.«

Crawfords scharfer Atem war genau das, was der Direktor zu hören befürchtet hatte. So fuhr er fort: »Sie können Conklin nicht erreichen, oder?« fragte er.

»Nein.«

»Er ist untergetaucht, nicht wahr? Hat seine eigenen Vorkehrungen getroffen, Gelder durch Dritte und Vierte kanalisiert, die einander nicht kennen, so daß die Geldquelle nicht aufgedeckt werden kann und alle Verbindungen zur Agency und Treadstone verborgen sind. Und jetzt gibt es bereits Fotografien in den Händen von Männern, die Conklin nicht kennt und nicht erkennen würde, wenn sie ihn überfallen. Reden Sie nicht von Erschießungskommandos. Das Ihre ist aufmarschiert, aber Sie können es nicht sehen — Sie wissen nicht, wo es ist. Aber es ist vorbereitet — ein halbes Dutzend Karabiner, die schußbereit sind, sobald der Verurteilte in Sichtweite kommt. Schildere ich das Szenario richtig?«

»Sie erwarten doch von mir keine Antwort«, sagte Crawford.

»Das brauchen Sie nicht. Sie sprechen hier mit Consular Operations; mir ist alles das nicht neu. Aber in einem Punkt hatten Sie recht. Das *ist* Ihr Problem, Sie haben es voll am Hals. Wir haben damit nicht das geringste zu tun. Das kann ich dem Minister versichern. Das Außenministerium kann sich nicht leisten, zu wissen, wer Sie sind. Betrachten Sie diesen Anruf als unregistriert.«

»Verstanden.«

»Es tut mir leid«, sagte der Direktor aufrichtig. Er hörte die Niedergeschlagenheit in der Stimme des Generals. »Alles fliegt einmal auf.«

»Ja. Das haben wir bei *Medusa* gelernt. Was werden Sie mit der Frau machen?«

»Wir wissen noch nicht einmal, was wir mit Ihnen machen werden.«

»Das ist einfach. Eisenhower bei der Gipfelkonferenz: ›Was für U-Zwos?‹ Wir machen mit; keine vorläufige Zusammenfassung, nichts. Wir können dafür sorgen, daß die Kanadierin in Zürich reingewaschen wird.«

»Das werden wir ihr sagen. Vielleicht hilft das. Wir werden uns ringsum entschuldigen. Und was die Frau angeht, so werden wir es mit einer beträchtlichen Entschädigung versuchen.«

»Sind Sie *sicher*?« unterbrach Crawford.

»Mit der Entschädigung?«

»Nein. Der Amnesie. Ganz sicher?«

»Ich habe mir dieses Band wenigstens zwanzigmal angehört, ihre Stimme gehört. Ich bin mir in meinem ganzen Leben noch keiner Sache so sicher gewesen. Übrigens, sie ist vor ein paar Stunden eingetroffen. Sie ist jetzt im Pierre-Hotel unter Bewachung. Wir bringen sie morgen früh nach Washington, nachdem wir uns darüber klargeworden sind, was wir tun wollen.«

»Einen Augenblick!« Die Stimme des Generals klang plötzlich erregt. »Nicht morgen. Sie ist hier . . . Können Sie mir eine Genehmigung verschaffen, sie zu sehen?«

»Schaufeln Sie sich Ihr Grab nicht noch tiefer, General. Je weniger Namen sie kennt, desto besser. Sie war mit Borowski zusammen, als er die Botschaft anrief; sie weiß über den Ersten Sekretär und inzwischen wahrscheinlich auch über Conklin Bescheid. Könnte sein, daß selbst er dran glauben muß. Halten Sie sich raus.«

»Sie haben mir gerade gesagt, ich sollte es bis zum Ende weiterspielen.«

»Nicht so. Sie sind ein anständiger Mann, und ich bin das auch. Wir sind Profis.«

»Sie verstehen nicht! Wir haben Fotos, ja, aber die sind vielleicht nutzlos. Sie sind drei Jahre alt, und Borowski hat sich verändert, drastisch verändert, deshalb hat Conklin sich ja selbst eingeschaltet — wo, weiß ich nicht —, aber jedenfalls ist er dort. Er ist der einzige, der Borowski gesehen hat, aber es war Nacht und es regnete. Die Frau ist vielleicht unsere einzige Chance. Sie war mit ihm zusammen — hat wochenlang mit ihm gelebt. Sie *kennt* ihn. Es ist möglich, daß sie ihn vor irgend jemand anderem erkennen wird.«

»Ich verstehe nicht.«

»Dann will ich es Ihnen ganz deutlich sagen. Zu Borowskis vielen, vielen Talenten gehört die Fähigkeit, sein Aussehen zu verändern, in einer Menge unterzutauchen, oder in einem Feld oder zwischen Bäumen — einfach unsichtbar zu werden. Wenn das, was Sie sagen, zutrifft, erinnert er sich wahrscheinlich nicht, aber wir hatten bei *Medusa* einen Spitznamen für ihn. Seine Männer pflegten ihn . . . Chamäleon . . . zu nennen.«

»Das ist Ihr Cain, General.«

»Das war unser Delta. Es gab keinen wie ihn. Und deshalb kann die Frau helfen. Jetzt. Beschaffen Sie mir diese Genehmigung! Lassen Sie mich sie sehen, mit ihr sprechen.«

»Indem wir Ihnen die Genehmigung geben, ziehen wir Sie in die Sache rein. Ich glaube nicht, daß wir das tun können.«

»Um Himmels willen, Sie haben gerade gesagt, daß wir anständige Männer sind! Sind wir das wirklich? Wir können sein Leben retten! Vielleicht. Wenn sie mit mir zusammen ist, und wir ihn finden, können wir ihn dort herausholen!«

»*Dort*? Wollen Sie sagen, daß Sie wissen, wo er hingehen wird?«

»Ja.«

»Wie das?«

»Es gibt nur diesen einen Ort.«

»Und der Zeitpunkt?« fragte der ungläubige Direktor von Consular Operations. »Sie wissen, *wann* er dort sein wird?«

»Ja. Heute. Am Datum seiner eigenen Hinrichtung.«

35.

Aus dem Transistorradio hallte blechern Rockmusik, und der langhaarige Fahrer des Taxis schlug mit der Hand im Takt gegen das Steuerrad und wippte zu allem Überfluß auch noch mit dem Kinn. Das Taxi schob sich auf der Einundsiebzigsten Straße in östlicher Richtung dahin, in den Stau verkeilt, der schon an der Ausfahrt des East River Drive begann. Es kam zu Wutausbrüchen vereinzelter Autofahrer, wenn Motoren durchdrehten und einzelne Wagen wieder ein paar Zoll nach vorne ruckten, um dann erneut minutenlang zu stehen und zu warten. Es war acht Uhr fünfundvierzig morgens, und der Straßenverkehr in New York war wie gewöhnlich ein Fiasko.

Borowski zwängte sich auf dem Rücksitz in die Ecke und starrte unter der Hutkrempe durch die dunklen Gläser seiner Sonnenbrille auf die von Bäumen gesäumte Straße hinaus. Er war schon hier gewesen; das hatte sich ihm unauslöschbar eingeprägt. Er war auf diesem Pflaster gegangen, hatte die Eingänge, die Läden und die mit Efeu bedeckten Mauern gesehen — die in diese Stadt eigentlich gar nicht paßten, der Einundsiebzigsten Straße aber einen noblen Anstrich gaben. Er hatte schon früher nach oben geblickt und die Dachgärten bemerkt und sie mit einem *gepflegten* Garten verglichen, der ein paar Straßen entfernt war in Richtung auf den Centralpark, einem Garten, der hinter den zeitlos *eleganten* französischen Türen am anderen Ende eines großen . . . komplizierten . . . Raumes lag. Und jener Raum befand sich in einem hohen, schmalen Gebäude aus braunem Backstein mit einer Reihe breiter, bleiverglaster Fenster, die sich vier Stockwerke über die Straße nach oben fortsetzten. Fenster aus dickem Glas, die das Licht in feinen Schattierungen von Purpur und Blau nach drinnen und draußen brachen. Antikes Glas vielleicht, Ornamentglas . . . kugelsicheres Glas. Eine Backsteinvilla mit einer massiven Außentreppe, die aus seltsamen Stufen bestand. Jede Trittfläche war kreuz und quer von schwarzen Erhebungen durchzogen, die ein Ausgleiten auf nassem oder vereistem Boden unmöglich machten. Außerdem lösten die Schritte von jemandem, der hinaufging, im Inneren des Hauses eine elektronische Warnanlage aus.

Jason kannte jenes Haus. Das Klopfen in seiner Brust wurde heftiger, als sie die Straße erreichten. Er würde das Haus jetzt jeden Augenblick sehen, und während er mit seiner Rechten das linke Handgelenk umklammerte, wußte er, weshalb Parc Monceau so viele Erinnerungen in ihm ausgelöst hatte. Jenes kleine Stückchen Paris glich diesem kurzen Straßenzug an der oberen East Side so sehr. Sah man einmal von der einen oder anderen deplazierten weiß gestrichenen Fassade oder einem ungepflegten Vorgarten ab, wäre der Unterschied überhaupt nicht festzustellen gewesen.

Er dachte an André Villiers. Er hatte alles niedergeschrieben, woran er sich erinnern konnte, hatte alles in die Seiten eines Heftes geschrieben, das er hastig am Charles-de-Gaulle-Flughafen gekauft hatte. Vom ersten Augenblick, an dem ein lebender, von Kugeln durchsiebter Mann in einem feuchten, schlampigen Zimmer auf der Ile de Port Noir die Augen geöffnet hatte, über die erschreckenden Offenbarungen von Marseille, Zürich und Paris — ganz besonders Paris, wo das Phantom des Meuchelmörders Gestalt angenommen hatte, wo sich herausgestellt hatte, daß er über die Erfahrungen eines Killers verfügte. Wie man es auch betrachtete, es war ein Geständnis, die Dinge, die es nicht erklären konnte, waren ebenso niederdrückend wie die tatsächlichen Vorfälle. Aber es war die Wahrheit, so wie er die Wahrheit kannte. In den Händen von André Villiers würde es seine Anwendung finden; für Marie St. Jacques würden die richtigen Entscheidungen getroffen werden. Dieses Wissen verschaffte ihm jetzt freie Hand. Er hatte das Heft in einen Umschlag gesteckt, diesen verklebt und ihn noch vom Kennedy-Flughafen aus nach Parc Monceau geschickt. Bis das Heft Paris erreichte, war er tot oder lebendig wie noch nie; entweder er würde Carlos töten oder Carlos würde ihn töten. Irgendwo auf jener Straße — die einer anderen, Tausende von Meilen entfernten Straße glich — würde ein Mann, dessen breite Schultern auf schmalen Hüften saßen und dessen Haut olivfarben war, auf ihn Jagd machen. Das war das einzige, dessen er sich völlig sicher war; und er würde nichts anderes tun. Irgendwo auf jener Staße . . .

Da war es! *Dort*, die Morgensonne spiegelte sich in der schwarz lackierten Türe und den glänzenden Messingbeschlägen, durchdrang die dicken, bleiverglasten Fenster, die sich wie eine breite Säule aus glänzendem, purpurnem Blau in die Höhe reckten. Er war *hier,* und zwar aus einem Grund — aus einem Gefühl — das er sich nicht erklären konnte. Seine Augen begannen zu tränen, und er spürte, wie ihm die Kehle schwoll. Er fühlte, daß er an einen Ort zurückgekehrt war, der ebenso Teil seiner selbst war wie sein Körper oder das, was von seinem Bewußtsein übriggeblieben war. Kein Zuhause; wenn man die elegante Villa ansah, vermittelte sie nicht Wohlbehagen, nicht Beschaulichkeit. Es war etwas anderes — ein überwältigendes Gefühl der — *Rückkehr.* Er war zum Anfang zurückgekehrt, *dem* Anfang, zum Ort des Beginns und der Schöpfung, der schwarzen Nacht und des hervorbrechenden Morgens. Irgend etwas geschah mit ihm, er umfaßte sein Handgelenk fester, mühte sich verzweifelt ab, den fast unkontrollierbaren Drang unter Kontrolle zu halten, aus dem Taxi zu springen und über die Straße auf jenes monströse stumme Gebilde aus Stein und blauem Glas zu rennen, die Treppen hinaufzustürzen und mit der Faust gegen die schwere schwarze Türe zu schlagen.

Laßt mich hinein! Ich bin hier! Ihr müßt mich hineinlassen! Könnt ihr nicht verstehen?

ICH BIN DA!

Bilder stürmten auf ihn ein, dumpfe Geräusche drangen in seine Ohren. Ein bohrender, pochender Schmerz explodierte förmlich in seinen Schläfen. Er befand sich in einem dunklen Raum — *jenem* Raum — starrte wie auf eine Leinwand, sah Bilder in rasender Folge auf und ab blitzen.

Wer ist er? Schnell. Du kommst zu spät! Du bist ein toter Mann. Wo ist diese Straße? Was bedeutet sie dir? Wem bist du dort begegnet? Was? Gut. Es muß ganz einfach bleiben; sag so wenig wie möglich. Hier ist eine Liste: acht Namen. Welches davon sind Kontakte? Schnell! Hier ist noch eine. Methoden, Morde, zu Vergleichen. Welches sind die deinen? . . . Nein, nein, nein! Delta könnte das tun, nicht Cain! Du bist nicht Delta, du bist nicht du! Du bist Cain. Du bist ein Mann namens Borowski. Jason Borowski! Konzentriere dich! Du mußt alles andere löschen. Du mußt die Vergangenheit wegwischen. Sie existiert für dich nicht. Du bist nur das, was du hier bist, hier geworden bist.

O Gott. Marie hatte es gesagt.

Vielleicht weißt du nur, was man dir gesagt hat . . . dir immer wieder und wieder eingehämmert hat. Bis da nichts anderes mehr war — Dinge, die man dir gesagt hat . . . die du aber nicht nachleben kannst . . . weil diese Dinge fremd sind, nicht du sind.

Der Schweiß rann ihm über das Gesicht, brannte in seinen Augen, und er umklammerte sein Handgelenk, versuchte, den Schmerz, die Geräusche, die Lichtblitze zu verdrängen. Er hatte Carlos geschrieben, daß er zurückkäme, um verborgene Dokumente abzuholen, die sein . . . »letzter Schutz« wären. Damals war ihm der Satz schwach vorgekommen; beinahe hätte er ihn ausgestrichen. Und doch hatte sein Instinkt ihm gesagt, daß er ihn stehenlassen mußte; er war irgendwie Teil seiner Vergangenheit . . . Jetzt verstand er. Seine Identität lag in jenem Haus. Seine *Identität.* Und ob Carlos ihm nun folgte oder nicht, er mußte sie finden. Das *mußte* er!

Plötzlich war alles wie verhext! Er schüttelte heftig den Kopf, versuchte diese innere Stimme, die aus ihm hervorbrach, zum Schweigen zu bringen. *Vergiß Carlos. Vergiß die Falle. Du mußt in dieses Haus gehen! Dort war es; dort war der Anfang!*

Hör auf!

Die Ironie des Ganzen war makaber. In jenem Haus gab es keinen letzten Schutz, nur eine letzte Erklärung für seine Person. Und ohne Carlos war diese Erklärung bedeutungslos. Jene, die Jagd auf ihn machten, kannten sie und beachteten sie nicht; sie wollten seinen Tod, wollten seinen Tod, weil sie die Erklärung kannten, die er nicht kannte, aber er war so nahe . . . er mußte sie finden. Sie war hier.

Borowski blickte auf; der langhaarige Fahrer beobachtete ihn im Rückspiegel. »Migräne«, sagte Jason kurz angebunden. »Fahren Sie um den Block herum. Noch einmal hierher. Ich bin verabredet, aber zu früh dran. Ich sage Ihnen, wo Sie mich aussteigen lassen sollen.«

»Ist ja Ihr Geld, Mister.«

Der Backsteinbau lag jetzt hinter ihnen, war in einer kurzen, plötzlichen Lockerung des Verkehrs schnell vorübergezogen. Borowski drehte sich im Sitz herum und blickte durch das Hinterfenster auf das Haus. Er war jetzt wieder ruhig. Die Bilder verschwanden; nur der Schmerz blieb, aber auch der würde nachlassen, das wußte er. Jetzt würde das Chamäleon in ihm wach werden.

Sechzehn Minuten später hatte sich alles verändert. Der Verkehr auf der Straße war langsamer geworden, ein weiteres Hindernis war dazugekommen. Ein Umzugswagen hatte vor der Backsteinvilla geparkt; Männer in Overalls standen herum und rauchten Zigaretten und tranken Kaffee, schoben den Augenblick noch hinaus, in dem sie mit ihrer Arbeit beginnen würden. Die schwere schwarze Tür stand offen, und ein Mann in einer grünen Jacke mit der Plakette der Transportfirma über der linken Brusttasche stand mit einem Block in der Hand im Foyer. Treadstone wurde aufgelöst! In ein paar Stunden würde es nicht mehr existieren, würde vom Erdboden gelöscht sein! Das durfte nicht passieren! Sie mußten aufhören!

Jason beugte sich vor, Geld in der Hand. Der Schmerz in seinem Schädel hatte plötzlich nachgelassen. Er mußte Conklin in Washington erreichen. Nicht später — nicht, wenn die Figuren auf dem Schachbrett auf ihren Plätzen standen —, sondern jetzt gleich! Conklin mußte ihnen sagen, daß sie aufhören sollen!

Seine Strategie beruhte auf Dunkelheit . . . immer Dunkelheit. Der Strahl einer Taschenlampe, der zuerst aus einer Seitengasse schoß, dann aus einer anderen, dann an finsteren Wänden emporkroch und an abgedunkelten Fenstern verweilte. Lichtstrahlen, die von einem Punkt zum anderen huschten. Ein Mörder tritt nachts in Aktion. Nicht jetzt. Er stieg aus.

»Hey, Mister!« schrie der Fahrer durch das offene Fenster.

Jason beugte sich vor. »Was ist denn?«

»Ich wollte nur danke sagen. Damit habe ich —«

Ein trockenes Geräusch, wie wenn jemand ausspuckt. Über seiner Schulter! Und gleich dahinter ein Husten, mit dem ein Schrei begann. Borowski starrte den Fahrer an, den Blutstrom, der plötzlich über dem linken Ohr des Mannes hervorschoß. Der Mann war tot, von einer Kugel getötet, die für seinen Fahrgast bestimmt war, einer Kugel, die irgendwo aus einem Fenster in jener Straße abgefeuert worden war.

Jason ließ sich zu Boden fallen und sprang dann nach links, auf den Bürgersteig zu. Zwei weitere spuckende Geräusche, schnell hintereinander, die erste Kugel bohrte sich in die Seite des Taxis, die zweite ließ den Asphalt bersten. Es war unglaublich! Man hatte ihn schon markiert, ehe die Jagd begonnen hatte! Carlos war *da.* In Position! Er oder einer seiner Männer hatten an einem Fenster oder auf einem Dach, von dem aus man die ganze Straße überblicken konnte, Stellung bezogen. Und dabei war die Gefahr, einen Unschuldigen zu töten, sehr groß; die Polizei würde kommen, und die Straße absperren. Carlos war doch *nicht* verrückt! Das Ganze gab einfach keinen Sinn. Und Borowski hatte keine Zeit, um Spekulationen anzustellen; er mußte der Falle entkommen . . . der Falle, die sich umgedreht hatte.

Er mußte ein Telefon finden. Carlos war hier! Vor den Türen von Treadstone! Er hatte ihn tatsächlich hierhergebracht! Das war Beweis genug.

Er stand auf und fing an zu laufen, schob die Fußgänger beiseite. Er erreichte die Ecke und bog nach rechts — die Telefonzelle war zwanzig Fuß entfernt und bot ein gutes Ziel. Er konnte sie nicht benutzen.

Auf der anderen Straßenseite war ein Feinkostgeschäft, über dessen Tür ein kleines, rechteckiges Schild mit der Aufschrift TELEPHONE hing. Er trat vom Bürgersteig und fing wieder zu rennen an, wich den erbost hupenden Autos aus. Vielleicht würde eines von ihnen die Arbeit übernehmen, die Carlos sich selbst vorbehalten hatte. Wieder eine makabre Ironie.

»Der Central Intelligence Agency, Sir, ist im Wesen eine Organisation, die sich der Ermittlung von Tatsachen widmet«, sagte der Mann am anderen Ende der Leitung herablassend. »Die Art von Aktivitäten, die Sie beschreiben, stellt in unserer Arbeit nur einen ganz kleinen Teil dar und wird, offen gestanden, von Filmen und schlecht informierten Schriftstellern häufig verzerrt wiedergegeben.«

»Verdammt noch mal, Sie sollen mir *zuhören!*« sagte Jason und legte die Hand halb über die Sprechmuschel des Apparates, um in dem überfüllten Feinkostgeschäft kein Aufsehen zu erregen. »Sie sollen mir bloß sagen, wo Conklin ist. Es ist wirklich wichtig!«

»Das hat Ihnen sein Büro ja schon gesagt, Sir. Mr. Conklin ist gestern nachmittag weggegangen, wir erwarten ihn Ende der Woche zurück. Da Sie sagen, daß Sie Mr. Conklin kennen, ist Ihnen ja auch seine Verletzung bekannt, die er sich im Dienst zugezogen hat. Er konsultiert oft Ärzte —«

»Würden Sie jetzt endlich *aufhören!* Ich habe ihn in Paris gesehen — in der Nähe von Paris — vor zwei Tagen. Er ist von Washington hinübergeflogen, um sich mit mir zu treffen.«

»Was das betrifft«, unterbrach der Mann in Langley, »so hatten wir das bereits überprüft, als Ihr Gespräch an dieses Büro weitergeleitet wurde. Es gibt keine Aufzeichnungen, daß Mr. Conklin das Land im Laufe des letzten Jahres verlassen hätte.«

»Dann hat man das eben vertuscht! Er war dort! Sie suchen Codes«, sagte Borowski verzweifelt. »Die habe ich nicht. Aber jemand, der mit Conklin zusammenarbeitet, wird die Worte erkennen. Medusa, Delta, Cain . . . Treadstone! Irgend jemand *muß* sie einfach erkennen!«

»Niemand erkennt sie. Das hat man Ihnen doch gesagt.«

»Ja, jemand, der sie nicht kennt, hat das gesagt. Es gibt andere, und die kennen sie. Glauben Sie mir!«

»Es tut mir leid. Ich kann wirklich —«

»Legen Sie nicht auf!« Es gab noch eine andere Möglichkeit, bei der ihm zwar etwas mulmig zumute war, aber er hatte keine andere Wahl. »Vor fünf oder sechs Minuten stieg ich an der Einundsiebzigsten Straße aus einem Taxi. Man hat mich entdeckt und versucht, zu eliminieren.«

»Sie zu . . . eliminieren?«

»Ja. Der Fahrer hat etwas zu mir gesagt, und ich habe mich vorgebeugt. Diese Bewegung hat mir das Leben gerettet, aber der Fahrer ist tot, er hat eine Kugel im Schädel. Es ist die Wahrheit, und ich weiß, daß Sie über Mittel und Wege verfügen, das zu überprüfen. Inzwischen sind am Schauplatz der Tat wahrscheinlich ein halbes Dutzend Polizeiwagen. Prüfen Sie es nach. Das ist der beste Rat, den ich Ihnen geben kann.«

Auf der anderen Seite herrschte kurze Zeit Schweigen. »Da Sie Mr. Conklin verlangt haben — werde ich dem, was Sie mir gerade sagten, nachgehen. Wo kann ich Sie erreichen?«

»Ich bleibe in der Leitung. Mein Name ist Chamford.«

»*Chamford?* Sie sagten —«

»*Bitte.*«

»Ich komme wieder.«

Das Warten war unerträglich, aber bereits eine Minute später war der Mann in Langley wieder an der Leitung. Vorhin klang seine Stimme kompromißbereit, jetzt verärgert.

»Ich glaube, dieses Gespräch ist jetzt beendet, Mr. Chamford, oder wie immer Sie auch heißen mögen. Wir haben mit der Polizei von New York gesprochen; es gibt an der Einundsiebzigsten Straße keinen solchen Zwischenfall, wie Sie ihn schilderten. Ich muß Sie darauf hinweisen, daß auf solch irreführenden Anrufe, wie den Ihren, strenge Strafen stehen. Guten Tag, Sir.«

Ein Klicken; die Leitung war tot. Borowski starrte ungläubig auf den Apparat. Monatelang hatten die Leute in Washington ihn gesucht. Sie hatten versucht, ihn zu töten. Und jetzt schob man ihn einfach ab. Sie wollten ihn anscheinend immer noch nicht anhören! Es kam noch schlimmer, sie erdreisteten sich, einen Mord, der erst vor Minuten stattgefunden hatte, einfach zu leugnen. Das war unbegreiflich . . . vollkommen *verrückt.*

Jason hängte den Hörer auf, ruhig ging er auf die Türe zu, bahnte sich einen Weg durch die Menschen, die an der Theke standen. Draußen zog er den Mantel aus, legte ihn sich über den Arm und nahm die Sonnenbrille mit der Schildpattfassung ab. Er eilte quer über die Straße wieder auf die Einundsiebzigste Straße zu.

An der anderen Ecke schloß er sich einer Gruppe von Fußgängern an, die darauf warteten, daß die Ampel umschaltete. Das Taxi war verschwunden. Man hatte es mit chirurgischer Präzision vom Schauplatz des Geschehens entfernt, ein krankes, häßliches Organ, das man aus dem Körper operierte, aber die lebenswichtigen Körperfunktionen liefen weiter. Carlos hatte wieder einmal gründliche Arbeit geleistet.

Borowski drehte sich um. Er mußte einen Laden finden; er mußte sein Äußeres verändern. Das Chamäleon konnte nicht länger warten.

Marie St. Jacques war ärgerlich. Sie saß Brigadegeneral Irwin Arthur Crawford in der Suite im Pierre-Hotel gegenüber. »Sie haben mir nicht zugehört!« sagte sie vorwurfsvoll. »Keiner von Ihnen wollte zuhören. Wissen Sie überhaupt, was Sie ihm *angetan* haben?«

»Nur zu gut«, erwiderte der Offizier. Bedauern lag in seinen Worten. »Ich kann nur wiederholen, was ich Ihnen schon sagte. Wir wußten einfach nicht, *was* wir glauben sollten.«

»Sieben Monate lang hat er verzweifelt versucht, der Wahrheit auf die Spur zu kommen. Und ihnen fiel nichts anderes ein, als Männer auszuschicken, die ihn töten sollen! Was sind das für Menschen?«

»Miss St. Jacques. Deshalb bin ich doch hier. Ich will ihn retten, wenn *wir* das überhaupt noch können.«

»Herrgott, Sie machen mich verrückt!« Marie hielt inne, schüttelte den Kopf und fuhr dann mit ruhigerer Stimme fort. »Ich werde tun, was Sie von mir verlangen, das wissen Sie. Können Sie diesen Conklin erreichen?«

»Ich bin sicher. Ich werde mich auf die Treppe dieses Hauses stellen, bis *er* keine andere Wahl mehr hat, als *mich* zu erreichen. Aber ich glaube nicht, daß Conklin unsere Hauptsorge ist.«

»Carlos?«

»Auch.«

»Was soll das heißen?«

»Das erkläre ich Ihnen unterwegs. Wir müssen Delta erreichen.«

»Jason?«

»Ja. Den Mann, den Sie Jason Borowski nennen.«

»Er ist von Anfang an einer von Ihren Leuten gewesen«, sagte Marie. »Was soll das also . . . ich verstehe nicht, warum —?«

»Sie werden zur rechten Zeit alles erfahren. Ich kann Ihnen jetzt *nichts* sagen. Ich habe veranlaßt, daß Sie in einem unmarkierten Regierungswagen schräg gegenüber dem Haus warten können. Sie bekommen einen Feldstecher. Sie kennen ihn jetzt besser als irgend jemand, vielleicht werden Sie ihn entdecken. Ich bete jedenfalls darum.«

Marie ging zum Schrank und holte ihren Mantel heraus. »Er hatte einmal zu mir gesagt, daß er ein Chamäleon sei . . .«

»Daran hat er sich erinnert?« unterbrach Crawford.

»Woran erinnert?«

»Er besaß das Talent, sich gewissermaßen unsichtbar machen zu können. Das meinte ich.«

»Einen Augenblick.« Marie trat auf den General zu, und ihre Augen bohrten sich förmlich in den seinen fest. »Wir müssen Jason erwischen. Ich weiß eine Möglichkeit. *Ich* stelle mich auf die Treppe dieses Hauses. Er wird *mich* sehen, mir eine Nachricht zukommen lassen!«

»Das ist zu gefährlich für Sie. Das kann ich nicht zulassen.«

»Warum nicht? Bleiben Ihnen denn noch viele Möglichkeiten, wo Sie schon fast alles verpatzt haben!«

»Ich kann das nicht. Wenn Delta recht hat, und Carlos ihm gefolgt ist und jetzt auf der Straße lauert, ist das Risiko zu groß. Carlos kennt Sie von Fotografien. Er wird Sie töten.«

»Ich bin bereit, das Risiko auf mich zu nehmen.«

»Aber ich nicht. Ich glaube, im Namen meiner Regierung zu sprechen.«

»Dienstleistungen, Verwaltung«, verkündete eine uninteressierte Telefonistin.

»Mr. Petrocelli, bitte«, sagte Alexander Conklin gereizt und wischte sich den Schweiß von der Stirn, während er mit dem Telefonhörer in der Hand am Fenster stand. »Schnell, bitte!«

»Alle Leute haben es so ei —« Während sie das sagte, hatte sie die Verbindung hergestellt und schnitt sich damit selbst den Satz ab. Ein Summen ertönte.

»Petrocelli, Rückführungsbüro, Rechnungsabteilung.«

»Was *fällt Ihnen* eigentlich ein?« explodierte der CIA-Mann, der mit der Überraschung des anderen gerechnet hatte.

Die Pause war kurz. »Was soll die dumme Frage?«

»Nun, hören Sie mich an! Mein Name ist Conklin, Central Intelligence Agency, Freigabe Vier-Null. Sie wissen doch, was das bedeutet?«

»Seit zehn Jahren habe ich aufgehört, über das nachzudenken, was man mir sagt.«

»Das sollten Sie jetzt aber ausnahmsweise mal tun! Fast eine Stunde hab' ich dazu gebraucht, den Sachbearbeiter einer Umzugsfirma hier in New York zu erreichen. Er sagte, er hätte einen von Ihnen unterschriebenen Lieferschein und den Auftrag, sämtliche Möbel aus einer Backsteinvilla an der Einundsiebzigsten Straße zu entfernen — Haus Nummer hundertneununddreißig, um es genau zu sagen.«

»Mhm, daran erinnere ich mich. Und?«

»Wer hat Ihnen diese Anweisung erteilt? Das ist *unser* Gebiet. Wir haben zwar unsere Geräte letzte Woche entfernt, aber wir haben keine — ich wiederhole: *keine* — anderen Aktivitäten verlangt.«

»Augenblick mal«, sagte der Bürokrat. »Ich habe diesen Lieferschein gesehen. Ich meine, ich habe ihn gelesen, ehe ich ihn unterschrieben habe; Sie und Ihre Kollegen machen mich neugierig. Die Anweisung kam direkt aus Langley mit einem Eilformular.«

»Von *wem* in Langley?«

»Augenblick, dann sag' ich es Ihnen. Ich hab' da eine Kopie bei meinen Akten; die muß hier auf meinem Schreibtisch sein.« Das Knistern von Papier war zu hören, dann verstummte es, und Petrocelli kam wieder. »Hier habe ich es, Conklin. Lassen Sie Ihre Wut gefälligst an Ihren eigenen Leuten in der Verwaltung aus.«

»Die wußten nicht, was sie tun. Streichen Sie diesen Auftrag. Rufen Sie die Umzugsfirma an und sagen Sie ihnen, daß sie verschwinden sollen! Jetzt!«

»Lassen Sie Dampf ab, Mann.«

»Was?«

»Sorgen Sie dafür, daß ich vor drei Uhr heute nachmittag eine schriftliche Eilanforderung auf dem Schreibtisch habe, dann könnte es sein — könnte, habe ich gesagt — daß sie morgen bearbeitet wird. Dann schaffen wir alles zurück.«

»*Zurück*?«

»Genau. Wenn man uns sagt, daß wir etwas abholen sollen, holen wir es ab. Wenn Sie uns sagen, daß wir es wieder zurückbringen sollen, bringen wir es wieder zurück. Wir haben hier ganz genauso unsere Vorschriften wie Sie auch.«

»Die Geräte, die Einrichtung, alles — war geliehen! Das war — das *ist* — keine CIA-Operation.«

»Warum rufen Sie dann mich an? Was haben Sie dann damit zu tun?«

»Ich hab' jetzt keine Zeit, das zu erklären. Sorgen Sie bloß dafür, daß diese Leute dort verschwinden. Das ist eine Vier-Null-Anweisung.«

»Das ist mir scheißegal. Schauen Sie, Conklin, wir beide wissen ganz genau, daß Sie das, was Sie wollen, kriegen können, wenn ich das kriege, was ich will. Okay.«

»Ich kann die Agency nicht hineinziehen!«

»Mich werden Sie aber auch nicht hineinziehen.«

»Diese Leute dort müssen weg! Ich sage Ihnen —« Conklin verstummte, er hatte die ganze Zeit die Backsteinvilla auf der anderen Straßenseite nicht aus den Augen gelassen, und seine Gedanken waren plötzlich wie gelähmt. Ein hochgewachsener Mann in einem schwarzen Mantel war die Betonstufen hinaufgegangen; jetzt drehte er sich um und stand reglos vor der offenen Tür.

Das war *Crawford*.

Was machte er da?

Was hatte er *hier* zu tun?

Er mußte den Verstand verloren haben; der Mann war verrückt!

»Conklin? Conklin . . .« Die Stimme schwebte noch aus dem Telefonhörer, als der CIA-Mann auflegte.

Conklin wandte sich einem kräftig gebauten Mann zu, der sechs Fuß von ihm entfernt an einem Fenster stand. Der Mann hielt einen Karabiner in der Hand, an dessen Lauf ein Zielfernrohr befestigt war. Alex kannte den Namen des Mannes nicht und wollte ihn auch nicht kennen; er hatte schließlich genug dafür bezahlt.

»Sehen Sie diesen Mann dort unten in dem schwarzen Mantel, der vor der Türe steht?« fragte er.

»Ich sehe ihn. Er ist nicht der, den wir suchen. Er ist zu alt.«

»Gehen Sie hinüber und sagen Sie ihm, daß auf der anderen Straßenseite ein Krüppel ist, der ihn sprechen möchte.«

Borowski trat aus dem Gebrauchtkleiderladen an der Third Avenue und hielt kurz vor dem schmutzigen Schaufenster, um seine Erscheinung zu überprüfen. So würde es gehen; alles paßte zusammen. Der schwarze Strickhut bedeckte seinen Kopf bis mitten in die Stirn; die zerdrückte, mehrfach geflickte Militärjacke war ein paar Größen zu groß, das rotkarierte Flanellhemd, die weiten Khakihosen und die schweren Arbeitsschuhe mit den dicken Gummisohlen und den kräftigen abgerundeten Kappen paßten zusammen. Jetzt mußte er nur noch einen Gang finden, der zur Kleidung paßte. Den Gang eines kräftigen, etwas primitiven Mannes, dessen Körper angefangen hatte, die Auswirkungen eines Lebens körperlicher Anstrengung zu zeigen, der die tägliche schwere Arbeit akzeptierte, solange nur der Abend Belohnung in Gestalt von ein paar Dosen Bier brachte.

Er würde schon diese Gangart finden; das war kein Problem. Er mußte nur noch einen Telefonanruf erledigen; er sah schon aus der Ferne eine Zelle, unter deren verkratztem Blechtisch sogar ein zerfetztes Telefonbuch hing. Er setzte sich in Bewegung, und seine Beine wurden automatisch steifer, seine Füße drückten sein Gewicht auf das Pflaster und die Arme hingen schlaff von den Schultern, seine Finger waren leicht gespreizt, von Jahren der Plackerei gebogen. Der stumpfsinnige Gesichtsausdruck würde später kommen. Nicht jetzt.

»Belkins Umzüge und Lagerhäuser«, meldete sich eine Telefonistin irgendwo in der Bronx.

»Mein Name ist Johnson«, sagte Jason ungeduldig, aber freundlich. »Ich fürchte, ich habe da ein Problem und hoffe, daß Sie mir dabei helfen können.«

»Das will ich gern versuchen. Was kann ich für Sie tun?«

»Ich wollte gerade das Haus eines Freundes an der Einundsiebzigsten Straße besuchen — eines Freundes, der leider kürzlich starb —, um mir etwas abzuholen, was ich ihm geliehen hatte. Als ich hinkam, stand Ihr Möbelwagen vor dem Haus. Mir ist das richtig peinlich, aber ich fürchte, daß Ihre Männer mein Eigentum wegtragen werden. Gibt es da jemanden, den ich sprechen könnte?«

»Da müßte ich Ihnen einen Sachbearbeiter geben, Sir.«

»Sagen Sie mir bitte seinen Namen?«

»Was?«

»Seinen Namen.«

»Sicher. Murray. Murray Schumach. Ich verbinde Sie.«

Es klickte zweimal, und dann war eine Weile ein tiefes Summen in der Leitung zu hören.

»Schumach.«

»Mr. Schumach?«

»Am Apparat.«

Borowski wiederholte sein Anliegen. »Ich könnte mir natürlich leicht einen Brief von meinem Rechtsanwalt besorgen, aber der betreffende Gegenstand hat nur geringen Wert —«

»Was ist es denn?«

»Eine Angel. Keine teure, aber es ist eine altmodische Rolle daran, eine von der Art, die sich nicht alle fünf Minuten verwirrt.«

»Yeah, ich weiß schon, was Sie meinen. Ich gehe immer in der Sheepshead-Bucht zum Fischen. Heute machen die wirklich keine solchen Rollen mehr. Wahrscheinlich sind das die Metallegierungen.«

»Ja, da werden Sie wohl recht haben, Mr. Schumach. Ich weiß genau, in welchem Schrank er die Angel immer aufbewahrt hat.«

»Ach, was soll's — eine Angel. Gehen Sie einfach hinein und verlangen Sie Dugan. Er ist der Vorarbeiter. Sagen Sie ihm, Sie hätten mit mir gesprochen, und ich sei einverstanden. Aber Sie müssen eine Quittung unterschreiben. Wenn er Ihnen Schwierigkeiten macht, dann sagen Sie ihm, er soll mich anrufen. Von einer Zelle aus. Das Telefon dort ist schon abgeklemmt.«

»Ein Mr. Dugan. Vielen Dank, Mr. Schumach.«

»Herrgott, ich dreh' heut noch durch!«

»Wie bitte?«

»Nichts. Irgend so ein Idiot hat angerufen und gesagt, wir sollten dort verschwinden. Und dabei ist das ein fester Auftrag mit Bargeldgarantie. Können Sie sich das vorstellen?«

Carlos. Jason konnte es sich vorstellen.

»Es ist schwierig, Mr. Schumach.«

»Petri Heil«, sagte der Mann von Belkins.

Borowski ging auf der Siebzigsten Straße in westlicher Richtung auf die Lexington Avenue zu. Drei Straßen weiter südlich fand er das, was er suchte: ein Geschäft, das alte Uniformen und Militärutensilien verkaufte. Er ging hinein.

Acht Minuten später kam er wieder mit vier braunen Decken und sechs breiten Segeltuchgurten mit Metallschnallen heraus. In den Taschen seiner Militärjacke steckten zwei ganz gewöhnliche Straßenfackeln. Er hatte sie auf der Theke liegen sehen. Sie erinnerten ihn an irgend etwas; aber er wußte nicht an was. Er schlang sich seine Käufe über die linke Schulter und marschierte weiter auf die Einundsiebzigste Straße zu. Das Chamäleon näherte sich dem Dschungel, einem Dschungel, der ebenso dicht war, wie Tam Quan, damals vor vielen Jahren.

Es war zehn Uhr achtundvierzig, als er die Ecke des von Straßen gesäumten Häuserblocks erreichte, der die Geheimnisse von Treadstone Seventy-One enthielt. Er kehrte zum Anfang zurück — seinem

Anfang — und die Furcht, die er empfand, war nicht die Furcht vor körperlichem Unbill. Darauf war er vorbereitet, jede Sehne, jeder Muskel war gespannt; seine Knie und Füße, seine Hände und Ellbogen warteten auf den Augenblick, wo seine Augen die Gefahr registrierten und der Kampf beginnen konnte. Seine Furcht ging viel tiefer. Er war im Begriff, den Ort seiner Geburt zu betreten, und davor hatte er panische Angst.

Hör auf! Die Falle ist alles. Cain ist für Charlie, und Delta ist für Cain!

Der Verkehr war wesentlich dünner geworden, die *Rush-hour* war vorüber, langsam breitete sich vormittägliche Ruhe in der Straße aus. Fußgänger schlenderten jetzt dahin, eilten nicht mehr; Autos bogen gemächlich um den Umzugswagen herum, und anstelle ärgerlicher Huptöne gab es jetzt nur noch ärgerliche Gesichter. Jason überquerte die Straße, als die Ampel auf Grün schaltete, und ging zur Treadstone-Seite hinüber; der hohe, schmale Bau aus braunem, ausgezacktem Backstein und dickem, blauem Glas war fünfzig Meter weiter unten an der Straße. Mit Decken und Gurten über der Schulter trottete ein etwas dümmlicher Taglöhner hinter einem gutgekleideten Paar schwerfällig auf das Haus zu.

Er erreichte die Betonstufen, als gerade zwei muskulöse Männer, ein Weißer und ein Schwarzer, eine in Decken gehüllte Harfe zur Tür hinaustrugen. Borowski blieb stehen und rief den beiden etwas zu. Seine Stimme klang stockend und sein Dialekt breit.

»Hey! Wo ist *Doogan*?«

»Wo denkste wohl?« erwiderte der Weiße und drehte den Kopf halb zur Seite. »Der hockt irgendwo rum.«

»Der nimmt doch nichts in die Pfoten, was schwerer is' als 'n Block«, fügte der Schwarze hinzu. »Er is' ja *Chef*, was Joey?«

»'n Arschlosch is' er. Was has'n da?«

»Schumach hat mich geschickt«, sagte Jason. »Er wollte noch 'n Mann hier und hat sich gedacht, ihr könntet das Zeug da gebrauchen. Hat mir gesagt, ich soll's herbringen.«

»Der schöne Murray!« lachte der Neger. »Bist du ein Neuer, Mann? Hab' dich noch nie gesehen.«

»Mhm.«

»Dann bring doch den Scheiß zum Chef«, brummte Joey und setzte sich in Bewegung. »Der kann's dann verteilen, nicht wahr, Pete?«

Borowski ging die rötlich-braunen Stufen hinauf, vorbei an den zwei Arbeitern, auf die Türe zu. Er trat ein und sah die Wendeltreppe zur Rechten und den langen, schmalen Korridor vor ihm, der zu einer weiteren Türe führte, die dreißig Fuß entfernt lag. Tausendmal war er diese Stufen hinaufgestiegen und viele tausend Male den Korridor entlanggegangen, so wie jetzt. Er war zurückgekommen, und ein unbeschreibliches Gefühl der Angst zog ihm die Kehle zusammen. Er konnte die Sonnenstrahlen sehen, die in der Ferne durch französische Türen hereinfielen. Er näherte sich dem Raum, wo Cain geboren worden war. *Jenem* Raum. Er klammerte sich an den Gurten fest, die er sich über die Schulter gelegt hatte, und versuchte, dem Zittern Einhalt zu gebieten, das ihn durchlief.

Marie beugte sich auf dem Rücksitz der gepanzerten Regierungslimousine nach vorne und hob den Feldstecher. Etwas war geschehen. Ein untersetzter, kräftig gebauter Mann war vor ein paar Minuten an der Treppe der Backsteinvilla vorbeigegangen und hatte seine Schritte verlangsamt, als er sich dem General näherte, hatte offensichtlich etwas zu ihm gesagt. Dann hatte der Mann seinen Weg fortgesetzt, und Sekunden darauf war Crawford ihm gefolgt.

Conklin war gefunden worden.

Marie stellte das Glas scharf. Ein Umzugsarbeiter trat auf die Treppe zu, Decken und Gurte über den Schultern, er ging hinter einem älteren Ehepaar, offenbar Bewohner der Straße, die einen Spaziergang machten. Der Mann in der Militärjacke und dem schwarzen Strickhut blieb stehen; er sprach zwei andere Packer an, die gerade einen dreieckigen Gegenstand zur Türe heraustrugen.

Was war das? Da war etwas . . . etwas Seltsames. Sie konnte das Gesicht des Mannes nicht sehen; es war ihr abgewandt. Aber die Art, wie er den Kopf hielt . . . kam ihr irgendwie bekannt vor. Der Mann ging die Treppe hinauf, ein vierschrötiger Mann, schon müde, ehe der Tag begonnen hatte . . . schlampig gekleidet. Marie setzte das Glas wieder ab; sie sah schon Gespenster.

O Gott, mein Geliebter, mein Jason. Wo bist du? Komm zu mir. Laß mich dich finden. Laß mich nicht bei diesen Dummköpfen alleine zurück. Laß nicht zu, daß sie mich dir wegnehmen. Hilf mir, mein Geliebter.

Wo war Crawford? Er hatte versprochen, sie über jeden Schritt zu informieren, über alles. Sie war ihm gegenüber von brutaler Offenheit gewesen. Er wußte, daß sie ihm nicht vertraute, keinem von ihnen; hielt nichts von ihrer angeblichen Intelligenz. Aber er hatte ihr fest versprochen . . . Wo *steckte* er?

Sie wandte sich an den Fahrer. »Würden Sie bitte das Fenster öffnen. Hier drinnen ist es stickig.«

»Tut mir leid, Miss«, erwiderte der in Zivil gekleidete Beamte. »Aber ich schalte die Klimaanlage für Sie ein.«

Fenster und Türen wurden von Knöpfen kontrolliert, die nur der

Fahrer erreichen konnte. Sie saß in einem Grab aus Glas und Metall, auf einer sonnigen, von Bäumen gesäumten Straße.

»Kein Wort davon glaube ich!« sagte Conklin und hinkte verärgert quer durch das Zimmer auf das Fenster zu. Er lehnte sich gegen den Sims und sah hinaus, die linke Hand am Gesicht, die Zähne am Knöchel seines Zeigefingers. »Kein Wort!«

»Sie wollen es nicht glauben, Alex«, konterte Crawford. »Die Lösung scheint Ihnen zu einfach zu sein.«

»Sie haben dieses Band nicht gehört. Sie haben Villiers nicht gehört!«

»Aber die Frau habe ich gehört; und das war für mich ausschlaggebend. Sie hat gesagt, daß wir nicht zugehört haben . . . Daß Sie nicht zugehört haben.«

»Dann lügt sie!« Conklin fuhr herum, so gut ihm das seine Fußverletzung erlaubte. »Herrgott, natürlich lügt sie! Warum sollte sie auch nicht lügen? Sie ist seine Geliebte. Sie wird alles tun, um ihm zu helfen.«

»Da haben Sie unrecht, und das wissen Sie. Die Tatsache, daß er hier ist, beweist, daß Sie unrecht haben.«

Conklins Atem ging schwer, und seine rechte Hand zitterte, als sie nach dem Stock griff. »Vielleicht . . . vielleicht haben wir, vielleicht . . .« Er sprach nicht weiter, sondern sah Crawford hilflos an.

»Vielleicht sollten wir alles weiterlaufen lassen?« fragte der Offizier leise. »Sie sind müde, Alex. Sie haben einige Tage nicht mehr geschlafen. Sie sind erschöpft, sie wissen nicht, was Sie reden. Ich habe nichts gehört.«

Der CIA-Mann schüttelte den Kopf, die Augen geschlossen, sein Gesicht spiegelte den Ekel wider, den er empfand. »Nein, Sie haben nichts gehört, und ich habe nichts gesagt. Ich wünschte nur, ich wüßte, wo, zum Teufel, ich anfangen soll.«

»Ich weiß es«, sagte Crawford und ging zur Tür, um sie zu öffnen. »Kommen Sie bitte herein.«

Der untersetzte Mann trat ein, und seine Augen huschten zu dem Karabiner, der an der Wand lehnte. Er sah die beiden Männer an, schien zu überlegen. »Was ist?«

»Die Übung ist abgesagt«, sagte Crawford. »Wie Sie richtig vermuten.«

»Welche Übung? Man hat mich eingestellt, ihn zu schützen.« Der Mann sah zu Alex hinüber. »Sie meinen, Sie brauchen keinen Schutz mehr, Sir?«

»Sie wissen genau, was wir meinen«, unterbrach Conklin. »Die Situation hat sich geändert.«

»Was für eine Situation? Meine Vorschriften sind ganz klar. Ich schütze Sie, Sir.«

»Gut, schön«, sagte Crawford. »Jetzt müssen wir nur noch die anderen kennen, damit wir Borowski schützen können.«

»Welche anderen?«

»Die draußen auf der Straße, im Haus, im Wagen vielleicht. Wir *müssen* es wissen.«

Der untersetzte Mann ging zu seinem Karabiner und nahm ihn. »Ich fürchte, Sie haben da etwas mißverstanden, meine Herren. Ich bin auf individueller Basis eingestellt. Wenn auch andere beauftragt wurden, so weiß ich von denen nichts.«

»Sie *kennen* Sie doch!« schrie Conklin. »Wer sind sie? *Wo* sind sie?«

»Ich habe keine Ahnung . . . Sir.« Der höfliche Heckenschütze hielt den Karabiner im rechten Arm, den Lauf zu Boden gerichtet. Er hob ihn vielleicht zwei Zollbreit an, nicht mehr als das, eine kaum sichtbare Bewegung. »Wenn meine Dienste nicht mehr benötigt werden, gehe ich jetzt.«

»Können Sie nicht Kontakt mit ihnen aufnehmen?« unterbrach der General. »Wir zahlen großzügig.«

»Ich bin bereits großzügig bezahlt worden, Sir. Es wäre falsch, Geld für einen Dienst anzunehmen, den ich nicht leisten kann. Und sinnlos, das fortzusetzen.«

»Dort draußen steht das Leben eines Menschen auf dem Spiel!« schrie Conklin.

»Das meine auch«, sagte der Mann und ging zur Tür, wobei er die Waffe etwas höher hob. »Wiedersehn, Gentlemen.« Er ging hinaus.

»*Herrgott*!« brüllte Alex und drehte sich wieder zum Fenster, wobei sein Stock gegen einen Heizkörper schlug. »Was *tun* wir jetzt?«

»Zuallererst muß diese Umzugsfirma weg. Ich weiß nicht, welche Rolle sie in Ihrer Strategie spielte, aber sie kompliziert die Dinge nur.«

»Das kann ich nicht. Ich habe es versucht. Ich hatte nichts damit zu tun. Wir haben die Papiere abgegeben, als unsere Anlagen entfernt wurden. Die Verwaltung hat die Dienstleistungsbetriebe aufgefordert, das Zeug wegzuschaffen.«

»Mit der gebotenen Eile«, sagte Crawford und nickte. »Der Mönch hat alles unterschrieben; seine Aussage spricht die Agency von aller Schuld frei. Das steht in seinen Akten.«

»Wenn wir nur vierundzwanzig Stunden Zeit hätten. Dabei wissen wir nicht einmal, ob wir überhaupt noch vierundzwanzig Minuten haben.«

»Die wir aber brauchen. Es wird eine Anfrage im Senat geben. Lassen Sie die Straße sperren!«

»Was?«

»Sie haben richtig gehört — die Straße sperren, mit Seilen! Rufen Sie die Polizei und verlangen Sie, daß alles mit Seilen abgesperrt wird.«

»Über die Agency? Das ist keine Auslandsangelegenheit, ich —«

»Dann erledige *ich* das. Über das Pentagon, die Vereinigten Stabschefs, wenn es sein muß. Wir stehen herum und suchen Gründe, und dabei spielt sich das vor unseren Augen ab! Wir müssen die Straße räumen, sie absperren, einen Wagen mit Lautsprecheranlage holen. *Sie* hineinsetzen, ihr ein *Mikrophon* in die Hand geben! Sie soll sagen, was sie will, sich die Kehle herausschreien. Sie hat recht gehabt. Zu *ihr* hat er Vertrauen!«

»Wissen sie, was Sie da sagen?« fragte Conklin. »Man wird Fragen stellen. Die Presse, die Massenmedien werden sich auf uns stürzen. Alles wird dann enthüllt werden, alles an die Öffentlichkeit gezerrt werden.«

»Das ist mir bewußt«, sagte der General. »Mir ist auch bewußt, daß das geschehen wird, wenn die Sache hier schiefgeht. Aber es geht jetzt darum, das Leben eines Mannes zu retten, den ich zwar von Anfang an nicht gebilligt habe, aber vor dem ich einmal Respekt hatte, und jetzt noch mehr.«

»Und was ist mit dem anderen Mann? Wenn Carlos wirklich in Erscheinung tritt, öffnen Sie ihm jetzt Tür und Tor, verschaffen ihm eine Fluchtmöglichkeit.«

»Carlos haben wir nicht erfunden. Cain haben wir erfunden und mißbraucht. Wir haben ihn zerstört. Das, was wir jetzt machen, sind wir ihm schuldig. Gehen Sie hinunter und holen Sie die Frau. Ich werde inzwischen telefonieren.«

Borowski betrat die große Bibliothek mit den breiten, eleganten französischen Türen, durch die das Sonnenlicht hereinströmte. Auf der andern Seite der Glasscheiben waren die hohen Mauern des Gartens . . . rings um ihn Gegenstände, die zu betrachten ihm Schmerz bereitete; er kannte sie und kannte sie doch nicht. Sie waren Teile von Träumen — aber sie hatten Form und Gestalt, man konnte sie berühren, fühlen, benutzen —, sie waren nicht nur Schemen. Ein langer Klapptisch, auf dem man Gläser füllte, lederne Sessel, in denen Männer saßen und sich unterhielten, Regale, voller Bücher und anderer Dinge

— die manches verbargen —, Gegenstände, die dann erschienen, wenn man Knöpfe drückte. Es war der Raum, in dem ein Mythos zur Welt gekommen war, ein Mythos, der in Südostasien geboren wurde und in Europa zugrunde ging.

Er sah die lange, röhrenförmige Ausbuchtung in der Decke, und da kam wieder die Dunkelheit auf ihn zu; Lichtblitze und Bilder wie auf einer Leinwand, und Stimmen, die ihm ins Ohr schrien.

Wer ist das? Schnell. Das war zu langsam! Jetzt wären Sie schon ein toter Mann! Wo ist diese Straße? Was bedeutet sie Ihnen? Wem sind Sie dort begegnet? . . . Tötungsmethoden. Was sind die Ihren? Nein! . . . Sie sind nicht Delta! . . . Sie sind das, was Sie hier sind, hier geworden sind!

»Hey! Wer zum Teufel bist *du* denn?« Ein rotgesichtiger Mann, der in einem Lehnsessel neben der Türe saß, mit einem Block auf den Knien, schrie ihn an. Jason war einfach an ihm vorbeigegangen.

»Sind Sie *Doogan*?« fragte Borowski.

»Yeah.«

»Schumach schickt mich. Er hat gesagt, daß hier noch einer gebraucht wird.«

»Wozu denn! Ich hab' schon fünf, und die Gänge in dieser Scheißbude sind so eng, daß man kaum durchkommt.«

»Ich weiß nicht. Schumach hat mich geschickt, mehr weiß ich nicht. Er hat gesagt, ich soll das Zeug hier mitbringen.« Borowski ließ die Decken und Gurte auf den Boden fallen.

»Noch mehr so Kram? Warum denn! So, so, und Schumach hat dich geschickt. Ich soll ihn fragen?«

»Geht jetzt nicht. Er hat gesagt, er fährt nach Sheepshead. Heut nachmittag ist er wieder da.«

»Na Klasse! Er geht zum Fischen, und mich läßt er in der Scheiße hocken . . . Du bist neu. Anfänger aus der Packerschule?«

»Yeah.«

»Dieser Murray ist vielleicht 'n Typ. Zwei alte Besserwisser, die dauernd meckern, und vier neue.«

»Soll ich hier anfangen? Ich könnte gleich . . .«

»Nein, du Arschloch! Neue fangen immer oben an, haben die dir das nicht beigebracht? Da zeigt sich, was du kannst, *kapiert*?«

»Yeah, *kapiert*.« Jason bückte sich nach den Decken und Gurten.

»Laß den Kram hier — den brauchst du nicht. Geh nach oben, oberstes Stockwerk, und nimm die schweren Holztrümmer. So schwer du sie schleppen kannst. Und daß du mir ja nicht mit irgendwelchem Scheiß von der Gewerkschaft kommst.«

Borowski ging die Treppe in den ersten Stock hinauf und stieg dann die schmalen Stufen weiter ins zweite Stockwerk. Es war, als zöge ihn eine magnetische Kraft, die sein Begriffsvermögen überstieg, ganz nach oben in einen bestimmten Raum der Backsteinvilla, einen Raum, den er nur aus seinen Bildern kannte. Der Treppensims war düster, keine Lichter brannten, und nirgends kam die Sonne durch die Fenster. Er hatte jetzt die oberste Stufe erreicht, stand einen Augenblick lang stumm da. Welches Zimmer war es? Da waren drei Türen, zwei an der linken Seite des Ganges, eine an der rechten. Er setzte sich langsam auf die zweite Türe links in Bewegung, er konnte sie in dem schlechten Licht kaum sehen. Das war es; von dort kamen die Gedanken in der Dunkelheit . . . Erinnerungen, die ihn plagten, Schmerz bereiteten. Sonne und der Gestank des Flusses, des Dschungels . . . heulende Maschinen am Himmel, Maschinen, die aus dem Himmel herunterschossen. *O Gott, wie das wehtat!*

Er legte die Hand auf den Türknopf, drehte ihn herum und öffnete die Tür. Finsternis, aber nicht völlige Finsternis schlug ihm entgegen. Am anderen Ende des Raumes war ein kleines Fenster, ein schwarzer Vorhang war vorgezogen, der es bedeckte, aber nicht ganz. Er konnte einen dünnen Lichtspalt sehen, so schmal, daß das Licht kaum durchbrach, dort, wo der Vorhang den Fenstersims berührte. Er ging auf das Fenster zu, auf den dünnen, winzigen Lichtspalt.

Ein Scharren! Ein Scharren in der Finsternis! Er wirbelte herum. Ein diamantenähnliches Blitzen war in der Luft, Licht, das sich in Stahl spiegelte.

Ein Messer schoß auf sein Gesicht zu.

»Für das, was Sie getan haben, würde ich am liebsten zusehen, wie Sie langsam sterben«, sagte Marie und starrte Conklin an. »Und diese Erkenntnis stößt mich wiederum ab.«

»Darauf kann ich Ihnen nichts sagen«, erwiderte der CIA-Mann und hinkte durch das Zimmer auf den General zu. »Es hätte auch anders kommen können — Sie und er hätten sich was einfallen lassen können.«

»Was denn? Wo denn? Als dieser Mann in Marseille ihn zu töten versuchte? In der Rue Sarrasin? Als sie ihn in Zürich jagten? Als sie in Paris auf ihn schossen? Und er wußte die ganze Zeit nicht, warum. Was hätte er tun sollen?«

»Sich zeigen! Verdammt, sich zeigen!«

»Das hat er getan. Kürzlich, als Sie versuchten, ihn zu töten.«

»*Sie* waren doch bei ihm. Sie hatten doch ein Gedächtnis.«

»Angenommen, ich hätte gewußt, an wen ich mich wenden sollte — hätten Sie mir überhaupt zugehört?«

Conklin erwiderte ihren Blick. »Ich weiß nicht«, antwortete er und senkte dann den Kopf. Dann wandte er sich Crawford zu. »Was geschieht jetzt?«

»Washington will, daß ich binnen zehn Minuten zurückkehre.«

»Aber was *geschieht*?«

»Ich bin nicht sicher, daß Sie das hören wollen. Einmischung des Bundes in staatliche und städtische Polizeioperationen. Das erfordert Freigabebescheide.«

»Herrgott!«

»Schauen Sie!« Der Offizier beugte sich plötzlich ans Fenster. »Der Möbelwagen fährt weg.«

»Jemand ist durchgekommen«, sagte Conklin.

»Wer?«

»Das werden wir gleich haben.« Der CIA-Mann hinkte zum Telefon. Auf dem Tisch lagen ein paar Papierfetzen mit hastig hingekritzelten Telefonnummern. Er nahm einen der Zettel und wählte. »Geben Sie mir Schumach . . . bitte . . . Schumach? Hier spricht Conklin, Central Intelligence. Wer hat Sie verständigt?«

Die Stimme des anderen konnte durch das halbe Zimmer gehört werden, so laut schrie er ins Telefon. »Was heißt verständigt? Jetzt lassen Sie mich endlich in Frieden! Wir haben diesen Auftrag übernommen und führen ihn zu Ende! Verdammt, ich glaube wirklich, Sie spinnen —«

Conklin knallte den Hörer auf die Gabel. »Herrgott . . . !« Seine Hand zitterte, als er wieder nach dem Hörer griff. Er nahm ihn ab und wählte erneut, wobei er diesmal auf ein anderes Stück Papier sah. »Petrocelli. Rückführung!« befahl er. »Petrocelli? Noch mal Conklin.«

»Sie waren plötzlich weg. Was war los?«

»Keine Zeit. Jetzt einmal ganz offen. Dieser eilige Lieferschein — wer hat ihn unterschrieben?«

»Was soll das heißen, wer ihn unterschrieben hat? Der Oberbonze, der die Scheine immer unterschreibt, McGivern.«

Conklins Gesicht wurde weiß. »Das hatte ich befürchtet«, flüsterte er und ließ den Hörer sinken. Er wandte sich zu Crawford und seine Lippen zitterten, als er sprach. »Die Anweisung an die Dienstleistungsabteilung ist von einem Mann unterzeichnet, der vor zwei Wochen pensioniert wurde.«

»Carlos . . .«

»O Gott!« schrie Marie. »Der Mann mit den Decken und Gurten! Die Art, wie er den Kopf hielt, den Hals. Etwas nach rechts. Das war er! Wenn er Kopfschmerzen hat, legt er den Kopf immer etwas nach rechts. Das war Jason! Er ist *hineingegangen*.«

Alexander Conklin wandte sich wieder dem Fenster zu und sah zu der schwarz lackierten Tür auf der anderen Straßenseite hinüber. Sie war verschlossen.

Die Hand! Die Haut . . . die dunklen Augen in dem dünnen Lichtstreifen. *Carlos!*

Borowski riß den Kopf zurück, als die rasiermesserscharfe Schneide ihm die Haut unter dem Kinn aufriß, und das Blut über die Hand spritzte, die das Messer hielt. Sein rechter Fuß schoß vor und traf den unsichtbaren Angreifer an der Kniescheibe. Dann wirbelte er herum und trat dem Mann mit dem linken Absatz in den Unterleib. Carlos drehte sich, und wieder zuckte die Klinge aus der Finsternis, hob sich ihm entgegen, fuhr direkt auf seinen Leib zu. Jason sprang zurück, überkreuzte die Handgelenke, stieß nach unten, blockierte den dunklen Arm, der eine Verlängerung des Messergriffs war. Er verdrehte die Finger nach innen, so daß seine Hände eine Zange bildeten, die den Unterarm unter seinem blutbeschmierten Hals packte und schräg nach oben reißen konnte. Das Messer schnitt in den Stoff seiner Militärjacke, fuhr quer über seine Brust. Borowski drückte den Arm nach unten, verdrehte das Handgelenk, das er jetzt festhielt, rammte dem anderen die Schulter in den Leib und riß Carlos, als er das Gleichgewicht verlor und seitwärts stürzte, den Arm halb aus dem Gelenk.

Jason hörte das Messer auf dem Boden klirren. Er stürzte auf das Geräusch zu und griff gleichzeitig in seinen Gürtel, um die Pistole herauszuholen. Als sie sich im Stoff verfing, ließ er sich zu Boden fallen, aber nicht schnell genug. Die Stahlspitze eines Schuhs schmetterte ihm gegen die Schädelseite — die Schläfe — und rasender Kopfschmerz durchzuckte ihn. Wieder wälzte er sich zur Seite, schneller, immer schneller, bis er gegen die Wand stieß; dort richtete er sich halb auf und versuchte, in der fast völligen Dunkelheit etwas zu sehen. Der Umriß einer Hand fing sich in dem dünnen Lichtfaden, der durch das Fenster hereinfiel — er warf sich darauf, und seine eigenen Hände waren jetzt Klauen, die Arme Rammen. Er packte die Hand, bog sie nach hinten, brach das Handgelenk. Ein Schrei erfüllte den Raum.

Ein Schrei, und das hohle, tödliche Klacken eines Pistolenschusses, ein eisiger Schnitt links oben in Borowskis Brustkasten, die Kugel hatte sich irgendwo in der Nähe seines Schulterblattes festgebohrt. In seiner Agonie *duckte* er sich und sprang wieder, drängte den Killer über einem scharfkantigen Möbelstück an die Wand. Carlos *bog* sich zur Seite, während zwei weitere halb erstickte Schüsse ziellos abgegeben wurden. Jason warf sich nach links, bekam endlich die Waffe frei und richtete sie auf den Ort, von dem die Schüsse gekommen waren. Er feuerte, eine betäubende Explosion, aber ohne Wirkung. Er hörte die Tür krachend zufliegen; der Killer war nach draußen gerannt, in den Korridor.

Borowski versuchte, sich die Lungen voll Luft zu pumpen, und kroch auf die Türe zu. Als er sie erreichte, drängte ihn sein Instinkt, an der Seite zu bleiben und die Faust gegen das Holz am Boden zu schmettern. Was folgte, war ein Alptraum. Eine kurze Salve aus einer Maschinenwaffe, die Holzvertäfelung splitterte, Trümmer flogen durch den Raum. Kaum hatte der Feuerstoß aufgehört, als Jason die eigene Waffe hob und schräg durch die Tür feuerte; der Feuerstoß wurde wiederholt. Borowski wirbelte zur Seite, preßte den Rücken gegen die Wand; die Eruption hörte auf, und er feuerte wieder. Da standen zwei Männer, nur wenige Zoll voneinander entfernt, die von keinem anderen Wunsch beseelt waren, als einander zu töten. *Cain ist für Charlie und Delta ist für Cain. Du mußt Carlos unschädlich machen. Ihn in die Falle locken. Carlos töten!*

Dann hörte Jason schnelle Schritte und das Geräusch eines zersplitternden Geländers, als eine Gestalt die Treppe hinuntertaumelte. Carlos rannte nach unten, das Tier wollte Hilfe, war verletzt. Borowski wischte sich das Blut vom Gesicht, von der Kehle, und trat durch die herausgerissene Türfüllung in den schmalen Korridor hinaus, die Waffe schußbereit in der Hand. Mühsam tastete er sich auf die Treppe zu. Plötzlich hörte er unten Rufe.

»Was zum Teufel *machst du da, Mann? Pete! Pete!*«

Zwei metallisch klingende, hustende Laute erfüllten die Luft.

»Joey! *Joey!*«

Wieder einer dieser hustenden Laute; dann krachten irgendwo unten Körper auf den Boden.

»Herrgott! *Jesus Christus*, Mutter —!«

Wieder zwei metallisch hustende Laute, gefolgt von einem gutturalen Todesschrei. Ein dritter Mann war tot.

Was hatte dieser dritte Mann gesagt? *Zwei alte Besserwisser und vier Neue*. Der Umzugswagen war eine Carlos-Operation! Der Mörder hatte zwei Soldaten mitgebracht — die ersten drei Anfänger aus der Möbelpackerschule. Drei Männer mit Waffen, und er war alleine und besaß nur eine Pistole. Belagert im obersten Stockwerk der Backsteinvilla. Aber Carlos befand sich im Haus. *Im Haus*. Wenn er entkommen konnte, dann würde Carlos derjenige sein, der belagert würde, der in die Ecke Getriebene! Wenn er hinauskam. *Hinaus!*

Am vorderen Ende des Korridors war ein Fenster, das ein dunkler Vorhang verdeckte. Jason arbeitete sich darauf zu, stolperte, hielt sich den Hals, schob die Schulter vor, um den Schmerz an seiner Brust erträglich zu machen. Er riß den Vorhang von der Stange; das Fenster war klein, und das Glas war auch hier dick und von prismatischen purpurnen und blauen Lichtern durchzogen. Es war unzerbrechlich, und der Rahmen war fest in die Mauer eingelassen; unmöglich, die Scheibe einzuschlagen. Und dann wanderte sein Blick nach unten zur Einundsiebzigsten Straße. Der Möbelwagen war verschwunden! Jemand mußte ihn weggefahren haben . . . einer von Carlos' Soldaten! Blieben zwei. *Zwei* Männer, nicht drei. Und er war ganz oben; es war immer von Vorteil, oben zu sein.

Das Gesicht von Schmerz verzerrt, den Körper zusammengekrümmt, arbeitete Borowski sich zur ersten Türe links vor; sie stand parallel zur Treppe. Er öffnete sie und trat ein. Nach dem Bild, das sich ihm bot, handelte es sich um ein gewöhnliches Schlafzimmer: Lampen, schwere Möbel, Bilder an den Wänden. Er packte die nächststehende Lampe, riß die Schnur aus der Wand und trug sie zum Geländer. Er hob sie über den Kopf und schleuderte sie nach unten, trat zurück, als Metall und Glas drunten zersplitterten. Wieder ein Feuerstoß, die Kugeln bohrten sich in die Decke, hinterließen eine gerade Linie im Verputz. Jason schrie, ließ seinen Schrei in ein Stöhnen und dann ein verzweifeltes Jammern ausklingen, dann war Stille. Er schob sich hinter das Geländer, wartete. Stille.

Da geschah es. Er konnte die langsamen, vorsichtigen Schritte hören; der Killer war im ersten Stock auf dem Treppenabsatz gewesen. Die Schritte kamen näher, wurden lauter; an der dunklen Wand tauchte ein schwacher Schatten auf. *Jetzt.* Borowski sprang aus seiner Deckung vor und gab schnell hintereinander vier Schüsse auf die Gestalt auf der Treppe ab; eine Reihe von Einschußlöchern und Bluteruptionen zog sich schräg über den Kragen des Mannes. Der Killer fuhr herum, stieß einen brüllenden Schrei aus, in den sich Wut und Schmerz mischten, dann stürzte er die Treppe hinunter und blieb verdreht, mit dem Gesicht nach oben, auf den untersten drei Stufen liegen. In den Händen hielt er immer noch die tödliche Maschinenpistole.

Jetzt. Jason rannte auf die Treppe zu, raste hinunter, hielt das Geländer, versuchte, mit letzter Kraft das Gleichgewicht zu halten. Er durfte keinen Augenblick vergeuden; jeder konnte sein letzter sein. Wenn er das erste Stockwerk erreichen würde, dann jetzt, unmittelbar nach dem Tod des Soldaten. Und als er über die Leiche sprang, wußte Borowski, daß es ein Soldat war, nicht Carlos. Der Mann war hochgewachsen, und seine Haut war weiß, sehr weiß, seine Züge waren nordisch, oder jedenfalls nordeuropäisch, keineswegs südländisch.

Jason rannte in den Korridor des ersten Stockes, suchte die Schatten, preßte sich gegen die Wand. Jetzt blieb er stehen, lauschte. In der Ferne war ein scharfes Scharren zu hören, jetzt auch eines von unten. Er wußte, der Mörder bewegte sich im Erdgeschoß. Und das Geräusch war nicht absichtlich gewesen; es war nicht laut und auch nicht lang genug gewesen, um auf eine Falle zu deuten. Carlos war verletzt — eine zerschlagene Kniescheibe oder ein gebrochenes Handgelenk würden seine Orientierung genügend behindern, um ihn mit einem Möbelstück kollidieren oder mit einer Waffe in der Hand gegen eine Wand stoßen zu lassen und dabei das Gleichgewicht zu verlieren, wie Borowski das seine verlor. Das war es, was er wissen mußte.

Jason duckte sich und kroch zur Treppe zurück, zu der Leiche, die über den drei untersten Stufen lag. Er mußte einen Augenblick innehalten; er spürte, wie die Kräfte ihn verließen, er hatte zu viel Blut verloren. Er versuchte, das Fleisch an seinem Hals zusammenzuquetschen und seine Brustwunde zu pressen — alles, um nur die Blutung zu stillen. Aber das war sinnlos; um am Leben zu bleiben, mußte er aus der Villa heraus, den Ort verlassen, an dem Cain zur Welt gekommen war. Jetzt ging sein Atem wieder etwas regelmäßiger, und er griff nach der Maschinenpistole und nahm sie dem Toten weg. Er war bereit zu sterben und bereit, *Carlos in die Falle zu locken . . . Carlos zu töten!* Er konnte das Haus nicht verlassen; das wußte er; die Zeit stand nicht auf seiner Seite. Bis dahin würde er zu viel Blut verloren haben. Das Ende war der Anfang: Cain war für Carlos und Delta war für Cain. Nur eine quälende Frage blieb: wer war Delta? Es hatte nichts zu besagen. Das lag jetzt hiner ihm; bald würde Dunkelheit um ihn sein. Nicht gewalttätige, sondern friedliche Dunkelheit . . . Freiheit von jener Frage.

Und mit seinem Tode würde Marie frei sein, seine Liebe würde frei sein. Anständige Männer würden dafür sorgen, wie Villiers, dessen einziger Sohn auf der Rue du Bac getötet worden war und dessen Leben von der Hure eines Verbrechers zerstört worden war.

Im Laufe der nächsten paar Minuten, dachte Jason und prüfte lautlos den Ladestreifen in der Automatikwaffe, würde er das Versprechen erfüllen, das er jenem Mann gegeben hatte, die Übereinkunft erfüllen, die er mit Männern getroffen hatte, die er nicht kannte. Indem er beides tat, lieferte er den Beweis. Jason Borowski war einmal an diesem Tag gestorben; er würde erneut sterben, aber er würde Carlos mitnehmen. Er war bereit.

Er ging in die Knie und kroch auf den Ellbogen zur Treppe zu. Er konnte das Blut unter sich riechen. Die Zeit verrann. Er erreichte die oberste Stufe, zog die Beine an, griff in die Tasche und holte eine der

Straßenfackeln heraus, die er in dem Laden an der Lexington Avenue gekauft hatte. Jetzt wußte er, was ihn gedrängt hatte, sie zu kaufen. Er war wieder in Tam Quan, an das er sich nicht erinnerte, das er vergessen hatte. Die Fackeln hatten es ihm ins Gedächtnis gerufen; sie würden jetzt wieder einen Dschungel beleuchten.

Er wickelte den wachsgetränkten Zünder aus der kleinen, runden Vertiefung an der Fackelspitze, führte ihn zum Mund und biß den Docht auf einen knappen Zoll ab. Er griff in die andere Tasche und holte ein Plastikfeuerzeug heraus, drückte es gegen die Fackel und packte beides mit der linken Hand. Dann preßte er die Schulterstütze der Waffe gegen die rechte Schulter und schob den gebogenen Metallstreifen in das Tuch seiner blutdurchtränkten Militärjacke; hier war er sicher. Er streckte die Beine aus und schob sich wie eine Schlange die letzte Treppe hinunter, den Kopf unten, die Füße oben, so daß sein Rücken an der Wand streifte.

Er erreichte die Mitte der Treppe. Schweigen, Dunkelheit, sämtliche Lichter waren gelöscht worden . . . Lichter? *Licht?* Wo waren die Sonnenstrahlen, die er erst vor wenigen Minuten im Korridor gesehen hatte? Sie waren durch zwei französische Türen am anderen Ende des Raumes — *jenes Raumes* — am Ende des Korridors gekommen, aber er konnte jetzt nur Dunkelheit sehen. Die Türen waren geschlossen worden; die Tür unter ihm, die einzige andere Tür im Korridor, war ebenfalls verschlossen und nur durch einen dünnen Lichtstrahl ganz unten zu erkennen. Carlos zwang ihn zur Wahl. Hinter welcher Türe? Oder gebrauchte der Meuchelmörder eine bessere Strategie? Hielt er sich in der Finsternis des schmalen Ganges selbst verborgen?

Borowski spürte einen stechenden Schmerz am Schulterblatt und dann eine Bluteruption, die das Flanellhemd unter seiner Militärjacke durchtränkte. Eine weitere Warnung; es war nur noch sehr wenig Zeit.

Er preßte sich gegen die Wand, die Waffe auf die dünnen Streben des Geländers gerichtet, nach unten in die Finsternis des Korridors zielend. *Jetzt!* Er betätigte den Abzug. Das Stakkato der Explosionen riß die Geländerstreben weg, und das Geländer selbst fiel hinunter, während die Kugeln Wände und Tür unter ihm zerfetzten. Er ließ den Abzug los, fuhr mit der Hand unter den glühend heißen Lauf, packte das Plastikfeuerzeug mit der rechten Hand und die Fackel mit der linken. Er drehte das Rädchen; der Docht fing Feuer, er hielt ihn an den kurzen Zünder. Dann zog er die Hand wieder weg, griff wieder nach der Waffe und feuerte erneut, blies unten alles weg. Ein Glaskandelaber krachte irgendwo zu Boden; das Pfeifen von Querschlägern erfüllte die Dunkelheit. Und dann — *Licht!* Blendendes

Licht, als die Fackel Feuer fing, den Dschungel mit Flammen erfüllte, die Bäume und die Wände beleuchtete, die verborgenen Wege und die mit Mahagoni vertäfelten Korridore. Der Gestank des Todes und des Dschungels war überall, und er befand sich mittendrin.

Almanach an Delta. Almanach an Delta. Aufgeben. Aufgeben!

Niemals. Nicht jetzt. Nicht am Ende. Cain ist für Carlos und Delta ist für Cain. Carlos in die Falle locken. Carlos töten!

Borowski erhob sich, preßte den Rücken gegen die Wand, hielt die Fackel in der linken Hand und die knatternde Waffe in der rechten. Er stürzte sich hinunter in das mit Teppichen belegte Unterholz, trat die Tür vor sich auf, zerschmetterte Silberrahmen und Trophäen, die von Tischen und Regalen in die Luft flogen. In die Bäume. Er blieb stehen; in jenem stillen, schallgedämpften, eleganten Raum war niemand. Niemand auf dem Dschungelpfad.

Er wirbelte herum, taumelte in den Korridor zurück, jagte einen Feuerstoß über die Wände. Niemand.

Die Tür am Ende des schmalen, finsteren Korridors. Dahinter war der Raum, in dem Cain geboren war. Wo Cain sterben würde, aber nicht allein.

Er hörte auf zu schießen, klemmte die Fackel jetzt in die rechte Hand unter der Waffe und griff in die Tasche, um die zweite Fackel herauszuholen. Er zog sie heraus, wickelte wieder den Zünder auf, biß die Schnur ab, nur Millimeter von der Kontaktstelle der gelatineartigen Brandmasse entfernt. Er hielt die erste Fackel hin; die Lichtexplosion war so hell, daß seine Augen schmerzten. Jetzt hielt er ungeschickt beide Fackeln in der linken Hand, kniff die Augen zusammen und näherte sich langsam der Tür, wobei seine Beine und Arme anfingen, den Kampf um das Gleichgewicht zu verlieren.

Sie war offen, die schmale Fuge reichte auf der Schloßseite von ganz oben bis unten. Der Mörder kam ihm entgegen, aber als Jason die Türe ansah, wußte er instinktiv etwas über sie, das Carlos nicht wußte. Sie war ein Teil seiner Vergangenheit, ein Teil des Raumes, in dem Cain zur Welt gekommen war. Er griff mit der rechten Hand nach unten, quetschte sich die Waffe zwischen Unterarm und Hüfte und griff nach dem Türknopf.

Jetzt. Er schob die Tür sechs Zoll weit auf und warf die Fackeln hinein. Ein langer Feuerstoß aus einer Sten-Maschinenpistole hallte durch den Raum, durch das ganze Haus. Tausend tote Töne, die unter ihm einen Akkord bildeten, als der Kugelhagel sich in ein Schild aus Blei bohrte, hinter dem eine Stahlplatte in die Tür eingelassen war.

Die Salve hörte auf, der letzte Ladestreifen war verbraucht. *Jetzt.* Borowskis Hand fuhr an den Abzug, er warf sich mit der Schulter gegen die Tür, stürzte sich hinein, feuerte im Kreise, während er sich auf dem Boden wälzte und die Beine im Gegensinn des Uhrzeigers schwang. Ungezielte Schüsse antworteten ihm, während Jasons Waffe die Herkunft jener Schüsse suchte. Ein wilder Wutschrei hallte ihm aus der Finsternis entgegen; Borowski hatte bereits erkannt, daß man die Vorhänge zugezogen hatte und damit dem Licht den Zutritt versperrte. Warum war dann hier so viel Licht . . . grelles Licht? Es war überwältigend, verursachte Explosionen in seinem Kopf, einen scharfen, bohrenden Schmerz in seinen Schläfen.

Die Leinwand! Die riesige Leinwand war aus der Decke gezogen, bis zum Boden gespannt, und die weite, glänzende Silberfläche war wie ein weißglühender Schild eiskalten Feuers. Er stürzte sich hinter den großen Klapptisch, wo die Bar ihm Schutz bieten sollte. Dort richtete er sich auf und drückte wieder ab, noch mal ein Feuerstoß. Sein letzter Ladestreifen war verbraucht. Er schleuderte die Waffe am Kolben auf die Gestalt im weißen Overall mit dem weißen Seidentuch, das über das Gesicht heruntergerutscht war.

Das *Gesicht!* Er kannte es! Er hatte es schon einmal gesehen! Wo . . . wo? War es in Marseille? Ja . . . nein! Zürich? Paris? Ja *und* nein! Und dann wurde es ihm in jenem Augenblick in dem blendenden, vibrierenden Licht klar, daß das Gesicht auf der anderen Seite des Zimmers vielen bekannt war, nicht nur ihm. Aber von wo? *Wo?* Wie so vieles andere wußte er es und wußte es auch wieder nicht. Aber er würde es immer wiedererkennen.

Er warf sich zu Boden, hinter die schwere kupferne Bar. Pistolenschüsse, zwei . . . drei, und die zweite Kugel riß ihm am linken Unterarm das Fleisch auf. Er zog die Automatic aus dem Gürtel; drei Schüsse hatte er noch. Einer davon mußte sein Ziel finden — Carlos. Es gab eine Schuld in Paris zu begleichen, einen Kontrakt zu erfüllen. Und die Frau, die er liebte, würde erst in Sicherheit sein, wenn der Killer tot war. Er holte das Plastikfeuerzeug aus der Tasche, zündete es an und hielt es unter einen Wischlappen, der hinter der Bar an einem Haken hing. Das Tuch fing Feuer; er packte es und warf es nach rechts, während er sich gleichzeitig nach links stürzte. Carlos feuerte auf den brennenden Fetzen, während Borowski sich aufrichtete, die Waffe hob und zweimal abdrückte.

Die Gestalt krümmte sich, stürzte aber nicht. Jetzt duckte er sich und sprang dann schräg nach vorne, die Hände ausgestreckt. Was *machte* er nur? Und dann wußte es Jason. Carlos packte den Rand der riesigen silbernen Leinwand, riß sie von ihrer Halterung in der Decke und zog sie unter Aufbietung all seiner Kraft nach unten.

Sie schwebte über Borowski, füllte sein Gesichtsfeld, verdrängte alles andere aus seinem Bewußtsein. Er schrie, als das schimmernde

Silber ihn begrub, und verspürte davor plötzlich mehr Angst als vor Carlos oder irgendeinem anderen menschlichen Wesen auf Erden. Es erschreckte ihn, machte ihn wütend, spaltete sein Bewußtsein in viele Stücke; Bilder schwammen vor seinen Augen, wütende Stimmen schrien ihm in die Ohren. Er hob die Waffe und feuerte auf das schreckliche Leichentuch. Und als er wild mit der Hand danach schlug, das rauhe Silbertuch wegzerrte, begriff er. Er hatte seinen letzten Schuß abgefeuert, seinen *letzten.* Ebenso wie er, kannte auch Carlos jede Waffe auf Erden, wenn er sie einmal gesehen oder gehört hatte; er hatte die Schüsse gezählt.

Der Mörder ragte über ihm auf, die Automatic in seiner Hand war auf Jasons Kopf gerichtet. »Ihre Hinrichtung, Delta. Am geplanten Tag. Für alles, was Sie getan haben.«

Borowski krümmte seinen Rücken, warf sich wild nach rechts; zumindest würde er bis zuletzt kämpfen. Schüsse erfüllten den Raum, heiße Nadeln wanderten über seinen Hals, durchbohrten seine Beine, schnitten bis zu seiner Hüfte herauf. Du mußt rollen, *rollen!*

Plötzlich verstummten die Schüsse, und er konnte aus der Ferne gleichmäßige hämmernde Laute hören, Schläge auf Holz und Stahl, die lauter wurden, eindringlicher. Aus dem finsteren Korridor vor der Bibliothek war ein letztes, betäubendes Krachen zu hören, dann das Schreien von Männern, Schritte und dahinter irgendwo in der unsichtbaren Welt draußen das ohrenbetäubende Heulen von Sirenen.

»Hier drinnen! Er ist *hier* drinnen!« schrie Carlos.

Es war wahnsinnig! Der Meuchelmörder lenkte die Eindringlinge direkt zu ihm, *zu* ihm! Ein hochgewachsener Mann in einem schwarzen Mantel trat die Türe ein, jemand war bei ihm, aber Jason konnte nichts sehen. Die Nebel erfüllten seine Augen, Umrisse und Laute wurden undeutlich, verschwommen. Er drehte sich im Raum. Weg . . . weg.

Aber dann sah er etwas, das ihn mit Entsetzen erfüllte. Ein hochgewachsener, breitschultriger Mann mit dunklem Haar und olivfarbener Haut rannte aus dem Raum, den schwach beleuchteten Korridor hinunter. *Carlos.* Seine Schreie hatten die Falle gesprengt! Er hatte sie *umgedreht!* In dem Chaos hatte er die Verfolger in die Falle gelockt. Er *entkam!*

»Carlos . . . « Borowski wußte, daß man ihn nicht hören konnte; was sich seiner blutenden Kehle entrang, war nur ein Flüstern. Er versuchte es noch einmal, zwang das Geräusch aus den Tiefen seiner Brust. »*Er* ist es. Das ist . . . *Carlos!*«

Um ihn herum herrschte Verwirrung, Befehle wurden wild durcheinander gerufen, Anweisungen verworfen. Und dann tauchte eine

Gestalt auf. Ein Mann hinkte auf ihn zu, ein Krüppel, der in einem Friedhof in der Nähe von Paris versucht hatte, ihn zu töten. Nichts blieb ihm erspart! Jason taumelte, kroch auf die zischende, blendende Fackel zu. Er packte sie und hielt sie, als wäre sie eine Waffe, zielte mit ihr auf den Killer mit dem Stock.

»Komm nur! Komm *her!* Näher, du Bastard! Ich brenne dir die Augen aus! Du glaubst, du wirst mich töten, aber das *wirst du nicht!* Ich töte dich! Die Augen brenne ich dir aus!«

»Sie verstehen nicht«, sagte die zitternde Stimme des hinkenden Killers. »Ich bin es, Delta. Ich — Conklin. Ich habe mich getäuscht.«

Die Fackel versengte ihm die Hände, die Augen! . . . *Wahnsinn. Eine Explosion löste die andere ab, sie blendeten ihn, jagten ihm Angst und Schrecken ein, waren von ohrenbetäubenden, kreischenden Lauten aus dem Dschungel durchsetzt, die mit jeder Detonation hervorbrachen.*

Der Dschungel! Tam Quan! Der nasse, heiße Gestank war überall, aber sie hatten es erreicht! Das Stützpunktlager gehörte ihnen!

Eine Explosion zu seiner Linken; er konnte sie sehen. Hoch über dem Boden, zwischen zwei Bäumen hängend, ein Bambuskäfig. Die Gestalt in dem Käfig bewegte sich. Er lebte! Er mußte zu ihm kommen, ihn erreichen!

Ein Schrei kam von rechts. Keuchend, in dem Rauch hustend, hinkte ein Mann auf das dichte Unterholz zu, ein Gewehr in der Hand. Er war es, auf sein blondes Haar fiel Licht, er hatte sich bei einem Fallschirmabsprung den Fuß gebrochen. Der Bastard! Ein Stück Dreck, das mit ihnen nach Norden geflogen war . . . . und die ganze Zeit die Falle vorbereitet hatte, in die sie gehen sollten! Ein Verräter mit einem Radio, der dem Feind genau sagte, wo er in dem undurchdringlichen Dschungel von Tam Quan nach ihnen suchen mußte.

Es war Borowski! Jason Borowski. Verräter, Abschaum!

Er mußte ihn erwischen! Er durfte nicht zulassen, daß er die anderen erreichte! Mußte ihn töten! Jason Borowski töten! Er ist dein Feind! Feuer!

Er fiel nicht! Der Kopf, der in Stücke gerissen worden war, war immer noch da, kam auf ihn zu! Was geschah hier? Wahnsinn. Tam Quan . . .

»Kommen Sie mit uns«, sagte die hinkende Gestalt und trat aus dem Dschungel in die Überreste eines eleganten Zimmers. »Wir sind nicht Ihre Feinde. Kommen Sie mit uns.«

»Gehen Sie *weg*!« Wieder warf Borowski sich vor, jetzt zurück zu der Leinwand, die von der Decke gefallen war. Sie war seine Zuflucht, sein Leichentuch, die Decke, die man bei der Geburt über einen Menschen legt, die Decke, womit man seinen Sarg ausschlägt. »Sie sind mein Feind! Verstehen Sie denn nicht! Ich bin *Delta.* Cain ist für Charlie und Delta ist für Cain! Was wollen Sie noch mehr von mir? Ich war und ich *war* nicht! Ich bin und ich *bin* nicht! Bastarde, *Bastarde*! Kommt nur! Näher!«

Jetzt war eine andere Stimme zu hören, tiefer, ruhiger, weniger eindringlich. »Holt sie. Bringt sie herein.«

Irgendwo in der Ferne schwollen die Sirenen zu einem Crescendo an und verstummten dann. Dunkelheit kam, und die Wellen trugen Jason hinauf in den Nachthimmel, nur um ihn erneut in die Tiefe zu reißen, ihn in einen Abgrund wäßriger Gewalt zu schleudern. Er drang in eine Ewigkeit der Gewichtslosigkeit ein . . . der Erinnerung. Jetzt erfüllte eine Explosion den Nachthimmel, ein feuriges Diadem erhob sich über den schwarzen Wassern. Und dann hörte er die Worte, sie kamen aus den Wolken und erfüllten die Erde.

»Jason, mein Geliebter. Meine einzige Liebe. Nimm meine Hand. Halt sie fest. Ganz fest, Jason. Fest, mein Geliebter.«

Und mit der Dunkelheit kam Friede.

Epilog

Brigadegeneral Crawford legte den Aktendeckel neben sich auf die Couch. »Ich brauche das nicht«, sagte er zu Marie St. Jacques, die ihm gegenüber in einem Stuhl mit gerader Lehne saß, »ich habe es immer wieder durchgelesen und herauszufinden versucht, was wir falsch gemacht haben.«

»Sie haben etwas vorausgesetzt, was nicht existierte, und sind damit der Wahrheit ausgewichen«, sagte die dritte Person in der Hotelsuite. Das war Dr. Morris Panov, Psychiater; er stand am Fenster, und die hereinströmende Morgensonne hüllte sein ausdrucksloses Gesicht in tiefe Schatten. »Ich habe das zugelassen und mich schuldig gemacht. Ich werde den Rest meines Lebens damit leben müssen.«

»Jetzt sind beinahe zwei Wochen vergangen«, sagte Marie ungeduldig. »Ich möchte Einzelheiten kennen. Ich glaube, darauf habe ich ein Recht.«

»Das haben Sie. Das Ganze war ein Wahnsinn, den man Freigabe nennt.«

»Ein Wahnsinn«, nickte Panov.

»Auch Schutz in gewisser Weise«, fügte Crawford hinzu. »Soweit pflichte ich bei. Und diesen Schutz müssen wir leider noch lange Zeit aufrechterhalten.«

»Schutz?« fragte Marie und runzelte die Stirn.

»Darauf kommen wir noch«, sagte der General und blickte zu Panov hinüber. »Das ist sehr wichtig, von jedem Standpunkt aus gesehen. Ich glaube, darüber sind wir uns alle einig.«

»Bitte! Jason — wer ist er?«

»Sein Name ist David Webb. Er war ein Laufbahnbeamter im Dienste des Außenministeriums, ein Spezialist für fernöstliche Angelegenheiten, bis er sich vor fünf Jahren von der Regierung trennte.«

»Trennte?«

»Im beiderseitigen Einvernehmen den Dienst quittierte. Seine Arbeit bei *Medusa* schloß eine weitere Laufbahn im Außenministerium aus. ›Delta‹ hatte sich einen beachtlichen Ruf erworben, und zu viele wußten, daß er Webb war. Solche Männer sind selten an den Konferenztischen der Diplomaten willkommen. Vielleicht auch zu Recht, denn wenn sie zugegen sind, werden zu viele alte Wunden aufgerissen.«

»War er wirklich so, wie man von ihm erzählt? Bei *Medusa?*«

»Ja. Ich war dort. Er war genauso.«

»Das ist schwer zu glauben«, sagte Marie.

»Er hatte etwas verloren, das für ihn eine besondere Wichtigkeit hatte, und wurde damit nicht fertig. Er konnte nur zuschlagen.«

»Was war das?«

»Seine Familie. Seine Frau war eine Thai; sie hatten zwei Kinder, einen Jungen und ein Mädchen. Er war in Phnom Penh stationiert. Sein Haus lag am Stadtrand, in der Nähe des Mekong-Flusses. Eines Sonntagnachmittags, während seine Frau und die Kinder unten an ihrem Bootssteg waren, kreiste ein Flugzeug über der Stadt, warf zwei Bomben und beschoß dann die ganze Gegend im Tiefflug. Bis Webb den Fluß erreichte, war der Bootssteg weggeblasen, und seine Frau und die Kinder trieben im Wasser, von Maschinengewehrkugeln durchbohrt.«

»O Gott«, flüsterte Marie. »Wem gehörte die Maschine?«

»Sie ist nie identifiziert worden. Hanoi dementierte; Saigon sagte, es wäre keine von den unseren. Denken Sie daran, Kambodscha war damals neutral, niemand wollte verantwortlich sein. Webb mußte zuschlagen; er ging nach Saigon und ließ sich für *Medusa* ausbilden. Er brachte den Intellekt eines Spezialisten in eine sehr brutale Organisation ein. Er wurde Delta.«

»Hat er damals d'Anjou kennengelernt?«

»Später, ja. Delta war damals bereits berüchtigt. Die nordvietnamesische Abwehr hatte einen ungewöhnlich hohen Preis auf seinen Kopf ausgesetzt, und es ist kein Geheimnis, daß es unter unseren eigenen Leuten einige gab, die hofften, daß sie Erfolg haben würden. Dann fand Hanoi heraus, daß Webbs jüngerer Bruder Armeeoffizier in Saigon war, und da sie über Delta genau Bescheid wußten — auch, daß die Brüder einander sehr nahestanden —, beschlossen sie, ihm eine Falle zu stellen; sie hatten nichts zu verlieren. Sie entführten Leutnant Gordon Webb und schafften ihn nach Norden, schickten einen Vietcong-Informanten zurück und ließen ihn verbreiten, daß er im Sektor Tam Quan festgehalten würde. Delta biß an; er bildete im Verein mit dem Informanten — einem Doppelagenten — ein Team von *Medusa*-Leuten, die die Gegend kannten, und wählte eine Nacht, in der eigentlich keine Maschine hätte starten dürfen, um nach Norden zu fliegen. D'Anjou gehörte der Einheit an, ebenso ein weiterer Mann, den Webb nicht kannte, ein Weißer, den Hanoi gekauft hatte, ein Fachmann für Funkkommunikation, der die elektronischen Teile eines Hochfrequenzradios in völliger Finsternis zusammenmontieren konnte. Und genau das tat er und verriet damit die Position der Einheit. Webb tappte in die Falle, in der er seinen Bruder fand. Er fand auch den Doppelagenten und den Weißen. Die Vietnamesen entkamen im Dschungel; der Weiße nicht. Delta exekutierte ihn an Ort und Stelle.«

»Und wer war dieser Mann?« Maries Augen ließen Crawford nicht los.

»Jason Borowski. Ein *Medusa*-Angehöriger aus Sydney, Australien; ein Waffen-, Drogen- und Sklavenschmuggler in ganz Südostasien; ein gewalttätiger Mann mit einer riesigen Vorstrafenliste, der trotzdem hervorragende Arbeit leistete — wenn der Preis hoch genug war. Es lag im Interesse von *Medusa*, die Umstände seines Todes geheimzuhalten; er wurde einfach als vermißt abgeschrieben. Jahre darauf, als Treadstone gebildet und Webb zurückgerufen wurde, war es Webb selbst, der den Namen Borowski annahm. Er paßte sich den Erfordernissen der Authentizität an und ließ sich auch leicht zurückverfolgen. Er nahm den Namen des Mannes an, der ihn verraten hatte, des Mannes, den er in Tam Quan getötet hatte.«

»Wo war er, als er von Treadstone angefordert wurde?« fragte Marie. »Was tat er da?«

»Er war Lehrer an einem kleinen College in New Hampshire. Er lebte dort recht einsam.« Crawford griff nach dem Aktendeckel. »Das sind die wesentlichen Fakten, Miss Saint Jacques. Die anderen Bereiche werden von Dr. Panov übernommen werden, der mir klargemacht hat, daß meine Gegenwart nicht vonnöten sein wird. Aber es gibt hier noch eine Einzelheit, die geklärt werden muß. Es handelt sich um eine direkte Anweisung des Weißen Hauses.«

»Der Schutz«, sagte Marie, und ihre Worte waren keine Frage, sondern eine Feststellung.

»Ja. Wohin auch immer er geht, gleichgültig, welche Identität er annimmt oder wie erfolgreich seine Deckung sein wird. Er wird rings um die Uhr bewacht werden. So lange es nötig ist — selbst wenn es sich als überflüssig herausstellte.«

»Bitte erklären Sie mir das.«

»Er ist der einzige lebende Mann, der je Carlos gesehen hat. *Als* Carlos. Er kennt seine Identität, aber sie ist in seinem Bewußtsein vergraben, Teil einer Vergangenheit, an die er sich nicht erinnert. Aus dem, was er sagt, haben wir gelernt, daß Carlos vielen Leuten bekannt ist — eine sichtbare Gestalt irgendwo in der Regierung oder in den Medien oder im internationalen Bankwesen oder im gesellschaftlichen Leben. Das paßt in die vorherrschenden Theorien. Worauf es uns ankommt, ist, daß jene Identität Webb eines Tages wieder bewußt werden könnte. Wir wissen, daß Sie bereits einige Gespräche mit Doktor Panov hatten. Ich glaube, er wird das, was ich gesagt habe, bestätigen.«

Marie wandte sich zu dem Psychiater. »Stimmt das, Mo?«
»Es ist möglich«, sagte Panov.

Crawford verließ den Raum, und Marie schenkte sich und dem Psychiater Kaffee ein. Panov ging zu der Couch, auf der der General gesessen hatte.
»Sie ist noch warm«, sagte er und lächelte. »Crawford hat geschwitzt, selbst an seinem berühmten Gesäß. Er hat auch allen Grund dazu, das haben die alle.«
»Was wird geschehen?«
»Nichts. Absolut nichts. Erst, wenn ich es ihm sage. Das kann noch Monate dauern, vielleicht sogar ein paar Jahre. Jedenfalls so lange, bis er bereit ist.«
»Bereit wozu?«
»Zu den Fragen und den Fotografien — Bänden von Fotografien, Stellung zu nehmen. Die bereiten gerade eine fotografische Enzyklopädie vor, die auf den losen Beschreibungen basiert, die er ihnen gegeben hat. Damit Sie mich nicht falsch verstehen; eines Tages wird er anfangen müssen. Er will das, und wir alle. Carlos muß gefangen werden. Zu viele Leute haben ihr Letztes gegeben; *er* hat zweifelsohne sein Allerletztes gegeben. Jetzt kommt zuerst er. Sein Kopf ist das Allerwichtigste.«
»Darauf wollte ich letztlich hinaus. Was wird denn nun mit ihm geschehen?«
Panov stellte seine Tasse ab. »Das weiß ich noch nicht genau. Ich habe zu viel Respekt vor dem menschlichen Bewußtsein, um Ihnen etwas Populärpsychologie aufzutischen; da wird zu viel falsch gemacht. Ich habe an allen Konferenzen teilgenommen — darauf habe ich bestanden — und habe mit anderen Kollegen und Neurochirurgen gesprochen. Freilich können wir operieren und die Sturmzentren erreichen, seine Ängste verringern, ihm eine Art Frieden geben. Ihn vielleicht sogar zu dem zurückbringen, was er war. Aber das ist nicht die Art Frieden, die er will . . . und es gibt da ein viel größeres Risiko, ein viel gefährlicheres. Wir können zu viel auslöschen, die Dinge wegnehmen, die er gefunden hat — die er *weiterhin* finden wird. Wenn wir sorgfältig vorgehen, geduldig.«
»Geduldig?«
»Ich glaube ja. Weil wir das Muster kennen. Es heißt: Erkennen, Wissen, Leben. Und ist mit einem oft schmerzhaften Erwachen verbunden. Verstehen Sie mich?
Marie blickte in Panovs dunkle, müde Augen; sie sah ein Leuchten in ihnen. »Ich glaube schon«, sagte sie. »Wir alle sind so.«

»Richtig. In gewisser Weise ist er wie ein funktionierender Mikrokosmos von uns allen. Ich meine, wir versuchen doch schließlich alle, herauszubekommen, wer, zum Teufel, wir sind, nicht wahr?«

Marie trat an das Fenster in dem Strandhäuschen mit den Dünen dahinter und den Drahtzäunen, die das Gelände umgaben. Und den Wachen. Alle fünfzig Fuß ein Mann mit einem Karabiner.

Sie konnte ihn ein paar hundert Meter entfernt am Strand sehen; er warf Muscheln ins Wasser, sah zu, wie sie über die Wellen tanzten, die sanft ans Ufer spülten. Die letzten Wochen hatten ihm gut getan. Sein Körper trug zwar viele Narben, war aber wieder in Ordnung, wieder kräftig. Die Alpträume waren immer noch da, und manchmal überfielen ihn selbst während des Tages Augenblicke der Angst, aber irgendwie war alles weniger schrecklich. Er begann, sich mit seiner Umwelt zu arrangieren; er begann wieder zu lachen. Panov hatte recht gehabt. Dinge nahmen um ihn herum Gestalt an; Bilder wurden klarer. Er begann, Zusammenhänge zu erkennen, wo vorher nur Leere gewesen war.

Jetzt war etwas geschehen! O *Gott*, was *war* es? Er hatte sich ins Wasser geworfen und schlug um sich, schrie. Und dann sprang er plötzlich heraus, sprang über die Wellen zum Strand. In der Ferne fuhr am Stacheldrahtzaun ein Wachtposten herum, riß einen Karabiner hoch, zog ein Funksprechgerät aus dem Gürtel.

Er begann, über den feuchten Sand auf das Haus zuzurennen, taumelte dabei, schwankte, seine Füße gruben sich wütend in die weiche Sandfläche, so daß hinter ihm Wasser und Sand aufspritzten. *Was war passiert?*

Marie erstarrte. Sie war auf den Augenblick vorbereitet, von dem sie wußte, daß er eines Tages vielleicht kommen würde.

Er platzte durch die Tür, und seine Brust hob und senkte sich, er rang nach Atem. Er starrte sie an, und seine Augen waren so klar, wie sie sie nie zuvor gesehen hatte. Und dann sprach er leise, so leise, daß sie ihn kaum hören konnte. Aber sie hörte ihn.

»Mein Name ist David . . .«

Sie ging langsam auf ihn zu.

»Hallo, David«, sagte sie.